FUREUR GLACIALE

LE SOMMEIL DES JUSTES - AVIS DE RECHERCHE
TOME 4

TONI ANDERSON®

Traduction par
SOPHIE SALAÜN

FUREUR GLACIALE

AUTRES LIVRES DE TONI ANDERSON®
EN FRANÇAIS

POUR ELLE — ROMANCE À SUSPENSE
Un sanctuaire pour elle
Une dernière chance pour elle
Un risque pour elle

LE SOMMEIL DES JUSTES
Dans l'ombre de la loi
Par une nuit si froide
Entre chien et loup
L'eau qui dort
En clair-obscur
Comme l'ombre d'un doute
Des agents au secret
Obscurantisme
Une ombre au tableau
De sang-froid

LE SOMMEIL DES JUSTES — LES NÉGOCIATEURS
Glacé à cœur
Péchés givrés

De froides vérités
Baisers frappés
D'ombre et de glace

LE SOMMEIL DES JUSTES - AVIS DE RECHERCHE
Silence de glace
Froide trahison
Coup de froid
Fureur glaciale
Froide rancune (BIENTÔT DISPONIBLE)

N'hésitez pas à visiter la boutique de Toni Anderson® pour découvrir ses autres livres et bénéficier d'offres exclusives !
https://toniandersonshop.com

FUREUR GLACIALE

Il y a sept ans, Hope Harper était une avocate pénaliste vedette, avec une vie agréable et une belle famille... jusqu'à ce qu'elle fasse libérer le mauvais accusé, qui s'est retourné contre elle et a sauvagement assassiné son mari et son enfant. Depuis lors, Hope n'a plus qu'un seul objectif : mettre les criminels derrière les barreaux, là où ils ne peuvent plus faire de mal à personne. Lorsque le tueur s'évade d'une prison de haute sécurité pendant une tempête hivernale, Hope refuse de fuir et de se cacher.

La HRT, l'équipe de libération des otages du FBI, est appelée à la rescousse pour protéger les quelques personnalités publiques menacées par le célèbre tueur en série. L'opérateur Aaron Nash tire à la courte paille : il sera chargé de la protection rapprochée de la substitute du procureur Hope Harper.

Au grand dam d'Aaron, la blonde froide refuse d'être placée sous détention protégée. Au fil des heures et des jours, Aaron et Hope parviennent à établir une trêve fragile. Il commence à comprendre et à admirer la ténacité de la substitute, et tous deux se mettent à travailler ensemble.

Alors que le tueur en série en cavale poursuit sa folie meurtrière, Hope sait que ce n'est qu'une question de temps avant qu'il ne s'en prenne à elle. Sauf que quelque chose a changé. Pour la première fois depuis qu'elle a perdu sa famille, elle a une raison de vivre. Mais l'histoire est-elle vouée à se répéter ?

Fureur glaciale est le quatrième livre de la série *Le Sommeil des Justes - Avis de Recherche*, mettant en scène des agents de l'équipe de libération d'otages du FBI.

Tous les livres sont indépendants.

Inscrivez-vous à ma newsletter en français pour recevoir des **scènes bonus** gratuitement, et pour connaître la date de parution de mon prochain livre !
https://www.toniandersonfrancais.com/newsletter/

À Jodie Griffin, pour ses idées brillantes et son enthousiasme sans faille.

PROLOGUE

Ce jour-là, Hope Harper avait remporté la plus grande victoire de sa vie au tribunal. Après des semaines de témoignages houleux et souvent violents, son client avait été libéré. La police et le bureau du procureur avaient accusé Julius Leech d'être un tueur en série brutal ; le problème de Hope était qu'elle le soupçonnait d'être effectivement coupable de ces crimes.

Et, maintenant, il était à nouveau libre.

Son ventre se noua. Dans le parking silencieux attenant à l'immeuble de son cabinet, dans le centre-ville, elle ferma les yeux et posa sa tête contre le volant chaud.

En tant qu'avocate de la défense, ce n'était pas son rôle de juger de la culpabilité de ses clients. Seulement de les défendre avec vigueur, en mettant l'accent sur l'incapacité du gouvernement à prouver légalement le bien-fondé de son accusation.

Les flics avaient merdé. Pire, ils avaient menti. Ils s'étaient parjurés à la barre. La veille au soir, un inspecteur s'était tragiquement donné la mort. Son partenaire, un inspecteur débutant, faisait désormais l'objet d'une enquête.

Elle releva la tête, puis jeta un coup d'œil au message que son mari lui avait envoyé quelques heures plus tôt.

Il faut qu'on parle...

C'était plutôt inquiétant.

Ces derniers temps, ils n'avaient pas passé beaucoup de temps ensemble, car cette affaire accaparait tout son temps depuis que Jeff Beasley lui avait fait miroiter qu'elle pourrait devenir associée si elle acceptait de prendre Leech comme client. Elle n'avait même pas besoin qu'on le déclare « non coupable ». Elle n'avait eu qu'à se montrer au procès.

Associée avant trente ans ? Fantastique.

Avec un enfant ? C'était du jamais vu.

Hope aimait gagner. Elle aimait prouver qu'elle était aussi compétente que n'importe lequel des substituts arrogants et prétentieux du bureau du procureur général. Son objectif avait toujours été de devenir associée chez Beasley, Waterman, Vander & Co., afin d'avoir la sécurité de l'emploi, ainsi que son mot à dire sur les affaires qu'elle traiterait à l'avenir. Avant tout, elle voulait passer plus de temps avec Danny et Paige, pour qu'ils puissent envisager d'agrandir leur petite famille.

Eh bien ! Maintenant, elle faisait officiellement partie des « Co ».

Et même si elle était rongée par un sentiment de malaise, ce n'était pas elle qui avait fait capoter la procédure pour l'accusation. C'était le policier qui avait placé les preuves qui avait permis à Julius Leech de retrouver la liberté et de pouvoir à nouveau errer dans les rues. Elle était douée, mais pas assez pour contrer la vague de preuves circonstancielles que le département de police de Boston avait produites pour étayer ses accusations.

Et elle était sincèrement navrée pour l'inspecteur Pauly Monroe. Elle l'avait connu personnellement par l'intermédiaire de son beau-frère, également inspecteur de la police de Boston.

Hope poussa un énorme soupir. Ce procès avait nui à ses relations à bien des égards.

Elle ne pouvait plus supporter de penser à Leech. Elle avait été obligée de s'asseoir à côté de lui pendant des mois, et de prétendre qu'il ne lui donnait pas la chair de poule chaque fois qu'ils se frôlaient accidentellement. Elle avait dû faire comme si l'admiration évidente dans ses yeux bleu pâle ne lui donnait pas envie de vomir.

Elle avait décidé de prendre des vacances la semaine suivante : elle les avait bien méritées.

Il faut qu'on parle...

Son anxiété lui rongeait les nerfs. Son mari et sa fille lui manquaient. Elle démarra et commença à sortir de la ville. Elle envisagea d'appeler à l'avance pour voir s'ils voulaient qu'elle leur rapporte quelque chose du magasin, mais elle redoutait que Danny lui dise de ne pas rentrer à la maison.

Ils s'étaient disputés la nuit précédente, à tel point que, pour la première fois depuis qu'ils vivaient ensemble, elle avait dormi dans la chambre d'amis, puis était partie avant le lever du soleil. Elle détestait qu'ils se disputent. Danny était son refuge, son roc, et, généralement, il la soutenait. Mais pas la veille.

La nuit passée, Danny l'avait suppliée de s'en aller. De se retirer de l'affaire et de quitter le cabinet.

C'était une demande impossible, alors qu'elle avait travaillé si dur et que le procès était presque terminé. Pourquoi ne pouvait-il pas le voir ? Au lieu de cela, il l'avait accusée d'être une accro au travail, et de vendre son âme.

Cela l'avait profondément blessée.

Il était acceptable de travailler sans relâche sur le projet Innocence et d'aider à faire sortir de prison des personnes injustement condamnées, mais pas de défendre avec détermination des personnes que le public avait jugées coupables, que les faits le prouvent ou non ?

Conneries.

La justice pénale ne se résumait pas nécessairement à une question de bien et de mal. C'était une partie d'échecs juridique, et elle était sacrément douée pour ça, même si son sens moral avait été quelque peu ébranlé par certaines des personnes que son cabinet représentait ; mais pas plus que celui de l'inspecteur expérimenté qui avait placé l'ADN, ou celui du débutant qui l'avait laissé faire.

Sa mâchoire était douloureuse à force de serrer les dents, mais elle devait lâcher prise.

Elle aimait Danny. Elle l'aimait depuis le jour où ils s'étaient percutés. Ils allaient s'en sortir.

Bon sang ! Elle démissionnerait même, si cela comptait à ce point pour lui. Elle s'occuperait plutôt de droit des affaires ou des droits des arts et spectacles. Même si elle adorait plaider des affaires au tribunal, elle démissionnerait pour l'homme qu'elle aimait.

Il était plus de dix-neuf heures, et l'heure de pointe était passée. Il ne lui fallut que vingt minutes pour sortir de la ville. Elle arriva devant leur belle maison de style Craftsman, située dans une banlieue verdoyante, et se gara dans l'allée. Elle contempla ce bâtiment que Danny avait transformé en un foyer confortable pour eux tous. La maison était bleu foncé, avec des volets peints en blanc. Des fleurs poussaient dans les pots qu'ils avaient installés au printemps. C'était là toute l'étendue de ses talents de jardinière, mais Danny aimait être à l'extérieur. Il avait planté un parterre de fleurs au bord de l'allée, ainsi qu'un petit potager à l'arrière, où Paige et lui cultivaient de la laitue, des carottes et une citrouille à sculpter pour Halloween.

Il avait fait le choix de rester à la maison avec Paige pendant que Hope travaillait. Il était auteur de romans policiers et réussissait à écrire quelques pages entre les après-midi de jeux et les films pour enfants. Hope et le frère de Danny, Brendan, étaient conseillers techniques pour ses intrigues. Une option avait été posée sur l'un de ses romans, en vue d'une adaptation cinématographique, mais Danny lui avait dit de ne pas trop s'emballer, car la plupart des options expiraient avant même que le film voie le jour. Mais, en secret, Hope prévoyait ce qu'elle allait porter aux Oscars, et elle aidait mentalement Danny à préparer son discours de remerciement pour le prix du meilleur scénario adapté.

Elle sourit. Elle aimait son mari. Elle croyait en lui. Jusqu'à la veille, elle avait pensé qu'il croyait en elle aussi.

Souvent, les avocats n'aimaient pas leurs clients. Souvent, les clients étaient de mauvaises personnes. Ils méritaient quand même une bonne défense.

La veille au soir, sous le coup de la colère, ils avaient tous deux dit des choses qu'ils n'auraient pas dû dire, mais le vrai problème était peut-être qu'elle avait été très absente ces derniers temps. Elle ne voulait plus être absente.

Elle descendit de voiture dans l'air moite de septembre. Le fait que Paige n'ait pas immédiatement ouvert la porte d'entrée pour courir à sa rencontre était mauvais signe. Âgée de quatre ans et demi maintenant, sa fille avait généralement le droit de rester debout tard si elle savait que sa mère rentrerait à temps pour la border dans son lit.

Hope étira son cou sur le côté pour se détendre, puis elle fit le tour de la voiture, attrapant sa lourde mallette et sa veste de tailleur sur le siège passager.

Le soleil commençait à descendre dans le ciel, projetant de longues ombres depuis le garage indépendant jusque dans la cour. Il faisait une chaleur inhabituelle pour la saison. Un oiseau chantait dans l'arbre, et un enfant descendait le trottoir à vélo, suivi d'une fille sur un skateboard. Des voitures étaient garées le long de la rue. Les voisins d'en face faisaient construire une extension à l'arrière de leur maison, et Danny déplorait le bruit, autant que le fait que cela perturbait son écriture. Les ouvriers étaient partis à présent, et la benne située devant la maison était remplie de plaques de plâtre et de gravats. La boue provenant du chantier maculait le trottoir.

Hope repoussa ses cheveux sur son front et passa par le portillon latéral, pour voir si sa famille était dans le jardin à l'arrière.

C'était tellement *silencieux*.

Alors qu'elle était prise d'une soudaine appréhension, son cœur se mit à battre plus vite.

Et s'il l'avait quittée ?

— Danny ? appela-t-elle, se hâtant de gravir les marches à l'arrière de la maison, puis d'entrer. Paige ?

Elle laissa tomber son sac et sa veste sur l'îlot de cuisine, puis elle sortit son téléphone. Pas de messages. Elle lui envoya un texto avant de glisser l'appareil dans sa poche. Les clés de voiture de Danny étaient accrochées à côté de la porte, et l'horrible tension qui l'avait saisie s'apaisa. Cependant, rien n'indiquait qu'il avait préparé le dîner. Où diable étaient-ils ? Peut-être étaient-ils allés chercher quelque chose ou prendre une glace à la supérette du bout de la rue pour fêter la fin de l'été ?

Peut-être qu'ils pourraient aller ensemble à cet endroit sur Field Street, où ils mangeraient dans le patio. Ils fêteraient son partenariat et une semaine de vacances bien méritées.

Elle retira ses talons et se pencha distraitement pour caresser le chaton, Lucifer, qui était venu en courant depuis le salon en miaulant pour réclamer à manger, comme d'habitude. C'est alors qu'elle remarqua du sang sur le sol.

— Tu t'es coupé ?

Elle le prit dans ses bras, et examina ses pattes. Il y avait des traces cramoisies sur ses coussinets, mais il ne semblait pas blessé.

Elle traversa le salon, serrant le chaton contre sa poitrine. Son cœur manqua un battement, sa vision se rétrécit. Elle laissa tomber le chat, puis se précipita vers son mari, qui gisait sur le sol, devant la télévision en sourdine.

— *Oh, mon Dieu ! Oh, mon Dieu ! Oh, mon Dieu !* Non !

Paige était étendue à côté de lui, totalement immobile. Ils se tenaient la main ; un frisson envahit Hope.

— Non, non, non !

Elle chercha le pouls de Danny. Elle ne remarqua que tardivement le sang qui imprégnait son t-shirt bleu foncé à motifs, qui présentait un petit trou au milieu. Le faible battement du cœur de son mari sous ses doigts la prit par surprise.

Il était vivant. Il était *vivant. Dieu merci !*

Sa poitrine se soulevait et s'abaissait légèrement, lui indiquant qu'il respirait. À peine.

À tâtons, elle chercha son téléphone, appela le 911, mit le haut-parleur, hurla son adresse, et implora qu'on l'aide. Puis elle souleva le t-shirt de Danny pour voir la blessure, se servant du tissu pour essuyer le sang. Le petit trou se remplit aussitôt de rouge foncé. Elle appuya la main sur la blessure pour arrêter le saignement, mais elle devait aussi aider Paige. Attrapant un fin coussin sur le canapé, elle le posa sur la plaie, avant de placer le bras lourd de Danny sur le tissu, pour exercer une pression.

Elle se tourna vers sa fille, chercha frénétiquement son pouls. Intérieurement, elle eut un mouvement de recul en sentant la peau froide de sa fille, alors même qu'elle vérifiait si elle respirait. Ce n'était pas le cas.

— Bébé, allez !

Les paupières de Danny s'agitèrent tandis qu'elle commençait la réanimation cardiaque de leur enfant. Ils ne pouvaient pas la perdre. Hope *refusait* de la perdre. Elle répéta les trente compressions suivies de deux insufflations, cinq fois, ignorant l'absence de réaction dans les yeux bleus injectés de sang de Paige.

Elle se tourna vers Danny, pour s'assurer qu'il était toujours en vie, toujours avec elle. Elle déposa un baiser sur son front.

— Je t'aime, mon chéri. Je suis tellement désolée que nous nous soyons disputés hier soir. Je suis tellement désolée ! Je t'aime. Ne me quitte pas.

Il essaya d'ouvrir la bouche, mais aucun son n'en sortit. Il tourna les yeux vers leur fille, et Hope recommença le massage cardiaque, sachant qu'il était presque certainement trop tard, que leur magnifique et merveilleuse fille était partie. Mais ce n'était pas pour rien qu'elle s'appelait Hope, *espoir*.

Elle refusait d'abandonner.

Quelqu'un sonna à la porte : les ambulanciers étaient arrivés. *Dieu merci !* Elle se releva en titubant, puis se heurta à la table basse en sortant de la pièce, sans même enregistrer le choc. Elle ouvrit la porte à la volée. Soudain, ce fut comme si elle avait glissé dans un rêve surréaliste. Ce n'étaient pas les ambulanciers qui se tenaient là, mais Julius Leech, qui tenait un bouquet de fleurs et une bouteille de vin rouge, arborant un grand sourire.

— Je voulais vous remercier...

Hope l'ignora, cligna des yeux, regarda les alentours. Une ambulance fonçait dans la rue vers elle, et elle passa devant Leech pour se planter pieds nus sur l'herbe fraîche, agitant frénétiquement les bras.

Le véhicule s'arrêta.

— Par ici ! s'exclama-t-elle tandis qu'ils sautaient de leur camion et attrapaient leurs lourds sacs. Vite ! Mon mari est vivant. J'ai fait un massage cardiaque à ma fille, mais elle ne respire plus.

Sa voix se brisa sur un sanglot alors qu'elle les précédait à l'intérieur. Elle se glissa dans l'espace entre Danny et Paige, tandis que les ambulanciers commençaient à s'occuper de sa famille. Elle caressa les cheveux blonds soyeux de sa fille.

— Elle s'appelle Paige.

— Que s'est-il passé ? l'interrogea l'un des ambulanciers.

— Je n'en sais rien. Je suis arrivée à la maison il y a quelques minutes, et je les ai trouvés comme ça.

L'ambulancière évitait son regard, mais elle refusait d'accepter ce qu'elle voyait sur le visage de la femme.

— S'il vous plaît, continuez d'essayer..., s'étrangla Hope, terrorisée. Je vous en prie, n'abandonnez pas ! Ils sont *tout* pour moi.

L'ambulancière hocha la tête, puis entreprit de poser une perfusion à Paige, tandis que son collègue s'occupait de Danny. Hope caressa les cheveux noirs de son mari.

— Il respirait et il avait un pouls quand je suis rentrée. Ses yeux étaient ouverts, il était conscient.

Elle ignorait comment elle parvenait à formuler des mots cohérents, car elle n'avait qu'une envie, hurler. D'autres médecins arrivèrent, et elle fut repoussée sur le côté, tandis que les deux équipes travaillaient côte à côte.

— Je vous en prie, aidez-les ! Je ne sais pas ce que je ferais sans eux.

Elle mourrait. Elle cesserait d'exister.

Lorsqu'elle leva les yeux, elle vit Julius Leech qui se tenait sur le seuil du salon. Un sourire se dessina au coin de sa bouche, et une lueur brilla dans ses yeux, proche de la joie.

La prise de conscience lui donna l'impression d'avoir pris une balle.

— Espèce de sale ordure !

Hope se releva maladroitement et se rua vers lui. Leech eut l'air surpris. Il sortit précipitamment de la pièce pour franchir la porte d'entrée grande ouverte. Elle le poursuivit, l'attrapa par le col de sa veste et le fit tomber à terre. Il resta allongé dans l'herbe, à la regarder fixement.

— Que leur avez-vous fait ? Qu'avez-vous fait ? hurla-t-elle.

Une autre silhouette se précipita vers eux pour se jeter sur Leech et le rouer de coups. Le frère de Danny, Brendan.

— Espèce d'ordure ! Espèce de saloperie ! criait Brendan, abattant sans relâche son poing sur le visage de Leech.

Hope voulait que Julius soit anéanti. Effacé de la surface de la Terre. Il était venu dans sa maison pour faire du mal à sa famille, pour jouer avec elle, pour la torturer. Le fait qu'elle l'ait fait sortir de prison ne faisait qu'ajouter une touche positive à la situation pour cette ordure perverse.

Mais Brendan ne s'arrêtait pas, et aucun des autres policiers arrivés dans leurs voitures de patrouille ne semblait être prêt à empêcher son beau-frère de battre Leech à mort sur sa pelouse. Cependant, même si elle voulait que ce dernier souffre, elle ne pouvait pas permettre ce genre de massacre aveugle. Pas plus qu'elle ne voulait que Brendan mette sa liberté en péril.

Elle lui attrapa le bras.

— Arrête ça ! Arrête. Nous devons aller à l'hôpital avec Danny et Paige. Nous devons être là pour eux.

— Je veux qu'il paie pour ce qu'il a fait, sanglota Brendan.

— Il paiera. Nous avons besoin d'être avec notre famille, ils ont besoin de notre soutien.

Elle tira la main de Brendan pour qu'il se lève.

— Ils sont vivants ?

— À peine.

Il semblait anéanti. La nouvelle de l'attaque s'était rapidement répandue au sein de la police de Boston, car tous les policiers semblaient être arrivés sur les lieux.

Leech gisait inconscient sur la pelouse, le visage meurtri et ensanglanté. Les secouristes sortirent de la maison avec deux brancards, et Hope se précipita vers eux, entraînant Brendan avec elle.

— Tu récoltes ce que tu as semé, sale garce, lui lança l'un des policiers.

Un frisson glacial parcourut sa peau. Était-ce sa faute ? Elle tenta de monter dans l'ambulance, mais le secouriste la bloqua.

— Pas de place.

Brendan lui attrapa le bras.

— Nous allons vous suivre. Viens.

Hope courut pieds nus jusqu'à sa voiture, où elle grimpa du côté passager. Brendan s'engagea dans la circulation derrière l'ambulance, roulant dans son sillage à seulement quelques mètres d'elle. Hope regardait fixement l'arrière du véhicule qui traversait la ville à toute vitesse, gyrophares allumés et sirènes hurlantes, priant pour que Danny et Paige survivent. Elle enroula ses bras autour de son ventre, se balançant d'avant en arrière.

— Que s'est-il passé ? l'interrogea Brendan, dont les articulations étaient à vif.

— Je suis rentrée à la maison, et je les ai trouvés à l'intérieur. Danny saignait, mais il était conscient. Paige..., sanglota-t-elle. Paige ne respirait pas.

Ses mains tremblaient violemment quand elle les leva pour couvrir sa bouche.

— Je lui ai fait un massage cardiaque, mais ses lèvres étaient bleues, Brendan...

— Elle va s'en sortir. Les ambulanciers s'occupent d'elle, maintenant. Qu'a dit Danny ?

— Rien. Il n'a rien dit du tout, répondit Hope.

Ses poumons se contractèrent violemment. Elle dut fermer les yeux et forcer sur ses muscles pour les obliger à reprendre de l'air.

— Ils se tenaient la main.

Les mots sortirent avec difficulté, mais l'inspecteur en perçut bien la signification. Les joues de Hope ruisselaient de larmes. Du sang maculait ses mains.

— Cette putain d'ordure ! gronda Brendan.

Leech. Leech, qui laissait toujours ses victimes par deux, se tenant la main.

Des crimes dont elle avait convaincu un juge qu'il n'était pas légalement coupable. Et, d'un point de vue légal, c'était la vérité. Les flics avaient fait une connerie. Elle avait fait son boulot et elle avait gagné parce que ces policiers avaient méchamment merdé.

Mais, ça, *ça*, c'était sa faute.

— Si je n'avais pas été son avocate, il n'aurait jamais ciblé ma famille. Danny et Paige...

— Ils vont s'en sortir.

— Oui...

Elle devait s'accrocher à cette pensée. La médecine moderne était capable d'accomplir des miracles. L'ambulance s'arrêta devant les urgences ; Hope ouvrit la portière et descendit de la voiture avant que Brendan se soit arrêté.

Elle prit la main de Danny quand ils passèrent devant elle, avant de franchir les portes coulissantes en verre. Elle sentit la peau chaude de son mari, et la faible pression de ses doigts qui la serraient en retour.

— Je t'aime, Danny. Je t'aime tellement. Accroche-toi pour moi, je t'en prie. Pour nous.

Les ambulanciers la forcèrent à s'écarter quand ils franchirent les portes du bloc avec Danny. Hope regarda autour d'elle et attrapa le bras d'une infirmière.

— Où est ma fille, Paige ? La petite fille qui vient d'arriver ?

L'infirmière la conduisit dans une petite pièce. Hope vit sa fille étendue sur le brancard lorsqu'elle franchit la porte.

Brendan était assis à côté d'elle, en larmes ; il tenait la main de Paige.

— Pourquoi ne l'aidez-vous pas ? cria Hope aux médecins qui donnaient l'impression qu'ils étaient déjà en train de s'en aller. J'ai commencé le massage cardiaque dès que je l'ai trouvée. Les ambulanciers ont ensuite pris le relais. Elle peut être réanimée.

Une femme médecin secoua la tête.

— Je crains qu'il ne soit trop tard pour la sauver. Elle est déjà partie, expliqua-t-elle, puis elle leva les yeux vers l'horloge et prononça l'heure du décès.

— *Non !*

Hope passa devant elle, boucha le petit nez retroussé de sa fille et lui releva le menton. Elle pressa ses lèvres contre celles de son enfant pour remplir d'air les poumons de Paige, espérant qu'elle recommencerait à respirer toute seule.

Personne ne dit un mot. Ils la regardèrent, les larmes aux yeux, pendant ce qui sembla durer des heures. Finalement, des mains fortes agrippèrent ses bras, l'entraînant fermement à l'écart.

— Ça suffit. Ça suffit maintenant, lui dit Brendan, appuyant le visage de Hope contre son torse. Elle est partie. *Elle est partie.*

Les genoux de la jeune femme se dérobèrent, et elle s'affaissa contre lui.

Elle s'écarta.

— Danny ?

La terrible vérité brûlait dans les yeux de Brendan.

Le chagrin la submergea, noyant le déni suffisamment longtemps pour que la réalité finisse par s'imposer. Elle les avait perdus tous les deux. Elle avait tout perdu. Elle s'agrippa à la chemise de Brendan quand l'émotion prit le pas ; elle s'y abandonna.

CHAPITRE UN

Sept ans plus tard

Julius Leech, à moitié gelé, était assis dans le véhicule de transport, menotté aux poignets et aux chevilles. Il neigeait dehors, ce qu'il aurait peut-être apprécié s'il n'avait pas souffert d'un mal de dents atroce, et que ses extrémités n'avaient pas été engourdies par le froid.

Non seulement sa combinaison orange heurtait ses yeux et son sens du style, mais elle était également faite d'un polyester fin qui ne le maintenait pas au chaud. Ses chaussures étaient de vieilles baskets usées et sales qui lui rappelaient ses années d'internat. Les chaussettes, qui avaient été blanches, étaient désormais grisâtres et pleines de trous. La forte odeur corporelle qui émanait de lui et de ses codétenus lui donnait des haut-le-cœur. Mais personne ne voulait passer trop de temps sous la douche, surtout quand on était un meurtrier d'enfants condamné.

Au moins, les menaces de mort et les passages à tabac constants lui garantissaient une cellule individuelle. Son bâtard d'avocat, hypocrite et fourbe, avait au moins veillé à cela.

L'injustice de la situation le remplissait de rage. Qui avait dit qu'il était un foutu psychopathe qui ne ressentait rien ? Cette sale garce de psychologue légiste, pour commencer. Il rit intérieurement. Il avait fantasmé sur la possibilité de passer quelques heures seul avec elle…

Il éprouvait beaucoup de sentiments. Beaucoup d'émotions. Simplement, il n'avait pas de façon de les exprimer d'une manière que quelqu'un d'autre apprécierait.

Les températures glaciales le faisaient frissonner violemment, mais il refusait d'être le premier à montrer sa faiblesse. La faiblesse était exploitée. La faiblesse pourrait le faire tuer.

Il lui était déjà assez difficile de se concentrer pour rester en vie alors qu'il souffrait constamment. La douleur lancinante dans sa dent était permanente. Des élancements le parcouraient tout le long du nerf, si violents qu'il avait essayé de l'extraire lui-même, mais elle ne bougeait pas d'un pouce.

C'était la faute de cette garce. Cette foutue Hope Harper. S'il n'avait pas été en prison, il aurait eu tous les soins dentaires adéquats. Il avait proposé de faire venir son dentiste personnel de Boston, mais le directeur refusait. Au lieu de cela, Julius devait compter sur l'administration pénitentiaire pour lui trouver quelqu'un. Or, pour une raison quelconque, devenir dentiste dans une prison de haute sécurité ne figurait pas parmi les objectifs de la plupart des diplômés.

Il se demandait même si le type qu'il avait vu la semaine précédente était qualifié. Cet idiot avait pratiqué une première dévitalisation, mais il avait manqué de temps pour faire la deuxième. Et l'intervention avait été *douloureuse*. Si Julius n'avait pas été menotté au fauteuil du dentiste, il aurait enfoncé cette fraise en acier inoxydable brillante dans le nez du type. C'était d'ailleurs sans doute la raison pour laquelle les autres prisonniers et lui-même étaient tous attachés.

Ce n'était qu'un fantasme inoffensif. Un moyen de sortir de l'ennui d'une monotonie sans fin. Chaque jour était identique au précédent. Chaque jour était aussi terne et gris que de la boue, s'étirant à l'infini dans le futur. Cela aurait suffi à pousser n'importe quelle personne saine d'esprit au bord du gouffre, sans parler des autres.

Effrayer le dentiste maladroit avait au moins le mérite d'être divertissant.

Observer la peur des gens le faisait vibrer. La peur, c'était le pouvoir. Et le pouvoir était une drogue. Il rêvait de voir la peur dans les yeux de Hope. Il fantasmait sur le meurtre de cette femme chaque soir avant de fermer les yeux et de s'endormir. Mais, même dans ses rêves, elle le tourmentait.

La dernière fois qu'il l'avait vue, elle le fixait à travers la salle d'audience, la mâchoire crispée. Ses yeux étaient froids, accusateurs et remplis de dégoût.

Ces choses qu'elle avait dites...

La rage, sa compagne constante, brûlait dans sa poitrine, alors même qu'il avait l'impression que sa peau était recouverte de flocons de neige. Un frisson le parcourut, et ses dents se mirent à claquer.

Le purgatoire était réel. Il y vivait. Parfois, il aurait voulu être mort... mais il n'était pas encore prêt.

— *Bon sang* ! Il fait froid ici ! se plaignit Perry Roberts.

Alléluia.

— Augmentez le chauffage ! Vous n'êtes pas censés nous torturer de cette manière, hurla Michael Herbert.

— Il a raison, marmonna Reggie Somack, assis un rang derrière lui, de l'autre côté de l'allée.

— Arrêtez de vous plaindre.

Le gardien à l'avant du van portait une veste épaisse et des bottes dignes de ce nom. Il tâtonna enfin avec les réglages du chauffage.

— Monte-le à fond avant qu'on crève de froid ! cria Somack.

C'était le début de l'après-midi, mais il faisait déjà presque nuit. Le ciel était couvert, sombre, et la neige tombait si dru que Julius ne distinguait pratiquement rien à travers la vitre. Ils roulaient sur une route secondaire dans la campagne du Massachusetts, en direction de Worcester et de la clinique la plus proche.

— C'est la radio, pas le chauffage.

Le chauffeur, l'agent pénitentiaire Byron, détourna les yeux de la route pendant une fraction de seconde pour régler le chauffage ; Julius vit tout se dérouler au ralenti. Le minibus dériva sur la ligne blanche dans un virage, et le conducteur corrigea trop brusquement. Le véhicule commença à déraper sur l'autre côté de la route et là, dans l'obscurité enneigée, apparut la faible lueur de phares. Byron donna un coup de volant dans l'autre sens, ce qui ne fit qu'aggraver le dérapage.

Tout le monde se prépara à l'impact en s'accrochant au bas de son siège. L'ironie de mourir dans quelque chose d'aussi banal qu'un accident de voiture fit rire Julius, en dépit de la situation.

Byron lutta pour reprendre le contrôle du véhicule tandis que l'autre gardien, Pedrós, était violemment projeté contre la portière côté passager. Un affreux bruit métallique fendit l'air lorsqu'ils heurtèrent la glissière de sécurité, puis passèrent carrément à travers, comme une lame tranchante transperçant la chair. Roberts et Somack crièrent tous les deux. Julius ouvrit la bouche, horrifié, mais aucun son ne sortit.

C'était comme s'ils volaient à travers la nuit enneigée : le traîneau cauchemardesque du père Noël. Des branches d'arbres défilèrent à toute vitesse devant les vitres, raclant les côtés du véhicule comme des ongles géants et minces. Puis le minibus percuta violemment le flanc d'une colline. Le pare-brise vola en éclats au moment où le véhicule s'immobilisait. Le côté du visage de Julius heurta le siège devant lui, alors même que des chaînes le maintenaient en place. Il tirait si fort sur ses entraves que ses poignets et ses chevilles le brûlaient.

Après le choc de l'accident, l'obscurité soudaine, glaciale et silencieuse fut étrange et accablante. D'une voix tremblante, le chauffeur prit la parole.

— Tout le monde va bien ?

Julius se mit à rire.

— Tu es vraiment un sale tordu, Leech, souffla Somack.

Le métal gémit. Des branches craquèrent. Quelqu'un laissa échapper un cri de douleur. Cet abruti de conducteur, Byron, alluma la lampe de son téléphone portable et en passa le faisceau sur les prisonniers. L'autre garde, Pedrós, était introuvable. Byron regarda autour de lui d'un air hébété, comme s'il cherchait l'homme disparu. Julius tressaillit lorsqu'il braqua la lumière dans ses yeux.

— Tout... tout le monde reste calme, je vais appeler de l'aide.

Herbert laissa échapper un râle.

— J'ai un problème.

La lumière du portable revint sur lui ; Julius grimaça quand il vit qu'une branche avait transpercé la poitrine du type. *Aïe.* Ce devait être douloureux.

Reggie Somack tenait son bras droit gauchement tandis que le gardien braquait la lampe vers lui, tout en essayant de passer un appel.

— Je crois que j'ai le bras cassé.

Julius ignorait si Somack disait la vérité, mais c'était un miracle qu'ils ne soient pas tous morts.

— Merde ! gronda Byron. Je n'ai pas de réseau.

Le véhicule fit un brusque et terrifiant bond en avant, qui leur arracha à tous un cri. Le conducteur balaya la droite avec son faisceau lumineux, et Julius se rendit compte que le sol descendait abruptement vers la rivière gelée en contrebas. Le minibus était appuyé contre un groupe de grands arbres jeunes, qui ployaient sous le poids de la charge.

Le véhicule trembla à nouveau, et le métal grinça contre le bois.

— Sortez-nous d'ici ! s'écria Reggie.

Byron était livide, et un filet de sang coulait de son front, tandis qu'il observait les prisonniers à travers la grille métallique qui les séparait. Il se décida tardivement à intervenir et déverrouilla rapidement la cloison.

— Je vais vous détacher de vos sièges. Ceux qui le pourront remonteront sur la route avec moi, et j'appellerai les secours. Je vais faire venir l'équipe d'intervention d'urgence pour Herbert et Somack s'ils ne sont pas capables de remonter la colline. L'équipe de recherche et sauvetage devra venir aussi pour chercher l'agent Pedrós.

Julius était presque sûr que ce dernier était mort au fond du ravin. Byron détacha la chaîne qui passait entre les menottes de Perry Roberts, puis il défit les entraves à ses pieds pour qu'il puisse bouger. Il se recula ensuite, la main sur la crosse de son arme.

— Vas-y maintenant. Et pas de coup tordu. Il y a des blessés.

Roberts déplia sa grande carcasse et s'avança en titubant. Le gardien détacha ensuite Herbert, qui, de toute manière, ne pouvait pas aller bien loin avec la branche plantée en plein dans sa poitrine. Byron posa une main sur l'épaule de l'homme blessé.

— Accroche-toi, Michael. Les secours arrivent.

— Dépêchez-vous, *bordel* !

Le gardien s'occupa ensuite de détacher Julius, qui s'avança sur son siège. Un sentiment d'espoir perça à travers le choc de l'accident et s'épanouit en lui, avec la même euphorie que celle procurée par une ligne de cocaïne de la meilleure qualité.

Perry Roberts, les pieds appuyés contre la portière déformée, tenta de l'ouvrir d'un coup de pied.

— Elle est coincée.

Julius jeta un coup d'œil par-dessus l'épaule massive du type.

— C'est un arbre qui la bloque. Laisse-moi sortir par la fenêtre avant, et je tirerai depuis l'autre côté.

Roberts le repoussa de ses mains menottées.

— Je passe en premier.

Julius réprima son ressentiment exacerbé. Roberts jura lorsque le verre de sécurité brisé le coupa alors qu'il grimpait par-dessus le volant. Julius voulut le suivre, mais Reggie Somack le repoussa, puis se déplaça maladroitement, telle une grosse chenille orange, par-dessus le tableau de bord et le capot. Il n'y avait plus aucun problème avec son bras.

Le minibus fit une nouvelle embardée ; Julius se précipita à la suite de Somack.

Le vent lui coupa le souffle. Il faisait un froid de canard.

Ses doigts engourdis s'agrippèrent au métal glacé tandis qu'il se hissait en toute hâte sur le capot glissant et tombait à terre. Il se releva, trébucha sur des racines brisées dans l'obscurité, puis s'agrippa au tronc noueux d'un jeune arbre qui menaçait de se rompre sous son poids.

Julius distinguait les silhouettes vêtues d'orange de ses codétenus à travers la neige qui tombait. Alors que l'agent Byron commençait à sortir par la vitre, Roberts et Somack commencèrent à secouer le bus.

— Arrêtez ça ! Stop ! Herbert est là-dedans !

Byron lâcha son arme, puis se servit de ses deux mains pour s'accrocher.

Roberts et Somack ne s'arrêtèrent pas pour autant. Le garde essaya de sortir par la vitre, mais sa ceinture tactique se coinça au moment où l'arrière du véhicule commençait à glisser. Quelques secondes plus tard, le bruit du minibus qui s'écrasait dans l'eau leur parvint, emportant avec lui le pauvre et pathétique agent Byron.

Les deux condamnés se tournèrent vers Julius, qui tâcha de ne pas frémir. Était-il le prochain ?

— Ce n'est jamais arrivé. Compris ? l'interpella Roberts, pointant le doigt sur lui.

Julius acquiesça aussitôt.

— Je n'ai rien vu.

— Ne nous suis pas, espèce de petit tordu, l'avertit Somack.

Ils partirent en direction de l'est, et Julius resta figé pendant quelques secondes, jusqu'à ce qu'il se rende compte qu'il était libre. Il était *libre*, et c'était la chance de sa vie. L'ironie de la situation, c'était qu'il risquait fort de mourir de froid, car la neige avait immédiatement imprégné ses chaussures minables et sa combinaison orange. Mais il n'était pas question pour lui de rester là à attendre la mort. Il glissa et tituba en remontant la berge accidentée, en direction de la route. Le terrain était escarpé, et sa respiration laborieuse. Il fit un pas de plus, trébucha, et atterrit sur quelque chose de volumineux et chaud.

Tendant ses doigts engourdis, il trouva des vêtements sous une fine couche de neige.

Merde. C'était un corps. *Pedrós* ? Était-il mort ?

Julius fouilla dans ses poches, jusqu'à ce qu'il trouve le portable du gardien. Il alluma la torche : il constata que la tête de l'homme était penchée selon un angle peu naturel, et que son regard était fixe. Son regard fit hésiter Julius pendant une seconde, mais il n'avait pas le temps de s'interroger sur le côté mystique de la mort. Il trouva ensuite les clés du gardien, dont il se servit pour ouvrir ses menottes, puis il frotta ses poignets après avoir retiré ces bracelets métalliques qu'il détestait tant.

Il se pencha en arrière un moment, tandis que de violents frissons l'envahissaient. Ensuite, il décida que le destin avait placé

Pedrós sur son chemin pour une bonne raison. Julius retira le manteau, la veste et la chemise du type. Il fit de même avec ses bottes, ses chaussettes, puis son pantalon. Il omit de lui prendre ses sous-vêtements, parce qu'il avait des principes. Il se dépouilla de sa combinaison orange qu'il haïssait tant, et dansa dans le froid avant de se glisser rapidement dans les vêtements chauds du gardien. Ils étaient trop grands, mais cela n'avait pas d'importance.

Julius finit de s'habiller, tapota le pistolet qu'il portait désormais à la ceinture, ainsi que les menottes qu'il avait fourrées dans sa poche. C'était étrange d'être vêtu comme les hommes et les femmes qui avaient contrôlé ses moindres faits et gestes pendant des années. Étrange, mais agréable. Il redressa l'échine et fit rouler ses épaules. Il roula sa combinaison sous un bras, car la laisser derrière lui aurait été comme agiter un énorme drapeau orange.

Il ne pouvait rien faire pour le corps, mais les autorités ne sauraient pas qui avait pris les vêtements du gardien. Ils ne sauraient même pas si Julius avait survécu à l'accident. Cela pourrait lui donner une longueur d'avance.

Il garda le téléphone portable ; il s'en débarrasserait une fois qu'il se serait repéré.

La liberté.

Il en sentait le goût. Elle était aussi précieuse et désirée qu'un bébé pour un couple stérile, que de la nourriture pour un homme affamé.

Il crapahuta jusqu'au sommet de la colline, haletant, prudent au cas où Roberts ou Somack seraient également là, ou au cas où les autorités auraient déjà constaté leur disparition. Lorsqu'il arriva au bord de la route, il jeta un coup d'œil à travers les arbres.

Rien. Personne.

Il essaya de consulter un plan sur le téléphone portable de

Pedrós, mais celui-ci était protégé par un mot de passe et lui était donc inutile. Frustré, il le lança en direction de la rivière.

Une voiture s'approcha : Julius prit un risque. Fourrant la combinaison sous sa veste, il se posta au bord de la route et fit signe au conducteur. Il devait partir d'ici le plus vite possible... c'était le seul moyen pour lui de s'échapper pour de bon. La voiture s'arrêta en dérapant. Julius s'avança d'un pas assuré vers la vitre passager et se pencha.

C'était un homme jeune, qui devait avoir dans les vingt-cinq ans. Julius glissa le pistolet dans sa poche.

— Il y a eu un accident. J'ai besoin que vous me conduisiez à la ville la plus proche.

— Bien sûr, mec. Monte.

Julius grimpa à bord. Il comprit soudain que tout cela était écrit. C'était le destin. Et il prit enfin conscience d'une autre chose. Il toucha sa mâchoire : sa dent ne lui faisait plus mal. Elle était tombée pendant l'accident.

Sa journée se déroulait de mieux en mieux.

Il imagina le visage de Hope lorsqu'elle apprendrait la nouvelle. Elle ne pourrait plus l'ignorer, maintenant, si ? *Garce.*

Elle saurait qu'il viendrait s'en prendre à elle. Et elle saurait pourquoi.

CHAPITRE DEUX

Lundi 1ᵉʳ février, seize heures quinze, enceinte de la HRT,
Quantico

Aaron Nash passa son bras autour du cou de Ryan Sullivan, et, comme nombre de gens devaient souvent en rêver, il serra. Les deux hommes étaient allongés sur le sol, en train de s'empoigner. Aaron enroula ses jambes autour de son adversaire et maintint immobile cet enfoiré qui glissait. De la sueur coulait dans ses yeux, et son souffle était chaud dans ses poumons, mais il n'était pas question qu'il laisse Ryan se dégager de cette prise.

Le surnom d'Aaron, qu'il détestait en secret, était « Le Professeur », car il était l'un des rares membres de la HRT, l'équipe de libération des otages, qui n'avait pas de passé dans l'armée ou les forces de l'ordre. Au lieu de cela, il était titulaire d'un master en biologie, et, sans un coup du sort, il aurait fait carrière dans cette branche. Cowboy n'avait pas non plus de passé militaire, mais tous deux avaient leur place dans l'équipe. Et savaient se défendre sur le tapis.

Ryan tapa le tapis pour déclarer forfait ; Aaron le relâcha, et ils roulèrent loin l'un de l'autre, haletant fort.

— Qui est le suivant ? lança Ryan, la voix rauque, mais résignée. Je vous attends !

— Donnelly est la seule à ne pas t'avoir encore botté le train aujourd'hui.

Ryan se laissa tomber sur le dos : ses vêtements de sport étaient imbibés de sueur, et son visage rougi tandis qu'il contemplait le plafond.

— Je vais déclarer forfait maintenant et m'éviter cette humiliation.

Meghan Donnelly ricana. Aaron se releva, puis tendit la main à l'autre opérateur.

— Bonne idée. Garde ton énergie pour quand Steel reviendra du Maine.

Ryan grogna en prenant sa main et le laissa l'aider à se lever.

— Grady va me tuer. J'ai été un vrai con.

— Au passé ? l'interrogea Aaron, haussant un sourcil.

Son coéquipier afficha un sourire qui n'atteignit pas ses yeux.

— Sans doute que non.

Aaron savait que son ami souffrait. Il aurait aimé pouvoir l'aider, mais certaines personnes semblaient stocker leur malheur. Peut-être était-ce ce qui leur permettait de rester debout.

Il pouvait difficilement leur jeter la pierre, mais, plutôt que de ressasser le passé, il préférait ne plus y penser, à moins qu'on le lui mette sous le nez. Dans ce cas, il affichait un sourire et encaissait.

Hunt Kincaid leur lança une serviette à chacun. Tous les membres de l'équipe Gold avaient affronté Ryan au corps à corps cet après-midi-là. Cowboy avait tenu bon pendant un certain temps, mais, au bout de deux heures, il aurait été incapable de se défendre contre une chips, alors des opérateurs extrêmement compétents... Tout le monde avait fait un peu d'exercice, mais surtout, tout le monde était très satisfait. Ryan avait compris le message : il ne devait pas se mêler des affaires des autres.

Il pourrait comprendre la leçon. Mais Aaron en doutait.

Ils commençaient à se diriger vers le vestiaire quand le chef d'équipe, Payne Novak, entra.

— Qui d'autre est encore présent dans l'enceinte ?

Aaron essuya la transpiration sur son visage. L'équipe Gold était composée de deux unités d'assaut de sept personnes, Echo et Charlie, et d'une unité de snipers de huit personnes. La plupart des opérateurs se trouvaient dans la salle de sport ou dans le vestiaire.

— Tout le monde, sauf les snipers, qui sont déjà rentrés chez eux.

Entre les tueurs en série, les cartels de la drogue et un ancien agent du FBI dévoyé, l'équipe Gold avait été mise à rude épreuve depuis le début de l'année.

Ils avaient perdu deux de leurs collègues à une semaine d'intervalle, et ces deuils les avaient durement touchés. Aaron n'arrivait toujours pas à se faire à l'idée que Dave Monteith et Kurt Montana soient morts tous les deux.

— Que se passe-t-il ?

Novak lui lança un regard annonciateur d'ennuis.

— Il se peut que nous ayons une évasion de prison.

— Il se peut ? répéta Aaron, qui haussa un sourcil en souriant. Nous n'en sommes pas sûrs ?

L'expression de Novak resta sérieuse.

— Transfert en retard de deux gardiens et quatre détenus d'une prison de haute sécurité dans l'ouest du Massachusetts. Le minibus a disparu alors qu'il se dirigeait vers un centre médical pendant un blizzard.

Cette tempête descendait des prairies canadiennes et menaçait de balayer la moitié du continent.

Novak consulta sa montre.

— Il devait arriver au centre médical vers quatorze heures trente. Au bout d'une heure, alors que le véhicule pénitentiaire n'était toujours pas arrivé, le centre médical a appelé la prison et l'alerte a été donnée. Les agents de la police d'État sont actuellement à la recherche du véhicule. Les US Marshals sont en route vers la zone et ils prendront la direction des opérations au cas où il s'agirait d'une évasion.

Il était seize heures trente à présent. Un élan d'excitation parcourut Aaron.

— Sommes-nous associés aux recherches ?

Novak secoua la tête.

— Pas encore.

Avec la tempête, il était trop dangereux de faire voler des appareils pour détecter les signatures thermiques, et les conditions météorologiques jouaient également contre le personnel au sol. Aaron patienta pendant que Novak envoyait le message alertant tout le monde d'une situation de crise. Ensuite, il éleva la voix pour tous ceux qui se trouvaient encore dans la salle de sport.

— Départ dans trente minutes.

— Où allons-nous ? s'enquit Aaron.

Ils prirent la direction des vestiaires.

— Le ministère de la Justice a eu vent de l'identité des passagers de ce transfert, et, par mesure de précaution, il a demandé une protection pour plusieurs personnalités importantes liées à leurs affaires, expliqua Novak, avant de s'interrompre. Apparemment, le BAU[1] est du même avis.

---

1. Note de la traductrice (NdT – toutes les notes sont de la traductrice) : Département des sciences du comportement.

— Qui s'est *peut-être* échappé ?

— Reggie Somack, Michael Herbert, Perry Roberts.

Cela ne lui disait rien.

— Et... Julius Leech, termina Novak.

— Le tueur en série ?

— Oui. Même si les trois autres ne sont pas des anges. Un trafiquant de drogue notoire, un homme qui a assassiné sa petite amie et kidnappé sa fille dans le but de la vendre, et un violeur en série.

Aaron pinça les lèvres.

— Tu crois que Leech va s'en prendre à l'avocate dont il a assassiné la famille ?

Novak haussa les épaules.

— Ou à l'avocat qui n'a pas réussi à le sauver des poursuites judiciaires la deuxième fois, ou au juge qui l'a condamné à la prison à vie sans possibilité de libération conditionnelle, ou aux personnes qui ont témoigné contre lui. Je crois me souvenir qu'il a proféré de nombreuses menaces dans ce tribunal lorsqu'il a été condamné.

— Où était-ce déjà ?

— À Boston. Le juge a pris sa retraite en dehors de la ville. L'avocat qui a perdu l'affaire possède un cabinet privé prestigieux en ville, et Hope Harper est désormais substitute du procureur général du comté de Suffolk.

Aaron se souvenait vaguement d'elle. Au moment des meurtres, il préparait son master sur une île de Polynésie française. Le double homicide de son mari et de son enfant avait fait les gros titres, même dans cette région excentrée du monde. Certaines personnes avaient parlé de justice divine, car elle avait défendu un tueur en série et obtenu sa libération. De son côté, Aaron ne pensait pas que le meurtre de deux innocents puisse jamais constituer un dommage collatéral acceptable pour les choix d'une autre personne. Il était pour que les gens paient pour leurs propres crimes.

Les avocats de la défense étaient un mal nécessaire, mais après avoir été interrogé à maintes reprises à la barre en tant qu'agent de terrain, il n'était pas fan.

— Il semble peu probable que Leech retourne dans la fosse aux lions simplement pour se venger. À moins qu'il soit innocent et qu'il recherche un manchot, ricana Aaron, faisant référence au film avec Harrison Ford, *Le Fugitif*.

Novak esquissa un sourire tendu. Il avait facilement endossé le rôle de leader, mais Aaron savait qu'il y renoncerait sans hésiter pour retrouver leur ancien boss.

C'était un vœu pieux. La cérémonie commémorative en l'honneur de Montana devait avoir lieu dix jours plus tard, bien qu'ils n'aient pas de corps à enterrer.

— Je suppose que nous partons pour Boston ?

Novak acquiesça.

— Dès que possible, même s'il est peu probable que Leech s'approche de Beantown[2]. Ce sera une bonne occasion de s'entraîner, et ça permettra aux FNG de se faire la main sur la protection rapprochée.

Les « Fucking New Guys » de l'équipe Gold, les derniers arrivés, étaient composés de son partenaire de cage d'équipement Hunt Kincaid, ainsi que de Will Griffin et de Meghan Donnelly, la première femme à avoir réussi la sélection.

— Je te confie la direction de l'équipe Echo pour cette mission. Romano gère Charlie. En chemin, nous recevrons des précisions sur la localisation exacte de nos principaux[3].

— Ont-ils été informés ?

---

2. Surnom de Boston.

3. Personne faisant l'objet d'une protection rapprochée.

— Pas que je sache, répondit Novak, s'éloignant à grands pas.

Il y avait beaucoup à organiser s'ils voulaient partir avant l'arrivée de la tempête. Aaron se déshabilla pour prendre une douche rapide.

— Où allons-nous ? s'enquit Ryan, qui était déjà en train de se sécher.

— À Boston.

L'expression de son coéquipier s'illumina.

— Qu'allons-nous faire à Boston ?

— Sans doute nous geler les fesses à protéger des gens d'une menace inexistante.

— Sympa. J'ai des amis à Boston, répondit Ryan, qui avait des amis *partout*. C'est mieux que de me faire botter le train toute la journée.

— Nous pouvons aussi te botter le train sur le terrain, répliqua Aaron, lui décochant un regard indiquant que tout n'était pas pardonné.

Ryan afficha un sourire ironique, avant de répondre avec son plus bel accent du Montana :

— Eh bien, Professeur, tu peux toujours essayer.

CHAPITRE TROIS

— Trouvez-moi le dossier de l'affaire Du Maurier et rappelez le labo pour obtenir le rapport sur les fibres trouvées dans l'appartement des Dutton. Ils l'avaient promis pour vendredi dernier, demanda Hope Harper, substitute du procureur, à son stagiaire en droit, Colin Leighton.

En même temps, elle rangea son ordinateur portable dans sa mallette en cuir, ainsi qu'un épais dossier qu'elle comptait lire ce soir-là après avoir mangé un morceau.

— Voulez-vous le dossier Du Maurier par mail ?

— Non. Laissez-le sur mon bureau. Je le lirai demain.

Cette routine fonctionnait généralement bien pour eux. Colin était un oiseau de nuit, tandis qu'elle était une lève-tôt. Non pas qu'elle dorme beaucoup.

— N'oubliez pas que nous avons rendez-vous au tribunal à dix heures, lui rappela-t-elle.

— Je n'ai pas oublié. Avez-vous des projets pour le dîner, ce soir ? lui demanda Colin.

— Non. Pourquoi ?

Hope regarda le jeune homme : il était de taille moyenne, semblait en bonne forme physique, et il avait des cheveux bruns qui semblaient toujours un peu en bataille. Elle avait entendu certaines stagiaires dire qu'il était sexy, mais, pour Hope, il avait plutôt l'air d'un adolescent. Étant donné qu'elle se sentait aussi vieille que les Appalaches, il en était de même pour tout le monde.

— Je me posais simplement la question.

Il s'agita d'un pied sur l'autre, comme s'il était soudain indécis.

Il avait obtenu son diplôme en avance, achevant un cursus de droit de trois ans en deux ans et demi. Il travaillait pour elle depuis quelques mois, après avoir fait un stage au bureau du procureur l'été précédent. Elle ne savait presque rien de lui, sinon qu'il était compétent, efficace, et légèrement arrogant. Mais elle avait aussi été arrogante, et, comme il savait comment exécuter les ordres sans faire d'erreurs, elle lui accordait une chance.

— Avez-vous des projets, en dehors d'étudier pour l'examen du barreau ?

Il lui adressa un sourire contrit.

— Je vais boire un verre rapide avec des amis.

Des amis. *Quel concept !* Elle avait repoussé tout le monde après les meurtres de Danny et Paige. Aucun d'entre eux ne lui manquait particulièrement.

Elle haussa un sourcil.

— Êtes-vous à ce point sûr de vous ?

— Ce n'est que l'affaire d'une heure, et j'ai étudié comme un fou ces dernières années, répondit-il avec un haussement d'épaules. Sans oublier qu'il y aura toujours une prochaine fois.

Comme c'était un excellent stagiaire, elle se fichait qu'il réussisse ou échoue au barreau cette fois-ci. Un échec pourrait être bénéfique pour son ego. De plus, elle détestait former de nouvelles personnes.

— Amusez-vous bien, alors, lui dit-elle, à son grand étonnement. À demain.

Il était dix-neuf heures. Elle glissa ses bras dans son épais manteau de laine. Si elle se dépêchait, elle pourrait prendre le bus de dix-neuf heures treize et être chez elle à dix-neuf heures trente. Elle descendit les escaliers en toute hâte et franchit les grandes portes vitrées donnant sur Sudbury Street. Le vent de février la frappa aussi durement que des éclats de verre brisé. *Bon sang !* Elle fit quelques pas, avant de s'arrêter net quand une voiture se mit à rouler au ralenti à côté d'elle. Elle se tendit.

Quelqu'un abaissa la vitre d'une Ford Thunderbird rouge et se pencha sur le siège.

— Monte.

Brendan.

Soulagée, elle soupira, ouvrit la portière et se glissa dans l'habitacle chauffé. Elle fronça le nez à cause de la légère odeur de cigarette qui persistait dans l'air. À Noël, il lui avait dit qu'il avait arrêté.

— Nouvelle voiture ?

— Saisie à un trafiquant de drogue.

Ce n'étaient peut-être pas des cigarettes qu'elle sentait.

— Ça ne m'étonne pas.

— Tu rentres chez toi ? s'enquit-il.

— Oui. Et toi ?

— Oui.

— Tu me déposes à la station ou tu me ramènes jusqu'à Charlestown ? Je ne veux pas rater mon bus.

Il commençait à se faire tard, et voir le frère de Danny lui donnait toujours mal à la tête.

— Je te ramène chez toi.

— Tu m'attendais ou bien c'est une heureuse coïncidence ?

Brendan lui sourit. C'était un bel homme. Elle était heureuse qu'il ne ressemble pas beaucoup à celui qu'elle avait aimé. Brendan était plus costaud. Danny et lui avaient les mêmes yeux bleus, mais la chevelure de Brendan était clairsemée, et quelques cheveux gris apparaissaient au milieu du brun. Danny tenait de sa mère irlandaise des cheveux épais, presque noir de jais.

Même après toutes ces années, le souvenir de son visage souriant lui causait encore une vive douleur.

— Maman demandait après toi.

Hope se pelotonna dans son manteau, envahie par la culpabilité.

— Dis à Mary que je viendrai la voir quand cette affaire sera terminée.

Brendan lui lança un regard aussi compréhensif que critique.

— Il y a toujours une autre affaire, Hope.

Elle détourna le regard.

Son beau-père était mort trois ans plus tôt, laissant Mary Harper seule dans cette petite maison mitoyenne de South Boston où elle avait élevé ses garçons. Brendan vivait dans un appartement d'East Boston, avec un loyer modique et une vue imprenable.

— J'y vais pour le déjeuner, dimanche. Je peux passer te prendre, si tu veux. Deux heures, au maximum. Tu dois bien manger, non ?

Mercredi, c'était l'anniversaire de Paige, et chaque année qui passait sans son enfant rongeait Hope, jusqu'à ce qu'elle ait l'impression que ses os n'étaient plus que des barbelés rouillés.

Paige aurait eu douze ans cette année.

Chaque date anniversaire était religieusement commémorée par la famille de Danny. Parfois, cela aidait. Parfois, ces rappels constants étaient douloureux. Sa propre famille était plus facile à gérer. Elle n'avait plus que ses grands-parents, qui vivaient désormais en Floride, et qui respectaient sa perte sans en faire trop. Ils lui passaient un coup de fil ou lui envoyaient une carte avec un bref message. Elle n'avait pas besoin de plus. C'était tout ce qu'elle voulait.

Par la vitre, Hope regarda la rivière Charles au moment où ils franchissaient le pont de North Washington Street. Elle était connue pour être un bouledogue implacable et courageux dans les salles d'audience et au travail, mais, lorsqu'il était question de la mère de Danny, elle était sans défense. Peut-être que si elle n'avait pas privé cette femme de son plus jeune fils et de son unique petit-enfant, il lui aurait été plus facile de distendre leurs liens. De s'éloigner suffisamment pour pouvoir respirer.

Mais elle ne pouvait pas.

Elle allait donc passer deux heures à s'étouffer avec du poulet rôti et à s'autoflageller. En agissant autrement, elle aurait déçu son défunt mari, et, même après sept ans sans lui, elle ne pouvait s'y résoudre.

— D'accord, concéda-t-elle. Mais je te retrouve là-bas. À treize heures ?

Brendan se gratta la tête.

— Je passerai te prendre à douze heures trente.

Hope pinça les lèvres et expira par le nez. Très bien.

— Comment va Loretta ?

Brendan garda les yeux rivés droit devant lui.

— Nous avons rompu.

— Je suis désolée.

Brendan avait du mal à nouer des relations depuis le meurtre de son frère. Hope n'avait aucune envie d'essayer de trouver quelqu'un d'autre. Quel intérêt ?

— Tu travailles sur quelque chose d'intéressant ? l'interrogea-t-elle.

Le travail était le seul domaine où ils ne manquaient jamais de sujets de conversation, et où ils n'avaient pas besoin de prétendre qu'ils n'étaient pas intrinsèquement brisés.

— Un méchant homicide dans le quartier de Back Bay. On dirait un crime haineux.

— Des suspects ?

— Pas encore, mais sur les images de vidéo surveillance, nous voyons quelqu'un quitter l'immeuble. Cela pourrait nous mener quelque part.

— De l'ADN ?

— Nous attendons toujours les résultats.

Hope hocha la tête. Les labos étaient débordés, et les résultats prenaient du temps. Tant que les techniciens faisaient bien leur travail, elle ne voyait pas d'inconvénient à patienter quelques jours, mais, lorsque le délai s'allongeait à plusieurs semaines, elle devenait hargneuse.

— Tu travailles toujours avec Janelli ?

— Oui, répondit-il en lui coulant un regard.

— Comment va-t-il ?

Brendan haussa les épaules, puis sourit.

— Bien. Toujours en train de critiquer le bureau du procureur.

De la critiquer, elle. Lewis Janelli la détestait viscéralement, tout comme quelques autres agents de la police de Boston. Elle s'en fichait, mais elle aimait se tenir au courant de tout ce qui se passait au sein du service de police.

Peut-être était-ce pour cela que Brendan faisait toujours partie de sa vie. *Bien sûr.*

C'était un mensonge, mais cela l'aidait à se sentir mieux face au manque de contrôle qu'elle avait sur sa relation avec son beau-frère. Elle avait réussi à mettre tout le monde à la porte, mais pas Brendan ni sa mère.

Il appuya sur l'accélérateur et passa à l'orange. Il vira à droite et s'engagea dans Monument Avenue, longeant à toute vitesse le parc qui abritait le monument de Bunker Hill, jusqu'à son extrémité, où Hope partageait une grande maison mitoyenne avec un couple qui vivait au rez-de-chaussée. Elle occupait les trois niveaux supérieurs, et elle avait un jardin sur le toit. C'était un peu excessif pour une femme seule, mais elle aimait cet espace. Elle avait besoin de cet espace.

Et elle avait de l'argent.

Non seulement elle avait touché une assurance-vie, ainsi qu'une indemnité de la part de son ancien cabinet d'avocats lorsqu'elle avait rompu son partenariat, mais les livres de Danny avaient connu un succès fulgurant après sa mort. Le reste du monde n'avait pas besoin de savoir qu'elle avait repris l'écriture de sa série, publiée sous un pseudonyme.

Brendan arrêta brusquement la voiture.

Elle attrapa la poignée pour ouvrir la portière.

— Hope, l'appela-t-il en lui attrapant le bras, avant de le relâcher rapidement.

Il voulait entrer pour boire un verre et discuter. Il le faisait souvent, mais, ce soir-là, elle n'avait pas le temps. Elle n'en avait pas l'énergie. Elle n'avait pas envie de l'entendre se remémorer son enfance avec son frère, souvent marquée par des bêtises dangereuses. Elle ne voulait pas écouter Brendan déverser son chagrin qui, après quelques bières, était aussi vif aujourd'hui que sept ans plus tôt.

Elle avait sa propre peine à gérer. Elle détestait montrer ses émotions en public, même devant la seule personne qui comprenait vraiment ce qu'elle ressentait. Désormais, elle gardait tout enfermé dans une boule serrée, au plus profond d'elle-même. Elle ignorait ce qui se passerait si elle la laissait échapper.

Rien de bon.

— Je t'inviterais bien à entrer, mais j'ai une audience dans la matinée, et je veux revoir l'affaire une dernière fois et finir de prendre des notes sur ma déclaration préliminaire, au cas où nous progresserions plus vite que prévu.

— Je parie que tu connais les faits sur le bout des doigts.

— Comme tout bon magistrat.

Elle descendit de la voiture et récupéra son sac posé à ses pieds. Elle voulait aussi travailler sur son prochain roman.

— Le bureau du procureur a de la chance de t'avoir, Hope.

La jeune femme fixa ses yeux bleus, l'obligeant à se détourner. Ils savaient tous les deux pourquoi elle travaillait pour le procureur. La chance n'avait rien à voir dans tout cela.

Elle était fermement déterminée à mettre hors d'état de nuire autant de tueurs que possible, parce que c'était tout ce qui lui restait. C'était purement égoïste. Le fait qu'elle se montre aussi dure envers les policiers qu'envers les criminels ne lui avait pas non plus valu la sympathie du département de police de Boston.

Il fit vrombir bruyamment son moteur alors qu'elle remontait les marches en pierre qu'elle partageait avec ses voisins, actuellement en croisière dans les Caraïbes. Elle leva la main en guise d'au revoir, déverrouilla la porte et entra.

Elle était en train de désactiver l'alarme quand quelqu'un sonna à la porte. Elle poussa un gros soupir, puis posa son sac sur la table d'appoint dans l'entrée. Brendan était un inspecteur chevronné, et, parfois, il n'acceptait pas qu'on lui dise non. La subtilité ne fonctionnait pas toujours. Non pas qu'elle ait été particulièrement subtile.

Elle serra les dents et se prépara à être franche. Elle n'avait ni le temps ni l'énergie mentale pour s'occuper de lui ce soir-là. Elle ouvrit la porte et sursauta, surprise. Un groupe d'hommes vêtus de noir, lourdement armés, et arborant le mot « FBI » sur l'avant de leur équipement, se tenait sur le pas de sa porte.

— Hope Harper.

Ce n'était pas une question.

— Comment puis-je vous aider ? s'enquit-elle, bloquant l'entrée.

Par-dessus leurs épaules, elle remarqua deux véhicules qui s'éloignaient. L'un des hommes montra son insigne.

— Opérateur Aaron Nash, de la HRT, FBI, m'dame. Pouvons-nous entrer ?

L'équipe de libération des otages ?

— Pourquoi ?

— Pourquoi ? répéta-t-il, le ton interrogateur.

Comme s'il ne pouvait imaginer pour quelle raison elle leur refuserait l'entrée et les laisserait sur le pas de la porte, à moins qu'elle ne soit coupable de quelque chose ou qu'elle ait quelque chose à cacher. Il était grand, avec une barbe courte et des cheveux d'un noir d'encre qui lui rappelaient un peu ceux de Danny, mais au lieu d'être bleus, les yeux de cet homme étaient d'un brun profond et intense, presque noirs. De jolis yeux. Trop jolis pour un homme qui portait autant d'armes.

Un autre homme, aux cheveux blonds et aux yeux bleu glacier, passa devant les agents tactiques. Il portait un costume et arborait une expression cynique.

Lincoln Frazer.

Hope soupira.

Elle l'avait rencontré pour la première fois lors du premier procès de Leech, alors qu'ils se trouvaient dans des camps opposés dans la salle d'audience. Elle écoutait toujours ce que Lincoln Frazer avait à dire. Bien sûr, le fait qu'ils soient aujourd'hui dans le même camp facilitait les choses.

— Hope, la salua-t-il, avec un petit signe de tête. Nous devons parler, et tu préférerais sans doute que les médias ne nous voient pas tous attroupés devant ta porte comme ça.

Hope haussa un sourcil lorsque les agents du FBI passèrent devant elle sans attendre d'autre autorisation que celle-là.

D'accord. Elle referma la porte derrière eux, et ils se placèrent en formation libre le long de l'élégant couloir. Neuf agents, plus Frazer.

Il se passait quelque chose d'important.

— Nous aimerions procéder à une fouille des lieux, annonça l'agent Nash, qui la toisait, même si, avec ses talons, elle culminait à un mètre soixante-dix-huit. Puis-je avoir vos clés ? Ou bien devons-nous utiliser les nôtres ?

Il pointa du doigt le bélier, que l'un des hommes leva en guise de salut.

— Très drôle.

L'homme aux cheveux noirs, Aaron Nash, semblait diriger l'équipe.

— Allez-vous me dire pourquoi ou dois-je deviner ?

— Nous pensons que votre vie pourrait être en danger.

— En quoi est-ce nouveau ?

Hope recevait régulièrement des menaces de mort, mais, en général, personne ne se précipitait pour la protéger. Elle était prudente, et elle avait mis en place un système de sécurité efficace. Elle avait même une arme, enfermée dans le coffre de sa chambre.

— Il va me falloir des détails. Bien plus de détails que cela, j'en ai peur, avant de vous laisser entrer chez moi.

Ces yeux sombres lui disaient qu'il pensait que cela devrait suffire à n'importe qui. Ils mettaient en doute son intelligence, ce qui la mit aussitôt sur la défensive.

— Pourquoi ne me laisserais-tu pas t'expliquer pendant que la HRT procède à une inspection ? suggéra Lincoln Frazer, qui lui toucha le bras dans un geste de réconfort inattendu. Ils vont s'assurer qu'aucune mauvaise surprise ne t'attend à l'intérieur.

Il fallut un moment à la jeune femme pour dissimuler l'horreur que lui évoquaient ses mots. Elle savait à quoi ressemblaient les mauvaises surprises dans les moindres détails, et personne ne pourrait plus jamais lui faire autant de mal, même en lui arrachant les membres un à un.

— Mes excuses, ajouta Frazer avec une grimace. Je n'ai pas réfléchi.

Cela la surprit plus que le reste : Frazer n'était pas du genre à s'excuser.

L'agent Nash tendit une main vers Hope, paume vers le haut, pour lui réclamer ses clés.

Se disant que, plus vite ils accompliraient leur tâche, plus vite ils la laisseraient tranquille, elle fouilla dans sa poche et les lui remit à contrecœur. Il lança les clés à un autre agent, et quatre d'entre eux empruntèrent l'escalier, remarquablement silencieux pour des êtres humains aussi imposants et lourdement armés.

— Attention à mon chat ! leur cria Hope.

L'un des autres agents frappa à la porte du rez-de-chaussée.

— Qui vit dans cet appartement ? s'enquit Nash, dont la voix était grave et résonnait fort.

— Mes voisins, Enrique Hernandez et Larry Langton, répondit-elle.

Elle était consciente que son expression devait se situer quelque part entre agressivité et insolence. Mais, quelle importance ?

— Ils ne représentent absolument aucune menace pour moi.

— Je m'inquiète davantage du fait que leur proximité avec vous pourrait représenter une menace pour leur sécurité.

— Quoi ? s'exclama-t-elle, puis elle cilla.

À en juger par son regard, Aaron Nash ne l'appréciait pas vraiment, mais elle en avait l'habitude. Hope posa une main sur sa hanche.

— En quoi suis-je un danger pour eux ?

— Ce n'est pas volontaire de votre part, répondit Nash, l'observant à nouveau attentivement. Sont-ils habituellement présents à cette heure de la journée ?

— Oui. Mais, en ce moment, ils sont en croisière dans les Caraïbes.

Nash esquissa un léger sourire.

— C'est une bonne chose. Avez-vous une clé de leur appartement ? Nous aimerions vérifier s'il n'y a pas d'intrus chez eux.

Il était si poli ! Mais Hope voyait la détermination dans son regard. C'était un ordre, pas une demande.

— Est-ce vraiment nécessaire ?

Il soutint son regard.

— Oui, m'dame.

Soudain fatiguée, Hope s'affaissa contre le mur.

— Le double de la clé de leur appartement se trouve sur le trousseau que je vous ai donné. Il y a une petite étiquette arc-en-ciel.

Nash adressa un signe du menton à l'un de ses collègues, qui courut dans les escaliers pour récupérer ses clés. Hope s'obligea à se redresser, puis elle fit face à Frazer.

— Tu ferais bien dè me dire ce qui se passe. Je veux que ces gens quittent ma maison le plus rapidement possible.

— Je crains que nous n'allions nulle part, m'dame, lui répondit Nash par-dessus son épaule.

Elle l'ignora pour se concentrer sur Frazer.

— Alors ?

— J'ai bien peur que l'opérateur Nash ait raison, Hope. Tu dois bénéficier d'une sécurité vingt-quatre heures sur vingt-quatre, sinon nous devrons te placer sous détention protégée[1]. Ordre de la procureure générale elle-même.

Hope plissa les yeux.

— Vous ne pouvez pas faire ça.

---

1. Type d'emprisonnement visant à protéger une personne contre tout préjudice, venant de sources extérieures, ou d'autres prisonniers.

— Vous savez que nous le pouvons, intervint à nouveau Nash derrière elle d'une voix patiente.

Elle commençait à détester cette voix suave.

— Pourquoi ? Que s'est-il passé ? les interrogea-t-elle, mais, soudain, elle eut l'horrible sentiment qu'elle *savait*. Cette sale ordure n'est pas sortie de prison.

Frazer pinça les lèvres, et, soudain, il eut l'air fatigué.

— Un véhicule transportant Leech et trois autres condamnés, ainsi que deux gardiens, a été retrouvé au fond d'une rivière en fin d'après-midi. Les plongeurs de la police ont pu accéder au véhicule, mais un seul homme a été retrouvé à l'intérieur. Il était mort. À ce stade, nous ne savons pas si les autres prisonniers et les gardiens sont morts ou en vie. Il est fort probable qu'ils se soient noyés, mais si ce n'est pas le cas...

— S'il ne s'est pas noyé, l'interrompit Hope, si, d'une manière ou d'une autre, Julius Leech a survécu et s'est échappé du véhicule, il va se mettre en route pour Boston, pour tenir les promesses qu'il a faites lors du dernier procès.

De la *violer*. De la *tuer*.

Une vague brûlante envahit les veines de Hope, aiguisant ses sens. Elle montra les dents, arborant un rictus mortel.

— Que cette ordure essaie.

CHAPITRE QUATRE

— **V**ous n'êtes pas inquiète pour votre propre sécurité ? demanda Aaron, observant la femme dont il devait désormais assurer la protection.

Elle ne semblait pas le moins du monde perturbée par le fait qu'un tueur en série, qui avait menacé sa vie et assassiné sa famille, était peut-être en cavale. Elle le regarda par-dessus son épaule.

— Non. Cela me donnera l'occasion de tuer cet enfoiré... en état de légitime défense, bien sûr, ajouta-t-elle sèchement.

— J'espère que nous n'en arriverons pas là, intervint Lincoln Frazer.

— Rabat-joie.

Les yeux de la jeune femme brillaient comme de l'argent liquide. Hope Harper n'était pas telle qu'Aaron Nash l'avait imaginée. Absolument pas.

Il s'était attendu à une femme dure. À une femme froide. Une femme amère. Il ne s'était pas attendu à un esprit aussi vif, à une personnalité aussi hostile, ni à une élégante blonde aussi parfaite. Cependant, lorsqu'il était question de sa propre sécurité, ses paroles étaient glaçantes. Elle ne montrait aucune peur.

Aucun instinct de survie. On aurait dit qu'elle *voulait* faire quelques rounds avec le tueur en série.

Et peut-être ne pouvait-il pas le lui reprocher.

— Auriez-vous suivi un entraînement au combat dont je ne serais pas informé ?

Il parlait d'une voix ferme, car il se doutait qu'elle était capable de flairer et d'exploiter les faiblesses aussi sûrement qu'un renard flairait et attaquait un lapin. Hope plissa les yeux.

— J'ai la fureur d'une femme dont l'enfant et le mari ont été assassinés de sang-froid par ce salopard.

Son émotion vibrait dans chacun de ses mots, mais il l'ignora. Son travail était tactique, pas émotionnel. Tout reposait sur la logique et la préparation. Et peut-être un peu sur la chance, mais il n'allait pas l'admettre devant un principal qui semblait aussi hostile. Il devait gagner sa confiance s'ils voulaient travailler efficacement ensemble.

— Parfois, remarqua-t-il d'une voix tranquille, cela ne suffit pas.

Quelque chose vacilla dans les profondeurs glacées de ses yeux avant qu'elle détourne le regard.

— C'est tout ce qu'il me reste.

— Ce n'est pas vrai, Hope, protesta Lincoln Fraser, affichant un grand sourire qui montrait qu'il n'était pas contre un peu de danger. Tu bénéficies également de la protection du FBI.

— Que je le veuille ou non.

La pointe de vulnérabilité avait disparu, remplacée par de l'amertume.

Aaron ne pouvait pas lui reprocher d'être en colère, mais son attitude pouvait rendre son travail plus difficile, et, surtout, mettre ses coéquipiers en danger. Et il ne pouvait pas l'accepter. Leur travail était déjà assez dangereux sans y ajouter un principal qui avait envie de mourir.

Kincaid sortit de l'appartement du rez-de-chaussée.

— Dégagé !

Livingstone arriva en haut des escaliers et cria à son tour :

— Dégagé !

Levant les yeux au ciel, Hope Harper récupéra sa mallette et la monta dans les escaliers. Aaron se plaça devant l'ASAC Frazer, l'agent spécial en charge, au grand dam de ce dernier, mais Harper était sous la responsabilité d'Aaron, pas de Frazer. Il se tint suffisamment près d'elle pour sentir la légère odeur de son parfum, quelque chose de sucré, comme de la vanille, qui contrastait complètement avec la femme elle-même.

Elle jeta un œil derrière elle.

— Leech n'a sûrement pas déjà eu le temps d'arriver à Boston ?

Aaron répondit avant que Frazer puisse ouvrir la bouche. Il était important qu'il développe une relation de travail avec cette femme, indépendamment de ce qu'elle ressentait, ou de ce que lui-même pensait.

— Tout dépend s'il s'agissait d'une évasion planifiée, et du moyen de transport dont il disposait.

— À supposer qu'il ne soit pas au fond de la rivière.

— À supposer que ce ne soit pas le cas, concéda Aaron.

— Qu'en est-il de la juge Abbotsford, des jurés, et de toutes les personnes qui ont témoigné contre lui ?

— Nous avons une autre équipe de la HRT avec la juge. Elle est dans sa ferme, à la campagne, et elle coopère pleinement, affirma Aaron, même s'il n'en avait pas la moindre idée. Les US Marshals sont en train d'informer les jurés et fournissent une protection à qui le veut. Nous aimerions avoir une liste des témoins à charge du procès, pour être sûrs de contacter tout le monde. Nous nous sommes dit que vous pourriez nous la fournir plus rapidement que si nous passions par les voies officielles.

Hope croisa son regard un instant ; ses yeux étaient gris

comme la lune, surmontés d'épais cils sombres, qui contrastaient avec ses cheveux blonds.

— Bien sûr.

Elle se détourna à nouveau. Il la suivit dans un escalier en chêne bordé de panneaux de bois sombre, et dont le centre était recouvert d'un tapis rouge moelleux.

La porte d'entrée de son appartement était faite d'un bois plus épais, avec une serrure solide. De là, ils gravirent quelques marches supplémentaires pour entrer dans le salon, où Livingstone, Griffin, Hopper et Cadell les attendaient.

L'appartement présentait des parquets cirés, recouverts de plusieurs grands tapis. De grands canapés gris pâle étaient installés dans la pièce. Un fauteuil confortable en cuir bordeaux, accompagné d'un repose-pied assorti, était placé à côté d'une table d'appoint, sur laquelle s'empilaient des dossiers. Il semblait servir régulièrement. Les fenêtres à guillotine étaient grandes, et dépourvues de rideaux. Les snipers Damien Crow et JJ Hersh passèrent devant lui pour aller inspecter le toit et l'escalier de secours, afin de repérer les postes d'observation et les points faibles. L'escalier de secours courait le long du bâtiment, ses rampes étant clairement visibles à travers les fenêtres, ce qui facilitait l'accès à tout agresseur potentiel. Les deux autres snipers affectés à l'équipe Echo avaient garé les véhicules, et ils examinaient les bâtiments environnants à la recherche de meilleures positions de surveillance. Cependant, Aaron pensait qu'ils pourraient s'installer sur le toit pour le moment.

Hope laissa tomber son sac à côté du canapé. Un chat blanc s'enroula autour de ses jambes en miaulant bruyamment. Elle le prit dans ses bras et entreprit de le caresser. Au bout d'un moment, l'animal sauta à terre, avant de courir dans la cuisine.

La jeune femme se défit ensuite de son manteau qu'elle jeta sur le dossier du canapé. Aaron ne put s'empêcher d'admirer sa silhouette élancée, vêtue d'un pantalon gris moulant et d'un pull crème.

Il n'y a pas beaucoup de couleurs, par ici, remarqua-t-il. Certes, l'appartement, tout comme la femme elle-même, n'était ni inesthétique ni désagréable, mais l'atmosphère était plus froide et professionnelle que douillette. Et peut-être était-ce intentionnel.

À l'exception de ce vieux fauteuil bordeaux.

— Vous voyez ? lança-t-elle, levant les mains. Aucun tueur en série ne se cache derrière les portes. Vous pouvez partir, maintenant.

— Tu sais que cela n'arrivera pas, Hope, la réprimanda Frazer.

— Pourquoi pas ? rétorqua Hope Harper, qui n'était pas la femme timide ou facile à manipuler qu'Aaron aurait voulue. Leech n'est ni un surhomme surentraîné ni un sniper doué. Il y a sept ans, il n'était rien d'autre qu'un intello malingre, qui parvenait à se rapprocher des gens grâce à son air inoffensif. Je doute qu'il ait pris du muscle en prison.

Elle ricana, puis se dirigea vers sa cuisine.

Aaron suivit, agacé. Sept ans plus tôt, lui aussi était un intello chétif. Il s'était énormément musclé au cours des années passées.

— Sept ans passés en prison, c'est long. Mieux vaudrait ne pas le sous-estimer, surtout quand on sait qu'il est très motivé, et soupçonné d'avoir tué huit personnes, à notre connaissance.

Il essaya d'adoucir la morsure dans sa voix, mais il sut qu'il avait échoué lorsque Harper et Frazer le regardèrent en fronçant les sourcils.

— Vous n'avez qu'à placer deux gars devant, dans une voiture banalisée, suggéra Hope avec un ricanement. Je suis sûre qu'il jettera un coup d'œil aux grands hommes effrayants avec des pistolets, et qu'il s'enfuira comme le cafard qu'il est.

Le fait qu'elle néglige et méprise leur expertise aussi facilement le mettait hors de lui.

— Et s'il n'en fait rien ? Si la vision aux rayons X des deux grands hommes effrayants avec des pistolets dans la voiture garée devant échoue, et que Leech parvient à entrer par le jardin de derrière ou l'escalier de secours ? Qu'arrivera-t-il, alors ?

— J'ai une arme dans ma chambre.

Aaron s'avança vers Hope, l'obligeant à le regarder. Il tendit la main et saisit son bras sans serrer, pour bien se faire comprendre.

— Et s'il est ici, dans votre maison, quand vous rentrez du travail ? Et s'il vous attrape avant que vous puissiez atteindre l'arme qui se trouve dans votre chambre ? Pire, s'il la trouve en premier ?

Hope s'empara d'un couteau sur la bande magnétique fixée au mur, puis le maintint contre le gilet en kevlar d'Aaron tandis qu'ils s'affrontaient du regard. Son cœur fit un violent bond, en dépit de son entraînement, avant de retrouver son rythme habituel.

La colère monta dans les yeux de Hope, tandis qu'Aaron gardait son sang-froid. Le pouls de la jeune femme battait violemment sous la peau délicate de sa gorge. Sa poitrine se souleva et ses narines se dilatèrent alors qu'elle inspirait rapidement, avant de retenir son souffle.

Il la désarma en douceur, veillant à ne pas la blesser, et il replaça le couteau sur le mur.

— Et s'il arrive en premier, Hope ? Et si c'est lui qui a le couteau ?

— Alors je lui balancerai un coup de genou dans les parties et lui arracherai les yeux, rétorqua-t-elle, le regard enflammé.

— Vous n'aurez pas à le faire, lui assura Aaron. Parce que

nous serons là ou que vous serez sous détention protégée. Ce serait peut-être la meilleure option.

Il posa un regard interrogateur sur Frazer. Harper attrapa une boîte de nourriture pour chat, et l'ouvrit d'une main tremblante. Elle racla la nourriture avec colère, la versant dans un bol propre, qu'elle posa par terre pour l'animal visiblement affamé.

Frazer s'interposa, sentant peut-être qu'Aaron perdait patience, et que Hope en avait définitivement assez de lui.

— Nous aurions vraiment besoin de ton aide sur ce coup-là, Hope. Si Leech s'est évadé, nous devons le rattraper le plus vite possible, avant qu'il ne fasse de mal à quelqu'un. Tu peux nous y aider.

Elle rinça la boîte et la jeta dans la poubelle de recyclage. Puis elle mit la fourchette dans le lave-vaisselle. Aaron pouvait presque la voir compter mentalement jusqu'à dix. Elle se sécha les mains, puis s'éloigna, franchissant la porte à l'autre bout de la pièce compacte, pour rejoindre le salon. Les deux hommes la suivirent. Les mains dans les poches, Frazer examina les œuvres d'art accrochées aux murs, puis s'approcha pour prendre une photo encadrée représentant un homme aux cheveux bruns, accompagné d'une petite fille aux longs cheveux blonds et au large sourire.

Hope Harper, les bras croisés, l'observait attentivement.

— Tu le connais aussi bien que moi, Linc.

— Ce n'est pas vrai.

— Bien. Je ne vois pas en quoi le fait d'avoir des gardes du corps influerait sur ma décision de vous aider ou non à le retrouver. Évidemment, je vais vous aider à attraper cette ordure. Le remettre en prison pour le reste de sa misérable existence serait un plaisir absolu pour moi, mais cela ne veut pas dire que j'ai besoin d'une protection.

— Vous pensez qu'il va s'en prendre à vous, substitute Harper ? s'enquit Aaron d'une voix calme.

Elle haussa les épaules avant d'aller replacer la photo que Frazer avait touchée.

— N'importe quel milliardaire pervers normal traverserait directement la frontière et se trouverait un petit coin anonyme où se cacher, remarqua Hope.

Elle caressa le visage de la petite fille du bout des doigts, et Aaron endurcit son cœur face à la détresse qui se lisait sur ses traits.

— Mais Leech n'est pas normal.

— Est-ce qu'il t'écrit encore ? l'interrogea Frazer.

Elle se tourna vers le *profiler* et releva le menton.

— Chaque semaine.

— Et vous lisez ses lettres ? intervint Aaron.

Elle le regarda comme s'il était idiot.

— Je prends un malin plaisir à m'assurer que le directeur de la prison autorise leur envoi par courrier, puis je demande à mon stagiaire de les déchiqueter avant même qu'elles arrivent sur mon bureau, expliqua-t-elle, et des plis de fatigue se formèrent au coin de ses yeux. J'aime savoir qu'il perd son temps à hurler dans le vide comme le pauvre raté qu'il est.

— Pensez-vous qu'il va s'en prendre à vous ? insista encore Aaron.

Harper répliqua sèchement.

— Oui. Mais je m'en fiche.

Cette déclaration était brutale, honnête et totalement choquante. Frazer ne sembla pas surpris. Peut-être savait-il déjà ce que ressentait la substitute du procureur.

— Pas nous, m'dame. Vous bénéficierez de la protection de la HRT, que vous le vouliez ou non. Cet enfoiré n'aura pas la satisfaction de vous faire plus de mal qu'il vous en a déjà fait.

Aaron vit Hope déglutir, avant de détourner le regard.

— On dirait que je n'ai pas vraiment le choix, n'est-ce pas ?

— Pas vraiment, confirmèrent les deux hommes à l'unisson.

— Très bien. Mais je ne veux pas me heurter à des agents du FBI à chaque fois que je me retourne. Vous ne pouvez pas rester dans mon appartement.

— Nous sommes des opérateurs, pas des agents, la corrigea Aaron, cette fois. Et la plupart d'entre nous peuvent dormir en dehors de l'appartement pour vous laisser l'intimité dont vous avez besoin.

Il avait dormi dans des endroits bien pires que l'entrée d'une maison mitoyenne du XVIIIe siècle.

— Définissez « la plupart » ?

Aaron lui sourit.

— Vous ne saurez même pas que nous sommes là.

Elle croisa les bras, tentant d'ériger une mince barrière.

— Très bien. Vous pouvez rester ce soir, mais seulement parce que je suis trop fatiguée pour discuter.

Aaron s'amusait de la voir se bercer d'illusions, et croire qu'elle avait le choix, même si elle pouvait transformer le temps qu'ils passeraient ensemble en un véritable enfer.

Quelque chose à attendre avec impatience.

— J'en parlerai à mon patron dans la matinée.

Aaron hocha la tête, comme s'il cédait sur ce point. C'était la procureure générale qui avait ordonné ceci. Jusqu'à ce que son propre boss lui dise le contraire, l'équipe Echo serait à la fois l'ombre et le bouclier de Hope Harper.

— Nous allons *vraiment* avoir besoin de couvrir ces fenêtres ce soir, indiqua-t-il, pointant les belles et grandes fenêtres à guillotine. Des objections à ce que les vitres soient couvertes de sacs-poubelle ?

— En fait, oui. Beaucoup d'objections. J'ai des stores, que j'ai été trop paresseuse pour accrocher, alors faites-vous plaisir, répondit Hope, faisant un signe de tête vers une porte. Là-dedans. Il y a des outils aussi. Veillez à les poser bien droits.

Si elle voulait les asticoter, elle allait devoir faire beaucoup mieux que ça. Des types capables d'éliminer une cible à mille six cents mètres pouvaient accrocher un foutu store. Il croisa les regards de Ryan Sullivan et Hunt Kincaid. Et leur donna le feu vert pour commencer.

— Peut-être pourrions-nous contacter vos voisins, et voir s'ils accepteraient de louer leur appartement au FBI pour quelques jours. Dans ce cas, nous pourrons nous installer et nous reposer là-bas, mais être assez proches pour réagir si nécessaire.

Ils pourraient diviser l'équipe en deux groupes, lui se partageant entre les deux rotations, et se reposant quand il le pourrait. Il placerait deux opérateurs sur le toit, et un autre à la porte d'entrée, un dans le véhicule qui transporterait la substitute du procureur, et un autre juste à l'extérieur de l'appartement.

Hope lui lança un regard.

— Vous croyez que cela ne prendra que quelques jours ?

— Tous les services de police des États-Unis continentaux vont rechercher ces prisonniers évadés, à moins que nous ne retrouvions leurs corps dans cette rivière.

— Je veux voir le rapport sur ce qu'ils trouveront au fond, indiqua-t-elle à Frazer.

Ce dernier acquiesça.

— Peut-être pourrais-tu nous donner cette liste de témoins dans l'affaire Leech ?

Hope se dirigea vers un bureau à l'air ancien ; quand elle l'ouvrit, une imprimante apparut. Elle surprit le regard d'Aaron, qui s'étonna qu'une si belle antiquité dissimule quelque chose d'aussi banal.

— Je travaille souvent tard le soir, et je n'ai pas toujours envie d'être à l'étage dans mon bureau.

— C'est pratique.

Apparemment agacée par sa remarque, elle lui tourna le dos et sortit son portable de sa mallette. Puis elle s'assit sur l'accoudoir du canapé et commença à chercher un dossier.

— Tu veux un lit pour la nuit, Linc ? proposa-t-elle à Frazer d'un ton désinvolte.

Aaron n'aurait su expliquer pourquoi il ressentait un nœud au ventre. Étaient-ils amants ? Il savait que Frazer avait une partenaire à Quantico, mais peut-être Hope l'ignorait-elle. Ou peut-être s'en fichaient-ils tous les deux.

— Même si j'apprécie ton offre, j'ai prévu de dormir chez un autre vieil ami, ce soir. Marshall Hayes et sa femme, Josie.

— Passez-leur le bonjour de ma part, lui demanda Cowboy, debout au sommet d'un escabeau, une perceuse dans une main, et l'extrémité d'un store blanc cassé dans l'autre.

Kincaid tenait l'autre bout ; il avait placé un niveau à bulle sur le dessus.

— Je passerai les voir si je peux, une fois que toute cette histoire sera terminée. Les enfants seront contents de voir leur oncle favori.

— Je leur transmettrai, acquiesça Frazer.

Comment Ryan pouvait-il connaître suffisamment bien le célèbre chef de la division des contrefaçons et des beaux-arts du FBI pour que les enfants l'appellent « oncle » ? Aaron l'ignorait, mais il le cuisinerait plus tard.

— Et transmets mes salutations à Izzy pendant que tu y es, ajouta Hope Harper, affichant son premier véritable sourire, qui était d'une douceur inattendue. Je m'attends à recevoir une invitation au mariage d'un jour à l'autre.

— Je pense que nous sommes plus susceptibles de nous enfuir pour nous marier que d'organiser un grand mariage en blanc, d'autant plus que j'ai déjà emprunté cette voie auparavant.

— Alors, tu lui as fait ta demande ?

— Pas encore, admit Frazer.

— Tu ferais bien de ne pas vendre la peau de l'ours avant de l'avoir tué. Izzy est une petite maligne.

— C'est vrai. C'est vrai. Et elle pourrait avoir bien mieux qu'un homme comme moi, constata Frazer, mais son sourire était confiant.

Hope savait donc que ce dernier n'était pas libre. Aaron s'en sentit légèrement soulagé. Certes, ce n'étaient pas ses affaires, mais les choses risquaient de mal tourner, et il n'aimait pas les situations compliquées ni l'infidélité.

Il détestait vraiment l'infidélité.

— Izzy pourrait se trouver un homme qui ne part pas à la poursuite d'un tueur en série au pied levé.

— Nous avons tous une vocation, Hope. Tu le sais mieux que personne, lui dit Frazer, qui semblait fatigué.

— Sois prudent. Protège-la.

La tension dans la pièce témoignait d'une douleur inexprimée.

Mais Hope l'ignora. Peut-être était-elle désormais immunisée contre cela. Elle récupéra les informations demandées dans l'imprimante. Elle remit une liste à Frazer, mais garda la seconde, dans un jeu de pouvoir qui poussa Aaron à hausser un sourcil.

La jeune femme remarqua sa réaction, et elle esquissa un sourire réticent. Elle s'approcha alors de lui, pour lui remettre la feuille de papier.

— Veillez à ce que ces témoins soient protégés, opérateur Nash. Je n'ai pas besoin d'avoir d'autres morts sur la conscience.

Aaron hocha la tête.

Consternée, elle plissa les yeux lorsque Cowboy commença à percer.

Frazer descendit aussitôt les escaliers jusqu'à la porte d'entrée, et Hope le suivit ; Aaron fermait la marche. Ils passèrent devant les hommes qui se tenaient dans le couloir du rez-de-chaussée, qui se turent à leur arrivée.

Hope s'apprêtait à ouvrir la porte donnant sur la rue, mais Aaron la précéda.

— Attendez un instant.

Elle fit un geste d'agacement avec sa main quand il s'adressa au membre de l'équipe qui surveillait l'entrée principale depuis une voiture banalisée empruntée au bureau local du FBI de Boston.

— Dégagé ?

— La voie est libre devant. Un couple promène son chien dans le parc, mais il n'y a personne d'autre dans la rue.

— Bien reçu.

Frazer leva les documents, puis ouvrit la porte tandis qu'Aaron empêchait quiconque dans la rue de voir Hope.

— Merci pour ça. Je t'appellerai demain à la première heure. Avec un peu de chance, tout sera terminé d'ici là.

— J'ai une audience à dix heures, annonça-t-elle, haussant la voix derrière l'épaule d'Aaron.

— Passe une bonne nuit.

Frazer adressa un sourire à Aaron et se glissa dehors. Ce dernier referma la porte et la verrouilla. Hope le regarda d'un air sévère, puis se tourna vers le reste de l'équipe HRT, qui se redressa. Elle sortit son téléphone portable et passa un appel.

Avait-elle changé d'avis, en dépit de leurs concessions ? Prévoyait-elle de passer au-dessus de lui ? La colère contracta la mâchoire d'Aaron.

— Pas de panique, Larry. Tout va bien dans l'appartement. Non, ne t'inquiète pas, dit Harper en riant, et Aaron vit les expressions défiler sur ses traits, comme les nuages se déplaçant sur un ciel orageux. Je t'appelle pour te demander une énorme faveur. J'ai des amis qui sont arrivés à l'improviste. Ils n'habitent pas en ville. Oui, je sais, c'est surprenant d'apprendre que j'ai des amis.

Elle écouta un instant, puis adressa à Aaron un regard ironique, comme pour lui faire comprendre qu'elle savait qu'il était attentif, et que cela ne lui plaisait pas.

— Oui, je suis bien consciente d'être incroyablement asociale, mais cela ne les rebute pas. Apparemment, ils sont là pour une sorte d'intervention, dit-elle, avant de se taire à nouveau quelques instants pour écouter. J'espère que cette visite les effraiera pour de bon. Mon plus gros problème, c'est que je n'ai pas assez de place chez moi pour leur offrir à chacun sa propre chambre, et je me demandais si cela te dérangerait qu'ils dorment chez vous pendant quelques nuits. Je te promets de vous rendre la pareille un jour, et vous pourrez organiser une fête sur le *rooftop* quand vous voudrez.

Elle écouta attentivement, laissant à son interlocuteur l'occasion de refuser.

Aaron admira le fait qu'elle ne fasse pas pression sur les voisins, car il savait qu'elle en était tout à fait capable.

— Merci. Je changerai et laverai les draps, et vous ne saurez même pas que quelqu'un est venu en votre absence. Je te le garantis personnellement, affirma-t-elle en souriant, mais ses yeux étaient plus durs maintenant. Tous les deux, vous allez sauvegarder ma santé mentale. Comment se passe la croisière ?

Ensuite, Hope fit la conversation, mais Aaron avait compris que les voisins étaient partants. Ils avaient donc un endroit où s'installer, ce qui allait faciliter le bon déroulement de l'*opé*. Il s'approcha du reste de l'équipe, et tous se rapprochèrent.

— Pour l'instant, nous allons nous diviser en deux équipes, dont l'une restera en permanence auprès de la principale. Livingstone, Griffin, Cadell, Crow et Hersh constituent le groupe *Alpha*. Livingstone en prendra la tête en mon absence. Alpha prendra la garde de dix-neuf heures à sept heures du matin. La seconde équipe sera *Omega*, et Cowboy dirigera quand je ne serai pas là. Nous pouvons loger dans cet appartement jusqu'au décrochage. Je serai à cheval sur les deux gardes selon les besoins. Installez-vous, puis reposez-vous.

Hope voulut entrer dans l'appartement, mais Livingstone tendit le bras pour l'arrêter.

— Nous pouvons changer les draps, m'dame.

— Je veux voir dans quel état se trouve l'appartement, pour m'assurer que tout sera impeccable quand ils reviendront.

— Ce n'est pas nécessaire, déclara Aaron. Nous veillerons à ce que tout soit laissé exactement comme nous l'avons trouvé, si ce n'est mieux.

Elle ouvrit la bouche pour protester.

— Je suis presque sûr que des opérateurs de la HRT sont capables de trouver des draps propres et de se servir d'une machine à laver. Je paierai de ma poche s'il y a le moindre dégât... mais il n'y en aura pas.

Hope laissa échapper un soupir agacé.

— Bien.

On aurait dit qu'elle avait juré. Elle se dirigea vers les escaliers, et, cette fois, Aaron la laissa partir seule. Elle était suffisamment en sécurité.

— Faites déposer le matériel ici, et que quelqu'un aille acheter suffisamment à manger pour assurer le dîner et le petit déjeuner. Nous installerons des dispositifs de surveillance pendant la nuit, pendant que la principale dort. Cadell prendra la surveillance de la rue pendant cette garde, mais nous ferons une rotation pour que tout le monde reste vigilant.

— Elle a vraiment fait acquitter un meurtrier, qui est ensuite allé assassiner son mari et sa gamine ? s'enquit Seth Hopper, qui arborait encore le bronzage acquis lors de ses récentes aventures dans le désert de l'Arizona.

Aaron acquiesça.

— Voyons si Novak peut nous envoyer les dossiers ou des antécédents. Plus nous en saurons sur Julius Leech, plus nous serons à même d'anticiper ses éventuelles décisions.

— Foutus tueurs en série, marmonna Livingstone.

— Foutus avocats de la défense, ricana Cadell.

— Aujourd'hui, elle est substitute du procureur, et son palmarès est impressionnant. Elle a renoncé à être associée dans l'un des cabinets les plus prestigieux de la ville pour devenir substitute.

— Elle avait mauvaise conscience, justifia Cadell, se frottant la mâchoire.

Personne n'allait le contester. Seth appuya ses mains sur sa carabine.

— Elle a payé le prix fort.

— Il est peu probable que Leech revienne sur les lieux du crime pour s'en prendre à une femme qu'il a déjà fait souffrir de la pire manière qui soit, intervint Griffin. Je suis sûr qu'un psychopathe comme lui serait ravi à l'idée que la substitute Harper vive longtemps en sachant que leur mort pèse sur sa conscience.

— Pas mal de gens ont une dent contre cette avocate en particulier, tant du côté de la défense que de l'accusation, sans parler des policiers, souligna Livingstone.

— Pourquoi enterre-t-on les avocats à douze pieds au lieu de six ? marmonna Cadell. Parce que, quand on creuse, ce sont des gens bien.

— Écoutez. L'identité de notre principale, et ce que vous pensez d'elle n'a aucune importance, intervint Aaron, élevant suffisamment la voix pour capter l'attention de ses coéquipiers. Nous avons pour ordre de protéger la substitute Harper comme si elle était notre mère. Nous la protégerons, que nous l'apprécions ou non. Nous la protégerons, que le risque soit élevé ou non. Nous ne laisserons passer *personne*. Tant qu'elle sera sous notre protection, nous traiterons chaque situation comme une opération de sécurité à haut risque. Au pire, ce sera un bon entraînement pour les FNG.

Griffin et Kincaid.

C'étaient des agents du FBI expérimentés, mais ils étaient nouveaux en tant qu'opérateurs.

Lorsqu'il entendit claquer la porte à l'étage, Aaron, le cœur serré, comprit que Hope Harper avait écouté leur conversation. *Merde !*

— Omega, reposez-vous, et ne faites pas la moindre égratignure sur quoi que ce soit dans cet appartement. En fait, Griffin, prends des photos maintenant, avant que vous vous installiez. Livingstone, commande des plats à emporter, et gardes-en pour moi, parce que je meurs de faim. Je resterai avec la principale pendant que vous mangerez à tour de rôle. Prouvons à la substitute Harper que nous sommes des adultes responsables, et non les imbéciles qu'elle semble voir en nous.

CHAPITRE CINQ

Hope fut choquée par la douleur aiguë qui la transperça lorsqu'elle entendit l'opérateur Aaron Nash dire qu'il se moquait que son équipe l'apprécie ou non.

Ce n'était pas vraiment un sentiment nouveau ni unique parmi les membres des forces de l'ordre, mais ils n'avaient pas le droit de la juger, merde ! Elle ne voulait même pas d'eux ici.

Elle claqua la porte et ignora les regards surpris des hommes qui accrochaient les stores dans son salon.

Il y avait ce dicton qui disait que la curiosité était un vilain défaut... Il se révélait exact. Elle avait espéré que les agents du FBI lui révéleraient quelque chose au sujet de Leech qu'ils ne lui avaient pas encore dit. Au lieu de cela, elle avait perçu une animosité voilée et compris que cette opération constituait pour eux un *exercice d'entraînement* utile, que Leech se présente ou non.

Il s'agissait de sa foutue *vie* ! De quel droit envahissaient-ils sa maison et la condamnaient-ils, alors qu'elle ne voulait même pas d'eux ici ? *Bon sang !*

Hope entra à grands pas dans la cuisine où elle ouvrit le congélateur, mais l'idée de cuisiner, ou même de simplement décongeler et réchauffer quelque chose, était au-dessus de ses forces.

Alors, elle opta pour des œufs à la coque et des toasts.

Elle aurait dû être habituée aux chuchotements et aux regards accusateurs, mais ceux-ci l'avaient prise au dépourvu. Peut-être parce que ces hommes s'étaient imposés de force chez elle, et qu'ils étaient censés être des professionnels. Ils ne la *connaissaient* pas. Cet endroit était son refuge, et elle avait le sentiment désagréable que, jusqu'à ce que Leech soit retrouvé, ils resteraient là avec elle, comme une épine dans son pied.

Peut-être pourrait-elle partir en croisière... mais sa charge de travail était énorme et ne semblait jamais diminuer. Et il y avait Ella Gibson. Ella avait besoin que Hope soit présente à l'audience du lendemain, comme elle le lui avait promis. Et l'idée de ne rien faire pendant une semaine ne la tentait pas vraiment.

Quel intérêt ?

Cependant, elle pourrait voyager à nouveau, comme Danny et elle l'avaient fait avant d'avoir Paige. Elle pourrait aller en Colombie ou en Argentine, ou peut-être plus loin, au Vietnam ou en Thaïlande. Explorer le monde et voir comment les gens vivaient, des gens qui n'avaient jamais entendu parler de Julius Leech ou de l'idiote naïve qui l'avait bêtement défendu.

Elle pourrait en faire un voyage de recherche, à intégrer dans son prochain roman policier mettant en scène Frankie O'Malley. Mais elle ne savait pas très bien comment une inspectrice new-yorkaise pourrait se retrouver à l'autre bout du monde, alors qu'elle travaillait à Manhattan.

Constatant qu'elle avait soif, Hope se servit un verre d'eau et le but d'un trait. Elle passa le dos de sa main sur ses lèvres. L'idée de prendre des vacances en ce moment n'était qu'illusoire. Elle n'irait nulle part. Pas avant la fin du procès d'Ella. Pas avant que cet enfoiré de Leech soit de retour en prison ou mort. Peu importait.

Aaron entra dans la cuisine, Lucifer dans les bras. Le chat, qui détestait habituellement les étrangers, se tortillait de manière séductrice, ronronnant et frottant son museau contre le gilet tactique noir de l'homme, qui était désormais recouvert de poils blancs.

Traître.

— Ce que vous avez entendu...

Hope leva une main.

— Ne vous donnez pas la peine de trouver des excuses.

— Je n'allais pas trouver d'excuses. Je voulais *vous présenter* mes excuses si vous avez entendu quoi que ce soit qui puisse sous-entendre un jugement, ce qui est inacceptable, et vous expliquer que nous avons deux nouveaux membres dans cette équipe, et qu'il est de mon devoir de m'assurer qu'ils reçoivent une formation adéquate pour cette opé...

— Je ne suis pas une *opé* !

Elle poussa le pain sur le plan de travail, puis se prit la tête entre les mains, comme si celle-ci risquait d'éclater sous la pression qui montait en elle. Elle inspira profondément, avant d'expirer longuement. Le silence soudain lui fit prendre conscience que les autres hommes présents dans son appartement l'avaient entendue perdre son self-control, chose qu'elle faisait rarement.

Génial. C'était vraiment génial.

Hope prit une autre grande inspiration.

— Je suis une professionnelle expérimentée, qui reçoit chaque semaine des menaces de mort. Et je déteste que Leech influence une fois de plus ma vie, alors qu'il devrait être enfermé dans une cage de béton à écrire des lettres que personne ne lit jamais. *Et* je n'apprécie pas que l'on me qualifie d'*opé*, comme si je n'avais pas la moindre autonomie, poursuivit-elle, serrant les dents. Apparemment, cela me rend furieuse, d'autant plus que je n'ai pas mangé depuis le petit déjeuner.

— Tenez, lui dit Aaron en lui tendant le chat, et elle n'eut d'autre choix que de prendre la petite boule de poils. Qu'alliez-vous préparer ?

— Deux œufs à la coque et des toasts. Je peux le faire, insista-t-elle, même si elle perdait rapidement l'appétit.

— Je peux faire mieux que des œufs à la coque, affirma-t-il.

L'homme ouvrit le réfrigérateur et en sortit des oignons verts, du fromage, et du lait.

— Que diriez-vous d'une omelette ?

Elle le fixa du regard, soudain submergée par le souvenir d'un autre homme aux cheveux bruns qui lui préparait une omelette et prenait soin d'elle. Elle avait tenu tout cela pour acquis.

Chaque jour magique. Chaque moment béatement banal.

— C'est une offre de paix. Des excuses, dit Nash, qui interprétait mal son regard silencieux. Vous pouvez commencer le travail que vous aviez prévu, je vous l'apporterai quand ce sera prêt.

Un sentiment de nostalgie serra la poitrine de Hope. Elle se languissait d'un homme mort depuis longtemps. Par sa faute à elle. La sienne et celle d'un tueur en série sadique qu'elle avait fait sortir de prison.

Elle aurait pu taire le fait que les policiers avaient placé des preuves. Elle aurait pu détourner le regard. Mais elle aimait gagner. Elle avait eu besoin de prouver qu'elle était la meilleure, que le concept de justice légale primait sur le fait que les gens obtiennent ce qu'ils méritaient, sur la protection des innocents.

Elle n'était plus une idéaliste. Ce côté d'elle était mort en même temps que Danny. Elle se fichait désormais de ces jeux légaux. Tout ce qui lui importait, c'était de mettre les meurtriers là où ils devaient être.

— Vous aimez les oignons ?

Hope hocha la tête en silence. Et, parce qu'elle se sentait faiblir devant la beauté sombre et le charme naturel de cet homme, même s'il n'était pas Danny, elle se détourna et quitta la cuisine.

Le reste de l'appartement était vide, à présent, et c'était étrange de se retrouver seule avec cet inconnu. C'était une forme d'intimité qu'elle n'avait pas ressentie depuis des années. Les stores étaient totalement baissés. C'était joli, concéda-t-elle malgré elle. Au moins, elle avait tiré profit de cette situation agaçante.

Elle sortit ses notes sur l'affaire du lendemain, mais elle se retrouva à fixer les papiers sans vraiment les voir.

Julius Leech était soit mort, soit évadé de prison, et libre de s'adonner à ses jeux malsains sur tous ceux qui auraient la malchance de croiser son chemin. Elle espérait la première option, car l'idée qu'il puisse tuer quelqu'un d'autre, alors qu'il était censé avoir été jugé et *puni*, lui était insupportable.

Elle ne s'autorisait pas souvent à penser à cet homme, car elle considérait que c'était une victoire pour lui chaque fois que cela arrivait. À la place, elle se concentrait sur les affaires qui arrivaient sur son bureau ou elle laissait son inspectrice de fiction punir les méchants avec des méthodes souvent illégales. Elle retirait beaucoup de plaisir de sa version fictive de la justice, si différente de la loi qu'elle s'efforçait de faire respecter.

Était-ce mal ? Cela faisait-il d'elle une perverse, au même titre que Leech ?

Non, parce qu'elle n'avait jamais vraiment fait de mal à qui que ce soit.

Elle ne savait pas vraiment ce qu'elle ferait si elle revoyait Leech un jour. Son sang se mit à tambouriner dans ses oreilles à cette pensée. L'idée de le tuer, comme il avait assassiné Danny et Paige, d'un coup de couteau à l'abdomen avant de placer un oreiller sur son visage tandis qu'elle le maintenait au sol... l'idée n'était pas atroce. L'image ne lui faisait pas peur.

Et cela la terrifiait. L'idée qu'elle puisse être comme lui, qu'il ait fait d'elle ce qu'elle était.

Elle serra les dents, et les larmes lui brûlèrent les yeux. Même maintenant, sept ans plus tard, elle savourait l'idée de rendre la justice elle-même.

Et voilà... encore une victoire pour lui.

Elle fut tirée de ses pensées lorsque Aaron Nash apparut avec un plateau de nourriture, et un verre de vin blanc, sûrement de la bouteille ouverte qu'elle avait dans le réfrigérateur. Elle mit son travail de côté, tandis qu'il glissait le plateau sur ses genoux.

Cela avait l'air incroyable, et l'odeur était divine.

— *Bon appétit*[1].

Il était gentil. *Bon sang* ! Elle détestait ça !

— Je ne veux pas de vous ici.

Il marqua un temps d'arrêt, et son regard, sombre et malin, se fixa sur le sien.

— Ce message a été reçu haut et fort.

— Pas assez pour que cela fasse une différence.

— Nous ne faisons que suivre les ordres, substitute Harper. Cela n'a rien de personnel.

— J'ignore si cela rend les choses pires ou meilleures, répondit Hope, avant de boire une gorgée de vin. La procureure générale couvre ses arrières, sachant que le système judiciaire aura l'air faible s'il arrive quoi que ce soit à un substitut en exercice, surtout aux mains d'un tueur censé être incarcéré. Cela n'inspire pas vraiment confiance au public.

— Les détenus évadés ne font jamais bonne impression. Je suis conscient que vous n'avez pas demandé cette situation, et qu'elle ne vous met pas à l'aise.

Aaron se redressa. Ses yeux d'ébène étaient doux, à présent.

---

1. En français dans le texte.

Assez doux pour que Hope remarque sa lèvre inférieure pulpeuse.

— Je ferai tout mon possible pour que vous ayez l'espace dont vous avez besoin dans votre propre maison.

Hope détourna le regard et prit sa fourchette.

— Je préfère ma propre compagnie.

— Moi aussi, répondit-il, et il surprit le regard rapide qu'elle jeta à la photo sur le meuble. Ils vous manquent.

Elle inspira, tremblante.

— Tous les jours. Chaque seconde de chaque jour, articula-t-elle, malgré le rocher qui semblait lui obstruer la gorge.

— Je suis navré de ce qui s'est passé.

— La plupart des gens pensent que c'est ma faute.

Les larmes lui montèrent aux yeux, mais elle ne pouvait pas se permettre que quelqu'un les voie, ou que quiconque en soit témoin. Elle ne voulait pas que les gens sachent à quel point elle avait été détruite ce jour-là. Le monde voyait ce qu'elle voulait qu'il voie : une femme forte, sûre d'elle et puissante. Une foutue substitute du procureur *badass*. Ce soir-là, après avoir appris que Leech s'était évadé, et que des inconnus avaient envahi sa vie, ses défenses s'étaient lézardées, et ses émotions avaient jailli à travers ces minuscules fissures, comme du sang dans une blessure. Elle ne pouvait pas se le permettre. Elle avait d'autres affaires à plaider, d'autres personnes à aider et d'autres meurtriers à faire condamner. Elle ne les abandonnerait pas comme elle avait abandonné sa propre famille.

C'était sa pénitence, sa raison de continuer.

Elle mit le plateau de côté et se leva, tirant sur la cape de femme *badass* qui pendait de travers sur ses épaules.

— Poursuivre des criminels dangereux, c'est tout ce qui m'intéresse aujourd'hui. C'est la seule chose qui compte pour moi. Merci pour l'omelette, mais, si vous avez terminé, peut-être pourriez-vous m'accorder cet espace que vous m'avez promis.

La mâchoire d'Aaron se crispa. Manifestement, il n'appréciait pas qu'elle rejette ses avances amicales, ni recevoir des ordres.

— Pas de problème. Un opérateur se trouvera sur votre toit à tout moment, jusqu'à ce que Leech soit appréhendé. Je pense que vous ne verrez pas d'inconvénient à ce qu'ils se servent de la salle de bains du troisième étage s'ils en ont besoin ?

Les mains de Hope commencèrent à trembler. Elle avait besoin qu'il s'en aille, pendant qu'elle tenait encore le coup.

— Faites simplement en sorte que tout le monde reste à l'écart de cet étage et du second.

Sa voix était tranchante, et elle vit son expression se transformer en antipathie pendant une fraction de seconde. Tant mieux. Elle ne voulait pas d'omelette maison ni de compréhension. Elle ne voulait pas que quelqu'un prenne soin d'elle. Elle ne voulait pas apprécier Aaron.

— Je voudrais un double des clés du bâtiment, lui demanda-t-il, relevant le menton, comme pour la défier d'argumenter.

Comme elle voulait que ses portes anciennes gardent leurs charnières intactes, elle se dirigea vers le placard près des escaliers et fouilla. Elle en sortit son trousseau de rechange, qui comprenait une clé de sa voiture, mais elle ne pensait pas qu'il allait s'enfuir avec sa BMW.

Il l'attrapa quand elle le lui lança.

— Il y aura un garde devant votre porte. Si vous entendez quelqu'un bouger cette nuit, s'il vous plaît, criez à l'aide avant d'appuyer sur la détente de votre arme, ou de donner un coup de pied dans les parties de l'un des membres de mon équipe. Nous installerons des éclairages et des caméras à détection de mouvement dans les couloirs extérieurs, le jardin, le toit et l'escalier de secours, et il est possible que nous devions entrer brièvement pour brancher certains éléments. Vous pouvez toujours m'appeler directement si vous avez des questions, mais vous devriez être en sécurité avec onze opérateurs hautement quali-fiés à votre disposition.

Il plaça une carte de visite dans sa paume tremblante et marqua une pause. Elle retira sa main, gênée qu'il ait remarqué ces tremblements qui démentaient la force de ses paroles.

— Avez-vous besoin de mon numéro de portable ? lui demanda-t-elle, et sa voix se brisa.

Aaron secoua la tête. Bien sûr que non. Il savait déjà tout ce qu'il y avait à savoir sur elle. Il existait sûrement des ouvrages consacrés à son implication mortelle avec Leech.

— Bonne nuit, substitute Harper.

Elle était incapable de parler.

— À demain matin.

Elle laissa échapper un petit rire sec, qui manqua de l'étouffer.

— Malheureusement.

Dès que la porte fut refermée, elle se laissa glisser au sol et enroula ses bras autour de ses genoux, tandis que des sanglots menaçaient de jaillir de sa gorge. Elle ne les laissa pas faire, elle pleura en silence. Son chagrin resta muet.

Lucifer se précipita vers elle et cogna sa tête contre son bras raide, et elle le prit dans ses bras, l'un des derniers liens vivants qu'elle avait avec sa fille et son mari décédés. Le chaton de Paige. Leur seul animal de compagnie.

Des larmes ruisselèrent en torrents chauds sur ses joues, gouttant de son visage, mouillant la fourrure de Lucifer, faisant accrocher sa main alors qu'elle le caressait.

Elle détestait cela. Elle détestait le vide de tristesse qu'était devenue sa vie. Le voile de souffrance qu'elle portait sur elle. Elle aurait voulu que Leech la tue en cet horrible jour. Cela aurait certainement été plus juste que de prendre un homme bien et une enfant innocente, n'est-ce pas ?

Les larmes se tarirent enfin, et le chat s'enfuit comme il le faisait toujours quand cela l'arrangeait.

Hope sourit tristement.

Ce chat et elle se ressemblaient beaucoup.

Épuisée, à bout de forces, elle se releva péniblement. Elle alla récupérer le plateau de son dîner, qu'elle couvrit pour le mettre au réfrigérateur. Elle attrapa ensuite la pile de dossiers dont elle avait besoin pour le procès du lendemain. Puis elle éteignit la plupart des lumières, à l'exception de celle qui se trouvait sous l'un des placards de la cuisine, et elle se traîna dans sa chambre. Comme tous les stores de la maison avaient été tirés, elle se déshabilla, enfila son pyjama en flanelle habituel, puis se glissa sous les couvertures, serrant contre sa poitrine l'ours en peluche préféré de Paige, dans une tentative pour combler le vide douloureux qu'était désormais sa vie.

CHAPITRE SIX

J ulius prit son petit déjeuner, sa casquette de laine tirée bas sur son front. Il avait tellement faim qu'il avait *dû* s'arrêter pour manger. De toute façon, il avait besoin d'essence, alors, il avait pris le risque.

La casquette dissimulait ses traits et la couleur de ses cheveux, sans oublier la désastreuse coupe de cheveux qu'on lui avait faite en prison. La laine lui démangeait le cuir chevelu, mais elle était chaude, et c'était à peu près tout ce qui lui importait pour l'instant. Des produits de luxe comme le cachemire pouvaient attendre. Avec cette tempête de neige, personne ne tiqua sur le fait qu'il portait un chapeau à l'intérieur. Par la vitrine, il regardait la station-service de l'autre côté de la route. Mais, grâce au reflet, il surveillait également l'écran de télévision et les autres clients du restaurant, afin de s'assurer que personne ne lui prêtait une attention particulière.

Ce n'était pas le cas.

L'aube n'était pas encore tout à fait là. La nouvelle de l'évasion des prisonniers n'avait pas encore été diffusée, mais les US Marshals allaient se mettre en quête du moindre signe indiquant qu'il était encore en vie.

La sueur faisait coller son nouveau t-shirt à son dos, mais il buvait lentement sa boisson, déterminé à profiter de chaque seconde de liberté, de chaque minute d'indépendance.

La nourriture ici n'était sans doute pas la cuisine la plus raffinée, mais elle avait un goût merveilleux. Du bacon croustillant. Des œufs brouillés fondants. Des gaufres faites maison et du café chaud fraîchement préparé.

Il leva la main pour indiquer qu'il était prêt pour l'addition. Il affichait un sourire agréable, qui contrastait avec ses traits naturellement renfrognés, ce qui changeait considérablement son apparence. Il avait passé beaucoup de temps à s'entraîner devant ce qui faisait office de miroir dans sa cellule. Sept ans à sourire à son reflet flou, à souhaiter être n'importe où ailleurs que dans cet endroit perdu.

Et, maintenant, il était libre.

Il sortit suffisamment d'argent de son nouveau portefeuille pour régler l'addition et laisser un pourboire correct, mais pas assez pour marquer les esprits. Il rapprocha les pans de la veste en cuir qu'il avait empruntée et la zippa pour se protéger du froid.

Au fil des ans, il avait beaucoup réfléchi à ce qu'il ferait s'il sortait un jour de prison, à la manière dont il se fondrait dans la masse sans afficher sur son front une pancarte lumineuse criant « milliardaire sans défense ». Il espérait avoir compris comment ne pas se faire remarquer, ce qui était sans aucun doute un avantage au sein d'un pénitencier. Comment ne pas être le tordu que tout le monde voyait en lui. Il avait rêvé de s'évader, il l'avait même un peu planifié, mais il ne s'y était jamais vraiment attendu. Il n'allait pas laisser cette opportunité lui filer entre les doigts.

Il se glissa hors du box.

— Merci.

Il avait toujours eu de bonnes manières. C'était sa nourrice qui les lui avait enseignées. Il se dirigea vers la porte ; il était garé sur le côté du restaurant, à l'abri des regards.

Il monta dans la petite berline, les mouvements un peu raides après l'accident. Le jean bleu était rugueux contre sa peau. C'était la première fois de sa vie qu'il portait du denim bon marché, et il n'était pas sûr d'aimer ça. Cependant, le jean était une amélioration considérable par rapport à l'horrible combinaison orange, qui se trouvait toujours dans le coffre de la voiture, avec l'uniforme du gardien de prison. Il s'en débarrasserait à la première occasion.

Il tourna la clé dans le contact et écouta le moteur s'allumer. Julius sourit. Les voitures de sport décapotables de la Côte d'Azur correspondaient davantage à son style que cette berline grise sans charme. Mais elle pourrait l'aider à se cacher, contrairement à une voiture de sport luxueuse, qui le ferait assurément capturer.

Encore.

Il *devait* se fondre dans la masse. Sa vie en dépendait, car il ne retournerait pas dans cet enfer.

Il regarda la jauge de carburant pleine, fier d'avoir réussi à faire le plein sans avoir l'air complètement ridicule. Il avait payé l'essence avec le peu d'argent qu'il avait sur lui, mais ça valait le coup. Il en trouverait davantage. Il était déjà en train de s'organiser pour ça. Il avait utilisé le téléphone, désormais sans propriétaire, pour passer quelques appels, en espérant que cela ne le renverrait pas en prison.

Le pare-brise était recouvert d'une fine couche de condensation gelée, alors il attendit patiemment que le moteur chauffe et que le chauffage dégivre la vitre. Les policiers pouvaient arrêter les gens si leurs vitres n'étaient pas dégagées, et il ne voulait pas leur offrir un prétexte.

Son manque de réflexion à long terme était souvent mentionné dans ses bulletins scolaires, mais, comme Julius était le seul à les lire, vu que ses parents s'étaient entretués, il s'en fichait pas mal. Il était richissime. Les riches s'en tiraient à bon compte avec des trucs complètement dingues tous les jours. Cependant, il n'avait jamais envisagé de devenir un tueur. La première fois, c'était presque par accident. Cette fièvre avait été différente de tout ce qu'il avait connu auparavant. Mieux que la drogue. Mieux que de se saouler avec le plus cher des champagnes.

Alors, il avait recommencé, sauf que la fois suivante était meilleure. Prévue. Exécutée. Contre des gens qui l'avaient mérité.

Cette *euphorie* qu'il avait ressentie en leur ôtant la vie ! Le pouvoir... La suprématie... Il en ressentait encore les échos dans son sang.

Tuer le type dont il avait pris la voiture ne lui avait pas procuré cette même fièvre. Cette mort n'était pas une punition, mais une nécessité logistique ; le type ne l'avait pas mérité.

Il y avait plein d'autres personnes qui méritaient sa vengeance. Trois, en particulier.

Il songea aux gens qui lui avaient écrit au fil des ans. Des femmes surtout, mais aussi quelques hommes. Plusieurs lui avaient rendu visite, ce qui avait constitué une pause agréable dans la monotonie sans fin, mais pouvait-il leur faire confiance ?

Qu'est-ce qui poussait une personne à rendre visite à un inconnu, un meurtrier condamné, dans l'enceinte d'une prison de haute sécurité ? Jamais il n'aurait envisagé de faire une telle chose... Pas plus qu'il n'aurait imaginé se retrouver un jour détenu dans un tel endroit.

Certains de ses visiteurs étaient des individus solitaires que Julius aurait presque plaints. Nombreux étaient ceux fascinés par ses crimes : des reporters, des auteurs, des podcasters. D'autres ressentaient les mêmes pulsions que lui, même si ni lui ni eux ne l'admettaient ouvertement. Il avait vu l'excitation dans leurs yeux lorsqu'ils lui avaient posé des questions. C'étaient ses visiteurs préférés. Quand ils se rendaient compte qu'il les *voyait*, ils étaient soit terrifiés, soit excités. Ou bien les deux.

Pour les quelques escrocs audacieux qui venaient à l'occasion, ce qui comptait, c'était son argent : après tout, il n'avait plus de famille, et il possédait des milliards à la banque. La plupart d'entre eux ne venaient qu'une seule fois, car l'effort dépassait la récompense lorsqu'il devenait évident que Julius n'était pas dupe en ce qui concernait sa fortune, et qu'il était tout à fait capable de leur faire peur juste pour s'amuser.

Il avait fait don d'une partie de ses capitaux à diverses associations caritatives, notamment au fonds de retraite de la police de Boston, davantage par humour noir qu'autre chose. Il avait voulu créer une bourse d'études à Yale, à Harvard ou au MIT, mais chacun de ces établissements avait insisté pour que personne ne sache d'où provenait l'argent.

Bah.

Julius *voulait* que les gens sachent qu'il était capable du meilleur comme du pire. Il ne s'attendait pas à ce que sa philanthropie ait une quelconque incidence sur ses chances d'être libéré, mais il n'était pas non plus la caricature d'un monstre effrayant. Il était complexe et intéressant. C'était un tueur, mais il faisait preuve de discernement, il n'était pas une brute. Il pouvait aussi être gentil. Il pouvait être un ami.

En fait, il avait des amis.

Il posa sa main sur sa bouche pour masquer un bâillement. Le chauffage mettait une éternité à monter en température, mais la glace sur la vitre fondait lentement.

Que ressentiraient ses visiteurs quand ils apprendraient qu'il était libéré de sa cage ? Souriraient-ils aussi ouvertement sans la protection de gardes armés s'il se présentait à leur porte ? Lui feraient-ils confiance ? Pouvait-il leur faire confiance ?

Sans doute que non.

Le désir de laisser libre cours à ses bas instincts grandissait au fond de lui. Il s'élevait comme un nuage noir au-dessus d'un volcan, prélude à une éruption.

Ce qui rendait sa liberté actuelle tout à fait divine.

Il n'avait pas encore trouvé ce qu'il voulait faire de cette opportunité. S'échapper, c'était certain. Vivre dans le luxe, profiter de son argent... ce serait bien. Se payer un nouveau visage, ou simplement trouver un endroit où il aurait tout ce dont il avait besoin pour ne plus jamais avoir à partir, et où les autorités ne pourraient pas l'atteindre. Une île quelque part... Cela ressemblait beaucoup à une autre prison, même si elle était plus jolie.

Lui et son assistant personnel, Blake Delaware, qui gérait ses affaires, avaient passé du temps à discuter de cette idée au fil des ans, au cours de leurs visites bihebdomadaires. Ils n'avaient pas parlé d'évasion, mais... ils avaient imaginé ce qu'il faudrait pour qu'il disparaisse s'il était « relâché » par magie.

Des dispositions avaient été prises pour faire face aux imprévus.

Pour Julius, le plan le plus judicieux à ce moment-là était de faire profil bas et de s'éclipser discrètement une fois que la tempête serait passée.

Pourquoi alors se dirigeait-il vers Boston ?

Sans doute par stupidité, mais il avait sa fierté. Les gens avaient dit des choses au cours de son procès, et après. Des choses que Julius n'aimait pas. Des choses qui n'étaient pas vraies. Et, maintenant, ces gens avaient des dettes à régler, et Hope Harper plus que tout autre.

Elle lui était redevable.

Le chauffage ayant enfin terminé de dégivrer le pare-brise, il s'engagea sur la route, reconnaissant envers l'homme à qui il avait pris la voiture de l'avoir si bien préparée pour l'hiver. En prime, le type était à peu près de la même taille que Julius et voyageait avec une valise pleine de vêtements et de produits d'hygiène personnelle. Le destin veillait vraiment sur lui.

Il était temps.

Julius tâcha de relâcher sa prise sur le volant. Cela faisait longtemps qu'il n'avait pas conduit sous la neige, et il ne pouvait pas prendre le risque de heurter quelqu'un ou de quitter la route. La voiture était équipée de pneus neige robustes, et c'était une automatique, mais c'était stressant, surtout si peu de temps après l'accident qui l'avait libéré. Tant que Julius ne freinait pas brusquement, il devrait pouvoir arriver à destination. Ce n'était plus très loin, maintenant. Encore une trentaine de minutes, à peu près.

Et alors, il saurait.

À qui faire confiance.

Et qui il devait tuer.

CHAPITRE SEPT

Aaron prit une première gorgée de café fraîchement préparé, pour le plus grand plaisir de son cerveau encore endormi. Il avait passé la moitié de la nuit à s'assurer que les nouveaux appareils électroniques fonctionnaient et ne pouvaient pas être aisément court-circuités, même si Leech n'avait aucune compétence particulière dans ce domaine. Quoi qu'il en soit, l'ADA[1] disposait d'un nouveau système d'alarme dernier cri, tout comme ses voisins du rez-de-chaussée. Ils avaient également installé de nouvelles serrures inviolables sur toutes les portes et fenêtres extérieures.

Il avait réussi à dormir quelques courtes heures, allongé sur le sol du salon. Ryan avait pris le canapé. Le bureau local devait leur envoyer un lit de camp dans la journée. Avec un peu de chance, cette opération ne durerait qu'un jour ou deux, mais c'était vraiment une excellente occasion pour Griffin, Kincaid et Donnelly qui faisaient partie de l'équipe Charlie, chargée de la protection de la juge, d'acquérir une expérience pratique de la protection rapprochée dans le monde réel. Les choses ne se

---

1. Substitut du procureur.

déroulaient pas toujours comme prévu. Généralement, les principaux étaient leurs plus grands ennemis, et il était essentiel de savoir réfléchir rapidement et improviser.

Son oreillette bourdonna.

— La principale est en mouvement, l'informa Livingstone, une pointe d'humour ironique dans la voix.

— Fais-la patienter. La principale est en mouvement, annonça Aaron suffisamment fort pour que tout le monde l'entende.

— Qu'est-ce que c'est que ce bordel ? grommela Cowboy, tout en se versant son propre café. Il n'est pas un peu tôt pour se prendre une soufflante ?

— En tant qu'ancien rancher, j'aurais cru que tu étais habitué à te lever tôt, répliqua Aaron.

Aaron se pinça l'arête du nez et se prépara mentalement à affronter cette femme à la fois obstinée et déterminée, mais aussi si pétrie d'angoisse et de douleur qu'il pouvait presque les ressentir.

Six heures trente du matin.

L'équipe Omega se hâta de terminer son petit déjeuner et de s'équiper, avant de prendre la relève de l'équipe Alpha pour la journée.

— Personne ne lui a dit à quelle heure se faisait le changement d'équipe ? s'enquit Kincaid, enfournant un morceau de toast dans sa bouche.

Merde !

— En fait, non. C'est ma faute, avoua-t-il, et il détestait commettre des erreurs. Je ne pensais pas qu'elle partirait pour le bureau avant sept heures.

Aaron jura. Il avait été trop occupé à essayer de rentrer dans ses bonnes grâces avec des excuses et une omelette.

— Je vais aller la retenir pendant que vous finissez et ramenez les SUV.

Il sortit de l'appartement du rez-de-chaussée juste à temps pour voir Will Griffin bloquer la porte d'entrée.

— Est-ce que vous vous foutez de moi ? lança Hope Harper, foudroyant du regard l'opérateur bien plus imposant qu'elle, manifestement pas intimidée.

— Non, m'dame. Désolé, m'dame, lui répondit Griffin, qui posa un regard soulagé sur Aaron lorsqu'il apparut.

Hope se tourna vers lui, laissant transparaître clairement son agacement sur ses traits aussi beaux que froids. Pourquoi ne pouvait-il pas être chargé d'une mission de sauvetage d'otages ou de l'élimination d'un dangereux terroriste ? Pourquoi fallait-il qu'il supervise une *opé* où la principale avait le droit de répliquer ?

— Substitute Harper. Toutes mes excuses pour ce contretemps. Si vous pouviez nous accorder trente minutes, nous pourrons organiser le trajet jusqu'à votre bureau.

Aaron observa le ballet d'émotions sur ses traits. L'impatience, l'agacement, et peut-être un peu de satisfaction à l'idée de les avoir pris au dépourvu. Aaron aurait volontiers imaginé que les surprises viendraient de l'extérieur, pas de l'intérieur. Mais il aurait dû savoir qu'il fallait toujours s'attendre à l'inattendu.

— Attendez, dit Hope, levant un doigt.

Elle plissa davantage les yeux, tout en l'examinant attentivement.

— Vous ne comptez tout de même pas me suivre *en masse*[2] partout où j'irai aujourd'hui, n'est-ce pas ? Comme au bureau du procureur ? Au tribunal ?

Aaron haussa un sourcil.

— Honnêtement, vous ne vous attendiez pas à ce que nous vous fassions au revoir à la porte, si ?

---

2. En français dans le texte.

— Peut-être ?

Des lignes se creusèrent entre ses sourcils. Elle portait un tailleur beige et un manteau en laine crème qui tourbillonnait autour de ses mollets. Elle semblait à la fois compétente et intimidante. Il imaginait qu'elle devait être redoutable dans une salle d'audience.

— Pensiez-vous prendre les transports en commun pour aller travailler ?

Le visage de Hope était parfaitement maquillé, en dépit de l'heure.

— Non. Par excès de prudence, j'allais conduire, répliqua-t-elle, le ton moqueur.

— Nous allons vous conduire.

Ses narines se dilatèrent d'impatience.

— Dans l'un de vos SUV du gouvernement ? Vous pensez vraiment que je pourrai faire mon travail avec onze hommes armés dans les pattes ? s'exclama-t-elle, les faisant clairement passer pour des gamins en bas âge. J'ai des victimes, des témoins qui comparaissent pour l'accusation, et qui sont confrontés chaque jour à des dangers bien plus grands dans leur communauté, en comparaison de l'éventualité peu probable que Julius Leech survive à cet accident et revienne à Boston pour m'attaquer.

De toute évidence, Hope Harper avait dormi, retrouvé un peu d'énergie, mais n'avait absolument pas changé d'avis sur la présence de la HRT.

Où étaient les bons négociateurs lorsqu'on en avait besoin ?

— Tout d'abord, vous n'aurez que deux gardes du corps pour vous accompagner dans vos activités. Les autres membres de l'équipe de garde seront ici, ou bien ils inspecteront l'extérieur ou le hall d'entrée des bâtiments dans lesquels vous vous trouvez, ou encore ils planifieront différents itinéraires d'évacuation au cas où nous devrions nous enfuir rapidement. Pour cela, nous aurons besoin de votre emploi du temps à l'avance, pour prévoir en conséquence.

Hope leva à nouveau le doigt, donnant l'impression qu'elle tentait vaillamment de maîtriser sa colère.

— POTUS[3] a sans doute moins d'agents des services secrets pour le protéger que moi ici en ce moment.

— POTUS en a davantage, mais nous sommes meilleurs, répondit Aaron avec sérieux. Et, contrairement aux services secrets, nous n'avons jamais perdu un de nos... clients.

— Très bien. Deux gardes du corps. Mais vous restez en dehors de mon chemin.

Son visage se crispa lorsque son arrogance apparente disparut un bref instant. Elle eut soudain l'air fatiguée et pâle sous son maquillage soigneusement appliqué.

— Avez-vous dormi, au moins ? Ou mangé ? s'enquit Aaron, sourcils froncés, tandis qu'il faisait un pas vers elle. Vous devez manger.

Cela eut l'effet escompté. Elle redressa l'échine et releva le menton.

— Allez-vous être mon coach de vie en plus d'être mon garde du corps, opérateur Nash ?

— Selon les besoins pour la durée de l'opération, répliqua-t-il avec un sourire sinistre.

Elle rétorqua sèchement.

— Je n'ai pas besoin d'une nounou.

Elle n'était pas du matin. *Bien reçu.*

— Je veux vous garder en vie, afin que mon dossier reste irréprochable. Manger et dormir aident beaucoup en matière de survie.

Il maintenait un ton légèrement amusé. Cette femme n'ap-

---

3. Président des États-Unis (**P**résident **O**f **T**he **U**nited **S**tates).

préciait guère qu'on lui dise quoi faire. Elle laissa échapper un petit rire.

— Eh bien ! Au moins, j'apprécie l'honnêteté.

— Si vous ne voulez pas que l'on vous passe de la pommade, je vous dirai les choses telles qu'elles sont, mais, en contrepartie, vous devrez m'écouter, même lorsque cela ne vous plaira pas.

Aaron vit le changement dans les yeux de Hope. Ses défenses s'abaissèrent brièvement. Lorsqu'elle parla, il entendit la pointe de désespoir dans sa voix.

— Je me sens comme une prisonnière. J'ai l'impression qu'il est en train de gagner. Même s'il est mort au fond d'une rivière, il est en train de gagner grâce à tout ça, dit-elle en faisant un geste de la main vers lui et Griffin, et quand la presse aura vent de tout ça, tout remontera à nouveau à la surface.

Elle déglutit, retenant manifestement des émotions douloureuses.

Les paroles qui suivirent furent prononcées si bas qu'il les entendit à peine.

— Paige aurait eu douze ans demain, souffla-t-elle, baissant les yeux sur ses mains, qui cramponnaient sa lourde mallette. Elle est partie depuis plus longtemps qu'elle n'a vécu, et je déteste ça. Mais, plutôt que d'honorer sa vie, sa mémoire, je dois me cacher derrière des gardes du corps pour échapper à ce même déchet qui me l'a enlevée. Ce n'est pas juste. Ce n'est pas la justice.

Ces mots transpercèrent le cœur d'Aaron, mais ils ne changeaient rien à la situation. Il baissa la tête, croisa son regard.

— S'il est vivant, nous l'attraperons, mais ces choses peuvent prendre du temps.

— S'il s'est échappé, le public doit être averti.

Ce qui signifiait que le cirque médiatique allait assurément être au rendez-vous. Au moins, l'équipe Echo ne s'ennuierait pas, et elle ne se reposerait pas non plus sur ses lauriers.

— Les US Marshals pourront se faire une idée plus précise de ce qui s'est exactement passé dès qu'il fera jour, lui dit-il, puis il regarda par-dessus son épaule et vit Ryan qui les observait depuis l'embrasure de la porte. À quelle heure devez-vous être au travail ?

Hope jeta un coup d'œil à sa montre.

— En général, je suis à mon bureau à sept heures et demie.

— Et si vous me laissiez vous préparer un petit déjeuner, pendant que nous laissons à mes hommes le temps de faire le changement d'équipe ? Vous serez au travail à sept heures trente, si ce n'est plus tôt.

Elle posa sur lui un regard résigné.

— Bien.

Soudain, quelqu'un parla dans son oreillette.

— Activité devant l'entrée. Un homme blanc à la conduite erratique s'est arrêté devant la résidence Harper et il est en train de gravir les marches. Il est pressé. On dirait qu'il est armé.

— Vite !

Aaron fit entrer Hope dans l'appartement du rez-de-chaussée où Seth Hopper et Sebastian Black la plaquèrent contre le mur de briques, tandis que les autres se dispersaient pour couvrir les entrées et les fenêtres.

— Est-ce que c'est Leech ? s'enquit-il.

— Je ne vois pas son visage.

— Neutralisez-le. Voyons ce que nous avons.

— De quoi parlez-vous ? Que se passe-t-il ? demanda Hope, par-dessus l'épaule de Seth Hopper.

— Homme blanc armé sur le pas de la porte.

— Le suspect est au sol, dit l'un des opérateurs, avant de marquer une brève pause. Il prétend qu'il est inspecteur de la police de Boston et qu'il est le beau-frère de Mme Harper.

Aaron entendait le type hurler des insultes à Cadell et Hersh. Ce dernier était descendu du toit vers deux heures du matin, lorsqu'il avait décidé qu'une seule personne suffisait à ce poste.

Aaron s'approcha de la fenêtre pour observer l'homme qui était désormais debout, mais menotté, les mains dans le dos. Son visage était rougeaud, ses cheveux se dressaient sur sa tête. Et son expression reflétait une rage volcanique.

Aaron fit signe aux autres de laisser Hope le rejoindre, mais pas trop près, afin qu'elle ne soit pas visible de l'extérieur.

— Vous connaissez ce type ?

Le soupir de la jeune femme en disait long.

— C'est le frère de Danny, mon défunt mari. L'inspecteur Brendan Harper de la police de Boston.

— Voulez-vous que nous le laissions entrer ?

Une étincelle d'humour illumina le regard de Hope, avant qu'elle fasse la moue.

— Cela vaudrait mieux, sinon je n'ai pas fini d'en entendre parler. Il a le droit de savoir ce qui se passe. Je vais faire du café pendant que vous nous mettez tous les deux au courant de ce qui s'est passé pendant la nuit.

CHAPITRE HUIT

A aron attendit que Livingstone et Griffin accompagnent Hope à l'étage avant d'ouvrir la porte d'entrée, permettant à Cadell d'entrer avec l'inspecteur extrêmement énervé. Hersh repartit vers la voiture banalisée qu'ils avaient garée dans la rue.

Comme Cadell et lui étaient en civil, Aaron comprenait pourquoi le policier pouvait être déconcerté.

— Toutes mes excuses pour cette mauvaise surprise, mais le FBI est actuellement chargé de la protection de la substitute Harper.

Aaron déverrouilla les menottes et les lança à Cadell, qui lui tendit l'arme de l'inspecteur.

— Nous avons vérifié s'il avait une arme secondaire, mais il n'avait rien, ajouta son coéquipier.

— Donnez-moi mon arme de service, espèce de merde !

Aaron soutint le regard furieux de l'homme.

— Comme je vous l'ai dit, pour le moment, le FBI gère la sécurité de l'ADA Harper, et le protocole de la HRT interdit les armes, à moins que vous ne fassiez partie de son équipe de protection. La substitute Harper veut vous parler à l'étage, alors je vais garder votre arme, et je vous la rendrai quand vous partirez.

Indigné, Brendan Harper écarquilla les yeux.

— Vous pensez que je lui ferais du mal ? Je suis ce qui se rapproche le plus d'une famille pour elle, la seule qui lui reste.

— Je le comprends, mais comme je ne peux pas évaluer pleinement toutes les menaces à l'avance, c'est ainsi que nous allons procéder. Si vous voulez partir, je vous rendrai votre arme. Si vous voulez parler à la substitute Harper, je vous accompagnerai.

Sans son arme. Brendan Harper plissa les yeux.

— Mon boss va parler au vôtre.

Aaron empocha l'arme.

— Mon travail consiste à assurer sa sécurité, pas à faire des mamours à la police de Boston.

Il avait été formé pour cela, et il était convaincu que ses supérieurs soutiendraient ses décisions.

Brendan Harper commença à monter les escaliers, et Aaron leva les yeux au ciel en regardant les autres, tandis que l'équipe se remettait à sa tâche de surveillance ou à ses préparatifs. Il fallait souvent du temps pour trouver un rythme pendant une mission de protection, et, parfois, avoir un rythme signifiait que vous ne faisiez pas votre travail aussi bien que vous le pouviez. Il ne fallait jamais être trop à l'aise ou trop détendu. Il fallait s'attendre à un certain niveau de changement et à une certaine dose d'imprévisibilité, de sorte que les éventuels criminels ne puissent pas tendre une embuscade au client dans son café préféré, où il s'arrêtait tous les matins à huit heures quarante-cinq, pour acheter un bagel avant d'aller travailler.

Brendan entra dans l'appartement sans frapper et se rendit directement dans la cuisine. Aaron le suivit et il trouva Hope enlacée dans les bras de l'autre homme. Elle lui lança un regard par-dessus l'épaule de Brendan, qui lui fit comprendre à quel point la situation la mettait mal à l'aise, mais elle ne repoussa pas l'inspecteur.

Cela mit Aaron dans une colère inexplicable, car il savait ce que c'était que de supporter sa famille alors que l'on préférerait être ailleurs, occupé à autre chose.

Enfin, l'odeur du café frais emplit l'air ; la grande cafetière était sur le feu.

Il ne vit aucune indication qu'elle avait mangé. Aaron ouvrit le réfrigérateur et mit deux tranches de pain dans le grille-pain, car garder Hope bien nourrie les aiderait tous à passer la journée. Elle s'extirpa de l'étreinte de Brendan.

— Je suppose que tu as entendu parler de Leech ? Est-ce que c'est aux nouvelles ?

— Pas encore. Un de mes amis du Bureau fédéral des prisons m'a appelé il y a environ trente minutes. Je suis venu directement.

Il renifla. Il faisait froid dehors. Le type portait des vêtements de ville et des bottes éraflées.

— Il m'a dit que trois prisonniers et deux gardes avaient disparu. L'un d'entre eux était Leech, expliqua Brendan, s'appuyant sur le mur de briques. Avec un peu de chance, ce type s'est noyé dans la rivière... Bon débarras.

— Si c'est le cas, espérons qu'il refera surface rapidement, afin que je puisse reprendre le cours normal de ma vie et cesser de gérer une pension pour héros de films d'action, rétorqua Hope, affichant un sourire factice.

Brendan lança un regard à Aaron. Ce dernier conserva une expression neutre. Il ne se sentait pas insulté, comme il aurait sans doute dû l'être.

Les toasts sautèrent dans le grille-pain ; il attrapa le beurre et la confiture. Il ne prit pas la peine de lui demander si c'était ce qu'elle aimait : c'était dans son réfrigérateur.

— Je me suis dit que j'allais te prévenir. Je ne savais pas que la cavalerie serait déjà là. Tu aurais dû appeler.

— Pour avoir encore plus de monde autour de moi ? ricana Hope. Tu me connais mieux que ça. À moins que tu n'aies aussi besoin de protection ?

— Je peux me protéger moi-même.

Brendan ricana, puis il lança un coup d'œil moqueur à Aaron. Hope versa du café dans trois tasses. Elle en tendit une à son beau-frère, avant de faire un signe de tête vers l'une des autres tasses, comme pour signaler à Aaron que c'était la sienne. Un petit pot de crème était posé à côté, ainsi qu'un sucrier.

Aaron hocha la tête en guise de remerciement, puis il poussa l'assiette de toasts dans sa direction. Il but une gorgée de café : noir, c'était parfait.

Hope prit l'assiette et commença à manger. Brendan fit rouler l'une de ses épaules.

— Je crois que je te connais effectivement mieux que ça. Dis, pourquoi n'emménagerais-je pas ici jusqu'à ce qu'ils attrapent cet animal ? Ces clowns peuvent prendre le relais quand je vais travailler le matin.

Bon sang ! Ce type avait un sacré ego.

Aaron répliqua sèchement.

— Soumettons cette idée à la procureure générale et voyons ce qu'elle en pense, d'accord ? Un inspecteur de la police de Boston endormi, comparé à une unité d'élite composée d'opérateurs hautement qualifiés, dit-il en secouant la tête, ne prenant même pas la peine de masquer la dérision dans sa voix. La décision va être difficile à prendre.

Hope lui lança un regard réprobateur tandis que Brendan se raidissait.

— Je doute que la situation dure longtemps. Soyons réalistes, les chances que Leech aille loin sont au mieux très faibles. C'est un gosse de riche qui sait à peine lacer ses chaussures. Je doute qu'il se soit déjà servi d'un plan, sans parler de voler une voiture.

— C'est vrai. Mais il est vraiment doué pour tuer.

Hope tressaillit. Brendan ne sembla pas le remarquer ; il but une gorgée de son café.

— Comment tiens-tu le coup ?

Elle prit une autre petite bouchée de toast.

— Je survivrai.

— Hope ! la réprimanda Brendan. Tu n'as pas besoin de me raconter de conneries.

— Je survivrai, répéta-t-elle, avant de dévorer son toast, comme si elle n'avait pas mangé depuis des jours.

Aaron avait vu dans le réfrigérateur l'omelette qu'il avait préparée la veille. Elle ne l'avait pas touchée. Cette femme ne prenait pas soin d'elle, ce qui n'était sans doute pas surprenant au vu des circonstances.

Le visage de Brendan se crispa.

— Hé ! Tu ne crois pas que Leech s'en prendrait à ma mère, si ?

Hope secoua la tête.

— Je n'en sais rien. Ce serait peut-être une bonne idée que tu restes quelques jours avec Mary, jusqu'à ce que tout soit terminé.

Brendan se gratta la tête.

— Sans doute. Elle pourrait toujours venir s'installer ici.

— Il n'y a vraiment pas assez d'espace, répondit rapidement Hope. Et je ne veux pas lui faire courir de danger. Je peux l'envoyer en vacances si nous pensons qu'il y a une chance qu'il la prenne pour cible.

Elle termina son toast, puis elle mit l'assiette au lave-vaisselle, avec les trois mugs.

— Et maintenant, il est temps pour moi d'aller au travail, annonça-t-elle, posant un œil critique sur Aaron. Mais quiconque prévoit de m'accompagner au bureau du procureur ou au tribunal doit porter une veste de costume et au moins faire semblant de ne pas être armé jusqu'aux dents.

Aaron acquiesça, alors même qu'intérieurement, un juron lui échappait.

— Je vais demander à quelqu'un d'aller chercher quelque chose aujourd'hui.

Dans une friperie.

Elle l'observa encore un long moment, et ses yeux gris étaient remplis d'émotions qu'il n'aurait pas su déchiffrer.

— Venez avec moi.

Curieux, il la suivit jusqu'au deuxième étage, où elle entra dans une pièce qui ressemblait à un bureau chichement meublé.

— Hope..., lança Brendan d'un ton de reproche.

— Quoi ? J'avais prévu de les donner de toute façon.

Elle ouvrit la porte d'un dressing rempli de vêtements. Brendan bafouilla.

— Mais...

Elle sortit une veste en laine noire qu'elle tendit à Aaron.

— Essayez ça.

Puis elle passa rapidement en revue les cintres et en retira trois vestons sport.

— Je ne sais pas à qui elles iront, mais elles vous épargneront un tour au magasin, et cela me permettra de poursuivre ma journée.

Aaron enfila la veste, puis releva les épaules : elle lui allait plutôt bien.

— Vous allez aussi avoir besoin d'une chemise par-dessus le gilet balistique, remarqua-t-elle, retirant plusieurs chemises des cintres. Dites à vos hommes qu'ils peuvent venir ici et prendre tout ce qu'ils veulent, ou tout ce dont ils ont besoin.

Brendan bafouilla à nouveau.

— Mais, ces vêtements étaient à Danny...

— Danny n'en a plus besoin, si ? rétorqua Hope, relevant le menton d'un cran. Comme je te l'ai dit cent fois au fil des ans, tu peux venir passer ses affaires en revue, et prendre tout ce que tu veux. Mais tu n'as absolument pas le droit de me dire ce que je dois en faire.

Si Aaron ne l'avait pas observée attentivement, il serait passé à côté de cette douleur qu'elle cherchait à dissimuler. Elle prétendait que cela ne lui faisait pas de peine de donner les vêtements de son défunt mari, mais c'était manifestement le cas, sinon elle ne les aurait pas conservés pendant tant d'années.

Elle s'efforça d'adopter un ton joyeux.

— Maintenant, il est temps que je me mette au travail.

CHAPITRE NEUF

La circulation avait été infernale, car la couche de neige fraîche rendait les routes glissantes, et les esprits s'échauffaient. Elle avait profité d'avoir un chauffeur pour revoir une fois de plus le dossier contre Jason Swann.

Le FBI avait discuté avec les services de sécurité, et des dispositions avaient été prises pour lui permettre, ainsi qu'à ses gardes du corps, d'accéder rapidement au bâtiment sans passer par les détecteurs de métaux habituels. Peut-être ces hommes allaient-ils se révéler utiles après tout.

Deux gardes du corps la suivaient comme son ombre. Dans son minuscule bureau, ils avaient discrètement vérifié que le petit espace encombré ne présentait aucun danger. Les fenêtres étaient hautes, et la seule véritable menace venait du risque d'être écrasé par des cartons qui tomberaient, ou de mourir de froid si le chauffage tombait en panne, comme cela s'était déjà produit.

En arrivant, Hope fut ravie de constater que Colin avait laissé le dossier Du Maurier sur son bureau, comme elle le lui avait demandé. Elle s'affala dans son fauteuil de bureau usé, mais confortable, et se sentit un peu plus maîtresse de son univers.

Elle avait commencé à travailler là en tant qu'ADA deux mois après la mort de Danny et Paige. Elle passait autant de temps ici que chez elle. Son ancien patron, Jeff Beasley, l'avait obligée à effectuer un mois complet de préavis après son retour des congés pris à la suite des meurtres. Elle le détestait presque autant qu'elle haïssait Leech.

Elle en était déjà à son troisième procureur général, et elle préférait celle-ci aux deux précédents, tout comme elle les préférait tous aux associés du cabinet Beasley, Waterman, Vander & Co. Elle n'avait aucune envie de faire le travail du procureur général plutôt que le sien, même si elle n'avait aucune chance de remporter un concours de popularité.

— Il y a du café dans la salle de pause au bout du couloir. Vous pouvez voler deux chaises et attendre dehors...

— Il y aura toujours l'un d'entre nous avec vous lorsque vous serez hors de chez vous, affirma Aaron Nash d'une voix douce.

Merde ! Malheureusement, il n'était pas homme à se laisser faire, comme le prouvait le fait qu'il était toujours là. Elle battit exagérément des cils.

— Eh bien ! Le passage aux toilettes risque d'être amusant pour tout le monde.

Il esquissa un sourire paisible, puis acquiesça :

— Nous inspecterons la pièce, et puis nous sortirons quand vous ressentirez l'appel de la nature.

— Mes collègues féminines vont adorer ça.

Mais elle soupçonnait que certaines d'entre elles seraient plus qu'heureuses de passer du temps à faire connaissance avec les hommes incontestablement beaux qui la protégeaient. C'était un peu étrange de les voir porter les vêtements de Danny, mais son mari aurait approuvé ses actions. Ils n'étaient utiles à personne en restant suspendus dans le placard.

Elle entendit des pas, et fut surprise lorsque Colin tenta d'entrer et qu'il fut immédiatement arrêté par l'autre homme qui la protégeait ce jour-là, Hunt Kincaid.

— Vous êtes en avance, fit-elle remarquer, pour indiquer que, non seulement elle connaissait cet homme, mais qu'elle l'attendait.

— L'assistante du procureur m'a appelé il y a une heure, et m'a dit d'arriver tôt. Que se passe-t-il ? demanda-t-il, de l'inquiétude dans la voix.

Malgré le regard d'avertissement de Nash, elle décida de tout raconter à son stagiaire. De toute façon, il le découvrirait bien assez tôt.

— Il est possible que Julius Leech se soit évadé de la prison de haute sécurité hier. Voici mes gardes du corps du FBI, jusqu'à ce qu'il soit retrouvé.

Elle espérait que cela se produirait bientôt. Le fait de ne pas avoir son propre espace lui donnait de l'urticaire.

— Aaron Nash, Hunt Kincaid, voici Colin Leighton, mon stagiaire en droit. Si vous l'effrayez, mieux vaudrait que vous sachiez rédiger des requêtes juridiques, déclara Hope, une pointe d'humour dans la voix, même si cela restait tout de même très pénible.

Colin lança un regard de côté aux hommes armés, essayant de ne pas paraître intimidé.

— Bonjour.

Kincaid s'écarta pour laisser entrer Colin, et, après un signe d'Aaron Nash, sortit de la pièce et se posta devant la porte, scrutant le couloir en cas d'invasion imminente. Hope les chassa de son esprit. Elle avait du travail, et chaque minute perdue était une nouvelle victoire pour Leech.

— Avez-vous eu plus de chance avec le labo ?

Colin ouvrit et ferma la bouche, peinant visiblement à suivre le fil des derniers événements.

— Pas encore. Personne n'a décroché quand j'ai appelé hier soir. Je me suis dit que je tenterais à nouveau ce matin.

— Appelez-les maintenant, dit-elle, au moment où son téléphone sonnait. *Merde !* C'est l'assistante du procureur.

Cette femme était plus effrayante que la plupart des policiers et des juges réunis.

Elle décrocha, ouvrit la bouche pour parler, et fut interrompue par un ordre de se présenter immédiatement au bureau du procureur. Elle raccrocha.

— Vous avez des copies de tout ce dont nous pourrions avoir besoin aujourd'hui ? lui demanda Hope.

Colin tapota son sac.

— Oui.

Ella Gibson avait été sauvagement attaquée dans sa propre maison, et elle avait eu la chance de survivre. Elle avait identifié un homme, Jason Swann, comme étant l'agresseur, mais celui-ci avait tout nié, affirmant qu'Ella était ivre, mais indemne lorsqu'il avait quitté son domicile. Qu'ils s'étaient disputés lorsqu'il avait rompu avec elle. La défense allait soutenir que quelqu'un d'autre était entré chez Ella, l'avait battue après le départ de Swann, et qu'elle avait accusé Jason dans un souci de vengeance perverse. Ils allaient sans doute suggérer qu'elle s'était blessée elle-même avec la batte de base-ball, dans le seul but de se venger de lui. Mais Hope n'allait pas laisser Swann s'en tirer comme ça. Il existait une loi sur la récidive au Massachusetts, et Jason Swann avait déjà été condamné pour vol à main armée et car-jacking. Hope le poursuivait pour agression avec intention de tuer, et, s'il était reconnu coupable, Swann purgerait la peine maximale sans possibilité de libération conditionnelle, soit dix ans dans une prison d'État.

Elle s'attendait à ce que la défense tente d'exclure des preuves divers SMS et messages vocaux. Elle avait demandé à ce que soient produits les messages échangés entre l'accusé et son meilleur ami, un individu tout aussi antipathique, dont elle était certaine qu'il était impliqué d'une manière ou d'une autre, même si ce n'était qu'à titre de complice après coup.

En fin de compte, l'accusation devait prouver que Swann avait battu Ella après qu'elle l'avait quitté, avec l'intention de la tuer. En l'absence de témoins de l'agression, et comme le seul sang présent sur les lieux était celui de la victime, il s'agissait clairement d'une affaire de parole contre parole. Jason ne niait pas avoir été dans la maison. Tous deux avaient même eu des rapports sexuels consentis la veille de l'agression. Mais Ella avait déclaré qu'il s'était transformé en une personne totalement différente lorsqu'elle avait décidé de mettre un terme à leur relation. Il s'était changé en monstre.

Il y avait trop de monstres dans le monde, et Hope faisait tout son possible pour en mettre le plus possible derrière les barreaux.

Elle contracta la mâchoire.

Si quelqu'un avait besoin d'une protection constante, c'étaient bien les femmes comme Ella, qui devaient faire face à des hommes incapables d'accepter le rejet. C'étaient ces hommes-là qui étaient les plus susceptibles de tuer. Et les personnes comme Ella étaient les plus susceptibles d'être assassinées.

Hope consulta sa montre, puis se leva. Elle détestait se lancer dans un procès alors qu'elle n'était pas parfaitement concentrée. Ella méritait mieux. Mais Colin était un stagiaire intelligent et compétent, et, un jour, il deviendrait un bon avocat. Mais il devait d'abord passer le barreau.

— Veillez à arriver au tribunal avec suffisamment d'avance, même si je suis retardée. Je ne veux pas qu'Ella soit seule. Je ne veux pas accorder à Swann ou à ses acolytes l'occasion de l'intimider ou de l'effrayer.

— Compris, répondit Colin en hochant la tête.

— Bien.

Hope ne pouvait pas attendre plus longtemps. Elle se dirigea vers la porte et fut surprise de voir Aaron Nash la suivre.

— Vous ne pouvez pas sérieusement penser que je suis en danger à l'intérieur du bureau du procureur. Je veux dire, je peux comprendre que vous ayez besoin que l'on vous voie faire votre travail...

— Que l'on me voie faire mon travail ? répéta Nash, laissant transparaître son agacement. Quel genre de clowns pensez-vous que le FBI emploie ?

Les lèvres de Hope tressaillirent, car elle n'avait pas voulu l'insulter.

— Des grands ?

— Très drôle, répondit-il.

Il lui tint la porte, et elle le vit balayer du regard les bureaux et les tables de travail pendant qu'ils passaient devant.

— Un garde du corps ne sert à rien si le corps qu'il est censé protéger est physiquement trop loin pour l'être. Peut-être que si vous portiez un gilet...

— Je ne porterai pas de gilet balistique au travail.

Elle arriva au bureau de son patron. L'assistante du procureur leva les yeux juste assez longtemps pour que Hope se sente minuscule et inadéquate.

— Vous pouvez entrer directement.

Le fait qu'Aaron Nash se joigne à elle la gênait, et elle sentit le rouge lui monter au cou. Il se posta contre le mur juste à côté de la porte, et elle n'eut pas le temps de le présenter ou de dire quoi que ce soit, car le procureur commença immédiatement.

— Je n'étais pas sûr que vous viendriez aujourd'hui, Hope. Nous aurions tous compris si vous aviez décidé de prendre quelques jours.

— Que ferais-je en congé ?

Elle s'assit sur l'une des chaises réservées aux visiteurs. L'autre était occupée par Lincoln Frazer.

— Du nouveau ? s'enquit-elle.

— Les traces de dérapage sur la route, ainsi que la barrière de sécurité détruite, suggèrent que le minibus de la prison a perdu le contrôle et a quitté la route pour finir dans le ravin. Si cette évasion était planifiée, elle a dû mal tourner lorsque le conducteur a quitté la piste, comme diraient les Britanniques. Les équipes de recherche ont trouvé un gardien de prison décédé dans les bois, expliqua Lincoln, qui marqua une pause.

— Il était nu, à l'exception de son boxer.

Un sentiment d'effroi saisit l'estomac de Hope.

— Comment est-il mort ? Tu le sais ?

Hope croisa les jambes pour cacher son malaise. Elle s'efforçait de ne pas montrer son empathie pour les victimes, car, si ce sentiment témoignait de son humanité, il ne permettait pas de gagner une affaire. Nombreux étaient ceux qui y voyaient une faiblesse.

Frazer ramassa une peluche imaginaire sur son costume impeccablement taillé.

— Il a eu le cou brisé. Peut-être lorsqu'il a été projeté hors du véhicule.

— Ou peut-être par l'un des prisonniers, poursuivit Hope. Pourquoi était-il nu ?

— La meilleure hypothèse à ce stade est que quelqu'un l'a dépouillé de ses vêtements, de ses chaussures et de son arme afin de s'enfuir des lieux sans mourir de froid.

— Ce quelqu'un était probablement l'un des prisonniers évadés.

— C'est le scénario le plus probable, oui.

Lincoln croisa son regard de ses yeux bleu brillant. Elle se rendit compte qu'il n'était pas aussi calme qu'il le prétendait. Il savait quel danger ces évadés représentaient pour toute personne assez malchanceuse pour croiser leur chemin.

— Le gardien laisse derrière lui une femme et trois enfants.

La bouche de la jeune femme s'assécha.

— Nous savons donc maintenant que quelqu'un a survécu à cet accident.

— Selon moi, oui, acquiesça Frazer, croisant les jambes.

Il lui ressemblait beaucoup. Il cachait toutes sortes de turbulences émotionnelles sous une apparence calme et imperturbable. C'était ainsi qu'ils parvenaient tous deux à passer la journée. C'était pour cela qu'elle l'appréciait. Maintenant.

— On peut supposer que le détenu n'a pas volé le téléphone portable du gardien décédé pour nous mener directement à lui ?

— Le téléphone n'a pas encore été tracé, mais il n'y a aucun signal, et il est plus probable qu'il se trouve au fond de la rivière ou enterré sous trente centimètres de neige.

— Et aucun autre corps n'a été retrouvé ?

Frazer secoua la tête.

— Les marshals travaillent en collaboration avec des experts en cours d'eau locaux. Ils ont créé un périmètre basé sur le débit. Des équipes de recherche, aussi bien aériennes que terrestres, remontent le cours du fleuve. La personne qu'ils ont extraite de l'épave était un détenu de trente-cinq ans nommé Michael Herbert. Incarcéré pour viols en série. Il a été empalé par une branche, ce qui est cohérent avec un accident de cette nature.

— Beurk...

Ses victimes pourraient penser que la punition était appropriée, et elle ne pourrait pas les juger pour ça.

— Il y a un barrage en amont. Les autorités prévoient de réduire suffisamment le niveau d'eau pour que les plongeurs puissent attacher des cordes en toute sécurité, et, dès que les conditions météorologiques le permettront, faire intervenir un hélicoptère pour hisser le fourgon sur la terre ferme. Là, il pourra être transporté vers le laboratoire médico-légal le plus proche afin d'y être examiné comme il se doit. Cela prendra un certain temps, car les conditions météorologiques continuent d'être un facteur déterminant.

— Le BAU collabore-t-il avec les US Marshals pour retrouver Leech et les autres ? demanda-t-elle.

Frazer entrecroisa ses doigts et contempla ses mains.

— Ils ont leur propre équipe d'analystes.

— Mais tu as travaillé sur les enquêtes au sujet de Leech. Sur les deux procès.

— Et ils ont des copies de mes notes.

Elle inclina la tête. Lincoln Frazer avait été exclu du groupe de travail chargé de cette opération.

— Tu vas retourner à Quantico comme un bon petit garçon ?

Il lui décocha un regard froid.

— Il se trouve que j'ai du boulot qui m'attend à Boston. Le procès de l'un des hommes impliqués dans l'affaire de trafic sexuel et de meurtre d'Agata Maroulis doit bientôt commencer. Je me disais que je pourrais travailler ici pendant quelques jours, au cas où le bureau du procureur aurait des questions.

Cette affaire avait secoué la ville au sens propre comme au figuré au printemps précédent, lorsque des trafiquants sexuels avaient fait sauter un immense bâtiment avec des personnes à l'intérieur plutôt que de risquer d'être arrêtés. Mais l'affaire Maroulis avait été bien ficelée, même si les procès devant jury n'étaient jamais une partie de plaisir. Il n'y avait qu'à poser la question à Julius Leech.

— Je suis sûr que l'ADA chargé de cette affaire sera reconnaissant de vous avoir à disposition pour toute question.

Frazer esquissa un sourire.

— Comme je suis ici, je me suis dit que je pourrais passer en revue tous les dossiers que vous avez sur Leech, à la fois les tiens, Hope, et ceux du procureur. Pour voir si je peux déterminer là où il serait susceptible d'aller si l'occasion s'en présente.

Un endroit où il pourrait se réfugier. Qui d'autre il pourrait cibler.

— Bien sûr, répondit rapidement le procureur. Je peux vous trouver un bureau quelque part.

— Il y a une table de travail dans mon bureau, si je déplace quelques dossiers. Et cela m'évitera de trimballer des cartons à travers tout le bâtiment, dit Hope, jetant un coup d'œil à Aaron, qui se tenait près de la porte, silencieux et discret. La présence d'un autre agent armé du FBI dans mon bureau pourrait permettre à mes gardes du corps de faire une pause ou de s'occuper de choses plus importantes.

— Vous êtes notre priorité, ADA Harper, répondit Aaron Nash. Mais avoir l'ASAC Frazer avec nous ne nuira certainement pas à notre cause.

— Heureux de savoir que j'ai encore une utilité, remarqua ce dernier.

— Au moins, tu n'as personne qui te suit toute la journée, grommela Hope.

— Je suis armé et je suis capable de me défendre.

Elle grimaça et regarda la neige qui tombait encore dehors par la fenêtre du procureur.

— La procureure générale veut notre entière coopération à ce sujet, Hope. La juge Abbotsford est retranchée dans sa ferme. J'ai parlé avec elle, et elle est plus énervée qu'effrayée.

— Je sais ce qu'elle ressent. Y a-t-il la moindre indication que c'est Leech qui a dépouillé le garde et s'est échappé ?

— Rien du tout. Le sol était gelé, et il est tombé environ trente centimètres de neige au cours de la nuit. Il n'y avait aucune piste et les chiens n'ont pas pu détecter d'odeur. Les marshals ont établi un périmètre probable et ils ont mis en place des barrages routiers. Ils ont l'intention de tenir une conférence de presse à neuf heures.

Un sentiment de découragement envahit Hope. Pire encore que la crainte de voir Leech se présenter à sa porte, il y avait la perspective de voir les médias se déchaîner, ressortir de vieilles affaires et des souvenirs douloureux pour faire grimper l'audimat et faire du sensationnel. Mais le public avait besoin de savoir s'il était potentiellement en danger.

La jeune femme se leva.

— Je suis attendue au tribunal. Je devrais y être suffisamment en sécurité. Je peux en avoir pour vingt minutes comme pour six heures, en fonction de ce que la défense mijote.

— Je peux demander à Greg Ivanovich de reprendre cette affaire si vous préférez. L'accusé dans son affaire a conclu un accord de plaidoyer, que j'ai accepté, pour le libérer.

Ivanovich était un sacré bon substitut du procureur et un peu un requin. Si elle avait son mot à dire, Hope ne voulait pas qu'il s'approche d'Ella Gibson, qui était incroyablement fragile.

— Vous ne craignez pas vraiment que Leech accède au tribunal pour m'attaquer ?

Le procureur secoua la tête.

— J'en doute. Je pensais plutôt aux embuscades que pourraient vous tendre les autres avocats et la presse.

— Je peux me débrouiller.

— Je sais que vous êtes capable de vous débrouiller seule.

Son patron la fixa d'un air pensif.

— Vous croyez qu'ils peuvent me balancer quelque chose que je n'ai pas déjà entendu un million de fois ?

— Cela ne veut pas dire que c'est moins douloureux, murmura Aaron Nash depuis le fond de la pièce.

Frazer esquissa un sourire surpris en regardant l'autre homme.

— Je peux gérer, affirma Hope, soutenant le regard de son

patron. Et je préfère me rendre utile que de m'enfuir et de me cacher d'un criminel. Quel genre de message cela enverrait-il à ceux de leur espèce ou aux gens pour lesquels nous sommes censés obtenir justice ?

Le procureur s'adossa à sa chaise.

— Le mauvais. Pour l'instant, poursuivez vos tâches habituelles, mais ne vous avisez pas d'essayer de vous débarrasser de vos gardes du corps. Ils vont rester collés à vous. Vous ne devez prendre aucun risque injustifié. La procureure générale s'est montrée convaincante lors de la discussion que nous avons eue au téléphone hier soir. Elle ne veut pas que Leech marque le moindre point en ce qui vous ou nous concerne.

— Je suis surprise qu'elle s'y intéresse, remarqua Hope en se levant. Je vais aller te chercher ces dossiers, Linc.

Elle tourna ensuite son regard vers Aaron Nash.

— Et ensuite, je verrai ce que mon service de sécurité du FBI pense de l'idée de marcher jusqu'au tribunal.

CHAPITRE DIX

L a discussion sur le fait de se rendre au tribunal à pied fut de courte durée. Si Hope Harper était une substitute du procureur hors pair, Aaron n'était pas en reste en matière de logique et de persuasion.

La bonne nouvelle, c'était qu'une fois la jeune femme en sécurité dans la salle d'audience, il se sentit suffisamment rassuré pour la laisser sous la surveillance attentive de Kincaid, avec pour consigne de ne la quitter des yeux sous aucun prétexte. Aaron travaillait à l'extérieur, dans une partie calme du couloir du palais de justice. Le juge et les adjoints du shérif comprenaient la situation. Ils avaient donc prévu des issues de secours par une porte latérale, généralement réservée aux personnes se trouvant de l'autre côté du processus judiciaire, en cas de besoin. Ils avaient également pris des dispositions pour pouvoir utiliser les toilettes privées du personnel du tribunal.

Aaron et Kincaid portaient des armes à feu dissimulées, et il ne voyait vraiment pas Leech se présenter volontairement devant un tribunal de sitôt.

Mais ce n'était pas une raison pour baisser la garde.

Aaron passa la main sur le coton brossé doux de la veste

qu'il portait. Elle était d'un bleu marine soutenu, dissimulant son gilet balistique léger et ses armes. Il était contrarié de ne pas avoir mis de costume dans son sac de voyage, mais il n'était pas souvent nécessaire de s'habiller de manière aussi formelle pendant le service au sein de la HRT. C'était une erreur qu'il réparerait dès son retour à Quantico. Entre-temps, il était reconnaissant de ne pas avoir à dépenser d'argent pour des vêtements dont il n'avait pas besoin. Après trois années passées comme agent de terrain, il avait des costumes à profusion. Bien plus que lorsqu'il était biologiste. Il lui était difficile de penser à toutes ces années passées à étudier, avant que son monde s'écroule et qu'il décide de se tourner vers un domaine un peu moins *geek*.

Un sentiment d'amertume enfla en lui.

Il avait passé du bon temps pendant les fêtes.

Heureusement, c'était terminé pour un an.

Il repoussa ces pensées. Puis il consulta ses messages. Il avait profité du temps disponible ce jour-là pour discuter avec divers membres de la HRT de la configuration mise en place, afin de détecter d'éventuelles failles dans la sécurité de Hope Harper. Il avait informé Novak, qui s'était rendu sur les lieux de l'évasion pour suivre la situation de près, en collaboration avec Charlotte Blood, négociatrice du FBI.

Les US Marshals se montraient intransigeants en matière de juridiction et ils supplantaient le FBI dans ce domaine. Mais ils savaient également qu'ils pourraient avoir besoin des ressources du FBI à un moment donné ; ils étaient donc prêts à partager des informations, dans une certaine mesure. À ce stade, ils n'avaient trouvé aucune trace de Julius Leech et ignoraient totalement où se trouvaient les deux autres fugitifs.

Aaron regarda les informations, tant au niveau local qu'au niveau national. Les médias avaient repris l'histoire de l'évasion, et, comme prévu, ils faisaient grand cas du danger potentiel pour le public, tout en ressassant continuellement l'histoire entre Leech et Harper.

Aaron n'appréciait pas que des photos de sa principale soient diffusées partout dans la presse. Il détestait particulièrement celles d'elle en train de sangloter lors des funérailles de son défunt mari et de son enfant.

Une mère et épouse aimante ne méritait-elle pas de faire son deuil en privé ? Sur l'une des photos, il repéra Brendan Harper qui la soutenait tandis qu'elle s'effondrait.

Aaron n'aimait pas particulièrement ce type, mais cela n'avait pas d'importance. L'inspecteur était le beau-frère de Hope Harper, et il était susceptible de s'impliquer dans cette situation, approuvé par le FBI ou non.

Aaron était satisfait des protocoles de sécurité mis en place, mais les médias avaient commencé à camper devant la maison mitoyenne de Hope, ce qui risquait de compliquer les choses. Livingstone et Griffin étaient allés faire des courses alimentaires plus tôt pour l'équipe, de sorte qu'ils n'auraient pas besoin d'y retourner avant quelques jours. Ils étaient passés par l'entrée arrière, et, jusque-là, la presse ne les avait pas repérés. Le plan était de faire une démonstration de force très publique lorsque Hope rentrerait chez elle ce soir-là, pour que Leech voie que le FBI n'avait pas l'intention de laisser quoi que ce soit arriver à Hope Harper ou à la juge Abbotsford.

Les membres de l'équipe Omega s'étaient séparés. Seth Hopper et Sebastian Black se trouvaient à proximité avec le véhicule, à l'écoute des informations routières et des scanners de la police, prêts à se rendre à l'entrée du tribunal à tout moment. Cowboy et Demarco surveillaient la résidence. Kincaid se trouvait dans la salle d'audience, et Aaron scrutait le couloir, tout en assurant la coordination.

Il pourrait éventuellement retirer quelqu'un de l'équipe de nuit et l'ajouter à celle de jour, si les mises à jour de sécurité effectuées fonctionnaient comme il le souhaitait et en supposant que Hope Harper reste chez elle tous les soirs.

Ce n'était sans doute pas une bonne idée de partir de ce principe, mais peut-être qu'elle les hébergerait tant que Leech manquerait à l'appel. Elle ne lui donnait pas spécialement l'impression d'avoir envie de mourir, même si le tueur en série ne l'effrayait pas autant que la plupart des gens.

Certes, elle avait passé beaucoup de temps avec lui, et elle savait que le monstre n'était qu'un homme.

Il était maintenant seize heures. À l'exception d'une brève pause pour le déjeuner, pendant laquelle Seth Hopper leur avait livré des sandwiches provenant d'une épicerie fine locale, Hope et son stagiaire avaient été occupés toute la journée par ces procédures.

Sa cliente était une petite blonde décolorée qui semblait pouvoir être renversée par un coup de vent. L'homme qu'elle avait accusé de l'avoir agressée était un type au physique nerveux qui mesurait un mètre soixante-dix-huit, avec une lueur dangereuse dans les yeux et un rictus méchant aux lèvres.

Les portes de la salle d'audience s'ouvrirent, et les gens commencèrent à affluer.

Aaron se leva et entra.

Hope était en train de discuter avec sa cliente lorsque l'accusé se leva brusquement et les fusilla du regard. Aaron fut ravi de voir Kincaid se poster directement entre l'accusé et Hope. L'autre type lui lança un regard, qui rebondit sur lui. Kincaid avait été un excellent agent, et, avec un peu plus d'expérience et de maturité, il deviendrait un excellent membre de la HRT.

L'avocat de l'accusé posa une main sur le bras de l'ordure et l'envoya vers l'allée. Aaron garda un œil sur l'abruti et sur son ami à l'air tout aussi crétin. L'homme sourit à Hope, un sourire vide et éclatant, plein de satisfaction arrogante.

— Maître.

L'homme replia les mains sur une mallette en cuir d'apparence coûteuse. Il portait un long manteau en poil de chameau et affichait un air supérieur affecté. Deux collaborateurs, vraisemblablement juniors, portant des charges beaucoup plus lourdes, se tenaient derrière lui, arborant des expressions impassibles.

— J'espère que vous nous pardonnerez de vous avoir mise à l'épreuve aujourd'hui. Je suis sûr que vous ne vous attendiez pas à devoir travailler pour votre maigre salaire.

— Au contraire, cela va animer ce qui s'annonce comme un procès sans appel. J'ai hâte de vous voir chaque jour au tribunal pendant que nous appellerons à la barre tous les témoins de moralité, les uns après les autres. J'ai particulièrement hâte de voir toutes les anciennes petites amies, sans parler de la propre mère de M. Swann qui attestera de son tempérament violent.

— Votre cliente est loin d'être une sainte !

La jeune femme tressaillit et se détourna. Hope se déplaça devant elle.

— Ce n'est pas le procès de ma cliente.

— Vous savez parfaitement ce qu'il en est, répliqua l'homme d'un ton narquois et condescendant.

Hope rassembla ses affaires, puis fit un pas vers l'autre type. Kincaid se tenait toujours entre eux et il observait les mains de l'avocat. *Bien.*

C'était l'une des premières leçons en matière de protection rapprochée. Les gens ne pouvaient pas vous tirer dessus avec leur visage.

— Les affaires doivent bien marcher au cabinet si l'un des partenaires principaux accepte de travailler *pro bono*. Ou bien étiez-vous à court de riches salauds à défendre et avez-vous dû chercher plus loin pour atteindre votre quota ?

De toute évidence, ils se connaissaient bien. L'homme afficha un sourire qui n'atteignit pas ses yeux.

— Le jury ne tiendra pas compte de ces allégations dès qu'ils entendront parler des problèmes de drogue de votre *supposée* victime.

— Être une ancienne toxicomane ne signifie pas que la loi ne vous protège pas contre les crimes violents. On n'est pas moins une personne quand on a commis une erreur. Car, si c'était le cas, vous et moi serions totalement foutus. Ma cliente, en revanche, est une jeune femme travailleuse qui tente de se construire une vie sans qu'une brute sans cervelle cherche à la tuer simplement parce qu'elle a rompu avec lui.

— C'est ce qu'elle prétend.

Ella Gibson parut se replier sur elle-même. L'idée de la faire comparaître à la barre pour être interrogée par ce salaud sans cœur revenait à précipiter Bambi dans la tanière d'un loup.

Aaron se rapprocha de Hope et Kincaid.

Un dédain glacial se lisait dans les yeux de la jeune femme.

— Nous savons tous les deux qu'il est coupable, alors pourquoi êtes-vous vraiment là, Jeff ?

Jeff. C'est à ce moment-là qu'Aaron eut un déclic.

Il s'agissait de Jeff Beasley, l'avocat qui avait défendu Julius Leech lors de son second procès. Lorsque Hope avait témoigné contre lui, et que le jury l'avait condamné.

Beasley coula un regard vers Aaron.

— Vous vous cachez derrière votre équipe de sécurité du FBI, Hope ?

— D'après mes souvenirs, Leech nous a menacés tous les deux au tribunal, le jour où vous avez *perdu*. Bien sûr, votre cabinet est sans doute toujours sous contrat..., commença Harper, avant de secouer la tête. *Merde !* Dites-moi qu'il n'est pas encore votre client.

L'homme ne répondit rien.

— Vous êtes ici parce que vous vouliez garder un œil sur moi. Pour Leech ? Ou pour votre propre amusement pervers ?

— Ne soyez pas ridicule.

— Ce n'est pas moi qui suis ridicule, mais vous n'êtes manifestement pas assez conscient de vous-même pour vous en rendre compte.

Beasley ricana.

— Vous vous êtes toujours crue supérieure à nous tous. Mais vous n'avez jamais été qu'une marionnette sans cervelle, que l'on pouvait convaincre de faire presque n'importe quoi pourvu que cela serve votre carrière.

Hope devint blanche comme un linge. Aaron n'appréciait pas les insinuations de cet homme. La jeune femme répliqua sans se laisser démonter.

— On dirait que vous insinuez que j'ai fait quelque chose de contraire à l'éthique ou à la morale en échange de... de quoi ? Un bureau minable, une charge de travail excessive ? La seule chose contraire à l'éthique que j'ai jamais faite a été d'accepter sans broncher les affaires que vous m'avez proposées. Et ce qui vous reste vraiment en travers de la gorge, c'est que je suis dix fois meilleure que vous au tribunal, quelle que soit l'affaire, lança-t-elle, avant de s'adresser aux avocats débutants. Quel que soit le salaire, croyez-moi, cela n'en vaut pas la peine. Même s'il vous propose de devenir associé, fuyez loin des ordures qu'il représente.

Les deux jeunes avocats avaient les yeux écarquillés.

— Jeff Beasley continue de défendre l'homme qui a été condamné pour avoir assassiné mon mari et ma fille de sang-froid. Un homme que j'ai défendu parce que *Jeff* m'a promis de devenir associée si je le faisais. Je n'avais même pas besoin de gagner. Je n'avais qu'à me montrer pour cet enfoiré. Si vous croyez qu'il se soucie un tant soit peu de vous, pensez à quelqu'un que vous aimez, imaginez-le en train de se vider de son sang sur le sol, puis représentez-vous cet homme en train de défendre le salaud qui tenait le couteau. C'est pour cette personne que vous travaillez.

Jeff Beasley rougit et fit un pas en avant. Aaron tendit la main pour l'empêcher de s'approcher davantage.

— Ne me touchez pas ! s'exclama Jeff, tentant de l'écarter.

Aaron n'avait pas l'intention de bouger.

— Reculez. L'ADA Harper est sous la protection du FBI, et vous êtes trop près d'elle à mon goût.

— Au mien aussi, marmonna Hope.

— Vous avez entendu ? Vous mettez ma principale mal à l'aise avec vos paroles et votre comportement agressifs. Je vous suggère de reculer avant que je sois obligé de vous arrêter pour avoir refusé d'obéir aux directives d'un agent fédéral des forces de l'ordre. Un pas. En arrière. *Maintenant.*

Jeff Beasley battit rapidement en retraite.

— Je n'aurais jamais imaginé que vous étiez lâche, Hope.

Cette dernière ricana.

— Très drôle. Moi, je vous ai pris pour un lâche dès le jour de notre rencontre.

Aaron s'interposa complètement entre les deux adversaires.

— Nous vous avons également proposé la protection du FBI jusqu'à l'arrestation de Julius Leech, monsieur Beasley. Vous avez refusé, mais je suis certain que cela peut encore s'organiser.

Aaron croisa les bras. L'idée d'être chargé de protéger un homme tel que Beasley lui faisait horreur, mais il le ferait s'il en recevait l'ordre. C'était son travail. Ensuite, il prendrait un bain de désinfectant. Il jeta un regard à Hope Harper. Il devinait qu'ils avaient tous deux fait des choses qu'ils n'appréciaient pas forcément, à cause de leur profession.

Beasley n'en avait pas terminé.

— Si vous pensez que je vais me cacher derrière qui que ce soit devant un jury, vous êtes aussi idiot que vous en avez l'air.

Aaron réprima un sourire.

— En outre, je n'ai pas besoin d'abrutis sous-payés du FBI comme gardes du corps, lança Jeff, qui s'éloigna d'un pas, et posa un regard narquois sur Aaron et Kincaid. J'ai engagé mon propre service de sécurité.

Aaron coula un regard vers la porte, où deux gros bras vêtus de costumes noirs et portant des oreillettes bien visibles les observaient. *Bon sang !* Ils ressemblaient à des figurants sur un plateau de cinéma. Aaron leva le bras et pointa la poitrine de Beasley, sa main imitant la forme d'une arme.

— C'est plutôt difficile de vous protéger de là-bas, remarqua-t-il, appuyant sur la détente imaginaire.

Beasley recula, puis tourna les talons, et les deux avocats débutants se précipitèrent à sa suite.

— Nous nous reverrons au tribunal, Hope. Mieux vaudrait amener des renforts, mais avec un cerveau plutôt qu'avec des armes.

Aïe.

— Eh bien ! Voilà qui était amusant. Je m'excuserais bien, mais je ne vais pas assumer la responsabilité de cet abruti, déclara Hope en serrant les dents, tandis que l'homme en question franchissait la porte.

Aaron arbora un sourire sinistre.

— Quelle est cette phrase, déjà ? *Si le silence est salutaire pour les sages, il l'est encore plus pour les imbéciles.*

— Ah ! Il a toujours aimé le son de sa propre voix, répondit Hope, cherchant sa manche à tâtons.

Aaron tint son manteau pour elle.

— Vous rentrez chez vous ?

— Vous ne travaillez qu'une demi-journée, ou est-ce que le FBI travaille selon les mêmes horaires que les banquiers ?

— Posez-moi à nouveau la question à minuit.

Elle eut la délicatesse de grimacer.

— Désolée.

— Nous retournons au bureau ?

Il prit le coude de la jeune femme, et un petit frisson inattendu, quelque chose qu'il n'avait pas ressenti depuis des années, parcourut sa peau. Il recula d'un pas.

— Nous pouvons sortir par la porte latérale.

— Très bien. Mais nous devons faire un détour pour déposer ma cliente chez elle, d'abord, répondit Hope.

Quoi qu'elle ait lu dans l'expression d'Aaron, elle sembla se préparer à une dispute. Mais il n'avait pas envie d'argumenter sur ce sujet.

— Je ne veux pas qu'elle rentre chez elle par les transports en commun, alors qu'ils pourraient l'attendre.

— A-t-elle une ordonnance restrictive ?

La jeune femme et le stagiaire de Hope discutaient tous deux en attendant à l'écart. Hope esquissa un rictus.

— Elle en a une contre Swann, mais pas ses acolytes, répondit-elle, avant de baisser la voix. Pour ce que ça vaut. Je devrais peut-être la ramener à la maison.

— Pour qu'elle puisse apparaître dans les journaux du soir ?

— La presse est au courant ? s'exclama-t-elle, et, soudain, elle eut l'air vulnérable. Bien sûr qu'ils savent. *Bon sang !* J'espérais que nous trouverions Leech avant que cela devienne une nouvelle nationale.

Hope pinça les lèvres, puis afficha un sourire sans joie.

— Raison de plus pour retourner au bureau après avoir raccompagné Ella chez elle. Peut-être qu'ils se lasseront après avoir manqué la *deadline* pour le journal du soir, et qu'ils laisseront ma maison tranquille.

— Nous pouvons la déposer, ce n'est pas un souci. Heureusement que nous sommes venus en voiture, n'est-ce pas ? ne put-il s'empêcher d'ajouter.

CHAPITRE ONZE

Sylvie Pomerol se tenait devant la cuisinière, où elle remuait une cocotte de ragoût de bœuf. À l'université, elle était végétarienne, mais sa rencontre avec son mari avait changé la donne. S'il ne mangeait pas de viande au repas, il avait l'impression de ne pas avoir été nourri, et comme ses talents culinaires se limitaient au barbecue, c'était elle qui faisait la cuisine. Il faisait d'autres choses pour que leur vie commune soit équilibrée, mais elle n'avait aucune envie de préparer deux repas différents chaque jour. Pourtant, il lui arrivait parfois de préparer des soupes sans viande pour le déjeuner. Bart compensait en tartinant généreusement de beurre le pain qu'elle avait fait elle-même.

Elle se raidit en entendant un véhicule arriver. Puis elle se détendit lorsqu'elle vit Bart sortir du pick-up Ford F-250 bleu de 1970 qu'il avait restauré à partir d'une carcasse rouillée lorsqu'il avait quitté les Marines cinq ans auparavant. Les lumières de sécurité inondèrent la cour. Elle se mordit la lèvre, puis s'approcha et déverrouilla la porte arrière.

Les nouvelles de l'évasion de Julius Leech l'avaient rendue nerveuse, mais il y avait peu de chances qu'il se souvienne de son nom, et encore moins qu'il découvre où elle vivait alors qu'il était recherché par toutes les forces de l'ordre du pays.

Mais quand même. Elle avait gardé la porte verrouillée toute la journée, et elle avait travaillé à distance.

Elle ne sous-estimait pas les gens comme Leech. Il était rusé et fourbe. Il était aussi suffisamment narcissique pour éprouver de la rancœur, même si, en fin de compte, c'était sa faute s'il avait été arrêté et condamné pour meurtre.

Les sociopathes se voyaient rarement tels qu'ils étaient vraiment. C'était toujours la faute de quelqu'un d'autre, il y avait toujours un responsable autre qu'eux.

Il n'avait pas apprécié son évaluation des crimes qu'il avait commis ni le profil qu'elle avait dressé de lui, qui avait été étrangement précis. Le fait que son enfance l'ait déstabilisé n'était pas une excuse. Beaucoup de gens avaient des histoires poignantes, même si la sienne était particulièrement tragique. Son père avait étouffé sa mère avec un oreiller quand elle l'avait poignardé. Ils étaient tous deux morts sans se rendre compte que leur fils était caché dans le placard, en train de les observer. Il avait six ans.

Elle goûta le ragoût, puis baissa le feu pour qu'il mijote doucement. Bart entra par la porte arrière en chaussettes ; il avait laissé ses bottes dans la buanderie.

— Salut, toi, lui dit-il en s'approchant, avant de l'embrasser. Tout va bien ?

Sylvie hocha la tête. Bart posa les mains sur ses épaules et les serra.

— Ça sent super bon. Je vais prendre une douche rapide.

Il l'embrassa à nouveau, puis se rendit à l'étage. Elle laissa échapper un soupir de soulagement. Sylvie s'était toujours sentie en sécurité avec Bart.

Un violent bruit la fit sursauter. Elle alla regarder par la fenêtre. La porte de la buanderie n'avait pas été correctement verrouillée, et le vent l'avait ouverte à la volée.

— *Merde !*

Cela arrivait tout le temps en hiver, quand le sol bougeait. Elle sortit, évitant la neige fondue qui coulait des bottes de Bart, attrapa la poignée, tira la porte et ferma, coupant le vent glacial.

Son cœur manqua un battement lorsqu'une main lui couvrit la bouche par-derrière, tandis qu'un pistolet se pressait contre sa tempe.

— Bonjour, docteur P.

La bile lui remonta dans la gorge tandis qu'elle se débattait, et les doigts se refermèrent plus solidement sur sa bouche et son nez. Elle ne pouvait pas respirer, mais elle faisait autant de bruit que possible.

— Non, ne faites pas ça.

Julius Leech la frappa sur le côté de la tête avec le lourd métal du pistolet. Elle tituba, et ses yeux roulèrent dans leurs orbites au moment où elle tomba à genoux.

Il saisit sa main, glissa une menotte autour de son poignet, puis il tira ses deux bras derrière son dos. Elle lutta de toutes ses forces pour ne pas perdre conscience. Si elle s'évanouissait, elle était morte. Bart était mort.

Bart...

Elle poussa un cri, mais Leech lui assena un nouveau coup de crosse à la tête. Cette fois, elle tomba à terre. Ensuite, il lui colla un morceau de ruban adhésif sur la bouche. La terreur envahit ses veines.

Oh, mon Dieu !

Leech la fit rouler sur le dos ; ses poignets se tendirent douloureusement sous la pression de leurs poids combinés. Il pressa son aine contre celle de Sylvie, et une vague de dégoût l'envahit.

— Maintenant, vous allez découvrir ce que ça fait d'être enchaîné comme un animal.

Leech semblait plus mince, ses traits étaient plus définis.

Mais quelque chose brillait dans ses yeux bleus quand il la regarda. Quelque chose de plus dangereux que dans ses souvenirs.

Bart les avait-il entendus lutter ? Elle songea à son téléphone portable, inutile dans cette poche qu'elle ne pouvait atteindre. Au pistolet dans le tiroir, où il prenait la poussière. Elle ne pouvait même pas se servir de sa formation pour le distraire, car il l'avait réduite au silence.

Il la releva brutalement, et elle trébucha, prise de vertige.

— Je vous tiens, docteur P. Vous ne m'avez pas facilité la tâche pour vous trouver, mais je vous surveille depuis un certain temps déjà. Je n'aurais jamais pensé avoir l'occasion de vous rendre visite en personne. Je suppose qu'on ne sait jamais ce que la vie nous réserve.

Il lui saisit le bras, ses doigts crispés sur sa chair, et il la poussa devant lui, le pistolet dans l'autre main, pointé sur sa tête. Elle devait avertir Bart. Dans la cuisine, elle poussa la table aussi fort qu'elle le pouvait. La vaisselle cliqueta tandis que le bois lourd raclait le sol.

Leech ramena brutalement sa tête en arrière en la tirant par les cheveux ; la douleur lui fit monter les larmes aux yeux.

Sa poigne se resserra, et sa voix se réduisit à un murmure malveillant.

— *Tut tut.* Ne gâchons pas la surprise pour Bart. Vous savez bien que nous, les sociopathes insensibles, nous n'apprécions pas que les autres perturbent nos plans diaboliques.

Le salon était vide, et ils entendaient tous les deux du mouvement à l'étage du dessus.

Elle trébucha sur les marches, mais Leech lui tira à nouveau les cheveux, si fort que son cuir chevelu la brûla.

Ils arrivèrent dans la chambre, mais au lieu que Bart bondisse et se jette sur Leech comme elle l'avait espéré, elle l'entendit chanter *Bohemian Rhapsody* sous la douche.

Elle poussa un cri étouffé et Leech la plaqua face contre le lit, s'assit sur son dos et lui enfonça le visage dans la couette pour l'empêcher de respirer...

S'il vous plaît, je vous en prie, que quelqu'un nous sauve.

Elle entendit la douche s'éteindre, la porte s'ouvrir, puis la détonation d'un coup de feu : elle comprit qu'il était trop tard.

CHAPITRE DOUZE

Hope jeta un coup d'œil à Aaron Nash, assis à côté d'elle. Son profil était éclairé par la douce lueur des réverbères, qui effleurait de manière spectaculaire son large front, ses pommettes saillantes et son nez fin et anguleux. Sa barbe bien taillée était du même noir brillant que ses cheveux.

Elle lui donnait un air d'érudit, ce qui ne correspondait pas vraiment à l'image qu'elle se faisait d'un membre de la HRT, l'unité spéciale des forces de l'ordre.

Sentant qu'elle l'observait, il se tourna pour croiser son regard ; mais elle se détourna, sans trop savoir pourquoi.

Elle n'avait jamais particulièrement apprécié le machisme. Elle avait toujours préféré l'intelligence à l'apparence, les intellos aux sportifs. Danny avait été une combinaison irrésistible des deux.

La testostérone omniprésente lui donnait envie de frapper quelque chose, ce qui était ironique et dont elle n'était pas particulièrement fière.

Elle devait bien admettre que, pour des mâles alpha, ceux qui la protégeaient ne s'étaient pas montrés trop autoritaires...

pour l'instant. Elle avait pu faire son travail, et, en dehors de cet abruti de Beasley, les choses s'étaient bien passées.

La frontière entre la protection et le contrôle était ténue, et l'un de ses nombreux défauts était justement son besoin de garder le contrôle. Elle préférait affronter Leech seule qu'être mise dans une boîte sans avoir son mot à dire sur la façon dont elle vivait sa vie. Peut-être était-ce pour cette raison qu'elle aimait être celle qui mettait les délinquants violents à l'ombre : elle imaginait sans mal à quel point la prison devait être horrible.

Ils s'arrêtèrent devant l'immeuble minable d'Ella dans le quartier de Southie.

Hope serra la main de la jeune femme. Elle était consciente qu'elle regrettait peut-être sa décision d'obliger Swann à rendre compte de ses actes, et elle la comprenait parfaitement.

— Avez-vous une amie qui pourrait rester avec vous ?

Ella pinça les lèvres, et elle secoua la tête.

Hope aurait voulu la ramener chez elle, mais le procureur voyait d'un mauvais œil le fait de trop s'impliquer auprès des victimes. Et elle n'avait pas assez de place pour abriter toutes les personnes qu'elle représentait. À la place, elle concentrait ses efforts sur la présentation de leurs dossiers devant un jury, afin que le danger immédiat soit écarté. Et elle était douée pour cela. Vraiment douée.

— Demain aura lieu la sélection des jurés. Ce sera un processus fastidieux, qui pourrait prendre la journée. Je doute que le juge veuille débuter le procès jeudi, car les vendredis sont généralement chargés, mais on ne sait jamais. Je vous appellerai dès que j'aurai une réponse ferme, d'accord ? Restez chez vous, et reposez-vous, à moins que vous ne teniez vraiment à y assister. Ne laissez pas ce sale con d'avocat de la défense vous atteindre.

— C'est facile à dire pour vous, marmonna Ella, coulant un regard vers les hommes armés dans la voiture.

Hope se sentit coupable. La jeune femme ne sourit pas en descendant de la voiture. Hope regarda Aaron Nash.

— Pourriez-vous vous assurer qu'elle rentre chez elle en toute sécurité ?

Il sembla surpris, puis il hocha la tête, sortit de la voiture et trottina derrière Ella. Il revint moins de cinq minutes plus tard.

— Personne ne rôde à l'extérieur. J'ai contrôlé l'intérieur de l'appartement, tout est dégagé. Je lui ai dit de verrouiller la porte et de ne laisser entrer personne.

Ce n'était pas un quartier particulièrement sûr pour une femme dans la position d'Ella, mais c'était tout ce qu'elle pouvait se permettre pour le moment.

Hope acquiesça.

— J'espère qu'elle vous écoutera.

Que pouvait-elle faire d'autre ? Enfermer Ella ? Lui procurer des gardes armés ? Elle serra les dents, rongée par l'hypocrisie. Swann serait complètement idiot de s'en prendre à Ella, mais comme c'était un parfait imbécile...

Hope veillerait à ce qu'il réponde de ses crimes, mais elle s'inquiétait pour Ella entre-temps. La peur était une grande source de motivation, jusqu'à ce qu'il ne vous reste plus rien à perdre.

Beasley et son armée d'avocats pourraient faire traîner la procédure, mais Hope finirait par l'emporter. Elle était déterminée.

Ils reprirent la route, parcourant un quartier qui avait beaucoup changé depuis le déclin urbain des années quatre-vingt et quatre-vingt-dix. Le phénomène de gentrification avait entraîné une flambée des prix de l'immobilier à Boston.

Ils n'étaient pas loin de l'endroit où vivait sa belle-mère, là où Danny et Brendan avaient grandi. Peut-être pourrait-elle demander à Brendan de passer voir Ella s'il restait chez sa mère. Mais voir un policier frapper à la porte risquait aussi d'effrayer la jeune femme.

— Elle s'en sortira, remarqua Nash d'une voix douce.

— Vraiment ? demanda Hope, qui n'était pas convaincue.

— Elle a grandi par ici, n'est-ce pas ? Elle sait comment prendre soin d'elle.

Pour une raison qui lui échappait, ce commentaire donna à Hope l'impression d'être jugée. Certes, elle venait d'une autre partie de l'État, et d'un milieu totalement différent. Rurale. Classe moyenne supérieure. Enfant unique. Choyée. Mais elle savait aussi prendre soin d'elle.

C'était par pur hasard que Danny et elle s'étaient rencontrés. Ils fréquentaient tous les deux l'université de Boston, mais ils suivaient des cursus différents. Ils s'étaient perdus le premier jour, et s'étaient littéralement rentrés dedans. Ils s'étaient mutuellement aidés à s'orienter, et à comprendre où ils devaient se rendre, avant de filer dans leurs classes respectives. Mais il avait noté son numéro sur le plan du campus, au cas où elle se perdrait à nouveau, et elle l'avait appelé le jour suivant, pour lui demander s'il avait déjà trouvé un café digne de ce nom.

Et cela avait suffi. Un café. Un gâteau. Et une fin de conte de fées.

Jusqu'à ce que cela ne soit plus le cas.

Il n'y avait jamais eu personne d'autre, et elle avait eu l'impression d'être la femme la plus chanceuse du monde. Ils s'étaient mariés avant même d'avoir obtenu leur diplôme.

Elle était enceinte de Paige pendant sa dernière année de droit à Harvard, et elle avait accepté le poste chez Beasley, Waterman, Vander & Co. pour rembourser ses prêts étudiants.

La gorge de Hope se noua quand ils passèrent devant une taverne où Danny et elle se rendaient souvent à l'époque. Cela semblait désormais appartenir à une autre vie. Pire encore, cela semblait appartenir à la vie de quelqu'un d'autre. Les souvenirs de quelqu'un d'autre. Quelqu'un de plus doux. Quelqu'un de plus gentil. Quelqu'un de beaucoup plus naïf.

Quelqu'un d'incapable d'égorger une personne avec les dents si cela lui permettait de protéger son enfant. Quelqu'un qui ne vendrait pas son âme pour les ramener, elle ou son défunt mari.

Ils s'engagèrent sur la voie express sud-est, en direction du centre-ville. La circulation était dense. Les routes étaient glissantes, à cause d'un mélange de pluie et de glace, et de l'impatience générale. Elle observa son reflet dans la vitre, immobile contre l'arrière-plan en mouvement. La neige s'était transformée en neige fondue, et de l'eau coulait le long de la vitre en larges filets lents qui déformaient et troublaient les lumières de cette ville qu'elle aimait et détestait à la fois. Sa gorge se noua devant la personne qu'elle voyait là.

Elle ne pensait plus être le genre de femme à qui Danny Harper aurait donné son numéro. Elle ne pensait plus être le genre de femme que Danny Harper aurait aimé.

Un sentiment de tristesse l'enveloppa, comme un manteau.

— Vous allez bien ? l'interrogea Nash, installé à l'arrière avec elle.

Un autre opérateur du FBI était assis à l'avant, à côté de Kincaid. Son stagiaire, Colin Leighton, ainsi qu'un autre agent fédéral occupaient le troisième rang derrière eux. Elle frissonna, puis voûta les épaules.

— J'étais dans mes pensées.

— Nous ne le laisserons pas vous atteindre, Hope.

La jeune femme soupira.

— Ce n'était pas à lui que je pensais.

Leurs yeux se croisèrent. Se connectèrent. Il hocha solennellement la tête, comprenant visiblement où ses pensées l'avaient entraînée.

— Des nouvelles de Leech ?

Elle n'avait pas voulu parler du tueur en série devant Ella. La jeune femme n'avait pas bien tenu le coup ce jour-là, malgré son insistance pour être présente dans la salle d'audience. Ce procès allait être difficile pour elle. Peut-être Hope aurait-elle dû confier l'affaire à un autre substitut, afin que Jeff Beasley retourne se terrer dans sa tanière, mais elle doutait qu'il reste longtemps dans les parages de toute façon. Il se sentait trop important pour cela.

Mais personne d'autre ne se battrait avec autant de passion ni ne se soucierait autant de rendre justice à Ella Gibson que Hope. Elle avait rendu visite à la jeune femme à l'hôpital après l'agression : elle avait été témoin de la douleur et de la terreur dans les yeux d'Ella, et lui avait promis que le bureau du procureur mettrait ce type hors d'état de nuire, qu'ils assureraient sa protection. Dix ans, ce n'était pas une éternité, mais cela représentait un sacré bout de temps, presque une vie pour certains.

— Avons-nous des preuves penchant davantage pour une évasion que la mort ?

Colin était captivé par leur conversation murmurée.

Qui ne serait pas fasciné par tout ce *drama* ? Il avait signé un accord de confidentialité avant de travailler pour le bureau du procureur, mais elle doutait que cela l'empêche de révéler des détails croustillants lors de dîners.

— Rien pour l'instant.

Où était cette ordure ?

Leur véhicule tourna dans la rue devant le bureau du procureur, puis s'arrêta brusquement.

— Attendez, lui intima Aaron Nash, tandis qu'elle tendait la main vers la poignée de la porte.

Elle s'efforça de faire preuve de patience. Kincaid sortit prestement du côté passager avant, puis Nash descendit à son tour et contourna la voiture pour le rejoindre. L'homme à l'arrière la suivit lorsque Kincaid ouvrit sa portière.

Elle repéra tardivement la foule de journalistes postés près des portes. Elle redressa les épaules, tandis que, l'un après l'autre, ils relevaient la tête, flairant le sang, et braquaient leurs appareils photo dans sa direction. Ils se précipitèrent vers elle, micros tendus, en criant leurs questions.

— Que pensez-vous du fait que Julius Leech ait pu s'échapper ?

— Pensez-vous que Leech va s'en prendre à vous maintenant qu'il est libre ?

Hope et sa joyeuse bande d'hommes armés traversèrent rapidement le large trottoir en direction de l'entrée.

Elle ignorait où se trouvait Colin, mais elle ne pouvait pas l'attendre.

— Va-t-il encore tuer ?

— Craignez-vous que Julius Leech ait l'intention de vous attaquer ensuite ?

— Est-il un danger pour le public ?

— Sans commentaire.

— Reviendra-t-il pour vous, comme il vous l'a promis, Hope ?

— Est-ce pour cela que vous avez autant de gardes du corps, madame Harper ?

— Pensez-vous vraiment que vous devriez faire partie du bureau du procureur alors que c'est vous qui avez obtenu sa libération lors du premier procès ?

Bon sang ! Ils étaient impitoyables.

— Sans commentaire.

— Julius Leech a toujours soutenu qu'il était innocent. Il a dit que vous l'aviez piégé.

Hope s'arrêta brusquement, et le corps musclé d'Aaron Nash la heurta alors qu'il essayait de la pousser vers la porte.

Elle se dégagea, ignorant les gouttes de pluie glacée, et se tourna face à ces gens qui cherchaient visiblement à la blesser.

— Julius Leech a été acquitté lors de ce premier procès parce qu'un inspecteur de police de Boston a placé des preuves sur les lieux d'un des meurtres, puis a menti à ce sujet à la barre. Ce même inspecteur, rongé par la culpabilité, a fini par avouer avant de mettre fin à ses jours dans un geste tragique. J'ai déposé une requête en irrecevabilité fondée sur les faits juridiques de l'affaire. Mais, mettons les choses au clair pour ceux d'entre vous qui ont besoin qu'on leur explique en détail. Leech n'était pas innocent. Il n'a jamais été *innocent*. Et j'ai contribué à le prouver lorsqu'il a été condamné pour le meurtre de ma famille, déclara Hope, qui retint ses cheveux en arrière quand le vent les poussa sur son visage. Je n'ai pas peur de ce salopard. Je suis *choquée* qu'il soit parvenu à s'évader de prison, alors qu'il luttait pour faire ses propres lacets.

— Vous avez des gardes armés. Ce n'est pas vraiment ce qu'on appelle déborder de confiance en soi, railla un homme.

Jetant un coup d'œil sur le côté, elle aperçut un groupe de policiers qui observaient la scène avec un sourire narquois. Parmi eux se trouvait Lewis Janelli, l'ancien partenaire de l'inspecteur décédé, un homme qui avait fait l'objet d'une enquête pour avoir participé à la fabrication de ces preuves. Le procureur général et les affaires internes n'avaient jamais pu prouver qu'il savait que les preuves étaient fausses, et il avait été autorisé à reprendre le travail, dénigrant Hope auprès de tous ceux qui voulaient bien l'écouter depuis lors.

— Le service de sécurité n'était pas de mon fait. Le procureur insiste : si je veux travailler sur des affaires, je dois avoir une protection.

— Au moins, ils sont sexy, lança une voix féminine rieuse à l'arrière de la foule.

Hope balaya le commentaire d'un revers de la main.

— Est-ce que vous regrettez, maintenant ? s'enquit une voix plus mesurée, qui questionnait sans condamner. D'avoir révélé la vérité sur ces preuves ? Le suicide de l'inspecteur Monroe ? La mort de votre famille ?

Ces mots la transpercèrent profondément.

— Chaque jour. Chaque foutu jour, répondit Hope, qui avait du mal à identifier la personne qui parlait, à cause de la pluie qui lui tombait dans les yeux. Mais je referais la même chose si je me retrouvais à nouveau confrontée à la même situation.

Sa voix se brisa ; une plaie béante, sanguinolente, venait de se rouvrir en elle. La foule se tut, sachant qu'elle était sur le point d'obtenir l'extrait qu'elle avait attendu toute la journée.

— La justice compte. La justice doit compter pour que des gens comme Julius Leech soient mis derrière les barreaux, là où est leur place. Les policiers doivent respecter les règles, tout comme le bureau du procureur, et le ministère de la Justice. Le système fonctionne alors comme il est censé fonctionner. Sinon, nous ne faisons que défendre du bout des lèvres l'idée de l'ordre public, et nous ne valons pas mieux que les crapules qui commettent des crimes.

Elle tourna les talons et dépassa les gens pour entrer dans le bâtiment et échapper à l'attention de l'attroupement. *Bon sang !* Pourquoi n'avait-elle pas pu se contenter de dire « sans commentaire » une fois de plus, comme une bonne fille obéissante ?

Ils contournèrent les détecteurs de métaux et se dirigèrent vers l'ascenseur qui menait à son bureau, situé au troisième étage.

Personne ne parla pendant la montée, mais son cœur battait à tout rompre, et elle se demanda si les autres pouvaient l'entendre. Elle sortit de la cabine et suivit Kincaid dans le couloir. Nash et l'autre opérateur la talonnaient.

Une femme discutait avec le procureur devant le bureau de

Hope, et son humeur s'assombrit davantage. Lincoln Frazer était également présent. Nash s'avança près de son épaule.

— Tout va bien, dit-elle, mais sa voix laissait transparaître un tumulte d'émotions. Je la connais. Accordez-nous un peu d'espace.

Minnie Ramon était la mère de l'une des victimes féminines de Leech, dans le procès où Hope avait représenté ce salaud. Au cours de la procédure, Minnie avait été appelée à témoigner pour l'accusation, mais Hope avait profité de l'occasion pour l'interroger sur le mariage imparfait de sa fille. Bien qu'elle se soit montrée douce, le processus avait brisé Mme Ramon, et la femme avait été pratiquement évacuée de la barre en pleurs. Minnie avait été admise dans une unité psychiatrique le jour même. Hope regrettait chaque seconde de ce contre-interrogatoire.

Elle aurait marché pieds nus sur du verre brisé si elle avait pensé que cela aiderait à soulager la douleur de ces familles, mais cela ne changerait rien. L'absence de justice concernant ces meurtres était toujours aussi révoltante.

— Mme Ramon est venue quand elle a entendu parler de la possible évasion. Elle voulait vous parler et elle a attendu presque toute la journée, même si elle savait que vous étiez au tribunal, expliqua le procureur d'une voix calme.

— Comment allez-vous ? Que puis-je faire pour vous ? s'enquit Hope, qui s'avança pour lui serrer la main, mais l'autre femme l'ignora.

Gênée, elle retira sa main pour la mettre dans sa poche, où elle serra le poing.

La lueur dans les yeux de Minnie Ramon changea, et son expression se remplit d'une sorte d'émerveillement déstabilisant, qui donna envie à Hope de détourner le regard.

— Je voulais voir votre tête maintenant que Julius Leech est libre, alors qu'il devrait être derrière les barreaux. Vous avez laissé ce monstre s'en sortir une fois, et il a tué. Maintenant, il est dehors, et il va venir vous chercher. Il va venir s'en prendre à vous, parce qu'il vous veut… mais il ne vous aura pas.

Hope ouvrit la bouche pour s'excuser à nouveau pour la situation difficile et la souffrance de cette femme, mais tout ce qui suivit se déroula au ralenti.

Minnie Ramon sortit un couteau de sa poche et fit un geste vers le ventre de Hope. Nash se précipita, attrapa son poignet fin et osseux et lui tira le bras vers le haut et vers l'extérieur. Le procureur trébucha en arrière, effrayé, tandis que Minnie lâchait le couteau en poussant un cri de douleur.

— Ne lui faites pas de mal, intervint Hope, qui s'avança pour éloigner Nash de Mme Ramon. Ne lui faites pas de mal.

Kincaid passa les menottes à cette pauvre femme.

Leurs yeux se croisèrent : ceux de Minnie n'étaient plus vagues, mais emplis de haine et de fureur. De la bile monta à la gorge de Hope. Aaron Nash l'entraîna alors dans son bureau, tandis que Minnie Ramon, résignée, était poussée contre le mur.

La porte du bureau de Hope claqua, tandis qu'un membre de l'équipe de sécurité, qui était arrivée en courant en entendant le tapage, emmenait l'assaillante.

Hope plaqua sa paume sur sa bouche.

— Ils doivent la laisser partir.

— Elle a essayé de vous planter un couteau dans le ventre ! gronda Nash.

— Elle a besoin d'aide. Elle a vécu l'enfer, rétorqua Hope, qui restait debout, tremblante. Et j'en suis en grande partie responsable.

CHAPITRE TREIZE

Aaron examina la femme obstinée, afin de s'assurer qu'elle allait vraiment bien. Il était furieux d'avoir laissé une menace s'approcher à distance de frappe de sa principale. Il était foutrement en rage contre lui-même pour avoir commis ce qui aurait pu être une erreur fatale.

— Ils doivent la laisser partir, répéta Hope.

Elle semblait secouée, mais indemne. Il avait besoin qu'elle sorte du déni dans lequel elle semblait être plongée à propos de ce qui s'était réellement passé. Peut-être qu'un peu d'honnêteté brutale ferait l'affaire.

— Écoutez, Hope. Je ne suis pas un fan des avocats de la défense, mais je suis assez intelligent pour savoir que, sans accès à un procès équitable, le système de justice pénale n'a plus aucun sens.

Hope s'abaissa lentement sur sa chaise, visiblement paniquée.

— Je ne veux pas qu'elle soit poursuivie.

Aaron plissa les yeux.

— Pourquoi pas ? Vous encourageriez n'importe qui d'autre

à porter plainte, mais quand il est question de votre propre sécurité, vous refusez ?

— Ne croyez-vous pas que j'en ai assez fait subir à cette femme ?

— Leech est le responsable.

— Je l'ai cuisinée à la barre. Je l'ai fait acquitter...

Nash croisa les bras, toujours furieux contre lui-même d'avoir merdé.

— Vraiment ? En bas, vous avez dit aux journalistes que c'était la faute des policiers. L'inspecteur Monroe n'a pas seulement franchi une ligne, il l'a carrément sautée à la perche !

— Si je m'étais assise sur le mail que Monroe m'avait envoyé...

— La police de Boston n'aurait-elle pas consulté sa messagerie de toute façon, après un suicide ?

Soudain, Hope eut l'air fragile.

— Oui, mais le procès aurait sans doute été terminé, à ce moment-là. Et peut-être que la police de Boston n'en aurait parlé à personne.

— Et vous auriez été d'accord pour que Leech soit condamné pour meurtre sur la base de fausses preuves ?

Hope ferma les yeux.

— Non. Mais je ne suis pas non plus d'accord avec le fait qu'il ait assassiné ma famille, répliqua-t-elle, et, lorsqu'elle rouvrit les yeux, ils brillaient comme des opales. Si j'avais *su* ce qui allait se passer... Si j'avais su que c'étaient *leurs vies* qui étaient en jeu... Je l'aurais laissé pourrir en prison, et je n'en aurais rien eu à faire du bien et du mal, car ils seraient vivants plutôt que dans des cercueils, et Minnie Ramon aurait obtenu justice pour sa propre fille.

Elle déglutit avec difficulté, comme si elle essayait de contrôler ses émotions. Aaron eut la gorge nouée.

— Ce n'était pas votre faute, Hope. Vous le savez au fond de vous. Je sais que vous le savez.

Mais, manifestement, la jeune femme n'avait pas les idées claires. Il pointa du doigt la vitre donnant sur le couloir.

— Cette femme doit être tenue responsable de ses actes, sinon tout le monde va penser qu'il est normal de s'en prendre à quelqu'un qui, selon eux, leur a fait du tort. Ce n'est pas acceptable, et si cela avait été dirigé contre quelqu'un d'autre que vous-même, vous seriez la première à demander des poursuites judiciaires. Même si les charges ne sont pas retenues. Même s'il y a acquittement. Il faut que cela arrive.

— Elle a besoin d'une aide médicale, pas d'une cellule de prison.

Lorsqu'un coup fut frappé, Hope chercha un mouchoir sur son bureau. Aaron ouvrit la porte. Lincoln Frazer était dans le couloir.

— Tout va bien ?

— J'essaie de persuader l'ADA Harper de porter plainte, même si elle est physiquement indemne.

Colin, le stagiaire de Hope, se tenait également dans l'embrasure de la porte, l'air anxieux.

— Le procureur a placé Mme Ramon en détention provisoire et prévoit de lui faire passer un examen psychiatrique au plus tôt. Il va lui donner un avertissement officiel et émettre une ordonnance restrictive. La seule raison pour laquelle il ne porte pas plainte officiellement, c'est qu'elle a pris ce couteau dans la salle de pause, elle ne l'a pas passé en douce au contrôle de sécurité.

— Sans oublier qu'il n'y a aucune chance qu'elle soit condamnée, ajouta Hope, qui grimaça. Au moins, elle n'est pas venue ici avec l'intention manifeste de me tuer.

— Elle est déjà venue ici, n'est-ce pas ? insista Aaron.

— Plusieurs fois, confirma Hope d'une voix rauque.

— Et elle savait sans doute qu'il y aurait un couteau dans la salle de pause ?

— Vous feriez un bon procureur, Nash, remarqua Frazer en riant. Mais je ne crois pas que Hope veuille entendre les arguments de l'accusation.

La jeune femme balaya leurs commentaires d'un revers de la main.

— Vous ne comprenez pas.

— Elle a essayé de vous poignarder !

Combien de fois devrait-il le répéter avant qu'elle comprenne ?

— Et je suis sûre qu'un juge la déclarerait mentalement inapte à être jugée.

— Alors, laissez un juge en décider...

— Laissez tomber ! Je vous en prie, laissez tomber. Vous ne savez pas à quel point elle a souffert.

Des larmes brillaient dans les yeux de Hope. Pourtant, elle comprenait ce degré de souffrance, ce qui rendait d'autant plus incompréhensible son refus de se battre pour elle-même.

— Je l'ai appelée à la barre. Je lui ai fait admettre sous serment que sa fille avait été infidèle à plusieurs reprises, que son couple était violent, comme en témoignaient les visites à l'hôpital et de nombreuses photos. J'ai semé suffisamment de doute pour que certains membres du jury pensent que sa fille et son gendre s'étaient peut-être entretués, plutôt que Leech ait été impliqué. Et, après tout cela, après toute la douleur et l'humiliation qu'elle a endurées, elle n'a jamais obtenu de justice pour le meurtre de son enfant. Personne n'a été tenu responsable de ce qui est arrivé à ces six victimes, et, même si Leech a été emprisonné, cela a de l'importance. Cela compte vraiment.

Aaron secoua la tête. Il comprenait ce qu'elle essayait de lui dire, mais il ne céda pas. Elle représentait une menace pour elle-même.

— C'est la dernière fois que quelqu'un s'approche de vous à moins d'un mètre cinquante, à moins que ce soit un membre du FBI.

L'indignation dans son regard s'estompa pour laisser place à une expression froide.

— Le FBI n'a pas à me dire ce que je dois faire.

Aaron ouvrit la bouche pour protester, mais Frazer le devança.

— À ta place, je ne parierais pas là-dessus. Si l'opérateur Nash recommande un placement sous détention protégée, à mon avis, tu y auras droit. Aaron est très respecté au sein de la HRT pour sa logique froide. Et tu t'ennuieras à mourir en quelques minutes.

Surpris, Aaron cligna des yeux. Il ne savait pas que le célèbre profiler connaissait son prénom, sans parler de sa réputation, mais peut-être que ce type mentait pour faire son effet.

— La procureure générale se conformera à toutes les directives du commandement de la HRT, lequel sera à l'écoute de ses agents sur le terrain, expliqua Frazer.

Il se dirigea ensuite vers le bureau situé sur l'un des côtés de la pièce. Il entreprit de glisser des dossiers dans une caisse d'archives.

— Cela te dérange si je les emporte chez moi ?

Aaron et Hope échangèrent des regards noirs. Finalement, la jeune femme se détourna.

— Fais-toi plaisir.

Elle inspira ensuite profondément, avant de laisser échapper un soupir audible.

— Ce n'est pas comme si je courais partout pour étreindre les gens et leur serrer la main. Le nombre de personnes qui m'approchent est limité à quatre, voire cinq si vous comptez ce pauvre Colin. Et il n'est sur cette liste que parce qu'il y est obligé.

Le stagiaire esquissa un petit salut nerveux, tandis qu'Aaron plissait les yeux.

— Nous ne nous étreignons pas, précisa Colin, nerveux.

Hope se leva, puis elle s'appuya contre son bureau, tandis que Frazer enfilait son manteau.

— J'ai chez moi une autre caisse contenant des dossiers du premier procès. Si tu veux des copies, je les apporterai demain pour qu'elles soient faites.

— Cela m'éviterait d'avoir à le faire, et ça me sera utile si je devais repartir à Quantico de manière imprévue. Qu'est-il arrivé aux lettres que Leech écrit chaque semaine ?

— Colin ? dit Hope.

Frazer se tourna vers le stagiaire, qui déplaça son poids d'un pied sur l'autre.

— Celles, euh... celles qui sont arrivées depuis que je travaille ici ont été passées à la déchiqueteuse.

— Les avez-vous lues ? s'enquit Frazer.

L'assistant rougit violemment.

— On m'a dit de déchiqueter tout ce que Leech envoyait, sans l'ouvrir.

Aaron remarqua qu'il ne répondait pas directement à la question.

— Quand la dernière est-elle arrivée ?

Colin cligna rapidement des yeux, tandis que Frazer le cuisinait.

— Mercredi dernier, je crois ?

— Il est probable qu'une autre arrive cette semaine. Ne la déchiquetez pas. Je veux la lire dès qu'elle arrivera.

— Je veux la lire aussi, intervint Aaron.

Colin regarda Hope, qui acquiesça.

— Donnez à Frazer tout ce qu'il voudra, déclara-t-elle, avant de lancer un regard noir à Aaron. À tous les deux.

— Si seulement Izzy était aussi accommodante, remarqua Frazer avec ironie.

— Izzy est une sainte, rétorqua Hope.

Frazer esquissa un sourire.

— Izzy est *effectivement* une sainte, mais certainement pas une personne facile à manipuler. Elle s'est adoucie depuis notre rencontre, mais elle reste une ancienne capitaine de l'armée... et pourtant, elle m'aime.

Il se tapota le cœur, et offrit à Hope une expression exagérément rêveuse. Ce qui était véritablement terrifiant, mais, à l'évidence, il essayait de détendre l'atmosphère.

— Ce doit être ton attitude charmante. Tu dors encore chez les Hayes, ce soir ?

Frazer cessa de jouer la comédie.

— Oui. Ironiquement, j'ai rencontré la femme de Marshall Hayes, à la suite de son propre combat contre un tueur en série à New York. Nous sommes devenus amis au fil des ans.

— Il faut dire que tu es un type amical, répondit Hope, esquissant un sourire qui n'atteignit pas ses yeux.

— Crois-moi, j'en suis aussi surpris que n'importe qui.

Aaron se déplaça contre le mur. La jeune femme lui lança un regard, pour lui signifier qu'elle n'avait pas oublié leur conversation. Il n'avait pas oublié non plus.

Il était content que Hope semble plus calme qu'un peu plus tôt, mais il n'aimait pas la voir faire passer sa sécurité personnelle au dernier rang de sa liste de priorités. Aussi pragmatique et distante qu'elle prétendait être, il existait de mauvaises personnes susceptibles d'appuyer sur ses boutons.

Leech clamant son innocence était l'une d'entre elles. Sa façon de compatir à la douleur des victimes en était une autre. C'étaient des faiblesses que quelqu'un pouvait exploiter pour lui faire du mal, et il était prêt à parier qu'elle en avait d'autres.

Il avait l'intention de veiller à ce que personne ne s'approche assez près d'elle pour que cela constitue un problème.

CHAPITRE QUATORZE

De retour à l'appartement, Hope donna à manger à Lucifer et se força à sortir un bol de curry du congélateur, puis à le mettre au micro-ondes pour le décongeler, principalement parce qu'elle ne voulait pas subir un autre sermon d'Aaron Nash sur la nécessité de prendre soin d'elle.

Cela lui paraissait un peu étrange de se retrouver enfin seule après avoir interagi avec des gens toute la journée. Certes, il y avait un ou deux types sur son toit, et tout un tas d'autres entassés dans l'appartement de ses merveilleux voisins, mais personne ne surveillait chacun de ses gestes, ne la suivait partout ou n'attendait qu'elle aille aux toilettes, pour l'amour du ciel !

Elle frotta ses bras nus, soudain froids. Elle attrapa un long gilet drapé sur le dossier du canapé.

Elle avait des notes à relire pour le lendemain, fournies par son assistante juridique, à qui elle avait demandé de se renseigner sur les jurés potentiels. Cette femme était vraiment douée pour son travail, et Hope avait supplié le procureur de la laisser l'aider sur cette affaire. Elle devait sélectionner le meilleur jury possible en fonction de leurs choix de vie, et de leurs profils sur les réseaux sociaux. La défense avait son propre consultant ultra-coûteux, mais le procureur refusait de payer pour cela.

Le micro-ondes sonna, et elle se força à remuer la sauce savoureuse et parfumée, puis à la laisser reposer quelques minutes plutôt que de se brûler le palais, ce qui lui arrivait bien trop souvent.

Elle se servit un verre de vin et se promena dans sa maison. Cela faisait longtemps qu'elle ne s'était pas sentie aussi perturbée, aussi nerveuse. En général, elle se concentrait sur ses affaires ou sur l'écriture des livres de Danny.

Bien sûr, la disparition de Leech était l'une des raisons pour lesquelles elle était si perturbée, sans compter l'attaque inattendue de Minnie Ramon. Mais ces deux événements n'étaient pas la raison principale de son état. Peut-être que quelques heures de travail lui permettraient de tenir les vingt-quatre prochaines heures sans perdre la tête.

Elle sortit sa tablette, avec l'intrigue sur laquelle elle travaillait pour son dernier livre. Il y avait un meurtre, et un policier véreux, ainsi qu'une grosse saisie de drogue.

Le visage de Pauly Monroe surgit dans son esprit.

Hope pinça les lèvres.

— Peut-être n'écrirai-je pas sur un policier corrompu dans celui-ci.

Elle consulta la liste des idées d'intrigues futures qu'elle avait rédigée. Meurtre. Meurtre. Policier corrompu. Meurtre. Policier véreux. Cela semblait être un thème récurrent, mais elle écrivait sur une inspectrice de la criminelle, ce n'était donc pas comme si elle allait soudainement se mettre à parler de fleuristes.

Cependant, elle appréciait cette idée : elle écrivit « meurtre de fleuriste », et, pour varier, ajouta « ou un nouvel amour ». Le fleuriste pourrait être un homme. Un type au passé sombre, qui faisait désormais des compositions florales.

Elle aimait bien l'idée d'introduire une touche d'intérêt romantique. Son héroïne, Frankie, était seule depuis longtemps déjà, et Danny avait dit qu'il voulait que Frankie connaisse un jour une fin de conte de fées.

Hope alla chercher son bol de curry et son verre de vin blanc.

S'installant à la table, elle mit la tablette en position verticale, entreprit d'improviser des idées. Qui était ce fleuriste ? Pourquoi Frankie parlerait-elle à un fleuriste musclé, aux cheveux foncés, à la barbe courte et au passé mystérieux ?

Un ex-mafieux ? Un flic sous couverture ? Un flic sous couverture, envoyé dans le quartier pour enquêter sur un policier corrompu qui touchait des pots-de-vin... Peut-être que quelqu'un avait orienté les soupçons sur Frankie elle-même ?

Hope réfléchit encore pendant une heure, évitant soigneusement la photo posée sur le buffet de son salon.

À vingt-deux heures, elle fit la vaisselle, se servit un autre verre de vin, puis se rendit à l'étage pour se faire couler un bain. Elle se prélassa dans les bulles en dégustant son vin. Elle ne regarda pas l'horloge, mais elle sentit chaque seconde s'écouler au rythme des battements de son cœur.

Elle resta là pendant une heure, jusqu'à ce que sa peau se fripe et que la mousse disparaisse. Elle sortit prudemment de la baignoire, s'enveloppant dans un vieux peignoir éponge miteux.

Hope prit son temps pour se sécher, puis elle enfila un pyjama en flanelle avant de redescendre, traînant avec elle l'ours en peluche préféré de Paige. Elle sortit un cupcake du congélateur, et le décongela.

Puis elle se servit un troisième verre, alors même qu'il ne restait qu'un demi-verre dans la bouteille.

Elle trouva une bougie d'anniversaire et quelques allumettes, posa la photo de Paige et Danny sur la table basse, puis elle sortit de l'étagère l'album de bébé de sa fille. Hope prit son temps pour feuilleter les pages familières. Elle toucha le visage de bébé de Paige, ses minuscules empreintes de main, sachant qu'une mèche de ses cheveux se trouvait dans une petite pochette. Cette pratique de commémoration des vivants lui avait paru macabre à l'époque, mais c'était désormais tout ce qui lui restait.

Lorsque l'horloge sonna minuit, elle alluma la bougie, et contempla la lueur orange de la flamme.

Elle sourit à la photo de son enfant, figée dans le temps.

— Joyeux anniversaire, mon bébé, dit Hope, avant de souffler la bougie. Joyeux anniversaire, Paige.

CHAPITRE QUINZE

— **E**lle est en train de pleurer.

Le sifflement paniqué de Will Griffin retentit dans les oreillettes.

Aaron était sur le point de s'endormir, mais il avait oublié de retirer la sienne. Il roula sur le côté et s'assit au bord du lit de camp qu'ils avaient installé, puis il enfila un pantalon tactique et un t-shirt. Il ajouta son holster, davantage par habitude que par nécessité.

Pour ne pas réveiller les autres, il sortit de l'appartement pieds nus. Il adressa un signe de tête à Cadell, qui se tenait près de la porte d'entrée, puis grimpa les escaliers et retrouva Will Griffin debout là, l'air inquiet, le front soucieux.

Aaron retira son oreillette, et son coéquipier fit de même. Ils chuchotèrent pour ne pas déranger tout le monde.

— Tout était calme jusqu'à il y a environ cinq minutes. Puis je l'ai entendue gémir.

Aaron l'entendait faiblement à travers la porte. Manifestement, elle essayait sans succès de réprimer ses sanglots.

Était-ce parce que la réalité du danger potentiel qu'elle courait s'imposait enfin à elle ? Ou était-ce simplement dû au stress de se retrouver propulsée dans une situation horrible ? Ou d'avoir été attaquée aussi bien verbalement que physiquement dans un laps de temps très court ?

Il consulta sa montre et remarqua qu'il était minuit passé de quelques minutes. C'est alors qu'il se rappela ce que Hope lui avait dit plus tôt.

— C'est l'anniversaire de sa fille aujourd'hui.

Griffin pinça les lèvres, comprenant soudainement la situation.

— Ces anniversaires te prennent par surprise et te frappent de plein fouet certains jours.

Aaron savait que Griffin avait perdu sa fiancée, une collègue agent du FBI, dans une violente attaque l'année précédente. Il lui serra l'épaule pour lui montrer sa compassion.

— L'un de nous devrait aller la voir, suggéra Griffin, s'éclaircissant la gorge. Assure-toi que... Tu sais.

D'un côté, Aaron savait que ce n'étaient pas ses affaires, mais il ne pouvait pas davantage repartir sans vérifier si elle allait bien qu'il ne pouvait s'envoler pour Mars. Il était censé être aux commandes ici et assumer les missions les plus dangereuses.

— Je vais le faire.

Griffin sembla soulagé. Aaron ouvrit la porte de l'appartement et se glissa à l'intérieur. Il monta le petit escalier et s'arrêta à la vue de Hope Harper, d'habitude toujours parfaitement habillée et perpétuellement en opposition, vêtue d'un pyjama à carreaux, recroquevillée sur ses genoux, serrant contre sa poitrine un ours en peluche miteux.

Une odeur de cire flottait dans l'air ; il repéra le petit cupcake sur la table, près de la photo. Un album photos était ouvert sur le canapé à côté d'elle.

Le cœur d'Aaron se serra ; elle avait l'air si seule.

Il s'approcha et posa une main sur son dos.

— Hope.

Elle se raidit, mais ne leva pas les yeux.

Il savait qu'elle l'avait entendu, et qu'elle le reconnaissait, mais cela n'arrêta pas ses larmes.

Merde !

Il s'assit et attira cette femme habituellement revêche dans une étreinte hésitante. La même étreinte que sa propre mère lui avait donnée lorsque la fille qu'il aimait l'avait quitté pour son jeune frère pompier, puis avait épousé ce salaud.

Cette douleur l'avait anéanti. Elle avait changé tout le cours de sa vie. Mais cela ne devait représenter qu'une fraction de ce que cette femme vivait chaque jour, depuis qu'un tueur avait pris sa famille pour cible.

Au lieu de s'éloigner de lui, elle pleura plus fort.

Il la serra contre lui, s'adossa au canapé et ignora la sensation étrange qu'il éprouvait chaque fois qu'il la touchait. Cela faisait sans doute partie du processus de création de liens. Du fait qu'il était responsable de sa sécurité, qu'elle le veuille ou non. Ou peut-être était-ce parce qu'il commençait à voir au-delà des défenses extérieures, soigneusement construites, des murs du château, du canon, des herses, qui cachaient tous une mer déchaînée d'émotions tumultueuses, et un cœur vulnérable.

Elle n'était ni froide ni sans cœur. Elle était farouche et empathique. Forte et déterminée. Abîmée et blessée.

Les larmes de Hope imprégnaient son t-shirt, ses cheveux blonds venaient sous son menton, s'accrochant à sa barbe. La chaleur qui émanait d'elle l'envahit, et il aurait aimé pouvoir faire autre chose que rester assis là en silence.

Dire quelque chose de profond. Agir d'une manière qui lui permettrait de faire disparaître sa douleur. Mais il n'avait pas pour habitude de dévoiler ses émotions, pas plus que Hope. Et puis... que pourrait-il lui dire qui n'avait pas été déjà dit avant ? Désolé pour votre perte ? Ce n'est pas votre faute ? Combien de fois avait-elle dû écouter ces mots ? Mais, surtout, combien de fois s'était-elle accordé le droit au réconfort simple d'un contact humain ?

Rarement, sans doute. Finalement, elle cessa de pleurer et s'éloigna.

— Oh, bon sang ! Je suis sincèrement désolée. Je ne voulais pas pleurer sur vous.

Il lui adressa un sourire en coin.

— Je voulais voir comment vous alliez. C'était un risque que je devais prendre.

Elle passa ses doigts sous ses deux yeux. Son visage était tacheté, ses yeux rougis, mais Hope Harper restait toujours aussi belle avec ses pommettes saillantes et sa bouche expressive.

— Entre les anniversaires, les dates importantes et Noël, c'est toujours difficile de déterminer quel jour est le pire.

— Faites-vous toujours ça ? l'interrogea-t-il en pointant du doigt la bougie, le cupcake, et l'album de bébé.

Hope pinça les lèvres, puis elle hocha la tête. Il tendit la main pour prendre l'album, dont il parcourut les pages avec prudence.

— Elle était magnifique. Vous formiez une belle famille.

Son sourire était larmoyant.

— L'amour crée un émerveillement qui lui est propre.

Un nœud douloureux se forma dans la poitrine d'Aaron, alors qu'il pensait à son frère et à son ex, qui attendaient désormais un bébé.

— Je suppose que oui, parfois, lorsque deux personnes éprouvent les mêmes sentiments l'une pour l'autre.

Les yeux gris de Hope brillaient d'une intelligence vive, caractéristique de cette femme.

— Es-tu marié, Aaron ?

C'était la première fois qu'elle utilisait son prénom, et aussi la première fois qu'elle le tutoyait. C'était sans doute le privilège qui allait de pair avec le t-shirt trempé de ses larmes.

Il secoua la tête, puis sourit à contrecœur.

— Et, heureusement, plus amoureux.

— Que s'est-il passé ? Ou peut-être ne devrais-je pas demander ?

Aaron ouvrit la bouche pour la baratiner, ou peut-être lui mentir carrément, comme il le faisait avec tout le monde, même avec ses amis les plus proches. Mais Hope menait une existence où tous ses chagrins et ses pires décisions étaient exposés aux yeux de tous, à vif.

Lui mentir reviendrait à agir comme un lâche. Et Aaron n'avait jamais été un lâche.

— Nous étions tous deux biologistes spécialistes des poissons, et nous étudiions sur une île isolée de Polynésie française.

Hope écarquilla les yeux : étudier les poissons était à mille lieues de son travail au FBI.

— Je sais que ce n'est sans doute pas ce que tu t'attendais à entendre, poursuivit Aaron en souriant, la tutoyant à son tour. Nous sommes tombés amoureux, nous nous sommes fiancés, et je l'ai emmenée chez moi, pour la présenter à ma famille. Elle est rapidement tombée raide dingue de mon petit frère qui était, et qui est toujours, pompier. Il s'est avéré qu'elle préférait la version sexy et musclée des frères Nash plutôt que le *geek*.

Hope recula et cligna des yeux.

— Alors, quoi ? Tu as mis le paquet pour être musclé et sexy, dans l'espoir de la reconquérir ?

Le fait qu'elle le trouve musclé et sexy le fit sourire intérieurement. Aaron secoua la tête.

— C'est définitivement de l'histoire ancienne. Je n'ai pas pu poursuivre mon doctorat quand elle m'a largué. Je ne supportais pas de la voir tous les jours. Et il s'avère que la communauté scientifique est petite, soudée, et tout le monde se connaît, expliqua-t-il avec un rire amer. Maintenant, je n'ai plus qu'à faire semblant de leur avoir pardonné une fois ou deux dans l'année.

— Ils sont toujours ensemble ?

— Ils sont mariés, heureux, et ils attendent un enfant. Devine qui était le témoin ? Mon discours a fait un tabac.

— Oh, *bon sang* ! Ça a dû être horrible.

Elle rit, mais c'était par compassion plutôt que pour se moquer de lui.

— Oui. Ma mère comprend à quel point c'est difficile pour moi. Tous les autres pensent que j'ai tourné la page. Nous sommes proches, ma mère et moi.

La voix de Hope se brisa.

— Les mamans savent toujours. Mais pourquoi s'attendent-ils à ce que tu te remettes d'une telle trahison ? Non seulement ta fiancée, mais aussi ton *frère* ? dit-elle, avant de se moucher. Je suis fille unique, mais j'imagine que perdre ton frère a sans doute été plus douloureux que perdre ta fiancée volage.

Aaron éclata de rire. Il ne s'était pas attendu à ce que ce soit Hope qui le réconforte, plutôt que l'inverse.

— Oui. Mon frère et moi avions toujours été proches, confirma-t-il, avant de hausser les épaules. Nous ne le sommes plus.

— Je suis sincèrement désolée.

Elle toucha son bras nu, et il contempla l'endroit où sa peau pâle reposait contre la sienne, hâlée. Elle retira sa main. Ressentait-elle aussi cette étrange intensité entre eux ? Ou bien tout cela n'était-il que le fruit de son imagination ? Au moins, sa confession pathétique l'avait distraite de son immense chagrin.

— Alors, tu as rejoint le FBI par esprit de revanche ?

— Ah ! Sans doute. J'ai décidé de lui prouver qu'elle avait commis une erreur, et que je pouvais être le meilleur des meilleurs, et pas seulement un *geek*. Mais je ne voulais pas m'enrôler. Comme la HRT du FBI est sans conteste l'équipe tactique des forces de l'ordre la plus expérimentée au monde, c'est donc vers elle que j'ai orienté mes efforts.

— Et où tu as fini.

Les yeux de Hope le jaugeaient désormais différemment, comme s'il lui semblait plus humain, d'une certaine manière. Elle ramassa l'album de bébé et le ferma, puis passa la main avec amour sur la photo, avant de se lever et de le reposer sur le manteau de la cheminée.

— Tu devrais dormir un peu, suggéra Aaron.

Hope haussa les épaules. Ses cernes lui donnaient un air hanté.

— Je n'y arriverai pas. Pas ce soir. En général, je me rends au cimetière à la première heure le matin, avant d'aller travailler. Je suis en colère, car je ne pourrai plus le faire maintenant. Pas sans qu'une foule de journalistes prennent des photos, et si Leech est encore en vie, peut-être qu'il le découvrira, expliqua Hope, serrant les bras autour d'elle. L'idée qu'il sache combien c'est encore douloureux me rend malade.

— Tu ne veux pas qu'il prenne son pied avec ta souffrance, je comprends.

Hope resserra ses bras autour d'elle.

— Veux-tu un thé ou un café ? Je vais prendre quelque chose.

— Je devrais sans doute aller dormir un peu.

Elle le masqua rapidement, mais, pendant une fraction de seconde, elle eut l'air vraiment déçue. Elle se leva alors et fit les cent pas.

— Ça va aller, pour moi. Merci d'être venu me voir. Tu t'es montré très gentil, et tu n'avais pas à le faire. Je serai probablement mieux seule.

Pour Aaron, ce n'était pas vrai. Mais il avait une idée de ce qui pourrait l'aider.

— Habille-toi.

Hope planta ses yeux dans les siens.

— Pourquoi ?

— Je doute qu'il y ait des journalistes dehors en ce moment. Je t'emmène présenter tes respects à ta famille.

Hope cilla.

— Si tu en as envie ?

Sans un mot, elle acquiesça, puis elle monta précipitamment les escaliers pendant qu'il rassemblait les troupes.

CHAPITRE SEIZE

Hope enroula son manteau plus fermement autour d'elle. En dépit de la chaleur qui régnait dans la voiture, elle ressentait un froid intérieur. C'était toujours le cas le jour de l'anniversaire de Paige, une journée qui liait éternellement la mère et l'enfant, même lorsque l'un d'eux n'était plus en vie.

Être enlacée dans les bras d'Aaron Nash plus tôt lui avait procuré un sentiment étrange, merveilleux et d'une incroyable complaisance envers elle-même. En général, elle ne baissait pas sa garde, mais ils étaient coincés ensemble pour un certain temps et il l'avait surprise à un moment où elle était au plus bas.

Cela semblait irréel quand elle le regardait maintenant. Il ressemblait davantage à un guerrier partant au combat qu'à quelqu'un qui l'avait laissée pleurer sur son t-shirt.

Elle devait se ressaisir.

Elle n'avait pas le luxe de vivre son deuil publiquement, plus maintenant, pas après cette première semaine horrible, puis les funérailles, où tout ce qu'elle aurait voulu, c'était se glisser dans la tombe avec eux et être enterrée vivante. Peut-être était-ce parce que c'était un professionnel qui ne divulguerait pas l'information à la presse. Ou peut-être était-ce parce que, de façon innée, elle lui faisait confiance.

Aaron Nash lui semblait honnête jusqu'à la moelle. Elle espérait qu'il ne lui avait pas menti au sujet de son ancienne fiancée dans le but de susciter sa compassion, mais elle en doutait. C'était une histoire triste un peu trop personnelle.

Elle imaginait à quel point Danny aurait été blessé si elle avait été assez stupide pour tomber amoureuse de Brendan après leurs fiançailles. Cela l'aurait anéanti.

Elle jeta un nouveau regard sur le profil mince d'Aaron, légèrement adouci par sa barbe bien taillée. Elle ne savait pas trop quoi penser de lui. En tout cas, il n'était pas celui auquel elle s'était attendue lorsqu'il s'était présenté sur le pas de sa porte en lui donnant des ordres.

Elle bâilla. Qu'elle était fatiguée !

Une journée entière au tribunal l'attendait le lendemain, ou plutôt ce jour-là. Mais le voir-dire[1] n'était pas si pénible, et son assistante juridique avait déjà fait le plus gros du travail. Certaines choses étaient plus importantes que le sommeil. Rendre visite à sa fille le jour de son anniversaire représentait tout pour Hope, et elle était très reconnaissante à Aaron d'avoir suggéré cette visite nocturne clandestine.

Il leur fallut un peu plus de vingt minutes pour se rendre au cimetière New Calvary à Mattapan, car il n'y avait pas de circulation, et que ces hommes roulaient à grande vitesse malgré le verglas. Ils évitèrent le centre-ville, prirent en direction du sud-ouest sur Harvard Street, puis à gauche vers le cimetière lui-même. Un grand portail en fer forgé leur barra la route. Les deux SUV s'arrêtèrent, moteurs en marche. Elle avait oublié que le cimetière pourrait être fermé à cette heure de la nuit, et elle se pencha en avant pour leur dire qu'elle escaladerait le

---

1. Interrogatoire préliminaire, notamment pour la sélection d'un jury.

muret de pierre, qui ne constituait guère un obstacle, et marcherait jusqu'à la tombe.

Aaron leva la main pour lui demander d'attendre un moment ; il écoutait quelque chose dans son oreillette.

L'un des hommes sortit du deuxième véhicule et força rapidement la serrure. Hope grimaça à l'idée des lois qu'ils enfreignaient peut-être, mais ils étaient du FBI : elle les laisserait gérer les conséquences, et elle invoquerait le cinquième amendement[2] si on lui posait des questions.

Le portail s'ouvrit, et les SUV entrèrent en formant une colonne serrée et rapide. Elle avait l'impression d'être dans un thriller, plutôt que de vivre sa propre vie.

Si seulement tout cela n'était qu'une fiction.

— Où allons-nous ? s'enquit le conducteur.

C'était un grand gaillard du nom de Livingstone. Ses yeux étaient d'un vert éclatant, et, en général, chaque fois qu'il la regardait, ils étaient durs et désapprobateurs.

Mais Hope n'avait pas besoin de son approbation ni de celle de qui que ce soit d'autre.

— Section vingt-trois. Coin sud-ouest.

Les quelques centimètres de neige tombés dans la soirée avaient fondu sur les routes, qui ressemblaient désormais à des rubans noirs au clair de lune. Le silence devint insupportable, ce qui était ironique pour une femme qui vivait seule, à l'exception de son chat.

— C'est la mère de Danny qui a choisi cet endroit. C'est une fervente catholique.

Elle frissonna, car elle détestait penser à sa fille et à son mari dans ce trou dans le sol, mais elle avait eu besoin de laisser sa belle-mère avoir son mot à dire, de lui donner un rôle à jouer. L'enterrement avait été important pour Mary Harper, et elle

---

2. Invoquer son droit au silence.

venait là chaque semaine. Hope fonctionnait à peine au moment des funérailles.

— Si je meurs, dis-leur de m'incinérer. Répands un peu de mes cendres sur leur tombe, et jette le reste dans l'océan, ou bien sers-t'en comme engrais.

Les yeux d'Aaron brillèrent dans le reflet de la lune.

— Tu ne vas pas mourir.

Hope lui adressa un sourire crispé.

— Nous allons tous mourir.

— Pas pendant cette *opé*..., commença-t-il, avant de s'interrompre. Pas parce qu'il est possible que Leech se soit échappé.

Il changea la formulation, mais cela constituait un rappel utile que, malgré sa gentillesse à son égard, elle était une opération. Pas une amie. Hope pinça les lèvres et détourna le regard. Le conducteur s'arrêta, et l'autre voiture resta légèrement en retrait. Elle avait *quatre* gardes du corps avec elle. Deux autres étaient restés à la maison pour la surveiller.

Ils commencèrent à ouvrir leurs portières. Hope ferma les yeux. Elle serra les poings.

— J'aimerais faire ça seule.

Tous marquèrent un temps d'arrêt, attendant la décision d'Aaron.

— Birdman, fais le tour du périmètre. Livingstone et Cadell restent au volant. Je vais accompagner Mme Harper à une courte distance.

Les yeux noirs d'Aaron croisèrent les siens depuis l'autre côté de la banquette.

— C'est le mieux que je puisse faire.

— Merci.

C'était suffisant.

Elle serra contre elle le petit pot de pensées qu'elle avait acheté une semaine plus tôt, avant que cette histoire avec Leech commence, quand sa seule préoccupation était la météo. Elle ouvrit sa portière, et Aaron la suivit dehors. Le vent glacial mordit sa peau exposée. La neige avait cessé pour le moment, mais d'autres chutes étaient prévues.

Elle ouvrit la marche, se sentant étrangement exposée, moins présente et moins dans l'instant qu'elle l'aurait souhaité. Peut-être était-ce à cause du vin ou de la crise de larmes.

Ou peut-être parce que, d'habitude, elle faisait cela seule.

La neige et l'herbe détrempée mouillèrent ses bottes et le bas de son jean, lui gelant les orteils. Elle se faufila entre les pierres tombales, en prenant soin de ne pas marcher dans les creux des tombes. Il était impossible de lire les noms la nuit, mais elle savait où elle allait.

Elle arriva à la troisième tombe en partant de la fin de la rangée, la deuxième en partant du bas. Elle expira, puis se tint dans l'obscurité, tandis que l'air glacial mordait la peau de son visage. Elle se laissa envelopper par le calme qui régnait autour d'elle, soulageant ainsi son âme tourmentée. Les battements de son cœur ralentirent.

Cela ne concernait ni Leech ni le FBI. Tout ce qui comptait, c'était une petite fille à qui on avait volé le droit de grandir.

À quoi aurait ressemblé sa fille aujourd'hui, avec ses cheveux blonds et les yeux bleu vif de Danny ? Elle serait magnifique. Tellement belle. Qu'aurait-elle voulu pour son anniversaire ? Sans doute un téléphone portable ou peut-être un chiot.

À la place, Hope faisait un don chaque année à un hôpital pour enfants, en son nom. Aurait-elle eu une meilleure amie ? Absolument. Son bébé n'aurait pas vécu des années difficiles et solitaires au collège. Aurait-elle aimé le sport ? C'était une enfant qui courait vite... peut-être serait-elle devenue une athlète, comme son papa.

Aurait-elle déjà eu un frère ou une sœur ? Hope aimait à le

penser. Sa bouche s'assécha à la pensée de cet enfant qui n'avait jamais pu exister. Leech les avait tous tués, ce jour-là.

Hope s'autorisa à se souvenir de Danny, le jour où Paige avait fait de lui un père. Si beau et si attentionné. Ils avaient tous deux pleuré lorsque Paige était arrivée, des larmes de bonheur, car ils débordaient de joie.

Leur vie commune avait été courte, mais elle avait été presque parfaite. La douleur d'avoir été abandonnée était encore vive, mais ce n'était plus une plaie ouverte et purulente, du moins la plupart du temps. Le vrai problème était qu'elle ne savait pas qui elle était sans sa famille. Substitute du procureur *badass*. Auteure secrète de best-sellers. Veuve. *Femme ?*

Elle n'était pas sûre de ce dernier point.

Les années s'étiraient à l'infini devant elle, et elle tressaillit devant ce qu'elle y voyait.

Elle posa la main sur la pierre tombale, puis s'accroupit pour placer le pot de pensées à côté de la couronne de feuillage persistant que Mary y avait déposé à Noël. Le pot de fleurs tangua légèrement.

Mary et Brendan déposaient régulièrement des fleurs et des bibelots ici. Hope alluma sa lampe de poche pour dégager un espace, puis se figea.

Des objets avaient été éparpillés autour de la tombe, comme des déchets. Seuls la couronne, ses jolies pensées et un couteau qui brillait d'un éclat cramoisi reposaient sur le marbre blanc. De plus, une enveloppe portant le nom de Hope imprimé sur le devant était appuyée contre la pierre résistante. Elle se pencha plus près. Quelqu'un avait étalé quelque chose qui ressemblait beaucoup à du sang sur les noms de Paige et de Danny.

La fureur monta en elle et l'engloutit. Elle avait envie de hurler.

— Aaron, articula-t-elle.

Il s'avança.

— Qu'y a-t-il ?

— Tu vas devoir appeler une unité de scène de crime.

CHAPITRE DIX-SEPT

Une heure plus tard, Aaron se tenait à l'intérieur de la tente qui avait été dressée au-dessus des pierres tombales afin de les protéger, ainsi que tout élément de preuve, des intempéries. Le test de présomption s'était révélé positif pour le sang, et Aaron espérait de tout son cœur qu'il ne provenait pas d'une nouvelle victime humaine.

Lincoln Frazer portait sa tenue professionnelle habituelle, ainsi qu'un manteau en laine noir, des surchaussures en Tyvek[1] et des gants chirurgicaux. Il s'accroupit avec précaution près de la pierre tombale.

Aaron avait renvoyé Hope chez elle avec les autres, et lui avait dit de dormir un peu. Qu'elle lui obéisse ou non, qu'elle puisse oublier suffisamment pour se reposer, cela restait à voir, mais il ne voulait pas qu'elle soit là quand la presse arriverait, ce qui était sans doute le cas à ce moment-là.

Frazer souleva l'enveloppe, et, se servant d'un scalpel, il l'ou-

---

1. Matériau synthétique non-tissé, fabriqué à partir de fibres de polyéthylène. Respirant, mais résistant à l'eau, à l'abrasion, à la pénétration bactérienne et au vieillissement.

vrit délicatement. Un technicien du bureau local maintint ouverts deux sacs de preuves, et Frazer se servit de pinces stériles pour retirer de l'enveloppe ce qui semblait être une photographie. Il plaça l'enveloppe dans un sac, et la photo dans l'autre, avant de les sceller tous les deux.

Le profiler s'approcha d'Aaron pour lui montrer la photo. Elle montrait Hope qui pleurait lors des funérailles, sept ans plus tôt. Au dos était écrit : « Tu es la prochaine. »

Aaron n'aimait pas cette menace directe contre Hope.

Frazer remit les sacs scellés au technicien, pour préserver la chaîne de preuves. L'équipe de la police scientifique arriva ensuite sur les lieux pour commencer à analyser la scène. Même si Frazer et lui avaient tous deux été formés pour recueillir des preuves matérielles et biologiques, Aaron souhaitait que cette tâche soit effectuée rapidement et efficacement, par des experts. Il ne voulait pas que des erreurs soient commises. Et il voulait que cette pierre tombale soit nettoyée et rutilante avant le lever du soleil.

Frazer et lui s'éloignèrent de la scène pour laisser les techniciens travailler. Ils retirèrent leurs équipements de protection et les placèrent dans le sac-poubelle prévu à cet effet.

— Les tueurs en série se rendent souvent sur les tombes de leurs victimes... Je me souviens de vous avoir entendu en parler dans vos cours à l'académie.

Aaron fixa les maisons éparses qui entouraient le cimetière.

— J'aurais dû insister pour que des caméras soient installées ici, et sur les autres tombes, déclara Frazer, qui semblait énervé, lui aussi. C'est une situation à laquelle j'ai l'intention de remédier sous peu.

Il était trop tard pour le faire ici, à présent, et ils le savaient tous les deux. Leech serait un idiot de revenir s'il tenait vraiment à sa liberté. Ils avaient manqué une opportunité.

Julius Leech, Reggie Somack et Perry Roberts s'étaient

hissés directement en tête de la liste des quinze fugitifs les plus recherchés par les US Marshals. Mais le refus de cette institution de recourir aux ressources du FBI, notamment à Lincoln Frazer, avait des relents de manœuvre politique interne, et d'affrontements de personnalités. Aaron se fichait de la politique. Il voulait seulement que Hope…, sa principale, et le public en général soient en sécurité.

Frazer pinça les lèvres.

— Je ne pensais pas qu'il jouerait à des jeux, à ce stade.

— Vous pensiez qu'il quitterait le pays ?

— À supposer qu'il soit vivant, confirma Frazer. Ça, ou aller tuer quiconque aura la malchance de se situer sur sa liste de cibles.

— Vous pensez que Leech a une liste de personnes qu'il veut voir mortes ?

— J'en suis certain, déclara Frazer en se tapotant le côté de la tête. Elle est dans sa tête, ils n'ont rien trouvé dans sa cellule. Il a eu des années dans une prison de haute sécurité pour nourrir sa rancœur.

Il expira un grand coup. Son souffle forma un nuage dans l'air glacial de la nuit.

— Cependant, il n'avait jamais nargué les flics ou les familles des victimes, auparavant.

Aaron se retourna pour lui faire face.

— Vous ne croyez pas que ce soit l'œuvre de Leech ?

Frazer secoua la tête.

— C'est peut-être un disciple ou bien quelqu'un qui essaie d'effrayer Hope.

Cela avait fonctionné.

— Dangereux ?

— Potentiellement, reconnut Frazer. Je vous dirai à quel point quand les techniciens auront analysé le sang pour voir s'il est humain ou pas, ce qui ne saurait tarder.

Frazer s'interrompit un moment. Puis il haussa les épaules.

— Qu'il s'agisse d'un tueur en série qui le copie ou d'une autre version de Minnie Ramon, je n'en sais encore rien. La personne qui a fait ça pourrait simplement vouloir que Hope souffre, mais sans se mettre en danger elle-même.

— Un membre de la famille de l'une des victimes ?

Aaron détestait cette idée. Il voulait arrêter des gens qui étaient intrinsèquement mauvais. Il ne voulait pas avoir à arrêter des gens qui étaient tourmentés par le chagrin et faisaient de mauvais choix… mais il le ferait, au besoin. Hope était en deuil, elle aussi, et plutôt que de s'en prendre aux gens, elle avait consacré sa vie à servir le système de justice pénale.

Que devrait-elle faire pour se racheter d'avoir fait libérer Leech, avant que les gens la pardonnent ? Qu'avait-elle encore à perdre ? Surtout que c'était la faute d'un policier qui avait placé des preuves et qui, subitement pris de remords, avait avoué avant de se suicider.

Quelque chose dans tout ce scénario semblait louche à Aaron. Il voulait lire lui-même les rapports de police.

L'un des techniciens de la police scientifique sortit de la tente en portant un test de terrain.

— Le sang n'est pas humain.

Aaron poussa un soupir de soulagement. Frazer ne dit rien.

— Nous allons l'analyser et tenter de déterminer une source. Compte tenu de la quantité, je dirais que c'est une vache ou un cochon. Probablement obtenu auprès d'un boucher local.

— Les gens peuvent se présenter et commander un demi-litre de sang ?

La lèvre de Frazer tressaillit.

— Vous pouvez acheter tout ce que vous voulez, du moment que vous savez où faire vos courses.

Un point qui avait été brutalement démontré le mois précédent, lorsqu'un tueur en série avait mis ses meurtres aux enchères sur Internet. Un tueur qui avait assassiné de sang-froid l'un des collègues d'Aaron, condamnant une autre femme à devenir veuve.

Le technicien hocha la tête et se remit au travail.

— Il faut un certain état d'esprit pour profaner une tombe, remarqua Frazer, songeur. Surtout la tombe d'un enfant.

— Cette personne savait-elle que c'était l'anniversaire de Paige, et que Hope a pour habitude de venir ici lors des anniversaires ? Ou bien le vandalisme en lui-même suffisait-il, et le reste n'est qu'une heureuse coïncidence ?

— Je pense que, qui que soit celui qui a fait ça, il voulait que Hope le voie, il voulait lui infliger de la souffrance. Mais il doit également savoir que les chances étaient assez faibles, étant donné que Leech est introuvable et qu'elle est sous la protection du FBI. Je suis même surpris que vous l'ayez autorisée à venir.

Aaron grimaça.

— C'est moi qui l'ai suggéré.

Frazer haussa un sourcil.

— Je l'ai trouvée en train de pleurer dans le salon. Elle avait allumé une bougie sur un cupcake pour l'anniversaire de Paige, et elle regardait de vieilles photos, expliqua-t-il, conscient de la douleur que cela devait être de perdre un enfant. Elle a dit qu'elle n'arriverait pas à dormir. Et qu'elle avait l'habitude de se rendre sur la tombe de sa fille le jour de son anniversaire, mais qu'elle ne le ferait pas, à cause de la presse qui serait susceptible de prendre des photos. Elle ne voulait pas que Leech prenne son pied en voyant sa douleur. Je pensais qu'un petit tour rapide au milieu de la nuit éviterait tout remue-ménage.

Il s'était lourdement trompé. Le vent agita les branches des arbres alentour. Les flics locaux surveillaient le périmètre, et Aaron voyait les camionnettes de presse s'aligner le long du mur d'enceinte.

— Le coupable aurait pu compter sur le fait que la presse

verrait la tombe et diffuserait ces images partout dans les médias. Et alors, Hope aurait été forcée de les voir aussi.

Frazer acquiesça.

— C'est fort possible. Laisser un poignard, cela témoigne d'un certain sens du spectacle, ce qui n'a jamais vraiment été le style de Leech.

— Leech ne se servait-il pas d'un coupe-papier pour poignarder ses victimes ?

— Exact, confirma Frazer, qui semblait impressionné.

— Donc, comme vous l'avez dit, ce n'était sans doute pas Leech, mais l'un de ses fans, ou l'un des ennemis de Hope. Quoi qu'il en soit, cela ne nous facilite pas la tâche.

Non pas que cela avait de l'importance. Aaron ferait le travail quoi qu'il arrive. Rien ne pourrait physiquement atteindre Hope sous sa surveillance. Il était plus difficile de se défendre contre les dommages psychologiques lorsque les coups pleuvaient de toutes parts.

Aaron vit une lueur calculatrice dans les yeux de Frazer, malgré la lumière aveuglante des projecteurs.

— Elle a l'air de bien vous aimer, dit ce dernier.

Aaron fronça les sourcils.

— Quoi ?

— Ce n'est pas une femme qui s'ouvre aux inconnus, pas plus qu'elle ne pleure en présence des gens... du moins, pas depuis les funérailles.

Aaron haussa les épaules.

— Elle a sans doute été prise au dépourvu par la situation.

— Hope Harper est rarement prise au dépourvu. Elle vous aime bien. Voyez si vous pouvez vous en servir pour la protéger et l'empêcher de narguer ce salopard.

S'en servir ? Comment diable pourrait-il s'en servir ?

— Vous faites référence à ce qu'elle a dit hier soir à la presse.

— Pour paraphraser ce que j'ai vu aux infos : « Je n'ai pas

peur de cet enfoiré, mais je suis surprise qu'il se soit échappé, vu que c'est un crétin incompétent. »

— Elle était loin de tendre un rameau d'olivier, confirma Aaron, qui laissa échapper un rire amer, signe de sa frustration.

— On ne peut pas lui en vouloir, mais elle n'a pas non plus besoin de le provoquer imprudemment pour qu'il s'en prenne à elle.

— Vous pensez que c'est ce qu'elle a fait ? Qu'elle l'a nargué délibérément ?

— Absolument, confirma Frazer. Elle préfère qu'il se concentre sur elle plutôt que sur n'importe qui d'autre.

Aaron pinça les lèvres pour s'empêcher de jurer. Puis il balaya du regard les policiers qui se trouvaient à proximité.

— Cet inspecteur de police, Janelli, était là hier soir. Celui qui a fait l'objet d'une enquête après le suicide de Monroe, remarqua Aaron, qui fit un signe de tête en direction de la tombe. On dirait le genre de chose qu'un policier vindicatif pourrait faire.

Frazer scruta à son tour les équipes de patrouille.

— J'ai discuté avec lui par le passé. Il n'a jamais varié de son récit selon lequel il a vu le détective Monroe recueillir de manière régulière ces preuves sur les lieux.

Dans le cas contraire, il aurait été renvoyé de la police.

— S'il n'était pas véreux, il doit nourrir une profonde rancœur d'avoir été suspendu et d'avoir vu sa réputation ternie. Et d'avoir perdu son partenaire.

Aaron déplaça son poids sur son autre pied. Il devait retourner à la maison, puis faire le point sur les derniers développements avec l'équipe.

— C'est un motif suffisant pour faire vérifier ses allées et venues de la nuit passée, peut-être ?

— Je ne peux pas demander officiellement ces informations.

— Si le bureau du procureur demande ces informations, ou

si les Affaires internes interviennent, cela ravivera l'hostilité envers Hope, alors que ce sont justement ces personnes sur lesquelles elle doit compter au tribunal et pour la protéger lorsque nous partirons, argua Aaron, soutenant le regard de Frazer. Alex Parker pourrait vérifier ça. Je sais que vous travaillez souvent ensemble sur des affaires. Demandez-lui de travailler sur celle-ci pour nous.

La lèvre de Frazer tressaillit.

— Vous remarquez beaucoup de choses, Nash.

— Je suis attentif.

— Ce qui est une qualité sous-estimée, remarqua Frazer, avant de marquer une pause. Je vais demander à Parker de se renseigner sur Janelli. S'il est d'accord, je vous transmettrai toutes les informations pertinentes qu'il découvrira.

C'était quand même quelque chose.

— Voulez-vous que je vous accompagne à l'endroit où vous logez ?

— Non, merci. J'ai emprunté une voiture à mes hôtes.

Aaron repéra une BMW rutilante garée derrière son SUV noir.

— Comment Ryan Sullivan a-t-il connu les Hayes ?

Frazer secoua la tête.

— Ce n'est pas à moi de raconter cette histoire.

— Je suppose que je vais devoir le tabasser pour lui soutirer l'information.

— Et dire que je commençais à penser que vous étiez diffé-rent de toutes ces brutes de la HRT !

Aaron lui adressa un sourire carnassier. C'était bon de penser à autre chose qu'au fait qu'un tueur en série avait pris pour cible la personne placée sous sa protection.

— Nous aimons tous infliger de la douleur quand la situation l'exige.

— Sadiques.

— À quoi servent les amis ? répondit Aaron, avant de baisser la voix. Je n'aime pas la façon dont les attaques envers Hope s'intensifient.

— Moi non plus, admit Frazer. Je n'aime pas l'idée qu'on lui fasse du mal.

— Est-ce qu'elle et vous avez déjà… ?

Aaron laissa la question en suspens, même si cela ne le regardait pas. Frazer lui adressa un regard qu'il ne put déchiffrer.

— Voilà une question intéressante, opérateur Nash.

Ce dernier serra les dents ; ce n'était pas une réponse.

— Cela pourrait être important pour l'opération.

Frazer déverrouilla sa voiture avec la clé, puis ouvrit la portière.

— Hope Harper est une femme incroyablement séduisante qui, sur le papier, correspond exactement à mon type, répondit-il à voix basse, car ils étaient tous les deux conscients d'être entourés de policiers. Mais elle ne s'est jamais intéressée à quelqu'un d'autre qu'à son défunt mari. Et je n'ai jamais pensé à elle autrement que comme une avocate extrêmement intelligente, et une veuve et mère éplorée. Jusqu'à récemment, je ne pensais pas qu'elle s'intéresserait un jour à quelqu'un d'autre.

Aaron fronça les sourcils à cette remarque.

— Que s'est-il passé récemment ? Y a-t-il quelqu'un dont je devrais connaître l'existence ?

Frazer se contenta de lui sourire, puis il se glissa dans sa voiture en secouant la tête. Ensuite il recula, et partit.

Bon sang, que s'était-il passé récemment ?

Aaron ouvrit sa portière à son tour et se glissa sur le siège chauffé du SUV. Cela n'avait pas d'importance. Personne ne s'approcherait de cette femme farouche, mais vulnérable, dont il était chargé d'assurer la sécurité.

Surtout pas ce foutu Julius Leech.

CHAPITRE DIX-HUIT

À six heures quarante-cinq, Hope entendit frapper à sa porte. Elle s'avança jusqu'au bout du couloir, puis elle se pencha par-dessus la rambarde.

— Entrez !

Elle n'avait pas beaucoup dormi, mais elle s'était douchée et elle se sentait au moins capable de tenir le coup toute la journée. Elle n'allait pas se laisser détruire par un enfoiré qui profanait un lieu sacré. Au lieu de cela, elle avait laissé cet acte alimenter sa colère et renforcer sa détermination.

Elle avait appelé Brendan en chemin vers chez elle et l'avait informé de ce qui s'était passé. Et, oui, elle se servait de ses relations personnelles, mais Danny était le frère de Brendan, et Paige était sa nièce. Tous deux avaient été victimes d'un tueur sadique, ce qui relevait de ses attributions professionnelles, en tant qu'inspecteur à la criminelle. Si l'on ajoutait à cela l'indignation en tant que catholique, peut-être que quelqu'un finirait par attraper l'ordure tordue qui avait fait ça.

Mais ce n'était pas Leech. C'était trop bâclé. Trop risqué. Leech se considérait comme quelqu'un de raffiné et de sophistiqué. Sept ans passés dans une prison de haute sécurité auraient pu émousser certains de ses traits de caractère, mais elle n'y croyait pas.

Quand il ouvrit la porte, Aaron Nash leva le nez, mais ses yeux sombres ne lui apprirent rien. L'autre homme, Will Griffin, resta à l'extérieur. Hope le salua d'un signe de tête ; elle se sentait coupable qu'il soit resté debout ici la moitié de la nuit.

Aaron fronça les sourcils, inquiet, en montant les escaliers.

— As-tu pu te reposer ?

— Non. Ont-ils trouvé Leech ? Ou l'enfoiré qui a vandalisé la tombe ?

— Pas encore, répondit-il, et elle vit une lueur d'intérêt dans ses yeux sombres. Pourquoi penses-tu que ce n'est pas Leech qui a vandalisé la tombe ?

— Ce n'est pas son style. Et ce n'est pas non plus son arme de prédilection.

Le ventre de la jeune femme se noua. Tant de choses dont elle ne voulait pas se souvenir ne cessaient de revenir en force dans son esprit.

— Dis-moi que ce n'était pas du sang humain sur la pierre tombale.

Aaron la suivit dans la cuisine, où la cafetière chauffait sur la cuisinière.

— C'était du sang de porc congelé.

— Quel soulagement !

C'était une bonne nouvelle. Sauf pour ce pauvre cochon. Elle enroula un bras autour de sa taille. Elle n'aurait pas pu le supporter si quelqu'un d'autre avait été assassiné.

— Est-ce que c'est partout dans les journaux ?

Aaron acquiesça, et elle eut l'impression qu'un rocher s'installait au creux de son estomac.

— Mais il n'y a pas de photos. Les techniciens de la police scientifique ont nettoyé le site avant de partir.

Elle fut envahie par un sentiment de soulagement, surprenant par sa violence. Hope leva les yeux vers Aaron. Elle avait prévu d'appeler une entreprise dès qu'elle serait informée que la scène était dégagée.

— Qui dois-je remercier pour cela ?

Aaron ne répondit rien. Leurs regards se croisèrent brièvement, mais elle dut se détourner. Cet homme l'avait pris dans ses bras la nuit précédente, pendant qu'elle pleurait. Il avait vu suffisamment de failles dans son armure pour qu'il lui soit plus difficile de prétendre qu'elle n'était pas touchée par de petits gestes de gentillesse.

— Merci.

Aaron haussa les épaules.

— Ce sont eux qui ont fait le travail.

Mais c'était lui qui leur avait demandé de le faire. Il avait compris ce que cela lui aurait fait de voir la pierre tombale de sa famille maculée de sang aux informations, surtout ce jour-là.

Hope ne savait pas quoi faire de ses mains, alors elle sortit des mugs du placard. Ce n'était pas souvent qu'elle se sentait mal à l'aise dans sa propre maison. Qui pourrait la mettre mal à l'aise ? Le chat ?

Elle s'efforça de repousser cette sensation.

— Qu'y avait-il dans l'enveloppe ?

— Une photo de toi, qui avait été imprimée.

— Et annotée d'un « Crève, sale garce » ou de quelque chose d'aussi créatif.

— Assez proche.

Elle ne voulait pas savoir.

— Ont-ils trouvé d'autres preuves ?

— Ils ont relevé quelques empreintes digitales. Il y a peut-être de l'ADN sur l'enveloppe. Ils ont collecté tous les objets, à part les pensées. Ils prévoient d'envoyer un coursier à la première heure au laboratoire national et de le faire passer en priorité. C'est Frazer qu'il faudra remercier pour ça.

Ce dernier voulait tout autant qu'elle que Leech retourne derrière les barreaux. Il ne voudrait sûrement pas de sa gratitude, mais il l'avait.

— J'aimerais poursuivre celui qui a fait ça, alors espérons qu'il s'est montré assez stupide pour laisser derrière lui quelque chose qui permettra de l'identifier, déclara-t-elle, tout en ouvrant le réfrigérateur pour en sortir de la crème. C'est une chose de s'en prendre à moi. C'est tout à fait différent de s'en prendre à ma famille.

— En parlant de Frazer..., intervint Aaron, la voix plus ferme. Il pense que tu t'es servie de ta déclaration à la presse hier soir pour narguer délibérément Leech. Pour qu'il s'en prenne à toi.

Hope fit la grimace.

— À supposer qu'il soit quelque part dans la nature, mieux vaut qu'il s'en prenne à moi, plutôt qu'à quelqu'un qui ne dispose pas d'une protection vingt-quatre heures sur vingt-quatre.

— Ta protection rapprochée vingt-quatre heures sur vingt-quatre est aussi composée de personnes en chair et en os.

Hope en eut le souffle coupé. Elle n'avait pas envisagé les choses de cette façon. Elle n'avait même pas vraiment réfléchi. Elle s'était emportée sur le moment.

— Si provoquer un tueur en série en cavale peut sembler audacieux, je préférerais que tu ne mettes pas mon équipe dans la ligne de mire sans en discuter avec nous au préalable.

La honte submergea la jeune femme.

— Tu as raison. Je n'ai pas réfléchi. Je suis désolée.

— Je sais que tu ne mettrais jamais délibérément quelqu'un en danger, répondit Aaron, dont les yeux s'adoucirent. Si jamais nous avons la certitude que Leech est vivant, et que nous décidons de lui tendre un piège quelque part, nous le ferons de manière contrôlée.

La colonne vertébrale de Hope se raidit.

— Cela ne veut pas dire que tu peux *me* contrôler, Aaron.

— Je ne veux pas te contrôler, Hope, répliqua-t-il.

Il resta un long moment à l'observer. Apparemment, il était capable, au-delà de ses paroles et de son ton tranchant, de voir la peur qui se cachait en dessous.

— J'essaie simplement de te garder en vie.

Il avait touché un point sensible, et elle avait mordu par réflexe.

— Désolée.

Encore une fois.

— Je peux encaisser. Écoute, d'ici une semaine, tout cela ressemblera à un rêve lointain pour toi.

— C'est promis ?

Elle esquissa un petit sourire, mais soudain, elle se rendit compte que cet homme lui manquerait. Un peu. Peut-être n'était-elle pas aussi asociale qu'elle le croyait. Peut-être était-elle enfin prête à sortir du trou noir dans lequel sa vie était plongée depuis si longtemps. Cette idée la fit tressaillir. Le chagrin avait quelque chose de sécurisant. Elle n'avait pas à se présenter autrement que comme une magistrate compétente, ou une veuve accablée de chagrin, ou une mère qui avait perdu son enfant.

Ce n'était pas audacieux de provoquer Leech. C'était très facile. Ce qui était audacieux, c'était de vivre sa vie comme si ce n'était pas la fin du monde.

— Toutes les forces de l'ordre du pays sont à la recherche de Leech, et des deux autres évadés. S'ils sont vivants, ils n'iront pas bien loin.

Aaron toucha son oreillette une seconde avant que Hope entende des bruits de pas dans ses escaliers. Nash haussa un sourcil sombre.

— Apparemment, ton beau-frère est de nouveau là, et il n'apprécie toujours pas de devoir nous remettre son arme.

— Ça ne m'étonne pas.

Elle attrapa un mug supplémentaire et versa trois tasses de café, comme elle l'avait fait la veille au matin. Aaron pencha la tête.

— Tu n'as pas l'air surprise. Est-ce qu'il vient tous les matins ?

— Pas tous les jours, mais assez souvent. Aucun de nous ne dort bien.

Elle balaya l'explication d'un revers de la main. Cela n'avait pas d'importance.

— En fait, je préfère quand il vient le matin.

Il lui était plus facile de s'échapper sous prétexte qu'elle devait aller travailler que lorsqu'il venait boire un verre le soir. Comme Brendan était quasiment son unique visiteur, elle n'aurait pas dû se montrer aussi critique.

— Je l'ai appelé en revenant du cimetière. Cela m'évitait d'avoir à raconter à ma belle-mère ce que j'avais trouvé au cimetière : il s'en est chargé. Mary aurait voulu le savoir tout de suite, même à cette heure de la nuit. Je m'attends à ce qu'elle se précipite pour aller tout remettre en ordre quand Brendan lui aura donné le feu vert.

Hope pouvait s'en charger, mais Mary le referait derrière elle de toute manière. Cela lui donnait un objectif, un but. Un peu comme le fait d'être substitute du procureur pour Hope.

Elle ajouta de la crème et du sucre dans le mug de Brendan, puis du lait dans le sien, et laissa celui d'Aaron noir, comme il l'avait bu la veille.

— Et, de cette manière, tu obtiens de la police de Boston qu'elle mène sa propre petite enquête, même si le FBI a pris la responsabilité de cette scène de crime en particulier.

Hope haussa les épaules, puis but une gorgée de café fort.

— Cela ne peut pas faire de mal. En général, je parviens à soutirer des informations aux fédéraux si j'en ai besoin.

— Frazer.

Elle haussa à nouveau les épaules.

— Et Marshall Hayes. Nous sommes amis. Je l'ai rencontré quand j'étais avocate de la défense, mais il m'a pardonné. C'est l'un des tableaux de sa femme qui se trouve au-dessus de la cheminée. Josie et moi avons tissé des liens autour de nos expériences avec des tueurs en série, même si nous n'en parlons jamais, expliqua Hope.

Aaron eut l'impression qu'elle lui parlait de *Fight Club*.

— Malheureusement, l'ASAC Salinger, responsable du bureau de Boston, n'est pas tellement fan de moi. Ici ! appela-t-elle quand elle entendit la porte s'ouvrir.

Brendan entra dans la cuisine à grands pas, puis s'arrêta net en voyant Aaron appuyé nonchalamment contre le plan de travail.

— Tu vas bien ?

Il ignora Aaron et s'avança vers elle, les bras écartés. Elle leva sa tasse de café devant elle pour éviter qu'il ne la prenne dans ses bras, mais accepta une étreinte de côté.

— J'aurais pu me passer de tout ce *drama* supplémentaire, mais ça va. Je suis fatiguée, mais ça va.

Brendan prit le café qu'elle lui avait préparé.

— La scène a été entièrement nettoyée. La presse n'a pu faire aucune photo.

Hope remarqua qu'il n'avait pas revendiqué directement la responsabilité de ce fait, mais qu'il n'avait pas non plus attribué le mérite à qui de droit. Danny avait idolâtré son frère aîné, mais il n'avait pas été aveugle à ses défauts. Elle non plus.

— Des nouvelles du BPD[1] ? Avez-vous pu trouver des

---

1. Police de Boston (**B**oston **P**olice **D**epartment).

images provenant de caméras de surveillance routière, ou des témoins oculaires ?

Hope inspira l'odeur de la caféine et ses cellules cérébrales se réveillèrent.

— Des agents en uniforme ont fait le tour du quartier, mais sans résultat. Ils prévoient d'y retourner ce soir au cas où ils auraient manqué quelqu'un, répondit Brendan, qui se gratta la tête. Ce n'est pas vraiment un endroit très animé, même pendant la journée. Nous jetterons un coup d'œil aux caméras de circulation. Si Leech est en ville, nous l'attraperons.

— Je doute que ce soit Leech.

Luci arriva en courant, poussant un miaulement accusateur. Il avait dormi à l'étage, et, manifestement, il s'inquiétait d'avoir manqué le petit déjeuner. Hope versa une purée dans un petit bol, puis plaça des croquettes fraîches dans sa gamelle.

— Qui que ce soit, il va payer, déclara Brendan avec colère. Il est hors de question qu'on laisse passer ça.

— Qu'en est-il de Janelli ?

Brendan fit un petit bruit.

— Il ne me ferait jamais ça.

— Il me le ferait *à moi*, remarqua sèchement Hope. Il pourrait faire passer ça pour une blague auprès de ses collègues.

— Il ne me ferait pas ça *à moi*, insista Brendan. C'est aussi un catholique. Et ne va pas dire ce genre de choses là où d'autres personnes pourraient t'entendre. *Bon sang !* Tout le foutu département va croire que tu es folle !

Hope tressaillit, mais le cacha en buvant une autre gorgée de café. Brendan se passa une main sur le visage. À en juger par les cernes qu'il avait sous les yeux, elle doutait qu'il ait plus dormi qu'elle.

— N'oublie pas de me prévenir s'ils trouvent quoi que ce soit, lui rappela Hope.

— D'accord.

— Comment Mary tient-elle le coup ?

Brendan grimaça.

— Elle est allée à la messe tôt ce matin, ça va l'aider.

— Es-tu resté chez elle cette nuit ?

Brendan renifla, puis acquiesça, avant de consulter sa montre.

— Je lui ai promis d'aller la chercher et de l'emmener au cimetière avant le début de mon service. Mon lieutenant a accepté que j'arrive un peu en retard, parce que j'ai été debout toute la nuit.

— Si seulement la juge de mon procès était aussi arrangeante !

En vérité, elle ne le pensait pas. Elle avait besoin de sortir de chez elle et de se changer les idées. Ce jour-là, plus que jamais, elle avait besoin de travailler.

— Et qu'en est-il du meurtre de Black Bay ?

— L'enquête est close. Nous avons identifié le type sur les images de la vidéosurveillance. Nous l'avons embarqué, puis il s'est confessé après avoir transpiré vingt minutes en salle d'interrogatoire.

— Bonne nouvelle. Cela nous fait gagner du temps et des efforts à tous, et permet aux contribuables d'économiser beaucoup d'argent.

Brendan adressa un regard mal aimable à Aaron.

— J'ai entendu dire que les fédéraux ne sont pas plus près d'attraper Leech et les deux autres évadés qu'ils ne l'étaient hier.

Hope détestait l'idée que le système ait échoué à protéger les gens comme il était censé le faire. Elle faisait partie de ce système. Tous les trois.

— Les marshals sont probablement en train de vérifier auprès de ses anciennes connaissances, pour voir avec qui il a communiqué pendant son séjour en prison ?

— Probablement, confirma Aaron, qui souffla sur son café avant d'en boire une gorgée.

Hope inclina la tête.

— Tu ne me dis pas tout.

— Les US Marshals sont chargés de l'opération, déclara l'opérateur de la HRT d'un ton sombre. Interroge Frazer si tu veux plus de détails.

Brendan ricana, puis tourna les talons. Hope aurait voulu pousser Aaron pour obtenir davantage d'informations, mais elle savait qu'il ne dirait rien devant Brendan. C'était un homme intègre. Ou peut-être ne leur faisait-il pas confiance. Et pourquoi le devrait-il ? Son travail exigeait une grande discrétion et une grande maîtrise de soi. En tant qu'avocate, elle comprenait et admirait cela.

— Les prévisions annoncent encore de la neige, déclara Brendan, avant de renifler à nouveau, attirant l'attention de la jeune femme sur lui.

— Veille à ce que Mary se couvre bien avant d'aller au cimetière. La dernière chose que nous voulons, c'est qu'elle attrape un rhume.

Cette femme était très mince, et le temps l'avait usée. Le temps et le chagrin. Au moins, elle avait la foi. Brendan mit sa tasse au lave-vaisselle, et Aaron fit de même.

— C'est toujours d'accord pour le déjeuner de dimanche ? l'interrogea Brendan, lui décochant un regard.

Hope laissa échapper un rire moqueur.

— Sérieusement ?

— Nous ne devrions pas laisser Leech nous dicter notre façon de vivre.

Mais pour la famille, cela ne posait pas de problème, apparemment.

— Un déjeuner dimanche ? répéta Aaron, des questions plein le regard.

— Rôti du dimanche chez ma mère. Les fédéraux ne sont pas invités, déclara Brendan, qui gonfla la poitrine.

Bon sang ! Qu'il était agaçant ! Heureusement pour lui qu'elle était obligée de l'aimer. Aaron inclina la tête en regardant Hope, l'air de lui dire : « Tu lui dis, ou je le fais. »

— Si Leech est toujours en cavale, nous devrons peut-être reporter la date.

— Ils pourront s'asseoir dehors et surveiller la maison. Ce ne seront que quelques heures, tout au plus.

— Nous pouvons faire le tour de la maison et établir un périmètre, suggéra Aaron.

— Pour l'amour du ciel ! Cela va ressembler à un dîner de la mafia !

— Je ne laisserai pas ma principale sans protection...

— Elle aura une protection. Moi.

Brendan était sur la pointe des pieds, nez à nez avec l'agent fédéral bien plus grand que lui, tapant sur sa poitrine avec son index pour appuyer ses propos.

Aaron le repoussa.

— Ne me touchez pas, inspecteur. Ce n'est pas sujet à débat.

Brendan semblait prêt à frapper. Et Hope doutait que cela finisse bien.

— Si Leech est toujours en cavale, pourquoi Mary et toi ne viendriez-vous pas ici dimanche ? Je préparerai du rôti et du Yorkshire pudding. Je crois que je me rappelle comment faire.

Non pas que sa mère ait jamais apprécié sa cuisine. Brendan sembla très surpris. Hope ne recevait jamais. Et même quand Danny était en vie, c'était lui qui cuisinait.

Aaron plissa les yeux, l'air songeur.

— Il s'agit seulement de Brendan et de sa mère. Je ferai livrer les courses, annonça-t-elle avec un haussement d'épaules. Ça semble plus facile pour tout le monde.

Peut-être cuisinerait-elle aussi en quantité suffisante pour en proposer aux hommes qui la protégeaient aussi. Pour leur montrer sa reconnaissance, même si elle en voulait à la procureure générale d'avoir insisté pour qu'ils s'occupent d'elle. Ce n'était pas comme s'ils avaient le choix d'être là.

Aaron étira les lèvres sur un côté tandis qu'il réfléchissait.

— Nous pouvons faire en sorte que ça marche.

Brendan afficha un rictus, mais, heureusement, il ne dit rien. Hope mit sa tasse dans le lave-vaisselle, puis le referma.

— Très bien. Il est temps pour moi d'aller travailler.

— Il est un peu tôt pour le tribunal, remarqua Aaron, qui se redressa, l'air alerte.

Personne n'aurait pu deviner qu'il était resté debout toute la nuit.

— Je dois d'abord passer au bureau. Je veux m'assurer que Minnie Ramon va bien après sa nuit en cellule.

— De quoi s'agit-il ? s'enquit Brendan.

— Une femme a menacé Hope avec un couteau dans le bureau du procureur.

— Je croyais que tu devais la protéger ? s'emporta l'autre homme.

— C'est pourquoi Mme Ramon est actuellement en garde à vue, et que Hope est indemne, rétorqua Aaron.

Hope leva les yeux au ciel.

— Ça suffit, Brendan. Je n'ai pas le temps de te voir jouer à celui qui pisse le plus loin !

Elle entra dans le salon, gratifia Lucifer d'une dernière caresse, enfila son manteau d'hiver beige, puis chaussa ses hautes bottes en cuir marron près de la porte. Elle s'apprêtait à soulever une caisse d'archives, mais Aaron la devança.

— Ce sont les dossiers que Frazer voulait ?

Hope hocha la tête.

— Je vais demander à un membre de l'équipe de faire des copies, si tu es d'accord. Avant le tribunal. J'aimerais aussi tout lire. Histoire d'avoir une meilleure idée du genre de personne qu'est Leech.

— Fais-toi plaisir.

Cela lui ferait gagner du temps, et Colin avait d'autres choses à faire. Elle saisit sa mallette.

— Qu'y a-t-il dans les caisses ? s'enquit Brendan.

— Le FBI souhaite consulter tous les dossiers que j'ai sur le premier procès, afin de trouver les endroits où Leech pourrait se rendre ou les personnes auxquelles il pourrait demander de l'aide.

— Cet enfoiré est probablement au Canada à l'heure qu'il est.

Brendan les suivit tous les deux hors de l'appartement. L'idée qu'il ait passé la frontière ne rassurait pas Hope. Elle ne voulait pas que Leech soit libre. Elle voulait qu'il soit puni ou mort.

Elle adressa un signe de tête à Will Griffin en sortant.

— J'espère que vous pourrez dormir plus que nous la nuit dernière.

Il sourit, et son visage très séduisant s'éclaira.

— Je l'espère aussi. Faites attention à vous au travail aujourd'hui, m'dame.

— Appelez-moi Hope. « M'dame » me donne l'impression d'être assez vieille pour être votre grand-mère.

— Hope, acquiesça Griffin.

Elle lui sourit. En dépit de l'étrangeté de la situation, elle avait l'impression que certaines de ces personnes se souciaient sincèrement de son sort. Elle n'était pas simplement un travail ni une *opé*. Elle n'était pas simplement une ancienne avocate de la défense qui avait commis une erreur et causé la mort de sa famille.

Elle était un être humain, doté de sentiments et d'opinions sur la façon dont elle devait mener sa vie.

Elle détestait que cela ait de l'importance.

CHAPITRE DIX-NEUF

Aaron passa la majeure partie de la journée dans un couloir rempli de courants d'air, à lire les transcriptions du premier procès. Le déjeuner fut bref, et ils occupèrent l'une des pièces adjacentes pour manger et élaborer leur stratégie. Selon Cowboy, qui était présent dans la salle d'audience ce jour-là, la sélection du jury était un bain de sang aux proportions épiques, Hope et Beasley s'affrontant comme Apollo Creed et Rocky Balboa.

Il était venu à l'esprit d'Aaron que Jeff Beasley pouvait avoir un mobile pour blesser ou perturber Hope, et que le moyen idéal pour y parvenir était de jeter du sang de porc sur la pierre tombale de sa famille. Il aurait facilement pu embaucher quelqu'un pour le faire aussi.

Aaron avait envoyé un message à Frazer pour lui faire part de cette idée quelques heures plus tôt, mais il n'avait pas encore eu de ses nouvelles. Depuis, il s'était plongé dans les témoignages du premier procès de Leech. Il était à présent en train de consulter les informations concernant l'inspecteur qui s'était suicidé par la suite.

Les inspecteurs de police de Boston avaient initialement

interrogé Leech au sujet des crimes, car sa luxueuse Maserati avait été aperçue garée près des deux premières scènes, preuve que ce type n'était pas vraiment un génie. La première fois que Monroe avait interrogé Leech, son partenaire était un certain Brendan Harper.

Comment cela se passait-il lors des dîners de famille ?

Au moment du troisième double homicide, l'inspecteur Monroe avait été mis en binôme avec un débutant nommé Lewis Janelli.

Le mouchoir usagé était la seule preuve biologique permettant d'établir un lien direct entre Leech et les crimes, et Hope s'était acharnée à le remettre en cause afin de semer le doute.

Quelles sont les chances qu'un meurtrier, qui a pris soin de porter un masque de ski, des gants et un préservatif, laisse tout à coup un mouchoir usagé sur les lieux du crime ? Cela arrange plutôt bien la police, vous ne trouvez pas ?

Elle avait mis Monroe et Janelli sous pression à la barre, et le jeune inspecteur avait perdu son sang-froid à plusieurs reprises, ce qui lui avait valu d'être réprimandé par le juge. Mais elle n'avait pas ébranlé le récit de l'inspecteur vétéran Pauly Monroe. Pas d'un iota.

Selon Monroe, Brendan Harper et lui avaient interrogé Leech dans son luxueux manoir de Beacon Street. Hope n'avait pas directement accusé les policiers d'avoir commis un acte illégal, mais elle avait établi que les deux hommes s'étaient retrouvés seuls pendant un court instant dans la maison de Leech, pendant que Paul Monroe utilisait les toilettes. Elle avait ainsi permis au jury de tirer ses propres conclusions quant à la possibilité qu'ils avaient eue de recueillir illégalement des preuves. Un autre avocat du cabinet, pas Hope, avait contre-interrogé Brendan Harper, mais celui-ci était resté imperturbable lorsqu'il avait été question de cette première visite chez Leech. Brendan avait profité de chaque occasion pour rappeler au jury que Leech avait tenu un coupe-papier pendant la majeure partie de l'entretien, similaire à l'arme utilisée pour commettre les meurtres, et suffisamment tranchant pour tuer. Brendan avait affirmé avoir craint pour sa vie, car Leech dégageait des ondes « flippantes ».

La défense avait fait objection. Le juge l'avait rejetée.

Tout bien considéré, Aaron estimait que l'accusation avait trouvé suffisamment d'indices circonstanciels, en plus de cette preuve biologique, pour que le jury condamne vraisemblablement Leech pour les six homicides et les trois viols, ainsi que pour tous les autres crimes associés. Tout cela, jusqu'à la veille de la clôture des témoignages. Pauly Monroe, apparemment en proie à un cas de conscience, avait envoyé un e-mail à son patron ainsi qu'à Hope, dans lequel il avouait avoir menti à la barre et avoir subtilisé le mouchoir dans le manoir de Leech. Il l'avait ensuite déposé sur les lieux du meurtre suivant, alors que personne ne le regardait.

Après cela, il s'était tiré une balle.

Ce que personne n'avait prévu.

Le type avait un problème d'alcoolisme, qui n'avait été révélé qu'après sa mort. Son alcoolémie était près de neuf fois supérieure à la limite légale pour conduire. Aaron était surpris que le type ait pu taper sur un clavier en étant aussi ivre.

Hope avait demandé un non-lieu en raison de l'absence de preuves matérielles, du fait que la police de Boston avait manifesté un parti pris évident à l'encontre de son client, au point de se parjurer à la barre, ce qui remettait en cause toutes les preuves circonstancielles.

Le juge avait approuvé et accepté la requête. Leech était ressorti libre.

Six heures plus tard, il avait brutalement assassiné Danny et Paige Harper dans leur propre maison.

Aaron se frotta la nuque. Cela n'avait aucun sens pour lui, mais, d'un autre côté, il n'était pas un sociopathe vicieux.

Même s'il comprenait l'animosité de Janelli et de certains autres policiers du coin envers Hope, le fait était que le BPD s'était saboté tout seul et avait fait capoter l'affaire. Leech était sorti libre à cause d'un policier véreux et grâce à une avocate qui connaissait bien son métier.

L'accusé aurait-il pu, d'une manière ou d'une autre, approcher cet inspecteur, pirater sa messagerie électronique et mettre en scène son suicide ? Leech avait beaucoup d'argent. Peut-être que son assistant, un homme qui, apparemment, travaillait toujours pour lui, avait-il organisé le meurtre. Mais il n'y avait eu aucune trace de lutte. Rien qui laissait supposer qu'il s'agissait d'un acte criminel. Et Monroe était un flic armé, expérimenté, sur son propre terrain.

Aaron voulait aussi voir les dossiers de la police.

Son téléphone portable vibra : c'était un message de Cowboy, indiquant qu'ils avaient presque terminé. Juste à ce moment-là, les sbires de Beasley arrivèrent, avec leurs chaussures brillantes comme des miroirs, leurs costumes noirs et leurs oreillettes visibles. Ils se tenaient de l'autre côté des portes de la salle d'audience, loin d'Aaron, foudroyant du regard quiconque s'approchait à moins de deux mètres... parce que cela arrêtait les balles.

Nash rangea le dossier dans le petit sac qu'il avait apporté et se leva. Cinq minutes plus tard, les portes s'ouvrirent et les gens sortirent, visiblement ravis d'en avoir terminé pour la journée.

Jeff Beasley arriva ; ses pas résonnèrent sur le sol carrelé. Il avait le visage rouge et les yeux brillants de rage. Quatre assistants se précipitèrent dans le sillage de ses gardes du corps.

Aaron entra dans la salle d'audience. Il entendit résonner le rire de Hope tandis que Ryan Sullivan la régalait d'une histoire. En s'approchant, il comprit qu'il s'agissait de l'affrontement armé auquel ils avaient assisté en décembre, dans l'État de Washington, lorsque Payne Novak s'était déshabillé pour récupérer le corps d'un homme qui avait été abattu.

— Novak s'est dit que, si les gens à l'intérieur du complexe voyaient qu'il n'était pas armé, ils ne tireraient pas sur son petit cul blanc.

— C'était un peu risqué, non ? s'enquit Hope, qui lança un rapide coup d'œil à Aaron.

— De la folie furieuse, confirma Ryan. Mais ça a marché. Et il a aussi eu la fille à la fin, donc ce n'était peut-être pas aussi improvisé que dans mon souvenir.

Aaron lança un regard réprobateur à Ryan, qui se contenta de sourire.

Il se rendait compte que Hope et Ryan avaient beaucoup de choses en commun. Tous deux avaient perdu des conjoints qu'ils aimaient, bien que dans des circonstances tout à fait différentes. Ils éprouvaient encore tous deux un profond chagrin, mais Ryan parvenait à trouver l'oubli dans les bras d'innombrables femmes.

Non pas qu'il l'ait vu récemment avec quelqu'un d'autre que Meghan Donnelly. Cowboy et la toute première femme membre de la HRT avaient été envoyés ensemble dans le Maine, la semaine précédente, pour une opération d'infiltration, où ils devaient jouer le rôle d'un faux couple. D'une manière ou d'une autre, Meghan avait réussi à ne pas lui tirer dessus, même s'il passait le plus clair de son temps à provoquer délibérément les personnes qu'il appréciait le plus. Aaron se demanda si Ryan avait déjà parlé à leur collègue Grady Steel ; mais ce dernier aurait sans doute besoin d'au moins une semaine supplémentaire pour se calmer.

— Comment cela s'est-il passé ? demanda Aaron à Hope.

— Très bien, grâce à mon arme secrète ici présente, répondit-elle en pointant du doigt la femme à côté d'elle.

Aaron reporta son attention sur elle : plus petite que Hope, elle avait des cheveux bleu-noir et des lèvres couvertes d'un gloss couleur rubis.

— Je dirais que nous nous sommes plus que bien défendues, confirma-t-elle en tendant la main. Aisha Rashi-Gardner. L'assistante juridique de Hope.

Aaron lui serra la main et s'autorisa à se détendre légèrement. Après tout, ils se trouvaient dans un bâtiment surveillé. Une autre opération lui revint à l'esprit, celle de la mi-décembre, lorsque des suprémacistes blancs avaient pris d'assaut une autre salle d'audience et que la HRT avait été chargée d'intervenir. Livingstone s'était cassé le bras ce jour-là.

Aaron se tourna vers l'huissier, qui avait manifestement envie de fermer et de rentrer chez lui. Hope rangea ses affaires, et Colin, le stagiaire, resta en retrait, attendant ses prochaines instructions. Il semblait fatigué, lui aussi. Apparemment, personne n'avait dormi la nuit précédente.

— Malheureusement, comme la défense a fait tout un foin de la procédure, nous n'avons pas encore terminé la sélection du jury, déclara Hope, jetant un coup d'œil rapide dans la salle presque vide. Cependant, le fait que Beasley soit obligé de revenir demain me procure un certain plaisir pervers.

— À moi aussi. Aucune somme d'argent ne pourrait me convaincre de travailler pour cet abruti, lança Aisha, dont les yeux s'écarquillèrent quand elle se rendit compte de ce qu'elle avait dit. Je ne voulais pas dire…

Hope lui tapota le bras.

— Je suis d'accord. À l'époque, nous avions besoin d'argent, mais, plus important encore, j'avais besoin de la sécurité de l'emploi. Devenir associée était censé me permettre de passer plus de temps avec ma famille, mais nous savons tous comment cela s'est terminé.

Sa voix était devenue rauque, et c'était compréhensible.

— Je suis désolée. J'avais l'air d'une garce moralisatrice, s'excusa Aisha, serrant la main de Hope.

— Ne le sois pas. Je ressens exactement la même chose aujourd'hui.

Hope fit passer son manteau autour de ses épaules, et Aaron le tint pendant qu'elle cherchait sa manche. Cowboy lui décocha un regard. *Quoi ?* Son coéquipier arbora un air entendu qu'Aaron ignora. Il y avait toujours quelque chose, avec lui.

— As-tu besoin que nous te ramenions chez toi, Aisha ? lui proposa Hope.

Aaron s'efforça de rester patient. Apparemment, ils étaient en train de devenir un service de taxi. Cependant, cela les empêchait d'être trop prévisibles, en tout cas jusqu'à ce que cela devienne une habitude, que la mauvaise personne pourrait utiliser comme arme.

— Pas aujourd'hui, ma belle. Mon homme me rejoint dans un restaurant chic, pour fêter notre anniversaire en avance.

— Tu as de la chance. Et joyeux anniversaire.

L'expression de la femme s'assombrit : elle se rappelait sans doute que Hope n'avait plus d'anniversaire à célébrer.

— À demain. Nous allons avoir le meilleur jury imaginable.

— J'ai beaucoup d'imagination, la prévint Hope.

Aisha lui sourit.

— Moi aussi. Et un caractère vindicatif à souhait. Je te vois à neuf heures demain, dans ton bureau. Je viendrai ici avec toi, surtout s'il y a encore de la neige, comme prévu. Je vais voir ce que je peux trouver d'autre en attendant.

Aisha sortit par la porte principale tandis qu'Aaron conduisait les quatre autres vers une entrée latérale, puis à travers un long couloir, avant de descendre un escalier où des gardes armés surveillaient la sortie. À l'extérieur, le SUV les attendait le long du trottoir. Cas Demarco, l'un des snipers, était au volant, cette fois-ci. Seth Hopper tenait la porte.

Ils montèrent à bord du véhicule. Ryan s'installa sur le siège arrière avec le stagiaire.

— On retourne au bureau ?

Hope secoua la tête.

— J'aimerais bien, mais mon taux d'adrénaline est en train de chuter, et je me sens subitement lessivée.

Colin releva la tête quand Demarco démarra.

— Vous pouvez me laisser descendre. Je marcherai.

— Nous pouvons vous déposer au bureau du procureur, lui assura Aaron. C'est sur le chemin.

— D'accord. Merci, répondit le jeune homme, qui s'adossa à la banquette pour le court trajet.

Hope ouvrit la bouche pour poser une question, lorsque le téléphone d'Aaron sonna. C'était Frazer.

— Des nouvelles ? lui demanda Aaron.

— Roberts et Somack ont été aperçus alors qu'ils tentaient de s'introduire dans un magasin de matériel de plein air à Oakham, tôt ce matin, annonça Frazer, qui semblait fatigué, lui aussi.

— Oakham ? *Bon sang !* Où est-ce que ça se trouve ?

Hope l'observa attentivement.

— C'est une petite communauté située à environ cinquante kilomètres à l'ouest du lieu de l'accident, expliqua Frazer. Ils n'ont pas réussi à entrer sans déclencher l'alarme, et ça leur a fait peur. À la place, ils ont volé un camion dans une allée voisine.

— La police les suit de près ?

— Il n'y a pas de poste de police dans la ville... Pour être honnête, je suis même surpris qu'il y ait un magasin. Les adjoints du shérif étaient occupés à aider à la chasse à l'homme plus à l'est, mais les US Marshals ont déplacé la plupart de leurs effectifs autour d'Oakham. Ils ont émis un avis de recherche pour le camion volé.

— Pourquoi est-ce que je n'en entends parler que maintenant ? s'enquit Aaron.

— Personne ne m'a rien dit avant l'heure du déjeuner. Comme je roulais dans cette direction, j'ai continué jusqu'à Oakham, et j'ai parlé moi-même au commerçant.

— Aucun signe de Leech ?

— Personne ne l'a vu, confirma Frazer.

Hope croisa le regard d'Aaron, qui secoua la tête. Elle semblait déçue. Qui ne l'aurait pas été ? Demarco se gara devant le bureau du procureur, où, heureusement, il n'y avait pas de reporters ce jour-là.

— Attendez un instant, dit Aaron à Frazer.

Ils regardèrent Colin Leighton descendre du véhicule et rejoindre le bâtiment en hâte. Aaron tira la portière pour la refermer, et Demarco démarra aussitôt.

— Qu'est-ce que vous ne me dites pas ? insista-t-il auprès de Frazer.

— Je vais vous envoyer une photo. Je veux savoir ce que vous en pensez.

Aaron baissa les yeux vers son téléphone portable, où apparut l'image de Reggie Somack et Perry Roberts qui tentaient d'ouvrir une porte à l'aide d'un morceau de tôle.

Hope repoussa ses cheveux en arrière de son visage et se pencha pour regarder l'écran.

Il fallut une seconde à Aaron pour réaliser.

— Ah ! *Merde !* s'exclama-t-il, car tous deux portaient leur combinaison de prisonniers orange et des menottes. J'espérais un peu que c'étaient eux qui avaient dépouillé le gardien de prison.

Hope pinça les lèvres. Frazer poursuivit.

— Mais les marshals n'ont pas pensé à m'en informer. C'est le propriétaire du magasin que Roberts et Somack ont essayé de cambrioler qui m'a fourni la photo.

— Crois-tu que les marshals ont compris ce que cela impliquait ?

— Sans doute que oui, marmonna Frazer avec aigreur. C'est Novak qui m'a informé qu'il se passait quelque chose. Pourtant, au départ, ils ne lui parlaient pas non plus. C'est Charlotte Blood qui leur a soutiré l'information.

— Elle sait comment parler aux gens. C'est son travail.

Charlotte était une négociatrice... et elle était très douée.

— Si Novak et Blood n'étaient pas sur le terrain avec les marshals, combien de temps leur aurait-il fallu pour nous informer que Leech ne s'était pas noyé, mais qu'il avait réussi à se procurer un uniforme de garde, sans parler de son arme de poing ? s'exclama Frazer, dont la colère transparaissait.

Aaron avait envie de frapper quelqu'un.

— Nous sommes préparés, pour le cas où Leech se pointerait. Il en va de même pour l'équipe chargée de la protection de la juge.

— Mais qu'en est-il de tous les autres ?

Aaron n'avait pas la réponse à cette question.

— Parker a-t-il découvert quelque chose d'utile à propos de l'autre sujet dont nous avons discuté ?

La circulation était dense à cette heure de la journée. Aaron scruta les alentours, à la recherche d'un danger potentiel.

— Le téléphone du sujet est resté chez lui toute la nuit.

Aaron ne savait pas vraiment si cela devait le réjouir ou l'attrister. L'idée qu'un flic profane une pierre tombale était détestable, mais cela voulait aussi dire que l'ennemi était connu ;

— Remerciez-le d'avoir vérifié.

— Je ne crois pas qu'il ait terminé. Je te ferai savoir s'il trouve quelque chose d'utile. Je dois y aller. Je veux aller voir une psychologue judiciaire que je connais, et qui nous a aidés pendant les procès de Leech. Elle ne voulait pas d'une protection supplémentaire, car son mari est un ancien Marine. Elle a affirmé qu'elle était suffisamment en sécurité. Mais elle n'a pas décroché quand je l'ai appelée ce matin.

Cela ne plaisait pas à Aaron.

— Laissez-moi envoyer des renforts.

— Je suis à cinq minutes de chez elle, à Lincoln, et il se peut qu'elle ait simplement éteint son téléphone pour travailler. Mais, si vous n'avez pas de nouvelles de moi dans trente minutes, appelez la police.

Frazer raccrocha. Aaron se tourna vers Hope dans la pénombre grandissante de la fin de l'après-midi. Elle courba les épaules, les yeux hantés.

Aaron résista à l'envie de passer son bras autour d'elle et de la serrer contre lui pour la réconforter. Il ne voulait pas se comporter comme Brendan Harper, avec ses interactions physiques indésirables. Il devait garder en tête que ce n'était pas personnel. C'était professionnel. La HRT ne dépensait pas des millions de dollars à entraîner les opérateurs pour qu'ils fassent des câlins aux gens. Les amis étaient là pour ça.

Mais Hope n'avait pas d'amis...

Merde

— Pourquoi n'arrivent-ils pas à le trouver ? demanda-t-elle d'une voix douce.

Aaron secoua la tête. Il n'en savait rien.

CHAPITRE VINGT

Dès que Frazer s'arrêta devant la maison située dans la banlieue de Lincoln, dans le Massachusetts, il comprit que quelque chose n'allait pas. Sylvie Pomerol vivait à quelques kilomètres seulement de l'endroit où les premiers coups de feu de la guerre d'indépendance avaient été tirés. C'était une petite femme réfléchie, âgée d'une quarantaine d'années, qui prenait son travail très au sérieux, et qui voyageait à travers les États-Unis pour témoigner en tant qu'experte et évaluer divers crimes et criminels.

La propriété était entourée d'arbres, ce qui lui donnait cette impression de forêt isolée qui ne lui avait jamais plu. Trop de croque-mitaines se cachaient dans les bois. Trop d'ombres. Avec Izzy, ils avaient trouvé un endroit surplombant le Potomac, qui satisfaisait son amour de l'espace et celui de sa femme pour l'eau.

Cet endroit lui flanquait la chair de poule.

Les feuilles mortes bruissaient sur les branches. La brise, qui transportait le froid mordant de l'Arctique, lui piquait les yeux. Il sortit son Glock de son holster, puis contourna la propriété pour se rendre à l'arrière. Aussitôt, ses chaussures furent trempées par les cinq centimètres de neige tombés au cours des dernières heures.

Peut-être était-ce ce qui le dérangeait. Il n'y avait pas de traces de pas dans la neige fraîche, et aucun véhicule en vue. Il n'y avait aucune lumière à l'intérieur, et pas de fumée qui sortait de la cheminée.

Cela ne signifiait pas nécessairement quoi que ce soit. Sylvie et son mari avaient peut-être décidé de s'en aller, après tout. Frazer l'espérait. Mais ses cheveux se hérissaient sur sa nuque, et il avait appris depuis longtemps à écouter son instinct.

Il braqua sa torche autour de la maison, mais ne vit aucun signe de la présence de quelqu'un. Il décida d'essayer la porte arrière. Il commença par frapper, puis il appela :

— Sylvie ? C'est Lincoln Frazer. Je voulais m'assurer que vous alliez bien.

Il essaya à nouveau de l'appeler sur son portable, et un sentiment de désolation l'envahit lorsqu'il entendit la sonnerie provenant de l'intérieur de la maison.

Il cria une fois encore, puis appela Aaron Nash. Il était plus près que Novak ou que l'équipe de la HRT qui protégeait la juge. Parker lui aurait été utile à ce moment-là, mais il était occupé à aider l'une de ses meilleures amies à préparer son mariage avec l'agent spécial superviseur Quentin Savage.

— Vous l'avez trouvée ? demanda Nash quand il décrocha.

— Je suis chez elle, mais les lumières sont éteintes. Il ne semble y avoir personne à la maison, mais j'entends son téléphone portable sonner à l'intérieur.

— Donnez-moi l'adresse, lui intima Aaron. Je vais appeler le bureau local.

Frazer lui envoya l'adresse.

— J'entre.

— Leech pourrait être là.

— Ce serait formidable.

Frazer n'était pas assez stupide pour sous-estimer cet homme, qui avait tué de nombreuses personnes et n'avait plus grand-chose à perdre. Cependant, c'était un professionnel parfaitement formé, et attraper des tueurs en série était son métier.

— Je vais rester en ligne, mais des renforts pourraient s'avérer utiles.

— J'ai déjà envoyé la demande.

Frazer afficha un petit sourire. C'était ce qu'il appréciait avec la HRT. Ils n'avaient pas besoin qu'on leur donne des instructions détaillées ou qu'on leur tienne la main.

Il glissa le téléphone dans sa poche, puis enfila une paire de gants chirurgicaux afin de ne pas altérer les preuves si un crime avait été commis ici. Supposer le pire : c'était son mantra. Il essaya de tourner la poignée, mais la porte était verrouillée. Il se servit de la crosse de son arme pour briser le verre de la petite vitre la plus proche de la serrure. La sécurité était plutôt minable, mais cette porte ne donnait que sur une buanderie. Il glissa la main à l'intérieur, actionna le verrou, puis entra.

Ses chaussures crissèrent sur les éclats de verre brisé. Leech était-il ici ? Sylvie était-elle vivante ? Il espérait qu'elle ne se tenait pas près de la porte, prête à lui coller une balle parce qu'elle avait entendu quelqu'un s'introduire dans sa maison.

Il ressortit sa torche de sa poche et appela à nouveau.

— Sylvie ! C'est moi, Frazer.

Aucune réaction. Aucune sensation de la présence d'un prédateur non plus. Frazer essaya d'ouvrir la porte donnant sur l'intérieur de la maison et fut déçu de la trouver déverrouillée. Sylvie était plus intelligente que cela.

Il cala son Glock sur le poignet qui tenait la torche, puis pénétra dans la maison, s'éloignant rapidement de la zone dangereuse tout en balayant la cuisine de sa lumière.

Il y avait des signes indiquant que quelqu'un s'apprêtait à

dîner : des bols sur la table, du pain et du beurre sur le comptoir. Un paquet de jambon vide. Du lait et du fromage oubliés sur le plan de travail à côté du réfrigérateur. Il posa un doigt sur la cocotte de ragoût sur la cuisinière : elle était froide.

Frazer appuya sur l'interrupteur, se réjouissant de voir la lumière s'allumer. Moins il y avait d'ombres au milieu desquelles le danger pouvait se cacher, mieux c'était. L'odeur des bananes trop mûres lui retourna l'estomac, mais il refoula cette sensation, ainsi que les souvenirs de la cuisine d'une autre femme.

— Sylvie ? C'est l'agent spécial adjoint en charge, Lincoln Frazer. Nous avions rendez-vous.

Si Leech était ici, il savait déjà que Frazer était dans la maison. Mais, si le mari de Sylvie était présent, alors, avec un peu de chance, il serait moins enclin à tirer d'abord et à poser des questions ensuite.

Mieux valait inspecter la maison et prier pour que son instinct le trompe.

Il entra dans la salle à manger, puis dans le salon. *Rien.* Un bureau se trouvait de l'autre côté de l'escalier, et un coup d'œil à l'intérieur lui indiqua qu'il avait été saccagé. Un ordinateur était allumé. L'économiseur d'écran était activé.

Le sang de Frazer se glaça. À présent, il savait exactement ce qu'il allait trouver à l'étage. Il alluma les lumières en chemin, son arme pointée devant lui. Il vit d'abord la plante de leurs pieds à travers la rambarde.

Un homme et une femme étaient allongés sur le sol, côte à côte.

Frazer devait fouiller toute la maison avant de pouvoir vérifier s'ils présentaient des signes de vie, mais ce premier coup d'œil lui indiquait qu'ils étaient morts depuis un certain temps. Il inspecta la salle de bains, puis les autres chambres. De manière méthodique. Minutieuse. Il n'allait pas laisser Leech lui sauter dessus avec une arme à feu ou un couteau, et laisser Izzy aussi accablée de chagrin que Hope.

Il gardait à l'esprit qu'il s'agissait d'une scène de crime. Il évita donc de s'approcher trop près de Sylvie et de son mari, un ancien Marine à la carrure imposante. Il évita les éclaboussures de sang sur le tapis, ne toucha que le strict nécessaire, évitant autant que possible les poignées, et se servit de son arme pour activer les interrupteurs.

Écrit à la hâte en rouge vif, sans doute au rouge à lèvres, sur le miroir de la salle de bains, il était écrit : « *J'ai des sentiments, docteur P.* »

Leech. Salopard de lâche.

Frazer chassa les victimes de son esprit et fit son travail, inspectant tout à l'exception du minuscule grenier et du vide sanitaire. Il laisserait les agents juniors s'en occuper. Son instinct et ses sens, ainsi que l'absence de traces dans la neige, lui indiquaient que Leech était parti depuis longtemps.

Il abaissa son arme, puis rangea sa torche dans sa poche. Il sortit son téléphone portable. L'appel était toujours en cours.

— Deux morts sur les lieux. Sylvie et un homme. Je suppose qu'il s'agit de son mari, à en juger par ses tatouages. J'ai inspecté presque toute la maison. Il n'y a personne d'autre ici. Il va me falloir une équipe complète d'agents du bureau local. Je vais informer les marshals, mais ce sera notre scène de crime.

— Vous êtes sûr que c'est Leech ?

— Certain.

Frazer prit quelques photos sous différents angles, et fit un zoom sur les mains pour la dernière. Puis il retourna dans la salle de bains et photographia le message au rouge à lèvres sur le miroir. Il envoya deux images à Nash, sachant qu'il comprendrait la signification de la pose.

— Alors, Leech, ou un imitateur ? demanda Aaron à voix basse.

— Leech, répondit Frazer, et le mot lui laissa un goût d'acide sur la langue. Cependant, quelqu'un a tiré sur le Marine. C'est nouveau.

— Et si les marshals décident qu'ils ne veulent pas que nous enquêtions sur les meurtres ?

— Alors j'userai de toute mon influence pour les persuader du contraire. En attendant, disons simplement que je vais attendre dix minutes avant de leur passer cet appel. Je vais d'abord inspecter le garage et les dépendances, comme un pro.

— Attention à vous..., dit Aaron, et il eut une hésitation. Dois-je vous appeler Frazer, monsieur, ou autre chose ?

Frazer ricana.

— Je pense que nous pouvons nous passer des formalités et nous tutoyer. J'ai l'impression que nous allons passer beaucoup plus de temps ensemble au cours des prochains jours.

— Eh bien, merde !

— Oui. Absolument, *carrément*, c'est la merde.

— Dois-je le dire à Hope ? s'enquit Aaron.

Frazer réfléchit un instant. Il avait envie de dire non, mais alors elle perdrait confiance en eux, et il avait besoin de sa confiance. De plus, si quelqu'un était capable d'encaisser la vérité, c'était bien Hope. Elle avait résisté à pire.

— Dis-le-lui, mais retarde le moment autant que possible. Et puis assieds-toi sur elle s'il le faut pour l'empêcher de venir ici. Rends-moi un autre service, appelle Novak et l'équipe qui protège la juge. Je doute sincèrement que Leech prenne le risque de s'attaquer à quelqu'un qui a des gardes du corps, mais faisons passer le mot.

— Je suis surpris qu'il s'en soit pris à un Marine.

— Moi aussi, répondit Frazer, qui n'aimait pas les surprises. Je vous rejoindrai à la maison de Hope dès que j'en aurai terminé ici.

— Bien reçu.

Ils raccrochèrent.

Frazer filma la scène, puis parcourut à nouveau la maison en continuant à enregistrer. Dans ce qui était vraisemblablement le bureau de Sylvie, il poussa la souris de l'ordinateur avec son arme. Un site d'actualités s'afficha à l'écran, avec une photo de Hope debout devant le bureau du procureur, les yeux flamboyants.

Le titre disait : « Sous haute protection, l'ADA Hope Harper affirme ne pas avoir peur du tueur en série en cavale, Julius Leech. »

Frazer soupira. Elle avait réussi à attirer l'attention de ce type, même s'il n'avait jamais eu vraiment de doute à ce sujet. Il traversa le salon où tout semblait intact. Frazer se demanda si Leech en avait attrapé un dans la cuisine. Sans doute la veille au soir, à en juger par l'état figé du ragoût et le morceau de pain rassis.

Il avait sans doute braqué une arme sur eux...

Cela ne semblait pas tout à fait juste, car le Marine était nu.

Frazer visualisa la situation : le Marine serait rentré du travail, Sylvie aurait préparé le dîner pendant qu'il se lavait. Leech se serait introduit par la porte arrière et aurait surpris Sylvie dans la cuisine. Il l'aurait menacée en pointant son arme sur sa tête et l'aurait obligée à se rendre à l'étage. Il aurait tiré sur le Marine dans la chambre.

Oui, cela ressemblait davantage à un scénario de Leech. Toujours aussi lâche.

N'avaient-ils pas pris la menace au sérieux ? Peut-être pas. La maison était au nom de son mari. Et elle accordait une grande importance à sa sécurité en ligne, considérant que cela empêcherait les personnes qu'elle avait aidé à faire condamner de découvrir où elle vivait. Mais Leech avait des milliards de dollars, et rien de mieux à faire pour les dépenser. Frazer aurait pu parier que ce type et son assistant personnel, ou quoi que soit

Blake Delaware, avaient établi un dossier complet sur toutes les personnes impliquées dans la condamnation de Leech.

Il envoya un message à Izzy pour s'assurer qu'elle allait bien, et pour lui recommander, ainsi qu'à sa sœur Kit, d'être particulièrement prudentes. Il n'était pas trop inquiet, mais cela ne faisait jamais de mal d'être prudent. Et, si Leech avait de l'argent, Frazer avait quelque chose de mieux. Alex Parker. L'expert en cybersécurité l'avait aidé à disparaître, tant au niveau de son lieu de résidence que de ses déplacements. Tous les liens vers Izzy et Kit avaient également été soigneusement effacés, tout comme leurs données en ligne, dans la mesure du possible. Kit était en première année à l'université, ce n'était donc pas parfait, mais, ces derniers temps, la jeune femme évitait de se faire remarquer.

Après avoir pris les clés sur le crochet dans la cuisine, Frazer sortit pour inspecter la remise et le garage. Il progressa péniblement dans la neige, sachant que de nouvelles chutes étaient prévues, ce qui compliquerait davantage l'examen de la scène de crime, ce qui était déjà le cas. Mais il ne trouva rien de notable, juste deux véhicules vides.

Leech en avait-il pris un ? Et, dans le cas contraire, que conduisait-il ? Était-il seul ? Où s'était-il garé ?

Frazer finit par appeler les marshals. Il savait que, en dépit du fait qu'il avait trouvé une piste sur Leech, même s'ils contestaient qu'il s'agisse d'une piste certaine, ils n'allaient pas être contents après lui.

Ce n'était pas son problème.

En revanche, Leech était son problème. Leech était son principal problème.

Et il avait la ferme intention de le résoudre.

CHAPITRE VINGT-ET-UN

Hope prit un grand ragoût qu'elle avait commandé surgelé dans son restaurant français préféré pendant les fêtes, mais qu'elle n'avait jamais eu le temps de manger. Elle le fit décongeler au micro-ondes pendant dix minutes avant de le recouvrir de papier aluminium et de le mettre au four à basse température. C'était beaucoup trop pour une seule personne, mais cela lui permettrait de tenir jusqu'à la fin de la semaine, et sans doute jusqu'au samedi, lui évitant ainsi d'avoir à cuisiner jusqu'à ce qu'elle doive dépoussiérer ses talents culinaires pour le rôti de dimanche.

Pendant que le dîner réchauffait lentement, elle s'assit à la grande table de la salle à manger, qui n'était utilisée que par elle, mais qui remplissait bien l'espace. Elle ouvrit sa messagerie, qu'elle n'avait même pas encore consultée ce jour-là. Ses yeux étaient desséchés par la fatigue, mais elle voulait rester éveillée aussi longtemps que possible. Sinon, elle serait réveillée au beau milieu de la nuit. Et, pour une fois, elle avait bien envie de dormir huit bonnes heures.

Elle supprima les messages haineux, sans prendre la peine de les lire. Elle ne laissait pas ce genre d'énergie négative entrer dans sa vie. Elle en avait déjà assez. Elle fit de même avec les demandes de commentaires des journalistes : ses déclarations de la veille leur avaient donné suffisamment de matière pour la laisser tranquille pendant quelques jours.

Elle s'affala, le coude posé sur la table, la tête appuyée sur sa main. Était-ce pour cette raison que quelqu'un avait versé du sang sur la pierre tombale de Danny et Paige ? À cause de sa langue bien pendue ? Était-ce, une fois de plus, sa faute ?

Sans doute.

Leech avait bel et bien déclenché cette guerre, et, même si elle avait fini par gagner en le faisant incarcérer, cela n'en valait pas la peine au vu des batailles qu'elle avait perdues en cours de route. Surtout maintenant que ce type était à nouveau libre de faire régner la terreur.

Elle repoussa ses pensées à son sujet. Elle avait du travail.

Jusqu'à présent, la sélection du jury était favorable à l'accusation, même si quelques candidats potentiels n'avaient pas beaucoup de traces en ligne, ce qui l'inquiétait un peu. Elle appela Ella pour voir si elle allait bien, mais celle-ci ne répondit pas. Hope envoya ensuite un message rapide pour lui dire que la journée s'était bien passée, mais qu'ils étaient encore en train de sélectionner le jury et qu'elle ne devait pas se présenter, sauf si elle le souhaitait vraiment.

Ella travaillait dans un fast-food où le salaire était aussi mauvais que le café, mais où on lui accordait le temps libre dont elle avait besoin pour le procès. Le fait que Hope soit allée voir le directeur pour l'aider à réajuster ses sensibilités et son code moral était leur petit secret.

À dix-huit heures trente, une alerte sonna sur son téléphone portable, lui rappelant d'aller arroser les plantes de ses voisins.

Zut.

Larry et Enrique lui avaient fait une démonstration détaillée pour chacune de leurs plantes, qu'ils traitaient comme leurs enfants. Le moins qu'elle pouvait faire, c'était de tenir les promesses qu'elle leur avait faites.

Elle vérifia le ragoût, mais il était encore froid, et cela prendrait encore au moins une demi-heure pour le réchauffer. Elle augmenta un peu la température, puis se dirigea vers le rez-de-chaussée.

Seth Hopper se tenait devant sa porte. Ils avaient tous deux eu une longue journée, constata-t-elle avec un nouveau pincement de culpabilité. Hopper avait des yeux noisette inhabituels, qui reflétaient une gentillesse patiente qu'elle appréciait. Une paire d'yeux plus sexy et plus sombre surgit dans son esprit, et elle cilla, surprise.

Il était choquant pour elle de penser à Aaron Nash, ou à n'importe quel homme, de cette manière.

— M'dame ? l'appela Hopper, s'écartant du mur, l'air inquiet.

Elle leva la main.

— Ne vous inquiétez pas. Je vais dans l'appartement de mes voisins pour arroser les plantes.

Seth jeta un coup d'œil derrière elle, comme s'il cherchait un adversaire caché. Puis il lui adressa un signe de tête et la suivit de près, jusqu'à ce qu'elle atteigne le rez-de-chaussée.

— Je pense que je serai en sécurité ici. Je vais seulement dans l'appartement qui, il me semble, est rempli de vos coéquipiers.

— Alors, c'est sûr, je viens en renfort.

Elle rit, comme il l'avait voulu. Ryan se tenait près de la porte d'entrée, et il leur sourit à tous les deux.

— Des pizzas viennent d'arriver, si vous en voulez. Mais vous feriez mieux de frapper si vous ne voulez pas surprendre quelqu'un tout nu.

Il lui décocha un sourire malicieux, qui n'atteignit pas tout à fait ses yeux. Elle le cernait mieux, maintenant. Il se servait de son humour désinvolte comme d'un mécanisme de défense, tout comme elle se cachait derrière sa façade piquante. Elle ne savait pas ce qui était le plus efficace, mais les gens appréciaient probablement davantage Ryan.

Elle frappa, comme il le lui avait demandé, puis ouvrit la porte menant au salon presque méconnaissable de Larry et Enrique. Elle s'arrêta net. Aaron Nash était en train d'enlever la chemise qu'il portait au tribunal ce jour-là. Il était tout en muscles, mince, avec de larges épaules, et il possédait la colonne vertébrale la plus attirante qu'elle ait jamais vue. Un petit banc de poissons nageait en travers de son omoplate droite et descendait.

Il se retourna et la surprit en train de le regarder, bouche bée, comme un poisson rouge.

Hope ne se souvenait pas de la dernière fois où elle avait ressenti ce frémissement révélateur en présence d'un bel homme. Il n'y avait jamais eu que Danny.

— Je... euh... désolée. J'ai frappé.

— Pas de problème. Que puis-je faire pour toi ? lui demanda-t-il.

Il tira un t-shirt noir sur sa tête, faisant disparaître son torse tentant.

— Hope ? insista-t-il, et son ton se fit inquiet. Est-ce que tu vas bien ? Est-ce qu'il s'est passé quelque chose ?

— Non. Non. Pas que je sache, répondit-elle, sortant de sa transe en clignant des yeux. Je dois arroser les plantes.

— Nous pouvons nous en charger.

Il accrocha son arme à sa ceinture, mais il n'enfila pas son gilet balistique. Celui-ci était posé sur le lit de camp qui avait été installé devant la cheminée de marbre.

Le lit de camp...

Elle fronça les sourcils.

— Non. Je dois le faire. Larry et Enrique ont passé une

heure entière à me donner leurs instructions, et j'ai promis de prendre soin de leurs plantes. Même si mes prouesses en matière d'horticulture se limitent généralement à laver de la laitue.

Elle avait bien un cactus au travail, un cadeau peu subtil de son dernier stagiaire.

— Je n'en ai pas pour longtemps.

Elle se rendit dans la cuisine-salle à manger, plus grande que la sienne, et saisit le bel arrosoir déjà rempli. Elle se dirigea vers l'évier, où elle trouva l'engrais naturel que le couple utilisait, et elle l'ajouta à l'eau. Le produit sentait le poisson mort, alors elle ne mit qu'une fraction de la quantité qu'ils avaient recommandée. Il était peu probable que quelque chose meure pendant les deux semaines de leur absence.

Les opérateurs étaient regroupés autour de la table à manger, qu'ils avaient recouverte d'un tissu épais pour la protéger. Plusieurs boîtes de pizza, qui dégageaient une odeur chaude et appétissante, étaient alignées, certaines encore scellées dans un sac isotherme pour rester au chaud. Elle comprit que c'était pour ceux qui étaient encore en service.

Son estomac gargouilla. Au moins, son ragoût l'attendait.

Elle commença par l'arrière de la maison. Chaque plante avait un nom qu'elle n'avait pas pris la peine de mémoriser, mais Eliza et Judy étaient difficiles à oublier. C'étaient deux monsteras géants, qui vivaient de chaque côté de la banquette située sous la fenêtre donnant sur la terrasse, et qui bénéficiaient ainsi d'un maximum de lumière naturelle.

Elle retourna dans la cuisine pour remplir l'arrosoir, puis alla inspecter les herbes qui poussaient dans un dispositif hydroponique. Toutes les plantes qui manquaient de lumière naturelle disposaient de leur propre lampe spéciale. Hope fronça les sourcils. Cela rendait probablement l'appartement très lumineux pendant la journée, même avec les rideaux fermés, mais les hommes n'avaient pas débranché les lampes.

La salle à manger et le salon étaient encombrés de sacs de matériel. Les chambres l'étaient encore plus, mais l'espace était rangé, les lits faits. Manifestement, ils utilisaient le même lit, de sorte que quiconque n'était pas de service avait un espace pour dormir. La honte la submergea à l'idée qu'elle était seule dans son appartement comprenant cinq chambres, tandis que ces hommes, chargés de la protéger, qu'elle le veuille ou non, étaient entassés comme des sardines.

Elle termina d'arroser les plantes, puis retourna dans la cuisine. Elle remplit à nouveau l'arrosoir, qu'elle replaça dans l'espace qui lui était réservé près de l'engrais, pour la prochaine fois.

Aaron Nash l'observait pendant que les autres hommes finissaient de dîner. Hope s'éclaircit la gorge.

— J'ai changé d'avis concernant les arrangements pour votre hébergement.

Tout le monde se raidit, s'attendant manifestement au pire. Aaron fronça les sourcils, puis regarda autour de lui, comme s'il cherchait des dégâts matériels.

— Certains d'entre vous peuvent dormir à l'étage.

— Nous sommes très bien ici, répondit rapidement Aaron.

— J'insiste, confirma Hope, secouant la tête. J'ai suffisamment d'espace. Tant que j'ai le niveau principal pour travailler sans être dérangée, il n'y a pas de raison que vous n'ayez pas chacun votre propre lit.

Aaron ouvrit la bouche, comme pour protester.

— Ce n'est pas négociable, ajouta-t-elle, prenant son ton de témoin hostile.

Will Griffin intervint, tandis qu'Aaron semblait à court de mots.

— Nous ne voulons pas nous imposer.

— Vous êtes prêts à prendre une balle pour moi, mais vous ne voulez pas dormir dans un lit vide, que je vous propose sans contrepartie, parce que vous ne voulez pas « vous imposer » ?

— Nous savons que vous tenez à votre intimité.

Pour pouvoir pleurer seule à minuit. Le fait qu'ils soient sans doute tous au courant lui semblait étrangement libérateur.

— La nuit dernière était difficile, et j'ai toujours su qu'elle le serait. Et elle sera à nouveau difficile l'an prochain.

Ils avaient essayé d'atténuer sa douleur en se rendant au cimetière en pleine nuit, mais ils savaient tous comment cela s'était terminé. Pourtant, elle était contente d'avoir elle-même découvert l'acte de vandalisme, plutôt qu'un étranger. Et elle était encore plus heureuse que la scène ait été traitée, que les preuves aient été recueillies et que tout ait été nettoyé avant que quiconque puisse être témoin de l'horreur qui avait été perpétrée.

— Je ne prétends pas savoir comment vous travaillez, mais les chambres sont disponibles, si cela vous permet d'avoir un peu plus d'espace, proposa-t-elle avec un sourire un peu forcé. Si vous ne voulez pas les utiliser, c'est très bien aussi.

Elle ne discuterait pas. Elle avait fait l'offre. Elle n'allait certainement pas les supplier, mais elle voulait qu'ils sachent que son offre était sincère.

— Je vais accepter votre offre, si ça signifie que je n'ai plus à dormir sur un canapé. Je n'en peux plus ! remarqua Ryan Sullivan depuis l'embrasure de la porte.

— Merci, Hope. C'est vraiment sympa de votre part, ajouta Will Griffin.

Une sensation de chaleur se répandit dans la poitrine de Hope.

— Bien.

— Hope, l'appela Aaron, qui la suivit jusqu'à la porte.

Elle leva la main pour couper court à la discussion, mais il la suivit quand même.

— Il ne s'agit pas des lits.

Elle lui lança un coup d'œil, puis elle remarqua que tout le monde était subitement occupé à faire autre chose. Et que tout le monde évitait son regard.

Un nœud se forma dans la gorge de la jeune femme.

— Leech ?

Aaron acquiesça.

— Allons à l'étage. Cela donnera le temps aux équipes de finir de manger, et de préparer la relève.

Elle enroula ses bras autour de son ventre tandis qu'elle se forçait, épuisée, à monter les escaliers. *Quoi, encore ?* Son appartement embaumait l'ail et le poulet, mais elle craignait d'être sur le point de perdre son appétit.

Hope se tourna face à lui.

— Dis-le-moi vite. N'essaie pas d'atténuer le choc.

La compassion crispa les traits d'Aaron.

— Il semblerait que Leech ait assassiné Sylvie Pomerol et son mari, chez eux, la nuit dernière.

Les genoux de Hope flanchèrent, et elle se laissa tomber sur le canapé.

— Je ne comprends pas.

Sylvie savait mieux que quiconque à quel point Leech était dangereux. *Qu'en était-il de sa protection ?* Aaron s'assit à côté d'elle.

— Elle a refusé la protection. Son mari était un ancien Marine, et elle se donnait beaucoup de mal pour dissimuler son lieu de résidence.

— Il l'a quand même trouvée, remarqua Hope, des questions plein la tête. Comment ? Comment a-t-il fait, alors qu'il est en cavale après s'être échappé de prison, sans argent et sans ordinateur ? Il doit avoir de l'aide. Ont-ils interrogé son assistant personnel, Blake Delaware ? Il a pu lui fournir des informations.

Les yeux noirs d'Aaron étaient remplis de chaleur et de compassion.

— Je ne suis pas chargé de l'enquête, mais je suppose qu'il a été interrogé par les marshals, et qu'il le sera à nouveau, à la suite de ces meurtres.

— As-tu appelé Frazer... ?

— Non. Frazer m'a appelé. C'est lui qui les a trouvés.

Soudain, le souffle manqua à Hope, et elle s'affaissa contre le canapé.

— *Merde !*

— Il est en route pour ici.

La jeune femme sentit les yeux d'Aaron sur elle, tandis qu'elle contemplait le plafond, attendant sans doute qu'elle craque à nouveau. Une partie d'elle en avait envie. Elle voulait se mettre en colère, faire son deuil... mais cela n'arrêterait pas cette ordure.

— Je dois rappeler toutes ces personnes figurant sur la liste de témoins au procès, et les prévenir. Les obliger à écouter.

— La nouvelle de ces meurtres n'a pas encore été diffusée, l'avertit Aaron.

Hope plissa les yeux, puis se pencha en avant, insultée.

— Je ne leur parlerai pas de Sylvie ou de son mari, *opérateur Nash.* Je sais comment faire mon travail.

Aaron se pencha en avant à son tour.

— Je sais que tu sais comment faire ton travail, *substitute Harper.* Et je sais comment faire le mien.

Son regard glissa sur les lèvres de la jeune femme pendant une fraction de seconde, démentant son ton dur. Quand leurs yeux se croisèrent à nouveau, quelque chose changea entre eux.

Parce qu'elle la ressentait aussi, cette force sous-jacente de l'attirance physique. Le sentiment le plus étrange sur cette planète, et pourtant si familier. Quelque chose de normal et même d'ordinaire. Quelque chose de fondamental et élémentaire, comme une marée violente ou une tornade. Quelque chose qu'elle ne s'attendait pas à ressentir à nouveau.

Le ton d'Aaron s'adoucit.

— Je sais aussi que tu n'es pas aussi coriace que tu aimes le faire croire. Ce qui ne veut pas dire que tu n'es pas coriace, ajouta-t-il rapidement, mais que tu es humaine, aussi.

Quelque chose se détacha d'elle à cet instant, et cela lui flanquait une trouille de tous les diables. Elle le masqua avec de l'humour.

— Ne le dis à personne. Ma réputation serait ruinée.

Il lui prit la main, et le choc la fit sursauter.

— Laisse quelqu'un d'autre passer les appels, Hope. Laisse le FBI et les marshals faire leur travail.

Il lui serra délicatement les doigts, et elle ressentit son contact jusqu'au creux de ses os.

— Nous sommes là pour toi. Il ne s'approchera pas de toi.

— Ce n'est pas pour moi que je m'inquiète.

Cette confession ne semblait pas le réjouir, mais elle s'était montrée honnête avec lui dès le début. Elle voulait que Leech s'en prenne à elle. Ce feu qui l'animait de l'intérieur, alimenté par la douleur et la fureur qui habitaient son âme, attendait avec impatience l'occasion de l'affronter. Leech ne pouvait plus lui faire de mal. Mais elle adorerait lui en faire...

Le téléphone portable de Hope sonna, et elle profita de ce moment pour s'éloigner de cet homme qui, d'une certaine manière, lui semblait à la fois trop et pas assez. Cette sensation de tension la perturbait.

Comment pouvait-elle réfléchir clairement avec tout ce qui se passait ?

Elle prit l'appareil, et une photo apparut sur l'écran. Elle le repoussa loin d'elle, mais pas avant que les images des corps nus et des yeux vitreux ne s'impriment dans son esprit.

Elle se précipita dans la salle de bains. Aaron cria après elle, puis il jura.

Hope vomit jusqu'à ce qu'il ne reste plus rien dans son estomac que de la bile. Des larmes lui brûlaient les yeux.

Leech lui avait envoyé la photo.

Elle n'avait pas lu le message, mais les corps eux-mêmes suffisaient à lui rappeler toutes les raisons pour lesquelles il ne fallait pas s'attacher émotionnellement aux gens : cela faisait bien trop de mal quand on les perdait. Elle ne pouvait pas revivre ce genre de douleur. Personne ne devrait jamais avoir à subir ce genre de douleur.

Elle ne pensait pas pouvoir y survivre la prochaine fois.

CHAPITRE VINGT-DEUX

Aaron fixait l'image sur l'écran du téléphone portable de Hope, et même s'il voulait aller la voir et s'assurer qu'elle allait bien, il devait d'abord essayer de localiser l'appel.

Il contacta Frazer.

— Quelqu'un vient d'envoyer à Hope une photo de la dernière scène de crime.

Frazer jura.

— Je vais appeler Parker. Je suis presque arrivé, mais peut-être pourra-t-il commencer à tracer l'appel.

— Ne te donne pas cette peine. Je viens de me rendre compte qu'il a été envoyé depuis le numéro de Sylvie Pomerol.

— Il a dû programmer le message pour qu'il s'envoie en différé. Cela lui donnait le temps de s'enfuir. Je vais quand même appeler Parker. Nous devrions mettre un *trap'n trace*[1] sur les moyens de communication de Hope, si elle est d'accord. Leech est susceptible de la recontacter, maintenant qu'il a son numéro de portable personnel. Il me faut une copie des informations contenues dans le téléphone de Sylvie et celui de son

---

1. Dispositif capable d'identifier un numéro appelant, même masqué.

mari, car Leech y a eu accès également, ajouta Frazer, avant de jurer à nouveau. Je ne comprends pas comment il a pu échapper si longtemps aux autorités.

— Moi non plus.

— Est-ce que Hope va bien ?

Aaron entendit la chasse d'eau.

— Je te préviendrai quand elle arrêtera de vomir.

— Prends soin d'elle, Aaron. Elle a assez souffert. Je ne veux pas qu'elle ait à revivre tout ça.

— Affirmatif.

Hope sortit des toilettes au moment où Aaron raccrochait.

— Tu vas bien ?

Elle secoua la tête. Ses joues étaient blanches comme de la craie. Ses lèvres étaient exsangues.

— Je ne comprends pas. Je ne comprends vraiment pas comment quelqu'un comme Sylvie a pu être prise au dépourvu. C'était quelqu'un de si prudent ! Était-ce vraiment Leech ? Pas un imitateur ?

— Je n'en sais pas plus que toi, Hope. Frazer sera là d'ici cinq minutes. Veux-tu une tisane ou un verre de vin avant qu'il arrive ?

Elle enroula ses bras autour d'elle, le regard perdu.

— Mon cœur veut du vin, mais mon estomac dit tisane. Il y a de la camomille dans le placard.

Il se rendit dans la cuisine pour mettre la bouilloire en route. Quand Lucifer se faufila entre les jambes d'Aaron, il prit une boîte de nourriture et la vida dans la gamelle du chat.

Il vérifia le four et baissa le feu pour le ragoût qui commençait à mijoter, et qui sentait incroyablement bon. Un coup fut frappé à la porte, et Ryan Sullivan, Hunt Kincaid et Seth Hopper entrèrent. Ils se rendirent à l'étage, transportant des sacs remplis d'équipement ainsi que ce maudit lit de camp.

Hope s'efforça de sourire, assise sur le canapé, les genoux repliés sous elle.

— Au dernier étage, il y a deux chambres et trois lits. Vous pouvez prendre des draps et des serviettes dans l'armoire à linge.

L'on n'aurait jamais pu deviner que, quelques minutes plus tôt, elle avait vomi dans les toilettes, à part peut-être à cause de ses yeux légèrement rougis. Elle surmontait la situation. Elle continuait. Elle ignorait la douleur, ou elle espérait que personne ne la remarquerait.

Elle se considérait comme peu sociable, mais, pour Aaron, ce n'était pas forcément vrai. Elle s'isolait, mais pas parce qu'elle n'aimait pas les gens. Le premier idiot venu pouvait voir qu'une fois passée cette carapace épineuse, elle les appréciait. Peut-être avait-elle besoin d'espace mental, il pouvait le comprendre. Ou peut-être continuait-elle à se punir pour ses erreurs présumées.

Ryan prit la parole.

— Merci pour ça, Hope. En ce qui me concerne, j'apprécie vraiment. Ne vous inquiétez pas, vous ne saurez même pas que nous sommes là. La discrétion, c'est notre seconde nature. On va t'installer, Nash, ajouta-t-il, agitant l'oreiller du lit de camp dans sa direction avec un grand sourire.

Les joies d'être le chef : Aaron héritait encore une fois de cet atroce lit de camp.

Pourtant, disposer de son propre espace pendant quelques heures l'aiderait à remettre de l'ordre dans ses idées. Il ne faisait aucun doute qu'il était attiré par sa principale. Pire encore, elle l'avait remarqué : il avait l'impression d'être le plus insignifiant des planctons. Certes, il ne ferait jamais rien qui ne serait pas professionnel, et il ne se laisserait pas aller à cette attirance, mais il ne voulait pas que Hope se sente mal à l'aise en sa présence. Il valait mieux que cela. Elle méritait mieux que cela.

Et il ne voulait surtout pas que ses coéquipiers se doutent de quelque chose. Être chargé de diriger ce groupe d'hommes d'élite était un privilège. Un qu'il n'avait pas l'intention de bousiller.

— C'était généreux de ta part, dit Aaron à Hope, tandis que les gars rejoignaient l'étage. De nous proposer tes chambres libres.

— Oh, tu parles ! Elles sont là, autant qu'elles servent. Mais je suis désolée d'avoir attendu si longtemps. Je me suis comportée comme une garce quand vous êtes arrivés, même si tu as passé outre mes objections.

Aaron croisa les bras, et remarqua que les yeux gris de la jeune femme se posaient sur ses biceps saillants. *Calme-toi, Aaron.*

— Je suppose que nous aimons tous les deux pouvoir faire tranquillement notre travail.

Elle lui adressa un sourire tendu.

— Sans doute. Je me sens mal de vous avoir rendu les choses plus difficiles au départ, à tes hommes et à toi.

— Nous étions des inconnus, nous avons débarqué avec de mauvaises nouvelles, et nous avons envahi ta vie. Ta réaction m'a surpris, parce que je pensais que tu aurais beaucoup plus peur de Leech. J'aimerais que ce soit le cas.

— Mets-nous tous les deux, sans armes, dans une pièce, et je ne m'inquiète pas pour mes chances de survie. Ce n'est sans doute pas ce que toi ou le monde voulez entendre.

— Le monde ? répéta-t-il, mais c'était surtout *lui* qui ne voulait pas entendre ça.

— Ils veulent que je sois la femme faible et éplorée, et même si je semble avoir maîtrisé la partie « éplorée », j'ai toujours envie de battre Leech à mort à mains nues, expliqua Hope, qui avait repris des couleurs. J'aurais dû laisser Brendan le faire sur ma pelouse, il y a toutes ces années. Je l'aurais fait sortir avec un plaidoyer de folie temporaire.

— Immédiatement après les meurtres ?

— Oui. Les ambulanciers s'occupaient encore de...,
commença-t-elle, avant que sa voix se brise et qu'elle bafouille.
Ils essayaient de sauver Danny. Paige était déjà partie. C'est
juste que je ne l'avais pas encore accepté à ce moment-là.

Au lieu de la distraire, Aaron lui avait, une fois de plus,
rappelé le pire jour de sa vie. La bouilloire siffla, et il se dirigea
vers la cuisine, versa l'eau, puis laissa infuser la tisane, leur
permettant ainsi à tous deux de retrouver leur sang-froid. Il
ajouta un peu d'eau froide dans la tasse au robinet, avant de
jeter le sachet. Aaron rejoignit Hope et vit qu'elle se tenait
debout devant sa photo de famille.

Il lui tendit le mug.

— Attention, c'est chaud.

Leurs regards se croisèrent quand leurs doigts s'effleurèrent.
Les pupilles de Hope se dilatèrent, et Aaron en eut le souffle
coupé. Il recula, puis s'approcha de la fenêtre, où il écarta le
store pour observer la rue.

Dans des circonstances normales, Hope ne l'aurait même
pas regardé... mais les circonstances étaient loin d'être ordinaires. Elle n'était pas hors de sa catégorie, elle ne jouait pas le
même jeu. Il savait reconnaître les blessures quand il en voyait,
mais qui était-il pour penser qu'il pouvait d'une manière ou
d'une autre la réconforter ? Personne ne pouvait réparer ce
qu'elle avait vécu.

Personne. Surtout pas lui.

La dernière fois qu'il avait perdu la tête pour une femme, il
avait été dévasté quand ça n'avait pas marché. Il avait toujours
craint que sa brillante ex-fiancée soit trop bien pour lui, et il
avait finalement eu raison.

Hope contemplait à nouveau cette photo qu'elle aimait tant.
Il reconnaissait le véritable amour quand il le frappait en plein
visage. Ce qu'il voyait sur celui de Hope était profond et

durable. Et il en avait assez de jouer les seconds rôles derrière qui que ce soit, même un type mort.

Et cela lui donnait l'impression d'être un salaud égoïste.

Mais il ne pouvait pas se permettre de développer des sentiments pour Hope. Elle était sa principale, rien de plus. Il avait le droit d'*apprécier* la personne qu'il protégeait. Elle avait le droit de l'*apprécier*. Ils n'avaient pas le droit de se désirer.

Pas au travail. Pas sur une opé.

Sa concentration et son objectivité faisaient de lui un excellent opérateur. Il refusait de ne pas donner le meilleur de lui-même. Sans oublier que la vie de Hope était en danger. Peut-être ne prenait-elle pas au sérieux la menace que représentait Leech, mais cet homme avait assassiné au moins dix personnes. Aaron n'allait pas le sous-estimer.

Le silence se fit de plus en plus tendu. Heureusement, Frazer arriva et les sauva de cette gêne soudaine. Le profiler leur adressa un regard sinistre.

— Où est le téléphone ?

Hope fit un signe de tête en direction de la table où elle l'avait laissé. Frazer s'approcha, puis étudia la photo.

— Je veux ta permission d'installer un *trap'n trace* sur ton numéro et des comptes de messagerie, au cas où Leech essaierait de reprendre contact.

— À supposer que ce soit Leech.

— C'était Leech.

— Comment le sais-tu ? Il pourrait s'agir d'un imitateur.

— Parce que « J'ai des *sentiments*, docteur P. » était griffonné au rouge à lèvres sur le miroir de la salle de bains, et que je doute qu'un imitateur se sente aussi personnellement visé par les propos tenus par Sylvie lors de son procès.

Aaron vit Hope inspirer une longue bouffée d'air, et il comprit qu'elle était sur le point d'argumenter.

— Je ne peux pas te laisser avoir un accès total à mon téléphone et à mes mails. Qu'en est-il des témoins qui essaient de me contacter ou de mes conversations confidentielles ? s'enquit-elle, secouant la tête.

— Hope, nous essayons de te protéger, gronda Aaron entre ses dents serrées. Peut-être te moques-tu de vivre ou de mourir, mais d'autres s'en soucient.

— Je n'ai jamais dit que je m'en moquais...

— Pas loin !

Frazer s'interposa.

— Veux-tu que nous signions un accord de confidentialité ? Je peux faire ça. Tes données ne seront vues par personne en dehors du BAU, à l'exception du consultant auquel je fais appel, et qui est plus doué que quiconque pour garder des secrets. Aucun de nous n'a la moindre envie de t'espionner, Hope, pas plus que de traumatiser davantage des victimes, ou de saboter des affaires.

— Il doit être entendu que vous ne lirez rien à moins d'être convaincu que cela provient de Leech. Et vous n'accédez à aucune information antérieure à aujourd'hui. Et rien concernant les affaires en cours...

— Nous ne voulons pas fouiner, et rappelle-toi que nous sommes du même côté, maintenant, la rassura Frazer, qui se passa une main dans les cheveux ; jamais Aaron ne l'avait vu aussi agité. Je n'ai aucune envie de te trouver comme j'ai trouvé Sylvie Pomerol cet après-midi. Elle aussi était persuadée qu'elle pouvait faire face à la menace que représentait Leech. Elle avait tort.

Hope voûta les épaules.

— Très bien. Mais la personne à qui tu confies cette tâche a plutôt intérêt à être fiable.

— Je lui fais confiance avec ma vie, comme avec mon honneur.

— Dis donc ! ricana la jeune femme. Si ton *honneur* est impliqué, il doit être vraiment bon.

Aaron sourit. Cette femme était un bulldozer, mais, au moins, elle avait le sens de l'humour. Frazer envoya un message à quelqu'un, sans doute Parker, pour qu'il mette en place la surveillance des communications de Hope. Puis il fronça le nez.

— Est-ce de la nourriture que je sens ?

Hope hocha la tête.

— Tu peux prendre le plat.

Frazer retira son manteau.

— Je n'ai pas mangé de la journée.

Aaron se déplaça au centre de la pièce et s'adressa à Hope.

— Tu dois manger quelque chose.

Elle serra ses bras autour de son ventre.

— Je ne peux penser à rien d'autre qu'à remettre cette ordure derrière les barreaux.

— La seule personne qui gagnera à ce que tu ne manges pas, c'est Leech. Tu dois garder des forces pour ce combat à mains nues que je n'ai pas l'intention de laisser se produire.

Hope esquissa un léger sourire, ce qui rendit Aaron absurdement fier de lui-même.

— Ne pas manger t'affaiblit. Mange, même si ce n'est que pour faire le plein d'énergie plutôt que pour savourer un plat délicieux.

Son propre estomac se mit à gronder. Frazer revint de la cuisine avec trois bols fumants, qu'il posa sur la table.

— Où sont les cuillères ?

— Je vais vous laisser tous les deux. Je peux prendre de la pizza en bas.

Aaron ne voulait pas de pizza. Pas quand l'odeur de la bonne cuisine française lui mettait l'eau à la bouche. Mais il ne voulait pas abuser de l'hospitalité de Hope.

Elle lui attrapa le bras.

— Reste. S'il te plaît. Il y en a beaucoup, et je sais que tu veux discuter de l'affaire avec Frazer. Nous pouvons tout aussi bien le faire tout en *faisant le plein*.

Aaron hocha lentement la tête.

— Je ne serais pas contre manger un bout.

Il aperçut l'expression intéressée de Frazer, mais il ignora l'autre homme. Hope relâcha son bras et leva les yeux au ciel.

— Je vais aller chercher les cuillères que le profiler, célèbre dans le monde entier, n'a pas été capable de trouver.

— Apporte du pain si tu en as.

— Oui, monsieur !

Aaron s'approcha, puis s'assit en face de Frazer, tandis que Hope apportait trois cuillères et une miche de pain tranchée.

— Dis-nous ce que tu as découvert, demanda Hope.

Frazer secoua la tête.

— Après.

— Qu'ont dit les marshals ?

Il souffla sur sa cuillère.

— Que je n'avais aucun droit de contaminer leur scène de crime.

— Sans toi, ils n'auraient même pas su qu'il y en avait une ! argua Aaron.

— Et le FBI reprendra ladite scène sous peu, car les marshals ont d'autres priorités, mais ils veulent d'abord montrer leurs muscles.

Il leva les yeux au ciel.

— Qui as-tu énervé au sein des US Marshals ? l'interrogea Hope.

Frazer pinça les lèvres. La nourriture *était* délicieuse, et le ventre d'Aaron se mit à gargouiller en signe d'appréciation.

— Maintenant que tu en parles, je crois que cela remonte à un incident qui s'est produit après l'attaque du centre commercial de Minneapolis.

Aaron s'en souvenait.

— Deux marshals sont morts dans une planque.

Frazer acquiesça.

— C'étaient de bons agents, mais j'avais quelques remarques à faire sur les protocoles des US Marshals en général, et il se peut que Joshua Hague ait entendu certaines de mes remarques.

— POTUS ? s'exclama Aaron.

— Il se peut qu'il ait entendu ? ricana Hope.

— Ce n'était pas délibéré.

— Oh, je t'en prie ! Arrête ton baratin. Tu n'es pas au-dessus d'une petite manipulation, et nous le savons tous.

Frazer eut la grâce de hausser les épaules.

— Peut-être. Mais, si l'on ajoute à cela le fait qu'un de mes agents s'est enfui avec deux personnes placées sous la protection des marshals, le BAU-4 n'a pas vraiment été le meilleur ami de leurs services au cours de l'année écoulée.

— Comment Leech a-t-il retrouvé Sylvie ?

— Je ne sais pas, avoua Frazer. J'ai demandé à Alex Parker de voir s'il trouvait quelque chose.

— C'est cette même personne qui va gérer le *trap'n trace* ? l'interrogea Hope.

Frazer acquiesça.

— On dirait qu'il travaille davantage pour le FBI que la plupart des agents du FBI. Pourquoi ne l'embaucherais-tu pas directement ?

— Le FBI ne peut pas se le permettre.

Aaron intervint.

— Peut-être que Sylvie Pomerol a donné son adresse à une amie ou à un collègue qui ne s'est pas montré assez prudent ? Vous l'aviez tous les deux ?

Hope acquiesça d'un hochement de tête. Frazer aussi.

— Peut-être qu'elle n'était pas aussi douée pour cacher sa localisation qu'elle le pensait.

— En général, ce sont les tiers qui constituent le maillon faible, et il avait les moyens de remonter sur plusieurs années. Et, maintenant, Leech a potentiellement accès à toutes les infos de la liste de contacts de Sylvie, remarqua Frazer, qui semblait passablement énervé.

— Y compris cette adresse ? demanda Aaron, qui n'appréciait guère cette perspective.

— J'en doute. Je donne toujours l'adresse de mon travail comme contact, répondit Hope, qui jouait avec un morceau de poulet. Mais, vu que la presse m'a déjà présentée comme vivant dans un « superbe appartement avec vue sur le monument de Bunker Hill », je crois que je ne suis pas difficile à trouver. De plus, son assistant aurait pu facilement me suivre chez moi un jour ou engager quelqu'un pour le faire. Ou même hacker la compagnie d'électricité. C'est peut-être ce qui s'est passé avec Sylvie. As-tu déjà interrogé Blake Delaware ?

— Non. Je suppose que les marshals ont des informations sur l'endroit où se trouve actuellement Leech, mais, comme nous en avons déjà discuté, ils ne me les communiquent pas.

Les yeux de Hope brillèrent.

— Qu'est-ce qui m'empêcherait d'aller là-bas tout de suite et de poser quelques questions à Delaware ?

— À part onze opérateurs hautement qualifiés de la HRT ? répondit Frazer.

La mâchoire de Hope se contracta visiblement. Aaron jeta un regard au profiler.

— Si tu veux y aller, nous pouvons prévenir l'équipe que nous nous rendons sur place après les heures de travail. Rien ne garantit que ce type te recevra ou même qu'il sera là. Mais nous sommes partants. Nous t'emmènerons où tu voudras. Tu n'es pas une prisonnière, tu le sais bien.

Elle abandonna toute résistance, comme il l'avait espéré et s'affaissa légèrement sur sa chaise.

— Je voudrais juste être sûre que les gens font leur boulot...
surtout les marshals.

— Le fait que Leech soit en liberté signifie que cet assistant pourrait devoir travailler pour lui, au risque d'être lui-
même emprisonné s'il est pris en flagrant délit d'aide et de
complicité avec un fugitif, constata Aaron, qui termina
son bol.

— En partant du principe que cette évasion n'était pas
préméditée, et les circonstances de l'accident suggèrent qu'il
s'agissait tout simplement d'un accident, Blake Delaware doit
être aussi surpris que nous par la libération soudaine de son
patron. Cela ne veut pas dire qu'ils n'étaient pas préparés,
remarqua Frazer, qui jeta un coup d'œil à sa montre. Je ne sais
pas ce que font les marshals, mais j'ai des gens qui recherchent
tous les biens immobiliers que Leech, Delaware ou l'une de
leurs sociétés auraient achetés, possèdent ou louent. Ça te
dérange si je me ressers ?

Frazer se leva.

— Vas-y.

Aaron regardait Hope grignoter sa nourriture. Quand elle le
remarqua, elle fit la grimace.

— J'essaie.

Il acquiesça.

— Je le sais bien.

— Peut-être pourrais-tu m'apprendre quelques mouvements
de combat au corps à corps.

C'était sorti de nulle part. Venant de n'importe quelle autre
femme, cela aurait pu ressembler à des avances. Mais pas de
Hope. Nash s'éclaircit la gorge.

— Je peux t'apprendre quelques rudiments d'autodéfense.
Je peux faire venir deux des gars, et nous jouerons plusieurs
scénarios, le soir ou le week-end.

Hope fronça les sourcils.

— J'aimerais bien. Je ne sais pas pourquoi je n'y ai pas pensé plus tôt. Je pourrais être ceinture noire à l'heure qu'il est.

— Peut-être parce que Leech a été incarcéré ? suggéra Aaron d'un ton léger.

— Quand même.

Frazer revint avec un autre bol rempli à ras bord, arborant une expression étonnamment neutre.

— Je trouve cela très sensé, Hope. Aaron était le meilleur de sa promotion à la sortie de l'académie.

Ce dernier ne cacha pas sa surprise.

— Tu as fait des recherches sur moi ?

— J'aime garder un œil sur les nouveaux diplômés prometteurs. J'étais certain que tu postulerais au BAU.

— Je réserve ça pour le moment où je n'arriverai plus à suivre le reste de la HRT. À peu près le jour où les poules auront des dents.

Frazer lui lança un regard amusé.

— Peut-être pourrais-tu te joindre à nous avec nos déambulateurs dans quelques années, si nous avons des places disponibles.

— Je n'aime pas l'idée de rester assis à un bureau toute la journée.

Et il détestait l'idée d'être catalogué comme un intellectuel. Frazer leva les yeux au ciel en attaquant son deuxième bol.

— C'est de mieux en mieux. Je suis surpris de pouvoir monter les escaliers… ! Comme tu l'as peut-être remarqué, nous sortons parfois du bureau. Je fais même de l'exercice à l'occasion, même si je ne suis pas aussi musclé que vous, les accros de la salle de sport de la HRT.

— Dites donc ! N'hésitez pas à faire un concours d'abdos ! s'exclama Hope en battant des cils.

Aaron sourit, tandis que Frazer éclatait de rire. Hope fit du café.

Aaron se disait qu'elle ferait mieux de prendre un verre avant d'aller dormir. Mais, s'il lui donnait le fond de sa pensée, elle boirait sans doute deux verres, et resterait debout jusqu'à minuit. Il commençait à cerner sa personnalité et à comprendre son caractère rebelle. Pour une raison qui lui échappait, cette prise de conscience le rendit triste. Sans doute parce qu'il allait bientôt partir, et que rien de tout cela n'aurait plus d'importance... Autant de raisons pour ne pas s'impliquer.

CHAPITRE VINGT-TROIS

Aaron et Frazer débarrassèrent la table, puis ils mirent les assiettes dans le lave-vaisselle, tandis que Hope préparait du café décaféiné.

— Es-tu prête à voir la vidéo que j'ai faite de la scène de crime ? lui demanda finalement Frazer.

L'estomac de la jeune femme se retourna.

— Une vidéo ?

Aaron la regarda.

— Est-ce une bonne idée ?

— Frazer pense que je pourrais y voir quelque chose que je reconnaîtrais comme un message, ou un truc comme ça, n'est-ce pas ? s'enquit-elle, avant de déglutir.

Le profiler confirma d'un hochement de tête.

— Mais je comprendrais aussi si tu ne veux pas la regarder. Ce n'est pas une expérience agréable.

La bouche de Hope s'asséa. Elle avait vu des milliers de photos de scènes de crime. Parfois, elle se sentait engourdie. Parfois, elles la mettaient à genoux. Mais Sylvie était une connaissance amicale, avec qui elle avait travaillé à plusieurs reprises. Comment voir la scène de son meurtre pourrait-il être autrement qu'horrible ?

— Je veux attraper cette ordure. S'il m'a laissé un message, je veux le savoir.

Frazer installa son ordinateur portable et son téléphone sur la table de la salle à manger, et ils s'assirent tous les trois pour regarder. Frazer et Aaron se placèrent de chaque côté d'elle, pour lui donner du courage.

— Pour planter le décor : quand je suis arrivé, la neige était intacte, et il n'y avait aucun véhicule en vue. Il n'y avait aucun signe d'activité dans la maison. J'espérais que Sylvie et son mari étaient partis pour quelques jours. J'ai appelé son portable, et je l'ai entendu sonner dans la maison. La porte de la buanderie était verrouillée, mais pas la porte intérieure.

— A-t-il pris un véhicule ? s'enquit Hope.

— Rien d'enregistré au nom de Sylvie ou de son mari.

— Donc, il doit avoir une voiture, ou un SUV.

— Ou bien, quelqu'un l'aide, suggéra Aaron.

— La police d'État recense les véhicules volés depuis la disparition du minibus de la prison. Ils font l'objet d'un suivi, mais rien n'a encore été signalé dans le système près du domicile de Sylvie.

Ils regardèrent la vidéo en silence jusqu'à la fin.

Hope frissonna. Voir une femme qu'elle connaissait, qu'elle appréciait, étendue sur le tapis de sa chambre, qui tenait la main de son mari d'une manière aussi familière, lui brisait le cœur. Et cela faisait aussi enfler sa rage, même si elle n'osait pas le laisser paraître.

— Repasse la vidéo.

Frazer la remit au début, et elle sentit le regard d'Aaron sur elle, plutôt que sur l'écran. Elle ignora l'inquiétude de l'opérateur.

Ils arrivèrent à la partie sur la salle de bains et à ces mots griffonnés en rouge sur le miroir.

— Arrête-toi là, demanda Aaron, pointant le doigt. Pourrions-nous comparer l'écriture sur le miroir avec celle figurant au dos de la photo déposée sur la tombe ? Nous devons avoir l'écriture de Leech dans nos dossiers quelque part.

— C'est le cas. Laisse-moi consulter les fichiers, dit Frazer, qui tira son portable vers lui.

— Ne te donne pas cette peine. J'ai quelques lettres ici, déclara Hope, qui se leva et se dirigea vers son grand placard près de la porte d'entrée.

— Je croyais que tu avais dit les avoir toutes broyées ? remarqua Aaron, qui n'avait pas l'air content.

Elle lui adressa un sourire amusé.

— C'était après son incarcération pour ce qui devait être une peine à perpétuité.

L'opérateur de la HRT s'approcha derrière elle, tendit le bras par-dessus elle et l'aida à retirer une caisse d'archives qui se trouvait tout en haut de l'étagère, derrière un panier contenant des équipements d'hiver. Il ne la toucha pas, mais sa proximité lui fit monter le rouge aux joues. La prise de conscience soudaine qu'elle avait eue plus tôt avait déclenché quelque chose en elle.

— Celle-ci ? demanda-t-il d'une voix douce, le regard hésitant.

— Oui.

Il porta la caisse jusqu'à la table de la salle à manger. Hope resta là où elle était, près de la porte du placard.

— Je dois vous avertir : cette caisse contient des copies de toutes les preuves et de tous les documents juridiques du dernier procès de Leech, y compris des photos d'autopsie, expliqua-t-elle, déglutissant avec difficulté. Je ne les ai pas regardées, et j'apprécierais que vous fassiez preuve de prudence lorsque vous chercherez les lettres qu'il m'a envoyées pendant le procès.

Une vague d'acide remua dans son estomac.

— Je n'ai aucune envie de voir ces photos. Jamais.

Elle n'était pas assez forte pour cela. Pour tout le reste, oui, mais pas pour cela. Aaron fronça les sourcils d'un air désapprobateur.

— Pourquoi les as-tu ici ?

— Elles font partie du dossier à charge contre lui. J'avais besoin qu'il soit complet même si je ne le regardais jamais, expliqua la jeune femme avec un haussement d'épaules. Peut-être est-ce à cause de ma formation, ou peut-être ai-je gardé tout ça enfermé dans cette caisse parce que c'est ma manière d'y faire face. Tout mettre dans une boîte et faire semblant de ne pas y penser. Cela semblait juste.

Frazer ôta le couvercle. Hope ne pouvait pas bouger.

— Les lettres sont dans un dossier à part.

Frazer les trouva sans difficulté et les sortit.

— Les as-tu lues ? l'interrogea Aaron.

— J'ai lu celles-ci, au cas où il s'incriminerait lui-même.

— L'a-t-il fait ? demanda Aaron.

Hope secoua la tête.

— Il n'arrêtait pas de répéter qu'il était innocent, qu'il n'avait jamais fait de mal à un enfant... comme si cela signifiait que ce n'était jamais arrivé.

Elle n'arrivait pas à croire que Leech était de nouveau libre de détruire des vies. Elle serra les mains l'une contre l'autre, mais elle ne pouvait pas lâcher prise.

Aaron remit le couvercle sur la caisse, et la posa sur une chaise, hors de leur vue. La caisse constituait un rappel de ce qui s'était passé, mais, comme le traumatisme envahissait chaque partie de son corps, elle ne comprenait pas pourquoi le fait de la revoir, d'y repenser, l'affectait autant.

Peut-être se remettait-elle toujours de ce qui s'était passé sept ans auparavant. Et, maintenant, Leech était de nouveau dans la nature.

Hope s'approcha de la table, tandis que Frazer sortait une lettre manuscrite et l'étalait.

Tous trois scrutaient attentivement l'écran et la lettre.

— Le « s » de « sentiments » est identique à celui de « défense » ici. Et l'utilisation excessive de ponctuation, ainsi que le « t » géant, cela correspond à la sociopathie de Leech, n'est-ce pas ? remarqua Aaron.

Frazer acquiesça.

— L'écriture sur le miroir fait définitivement penser à Leech. Il se lamente sur son sort après le viol et le meurtre de deux innocents dans la pièce d'à côté.

Hope pinça les lèvres, car ses émotions menaçaient de déborder.

— Sur les mots inscrits au dos de la photo provenant de la tombe, la première lettre est en majuscule, comme dans le titre d'un livre. C'est différent. Et nous avons le mot « prochaine » ici, et ici, poursuivit Aaron, pointant deux exemples. Je sais que ce n'est pas une science exacte, mais la façon dont les lettres sont jointes semble différente.

— Elles ont été écrites à sept ans d'intervalle, et dans des circonstances différentes. Mais, pour moi, la lettre déposée sur la tombe a été écrite par quelqu'un d'autre que Leech, déclara Frazer. J'attends l'analyse de la photo, pour voir si nous avons le numéro de série de l'imprimante ; j'espère qu'avec ça, nous pourrons remonter à une localisation.

— Pourquoi ça prend tout ce temps ? demanda Aaron.

— Trop de crimes, pas assez de techniciens de scène de crime. J'ai déjà appelé et mis la directrice au courant des derniers meurtres. Elle a dit qu'elle enverrait un mémo au chef du laboratoire ce soir. Maintenant que nous soupçonnons Leech d'être encore en vie, ils devraient commencer à travailler dessus demain au plus tard.

— Leech aurait-il eu le temps de tuer Sylvie en début de soirée hier, puis de conduire jusqu'au cimetière pour vandaliser la tombe ? s'enquit Aaron.

Frazer se pinça le menton.

— Ce n'est qu'à trente minutes en voiture. Mais je ne le vois pas le faire. Je le vois mal passer d'un viol et un double meurtre à l'étalage de sang de cochon sur une tombe. Ou risquer sa liberté pour quelque chose d'aussi banal et indigne de lui.

— Une solution de remplacement parce qu'il ne pouvait pas atteindre Hope ?

Frazer inclina la tête.

— Il est parvenu à atteindre quelqu'un de sa liste, ça a dû le faire vibrer comme s'il avait pris un coup de taser. Je me serais attendu à ce qu'il rampe dans son trou pour savourer son expérience, tout en se préparant à la prochaine.

— Qui d'autre figure sur cette liste à ton avis ?

— Honnêtement, je n'en suis pas sûr. La juge, le jury, Beasley et son équipe, le technicien de laboratoire qui a trouvé le sang de Danny sur la chemise de Leech, et qui a témoigné au tribunal. Sans doute Brendan, pour l'avoir tabassé.

La bouche de Hope s'assécha. Frazer anticipa sa panique.

— J'ai pris des dispositions pour que tout le monde soit recontacté et informé du danger que représente Leech. Cela incluait ton beau-frère et sa mère. Le BPD aura une voiture garée devant sa maison jusqu'à ce qu'ils attrapent Leech.

Le soulagement l'envahit. L'idée que Leech puisse faire du mal à la mère de Danny était insupportable. Aaron intervint.

— L'histoire avec la pierre tombale, c'est un complice ou un sympathisant ?

Frazer secoua la tête.

— Je n'en suis pas encore sûr, mais, dès que nous aurons

trouvé le numéro de série de cette imprimante, et que nous l'aurons localisée, nous rendrons visite à son propriétaire.

Hope ramassa l'une des lettres envoyées par Leech.

— Il reçoit forcément de l'aide, et il dispose d'un endroit où loger. Ou bien, il a tué quelqu'un, il vit dans sa maison, et il se sert de son véhicule. Mais il a dû s'y rendre depuis le lieu de l'accident..., poursuivit Hope, levant les yeux. Le FBI doit interroger Blake Delaware. Parce que, si quelqu'un sait où il se trouve, c'est ce fumier. Ce type gère toute la vie de Leech, même s'il n'était pas le seul signataire des comptes de l'entreprise à l'époque. Je suppose que Julius n'était pas aussi naïf qu'il voulait bien le faire croire certains jours.

Frazer avait l'air irrité, mais pas contre elle.

— Maintenant que nous avons cette nouvelle enquête pour meurtre, je peux insister pour renforcer la surveillance, mais Leech et Delaware doivent savoir que ce dernier sera scruté attentivement. Je ne crois pas qu'ils communiqueraient par des moyens connus de nos services.

— Leech aurait pu contacter Delaware depuis le téléphone de quelqu'un d'autre avant même que nous sachions qu'il était en liberté, remarqua Aaron. Tu devrais voir qui l'a appelé dans ce laps de temps. Nous pourrions trouver une piste.

Frazer lui décocha un regard vif. Hope avait le sentiment qu'Aaron avait suggéré une chose à laquelle il n'avait pas pensé, ce qui n'arrivait pas très souvent.

— Malin, commenta Hope.

Aaron croisa son regard.

— Pas vraiment.

Elle se surprit à sourire. Il n'aimait vraiment pas qu'on lui fasse remarquer son intelligence. Son ancienne fiancée lui avait vraiment fait du mal.

— J'ai demandé les registres de ses visiteurs en remontant sur deux ans, annonça Frazer. L'un d'entre eux pourrait l'aider.

Hope frémit.

— Pourquoi quelqu'un aiderait-il ce monstre ?

— Tout le monde ne le croyait pas coupable, expliqua Frazer, lissant le papier du plat de la main. Certains pensaient que quelqu'un d'autre avait assassiné Danny et Paige, et piégé Leech.

Hope détourna le regard : elle aussi avait joué un rôle dans tout cela. En dénonçant la corruption de la police, elle avait sapé la deuxième affaire contre Leech.

— Ce Delaware aurait-il pu mettre un contrat sur la tête de Monroe ? Mettre en scène son suicide avec la lettre, pour que les preuves soient rejetées, et que son patron soit remis en liberté ? suggéra Aaron.

Hope sursauta.

— Le procureur a suggéré la même chose quand j'ai déposé ma requête en irrecevabilité, mais l'accusation n'avait aucune preuve. Pas de témoins. Pas de trace de lutte. Ce jour-là, Leech et Delaware semblaient tous deux aussi stupéfaits par la tournure des événements.

— Qui était le procureur dans cette affaire déjà ?

— Steven Foggerty. Il a quitté le bureau du procureur et s'est installé en Floride après le procès. Il travaille dans un cabinet privé. Il n'était pas vraiment fan de moi, alors je suis heureuse que nous n'ayons pas à travailler ensemble. Je suppose que quelqu'un l'a prévenu de l'évasion de Leech ?

Frazer acquiesça.

— J'aimerais jeter un coup d'œil à ce rapport de police sur la mort de Monroe. Pourrais-tu le sortir pour moi ? demanda Aaron à Frazer.

Elle serra ses doigts, saisie par l'inquiétude.

— Plus j'en apprends sur tout ce qui s'est passé à l'époque, mieux je suis préparée à faire face à toute éventuelle surprise. C'est pourquoi j'aimerais avoir ta permission de lire tes dossiers

du second procès, dit Aaron, dont les yeux noirs la transpercèrent.

Il n'avait pas besoin de permission, pas vraiment. Comment
pourrait-elle dire non, même si elle en avait désespérément
envie ?

— Simplement, garde les photos hors de ma vue. Mets
peut-être la caisse dans ta chambre.

Aaron répondit d'une voix douce.

— Je peux faire ça. Regardons le reste de la vidéo et voyons
si tu remarques autre chose.

Frazer appuya sur le bouton « lecture », et, cette fois, elle vit
le bureau de Sylvie, saccagé, et l'écran affichant une photo d'elle
debout sous la neige fondue la nuit précédente.

Ses paroles amères avaient-elles provoqué Leech au point
de le pousser à tuer à nouveau ?

Frazer lut dans ses pensées.

— Il l'aurait fait de toute façon. Tu le sais bien.

— Qu'en est-il de Janelli ? demanda Aaron, avant de boire
une gorgée de son café.

Frazer fronça les sourcils.

— Son portable a borné chez lui la nuit dernière.

— Tu as tracé son portable ? Comment as-tu obtenu un
mandat ? s'enquit Hope.

Frazer lui lança un regard perçant.

— Je ne vois pas de quoi vous parlez, Maître.

— Je ne serai pas mêlée à une surveillance illégale.

— Oh, je t'en prie ! Ce n'est pas le Watergate ! ricana Frazer.

— Tu as dit toi-même que tu pensais qu'il aurait pu vandaliser la pierre tombale. Brendan, lui, ne voulait même pas l'envisager, et encore moins en parler à son patron. La seule façon
d'obtenir une réponse prompte, c'est de vérifier rapidement où il
se trouve, déclara Aaron avec fermeté. De toute façon, je ne
parlais pas de Janelli en tant que vandale. Je voulais dire qu'il

était une cible possible pour Leech. Tu as dit qu'il n'avait jamais dévié de son récit selon lequel il avait vu Monroe ramasser le mouchoir sur la scène du crime.

Frazer haussa une épaule.

— Monroe aurait pu facilement le placer là sans que Janelli le voie. Ensuite, il l'aurait mis dans un sac de preuves sous le nez du bleu. Janelli a sans doute raconté la vérité telle qu'il l'a vue.

— D'après les archives du tribunal, insista Aaron, Leech a traité Janelli de menteur quand il était à la barre.

— C'est exact, confirma Hope, se frottant le front, car le déca ne suffisait manifestement pas pour maintenir ses paupières ouvertes. Le juge a averti Leech que, s'il prononçait un mot de plus, il serait condamné pour outrage.

Hope frémit alors. Elle avait touché le bras de Leech. Elle lui avait dit de se calmer, qu'elle s'occuperait de cela. Et elle l'avait fait.

— Dois-je appeler Brendan et lui dire d'avertir ce type ?

Elle n'appréciait pas l'inspecteur, mais elle ne lui souhaitait pas vraiment de mal. Frazer secoua la tête, puis consulta sa montre.

— Je vais contacter son capitaine, pour lui dire que Janelli devrait prendre la menace au sérieux, et voir s'ils ont quelque chose à nous dire pendant que j'y suis.

Il rangea les lettres manuscrites dans le dossier, puis les fit glisser sur la table en direction d'Aaron, qui les remit soigneusement dans la caisse, avant de replacer le couvercle.

Hope regarda fixement Frazer, et elle se souvint d'autre chose.

— Hé ! Tu as oublié quelqu'un sur ta liste.

— Qui ?

— *Toi.* Qui surveille tes arrières ?

CHAPITRE VINGT-QUATRE

Frazer commença à rassembler leurs tasses.

— Ne t'inquiète pas. Je m'en occupe, lui dit Hope, lui prenant le mug des mains. Retourne auprès des Hayes, et rappelle-leur qu'ils doivent se montrer prudents, eux aussi.

Aaron, à son tour, prit les tasses des mains de la jeune femme.

— Allez tous les deux vous coucher. Je m'occupe de faire le ménage. Je veux faire le point avec les gars avant d'aller dormir.

— Un homme qui fait le ménage. Je suis surpris que tu sois encore célibataire, remarqua Frazer, tout en enfilant son manteau.

— Peut-être que j'aime être célibataire.

Aaron plissa les yeux. Il était impossible que le profiler ignore son histoire pathétique et que son ex-fiancée était désormais sa belle-sœur. Frazer lui décocha un regard lourd d'ironie.

— C'est le cas de la plupart d'entre nous, jusqu'à ce que, soudain, ce ne soit plus le cas.

— Laisse Aaron tranquille, le réprimanda Hope. Beaucoup de gens préfèrent être seuls. Il n'y a rien de mal à cela.

Frazer sembla sur le point de protester, mais il se ravisa. À la place, il s'obligea à sourire.

— Tu as raison. Curieusement, je crois me souvenir que Leech ne voulait *pas* être seul. Il disait vouloir trouver la femme idéale et se caser, mais qu'il n'arrivait pas à trouver quelqu'un qui le comprenne vraiment.

— Parce que c'est un enfoiré de meurtrier ? suggéra Aaron, un rictus aux lèvres.

— Les gens racontent des choses à la barre qui les font paraître « normaux » selon les normes de la société. Sylvie n'a-t-elle pas dit qu'il recréait sa « famille » à chaque meurtre ?

— Si. Son père était un coureur de jupons, et sa mère l'a surpris en train de la tromper avec la nourrice de Julius, dans leur lit. Ils se sont disputés, et il a essayé de l'étouffer avec un oreiller. Elle a attrapé un coupe-papier qui se trouvait à portée de main et l'a poignardé avec. Il est parvenu à terminer le travail avant de se vider de son sang. Ce que sans doute ni l'un ni l'autre n'avait réalisé, c'était que le petit Julius se cachait dans le placard et qu'il voyait tout. Apparemment, quand la police l'a interrogé plus tard, il leur a dit qu'il avait cru que ses parents dormaient.

Aaron n'avait aucune envie de s'apitoyer sur le sort de Leech, mais il pouvait compatir avec l'enfant qu'il avait été.

— Il n'a jamais avoué les meurtres, alors nous ne savons pas comment il choisissait ses victimes. Mais Sylvie pensait qu'il punissait les gens pour ce qu'il considérait comme leurs péchés, et j'étais d'accord avec elle, expliqua Frazer. Je pense qu'il est sincère quand il dit qu'il veut quelqu'un dans sa vie avec qui partager des choses.

Il s'interrompit quelques instants, avant de poursuivre. Il riva ses yeux sur Hope.

— Il avait le béguin pour toi pendant le premier procès.

Aaron vit le reste de couleur disparaître du visage de Hope, la laissant aussi pâle que du lait écrémé.

— Crois-tu qu'il aurait pu trouver quelqu'un pendant qu'il était en prison ? l'interrogea-t-elle.

— Avant d'aller me coucher, je vais examiner le registre des visiteurs et repérer les noms féminins qui reviennent. Demain, je verrai ce que les analystes auront pu découvrir pendant la nuit.

— Si elles ne sont pas suspectes, elles pourraient être de potentielles victimes, remarqua Hope, dissimulant un bâillement.

Le profiler répondit d'un ton irrité.

— Elles auraient dû y penser avant de s'attacher à un tueur en série.

Hope croisa les bras.

— Certes. Mais les gens disent la même chose de moi.

Frazer grimaça. Il semblait aussi sur le point de s'effondrer, et Aaron n'était pas loin non plus.

— Sans doute que oui. Mes excuses. Comme tu le sais, il est aisé de devenir cynique dans ce métier, répondit Frazer, qui bâilla à son tour. La prison est un environnement difficile pour tout le monde, et encore plus pour un homme riche et privilégié. Je l'imagine bien avoir quelques correspondants, au minimum.

— Assez pour être tombé amoureux ? s'interrogea Hope à voix haute.

— Leech n'a pas la capacité d'aimer, rétorqua Frazer. Pourtant, il croit qu'il le peut, alors peut-être se trouve-t-il avec quelqu'un qui le cache. Quelqu'un qui pense l'aimer ?

— Il faut être méchamment bizarre pour choisir un monstre comme partenaire amoureux, lança Aaron.

Il savait qu'il était courant que des gens s'attachent à des personnes incarcérées. Mais, pour lui, cela n'avait aucun sens.

— Qui voudrait traîner dans un quartier de haute sécurité pour un rencard ?

Frazer éclata de rire.

— Tu parles à un homme qui rend régulièrement visite à des psychopathes en prison.

— Je ne ferai aucun commentaire sur ton statut de type étrange, lança Hope, qui se rendit en haut des escaliers, tandis que Frazer franchissait le seuil de la porte. Bonne nuit. Désolée que tu aies passé une horrible journée.

Frazer grimaça.

— Cela aurait pu être pire. N'oublie pas que tes appels et tes messages vont être surveillés, alors pas de sextos, à moins que tu ne veuilles un public. Si Leech te contacte, reste en ligne aussi longtemps que possible, mais si tu ne supportes pas d'écouter ce qu'il débite, pose simplement le téléphone et éloigne-toi, lui conseilla-t-il, avant de regarder Aaron. Prends soin d'elle. Ne la perds pas de vue.

— Où irais-je exactement ? s'enquit Hope, la voix remplie d'amertume.

Aaron acquiesça en regardant Frazer.

— Je vais demander à un membre de l'équipe de t'escorter jusqu'à ta voiture.

Frazer ouvrit la bouche pour protester, mais il jeta un coup d'œil à Hope et sembla se raviser.

— D'accord. Merci.

Aaron le suivit au rez-de-chaussée, puis demanda à Cadell de suivre Frazer jusqu'à son lieu de résidence. C'était un bon entraînement pour tous les deux. Ensuite, Aaron vérifia que tout le monde était à son poste, et qu'il n'y avait aucun point d'inquiétude pour le moment. Il était tombé encore huit centimètres de neige, et, mis à part quelques bonshommes de neige construits plus tôt dans le parc de l'autre côté de la route, tout était calme. Il retourna à l'étage. Heureusement, Hope était allée se coucher.

Il mit toute la vaisselle au lave-vaisselle, et le lança. Puis il rinça la cafetière.

Ensuite, il prit la caisse contenant les dossiers, éteignit les lumières et rejoignit l'étage supérieur. Les gars avaient installé son lit de camp dans le bureau où se trouvaient les vieux vêtements. Il ferma la porte du placard. Il ne voulait pas voir de rappels de la famille de Hope, pas ce soir-là, pas quand il prévoyait de lire le compte rendu détaillé de leur meurtre.

Aaron déposa la caisse sur le sol, puis alluma une lampe posée sur le grand bureau, à côté d'un bel iMac. Des étagères couvraient tout un pan de mur. En y regardant de plus près, il constata que, contrairement à ce à quoi il s'attendait, ce n'étaient pas des revues juridiques, mais des ouvrages consacrés à la procédure pénale et à l'écriture de fiction. Puis il se souvint que son défunt mari avait été écrivain.

Il fit sa toilette dans la salle de bains des invités. Hope avait laissé sa porte entrouverte : il se dit que c'était pour le chat. Il s'était déshabillé jusqu'à ses sous-vêtements lorsqu'un cri déchira le silence.

Il attrapa son SIG et se précipita dans la chambre de Hope, adoptant une position de tir.

La jeune femme, vêtue de son pyjama à carreaux, dansait sur place et pointait le lit du doigt.

Une grosse araignée domestique se trouvait sur son oreiller, ses huit yeux pointés vers lui.

Aaron abaissa son arme : il se sentait comme un idiot. Cowboy et Griffin firent irruption dans la chambre, puis restèrent plantés là, en pantalon de pyjama, armes à la main. Maintenant que la menace était passée, le cœur d'Aaron battait à toute vitesse. Hope ne semblait pas rassurée par la présence de trois agents extrêmement bien entraînés dans sa chambre.

— Que se passe-t-il ? s'enquit Cowboy, haussant les sourcils.

S'il faisait la moindre remarque sur le fait qu'Aaron était en boxer, il le tuerait et balancerait son corps dans la rivière.

— Araignée, répondit-il, puis il se tourna vers Hope. Aurais-tu un verre ?

Elle se précipita dans la salle de bains attenante.

— L'équipe Alpha va être furieuse d'avoir raté ce moment passionnant ! ironisa Cowboy, abaissant son arme. Trois d'entre nous, en sous-vêtements, dans la chambre de Hope Harper. Ça vous dérange si je saute sur le lit pour immortaliser ce moment ?

Aaron lui décocha un regard noir.

— Pourquoi ne suggères-tu pas une bataille d'oreillers, pendant que tu y es ?

— Bon, ce n'était pas le genre d'activités que j'avais en tête pour la suite, mais je suis partant si tu l'es aussi.

Il remua les sourcils pour accentuer son propos. Puis il sourit quand Hope revint dans la chambre, en essuyant un verre avec une serviette.

— Je pense que tu as la situation bien en main, Professeur. Nous allons te laisser faire, conclut Cowboy.

Aaron leva les yeux au ciel, puis il prit le verre des mains de Hope, ignorant la brève décharge quand leurs doigts se frôlèrent. Il posa rapidement le verre au-dessus de la bête à huit pattes, emprisonnant la pauvre créature.

— Une carte postale ? Une carte de remerciement ? Un truc du genre ?

Hope se dirigea à grands pas vers sa mallette, en sortit un dossier dont elle retira le contenu, puis elle lui tendit le carton.

— Tiens.

Ses mains tremblaient, tandis qu'elle reculait rapidement. Il glissa le carton sous le verre, puis le retourna, de sorte que la bête tombe au fond.

— Et voilà ! Je vais aller me débarrasser de cette bestiole dans un endroit où elle sera plus heureuse, et tu pourras dormir.

— Dehors. Tu pourrais peut-être la jeter sur l'un des pots de fleurs sur le toit.

— Je vais lui trouver un endroit.

— Dehors, insista Hope.

— Dehors, promit Aaron.

— Merci.

Les joues de la jeune femme rougirent. Était-ce de la gêne ? Ou autre chose… ?

— Je t'en prie. Je suis ravi de pouvoir enfin être utile.

Il se raconta qu'il ne contractait pas ses muscles durement acquis pour exhiber ses abdos, mais c'était un menteur.

— Bonne nuit, Aaron, lui dit-elle, avant d'éclater de rire. Je suis désolée. Je ne voulais pas crier. C'était un réflexe. En général, je suis seule, et personne ne m'entend. Merci de t'occuper de ça pour moi.

Aaron secoua la tête en partant, puis il prit la direction des escaliers. Cette femme était prête à aller au corps à corps avec un homme qui avait assassiné sans pitié dix personnes, mais une araignée de quelques centimètres la laissait affolée et tremblante.

Il ne savait pas pourquoi cela le faisait sourire.

CHAPITRE VINGT-CINQ

Le lendemain matin, alors qu'ils passaient devant le palais de justice, Hope aperçut des journalistes entourant Jeff Beasley, qui semblait leur donner des informations. Jason Swann se tenait derrière lui, ressemblant au petit-fils préféré de tout le monde. Il portait un costume, ce jour-là. Ses cheveux raides avaient été coupés assez court. Il était rasé de près, son visage de sale rat affichait une expression sobre. De toute évidence, Beasley avait profité de ce qu'il savait être une couverture médiatique sensationnelle à la suite du meurtre de Sylvie et de son mari, pour améliorer l'image publique de son client.

— Garez-vous devant.

— Hope...

— Il est hors de question que ma cliente perde cette affaire parce que Beasley bénéficie d'un temps de parole illimité dans les journaux télévisés. Arrêtez la voiture ! insista-t-elle, et elle tendit la main vers la poignée de la portière.

Aaron lui saisit le bras, la maintint fermement en place et donna un ordre.

— Gare-toi, dit-il, et il resserra sa prise quand Hope tenta de se dégager. On fait ça à ma façon, ou pas du tout.

Elle aurait dû se sentir en colère de se faire malmener, mais pour une raison inconnue, ce n'était pas le cas. Une telle proximité impliquait une relation physique inhérente. Ces hommes prenaient leur travail au sérieux, et elle aussi.

— Hopper, avec nous. Tu es dans la salle d'audience aujourd'hui.

Ryan Sullivan était derrière le volant, et un homme du nom de Sebastian Black complétait l'équipe dans la voiture. Elle ne le connaissait pas aussi bien que les autres.

— Black, avec nous jusqu'à ce que Hope soit à l'intérieur. Ensuite, retrouve Cowboy à l'arrière du bâtiment.

Hope voulut bouger. La prise d'Aaron ne se relâcha pas.

— Attends.

La force de ses doigts lui procurait un étrange sentiment d'exaltation.

Seth Hopper et Sebastian Black sortirent tous les deux et vinrent se placer devant sa portière, tandis qu'Aaron la laissait enfin descendre. Il la suivit de près, comme son ombre. Le SUV resta au bord du trottoir, attendant sans doute qu'elle soit en sécurité à l'intérieur du bâtiment. Mais les chances que Leech vienne là étaient infimes. Il y avait une plus grande probabilité qu'elle glisse sur la glace.

— Trouvez-moi un endroit légèrement au-dessus, et à droite de Beasley. Je veux parler à la presse.

— Oui, m'dame, répondit Hopper, qui fendit la foule comme un chasse-neige.

Hope se cala dans son sillage et celui de Black, qui la protégeaient également du vent violent tandis qu'ils gravissaient les marches et se dirigeaient vers l'entrée principale.

Les hommes lui dégagèrent un espace, et, bien que Beasley

soit encore en train de parler, les journalistes commencèrent à se tourner vers elle et à se bousculer pour obtenir la meilleure place. Puis ils commencèrent à poser des questions.

— Que pouvez-vous nous dire sur les décès de Sylvie Pomerol et de son mari, Bart Tranter. Est-ce Leech ?

— A-t-il été repéré ? Êtes-vous au courant ? Les marshals vous disent-ils quelque chose ? Quoi que ce soit ?

— A-t-on aperçu l'un des détenus évadés depuis hier matin ?

— Avez-vous entendu dire que le corps du deuxième gardien avait été repêché dans l'eau ?

Hope échangea un regard avec Aaron, mais il secoua la tête. Lui non plus ne le savait pas.

— Leech a-t-il jeté du sang sur la pierre tombale de votre mari et votre fille ?

— Est-il à Boston ?

Elle leva les yeux et aperçut Ella Gibson qui se tenait à l'arrière de la foule, à côté de Colin. La jeune femme semblait terrifiée, et son stagiaire semblait faire de son mieux pour la calmer.

Hope leva le doigt pour demander le silence.

— Je suis profondément attristée d'apprendre le décès du gardien de prison, ainsi que celui de Sylvie et de son mari, Bart. Le Dr Pomerol était une psychologue judiciaire respectée et un atout majeur dans toute salle d'audience. Plus que cela, c'était une personne gentille et honnête, et je pense que nous sommes tous d'accord pour dire que celui qui l'a tuée ne l'est pas.

Elle sentait qu'Aaron désapprouvait ce qu'il considérait comme une provocation, tandis qu'elle estimait dire la vérité.

D'autres questions lui furent adressées, et, du coin de l'œil, elle observa Beasley. Il avait passé un bras autour des épaules de Swann, et il entreprit de raconter la lutte de son client pour prouver son innocence à la suite du mouvement Me Too.

C'était tellement triste... ! Dommage.

— Mais Leech n'est pas le seul monstre dans les rues, affirma Hope, adressant un regard appuyé à Beasley et Swann.

— Une idée de l'endroit où Leech pourrait se cacher ? lui cria un journaliste du *Globe*.

C'était une question stupide, mais qui constituait une excellente transition.

— Non, répondit la jeune femme, mais elle afficha un large sourire, et fit un geste de la main vers Beasley. Mais Jeff sait peut-être où réside actuellement son client. Vraisemblablement, il est toujours votre client, non, Jeff ?

Elle murmura « argent sale » en se retournant, le laissant seul face à la tempête médiatique. Elle espérait qu'ils le dévoreraient vivant.

À l'intérieur du bâtiment, Aaron lui fit contourner les détecteurs de métaux, et ils passèrent rapidement les contrôles de sécurité, avant de se diriger vers la salle d'audience, où elle aperçut Aisha qui attendait devant les portes. L'assistante juridique avait appelé plus tôt, demandant à Hope de la retrouver ici plutôt qu'au bureau du procureur. Hope était sûre qu'elle avait anticipé la mêlée des médias et qu'elle ne voulait pas y participer.

Colin arriva, essoufflé.

— Où est Ella ? l'interrogea Hope.

— Elle est rentrée chez elle.

— Bien. Nous n'avons pas besoin d'elle aujourd'hui. Autant préserver sa santé mentale. Et, non, vous n'avez pas ce luxe dans ce métier, j'en ai bien peur.

— Pour ma part, je suis prête à aider à botter le train d'un certain avocat de la défense, déclara Aisha quand Hope la rejoignit.

Elle se pencha plus près d'elle.

— Ne te laisse pas abattre par ce salaud.

Hope acquiesça, et elle se surprit à chercher Aaron avant d'entrer dans la salle d'audience. Il croisa son regard et lui décocha un sourire qui lui coupa le souffle.

— C'est un très bel homme, murmura Aisha.

Tu devrais le voir en sous-vêtements. Aisha sourit d'un air rêveur.

— Pour la première fois en vingt ans, je regrette d'être heureuse en ménage.

Hope lui adressa un regard amusé. La lueur dans les yeux d'Aisha était empreinte d'une pure gentillesse lorsqu'elle murmura :

— Il ne te regarde pas comme ça parce qu'il est responsable de ta sécurité, tu sais.

La bouche de Hope s'assécha lorsqu'elle jeta un nouveau coup d'œil par-dessus son épaule, pour découvrir que ce regard sombre et intelligent était devenu interrogateur. Il se demandait sans doute pourquoi elle continuait à le fixer comme si elle ne l'avait jamais vu auparavant.

Seth Hopper s'avança derrière elle, lui bloquant la vue ; alors, elle se retourna pour voir où elle allait.

L'idée même d'être attirée par Aaron était absurde. *Non ?*

Cela faisait sept longues années qu'elle n'avait pas été avec un homme, et celui-ci avait été son mari et unique amant. Elle n'était même pas sûre que les pièces fonctionnaient encore. Et elle n'était pas vraiment sûre de vouloir qu'elles le soient.

Elle s'efforça de chasser de son esprit le concept déroutant de l'attirance sexuelle. Elle avait une affaire à plaider devant le tribunal, et un tueur en série était en liberté.

Mais, mieux que quiconque, elle savait que la vie était courte. Tout comme elle savait aussi que, dès que Leech serait capturé, Aaron s'en irait, et ce serait la fin de tout ça. Pendant très longtemps, cela lui aurait parfaitement convenu. Mais, soudain, elle se surprenait à se demander ce que cela lui ferait d'embrasser un homme comme Aaron Nash. Ce qu'elle ressentirait en ayant des relations sexuelles avec un homme comme Aaron Nash.

L'idée était intrigante. Tentante. Terrifiante.

— Levez-vous pour l'honorable juge Erica Penton.

Hope repoussa toutes les autres pensées qui tourbillonnaient dans son esprit, étouffant un sourire narquois lorsque Beasley arriva en retard, l'air débraillé. Il s'excusa auprès de la juge avant de s'asseoir auprès de son entourage.

Il décocha un regard assassin à Hope.

Seth Hopper se pencha en avant, et murmura :

— Vous voulez que je me charge de lui pour vous, plus tard ? Dans une ruelle ? Cowboy et moi, nous pouvons faire disparaître ce type comme ça, suggéra-t-il, claquant doucement des doigts. Personne ne le saura jamais.

La lueur dans son regard prouvait qu'il plaisantait.

— Oh, bébé, murmura Aisha. Tu sais vraiment comment parler aux femmes !

Hopper sourit. Colin ricana. Hope se retint de rire.

— Je garderai cette offre à l'esprit.

Puis elle se mit au travail. Baissant les yeux sur son bloc-notes, elle vit les numéros qu'Aisha avait entourés, ceux qu'elle avait barrés d'une croix et les autres qui étaient restés neutres.

Elle parcourut toute la liste, puis se leva.

— Votre honneur, j'aimerais interroger le juré numéro dix-huit.

C'était un jeune homme, qui devait avoir une vingtaine d'années. Pas d'opinions radicales sur les réseaux sociaux ; en fait, il semblait plutôt ouvert et tolérant. Aisha était remontée plus loin dans le temps, exhumant quelques commentaires publiés après l'acquittement, l'année précédente, d'un quarter-back de l'État de New York pour une série de viols brutaux. Sa réaction face à l'injustice de l'absence de condamnation de Drew Hawke pouvait influencer son opinion dans cette affaire. Les recherches ne révélaient pas toujours toute l'histoire. Le voir-dire permettrait de déterminer de quel côté il se situait réellement.

Ils s'installèrent pour une autre longue journée.

CHAPITRE VINGT-SIX

Aaron retrouva Frazer devant le palais de justice. Il ouvrit la portière passager de la BMW et regarda à l'intérieur.

— Que se passe-t-il ?

Il réprima un frisson. En guise de vêtement résistant aux intempéries, il ne portait qu'une veste de sport en coton brossé, alors qu'il faisait un froid glacial dehors. Sa veste d'intervention se trouvait à l'arrière du SUV.

Heureusement, les journalistes avaient abandonné leurs positions pour rédiger leurs articles plutôt que de se geler les fesses sur les marches du tribunal. Ils avaient obtenu ce qu'ils étaient venus chercher. Hope avait jeté Beasley et son cabinet en pâture aux loups, et le type était furieux.

Aaron n'était pas convaincu que provoquer un homme comme celui-ci était le meilleur moyen d'assurer sa sécurité, mais pourquoi Hope devrait-elle se cacher alors que les autres faisaient et disaient ce qu'ils voulaient ? C'étaient vraiment des conneries patriarcales.

— J'ai décidé de rendre visite à une femme du nom d'Eloisa Fairchild. Ensuite, j'irai voir Blake Delaware, l'homme d'affaires de Leech. Je me suis dit que tu pourrais m'accompagner, afin que je puisse avoir une seconde opinion sur leurs réactions. Je suppose que Hope est en sécurité au tribunal ?

— Qui est Eloisa Fairchild ? l'interrogea Aaron, se passant une main sur le menton.

Il s'était laissé pousser une courte barbe quelques semaines plus tôt, et il n'arrivait pas à décider s'il aimait l'allure que cela lui donnait. C'était potentiellement utile pour son travail, alors, pour le moment, il la gardait.

— Une vieille amie de Leech, qui lui écrivait régulièrement en prison, et qui lui a aussi rendu visite à l'occasion. Elle est issue d'une famille fortunée. Marshall Hayes, qui est également issu d'une vieille fortune, affirme que les Fairchild ont maintenu Eloisa dans un isolement quasi total dans diverses écoles internationales à travers le monde lorsqu'elle était enfant. Puis les parents et leur fils sont morts dans un accident d'avion, et Eloisa a hérité de trois cents millions à l'âge de dix-neuf ans. Marsh dit qu'elle s'est un peu déchaînée pendant quelques années, puis qu'elle s'est à nouveau retirée de la société. Personne ne sait pourquoi. Peut-être qu'elle s'en est simplement lassée. Je crois que ça vaut la peine de lui parler.

— Tu essaies de comprendre comment on se « retire de la société » à notre époque ? Est-ce qu'elle a déménagé dans l'Idaho ? Ou bien elle s'est construit une cabane dans les bois.

Frazer sourit. Et dire que les gens prétendaient qu'il n'avait pas le sens de l'humour !

— Je pense qu'elle a arrêté d'aller à des fêtes et d'envoyer des cartes de bonne année.

— La garce !

Frazer ricana.

— Ce qui m'intéresse le plus, c'est la relation qu'elle entretient avec Leech. Veux-tu venir avec moi ou dois-je y aller seul ?

Aaron consulta sa montre. Il était dix heures et demie. Hope ne devait finir que dans l'après-midi, et, même si elle terminait plus tôt, Hopper, Black et Cowboy étaient tout à fait capables de la raccompagner en toute sécurité au bureau ou chez elle. Il devait réprimer ce besoin irrépressible d'être avec elle à chaque instant de la journée.

— Je viens, acquiesça Aaron. D'autant plus que tu es aussi une cible potentielle.

Frazer leva les yeux au ciel, tandis que l'autre homme s'installait sur le siège passager. Il monta le chauffage.

— Laisse-moi prévenir les autres.

Il se servit des oreillettes, car il était encore dans leur zone de portée, pour informer l'équipe du palais de justice qu'il accompagnait Frazer pendant quelques heures. Il leur demanda de le contacter immédiatement sur son portable si Hope finissait plus tôt ou s'il se produisait quoi que ce soit.

Une fois le message reçu, il retira son oreillette et la rangea.

Frazer engagea la BMW dans la circulation, en direction de l'ouest, vers Cambridge.

— Des résultats sur les personnes qui ont contacté Delaware après l'accident ?

— En l'occurrence, oui. Un portable appartenant à un homme nommé Graham Burns a appelé Delaware lundi après-midi. À quatorze heures vingt-cinq. Le signal a rebondi sur une tour située près du réservoir de Wachusett, non loin du lieu de l'accident.

— As-tu prévenu les marshals ?

— J'ai essayé, confirma Frazer, dont la voix vibrait d'une colère réprimée. Le responsable n'a pas décroché.

Aaron secoua la tête, incrédule.

— Je lui ai laissé un message lui expliquant que j'avais des informations pertinentes, et lui demandant de me rappeler dès que possible.

Aaron imaginait sans mal le ton qu'avait employé Frazer. Il n'y avait aucune chance qu'il soit rappelé. Le manque de coopération entre les services fédéraux leur faisait perdre du temps, et, dans ce cas précis, cela pouvait coûter des vies.

— Les analystes du QG sont en train de mettre en place une surveillance en temps réel des appareils électroniques de Delaware : nous avons un mandat. Ils seront prêts dans une quarantaine de minutes. Je veux voir qui il appelle après notre départ.

— Et nous allons tuer le temps en interrogeant d'abord cette Eloisa Fairchild ?

— Pourquoi pas ?

Ils prirent la direction du sud sur Storrow Drive, longeant la rive sud de la rivière Charles. En dépit des températures glaciales, les gens se baladaient à pied ou à vélo le long de la promenade. L'eau avait la couleur de l'acier terni. Le ciel était chargé, et la neige menaçait de tomber à nouveau.

— Au fait, merci de m'avoir fait escorter hier soir. C'était inutile, mais j'ai été touché par cette attention.

— Cadell me doit vingt dollars. J'ai parié que tu le repérerais. Lui disait que non, affirma Aaron, haussant les épaules. Je veux attraper ce type. Si tu es une cible, alors tu es aussi un leurre potentiel.

— C'est sympa d'être utile.

Aaron décida d'exprimer tout haut quelque chose qui le préoccupait.

— Que se passera-t-il si tout n'est pas terminé d'ici mercredi ?

Le service commémoratif de Kurt Montana était prévu à midi le dix février.

— Si les marshals n'ont toujours pas arrêté Leech d'ici la fin du week-end, je parlerai à la directrice du FBI et lui recommanderai de demander aux US Marshals de prendre en charge la protection à plein temps de Hope et de la juge à partir de mardi.

Cette idée restait en travers de la gorge d'Aaron. Il ne

voulait pas laisser la protection de Hope entre les mains de quelqu'un d'autre, ce qui n'avait aucun sens. Elle était une mission. Une mission qu'il admirait, respectait, et il était possible qu'il veuille la goûter de ses propres lèvres, mais elle était un *travail* quand même. Et il était hors de question qu'il manque la cérémonie de commémoration de l'homme qui avait fait de lui l'un des meilleurs opérateurs du pays. Plus encore, en dépit de son caractère bourru, Montana avait été son ami.

Frazer s'éclaircit la gorge.

— Tu ne le sais peut-être pas, mais Kurt et moi nous connaissions depuis de nombreuses années. Il avait une très haute opinion de toi. Enfin... il avait une haute opinion de toutes les personnes sous son commandement, mais tu l'impressionnais particulièrement.

— Pour un *geek*, tu veux dire ? répliqua Aaron, tâchant de mettre sa rancœur, pourtant bien enracinée, de côté. Crois-tu que nous découvrirons un jour ce qui s'est passé en Afrique ?

— Nous avons encore des enquêteurs du FBI sur le terrain là-bas..., commença Frazer, avant d'hésiter.

— Quoi ?

L'autre homme regarda Aaron.

— Cela n'a pas été rendu public...

— Raconte-moi, insista Aaron.

— Des traces de *semtex*[1] ont été trouvées sur certains bagages.

Aaron en eut le souffle coupé.

— Du *semtex* ?

Le crash de l'avion n'avait pas été un tragique accident. C'était un acte de terrorisme. La colère bouillonnait dans ses veines.

— Montana était-il la cible ?

---

1. Plastique explosif.

— Je n'en sais rien, mais j'ai bien l'intention de le découvrir.

— J'aimerais t'aider.

Frazer lui adressa un regard pensif.

— Je garderai ça en tête.

— Sais-tu ce qu'il faisait là-bas ?

— J'ai mes soupçons, mais non. Je ne *sais pas* avec certitude ce qu'il faisait.

— Ackers le sait. Krychek aussi.

Frazer hocha la tête, mais ne dit rien de plus, et ils parcoururent le reste du trajet en silence.

Frazer tourna dans Kent Street, puis s'arrêta devant une grande maison en briques rouges, avec un toit d'ardoises sombres.

Ils descendirent de voiture, franchirent le portail, montèrent les marches basses, passèrent devant les haies de troènes et les arbres matures et atteignirent la grande porte d'entrée rouge. Les branches dénudées bruissaient dans la brise vive. L'endroit ressemblait à une vieille école ou à un orphelinat victorien, et, pour une raison inconnue, il donnait la chair de poule à Aaron.

Frazer sonna.

Aaron observa les fenêtres et repéra une ombre qui se déplaçait derrière les voilages.

— Il y a quelqu'un dans la maison, annonça-t-il, inclinant la tête vers la fenêtre.

Frazer sonna une nouvelle fois. Ils entendirent le verrou tourner, et la porte s'ouvrit soudain. Une femme, sans doute proche de la trentaine, se tenait là, et son regard nerveux oscillait entre eux, tandis que Frazer présentait son insigne.

— Eloisa Fairchild ? FBI. Pouvons-nous entrer ?

— FBI ? Pourquoi ? Que s'est-il passé ?

Frazer esquissa un sourire perplexe.

— En dehors du fait qu'un de vos bons amis se soit évadé d'une prison de haute sécurité, vous voulez dire ?

— Ah ! s'exclama-t-elle, et deux taches roses colorèrent ses joues blanches. Julius. Bien sûr.

Aaron se demandait pour quelle autre raison elle pensait que le FBI pourrait se présenter sur le pas de sa porte.

— Entrez, proposa-t-elle, ouvrant plus grand la porte pour les laisser passer. Y a-t-il eu du nouveau ?

Ce fut Frazer qui répondit.

— Non. Je me demandais s'il vous avait contactée depuis qu'il s'est échappé ?

Eloisa secoua la tête.

— Bien sûr que non !

Aaron suivit Frazer à l'intérieur, mais garda la main sur la crosse de son pistolet.

Comme Frazer ne donnait pas plus de détails, Eloisa les conduisit d'un pas hésitant dans ce qui semblait être un salon, avec une petite cheminée, et des fleurs sur la table près de la fenêtre. Les rideaux étaient en velours vert.

— Asseyez-vous. Puis-je vous offrir du thé ou du café ?

Elle avait un visage ovale et des cheveux bruns, raides et fins, qui lui arrivaient aux épaules. Ses yeux étaient bleus et sa bouche fine. Elle portait un pantalon beige, assorti d'un t-shirt blanc et d'un gros gilet.

— Non, merci.

Frazer s'installa dans un fauteuil à l'apparence inconfortable, assorti aux rideaux. Il était assis en face d'Eloisa ; Aaron resta debout près de la fenêtre.

— C'est une maison magnifique que vous avez là. Vivez-vous seule, ici ?

Elle grimaça.

— Cette maison est la demeure ancestrale de la famille. Elle date de l'époque où les Fairchild ont émigré aux États-Unis et ont fait fortune. C'était avant même que lesdits États soient unis.

— Comment votre famille a-t-elle fait fortune, à l'origine ? Si je peux me permettre de poser la question.

La jeune femme éclata d'un rire surpris.

— Êtes-vous intéressé par une leçon d'histoire ou bien dois-je aux impôts un arriéré dont je n'aurais pas connaissance ?

— Je suis simplement curieux, affirma Frazer, croisant les jambes. C'est une sacrée maison pour une personne seule.

Elle inclina la tête.

— Oui. Mes parents et mon frère ont eu le malheur de mourir, alors c'est leur faute si cet endroit est vide. À moins de rejeter la faute sur le constructeur de l'avion dans lequel ils se trouvaient, répondit Eloisa, jouant avec le velours du bout des doigts.

— Je suis désolé pour votre perte.

— Cela fait dix ans maintenant. Je pense encore à eux tous les jours. On m'a dit qu'ils n'ont pas souffert. Ils se seraient tous simplement endormis et sont probablement morts avant que l'avion s'écrase dans l'océan après avoir épuisé son carburant, raconta-t-elle, le regard dans le vide. Ils n'ont jamais localisé l'épave. Pendant des années, j'ai cru qu'on les retrouverait sur une île isolée, et qu'ils rentreraient à la maison. Façon Amelia Earhart. Je suis sûre que vous n'êtes pas venus pour entendre ça.

Elle les regarda, la bouche tordue par une moue.

— Cela a dû être difficile pour vous, remarqua Frazer, l'encourageant à continuer.

Eloisa acquiesça d'un hochement de tête.

— C'est vrai. J'ai un peu déraillé, mais...

Elle haussa les épaules.

— Depuis combien de temps connaissez-vous Julius ?

— Depuis après la mort de mes parents... J'avais dix-neuf ans. Il était très gentil, affirma-t-elle, avant de ricaner doucement. Je sais que, pour beaucoup, il est difficile de concilier l'image du « dangereux tueur », dont nous entendons tant parler, avec celle d'un homme qui m'a donné des conseils pour surmonter mon chagrin et gérer mes finances. Mais Julius s'est toujours comporté en gentleman avec moi.

Frazer décocha un regard à Aaron.

— Pourquoi avez-vous abandonné la « bonne société » ?

— Parce qu'elle n'est pas si « bonne » qu'elle veut bien le laisser croire.

Elle s'agita sur son siège, mal à l'aise, puis elle tripota la chaîne autour de son cou, et mordilla le pendentif en or. Elle semblait nerveuse, mais était-ce dû à sa nature face aux questions des agents fédéraux, ou avait-elle quelque chose à cacher ? Aaron n'aurait su le dire.

— Je me suis rendu compte que plus je passais de temps à faire la fête avec les riches, moins je m'aimais. Ensuite, j'en suis arrivée à un point où j'ai compris que je n'étais pas obligée d'assister à des fêtes ou de rencontrer des gens uniquement parce que c'était ce que mes parents auraient attendu de moi. Je pouvais rester à la maison. Ou voyager. Je pouvais le faire à mes propres conditions, pas celles de quelqu'un d'autre.

Eloisa laissa retomber le médaillon, puis tordit ses mains.

— De quoi parliez-vous avec Julius Leech dans vos lettres pendant qu'il était en prison ?

Son regard s'aiguisa légèrement à ces mots.

— De tout et n'importe quoi. Nous nous sentions tous les deux seuls, et cela nous permettait de passer le temps.

— Et quand vous vous rendiez à la prison ?

Elle enroula son gilet bordeaux plus étroitement autour d'elle.

— Honnêtement, je ne me souviens pas.

— Pourquoi y êtes-vous allée ?

— J'étais curieuse. Et il m'a dit qu'il s'ennuyait et qu'il se sentait seul.

Aaron observa attentivement la jeune femme.

— Ce n'était pas grand-chose que de lui rendre visite une ou deux fois par an, affirma-t-elle, puis elle fut prise d'un frémissement. Je n'ai pas apprécié l'expérience. Trop sinistre. Trop dangereux. Les odeurs, la sécurité, la façon dont les autres prisonniers me regardaient...

Mais elle y était allée quand même. Eloisa grimaça.

— J'ai trouvé ça bouleversant, mais je savais que c'était très important pour Julius, et je voulais lui rendre un peu de la gentillesse qu'il m'avait témoigné. J'écrivais toutes les semaines, ou presque. J'espère que cela lui a apporté un peu de réconfort. Il n'aimait vraiment pas être enfermé là.

Dis ça à ses victimes.

— A-t-il jamais discuté de projets d'évasion ? l'interrogea Frazer.

— Cela ne ferait-il pas de moi une complice ? Dois-je appeler mon avocat ? demanda-t-elle en riant, haussant un sourcil.

— Si vous avez activement conspiré pour faire sortir Leech de prison ou si vous l'avez aidé à s'échapper, vous pourriez avoir à répondre de lourdes accusations.

Le ton de Frazer était décontracté, comme s'il était amusé. Aaron savait que c'était tout le contraire.

— Si vous préférez que votre avocat se joigne à nous, alors nous pouvons poursuivre cette conversation au bureau local du FBI à Boston.

Elle réfléchit à cette idée, puis secoua la tête et baissa le menton.

— Il n'a jamais parlé de s'évader. Mais, bien sûr, il aurait voulu être libre. Il parlait surtout des choses qu'il aurait aimé avoir faites, de celles qu'il aurait aimé ne jamais avoir faites, et de ce qu'il ferait s'il en avait un jour l'occasion.

À ces mots, Frazer se pencha en avant.

— Serait-il possible de lire les lettres qu'il vous a écrites ? Le Bureau fédéral des prisons nous a transmis celles que vous avez envoyées à Julius.

L'expression de la jeune femme se figea.

— Alors, vous savez que j'ai tendance à parler du triste état de notre monde et de mes derniers désastres en cuisine. Mais je crains de ne pas avoir gardé les lettres qu'il m'a écrites. Je n'aime pas trop le désordre.

Aaron croisa les bras, haussant les sourcils d'un air sceptique. Elle mentait. Forcément. Pourquoi une personne vivant dans une maison aussi grande qu'un immeuble jetterait-elle les lettres d'un soi-disant ami incarcéré ? Avec un peu de chance, Frazer pourrait obtenir un mandat avant qu'elle détruise des preuves potentielles, mais sur quelle base ?

— Puis-je vous demander quelle était la première chose qu'il souhaitait faire s'il sortait un jour ?

Aaron observa sa gorge qui ondulait, tandis qu'elle déglutissait.

— Il a toujours regretté de ne pas avoir fondé une famille, expliqua-t-elle, s'agitant sur son siège. Il croyait que, s'il avait eu une famille, il n'aurait pas...

— Assassiné huit personnes innocentes ? intervint Aaron, qui décida qu'il devait jouer le rôle du méchant flic dans ce scénario.

Eloisa tourna la tête pour le regarder, et le rouge lui monta à nouveau aux joues.

— *Été arrêté.* Il a toujours clamé son innocence.

— Vous ne le croyez pas vraiment, si ?

Le regard noir qu'elle lui envoya lui fit dresser les cheveux sur la nuque. À l'évidence, elle s'était convaincue de l'innocence de Julius Leech.

— Et qu'en est-il des deux personnes qu'il a assassinées la nuit dernière ? l'interrogea Aaron.

— Y a-t-il des preuves que deux personnes ont réellement été assassinées ? ricana-t-elle. Ou bien est-ce encore un coup médiatique ?

— Comme j'ai découvert les corps, et que l'une des victimes était une amie à moi, je peux affirmer sans équivoque que, oui, il y a des preuves.

Frazer s'adossa à son siège, mais Aaron sentit qu'il avait perdu une partie de son mince vernis de courtoisie. Elle joignit les mains.

— Ce n'est pas pour être grossière, mais pourquoi devrais-je vous croire ?

Ce n'est pas pour être grossière. Frazer sortit son téléphone portable, trouva une photo, puis tourna l'écran vers elle.

— Est-ce que ça vous suffit, comme preuve ?

Elle pâlit, puis tressaillit. Pinça les lèvres.

— Comment puis-je être sûre que ce ne sont pas des acteurs ?

Frazer s'immobilisa.

— Des acteurs ?

— Des acteurs de crise[2], insista-t-elle.

— Ah..., répondit Frazer, étirant la syllabe.

Aaron leva les yeux au ciel. *Cinglée.*

— Voudriez-vous faire un tour à la morgue pour vérifier ?

— Oh, je vous en prie ! Je ne me laisse pas berner si facilement. Vous pourriez m'emmener à la morgue et me montrer n'importe quels corps. Je serais incapable de reconnaître cet homme ou cette femme. Tout cela pourrait être un piège élaboré...

---

2. Théorie relayée par les complotistes, selon laquelle des acteurs seraient payés pour se faire passer pour des victimes de drames supposément montés de toute pièce (notamment les tueries de masse dans les écoles, etc.).

— Dans quel but ? l'interrogea Frazer, faisant preuve de bien plus de patience qu'Aaron.

— Pour faire passer Julius pour un monstre. Pour vous débarrasser de deux personnes que le gouvernement voudrait voir mortes ?

Elle était tombée bel et bien dans le puits sans fond des QAnon[3].

— Peut-être le gouvernement a-t-il mis en scène l'évasion de Leech parce qu'il voulait éliminer un tas de gens, et qu'il était plus facile de rejeter la responsabilité sur un tueur en série condamné ? suggéra Aaron, sarcastique. Peut-être que le *deep state*[4] retient ce *pauvre* Julius quelque part, tout en commettant des crimes en son nom.

Eloisa redressa l'échine.

— Ce n'est pas impossible.

Aaron pinça les lèvres. *Doux Jésus !* Que les gens étaient stupides ! Frazer lui lança un regard d'avertissement, alors il se tut, avant de dire quelque chose qui leur vaudrait certainement d'être mis à la porte.

— Êtes-vous sûre de n'avoir pas eu de nouvelles de Julius depuis qu'il s'est échappé ?

Elle bascula la tête, de sorte qu'elle donnait l'impression de le regarder de haut.

— Non. Il ne m'a pas appelée.

— Je devrais sans doute pour rappeler que c'est un crime de mentir à un agent du FBI.

Elle cilla à ces mots, puis pinça les lèvres.

— Finalement, je devrais peut-être appeler mon avocat.

---

3. Mouvance conspirationniste d'extrême droite venue des États-Unis.

4. État profond, idée qu'il existerait, au sein d'un État, une hiérarchie parallèle, détenant en secret le pouvoir décisionnel sur la société et toute la politique d'une démocratie. Théorie complotiste.

— Ce ne sera pas nécessaire. Nous partons. Merci de nous avoir reçus au pied levé. Désolé d'avoir perturbé votre matinée.

Une lame de parquet grinça au-dessus de leurs têtes.

— C'est mon chien, expliqua rapidement Eloisa.

Frazer sourit.

— J'adore les chiens. Quelle race ?

— Un bichon.

— Êtes-vous sûre qu'il n'y a personne d'autre dans la maison ? insista Aaron.

— Il y a mon intendante, mais elle est dans la cuisine.

— Cela vous dérangerait-il que nous fouillions ?

Eloisa laissa échapper un petit rire.

— Cela me dérangerait beaucoup.

— Vous n'avez pas peur ?

Elle inclina à nouveau la tête et le scruta comme si c'était lui qui était étrange.

— Laissez-moi vous raccompagner.

Aaron ouvrit la voie. Il jeta un coup d'œil au couloir et à l'escalier somptueux, et se demanda si Leech se trouvait dans cette pièce à l'étage supérieur. Il brûlait de courir à l'étage, de trouver ce type et d'en finir avec tout ça. Le fait qu'il ne pourrait plus voir Hope importait peu. Elle serait en sécurité, et il serait de retour à Quantico, à faire ce qu'il aimait.

À la porte, Frazer remit sa carte de visite à Eloisa.

— Au cas où Julius vous contacterait. Si vous avez raison et qu'il est innocent, alors, plus vite nous le mettrons en garde à vue, plus il aura de chances de s'en sortir vivant.

— Pour qu'il puisse pourrir en prison ! s'exclama-t-elle avec amertume, les yeux rivés sur la carte.

— Il existe toutes sortes de prisons, Eloisa, répliqua Frazer, parcourant du regard l'intérieur grandiose de la vieille maison.

— Certains diraient que vivre dans le déni d'une vérité

évidente revient à s'enfermer dans une prison dont les murs sont faits d'ignorance, intervint Aaron, sans la moindre subtilité.

— Mais qui contrôle le récit ? L'histoire est écrite par les vainqueurs, et la vérité n'est pas toujours ce qu'elle semble être, dit fermement Eloisa.

— La vérité compte, insista Aaron. La terre est ronde. L'Holocauste a eu lieu. Ces deux personnes ont été assassinées hier soir par Julius Leech. Porter des œillères parce que la vérité ne vous convient pas n'est guère mieux que de mentir effrontément.

Les yeux d'Eloisa s'arrondirent, puis elle cilla et se détourna.

— Il peut être difficile de distinguer la vérité. Vous avez raison sur ce point, lui dit Frazer d'une voix tranquille. Mais, s'il y a bien une chose dont je suis sûr, c'est que Julius Leech est dangereux. Il ne vous fera peut-être pas de mal, mais cela ne signifie pas qu'il n'en fera pas à d'autres. S'il vous plaît, soyez prudente.

Ils s'en allèrent. Aaron monta en voiture, sentant des yeux braqués sur lui pendant tout le temps où il s'éloignait.

— Je ne comprends pas ce qui est arrivé à la pensée rationnelle indépendante.

Frazer sourit.

— Certains pensent que se montrer rationnel se fait au détriment de leur intuition.

— Parce que les gens sont *à ce point* intuitifs ? s'exclama Aaron, secouant la tête. Étant donné la complexité du cerveau humain, n'est-il pas possible d'être les deux ?

— Tu n'as pas besoin de me convaincre.

— Non. Je le vois bien, confirma Aaron, les yeux rivés sur la maison, tandis que Frazer s'en éloignait. Crois-tu que Leech se cachait à l'étage ?

— Quoi ? Tu ne crois pas qu'Eloisa Fairchild possède le seul bichon de l'histoire à ne pas courir en bas pour japper sur les visiteurs ?

Aaron rit.

— Appelle ça mon intuition, mais quelque chose me dit que Mlle Fairchild ne s'est pas montrée cent pour cent sincère avec nous.

— Leech pourrait être là. Malheureusement, en ce moment, il pourrait être n'importe où. Je vais faire faire une recherche plus approfondie sur Fairchild, et demander au bureau local de la surveiller. J'aurais aimé que le Bureau fédéral des prisons ait trouvé ses lettres à Leech.

— Pourquoi as-tu menti ?

— Pour qu'elle reste honnête et sur ses gardes. Son air surpris me fait penser qu'il avait promis de s'en débarrasser, ce qui soulève la question suivante : pourquoi ? Que ne veulent-ils pas que les gens sachent ?

Le téléphone de Frazer vibra, et il consulta le message.

— Les analystes du Centre des opérations stratégiques ont fini de mettre en place la surveillance des communications électroniques et des mails de Blake Delaware. Prêt à visiter l'ancienne maison de Leech ?

— Allons-y.

CHAPITRE VINGT-SEPT

L a maison de Julius Leech était une bâtisse en grès brun de trois étages, située sur Beacon Street, dotée de volets noirs impeccables et d'une porte d'entrée d'un noir brillant, ornée d'un heurtoir en laiton en forme de tête de lion.

— Ce type, Delaware, vit dans la maison de Leech, tandis que son patron passe le reste de sa vie dans une cellule en béton de deux mètres sur trois ? Et Leech paie ce type pour faire ça ? Plutôt sympa, comme vie.

Cependant, Aaron n'imaginait pas devoir rendre des comptes à un homme qu'il méprisait.

— Leech a besoin de quelqu'un en qui il a confiance dehors, pour gérer ses propriétés.

— Pourquoi ne pas simplement vendre ?

— C'est encore une habitude des vieilles fortunes, s'accrocher à la propriété. Sans oublier que cet homme possède un milliard de dollars en fonds spéculatifs et investissements financiers. Même lorsqu'il a été condamné à verser des dommages-intérêts aux familles des victimes par un tribunal civil, cela a à peine entamé ses avoirs. Il n'avait pas besoin de cet argent, et donc aucune raison de vendre la maison qu'il considère comme son foyer.

— Il s'accroche à l'illusion qu'il pourrait avoir une vie à laquelle retourner un jour ?

— Exactement, confirma Frazer d'un hochement de tête.

Aaron observa le bâtiment bien entretenu.

— Je ne vois pas ce Delaware faire quoi que ce soit qui puisse compromettre son train de vie luxueux aux frais de quelqu'un d'autre.

— Et c'est là que réside son problème. Je soupçonne Delaware de ne pas avoir très envie de rejoindre son patron en prison, donc, s'il aide Leech à continuer à échapper aux autorités, cela pourrait mal finir pour lui.

— Mais, s'il dénonçait Leech aux autorités, il risquerait de perdre son emploi confortable. Il est coincé entre le marteau et l'enclume.

— Voyons ce qui se passe quand on appuie, déclara Frazer, qui s'avança pour frapper à la porte.

— Est-ce la même maison où les inspecteurs Monroe et Harper ont interrogé Leech après le deuxième double homicide ?

— C'est celle-là. La Maserati de Leech a été aperçue près des deux scènes de crimes, et les inspecteurs ont fait un suivi.

— Incroyable !

— Ils étaient convaincus que Leech était leur homme : il a tenu un coupe-papier en main pendant leur interrogatoire. Mais tous les éléments de preuve qui reliaient les crimes à Leech étaient circonstanciels.

— Tu ne crois quand même pas qu'il était innocent ? s'exclama Aaron, incapable de masquer son incrédulité.

Le regard de Frazer était implacable.

— Leech est un tueur. Ce que je ne sais pas, c'est s'il a agi seul.

Aaron fronça les sourcils. La porte s'ouvrit sur un homme longiligne aux cheveux blond roux coupés court, à l'allure classique. Il avait la peau hâlée, et un sourire d'un blanc éclatant. Ses yeux bleus s'écarquillèrent.

— Puis-je vous aider ?

— Monsieur Delaware ? dit Frazer, montrant son insigne.

— Ah, le FBI ! J'attendais une visite depuis la nouvelle de l'accident.

« Accident » étant un terme intéressant pour décrire les circonstances.

— Pouvons-nous entrer ?

Aaron suivit Frazer à l'intérieur, et il observa le grand hall d'entrée, avec son sol en marbre à carreaux noirs et blancs.

Frazer s'étonna.

— Personne n'est passé vous voir ?

— Un US Marshal est passé lundi soir. Il m'a dit d'appeler si M. Leech prenait contact, mais malheureusement, je n'ai pas eu de nouvelles de mon employeur.

Delaware les conduisit dans une grande pièce aux murs blancs et au mobilier sombre, qui créait un décor surnaturel. Il s'assit derrière le bureau placé devant une cheminée en fonte ouvragée, surmontée d'un manteau en marbre blanc, où brûlait un feu.

— Auriez-vous espéré qu'il vous contacte au cours d'un événement tel que celui-ci ?

Delaware croisa les mains.

— J'aurais aimé, oui. Je suis sûr qu'il est confus et effrayé après ce qui apparaît comme un terrible accident de la circulation.

Alors, ils choisissaient de se défendre en invoquant la confusion et la désorientation ? Cela aurait pu fonctionner si Leech n'avait pas assassiné Sylvie Pomerol et Bart Tranter chez eux l'avant-veille. En supposant que Delaware ne faisait pas partie de la brigade des complotistes.

— Croyez-vous qu'il soit encore en vie ? s'enquit Frazer.

Blake Delaware décroisa les doigts.

— Je l'espère, oui.

Aaron examina quelques-unes des belles antiquités disposées un peu partout dans la pièce, qui valaient probablement une petite fortune. Bien sûr qu'il l'espérait.

— Vous diriez-vous amis ? l'interrogea Frazer, s'asseyant dans un fauteuil qui semblait particulièrement inconfortable.

— Je n'aurais pas la prétention de me considérer comme un ami de mon employeur, mais nous travaillons en étroite collaboration depuis de nombreuses années. Nous sommes assurément en très bons termes.

— Je me souviens qu'au premier procès, vous sembliez presque déçu quand Leech a été libéré.

— Ah ! Il me semblait bien que votre visage m'était familier. Le profiler du département des sciences du comportement, constata Delaware, qui sembla regarder Frazer différemment. J'étais en état de choc. Nous l'étions tous. Un choc joyeux, mais cela a tout de même été une surprise totale que M. Leech soit subitement libéré après s'être vu refuser la liberté sous caution pendant tout ce temps.

— Il était soulagé ?

Delaware l'observa avec un regard amusé.

— Ne le seriez-vous pas ?

— Si, assurément. Il voulait sa liberté ?

— Plus que tout.

— Et, pourtant, quelques heures plus tard, Julius Leech s'est rendu au domicile de la substitute Harper pour assassiner brutalement sa famille.

Delaware se redressa.

— C'est ce pour quoi il a été condamné, mais il l'a toujours nié.

— Il a aussi nié les autres meurtres.

Delaware détourna le regard.

— Et il a été acquitté de ces crimes.

— Pas *acquitté*. L'affaire a été classée sans suite, le corrigea Frazer.

À la connaissance d'Aaron, le bureau du procureur n'avait jamais poursuivi personne d'autre pour ces meurtres.

— Où étiez-vous immédiatement après le procès ? l'interrogea Frazer.

— M. Leech m'a dit de prendre une semaine de congé. Je m'étais rendu au tribunal tous les jours, et j'avais travaillé non-stop pendant des mois. Il m'a dit qu'il n'avait pas besoin de moi. J'étais à l'aéroport en route pour les Caraïbes quand j'ai reçu l'appel concernant les nouveaux meurtres, son passage à tabac et son arrestation, expliqua-t-il, avec un petit sourire sans humour. Inutile de vous dire que ces vacances ont été annulées.

Aaron intervint d'une voix ferme.

— Je suis sûr que vous vous êtes rattrapé ensuite.

— Et qu'en est-il de la nuit précédente ? Où étiez-vous, alors ? s'enquit Frazer.

Delaware fit une nouvelle grimace.

— Mmm. Sans doute ici. C'était une période difficile. La plupart de mes amis m'avaient laissé tomber, donc je ne passais pas beaucoup de temps à sortir.

— Quelqu'un pourrait-il le confirmer ? insista Frazer.

— Comme je l'ai dit, j'étais seul à ce moment-là.

— Pas d'alibi.

— Pour quoi ? Si j'avais prévu de commettre un crime, je me serais arrangé pour avoir un alibi.

Son sourire semblait plus tendu, à présent. Sa convivialité forcée.

— Je serais curieux de savoir ce que vous pensez que j'ai fait ?

Frazer ignora sa question. Aaron savait qu'il faisait allusion à la mort de l'inspecteur Monroe. Peut-être que Frazer ne se satisfaisait pas plus qu'Aaron du verdict de suicide.

— Que savez-vous des amis de Leech ?

— Les amis de M. Leech ? répéta Delaware, qui baissa les yeux sur le bureau. La plupart des gens qui prétendaient être ses amis l'ont laissé totalement tomber au cours du premier procès.

— Mais pas tout le monde.

Delaware leva les yeux.

— Non. Pas tout le monde.

— Quelqu'un qui lui aurait rendu visite en prison ?

Quelqu'un qui pourrait l'héberger maintenant ? Delaware arbora une expression amusée.

— Le FBI doit avoir accès à toutes ces informations. Pourquoi me poser la question ?

— Nous avons accès aux noms et aux dates. Nous ne connaissons pas les nuances des relations personnelles.

— Je suppose que non, mais je ne connais pas forcément les nuances non plus. Je ne sais pas exactement qui lui rend visite en prison, à part les quelques personnes qu'il a mentionnées. Moi-même, j'y vais toutes les deux semaines, sauf en janvier. Ma femme et moi...

— Vous êtes marié ?

— Oui. Nous nous sommes rencontrés il y a deux ans, et cela fera un an en avril prochain que nous sommes mariés.

— Et elle est d'accord avec le fait que vous travailliez pour un tueur en série condamné ? intervint Aaron, qui avait du mal à le croire.

Le regard de Delaware oscilla entre Frazer et lui.

— Je le lui ai dit dès le début. Elle était un peu inquiète, surtout parce que M. Leech voulait que je vive dans ses maisons, selon les termes de mon contrat de travail, mais elle a fini par accepter.

C'était pour cela qu'Aaron était célibataire. Il ne comprenait pas les femmes.

— Nous avons nos propres quartiers, répliqua Delaware, qui commençait à s'impatienter. Ma femme voulait pouvoir décorer son propre espace de vie.

— Qu'est-ce qui vous empêche d'occuper tout l'espace et de le décorer comme vous le voulez ? Leech ne le saura jamais.

— Mon intégrité ? répliqua Delaware, haussant un sourcil.

Aaron marmonna.

— Je ne sais pas comment on peut préserver son intégrité personnelle quand on travaille pour un meurtrier d'enfants condamné.

— Vous auriez pu démissionner. Pourquoi ne pas l'avoir fait ? demanda Frazer à Delaware, qui avait commencé à transpirer.

Ce dernier pinça les lèvres.

— Est-ce mal que je ressente un fort sentiment de loyauté envers mon employeur ?

Avant qu'ils puissent ouvrir la bouche pour répondre, Delaware poursuivit.

— Je sais que cela vous semble probablement absurde. Peut-être a-t-il tué ces personnes. J'ai vu toutes les preuves indirectes que la police a présentées... mais ensuite, cet inspecteur qui s'était montré si véhément à la barre a avoué avoir menti... avant de se suicider. Cela a soulevé beaucoup de questions.

Cet homme avait-il orchestré la mort de Monroe ? Si c'était le cas, c'était un sacré bon acteur.

Un morceau de bois craqua dans le feu, faisant sursauter Delaware.

— À mes yeux, Julius Leech n'a jamais été un monstre. Il

n'a jamais été tapageur, méchant ou violent. Il s'est toujours montré plus que généreux envers le reste du personnel et moi. Il paie toujours le majordome et la cuisinière, qui ne travaillent plus ni l'un ni l'autre. Ils ont tous les deux déménagé, mais M. Leech subvient à leurs besoins parce qu'ils étaient à son service depuis de nombreuses années, et que les chances qu'ils trouvent un autre emploi à leur âge, dans ces circonstances... Il traitait tout le monde de manière plus qu'équitable.

Tout le monde, sauf les personnes qu'il avait poignardées, violées, puis étouffées jusqu'à ce qu'elles en meurent.

— Manifestement, il était généreux avec son argent, acquiesça Frazer.

Aaron était prêt à parier que ce dernier allait enquêter sur la cuisinière, le majordome et toutes les propriétés qu'ils pouvaient posséder.

— Ce n'est pas seulement une question d'argent, insista Delaware, qui leva les mains et regarda autour de lui. Qui d'autre pourrait gérer ses affaires ? Une entreprise sans âme, un cadre supérieur qui n'hésite pas à se servir au passage ?

— Quelle importance, s'il est enfermé sans espoir de sortie ? le défia Aaron.

— Mais il est sorti, remarqua Frazer d'une voix tranquille, et maintenant cela a une grande importance.

De la sueur perla sur les tempes de Blake Delaware.

— Vous êtes-vous déjà servi au passage, Blake ? Juste un peu, ici et là ? l'interrogea Aaron.

Craignait-il ce que son patron pourrait faire s'il le découvrait ? En tout cas, il n'exprimait pas la moindre compassion pour les victimes.

Delaware secoua la tête, mais ne croisa pas leur regard.

— M. Leech est plus que magnanime en ce qui concerne mon salaire et mes primes. Sans oublier que je ne paie pas de loyer, et que j'utilise ses moyens de transport pour aller où je veux dans le monde. J'économise la plupart de ce que je gagne.

Frazer intervint.

— Vous devez être très reconnaissant envers cet homme.

— Je suis très reconnaissant.

— Et je devine que vous feriez n'importe quoi pour lui et pour protéger votre style de vie.

Blake Delaware releva le menton, mais ne dit rien.

— Julius Leech a-t-il tenté d'entrer en contact avec vous ? Et, avant de me répondre, gardez à l'esprit que mentir à un agent fédéral est un crime.

Delaware déglutit, mais il refusait toujours de croiser leur regard.

— Pas à ma connaissance.

Frazer croisa les jambes et parut admirer le cirage de ses chaussures.

— Connaissez-vous un homme du nom de Graham Burns ?

— Je ne crois pas, répondit-il, sourcils froncés.

Frazer récita le numéro de téléphone.

— En êtes-vous sûr ?

Delaware blêmit.

— Je ne reconnais pas ce numéro, mais je reçois parfois des appels de faux numéros, ainsi que des spams. Qui est Graham Burns ?

Frazer haussa les épaules.

— Peu importe. Cela vous dérangerait-il que nous fouillions les lieux ?

Delaware posa son stylo et s'adossa à son siège.

— Compte tenu de tout ce que le gouvernement a fait subir à M. Leech, je pense qu'il aurait de nombreuses objections, et il souhaiterait que je vous demande d'obtenir un mandat.

— Je peux appeler Hope Harper et lui demander de m'en établir un.

Au nom de Hope, Delaware plissa les yeux et ouvrit la bouche, comme s'il voulait dire quelque chose.

— Blake ? demanda une femme, après avoir frappé et passé la tête à l'intérieur de la pièce. Est-ce que tout va bien ?

Elle avait des cheveux bouclés et des joues roses. Delaware se leva.

— Melissa. Ces hommes sont du FBI.

Les yeux arrondis, elle s'enquit :

— Avez-vous retrouvé M. Leech ?

— Madame Delaware ? l'appela Frazer, qui se leva, et lui serra la main en se présentant. Nous avons proposé de fouiller les lieux, mais votre mari veut que nous obtenions un mandat.

Sa main se posa sur son cou, où était accroché un gros collier en or.

— Vous ne pensez pas qu'il est ici, n'est-ce pas ?

— Il n'est pas là, Melissa, souffla Delaware, l'air résigné.

— Alors pourquoi ne les laisses-tu pas chercher, Blake ? Je ne comprends pas.

Aaron masqua son sourire.

— Parce que M. Leech ne voudrait pas que je le fasse.

Elle ouvrit de grands yeux implorants.

— Mais, s'il n'est pas là, il ne le saura pas, n'est-ce pas ? Quel mal cela peut-il faire ?

Exaspéré, Blake leva les bras.

— Très bien ! Fouillez les lieux. Mais Julius Leech n'est pas là, et vous perdez votre temps. Sans parler du mien.

— Et gérer les affaires d'un tueur en série est tellement plus important que d'en attraper un et d'assurer la sécurité des gens, marmonna Aaron.

— A-t-il vraiment assassiné deux personnes hier ? s'enquit Melissa.

— Techniquement, c'était avant-hier, précisa Frazer.

Les yeux de Melissa se tournèrent vers son mari.

— Tu m'as juré qu'il n'était pas dangereux !

Blake prit un air peiné et détourna le regard.

— Je ne pense pas qu'il le soit.

— Alors pourquoi les meurtres ont-ils recommencé après sa sortie de prison ?

Enfin ! Une personne logique, qui ne se laissait pas aveugler par les manières polies et les ressources financières illimitées de Leech.

— Je ne saurais le dire.

— Vous ne savez pas ou vous ne voulez pas ? le titilla Aaron.

Le regard effrayé de Melissa se posa sur son mari, qui se leva, et se dirigea vers elle. Il lui prit les mains.

— Julius Leech n'est pas un imbécile. Pourquoi viendrait-il ici alors qu'il sait que le FBI va m'interroger et surveiller l'endroit ?

Melissa se mordit les lèvres.

— Je me sentirai plus en sécurité quand le FBI aura jeté un œil. Juste au cas où.

— Bien sûr, la rassura-t-il, puis il lui serra les épaules. Est-ce que nous commençons par l'étage, avant de descendre ? Ou voulez-vous faire le rez-de-chaussée en premier ?

— Commençons par le rez-de-chaussée.

Aaron balaya la pièce du regard. Il n'y avait pas de cachette.

— Et si vous pouviez rester ici, tous les deux...

— Mais...

Frazer afficha un sourire joyeux.

— Il y a moins de risques que quelqu'un prenne une balle accidentellement de cette façon.

Melissa agrippa la main de son mari.

— Nous resterons ici jusqu'à ce que vous ayez terminé. Il y a un garage et un *pool house*.

Blake prit un air furieux.

— S'il y a le moindre dégât, je vous facturerai. Croyez-moi, vous ne pouvez pas vous permettre de casser quoi que ce soit dans cette maison.

Aaron et Frazer quittèrent la pièce.

— Tu n'as jamais eu l'impression que certaines personnes accordaient plus d'importance à la propriété qu'à la vie humaine ?

Frazer sourit.

— Chaque foutu jour.

Ils inspectèrent d'abord l'appartement des Delaware, un deux-pièces douillet avec une grande cuisine et un salon confortable. Mais Aaron fut frappé de constater qu'ils étaient davantage les gardiens d'un musée, que les habitants d'une vraie maison.

Ils travaillèrent rapidement, mais minutieusement, inspectant les bâtiments extérieurs qui étaient en grande partie vides, l'immense cuisine, la salle à manger. Ils gravirent ensuite les escaliers, jusqu'à une pièce combinant salon et bibliothèque, qu'Aaron aurait voulue pour lui. Ils arrivèrent à ce qui devait être la chambre principale, au deuxième étage.

Aaron et Frazer inspectèrent le dressing géant. C'était étrange de voir tous les vêtements de Leech suspendus là, soigneusement repassés. Pas un grain de poussière nulle part.

Aaron secoua la tête.

— C'est comme s'ils attendaient son retour d'un moment à l'autre.

— Il y a une semaine, j'aurais dit que c'était une idée absurde. Aujourd'hui, je n'en suis plus si sûr.

— Tu crois qu'il est ici ?

Le type pourrait avoir une sorte de cachette derrière un mur ou dans le sol, comme une mini *safe room*. Dans une maison de cette taille, il serait presque impossible de la trouver sans les bons gadgets.

— Mme Delaware n'avait pas l'air très enthousiaste à l'idée que le patron de son mari rentre à la maison.

— Je ne peux pas lui en vouloir.

Frazer tâtonna le long des murs, comme s'il cherchait un compartiment secret. Aaron inspecta l'immense salle de bains attenante, avec son énorme baignoire à remous et sa douche à l'italienne.

— Je ne comprends pas, constata-t-il, regardant par la fenêtre donnant sur l'arrière de la propriété, avec son jardin étroit et sa piscine. Je veux dire, je ne comprends *vraiment* pas. Ce type a tout ce qu'il pourrait jamais désirer, et il sacrifie tout parce qu'il prend goût à tuer ?

Frazer haussa un sourcil tandis qu'ils se dirigeaient vers la pièce suivante. Une chambre d'amis. Le lit n'était pas fait.

— Le meurtre n'a jamais été limité aux pauvres ou aux nécessiteux.

Aaron se renfrogna.

— Je ne voulais pas insinuer que c'était le cas. Simplement, ce type possédait tout ce que l'argent pouvait acheter. Pourquoi ne pouvait-il pas s'en satisfaire ?

— Il n'avait pas ce qui comptait le plus.

— Et qu'est-ce que c'était ?

— Il n'avait pas quelqu'un qui l'aimait.

La poitrine d'Aaron se serra.

— Alors, il a commencé à tuer ? Parce que les gens ne l'aimaient pas assez, malgré sa richesse obscène ?

— Je pense qu'il a commencé à tuer parce que, d'une certaine manière, les victimes représentaient ses parents... et ils ne l'avaient pas assez aimé pour ne pas s'entretuer.

— Et, une fois qu'il avait commencé, il ne pouvait plus s'arrêter ?

— Certaines personnes y prennent goût, expliqua Frazer, avec un haussement d'épaules. C'est pour ça que j'ai un boulot.

Ils inspectèrent le reste de la maison, y compris un grenier qui était aussi propre et impeccable que tout le reste de la demeure. Ils descendaient le magnifique escalier quand ils entendirent des voix s'élever à l'intérieur du bureau.

— Des problèmes au paradis ? suggéra Aaron.

— Apparemment.

Melissa Delaware ouvrit la porte et entra en trombe dans le vestibule. Elle les repéra, puis s'arrêta brusquement.

— La maison est dégagée, madame Delaware.

Cette dernière croisa les bras.

— Appelez-moi Melissa. Et merci.

Blake Delaware apparut à la porte du bureau, l'air soucieux.

— Personne ne se cache dans le grenier ? s'enquit-il d'un ton sarcastique.

Frazer l'ignora.

— Que se passera-t-il si Leech meurt ?

Blake secoua la tête, comme pour s'éclaircir les idées.

— Je suppose que je devrai trouver un nouvel employeur. Mais je ne serai pas pressé.

Melissa passa une main sur son ventre.

— Nous attendons un bébé. Blake aura largement de quoi s'occuper, qu'il gère ou non les affaires de M. Leech.

— Julius Leech est-il au courant pour le bébé ? s'enquit Frazer.

Blake pinça les lèvres et secoua la tête.

— Personne n'est au courant. C'est le tout début. Nous ne l'avons même pas encore dit à nos familles.

Melissa Delaware pinça les lèvres à son tour, semblant inquiète. Le profiler hocha la tête.

— Qui est le dépositaire du testament ?

— Beasley, Waterman, Vander & Co.

— Savez-vous ce qu'il contient ?

Delaware secoua la tête. Frazer le fixa du regard pendant un long moment.

— Prenez contact avec nous dès que vous aurez des nouvelles de Leech. Être le complice d'un détenu en cavale vous vaudra une peine de prison, ce qui ne fera certainement pas bonne impression sur votre CV, et ce ne sera pas bon pour votre bébé.

Delaware acquiesça, mais il ne croisa pas leur regard, et sa femme semblait bouleversée. Aaron fit rouler ses épaules tandis qu'ils sortaient de la maison.

— Pourquoi ai-je l'impression d'avoir besoin d'une douche ?

— Parce que tu possèdes un code moral strict et que tu as une conception bien arrêtée du bien et du mal. L'idée de travailler pour un homme qui a assassiné dix personnes de sang-froid te répugne.

— Et pas toi ? ricana Aaron.

Ils se dirigèrent vers la BMW rutilante.

— Certains pourraient arguer que travailler pour le gouvernement américain n'est guère mieux.

— Allez, ce n'est pas la même chose.

Frazer sourit.

— Si tu le dis.

— Honnêtement, serais-tu prêt à te faire embaucher par un homme dont tu sais qu'il est un tueur impitoyable ? l'interrogea Aaron, qui se renfrogna en regardant les lourds nuages au-dessus de leur tête.

— Je ne travaillerais jamais pour un type comme Leech, et je ne me vois pas quitter mon employeur actuel avant quelques années... à supposer qu'ils veuillent me garder, rétorqua le profiler, dont le regard était glacial quand il croisa celui d'Aaron. Satisfait ?

Nash grogna.

— Peut-être devrais-tu te demander pourquoi tu es à ce

point offensé par le fait que je remarque que tu possèdes un code moral strict et que tu as une conception bien arrêtée du bien et du mal.

— Je n'ai pas été offensé.

Aaron monta à bord du véhicule, se réjouissant que celui-ci soit doté de sièges chauffants. Mais peut-être mentait-il.

— Je suppose que je ne veux pas être considéré comme quelqu'un d'ennuyeux ou d'incapable de nuance.

— Es-tu ennuyeux et incapable de nuance ?

— Non.

Frazer le dévisagea.

— Quoi qu'elle t'ait fait, tu dois bien comprendre que c'était elle, le problème. Pas toi.

Il laissa échapper un nouveau grognement : il détestait que le profiler en sache trop à son sujet.

Frazer sourit, et Aaron comprit que l'autre homme avait habilement détourné la conversation de lui-même, de ses propres « nuances ».

Son téléphone vibra, et il le sortit de sa poche.

— Oh, oh ! Je dois retourner au palais de justice.

CHAPITRE VINGT-HUIT

Hope lut des rapports de police jusqu'à en avoir mal aux yeux. Les résultats des analyses de laboratoire concernant l'affaire Du Maurier étaient arrivés, mais ils n'étaient pas concluants. Les techniciens avaient donc demandé un délai supplémentaire pour effectuer d'autres tests. Elle entendit des rires dans le couloir : levant les yeux, elle vit Sondra Wu flirter avec Seth Hopper, qui montait la garde devant la porte de son bureau.

Assis à son autre table de travail, Frazer lisait des dossiers avec une concentration qui lui faisait envie.

La sélection du jury n'était toujours pas terminée, car la juge Penton était soudainement tombée malade après le déjeuner. Le lendemain était un vendredi, jour habituellement réservé à l'examen des requêtes dans d'autres affaires, mais la juge avait décidé de terminer la sélection à la place.

Aaron Nash apparut, et elle en eut le souffle coupé. Elle ne savait pas où il était allé, et elle détestait le fait d'en être curieuse. Sondra adressa son rire coquet au grand, beau et ténébreux opérateur.

Hope serra les dents.

Ce jour-là, les gloussements de Sondra l'agaçaient plus que d'habitude. Elle était une procureure compétente. Elle avait l'esprit vif, ne craignait rien, mais elle se montrait empathique. Elle était jolie, aussi. Vive. *Jeune.*

Les yeux sombres d'Aaron croisèrent ceux de Hope à travers la vitre. Un mélange de soulagement et d'enthousiasme l'envahit. Cela ressemblait beaucoup à de la folie.

Elle jeta un coup d'œil à Frazer et se rendit compte qu'il l'observait.

— Quoi ?

— Rien.

Aaron frappa à la porte et passa la tête à l'intérieur.

— Prête à rentrer à la maison ?

Surprise, elle jeta un coup d'œil à l'horloge sur le mur.

— Il est déjà dix-huit heures trente ? Waouh ! Le temps passe vite quand on s'amuse.

Un bâillement la surprit. La semaine avait été mouvementée.

— Des nouvelles ?

Aaron croisa les bras et s'appuya contre le montant de la porte. En le voyant ainsi, la bouche de la jeune femme s'assécha. Elle avait oublié ce que faisait le désir.

— Les marshals concentrent toujours leurs efforts sur Somack et Roberts, qui ont été à nouveau repérés, cette fois, à pied. Plusieurs équipes de la police aux frontières et des agences fédérales participent aux recherches ; ils espèrent avoir réduit le périmètre de recherche à une zone de trente kilomètres. Les conditions météorologiques les freinent, car il s'avère impossible d'effectuer des recherches aériennes par imagerie thermique. Personne n'a repéré Leech pour le moment.

Personne n'avait vu le tueur en série dont le visage était partout dans les médias, *point.* Mais comment était-ce possible ?

— Il n'y a pas de caméras dans les environs du domicile de

Sylvie Pomerol, donc inutile de dire qu'elles n'ont rien filmé, lui dit Frazer.

— Leech doit bien loger quelque part ! Pourquoi ne pouvons-nous pas le trouver ?

— Nous avons mis en place une surveillance sur le fidèle assistant et sur une amie de Leech, Eloisa Fairchild, ajouta le profiler.

Hope se souvenait d'une jeune femme maladroite qui avait assisté au début du premier procès.

— Et une surveillance électronique sur quelques autres personnes qu'il pourrait contacter. Nous recherchons tout lien avec des propriétés situées dans un rayon de quatre-vingts kilomètres dans l'État où Leech pourrait se terrer.

— Qui Delaware a-t-il appelé après notre départ ? s'enquit Aaron depuis l'embrasure de la porte.

Hope haussa les sourcils. Elle ne s'était pas rendu compte qu'ils avaient rendu visite à Blake Delaware.

— Son avocat.

Aaron afficha un sourire qui indiquait qu'il n'était pas surpris. *Bon sang !* Elle ne devrait pas soupirer après un garçon. Elle ne valait pas mieux que Sondra ; elle était simplement beaucoup moins sûre de son propre charme.

— Crois-tu que la peur de son épouse était sincère ?

— Delaware est marié ? s'exclama Hope.

— Avec un bébé en route, ajouta Frazer.

Elle cilla.

— Et je le crois, répondit-il à Aaron. J'ai vérifié ses antécédents, et je n'ai trouvé aucun signe alarmant. Tout porte à croire que Blake est un mari aimant et attentionné.

— Alors, il doit être en train de se faire dessus en ce moment même, remarqua Aaron.

Par-dessus son épaule, il jeta un œil à Sondra, qui laissait échapper des gloussements aigus.

— D'autant plus qu'en dépit de la prétendue « intégrité » de Delaware, Alex Parker a découvert plusieurs comptes bancaires secrets aux îles Caïmans et sur l'île de Man, annonça Frazer, baissant le menton. Il en a trouvé plusieurs autres qui, selon lui, pourraient appartenir à Leech. Peut-être Delaware les a-t-il ouverts à la demande de son patron ?

— Peut-on les clôturer ? s'enquit Hope, qui referma les dossiers sur son bureau d'un coup sec.

Aaron se passa une main dans les cheveux.

— Mieux vaut garder un œil dessus pour détecter toute activité. Cela pourrait finir par nous mener à lui.

Hope laissa échapper un bruit, espérant qu'il serait interprété comme de la frustration.

— Quelqu'un l'aide. C'est pour cela que nous ne pouvons pas le trouver. Il est chez quelqu'un, les pieds sur la table, en train de planifier son prochain meurtre et son plan de fuite ultime. Vous croyez qu'il a tué l'autre gardien de prison ?

Frazer secoua la tête.

— Tout porte à croire que Humphrey Byron a été tué quand le minibus a basculé dans la rivière. Il n'avait pas d'eau dans les poumons.

— Il ne s'est donc pas noyé, en conclut la jeune femme.

— Il était entièrement vêtu. On dirait qu'il a libéré les prisonniers avant que la camionnette fasse son dernier plongeon.

— Il est mort en héros, remarqua Hope, qui cilla pour chasser les larmes qui menaçaient de s'accumuler dans ses yeux.

— Il est mort dans l'exercice de ses fonctions, acquiesça Aaron. C'est le cas des deux gardiens.

Frazer ne semblait pas impressionné, mais il était toujours difficile à cerner.

— Après l'accident, il semble que Somack et Roberts soient partis d'un côté et Leech de l'autre.

— Même en prison, il n'a pas été capable de se faire des amis.

Le ton de la jeune femme était amer, c'était plus fort qu'elle. Leech l'avait considérée comme une amie. Il l'avait déclaré à la barre. S'il récompensait ses amis en tuant leur famille, il ne fallait pas s'étonner que les gens l'évitent.

— Nous pensons que, d'une manière ou d'une autre, il s'est procuré le téléphone portable et le véhicule de Graham Burns. Selon sa famille, Burns était en train de traverser le pays pour commencer un travail à New York, mais personne n'a eu de nouvelles de lui depuis le samedi où il s'est mis en route. Nous avons émis un avis de recherche pour le véhicule.

Hope intervint.

— Vous pensez que ce Graham Burns est mort ?

Un nœud d'angoisse se forma dans l'estomac de la jeune femme. Il aurait donc assassiné trois personnes depuis son évasion. Trois, à leur connaissance.

Frazer croisa son regard.

— Je serais surpris du contraire.

— Avez-vous réussi à localiser son portable ?

— Pas encore, répondit Frazer, secouant la tête.

— Leech a eu de la chance jusqu'à présent. Cela ne durera pas éternellement, assura Aaron d'un ton ferme.

Mais Hope ne le sentait pas. Leech était toujours en liberté, à défier les probabilités, à tuer des gens.

Elle sentit qu'Aaron l'observait tandis qu'elle enfilait son manteau d'hiver. C'était déconcertant pour elle de voir à quel point elle était devenue hyper consciente de son propre corps. Comme si elle avait eu une poussée de croissance et qu'elle devait se concentrer sur chacun de ses mouvements, car elle n'était plus à l'aise dans sa peau.

Elle envisagea de rapporter des dossiers chez elle, puis se ravisa. Elle était fatiguée et si elle décidait de travailler, elle pourrait commencer à écrire son prochain livre. Sa date butoir était fixée dans neuf mois, mais elle aimait rendre ses projets en avance.

Grâce à son anonymat, elle n'avait pas à faire d'apparitions publiques, mais elle devait s'occuper de la rédaction et des corrections. Elle avait engagé quelqu'un pour mettre à jour son site web et ses réseaux sociaux, par l'intermédiaire de son agent, celui de Danny, qui était quasiment la seule personne à connaître l'identité secrète de Hope, à l'exception de Brendan.

Elle ferma son ordinateur portable qu'elle rangea dans sa mallette en cuir.

— Tu veux venir à la maison pour manger quelque chose ? proposa-t-elle à Frazer.

Il ferait office de tampon, ce dont elle avait besoin pour arrêter de se ridiculiser. Il se frotta les yeux.

— Non. Merci. Je vais rester encore une heure, avant d'emmener mes hôtes dîner. Tu peux te joindre à nous.

Hope esquissa un petit sourire en remarquant la tension soudaine du corps d'Aaron. Sortir dîner constituerait une véritable galère pour son équipe de gardes du corps, même si c'était avec deux autres agents du FBI. C'est alors qu'elle comprit.

— Et si nous ne l'attrapons pas ?

Aaron la rassura d'un ton ferme.

— Nous l'attraperons.

Hope cilla.

— Et si ce n'est pas le cas ? Il pourrait embarquer sur un jet privé et atterrir dans une autre partie du pays... une autre partie du monde...

— Si cela avait été son intention, il l'aurait fait avant de tuer Sylvie et son mari, intervint Frazer, qui tordit le cou comme pour détendre un nœud.

— Il a un plan, remarqua Hope, qui savait qu'elle y figurait en bonne place. La HRT ne peut pas me protéger éternellement.

Les deux hommes échangèrent un regard que la jeune femme ne sut déchiffrer.

— Tu ne resteras pas sans protection, la rassura Aaron, dont les yeux sombres plongèrent dans les siens.

Mais tous trois savaient qu'il n'était pas décisionnaire des déploiements de la HRT. Soudain, Hope se retrouva incapable de soutenir son regard. L'idée qu'il s'en aille laissait un vide en elle, et ce vide la terrorisait, car il faisait légèrement écho à une autre douleur qu'elle ne connaissait que trop bien. Mais cela lui donnait aussi le goût de tenter sa chance. Rien de sérieux. Le sérieux, c'était pour les jeunes ou les gens qui n'étaient pas foncièrement brisés. La simple idée de quelque chose de sérieux lui donnait envie d'un verre bien fort. Mais quelque chose d'amusant ? Quelque chose de frivole ? N'était-ce pas attirant ?

Elle avait quand même besoin de ce verre.

— Peut-être pourrais-tu m'apprendre quelques-uns de ces mouvements d'autodéfense, ce soir. Juste au cas où.

Elle devrait sans doute aller dans un stand de tir pour s'entraîner. Même si elle n'avait pas de gardes du corps, elle ne rendrait pas la tâche facile à cette ordure. Si elle devait tomber, elle l'entraînerait dans sa chute.

— Nous pouvons faire ça, confirma Aaron, qui ne semblait pas se réjouir de cette idée.

Et dire qu'elle avait cru percevoir une étincelle d'attirance entre eux... Agacée contre elle-même, elle leva les yeux au ciel.

— Bonne nuit, Linc.

— Bonne nuit, Hope. Essaie de ne pas t'inquiéter.

Elle ricana en sortant du bureau, ne sachant pas trop où était passé Colin. Elle l'avait envoyé faire quelques recherches plus tôt, mais peut-être était-il parti chercher à dîner ou qu'il révisait un peu. Elle salua d'un signe de tête la pauvre Sondra, qui, apparemment, se faisait gentiment rembarrer après avoir invité Seth Hopper à sortir avec elle.

Hope compatissait à son sort. C'était courageux de se lancer comme ça.

— Lui as-tu dit que tu voyais déjà quelqu'un ? demanda Aaron à son coéquipier, lorsqu'ils se retrouvèrent tous les trois seuls dans l'ascenseur.

Seth Hopper acquiesça.

— Qui est cette personne chanceuse ? l'interrogea Hope, amusée de voir le rose monter aux joues de l'opérateur.

Mais il ne répondit rien. Aaron lui sourit, et, soudain, il eut l'air plus jeune. Il lui murmura en aparté :

— Seulement la fille de la vice-présidente.

Hope en fut choquée.

— Vous sortez avec la fille de Madeleine Florentine ?

Seth Hopper ne dit rien, mais ses yeux brillèrent quand il lança un regard à Aaron.

— J'espère que vous avez voté pour le parti de sa mère.

Il esquissa un petit sourire, mais continua à se taire. Hope fronça les sourcils, tandis qu'un souvenir lui revenait à l'esprit.

— N'a-t-elle pas été impliquée dans un incident dans le désert récemment... ?

— Nous ne pouvons pas parler des opérations, répondit Aaron, comblant le silence soudain tendu. Mais j'espère que cela te rassure sur le fait que nous ne divulguerons pas tes secrets non plus.

Et Hope avait beaucoup de secrets qu'elle ne voulait pas voir révélés.

Elle observa Seth Hopper d'un air pensif, alors que d'autres implications lui venaient en tête. Il avait eu une relation avec la fille de Madeleine Florentine pendant ou après une opération officielle. L'idée qu'elle puisse peut-être passer une nuit de passion avec Aaron Nash n'était donc pas totalement exclue.

Elle savait que c'était contraire aux règles. Elle savait qu'il allait partir, mais, pour la première fois depuis sept ans, elle avait vraiment envie de céder à ce désir qui s'était réveillé en elle. Elle voulait prendre un risque. Sauf qu'elle avait peur. Elle ne savait même pas ce qui l'effrayait.

Qu'il la rejette... ou bien qu'il dise oui ?

Elle l'aimait beaucoup. Elle ne voulait pas avoir l'air d'une parfaite idiote si elle avait mal interprété les signaux, pas plus qu'elle ne voulait perdre cette nouvelle amitié. Cela faisait longtemps qu'elle n'avait laissé personne entrer dans sa vie. Maintenant, elle se retrouvait à tenir non seulement à Aaron, mais aussi à tous les hommes qui la protégeaient de cet enfoiré de Leech.

Et dire qu'elle avait cru ne pas aimer la testostérone. Ils en débordaient presque.

Le trajet jusqu'à la maison fut court et se fit dans un silence tendu. La semaine avait été longue, et tout le monde était frustré du fait que personne n'avait aperçu Leech. Ces gars devaient s'ennuyer à mourir pendant cette mission, malgré les opportunités d'enseignement.

Ils arrivèrent chez elle, et elle était ravie qu'il ne neige plus. Des parents traînaient de minuscules luges sur la petite pente du parc d'en face. Paige avait adoré la neige. Un élan de nostalgie lui transperça la poitrine, l'obligeant à se détourner.

Le SUV se gara juste devant sa maison. Seth Hopper et Sebastian Black l'entouraient, et Aaron suivait non loin derrière. Ryan Sullivan, lui, marchait devant. Il ouvrit la porte. Une fois à l'intérieur, ils verrouillèrent derrière eux, et tout le monde se détendit un peu.

— Bonne journée au travail ? l'interrogea Kincaid en souriant.

Il avait été affecté à la surveillance de la maison, ce jour-là. Hope esquissa un sourire réticent.

— Oui, mon cher. Et vous ?

— Quand j'étais agent de terrain, j'ai dû affronter des bioterroristes et des attaques à l'anthrax, répondit-il en inclinant la tête. Maintenant, je fais partie de la HRT, et regarder le facteur déposer le courrier a été le point culminant de mon après-midi.

Hope en resta bouche bée.

— Voilà qui m'a l'air… terrifiant.

Elle se demanda si elle pourrait se servir de cette idée dans son prochain livre. Il jeta un coup d'œil par-dessus son épaule, puis il baissa la voix.

— Griffin a perdu sa fiancée au cours de cette affaire. C'était un excellent agent. Une bonne amie.

Le sang de la jeune femme se glaça. Elle ne comprenait que trop bien cette douleur.

— Je suis sincèrement désolée.

Le silence s'abattit sur eux pendant un long moment, avant que Ryan lève le nez et renifle bruyamment.

— Est-ce le chili spécial de Livingstone que je sens ?

Kincaid acquiesça. Elle le sentait aussi, et son estomac gronda de manière audible.

— Nous pouvons vous monter un bol. Il en a fait assez pour nous nourrir tous pendant des jours. Par contre, c'est épicé, l'avertit Kincaid.

Il lui restait du ragoût, mais elle pouvait le garder pour le lendemain.

— En fait, ce serait vraiment génial. Merci. Tout ce qui m'évite de cuisiner me semble divin.

Elle se sentit étrangement seule lorsqu'elle gravit péniblement les marches, un pied fatigué après l'autre, tandis qu'Aaron restait où il était. Elle était en sécurité ici. Ils avaient des gadgets et des hommes partout. Leech n'allait pas sauter d'un hélicoptère sur le toit ou défoncer le mur du bâtiment voisin, ou quoi que ce soit d'autre.

À la porte, Hope retira ses bottes, puis elle jeta son manteau sur l'arrière du canapé, souriant quand Lucifer dévala les escaliers, miaulant comme s'il avait été laissé seul pendant des jours.

Elle avait manqué à quelqu'un. Elle le prit dans ses bras et laissa le chat pousser son visage avec le sien.

— Bonjour, mon joli.

Il n'avait pas beaucoup de patience pour les câlins ; il se tortilla pour se libérer, se précipitant dans la cuisine en miaulant bruyamment. Hope le suivit.

— Tu as encore des croquettes. Ce n'est plus assez bien pour toi maintenant, hein ?

Elle prit une boîte de nourriture humide dans le placard et la versa dans le bol de Luci. Le chat dévora tout comme s'il s'agissait d'un concours de vitesse.

— Tu ne veux de moi que pour m'occuper de la maison. Dès que quelques beaux gosses apparaissent, tu te jettes sur eux pour accaparer leur attention.

— Tu parles à ton chat ?

Hope sursauta, horrifiée, quand Aaron apparut dans l'embrasure de la porte de la cuisine. Rien dans son expression ne laissait supposer qu'il avait entendu ses paroles, mais la chaleur lui monta aux joues.

— C'est le deuxième signe de folie, non ? répliqua-t-elle, d'une voix qui, même à ses propres oreilles, sonnait étranglée.

Aaron éclata de rire.

— Je me disais que nous pourrions faire un petit cours d'autodéfense avant de manger.

Elle sentit ses yeux s'arrondir.

— Je... Oh ! Euh...

— Tu ne peux pas faire marche arrière maintenant, Hope. Seth et Black sont là-haut, prêts à passer à l'action.

Elle entendit le bruit des meubles que l'on déplaçait et se sentit étrangement soulagée qu'ils ne soient pas seuls. Car, même si elle était tentée, l'idée de séduire cet homme lui semblait soudain ridicule.

Hope baissa les yeux sur sa tenue de travail.

— Dois-je mettre un pantalon de yoga ou autre chose ?

Aaron secoua la tête.

— Restons dans le réel, car quelque chose me dit que tu ne sors pas souvent en pantalon de yoga en février.

Ha !

— En fait, commençons par toi, avec ton manteau. Prends tes clés, dit-il, et ils se rendirent à l'étage.

Hope fit ce qu'il lui demandait, mais elle se sentait ridicule, debout dans son salon avec ces trois types super musclés, à prétendre qu'elle pourrait se défendre contre n'importe lequel d'entre eux s'ils voulaient vraiment lui faire du mal.

— La première chose à retenir, c'est que tu dois utiliser ta voix à la fois comme un avertissement et comme un moyen de signaler aux gens que tu as besoin d'aide.

— Oh ! Je peux faire ça.

— Sur le moment, les gens ne s'en souviennent pas toujours. La peur paralyse leurs cordes vocales et leur cerveau reptilien prend le dessus.

— Mon cerveau reptilien est une garce criarde.

Le rire d'Aaron surprit Hope, mais il se calma rapidement.

— Bon, très bien. Nous allons commencer par le coup de marteau. Tiens tes clés dans ton poing. Regarde la démonstration des gars.

Hope serra les clés et se sentit stupide. Seth et Black se postèrent l'un face à l'autre. Le premier fit mine d'attaquer le second, qui leva son poing fermé comme s'il se servait d'un marteau. Il abattit la main avec force vers le beau visage de Seth, retenant son coup au dernier moment.

— Frappe *fort* à plusieurs reprises. Crie, et, dès que tu peux le faire en toute sécurité, tire-toi.

Aaron se posta devant elle et leva les mains.

— Je vais t'attaquer par-devant. Tu t'entraînes à me frapper.

Il fit un pas en avant et agrippa les épaules de Hope. Il sourit quand elle le regarda bêtement.

— Lève ta main et frappe-moi avant que je t'attrape. Essaie encore une fois.

Aaron recula, puis il s'élança vers elle ; elle abattit son poing fermé sur son épaule. Elle se figea, craignant de l'avoir frappé trop fort.

— Bien. Encore.

Ils recommencèrent plusieurs fois, et elle parvint à lever sa main et la mettre en mouvement sans trop d'effort.

— Maintiens ton poids sur ton pied avant, et mets-y de la force si cela arrive pour de vrai.

— Ai-je le droit de le faire à Jeff Beasley, la prochaine fois que je le vois au tribunal ? s'enquit-elle, alors que son cœur s'emballait un peu.

— Tu connais la réponse à cette question mieux que moi.

Parce qu'elle était avocate, et tout...

— Dommage !

— Ensuite, poursuivit Aaron, qui se recula. Quels sont les endroits vulnérables à viser si quelqu'un t'attaque ?

— Sur un gars ? Les bijoux de famille.

Aaron fit un pas en arrière et sourit.

— Je vais laisser Seth te faire la démonstration pour ce coup-là.

— Lâche ! se moqua son coéquipier en s'avançant. Mais n'allez pas vraiment me frapper dans les parties, je n'ai pas envie de pleurer devant les gars.

Aaron aida Hope à adopter une posture de combat. C'était étrange de sentir ses mains qui la touchaient, même de manière superficielle.

— Les pieds écartés, et appuie ton poids sur ton pied avant.

Dès qu'il s'avance vers toi, tu ramènes ta jambe vers l'avant, et tu le frappes entre les jambes. Ensuite, mets-toi hors de portée le plus vite possible, pendant qu'il s'effondre au sol. Il ne faut pas qu'il t'entraîne dans sa chute.

Aaron aida Hope à prendre le rythme du coup de pied en faisant une démonstration à côté d'elle.

— Entraîne-toi avec les deux jambes quand tu as du temps. C'est un mouvement simple, mais très efficace si le contact se fait.

Ils s'entraînèrent plusieurs fois, Hopper lui attrapant la cheville lorsqu'elle s'approchait un peu trop près de ce qui faisait sa fierté et sa joie. Hope grimaça.

— Désolée.

L'autre homme sourit.

— Pas de problème.

— Rapproche-toi maintenant, lui indiqua Aaron.

Seth lui saisit les épaules. Hope se figea.

— Tu vas bien, Hope, la rassura Aaron, dont la voix glissa sur elle. Si tu es dans cette position, cela signifie que tu es trop près pour un bon coup de pied. Mieux vaut porter un coup de genou à l'aine à la place. Puis tu pivotes sur le côté quand il tombe. Abandonne ton manteau, si cela te permet de t'enfuir. Entraînons-nous sans nous toucher.

Ils répétèrent l'enchaînement plusieurs fois, jusqu'à ce qu'elle se sente suffisamment sûre d'elle pour attraper le t-shirt de Seth avant de se retourner.

— Les autres endroits très vulnérables sont la gorge ou les yeux.

Hope eut un haut-le-cœur à l'idée d'enfoncer ses doigts dans les yeux de quelqu'un. Mais elle devait garder à l'esprit que, si jamais elle devait utiliser ces techniques, ce serait pour sauver sa vie, et elle n'avait pas l'intention de perdre.

— Essayons ça. Fléchis ton poignet. Main dominante, lui

intima-t-il, puis il lui prit le bras et tapota la base de son pouce. Sers-toi de ça.

Il la plaça en position, pendant que Black les observait depuis le canapé.

— Frappe vers le haut, au niveau des narines ou sous le menton.

Black se leva et fit la démonstration sur Seth, qui recula avant d'être touché.

— Maintenant, essaie, dit Aaron, courbant les doigts comme pour lui dire, « allez ».

Apprendre à se défendre lui donnait un sentiment de puissance. Personne ne parlait du fait que Leech pourrait avoir une arme à feu, ou qu'il aimait utiliser des outils tranchants.

Elle se balança sur la pointe des pieds, puis pivota et projeta sa main vers le nez d'Aaron. Mais elle avait mal jugé la situation, s'attendant à ce qu'il se détourne brusquement, et fut horrifiée lorsqu'elle le toucha. Il se détourna en jurant, se cramponnant le visage.

— *Oh, mon Dieu !* Je suis désolée ! Je suis tellement désolée !

Hope fut encore plus mortifiée lorsque Seth tendit des mouchoirs à Aaron parce qu'il saignait. Celui-ci jura à nouveau. Seth et Black se mirent à rire, mais cela ne fit rien pour atténuer la culpabilité de la jeune femme.

Le portable de Seth sonna et il le consulta.

— Désolé, je dois prendre ça, annonça-t-il, avant de partir en trottinant.

— Est-ce que ça va, Aaron ? s'enquit-elle. Laisse-moi aller chercher de la glace.

Sebastian Black commença à remettre les canapés en place.

— Je pense que nous nous sommes assez amusés pour aujourd'hui. Mais, demain, nous devrions travailler sur ce qui se passe si quelqu'un vous attaque par-derrière.

— D'accord.

Il ne semblait pas perturbé par le fait qu'elle ait frappé son collègue au visage. Aaron se dirigea vers la cuisine, où elle le suivit. Elle fouilla dans le tiroir du congélateur, dont elle sortit des glaçons qu'elle enroula dans un torchon propre.

— Tiens ça contre ton nez. Ne t'inquiète pas pour le torchon.

Aaron avait les yeux larmoyants, et du sang s'étalait sur sa lèvre supérieure.

— Je suis sincèrement désolée, Aaron. Je croyais que tu allais bouger.

— Je croyais que tu allais retenir ton coup, répliqua-t-il, l'air plus amusé que fâché.

— J'ai retenu mon coup. Mais, apparemment, je ne suis pas très douée pour en juger la force.

Elle n'arrivait pas à croire qu'elle avait fait saigner le nez de cet homme. Et dire qu'elle nourrissait le fantasme secret de le séduire ! Le faire saigner du nez semblait davantage dans ses cordes.

Il se tenait au-dessus de l'évier, mais le saignement s'était réduit à un léger filet.

— C'était une très mauvaise idée.

— Tu te moques de moi ? s'exclama-t-il, la regardant comme si elle avait perdu l'esprit. C'était fantastique ! Tu maîtrises totalement le truc. Et tu m'as maîtrisé, moi !

Hope tordit ses mains l'une contre l'autre.

— Malgré ma réputation, je ne suis pas une personne violente. L'idée de t'avoir fait du mal, ou à quiconque...

Aaron attrapa l'une de ses mains, et le contact de ses doigts chaud fit naître quelque chose dans sa poitrine.

— Ne te laisse pas décourager par cet incident. Dans un vrai combat, ne retiens pas tes coups, et garde en tête que c'est toi ou lui. Un seul d'entre vous s'en sortira, et les chances sont en faveur de l'assaillant, parce qu'il se fout d'infliger de la souffrance, affirma Aaron, dont les yeux sombres capturèrent ceux de Hope. Ce que tu as fait, quand tu m'as frappé, c'est que je me suis retrouvé incapable de voir ou de réfléchir pendant quelques secondes, ce qui t'aurait fait gagner un temps précieux pour te tirer si ça avait été une situation réelle.

Hope entendit des bruits de pas dans le salon : elle lâcha la main d'Aaron et recula d'un pas, l'air coupable.

Il lui adressa un regard perplexe, puis il reporta son attention sur Ryan, qui portait deux grands bols de chili.

— C'est chaud ! annonça-t-il, les faisant glisser sur le comptoir de la cuisine.

— J'étais sur le point de descendre…, commença Aaron.

— Je n'en étais pas sûr, alors j'ai pris deux bols. L'équipe Alpha est officiellement en service maintenant, et les *vrais alpha* sont en train de manger, annonça-t-il, avant de grimacer devant le nez enflé d'Aaron. J'ai entendu dire que Hope t'avait mis K.O. On dirait que tu as besoin d'un verre. Je me serais presque senti navré pour toi, mais, ensuite, je me suis souvenu de ce qui s'était passé lundi, et j'ai perdu toute compassion.

Aaron plissa les yeux en regardant son collègue.

— Tu méritais ce qui s'est passé lundi.

— Que s'est-il passé lundi ? s'enquit Hope.

— Douleur et humiliation, avec un soupçon de satisfaction sadique, répondit Ryan avec un clin d'œil, puis il tourna les talons et s'en alla.

CHAPITRE VINGT-NEUF

Jeff Beasley regarda avec impatience le chewing-gum que quelqu'un avait craché dans la petite ruelle sombre, sale et étroite. Il en éloigna ses chaussures en cuir italien faites main. Un prospectus pour un bar local, qui organisait des concerts, se coinça sous un sac-poubelle bombé et nauséabond, flottant au gré du vent glacial qui soufflait de l'Atlantique. L'odeur des déjections canines imprégnait l'air, parfaite allégorie de sa journée pourrie. Il frissonna dans son manteau en poil de chameau, furieux d'être contraint de prendre un tel risque, furieux de ce désagrément, furieux d'être obligé d'attendre, surtout dans un endroit aussi répugnant.

L'odeur de pizza provenant d'un restaurant voisin lui rappela qu'il était censé aller chercher le dîner ce soir-là, afin d'épargner à Fiona la peine de cuisiner. Au passage, cela lui donnait une excuse pour rentrer tard. *Encore.*

Il lui envoya un message, content de s'en être souvenu avant de se faire engueuler.

Elle lui répondit que deux de leurs enfants avaient invité des amis à dîner, et qu'il devait donc doubler la commande.

Il lui envoya un émoji pouce levé. Il ne passait pas beaucoup de temps avec sa famille, mais avec trois adolescents à la maison, cela ne le dérangeait pas. Il aimait sa femme, et, sur le plan social, elle était un atout, mais leur vie sexuelle avait pris un coup depuis une dizaine d'années. Plutôt que de faire des vagues, il possédait un petit appartement en centre-ville, où il satisfaisait ses besoins grâce à des femmes qu'il pouvait payer à l'heure et qui savaient se taire. Sauf s'il leur demandait le contraire.

Beasley sourit.

Pour des raisons évidentes, il n'avait pas eu la possibilité de se rendre à l'appartement cette semaine-là. Il y avait bien trop d'yeux braqués sur lui en ce moment. Et personne ne devait être au courant pour cette rencontre. Sa carrière serait terminée si le bureau du procureur l'apprenait. Ses gardes du corps le croyaient encore au bureau, et il n'avait pas beaucoup de temps devant lui avant qu'ils ne commencent à tracer son téléphone. Ce qui était ridicule, au vu des circonstances, mais il devait au moins faire semblant d'être terrifié par Leech.

Il ricana.

Comme si ce type était autre chose qu'un pauvre loser. Il semblait injuste que des gens comme lui aient autant d'argent, alors que le reste de la population devait travailler pour gagner sa vie. Selon les critères de tout un chacun, Jeff était riche, mais il avait travaillé dur pour gagner son argent, tandis que Leech et ses semblables avaient hérité d'une fortune familiale.

Le frottement d'une chaussure l'alerta. Jeff Beasley tourna les talons dans l'obscurité.

— C'est de la folie. Que diable voulez-vous ? Vous savez que nous ne pouvons pas être vus ensemble.

Des ombres entouraient l'autre homme, dont les traits étaient cachés sous la capuche d'un sweat-shirt.

Jeff frissonna, tandis qu'une vague d'appréhension le submergeait. À moins que les sushis qu'il avait mangés au déjeuner ne soient en cause. Il était en passe de développer un ulcère, mais quand avait-il le temps de prendre soin de lui ? Jamais, voilà quand !

L'évasion de Leech ne faisait que lui mettre des bâtons dans les roues, c'était le genre de complication dont il n'avait pas besoin.

— Je ne pouvais pas prendre le risque de parler au téléphone, expliqua l'homme, qui se rapprocha.

Jeff s'avança à son tour, pour qu'ils puissent se parler sans être entendus. Quelque chose de tranchant s'enfonça dans son ventre, puis remonta brusquement selon un angle brutal. Il ne pouvait plus respirer ; la lame fut retirée, puis elle replongea une fois, deux fois, trois fois encore.

Qu'est-ce... ?

Il s'effondra sur le sol crasseux et maculé d'ordures. L'homme le repoussa en arrière, et Jeff tomba contre le mur humide, se cogna la tête, qui se mit à tourner. Il ouvrit la bouche pour appeler à l'aide, mais rien ne sortit, à part le sang qui bullait sur sa langue.

L'homme lui fouilla les poches, en retira son portable et le tint devant le visage de Jeff pour le déverrouiller. Un instant plus tard, la lumière de l'écran illumina le menton anguleux et la lèvre inférieure pulpeuse de Leech, révélant l'éclat impitoyable de ses yeux bleu pâle.

— Je suppose que je n'aurai plus besoin de vos services, annonça-t-il avec un sourire cruel.

La douleur consumait Beasley. Il allait mourir. Il n'arrivait pas à y croire. Il allait mourir ici, dans la crasse, au milieu des déjections. Il allait mourir, et Hope Harper allait avoir le dernier mot.

CHAPITRE TRENTE

Aaron regarda Hope prendre une bouteille de vin rouge dans un casier à bouteilles.

— Je ne sais pas pour toi, mais moi, j'ai besoin d'un verre. Est-ce que Ryan est toujours comme ça ?

— Un crétin, tu veux dire ?

Aaron grimaça en pensant au coup que Ryan avait fait à Grady Steel la semaine précédente. Il avait multiplié par mille son instinct protecteur habituel. Et il avait bien mérité la raclée qu'il avait prise lundi.

— À peu près.

Il se lava les mains et le visage dans l'évier. Son nez le lançait toujours. Hope l'avait touché exactement au bon endroit pour que ses yeux piquent et que son nez saigne. Il était heureux qu'elle ne l'ait pas cassé et qu'il n'ait pas répandu son sang sur ses tapis crème ou son canapé gris pâle.

Il tamponna encore un peu sa lèvre supérieure avec le tissu, mais la plaie avait coagulé et il pouvait respirer normalement. Il prit le chiffon et le jeta dans sa machine à laver qui se trouvait dans une petite buanderie attenante à la cuisine.

— Tu veux que je la mette en route ?

— Si tu veux. N'hésite pas à y mettre ton t-shirt, aussi.

Aaron s'immobilisa, tandis que son imagination s'emballait. Hope laissa échapper un rire nerveux.

— Ça, euh... ça semblait un peu douteux. Désolée, je voulais dire...

— Je sais ce que tu voulais dire, la rassura-t-il.

Malheureusement.

— Mon t-shirt n'a rien, merci.

Aaron sourit, parce que tout ce qui faisait un minimum rire Hope était une bonne chose. Il programma le lave-linge. Elle aurait probablement jeté le chiffon, mais il aimait nettoyer lui-même ses dégâts.

Quand il revint, elle avait pris son bol de chili et son verre de vin rouge, et s'était installée dans la salle à manger. Elle semblait si solitaire, assise toute seule à cette grande table. Il savait qu'il n'aurait pas dû, mais il se surprit à prendre le bol que Ryan lui avait apporté et à le poser à côté d'elle.

— Je peux me joindre à toi ?

— Je t'en prie. Sers-toi du vin.

Il la regarda prendre sa première cuillerée de nourriture alors qu'il s'asseyait. Il ouvrit la bouche pour la prévenir que la conception de l'épicé de Shane Livingstone correspondait à celle de l'enfer pour certaines personnes.

Hope battit des paupières, et ses yeux se mirent à pleurer.

— Oh, la vache ! Il ne plaisantait pas en disant que c'était chaud ! Tu veux un verre d'eau ? Je vais en prendre un.

— Oui, merci.

Ce qui lui faisait vraiment envie, c'était une grande bière bien fraîche, mais cela pouvait attendre qu'il ne soit plus en service, ce qui, à ce rythme, n'arriverait jamais.

— Comment la juge Abbotsford tient-elle le coup ? Tu le sais ?

— Je sais que l'équipe Charlie a un plus grand périmètre à

gérer, qui comprend presque deux hectares de bois. Et il y a du bétail dont il faut s'occuper.

Romano se plaignait gentiment que l'équipe Echo avait hérité de la mission la plus facile. Sauf que Charlie n'avait pas à gérer le bureau du procureur et le tribunal, sans parler des journalistes quotidiennement.

— La juge est en sécurité, mais elle semble un peu agacée par le temps mis pour capturer Leech.

— Je sais ce qu'elle ressent, répondit Hope, posant deux verres d'eau sur la table.

Aaron mangea une cuillère de chili et sentit ses papilles exploser, mais c'était quand même bon. Livingstone était très fier de sa recette, et il affirmait qu'elle contenait plusieurs ingrédients secrets. Aaron était toujours ravi de jouer les goûteurs pour lui. Il savait que Shane en cuisinait une version plus douce, qu'il offrait à Grace Monteith et à ses enfants.

C'était la veuve de l'un de leurs coéquipiers, décédé le mois précédent.

Aaron espérait qu'elle s'en sortait bien, malgré le fait que la plupart des membres de l'équipe Gold étaient loin de Quantico. Elle avait perdu son mari le jour de l'an, alors qu'elle était enceinte de sept mois. Elle devait également s'occuper de deux autres enfants, ainsi que du chien que Grady Steel avait sauvé d'un refuge. Habituellement, Grady faisait sa part, mais la semaine passée, il avait été blessé par balle par un ancien agent du KGB ; il avait donc une bonne excuse.

La fiancée de Kincaid, Pip West, emmenait le chien en promenade tous les jours. Ceux qui étaient restés à Quantico se mobilisaient pour s'assurer que Grace recevait toute l'aide dont elle avait besoin, mais Aaron se sentait tout de même coupable. C'était la responsabilité de l'équipe Gold, leur honneur, de prendre soin d'elle comme Scotty l'aurait voulu. Il nota dans un coin de sa tête de l'appeler.

Un peu tard, il se rendit compte que Hope n'avait pas bénéficié de ce genre de réseau de soutien. À la place, elle s'était renfermée sur lui-même. La tristesse de sa situation le frappa de plein fouet une nouvelle fois.

Elle avait presque fini son repas, et elle avait meilleure mine qu'à leur retour dans l'après-midi. Le cours d'autodéfense, bien que rudimentaire, avait assurément aidé. Il n'y avait rien de tel que de tabasser des hommes adultes pour oublier ses problèmes, du moins d'après son expérience.

Il repéra plusieurs étagères remplies de livres reliés d'un auteur qu'il aimait beaucoup. Il y avait plusieurs exemplaires de certains livres.

— Tu dois être une grande fan, remarqua-t-il avec un signe de tête vers les livres, mais elle fronça les sourcils, confuse. Frankie O'Malley.

— Oh ! s'exclama-t-elle.

Ses lèvres formèrent un cercle parfait. Et l'imagination d'Aaron s'emballa.

— Oui. Oui, c'est le cas, répondit Hope, avant de déglutir. En quelque sorte.

Aaron inclina la tête.

— Que veux-tu dire ? En quelque sorte ?

Elle le regarda, puis se détourna rapidement.

— Rien.

Il observa à nouveau les livres, puis repensa aux ouvrages sur l'art d'écrire qu'il avait aperçus dans le bureau à l'étage, où il dormait.

— Tu as écrit ces livres...

— Quoi ?

La bouche de Hope s'ouvrit, et elle écarquilla les yeux, choquée.

— Et, si tu prévois de nier, je te conseillerais de travailler sur ta *poker face*.

Elle referma la bouche, puis elle but une gorgée d'eau et éventa ses joues, qui étaient à présent d'un rouge vif.

— Personne n'a jamais deviné auparavant. Je veux dire, Brendan le sait, parce que... enfin, c'est une tout autre histoire.

Plus Aaron apprenait à connaître Brendan, moins il l'appréciait. Cependant, il ne devait pas laisser transparaître ses sentiments personnels. Brendan était la famille par alliance de Hope, et, visiblement, elle tenait à ce type. Aaron emporterait dans sa tombe le secret que certains de ses sentiments pouvaient découler d'une forme puérile de jalousie.

Hope inspira une grande bouffée d'air.

— Peux-tu garder le secret ?

Il s'adossa à son siège.

— Je suis l'incarnation même de la discrétion.

Elle reposa sa cuillère, puis agita nerveusement les mains sur ses genoux.

— Je ne l'ai jamais dit à personne. Jamais.

Un sentiment de satisfaction envahit Aaron face à cette confession.

— Tu n'as jamais dit à personne que tu étais un talentueux auteur de best-sellers ? l'interrogea-t-il, mais il ne comprenait pas. Je croyais que c'était ton défunt mari, l'écrivain.

Elle acquiesça rapidement.

— Il l'était. Il écrivait sous pseudonyme. Les trois premiers livres sont de lui. Je l'aidais avec les intrigues et j'étais sa première lectrice. Mais ils sont l'œuvre de Danny. Il avait déjà planifié les dix premiers livres de la série. Il était à la moitié du quatrième quand Leech..., dit-elle, avant de s'interrompre, tandis que des ombres passaient sur ses traits. Quand cette sombre ordure l'a assassiné. Je ne pouvais pas supporter que cette histoire soit inachevée, alors j'ai travaillé dessus le soir. L'alternative, c'était de perdre la tête à cause du chagrin ; la décision a été vite prise. Une fois l'histoire terminée, je l'ai envoyée à son agent en lui expliquant ce que j'avais fait. Je ne m'attendais pas à ce qu'ils veuillent publier le livre.

Elle haussa les épaules, avant de poursuivre.

— C'est parti de là.

— Et personne ne s'en est jamais douté ?

Hope saisit sa cuillère, puis prit une nouvelle bouchée de chili, avant de se lécher les lèvres.

— Je ne crois pas. Grâce à une série antérieure, qu'il avait publiée sous son vrai nom, les gens savaient que Danny était un écrivain. Ils n'ont pas très bien marché, alors il a vendu les livres de Frankie O'Malley sous un pseudonyme qu'il a gardé secret. Il y a eu une option sur le premier livre pour en faire un film, dit-elle d'une voix fière, mais cela ne s'est jamais fait.

Elle avait le regard perdu dans le vague tandis qu'elle faisait courir son doigt de haut en bas sur son verre d'eau. Puis elle prit son verre de vin à la place et en but une grande gorgée.

— À un moment ou un autre, il aurait révélé qu'il était l'auteur, mais je crois qu'il était surtout concentré sur l'écriture des livres. Il voulait qu'ils se vendent, et il ne voulait pas se porter la poisse.

Hope semblait à nouveau triste et vulnérable sous les lumières vives. Une lueur vacilla dans son regard.

— Écrire a été une sorte de thérapie pour moi. Je pouvais tranquillement tuer quelques méchants et prendre ma revanche sur le papier, avoua-t-elle, et, soudain, elle sourit. Tu peux être sûr que Frankie va mettre quelqu'un K.O. en se servant de la base de son pouce !

— Je suis heureux que ma douleur puisse être utile à l'art ! répondit Aaron, qui but une gorgée d'eau. D'ailleurs, techniquement, ce coup s'appelle *palm heel strike*.

Les yeux de Hope brillèrent tandis qu'elle souriait.

— C'est bon à savoir. Merci ! Et, encore une fois, je suis désolée.

Aaron s'essuya la bouche avec une serviette.

— Comment Brendan l'a-t-il découvert ?

— Oh ! *Bon sang* ! Fidèle à lui-même, Brendan a piqué une crise lorsqu'il a appris la sortie du livre de Danny, car il savait que son frère n'en était qu'à la moitié lorsqu'il est décédé. Lui et moi conseillions Danny sur les procédures policières et les questions juridiques. Brendan s'est précipité ici, comme il le fait parfois, et m'a dit qu'il partait à New York pour « parler » à l'éditeur, raconta Hope, puis elle leva les yeux au ciel. Il m'a dit de les menacer de poursuites, sinon il s'en chargerait. Je n'ai eu d'autre choix que de lui dire la vérité et de lui faire promettre de garder le secret, car, à ce moment-là, ils m'avaient proposé un autre contrat.

Elle haussa les épaules ; Aaron se surprit à être distrait par la silhouette de son soutien-gorge en dentelle, visible à travers son chemisier couleur crème.

Il s'éclaircit la gorge, puis mangea une autre cuillerée de chili pour masquer la raison de la chaleur qui envahissait son visage.

— Je pense que c'est remarquable. Sincèrement, je suis un grand fan.

— Tu les as lus ?

Aaron acquiesça. Hope laissa échapper un rire gêné, puis elle rougit légèrement.

— Cela me fait bizarre que quelqu'un d'autre que mon agent ou Brendan soit au courant, avoua-t-elle, puis elle écarquilla les yeux en se tournant vers la bibliothèque. Crois-tu que les autres vont deviner ?

— C'est possible. La fiancée de Kincaid est elle aussi écrivaine. Elle était journaliste avant, répondit-il, puis il surprit le regard inquiet de ces yeux argentés comme la lune. Ils ne diront rien. Tu peux nous faire confiance, tu sais.

— Cela fait longtemps que je n'ai pas fait confiance à quelqu'un.

Aaron tendit la main et prit ses doigts dans les siens. Les serra doucement. Hope déglutit, mais elle ne retira pas sa main. En fait, elle s'accrocha fermement.

Soudain, ils se regardaient dans les yeux, et il n'avait aucune envie de détourner les yeux ni de briser ce moment fragile en lui demandant ce qu'elle désirait ou ce que tout cela signifiait.

Il était chargé de sa *protection*.

Il n'aurait dû avoir aucune autre chose en tête. Pas le plaisir qu'il aurait à défaire les boutons délicats de son chemisier. Pas l'idée de découvrir l'origine de ce doux parfum de vanille. Pas la pensée des mains de Hope sur sa peau brûlante.

Il retira rapidement sa main en entendant des bruits de pas dans l'escalier, mais ces questions continuaient de le tarauder.

Il tourna les yeux vers Seth Hopper lorsque celui-ci entra dans la pièce.

— Tout va bien ? demanda Aaron.

— Oui. Bien, le rassura-t-il, les observant attentivement alors qu'ils étaient assis ensemble.

Merde. Aaron détestait ce qu'il ne voyait pas dans l'expression neutre de son ami.

— Ryan nous a apporté du chili. Tu veux que j'aille t'en chercher ?

Seth secoua la tête.

— Je pensais aller courir avant de manger, mais le temps est pourri. Croyez-vous que vos voisins verraient un inconvénient à ce que j'utilise le tapis de course dans leur appartement, Hope ?

— Non, pas du tout. Ce sont des gens adorables. D'ailleurs, je vais devoir leur trouver un cadeau adéquat pour leur retour à la maison le week-end prochain. Peut-être une Mercedes.

Tous éclatèrent de rire, sachant qu'elle plaisantait.

Aaron voulait croire que tout serait terminé d'ici là, d'autant plus qu'ils devaient partir au plus tard mardi soir, pour au moins trente-six heures.

Mais Leech n'était pas un fou qui se baladait dans les bois. Il avait des ressources et des gens qui l'aideraient à échapper aux autorités. Aaron espérait que les agents locaux surveillaient Eloisa Fairchild ce soir-là, car il était convaincu que quelqu'un d'autre se trouvait à l'étage de sa maison plus tôt dans la journée. Quelqu'un doté de deux jambes, pas de quatre pattes.

Peut-être devrait-il aller courir, pour faire disparaître cette démangeaison désagréable qui le tourmentait.

Seth inclina la tête en guise de remerciement, puis il recula d'un pas.

— Je vais aller chercher mes affaires. Merci encore de me permettre d'utiliser votre chambre. Un peu d'intimité, c'est une chose merveilleuse.

— Comment va Zoe ? lui demanda Hope.

Seth eut l'air surpris. Aaron leva les mains, indiquant qu'il n'y était pour rien.

— Quoi ? Vous me croyez incapable de chercher sur Google le nom de la fille de la vice-présidente ? dit Hope, qui hésita soudain devant le malaise de Seth. Elle est jolie. Et je vous promets de ne plus vous taquiner.

Les yeux de Seth brillèrent.

— Peut-être pourrez-vous la rencontrer un jour.

Hope esquissa une moue de côté.

— Je ne fréquente pas ces milieux.

— Moi non plus, répondit Seth.

Il adressa un regard lourd de sens à Aaron, avant de s'éloigner en trottinant pour aller se changer. Son ami l'ignora. Il se rappela que c'était un travail, et que ce travail impliquait qu'il ne devait pas fantasmer sur sa principale nue. Elle ne s'intéresserait pas à un type comme lui, pas vraiment. Il repoussa sa chaise, puis ramassa les bols vides en se levant.

— Je vais les laver et les rapporter en bas. Je te laisse poursuivre ta soirée.

— Merci pour ça. Tu es le meilleur invité que j'aie jamais eu... Tu es aussi le seul invité que j'aie jamais eu.

Hope semblait un peu gênée par sa tentative d'humour. Elle s'éclaircit la gorge.

— Je n'ai pas de projets passionnants pour la soirée, avoua-t-elle, puis elle hésita. Si tu voulais rester, ce serait très bien...

Elle détourna le regard, visiblement incertaine de la réaction d'Aaron. Le pouls de ce dernier s'emballa légèrement, mais il se calma. Hope n'était pas le genre de femme à draguer un type comme lui.

— Je serais heureux de rester, mais je dois aller parler aux gars. Ensuite, je voudrais lire d'autres dossiers avant de dormir un peu.

— Bien sûr. Bien sûr, tu as du travail, et tu dois être épuisé.

De l'incertitude, et ce qui semblait être de la déception, se refléta sur le visage de la jeune femme.

Étaient-ce des avances qu'il avait complètement mal interprétées ? Il venait d'ouvrir la bouche, prêt à dire quelque chose qui lui vaudrait probablement d'être renvoyé, lorsque le portable de Hope sonna.

Elle tendit la main pour l'attraper sur la table, puis elle grimaça.

— Ce minable de Beasley. Je me demande ce qu'il veut.

Aaron se détourna pour lui donner une illusion d'intimité, même s'il écoutait chaque mot.

— Que puis-je faire pour toi, Jeff ? demanda-t-elle, puis elle haleta, poussant Aaron à se retourner. Aaron. Vite !

Elle se précipita vers lui et lui montra l'écran. Il faisait sombre, mais on voyait Jeff Beasley affalé contre un mur de briques peint en blanc, le visage tordu par la douleur.

Elle ajusta le volume.

— Est-ce un appel vidéo ou un message vidéo ?

— Je n'en sais rien. Un appel, je pense.

Aaron posa un doigt sur les lèvres de Hope, captant son regard pour lui rappeler que, qui que soit la personne à l'autre bout du fil, elle pouvait les entendre.

Ouvrant de grands yeux, elle acquiesça.

— Jeff ? Pouvez-vous me parler ? Est-ce que ça va ?

Le vidéaste recula lentement, jusqu'à dévoiler une mare de sang qui s'étalait sur la chemise de l'avocat.

— Jeff, où êtes-vous ? Pouvez-vous me le dire ?

Les paupières de l'homme vacillèrent brièvement.

Aaron s'éloigna, hors de portée de voix. Appela Frazer. Celui-ci décrocha aussitôt, alors qu'il se trouvait sans doute dans un restaurant chic.

— Jeff Beasley a été attaqué. Quelqu'un est en train de passer un appel vidéo à Hope à cet instant même.

— Je vais appeler Parker et voir s'il peut localiser d'où vient l'appel. Il sera enregistré.

Aaron jeta un coup d'œil à Hope, qui semblait bouleversée.

— Ça a raccroché. Mais je crois que je sais où se trouve Jeff ! s'exclama-t-elle, se précipitant vers la porte pour enfiler ses bottes.

— Où ?

— Au centre-ville. C'est une ruelle près des bureaux de son cabinet. Je vais te montrer.

— Je ne te laisserai pas t'approcher d'un danger potentiel, Hope !

Les yeux de la jeune femme brillaient d'un éclat de feu quand elle se tourna vers lui.

— Il est toujours en vie. Et je ne te demande pas la permission !

— Quelque chose ? demanda-t-il à Frazer.

— Pas encore. Parker va se mettre derrière son ordinateur

pour faire une triangulation, mais ça lui prendra du temps, maintenant que l'appel est terminé.

Hope avait enfilé une doudoune noire. Il pouvait la forcer à rester ici, mais il perdrait toute la confiance qu'ils avaient pu construire, et elle le détesterait pour cela.

Règle numéro un. Ne jamais s'impliquer émotionnellement avec un principal. *Bon sang !* Il avait réduit cette règle en miettes.

Il sortit son oreillette de sa poche et la mit en place.

— Équipe Alpha. Je veux que les deux voitures soient amenées devant immédiatement. Une victime potentielle dans le centre-ville, nous allons vérifier.

Il descendit les escaliers à toute allure ; tout le monde était en action. Livingstone sembla surpris de voir Hope. Il baissa la voix pour que seul Aaron l'entende.

— Nous emmenons la principale sur une possible scène de crime active ?

— Elle croit savoir où il est, et, franchement, c'est le mieux que nous ayons pour l'instant, pour localiser la victime.

— C'est une ruelle près des bureaux de Beasley, mais je ne me souviens pas de l'adresse exacte. Je le saurai quand je la verrai.

Hope semblait sincère, mais Aaron n'était pas totalement convaincu que c'était le cas. Il entra dans l'appartement du rez-de-chaussée, où il récupéra son gilet balistique et sa veste d'intervention.

— Ryan, j'ai besoin de deux de tes gars en service ici jusqu'à notre retour. Que les autres se reposent pendant qu'ils en ont la possibilité. La nuit va être longue.

CHAPITRE TRENTE-ET-UN

Hope se rongea l'ongle jusqu'à ce que la peau soit à vif, tandis que l'inquiétude la dévorait de l'intérieur. Ils franchirent le pont de North Washington Street à toute allure ; Shane Livingstone roulait à une vitesse effrayante, gyrophares allumés, sirènes hurlantes, suivi de près par le deuxième SUV.

— Prenez à gauche, puis la première à droite en bas de Prince.

Ils traversèrent Little Italy : le quartier était plein de restaurants et de cafés italiens.

— Beasley, Waterman, Vander & Co. possède un bâtiment sur Hanover, non loin de la maison de Paul Revere. Je pense qu'il est quelque part à l'est de là.

— Tu es sûre de ne pas te rappeler le nom de la rue ? insista Aaron, qui semblait ne pas la croire.

— Cela fait des années que je ne me suis pas promenée dans cette partie de la ville. Les choses ont peut-être changé. Je pourrais me tromper, mais quelque chose me semblait familier...

Bon sang ! Et si elle se trompait, et que Beasley était en train de se vider de son sang sur un trottoir ailleurs ? Aaron afficha un plan des environs sur son téléphone.

— Montre-moi sur mon portable où tu penses qu'il pourrait se trouver.

Hope se pencha vers lui, effleurant son bras, luttant contre cette sensation qui était tout à fait inappropriée dans ces circonstances.

— Je crois que ce *pourrait* être sur Fleet, expliqua-t-elle, pointant du doigt un espace entre les bâtiments. Là ! Je pense qu'il est peut-être là, ou quelque part le long de cette rue. Le mur derrière Jeff avait une peinture blanche écaillée sur de la brique rouge. Je pense que c'est l'endroit où j'ai vu des briques de ce genre. Mais, ce ne serait pas le seul endroit de la ville...

Elle regarda Aaron envoyer un message à Frazer, pour lui indiquer l'endroit où ils se rendaient. Il communiqua ensuite l'adresse à Griffin, pour qu'il puisse programmer le GPS pour Livingstone, qui conduisait.

— Pourquoi m'appeler ?

Aaron pinça les lèvres, mais il resta silencieux.

— C'est me narguer. Pour dire « tu es la prochaine, Hope, mais pendant que tu te planques derrière des gardes du corps, je frappe ailleurs », lança la jeune femme, avant d'écarquiller les yeux. Jeff avait des gardes du corps, lui aussi ! Où sont-ils ?

Aaron secoua la tête. Hope n'aimait pas Jeff Beasley, mais elle ne voulait pas le voir mort. Moins de quinze minutes s'étaient écoulées depuis l'appel quand ils se garèrent devant un salon de manucure fermé.

— Oui. Par-là ! s'exclama Hope, qui pointa le doigt et voulut sortir.

Aaron serra les doigts autour du bras de la jeune femme.

— Reste ici. Je ne suis pas responsable de Beasley. Mais de toi, oui.

Elle ouvrit la bouche.

— Pas de protestations, substitute Harper. Reste ici avec Livingstone, sinon nous rentrons tous à la maison.

Elle lui décocha un regard noir, sachant qu'un homme était peut-être en train de se vider de son sang.

— Vas-y. Et sois prudent.

Aaron et Will Griffin rejoignirent Ford Cadell et JJ Hersh sur le trottoir. C'étaient des hommes qui, quelques jours auparavant, lui étaient encore totalement inconnus et hostiles. À présent, elle en connaissait un peu sur chacun d'eux. L'idée qu'ils puissent être blessés en la protégeant était inacceptable. Ils prirent la direction de la ruelle et disparurent.

Hope appela Frazer, mais il ne décrocha pas. Elle se sentait tellement inutile ! Le son de sirènes résonna dans l'air.

Son téléphone portable sonna. C'était Aaron.

— Nous l'avons trouvé.

— Vivant ?

— Oui. Mais il est dans un sale état.

Des lumières clignotantes éclairaient les bâtiments autour d'eux.

— L'ambulance est presque là.

Livingstone déplaça la voiture de quelques mètres pour faire de la place lorsque les patrouilles arrivèrent avec les ambulanciers.

Tout à coup, Hope se retrouva projetée au jour où Danny et Paige avaient été assassinés. Les lèvres bleuies de sa fille. Le faible mouvement de la poitrine de Danny. Le battement encore plus faible et insaisissable de son cœur. Elle fut catapultée dans un état de peur et de terreur accablantes, et de pure impuissance, car elle ne disposait pas des compétences nécessaires pour les sauver.

Une main d'acier invisible lui enserra la gorge ; elle ne parvenait plus à aspirer d'oxygène. Son corps se mit à trembler, ses mains s'engourdirent, sa vision s'assombrit sur les bords.

— Hope. Vous allez bien. Vous êtes en train de faire une crise de panique. Respirez.

La voix de Livingstone ressemblait à un profond bourdonnement en arrière-plan, alors qu'il se tournait vers elle. Pour l'apaiser, parce qu'elle perdait la tête.

Elle hocha la tête, puis regarda par la vitre ; elle vit alors Leech lui sourire depuis la pénombre d'une ruelle de l'autre côté de la rue. Au début, elle crut qu'il s'agissait d'un flash-back. Un souvenir du sourire qu'il avait arboré en regardant sa famille mourir. Mais, cette fois, il ne portait pas de costume. Il avait un bonnet de laine, et il portait une veste par-dessus un sweat, dont il avait tiré la capuche bas, projetant des ombres sur ses traits décharnés.

Elle tâtonna avec la portière, mais les verrous se mirent en place avec un déclic.

— Nash a dit d'attendre ici...

— Leech ! Leech est là-bas !

— Où ? demanda Livingstone, se tournant à nouveau.

— Le type en noir ! s'exclama Hope, se débattant avec sa ceinture de sécurité. *Merde !* Il est parti ! Vous devez me laisser sortir ! Il était là-bas, *merde !*

Elle essaya à nouveau d'ouvrir la portière, puis elle s'efforça d'abaisser la vitre, mais elle était verrouillée également. Livingstone parlait dans son oreillette ; elle vit Aaron, Griffin et Cadell arriver en courant.

— Laissez-moi sortir d'ici !

Elle commença à jurer, et Livingstone finit par déverrouiller les portières, au moment où Aaron s'apprêtait à ouvrir la sienne. Il se glissa à l'intérieur de l'habitacle, obligeant Hope à reculer sur la banquette.

La jeune femme pointa le doigt vers la ruelle.

— Leech était juste là, à nous regarder.

— Je ne l'ai pas vu, remarqua Livingstone, dont le ton était inquiet.

Elle lui décocha un regard noir.

— Es-tu sûre que c'était lui ? l'interrogea Aaron, ouvrant la vitre pour regarder.

Hope l'empoigna par la chemise, les mettant nez à nez.

— Tu n'oublies pas le visage d'un homme qui a violemment massacré ta famille !

— Griffin, Cadell, inspectez cette ruelle. Shane, vois si nous pouvons le récupérer à la sortie de l'autre côté. Crow et Hersh, restez en position, indiqua-t-il aux passagers de la seconde voiture.

Livingstone démarra, fit le tour par North Street, puis il remonta Lewis. Hope jeta un coup d'œil par la vitre, et les autres firent de même. Devant, la jeune femme repéra une silhouette, qu'elle pointa du doigt.

— Là ! C'est lui.

L'homme s'éloignait d'eux à pas rapides, la tête baissée, les mains dans les poches. Livingstone accéléra ; Aaron bondit hors du véhicule et plaqua l'homme au sol, avant même qu'elle ait eu le temps de reprendre son souffle.

Hope suivit, ignorant les cris qui lui intimaient de rester dans la voiture. Elle entendit des bruits de course dans son dos, tandis que Griffin et Cadell les rattrapaient. Un sentiment d'excitation l'envahit quand Aaron releva l'homme et le fit tourner.

Mais elle eut l'impression de prendre un coup de poing dans le ventre. Ce n'était pas Leech.

CHAPITRE TRENTE-DEUX

— Je suis *sincèrement* désolée. Ce n'est pas l'homme que j'ai vu.

Hope se retourna, cherchant visiblement le tueur en série.

Aaron échangea un regard avec Livingstone, qui secoua la tête. Il ne croyait pas un instant que Hope avait vu Leech. Nash laissa Griffin s'occuper du passant innocent, qui s'était sans doute fait dessus.

— Hope, lui dit-il, la prenant par les épaules. Retournons dans la voiture.

C'est alors qu'elle se retourna vers lui, les yeux fous.

— Je l'ai vu. Tu dois me croire !

— Je te crois. Mais il n'est pas là pour le moment, et nous devons monter dans la voiture et voir comment va Jeff Beasley.

Cela suffit à la ramener au présent : elle hocha la tête, et se hâta de rejoindre le SUV. Une fois qu'ils furent tous à l'intérieur, ils firent le tour du pâté de maisons et arrivèrent à temps pour voir une ambulance s'éloigner, sirènes hurlantes.

— Attends ici ! s'exclama Aaron, qui bondit hors du véhicule quand il repéra Frazer, le rattrapant. Est-ce qu'il est toujours en vie ?

Le profiler pinça les lèvres.

— À peine. Ils doutent qu'il s'en sorte.

— Parker ou quelqu'un d'autre a-t-il réussi à tracer l'appel ?

— Oui, mais tu y es déjà. Il provient du portable de Beasley, qui a été retrouvé près du corps, annonça-t-il, sortant un sac de preuves de sa poche. Je vais l'apporter au labo le plus proche, faire analyser les empreintes et l'ADN pendant la nuit, puis l'envoyer à Parker pour voir s'il peut trouver quelque chose sur le téléphone qu'il n'aurait pas pu obtenir auprès de l'opérateur ou des données des antennes-relais.

— Hope a vu Leech qui observait la scène. Elle est assez tendue.

Le regard de Frazer s'aiguisa.

— Cela ne me surprendrait pas du tout que Leech soit resté dans les parages pour regarder le spectacle.

— Nous l'avons cherché, mais nous ne l'avons pas poursuivi immédiatement. Le type que nous avons attrapé n'était pas Leech, mais ce dernier a pu s'enfuir ou se glisser dans l'un de ces bâtiments.

— Elle peut ou non l'avoir vu, remarqua Frazer, balayant du regard les boutiques de la rue. Je me demande si l'un de ces magasins possède des caméras de sécurité qui auraient pu capter Beasley avant l'agression. A-t-il retrouvé Leech de son plein gré, car, après tout, c'est son client, ou a-t-il été attaqué par quelqu'un d'autre ?

— Pourquoi quelqu'un d'autre appellerait-il Hope ?

Le regard de Frazer croisa le sien.

— Tout est lié, je n'en doute pas. Mais où sont ses gardes du corps ? Beasley aurait-il vraiment rencontré ce type, seul ?

— Rencontrer un meurtrier condamné en cavale entraînerait-il une radiation immédiate du barreau si quelqu'un venait à le découvrir ?

— Oui, mais je suis convaincu que Beasley pourrait prétendre qu'il essayait de convaincre cet homme de se rendre. Même si Leech est un client qui paie très bien, je doute que Beasley prenne le risque de perdre sa licence pour un seul homme.

Aaron repéra une bijouterie quelques bâtiments plus loin.

— Certains de ces commerces auront des images de vidéo-surveillance. Mais je ne peux pas aider à faire du porte-à-porte. Je dois ramener Hope à la maison. Elle ne devrait pas être ici.

Frazer acquiesça.

— Je vais appeler l'agent spécial responsable de Boston et lui demander de mettre des agents dessus immédiatement. Cette affaire concerne le FBI, même si je dois tirer des ficelles pour cela, ajouta le profiler, qui excellait dans cet art. Nous devons aller au bureau de Beasley et interroger son assistante, saisir son carnet de rendez-vous, surveiller ses mails et ses SMS... mais son cabinet nous combattra sur toute la ligne. Est-ce que Hope va bien ?

Aaron songea à son regard désespéré quand elle avait pensé qu'ils ne la croyaient pas. Il secoua la tête.

— Je ne crois pas.

Frazer jura. Aaron leva les yeux vers les fenêtres donnant sur la rue, où des gens observaient l'activité en contrebas. Il y avait de grandes chances que quelqu'un ait vu quelque chose.

— Si Beasley survit, comment acceptera-t-il l'ironie du sort qui a voulu que ce soit Hope qui le sauve ? Et comment va-t-elle vivre avec l'ironie d'avoir réussi à sauver un homme qu'elle déteste, mais pas les personnes qu'elle aimait ?

— C'est un sacré challenge, acquiesça le profiler. J'appellerai dès que j'aurai des nouvelles de l'état de Beasley et je me rendrai à l'hôpital après avoir déposé le téléphone au labo.

— Leech occupe beaucoup de monde.

— Je suis excédé que cela dure si longtemps.

Aaron hocha la tête, puis s'éloigna. À l'intérieur du SUV régnait un silence tendu. Hope était d'une pâleur fantomatique et elle contracta la mâchoire. Les bras enroulés autour d'elle, elle regardait les voitures de patrouille par la vitre. Il aurait aimé pouvoir la tirer dans ses bras pour la réconforter, mais elle était en colère et distante.

— Frazer appellera dès qu'il aura des nouvelles de l'état de Beasley...

La jeune femme se tourna pour lui faire face.

— Nous ne pouvons pas aller à l'hôpital ?

Aaron secoua la tête. Il vit sa colonne vertébrale se redresser, comme si elle se préparait à se battre.

— Écoute, nous pouvons y aller et traîner toute la nuit dans la salle d'attente publique, si tu le souhaites. Nous mettre en travers du chemin du personnel médical. Fatiguer l'équipe. Te mettre potentiellement en danger face à Leech ou à des personnes comme Minnie Ramon. Ou bien, nous pouvons nous montrer raisonnables et attendre les nouvelles. Tu dois te reposer. Ce n'est pas comme si tu étais de sa famille. Ils ne te diront rien.

Elle expira en frissonnant.

— Je déteste quand tu me balances de la logique et de la raison à la figure.

Aaron réprima un sourire. C'était la Hope qu'il connaissait et qu'il... *aimait beaucoup*. Oui. Mieux valait ne pas y penser.

— La logique et la raison. C'est pour ça qu'on l'appelle le Professeur, plaisanta Livingstone, mais ses yeux dans le rétroviseur trahissaient son inquiétude.

Aaron serra les dents. Il ne se sentait ni logique ni raisonnable quand il était question de Hope. Plus maintenant. Hope serra ses doigts.

— Il a une femme, Fiona, et trois enfants, qui doivent être des adolescents, maintenant. Je ne peux qu'imaginer...

Elle s'interrompit et se passa les mains sur le visage. Elle n'avait pas besoin d'imaginer. Elle avait elle-même vécu exactement cette situation.

— Pourrais-tu faire en sorte que quelqu'un passe les chercher et les conduise à l'hôpital ?

Aaron envoya un message à Frazer, pour lui demander de charger les agents du bureau local de Boston de cette mission. En l'absence de *task force* dédiée, le profiler était de facto le point de contact et le chef d'équipe, qu'il le veuille ou non.

— C'est fait.

Il tendit la main et lui toucha le bras. Elle tremblait.

— Tu vas bien ?

Elle inspira, la respiration saccadée. Puis il hocha la tête.

— C'est juste un jeudi soir ordinaire. Rentrons, comme tu l'as suggéré. Je dois appeler le procureur et le mettre au courant.

Livingstone ne perdit pas de temps : il s'engagea dans la circulation. Aaron regarda par le pare-brise arrière et vit que l'autre SUV les suivait, Damien Crow au volant.

Hope sortit son téléphone portable pour appeler son patron. La conversation fut longue et animée. Ils s'arrêtaient devant chez elle quand elle raccrocha enfin. Les cernes sous les yeux de Hope ressemblaient à des ecchymoses sous les lumières crues de la rue.

Il s'apprêtait à ouvrir la bouche pour lui dire de ne pas s'inquiéter, qu'ils l'arrêteraient, mais son regard brillant captura le sien.

— Non, l'avertit-elle.

Aaron referma la bouche. *Merde* !

Une fois à l'intérieur, Hope se rendit aussitôt à l'étage. Il resta debout là, à la regarder partir. Puis il entra pour informer l'équipe, ainsi que Novak, de ce dernier développement.

Leech aurait-il pu les observer en ville ? Où avait-il disparu ? Qui le cachait ? Eloisa Fairchild avait-elle quitté sa maison ce soir-là ? Leech leur faisait-il un pied de nez en logeant dans son manoir de Beacon Street, protégé par les Delaware ?

Une idée vint à Aaron.

— Hé, Shane, JJ, appela-t-il, faisant signe à Livingstone et Hersh de le rejoindre. Avons-nous le radar portatif avec nous ?

Livingstone acquiesça.

— Je veux que vous vérifiiez quelque chose pour moi. Personne d'autre n'a besoin de savoir.

CHAPITRE TRENTE-TROIS

Hope se traîna jusqu'à l'étage, et, une fois dans son appartement, retira ses bottes.

Elle entra dans la cuisine où elle se versa un grand verre d'eau froide, en but la moitié, puis plaça le récipient froid contre son front. Cela faisait longtemps qu'elle n'avait pas souffert d'une crise de panique, mais cela faisait aussi longtemps qu'elle n'avait pas vécu une journée comme celle-ci.

Le souvenir des traits hagards de Jeff Beasley. Le sang sur sa chemise...

Cela ressemblait bien trop à l'état dans lequel elle avait retrouvé Danny.

Si l'on ajoutait à cela les meurtres de Sylvie et de son mari, c'était vraiment trop. Elle ferma les yeux, puis expira une longue bouffée d'air. Elle décida d'aller directement se coucher. Elle devait encore se rendre au tribunal le lendemain matin, même si le procès risquait d'être légèrement reporté. Mais, comme Beasley ne se chargeait pas du travail juridique de fond, elle en doutait. Elle se sentait égoïste de penser au procès, mais le bien-être d'Ella Gibson était aussi en jeu. Plus Jason Swann restait en liberté, plus Ella était en danger.

Hope refoula sa culpabilité en se rappelant comment Beasley l'avait obligée à travailler pendant tout son préavis lorsqu'elle avait démissionné du cabinet. À la suite d'un arrangement à l'amiable, elle était repartie avec beaucoup d'argent, mais sans rien d'autre dans son cœur que de la haine et du désespoir.

Peut-être n'était-ce pas Leech qui l'avait poignardé. Peut-être était-ce l'un de ses nombreux collègues ou clients mécontents, qui s'était servi de la cavale de Leech pour se couvrir et se débarrasser de lui. Mais cela signifierait qu'elle avait simplement imaginé avoir vu Leech dans la rue ce soir-là, et qu'elle avait vraiment perdu la tête pendant quelques minutes là-bas.

Elle refusait de le croire. Elle avait besoin de croire en elle, à tout le moins. Qu'avait-elle d'autre ? Mais elle était fatiguée, anxieuse après une semaine ponctuée de peu de sommeil et de beaucoup de stress. Elle avait besoin de se reposer. Elle alluma les lumières sous le placard. Luci dormait sur le canapé, et elle songea à le caresser, mais il semblait si content qu'elle ne voulait pas le déranger. Un roi dans son royaume, seigneur d'un seul homme.

Elle se rendit dans sa chambre, dont elle ferma la porte pour se changer, alors qu'elle la laissait habituellement ouverte pour le chat. Elle ne voulait pas avoir de public si l'un des garçons descendait les escaliers. Ils se déplaçaient plus silencieusement que le chat de la maison. Elle se déshabilla et entra dans la douche pour se débarrasser de l'odeur âcre de sueur et de peur.

Malgré ses paroles fermes, elle avait failli s'évanouir ce soir-là, simplement parce qu'un homme qu'elle n'aimait même pas avait été poignardé, et à cause des souvenirs que cela avait réveillés.

Elle aurait tellement voulu sortir de la voiture et empoigner Leech, l'attraper et le remettre dans la cage qu'il méritait tant ! Pour qu'il y pourrisse. Qu'il y flétrisse. Qu'il y meure.

Elle voulait le voir puni. Elle voulait le voir souffrir. Elle voulait qu'il ait mal, qu'il éprouve ne serait-ce qu'une fraction de la douleur qu'elle avait ressentie. Et cela ne serait jamais suffisant.

Elle avait toujours su que la prison ne suffirait pas à expier ses crimes, mais c'était tout ce qu'elle pouvait demander, sauf dans les recoins sombres de son âme où elle désirait quelque chose de bien pire.

Mais ce n'était pas elle, le monstre. C'était lui.

Elle rinça son après-shampoing et ferma le robinet, puis elle s'enveloppa dans son peignoir moelleux, avant de sécher rapidement ses cheveux mi-longs devant le miroir.

Hope suivit ensuite sa routine du soir de soins de la peau. Ses yeux, sans doute son meilleur atout, semblaient orageux, sombres. Elle avait un nez trop pointu, une bouche trop large pour être considérée comme vraiment belle. Mais, plus d'une fois, elle avait vu de l'attirance dans les yeux d'Aaron Nash. Et soudain, elle se mit à penser à autre chose qu'à Leech, à la mort et à un rétablissement difficile comme seule voie possible dans la vie.

Le désir monta en elle. Assorti de culpabilité, sachant que, techniquement, Aaron n'avait pas le droit de s'impliquer personnellement avec quelqu'un qu'il était censé protéger. Il y avait des règles. Dans la plupart des organisations gouvernementales, même les règles avaient des règles, en fait !

Mais Aaron n'était pas seul sur cette mission à monter la garde avec son fusil nuit et jour. Il y avait toute une équipe de personnes sur le terrain. Dix autres hommes qui la protégeaient vingt-quatre heures sur vingt-quatre. Et elle n'était pas une pauvre victime qui avait demandé à être sauvée. Elle était la femme qui avait contribué à faire condamner cet enfoiré au tribunal, et Leech était l'un des nombreux salauds auxquels elle était régulièrement confrontée. Elle faisait partie du même système judiciaire qu'Aaron. En pratique, ils appartenaient à la *même* équipe.

Et ils ne lui avaient pas laissé le choix.

Alors, même si cette attirance ne devait aboutir qu'à une accélération du rythme cardiaque ou à une dilatation des pupilles dans un moment d'inattention, elle entendait au moins être prête à affronter n'importe quel scénario. Elle n'était pas une femme timide et effacée, et, même si elle n'avait pas beaucoup d'expérience sexuelle, étant donné qu'à trente-sept ans, elle avait été mariée à son unique amant, elle se souvenait des bases.

Elle sortit sa lotion corporelle parfumée préférée et l'étala sur tout son corps. À défaut d'autre chose, elle sentirait très bon le lendemain.

Elle se rendit compte qu'elle se sentait mieux. Penser à autre chose qu'à Leech lui faisait toujours du bien. Et elle savait que ce n'était rien de plus qu'un désir physique, mais c'était une nouvelle victoire sur le tueur en série qui, pour une raison quelconque, avait décidé de faire d'elle son ennemie jurée. Elle prit conscience que Leech lui avait volé sa sexualité en même temps que sa famille.

Ce truc avec Aaron, c'était la distraction parfaite. Elle ne s'autoriserait pas à s'impliquer émotionnellement. Elle refusait d'être dévastée quand il partirait. Elle était immunisée contre tout cela. Perdre l'homme qu'elle aimait avait failli la détruire autrefois, et Aaron était un homme dont le métier l'exposait régulièrement à des situations qui pouvaient lui coûter la vie.

Elle déglutit difficilement à cette idée.

Elle refusait de prendre le risque de revivre un tel chagrin. *Jamais.* Mais, pour la première fois depuis de très nombreuses années, elle voulait un homme dans son lit. Et elle voulait que cet homme soit Aaron.

Elle ne l'avait pas entendu monter, alors elle se glissa dans son lit et sortit sa tablette, dans l'intention de lire ses notes. À la place, elle ouvrit le dernier thriller dont elle était accro.

Elle s'endormit en moins de trente secondes.

CHAPITRE TRENTE-QUATRE

Il était presque minuit quand Aaron arriva enfin à l'appartement de Hope. Les gars étaient revenus, annonçant que la maison de Leech était étonnamment vide, tandis qu'il y avait bien trois personnes dans le manoir Fairchild, une dans une pièce près de la cuisine et deux autres à l'étage, dont une qui semblait être un enfant.

Il avait appelé Frazer : d'après lui, l'intendante d'Eloisa avait un fils de six ans. Il y avait donc de fortes chances pour qu'ils soient les autres occupants de la maison.

Annuler le raid à l'aube.

Hope était allée se coucher. Toutes les lumières étaient éteintes, à l'exception d'une mince bande sous les placards de la cuisine. Il soupçonnait qu'elle l'avait laissée allumée pour qu'ils ne soient pas désorientés, ce qui était gentil de sa part, surtout au vu de son état de tension ce soir-là, et du fait qu'ils étaient censés être des opérateurs d'élite et non des enfants effrayés par le noir.

Il se servit un verre d'eau, puis gravit les escaliers en silence. La porte de la chambre de Hope était fermée, la lumière était éteinte. Il espérait qu'elle se reposait un peu. La tension des derniers jours commençait à se faire sentir.

Il résista à l'envie de frapper à sa porte pour prendre de ses nouvelles. La dernière chose qu'il devait faire, c'était perturber son repos ou risquer de succomber à la tentation.

Elle l'avait invité à passer la soirée avec elle. Avait-elle voulu parler de traîner devant la télé ? Ou avait-elle voulu dire... ? *Non.* Si seulement...

Il secoua la tête et entra dans sa chambre. C'était son imagination débordante qui travaillait, sans parler du fait qu'il n'avait pas eu de relations sexuelles depuis la nuit des temps et qu'il était extrêmement attiré par cette femme, et pas seulement par sa beauté blonde. Sa détermination, son énergie et le fait qu'elle lutte si fort pour ne pas être une personne gentille. Cela le faisait sourire, alors que cela n'aurait pas dû l'affecter le moins du monde.

Il se dépouilla de son étui, de son oreillette et de sa chemise, qu'il jeta sur le bureau, avant de sortir son téléphone et de le brancher sur le chargeur. Il attrapa au passage un pantalon de pyjama et alla se doucher. Il se savonna soigneusement, puis se sécha rapidement et retourna dans sa chambre.

La douche l'avait réveillé, et il fit les cent pas pendant quelques minutes, vérifiant s'il y avait des nouvelles de Frazer ou de Novak.

Beasley était toujours au bloc, et ses chances de s'en sortir étaient faibles.

Ses « gardes du corps » le croyaient dans son bureau, alors qu'il s'était en réalité échappé par une porte intérieure et avait quitté discrètement le bâtiment.

Aaron s'assit sur le bord du lit de camp, qui grinça de façon inquiétante sous son poids. Il repéra la chaise de *gaming* près du bureau et décida qu'elle semblait plus robuste et plus confortable pour lire. Il prit donc la caisse contenant les dossiers sur les meurtres de la famille de Hope et la posa par terre à côté de la table de travail.

Il commença par les rapports de police, qui décrivaient la maison des Harper comme une scène de chaos, gravement compromise par les ambulanciers et les policiers après le passage de presque tout le voisinage. Il lut l'interrogatoire de Hope mené par les inspecteurs alors qu'elle se trouvait chez sa belle-mère à Southie, encore accablée par son deuil. Le policier qui posait les questions n'était pas particulièrement compatissant. À certains moments, il était carrément cruel, décrivant Hope comme une personne robotique et peu coopérative.

Aaron lut ensuite sa déclaration écrite, dans laquelle elle racontait comment, après avoir été promue associée dans son cabinet d'avocats, elle était rentrée chez elle pour découvrir que les deux personnes qu'elle aimait le plus au monde étaient mortes ou mourantes. Y penser le rendait malade. Et le fait que Leech se soit trouvé sur place...

Le principe du rasoir d'Ockham[1] avait été appliqué.

Ensuite, il lut la déposition de Leech, recueillie depuis le lit d'hôpital où Brendan Harper l'avait envoyé. Il avait le nez cassé et une pommette fracturée. Bien qu'en état d'arrestation, il était resté à l'hôpital jusqu'à la fin de ses différentes chirurgies. Le BPD s'était couvert alors que vingt témoins avaient affirmé que Leech avait résisté à son arrestation.

Ce dernier déclarait avoir reçu un message aux alentours de dix-sept heures, l'invitant à dîner chez Hope Harper. Il prétendait qu'il pensait qu'ils étaient amis, après avoir passé tant de temps ensemble au cours des quatre mois précédents. Il avait prévu de lui octroyer une énorme prime, peut-être même de rembourser son hypothèque en remerciement de son dur labeur.

---

1. Principe de raisonnement philosophique, qui pourrait se résumer par « l'explication la plus simple est généralement la bonne ».

Il affirmait que, lorsqu'il était arrivé, Hope avait répondu à la porte et était passée devant lui, avant de faire signe aux ambulanciers de s'arrêter. Il ignorait ce qui se passait. Il décrivait le sang sur les mains de la jeune femme, cherchant manifestement à l'incriminer plutôt que lui.

Il raconta comment elle avait supplié les ambulanciers de ranimer son enfant. *Supplié.*

D'après les relevés téléphoniques, Leech avait effectivement reçu un texto contenant l'invitation à dîner et l'adresse de Hope. Le texte provenait d'un prépayé qui n'avait jamais été tracé ni récupéré.

Hope avait juré sous serment qu'elle n'avait pas envoyé de message.

Était-il possible que Blake Delaware ait envoyé un SMS à Leech avant de partir pour l'aéroport, puis qu'il ait détruit le téléphone pour donner un alibi à son patron ? Leech s'était déjà tiré d'affaire après avoir commis des meurtres. Peut-être était-il devenu arrogant.

Il était techniquement possible que Hope ait envoyé un message à Leech depuis un téléphone non identifié, et qu'elle ait profité de la libération du tueur en série présumé pour assassiner son mari et son enfant, comme l'avaient affirmé les avocats de ce dernier à un moment donné. Mais la plupart des gens ne commettaient pas de meurtre pour se débarrasser d'un conjoint indésirable, et certainement pas d'un enfant bien-aimé. Le divorce existait pour une bonne raison. L'angle du meurtre n'avait de sens que si vous étiez à l'aise avec l'idée de prendre la vie de quelqu'un d'autre. Comme Leech l'était.

La dernière chose qu'Aaron regarda fut les photos de l'autopsie, et, même s'il travaillait dans les forces de l'ordre depuis six ans et qu'il avait déjà tout vu, les pétéchies rouges dans les yeux bleus de Paige Harper l'anéantirent. Il passa rapidement les clichés en revue. La fillette n'avait pas été agressée sexuellement, ce qui constituait une mince consolation. Leech disait souvent à qui voulait l'entendre qu'il ne faisait pas de mal aux enfants. Beaucoup de pédophiles affirmaient la même chose. Ils *aimaient* les enfants. Ils ne leur feraient jamais de mal. Les enfants aimaient ce qu'ils leur faisaient. Ils prenaient du plaisir. Ils en étaient les instigateurs. Plaisir mutuel, ou faiblesse momentanée... Aaron avait tout entendu, et cela lui retournait l'estomac.

Danny Harper était un type en pleine forme, un bel homme. L'autopsie avait révélé des éraflures sur ses jointures et une contusion à la mâchoire. L'unique blessure à l'arme blanche, juste sous les côtes, avait provoqué une hémorragie interne massive, mais il avait mis du temps à mourir, lentement, tout en sachant que sa fille était morte à ses côtés et que la vie de sa femme était sur le point d'être complètement détruite.

Hope avait admis qu'ils s'étaient disputés la veille, au sujet du fait qu'elle représentait Leech.

Le médecin légiste n'avait pas pu déterminer avec certitude l'heure du décès de Paige. L'après-midi avait été chaud, le corps n'avait donc pas beaucoup refroidi. Danny était mort sur la table d'opération.

Aaron savait qu'une partie de la culpabilité de Hope découlait de sa conviction que, si elle était rentrée plus tôt, si elle avait renoncé à la fête organisée par son cabinet, quand bien même elle en était l'invitée d'honneur, elle aurait peut-être pu empêcher cette attaque ou arriver à temps pour sauver au moins son mari. Aaron ignorait s'il aurait pu supporter la moitié de la douleur qu'elle avait endurée. En comparaison, la trahison de sa fiancée semblait insignifiante.

Et ce n'était pas tout à fait juste, car la trahison l'avait détruit, mais la comparaison était frappante. Mais Aaron préférait que son ex trouve le bonheur avec son frère plutôt que de finir sur une table d'autopsie. Sans équivoque. Il n'y avait aucun débat là-dessus.

Le chat commença à gratter à la porte de Hope. Aaron hésita un instant, mais il ne voulait pas que les miaulements et les grattements la réveillent si elle dormait. Cette femme méritait un peu de paix. Il ferma le dossier, puis se rendit discrètement dans le couloir, pour laisser entrer le chat. Il avait la main sur la poignée quand la porte s'ouvrit.

Hope se tenait là, vêtue d'un joli haut de pyjama bleu soyeux qui lui arrivait à peine aux genoux. Son visage était pâle, ses yeux sombres et hantés.

Lucifer se précipita à l'intérieur de la chambre.

Le cœur d'Aaron s'emballa. Il ouvrit la bouche pour s'expliquer au sujet du chat, quand Hope tendit la main et la referma autour de son poignet. Elle le tira jusqu'à ce qu'il fasse un pas, puis un autre. Quand il fut à l'intérieur de la chambre, elle referma la porte, fit courir ses mains sur le torse nu d'Aaron, remontant jusqu'à ses clavicules.

Elle se hissa ensuite sur la pointe des pieds et effleura ses lèvres des siennes.

— Aaron.

La résistance de ce dernier s'effondra. Il l'attira à lui et écrasa ses lèvres contre les siennes, dévorant cette bouche qui l'avait lentement rendu fou de désir. Elle avait le goût du dentifrice et le parfum de l'été. Il enlaça son corps si étroitement qu'on aurait dit qu'il craignait qu'elle tente de s'échapper. À la place, elle se rapprocha et plongea ses mains dans les cheveux d'Aaron. Le tissu de son t-shirt était aussi lisse que du satin et mettait ses sens en émoi. Leurs langues s'entremêlèrent, tandis que ses mains parcouraient avidement les douces courbes de la jeune femme. Le désir monta en lui. *Bon sang !* Il voulait cette femme.

Un bruit dans la rue le tira brusquement de ce moment. Il

s'écarta, la respiration laborieuse. Il attrapa la main de Hope pour qu'elle arrête de le toucher. La matière soyeuse de sa tenue s'accrochait aux pics tendus de ses seins. Il voulait désespérément la voir nue, mais il savait que, s'il le faisait, il serait perdu.

— C'est mal.

Mais, d'un autre côté, rien ne lui avait semblé aussi juste depuis des années. Hope cligna des yeux, arborant une expression blessée.

— Je te veux, tu sais que je te veux, mais si quelqu'un le découvre, je serai réaffecté à Quantico.

Et il se ferait botter les fesses, à juste titre. Elle était hors limites, et peu importait à quel point il la désirait.

— Et tes états de service irréprochables seront entachés, affirma Hope.

Elle fit courir ses lèvres sur la mâchoire de Nash. Elle se hissa à nouveau sur la pointe des pieds pour mordiller le lobe de son oreille, et la sensation faillit le faire tomber à genoux.

— Personne n'a besoin de savoir, Aaron. Je ne le dirai à personne.

— Moi, je le saurai, répliqua-t-il, se rappelant à quel point elle était bouleversée plus tôt dans la soirée. Je ne veux pas profiter de toi.

Le mot « menteur » résonna dans ses veines.

— À mon avis, c'est moi qui profite de toi.

Elle lui adressa alors un sourire empreint d'une grande sagesse féminine. À cet instant, elle ne semblait ni vulnérable ni perdue. Elle ressemblait à une sirène. Elle fit glisser lentement sa main le long de son ventre, puis enroula ses doigts autour de son membre dur à travers son pantalon, une partie de lui qui n'avait manifestement pas compris le message « hors limites ».

Il serra les dents, alors que de la sueur perlait sur son front.

Hope l'embrassa, avalant son gémissement. Elle le toucha, le caressa, le faisant frémir de désir.

— Ne pourrions-nous pas avoir une nuit ? Une nuit dont personne d'autre que nous ne saura rien ?

Les yeux gris de la jeune femme semblaient noirs au clair de lune. Une nuit serait-elle vraiment si terrible ? Il savait que Novak et Charlotte Blood s'étaient mis ensemble au cours de cette opération à Washington. Et Seth avait clairement été très occupé avec Zoe pendant qu'ils fuyaient le cartel de la drogue. L'idée de passer à côté de cette connexion avec Hope... De toujours se demander comment cela aurait pu être...

Il ne pensait pas qu'elle lui referait la même demande s'il refusait ce soir-là. Il ne croyait pas qu'elle lui accorderait une seconde chance.

— Attends ici.

Il ouvrit prudemment la porte et entra dans sa chambre, où il prit son Glock, son portable et son oreillette, au cas où il se passerait quelque chose dont il devrait être informé. Il fouilla dans sa trousse de toilette, en quête d'une bande de préservatifs, que tous les membres de l'équipe avaient sur eux pour des raisons qui n'avaient rien à voir avec des relations sexuelles avec la personne qu'ils étaient chargés de protéger. Mais, *merde*, Hope n'était pas une civile ordinaire. Elle était dans les tranchées, et elle ne craignait pas Leech ni ne dépendait d'Aaron pour quoi que ce soit, sauf pour superviser sa sécurité. L'équipe était tellement douée qu'elle aurait pu accomplir sa mission avec un bandeau sur les yeux.

Il ne supportait pas l'idée de ne pas saisir cette chance d'*être* avec elle.

Il referma sa porte et se glissa rapidement dans la chambre de Hope. Elle se tenait près de la fenêtre, à caresser son chat et pivota quand il entra. Il tourna la clé à l'ancienne dans la serrure, avec un claquement discret.

Le chat sauta des bras de la jeune femme pour se réfugier sous le lit.

— J'ai cru que tu avais changé d'avis, lui dit-elle d'une voix douce.

Aaron s'avança vers elle, ferma les rideaux et lui montra ce qu'il avait entre les mains.

— Je me ravitaillais.

Hope écarquilla les yeux et esquissa un doux sourire.

— Je n'avais pas réfléchi aussi loin, mais je suis ravie que tu sois aussi préparé. Je ne sais pas trop ce que mon chef de la sécurité penserait d'envoyer quelqu'un acheter des préservatifs à cette heure-ci.

À cet instant, il ne voulait pas songer au fait qu'il était son chef de la sécurité. Il posa son arme, son téléphone, son oreillette et les préservatifs sur la table de chevet.

— Tu n'as qu'à demander à n'importe quel membre de la HRT, et il aura des préservatifs quelque part.

Hope se mit à rire.

— Pas parce que nous nous envoyons en l'air toutes les cinq minutes.

Cela faisait si longtemps pour lui qu'il ne se souvenait pas de la dernière fois. En tout cas, pas la dernière fois où cela avait été incroyable. Ses rencontres étaient devenues ordinaires, il faisait les choses machinalement, car son corps le voulait, mais son esprit n'était pas impliqué, et son cœur encore moins.

— Ils sont utiles en situation de survie, pour transporter de l'eau.

Hope grimaça.

— As-tu déjà bu comme ça ?

Aaron sourit à cette idée.

— Non. Mais je le ferais s'il le fallait.

Hope mouilla sa lèvre inférieure, et, tout à coup, Aaron fut dur comme de la pierre.

— Mais nous ne sommes pas obligés de faire ça, Hope. Si tu as changé d'avis...

Elle l'attrapa, le tira par les cheveux et l'embrassa à pleine bouche, dans un choc de langues et de dents.

Il n'hésita qu'un instant avant de poser sa main sur le tissu glissant qui moulait son corps. Il caressa ses flancs de haut en bas, le côté de ses pouces effleurant le bord de ses seins. Hope frémit quand Aaron goûta sa bouche. Il la serra contre lui, pour qu'elle sente l'effet qu'elle avait sur lui.

Elle gémit, et ce fut le son le plus sexy qu'il ait jamais entendu.

Elle sentait la glace à la vanille, et il brûlait d'envie de la lécher partout, pour voir si son goût était le même. Il la souleva, et elle le surprit en enroulant ses jambes autour de sa taille, appuyant son sexe contre son membre raidi.

Aaron se mit subitement à transpirer. Il n'allait jamais durer. Il allait se ridiculiser et laisser cette femme, qui, supposait-il, n'avait pas eu de relations sexuelles depuis le décès de son mari, déçue et insatisfaite.

Hors de question !

Il la fit descendre en douceur sur le lit.

Il était un opérateur d'élite, qui courait des marathons pour le plaisir pendant son temps libre. Il n'avait aucune intention de décevoir cette femme et devait commencer à prendre les choses en main.

CHAPITRE TRENTE-CINQ

près l'avoir allongée sur le lit, Aaron se déshabilla rapidement, dévoilant un corps mince et musclé qui mit l'eau à la bouche de la jeune femme. Il la suivit sur les draps. La sensation de son poids appuyé entre ses cuisses était merveilleuse.

Son réveil, combiné aux lumières de la ville qui traversaient ses rideaux fins, était suffisant pour voir.

Hope vit les yeux d'Aaron devenir d'un noir d'encre tandis qu'il la dévisageait, appuyé sur ses coudes. Il l'embrassa ; leurs langues se mêlèrent, leurs lèvres s'explorèrent, et son goût envahit ses sens. Cela faisait si longtemps que le désir qu'elle éprouvait pour lui la transperça, contractant ses muscles. Elle voulait cela. Elle n'arrivait pas à croire qu'il était là ou qu'elle le désirait à ce point. Elle avait besoin de lui, avant qu'il change d'avis ou reprenne ses esprits.

Avant qu'elle le fasse.

Il la surprit lorsqu'il s'écarta, soulevant son haut de pyjama, pour dévoiler son ventre et sa culotte assortie. Une amie, qui vivait au Royaume-Uni, lui avait envoyé ces vêtements, ainsi qu'un abonnement à une application de rencontres, quelques années plus tôt. Elle ne les avait jamais portés, et n'avait jamais regardé l'appli. Elle ne savait même pas pourquoi elle avait gardé ce pyjama... jusqu'à maintenant.

Aaron descendit lentement le long du lit et la lécha à travers la soie, se focalisant sans effort sur son clitoris. Surprise, elle sursauta. Il appuya plus fort avec sa langue, et Hope cambra le dos sur le lit. Il en profita pour glisser ses mains sous ses fesses, et la soulever vers sa bouche. Il fit glisser sa langue sur le côté de la culotte, puis écarta le fin tissu. Il trouva son centre, s'enfonçant profondément, lui procurant un tel plaisir que Hope en eut le souffle coupé.

Les poils de sa barbe, le souffle chaud sur sa peau la plus sensible la firent crier, mais il s'écarta rapidement.

— Je meurs d'envie de t'entendre crier de plaisir, mais au moindre bruit, toute la maison sera en alerte maximale, et les gars se précipiteront ici pour te sauver.

Hope rit doucement, même si elle était consternée par cette idée. Elle chuchota :

— Allons-nous avoir des relations sexuelles furtives, opérateur Nash ?

— Nous allons avoir des relations sexuelles secrètes et furtives. *Bon sang !* Nous parlons de *sexe sous couverture*, et si quelqu'un l'apprend, je devrais le tuer, affirma Aaron, puis il se recula et fit glisser le morceau de soie le long de ses jambes, avant de le jeter de côté. Mais, apparemment, c'est plus fort que moi.

Il remonta sur le lit, et sa bouche se posa sur elle, puis il glissa à nouveau sa langue en elle, la poussant toujours plus haut. Elle s'efforça de rester silencieuse, car elle ne voulait surtout pas causer d'ennuis à Aaron ni que quelqu'un d'autre soit au courant de leurs affaires. Tout le monde croyait tout savoir sur elle.

C'était privé.

Très privé.

Et... *bon sang* ! Aaron Nash savait s'y prendre avec le corps d'une femme. Hope essaya de résister, mais il lui pinça le téton entre deux doigts, puis la lécha avec force, tandis que ses doigts la comblaient et l'étiraient. Elle bascula si rapidement qu'elle dut réprimer le cri qui la surprit complètement, alors qu'elle se brisait en un milliard de particules de poussière d'étoile qui scintillaient à travers son corps.

Elle attrapa les cheveux d'Aaron et tira les mèches sombres et soyeuses entre ses doigts.

— Viens ici un instant, soldat.

Il remonta le long de son corps, mais s'arrêta au niveau de ses seins, tendant le tissu de sa chemise de nuit sur ses mamelons avant de les aspirer dans sa bouche chaude, les effleurant délicatement avec ses dents.

— Oh, *mon Dieu* ! murmura-t-elle.

Le tissu humide frottait contre les pointes dures de chair sensible, la rendant folle de désir. Elle ne savait plus à quoi se raccrocher pour garder les pieds sur terre.

— Tu es tellement doué pour ça ! As-tu suivi des cours quelque part ? C'est dans ce domaine que tu es professeur ?

Hope adora le sourire qu'il lui offrit.

— Non. Mais j'apprécie ton évaluation de mes performances.

— Continue comme ça et tu auras un A+.

Son sourire devint sombre.

— Je ferai de mon mieux.

Hope caressa les épaules de Nash.

— Je te veux en moi, Aaron.

Il attrapa un préservatif sur la table de chevet. Elle le lui prit, déchira l'emballage et descendit les mains pour le lui enfiler. Elle écarta les jambes, et il se positionna contre elle. Il soutint son regard tandis qu'il la pénétrait lentement. Ses ongles s'enfoncèrent dans son dos, elle enroula ses jambes autour de lui, planta ses talons dans ses fesses, pendant qu'il la comblait avec douceur. C'était incroyable. Aaron bascula le bassin vers l'avant, coinça le visage de Hope entre ses deux grandes mains et soutint son regard quand il plongea à nouveau en elle, encore, et encore, et encore.

— Tu es magnifique.

Ses mots reflétaient exactement son expression et ils effrayaient un peu Hope.

Elle ne s'était pas attendue à ressentir les choses aussi intensément, mais cela faisait longtemps, et c'était une série de premières fois. Il aurait été plus étrange qu'elle ne soit pas déstabilisée et désorientée par cette expérience.

Ce n'était que du sexe, mais c'était un acte intime, ce qui expliquait pourquoi la rupture de confiance constituait une telle trahison.

Hope inclina son bassin pour qu'Aaron s'enfouisse plus loin en elle. Il gémit doucement, enfouit son nez dans son cou, frôlant son oreille. Sa main se posa sur son sein, et ses doigts trouvèrent son mamelon, le caressant, jouant avec, puis il le pinça jusqu'à ce qu'elle cambre à nouveau le dos et explose dans des convulsions d'extase pure.

Il attendit qu'elle redescende, qu'elle revienne à la réalité, avant de les faire rouler délicatement pour qu'elle se retrouve au-dessus.

La neige dehors rendait la pièce si lumineuse qu'elle voyait chaque centimètre carré de son corps parfait.

— Je ne sais pas si je peux recommencer, avoua-t-elle, et sa voix n'était qu'un murmure dans l'obscurité de velours.

— Essaie, la défia-t-il, le regard sombre.

Elle acquiesça, puis se mit à bouger, prudemment d'abord, puis avec davantage d'assurance. Cette position lui donnait tout le contrôle, mais cela signifiait aussi qu'Aaron était enfoui aussi profondément que possible en elle.

Elle avait oublié à quel point cela pouvait être bon.

Aaron fit passer son pyjama par-dessus sa tête et l'envoya au loin. Le désir dans ses yeux devint sauvage, et la crispation de sa mâchoire s'intensifia. Il agrippa les cuisses de Hope tandis qu'elle le chevauchait. Elle commença lentement, doucement, jusqu'à trouver son rythme. Ensuite, elle accéléra, intensifia ses mouvements, sentant le désir monter en elle, ainsi que les attentes et l'anticipation. Elle continua, le poussant, *les* poussant tous les deux, complètement absorbés par cette connexion, ce désir. C'est alors qu'il l'enlaça pour l'immobiliser et qu'il la pénétra plus profondément et plus fort. Elle sentit les vagues de l'orgasme d'Aaron en déclencher un nouveau en elle, et ses muscles intimes se contractèrent autour de lui. Ensuite, elle resta allongée sur le torse de Nash, incapable de bouger, les muscles relâchés, complètement rassasiée.

Aaron lui caressa le dos, enfouissant à nouveau son nez dans le cou de Hope. Elle aurait voulu le remercier, mais cela aurait semblé étrange.

Une lumière s'alluma sur le téléphone d'Aaron, qui tendit la main pour l'attraper, toujours enfoui en elle. Elle voulut s'éloigner, mais il la serra contre lui. Il lut l'écran de son téléphone avant de le reposer. Puis il attrapa le préservatif avant de laisser Hope s'éloigner.

Il le retira et se rendit dans la salle de bains. Elle entendit le robinet couler un moment, comme s'il se lavait, ainsi que la chasse d'eau, et il revint dans la chambre.

Elle se disait qu'elle aurait dû se couvrir, mais au lieu de cela, elle resta allongée sur le lit, complètement nue. Elle voulait qu'il la voie. Elle voulait qu'il ait à nouveau envie d'elle. Elle ne voulait pas que la réalité s'abatte déjà sur eux.

Les yeux d'Aaron parcoururent son corps nu.

— As-tu quelque chose d'important à faire ? murmura-t-elle.

— Novak a dit que les marshals pensent avoir acculé Somack et Robert dans un petit bois non loin du dernier endroit où ils ont été repérés.

Hope se déplaça sur le lit.

— Cela signifie-t-il que tu dois partir ?

Aaron sembla hésiter un moment.

— Je ne peux pas dormir ici, Hope. Pas ce soir. Peut-être que lorsque tout cela sera terminé...

— Je ne parlais pas de dormir, Aaron.

Il n'était pas question de l'avenir. Il était question de l'instant présent. Elle plia un genou, et le vit déglutir.

— Dois-tu vraiment partir maintenant ? s'enquit-elle, caressant son ventre.

Il souffla.

— J'admire ta confiance en mes capacités.

— Allonge-toi, lui intima-t-elle, tapotant le drap. Voyons si je peux t'aider.

Il resta là un long moment, puis finit par s'allonger sur le lit. Elle s'étira dans l'autre sens, puis commença par embrasser la délicate voûte de son pied gauche. Il sursauta doucement, visiblement chatouilleux. Elle remonta jusqu'à ses chevilles, ses mollets puissants, découvrant les muscles et les os qui composaient cet homme. Soudain, il saisit l'une de ses chevilles et la tira vers lui, tout en haut du lit, jusqu'à ce qu'il puisse à nouveau se régaler avec sa bouche, et elle découvrit l'étonnant pouvoir de récupération d'un homme viril.

CHAPITRE TRENTE-SIX

Une heure plus tard, Aaron se redressa.

— Maintenant, je dois vraiment y aller.

Il avait beau vouloir rester, il ne pouvait pas. S'il se faisait prendre, il serait foutu. L'idée d'être renvoyé dans la honte, et de voir quelqu'un d'autre prendre sa place à la tête de l'équipe de protection de Hope le rongeait de l'intérieur. Cela se produirait si ses supérieurs soupçonnaient qu'il avait une relation personnelle avec la principale, et il n'y avait rien de plus personnel qu'un *soixante-neuf*, tous deux nus sur le lit de ladite principale.

Elle passa sa main sur le tatouage dans son dos, le caressant doucement du bout des doigts.

— D'accord. Au fait, j'aime tes poissons. Ils sont *chauds*, comme diraient les enfants.

Aaron se tourna et lui sourit.

— J'aime chaque centimètre de toi. Et maintenant, je dois me tirer d'ici, avant de te prendre à nouveau, que mon membre tombe parce qu'il n'a pas eu autant d'action depuis des années.

Elle parut intriguée plutôt que déconcertée.

— Nous ne voudrions pas qu'une telle chose se produise.

Aaron se leva, attrapa son pantalon de pyjama, l'enfila. Il récupéra le Glock, son téléphone, son oreillette, puis rangea les deux derniers objets dans sa poche. Il laissa le seul préservatif restant sur la table de chevet. Était-ce de l'optimisme quant à la possibilité d'une répétition ? Sans doute. Aurait-il cette chance ? Il en doutait. Serait-il assez stupide pour recommencer ? Absolument.

Il embrassa Hope, puis se dirigea vers la porte.

— Aaron, l'appela-t-elle d'une voix douce.

Celui-ci se retourna.

— Merci pour ce soir.

Était-ce une façon de le remercier pour ce soir-là et de lui proposer de recommencer un jour ? Ou un remerciement pour la soirée et une façon de lui dire qu'ils allaient redevenir des professionnels qui ne devaient pas se voir sans leurs vêtements ?

Il ignorait ce qu'elle voulait et il ne pouvait pas le lui demander. Il ne voulait pas avoir l'air désespéré. Si elle ne voulait rien de plus, il passerait pour un idiot amoureux. Et, si elle voulait plus... il passerait pour un idiot amoureux.

Il ne voulait pas prêter le flanc à une humiliation. Il l'avait suffisamment fait pour toute une vie, mais il devait encore en supporter davantage chaque fois qu'il rentrait chez lui pour rendre visite à sa famille. Mieux valait qu'il se taise et savoure le moment. Il ouvrit doucement la porte. Le chat se précipita dans l'entrebâillement, et, quand Aaron sortit à son tour, son ventre se noua quand il vit Cowboy descendre les escaliers.

Son coéquipier se figea un instant, mais il ne dit rien. Il plissa les yeux.

Aaron pinça les lèvres. Il n'avait pas honte de ce qu'il avait fait, mais il savait malgré tout que c'était mal, et il ne voulait pas être exclu de cette opération.

— Sois prudent, mon pote, murmura Ryan en descendant.

Ryan qui lui donnait des conseils sur sa vie sexuelle, c'était vraiment fort. Ce gars-là s'envoyait toutes les femmes qui étaient consentantes et disponibles. Mais cela ne signifiait pas que sa mise en garde n'était pas valable, alors Aaron réprima la rage brûlante qui l'envahissait et la refoula sous une couche de bon sens. Il *était* prudent, mais pas assez, apparemment.

Pourquoi Ryan était-il debout à deux heures du matin ?

Aaron attrapa une serviette et prit une nouvelle douche. Il voulait que Leech soit arrêté. Il voulait que Leech retourne en prison, pour que Hope puisse reprendre le cours de sa vie. Et il adorerait la revoir quand tout cela serait terminé. Mais il avait remarqué qu'elle avait coupé court à la conversation lorsqu'il avait évoqué l'avenir.

Peut-être était-ce simplement la proximité forcée qui avait conduit deux êtres humains, excités et attirés l'un par l'autre, à faire ce que font généralement les êtres humains excités et attirés l'un par l'autre ? Ce n'était pas sans raison qu'il y avait une crise démographique.

Et même si les chances que cela mène quelque part étaient minces, il pouvait se permettre d'être un peu patient. Hope avait vécu l'enfer. Le fait qu'il soit son premier amant depuis des années lui fit relever le menton. Ils se connaissaient depuis moins d'une semaine. Les choses évoluaient à une vitesse fulgurante entre eux, et un peu de « prudence » n'était pas une mauvaise chose.

Surtout si ce n'était qu'une aventure sans lendemain pour Hope. Une façon de se remettre en selle. Aaron ne voulait pas avoir à nouveau le cœur brisé. Qui le voudrait ? Et, à présent, il devait chasser de son esprit cette pensée obsédante d'une possible relation avec sa principale, car il avait du travail pour assurer sa sécurité.

Il n'était pas question qu'il laisse quoi que ce soit arriver à cette femme. Pas maintenant. Jamais. Même s'il ne se passait plus rien entre eux. Il n'était pas question pour lui de tout gâcher. Pas alors que la vie de Hope et celle de ses coéquipiers étaient en jeu.

cette femme. Pas maintenant. Jamais. Même s'il ne se passait plus rien entre eux. Il n'était pas question pour lui de tout gâcher. Pas alors que la vie de Hope et celle de ses coéquipiers étaient en jeu.

CHAPITRE TRENTE-SEPT

Hope se réveilla tard, prit sa douche et descendit un peu après sept heures. Elle ne vit Aaron nulle part et ne savait pas si elle devait être déçue ou soulagée. Leurs ébats avaient été prodigieux. Incroyables à en hurler sur les toits. Elle avait envie de se balader avec un grand sourire idiot, mais elle avait promis de ne rien dire à personne, et elle n'avait pas besoin de parler de ses orgasmes pour se trahir.

Elle mit en route la cafetière qu'elle avait remplie la veille. Elle devrait tôt ou tard investir dans une de ces machines à expresso industrielles, mais ce rituel lui donnait un peu de temps pour réfléchir le matin, pendant qu'elle attendait que l'eau bouille.

Son téléphone portable sonna, et elle se prépara à recevoir une nouvelle image ou vidéo grotesque, mais c'était Brendan. Ce type devait être branché sur son addiction au café.

— Salut.

— Que diable s'est-il passé avec cet abruti de Beasley hier soir ?

Son ton fit sursauter Hope.

— Quelqu'un l'a poignardé. Pourquoi ?

— J'ai entendu dire que tu étais sur les lieux.

— J'ai reçu un appel depuis la scène de crime avec une vidéo de lui, blessé. J'ai cru reconnaître l'endroit, mais je ne me rappelais pas la localisation exacte, alors je me suis rendue sur place avec le FBI pour trouver. Est-il encore en vie ?

— Cet enfoiré est mort sur la table.

Choquée, Hope haleta.

— Je croyais que tu ne l'aimais pas ?

— Cela ne veut pas dire que je suis contente qu'il soit mort !

— Garde ta compassion pour quelqu'un qui le mérite. Le FBI a-t-il déjà une piste ?

Le cynisme de Brendan tournait à plein régime. C'était ce que des années de service faisaient à certaines personnes, mais cela ne les rendait pas nécessairement meilleurs policiers.

Elle entendit quelqu'un parler en arrière-plan.

— Écoute, lui dit-elle, sans prendre la peine de masquer son agacement. Je viens juste de me réveiller. Crois-le ou non, le FBI ne me briefe pas sur les affaires au milieu de la nuit.

Elle se rappela Aaron dans son lit la nuit passée, ne portant rien d'autre que son tatouage sexy. Elle ne verrait aucun inconvénient à être briefée à toute heure dans ces circonstances.

Lucifer se mit à réclamer à manger, et elle lui donna une friandise, notant au passage qu'elle allait devoir faire des courses, surtout avec ce stupide dîner qui approchait. Elle aurait pu commander un repas au restaurant, mais Mary aurait reniflé avec dédain et picoré dans son assiette, comme si Hope lui avait donné de la mort-aux-rats.

Elle entendit à nouveau une voix en arrière-plan.

— Est-ce Janelli que j'entends ?

— Oui. Nous sommes sur un homicide.

— T'a-t-il demandé de m'appeler ?

— Non ! Pour l'amour du ciel, tu veux bien arrêter, avec lui ?

Hope eut un mouvement de recul, piquée par son ton.

— Lui demandes-tu d'arrêter quand il s'en prend à moi, Brendan, ou cela irait-il à l'encontre de votre code d'honneur ?

Quand elle leva les yeux, elle vit Aaron appuyé contre le chambranle de la porte de la cuisine. Il se déplaçait comme un fantôme. Ils se déplaçaient tous comme des fantômes, et elle se rendit compte qu'ils faisaient sans doute délibérément du bruit quand elle était là, pour qu'elle sache qu'ils étaient dans les parages.

Une vague d'émotion enfla en elle et la prit par surprise. Le désir se mêlait à autre chose, quelque chose de léger et pétillant qui bouillonnait dans son estomac comme du champagne, lui donnait le vertige et peut-être même la nausée. Elle se sentait comme une adolescente nerveuse et exaltée qui vivait son premier béguin. Sa bouche s'assécha. Mais, qu'est-ce qui n'allait pas chez elle ?

Ce n'était pas un *crush*. C'était une aventure. Une *aventure d'un soir*. Cela ne durerait pas. Elle ne permettrait pas que cela aille plus loin.

— Je dois y aller.

Brendan avait parlé, mais elle n'avait pas saisi ses mots. Elle leva la main pour sortir deux tasses du placard.

— Je te verrai dimanche, déclara son beau-frère, qui s'attendait manifestement à recevoir une réponse.

Elle ne dit rien, attendant simplement qu'il s'excuse d'avoir essayé de lui donner des ordres, ou alors qu'il raccroche. Il raccrocha, car sa fierté était plus grande que sa capacité à admettre quand il se comportait comme un con. Hope posa son téléphone sur le plan de travail et alla prendre le lait. Aaron fit un pas en avant quand elle ouvrit la porte du réfrigérateur, puis il posa une main sur sa joue. Il se pencha pour l'embrasser, dans un geste qui lui donna envie de l'absorber au niveau cellulaire.

Il s'éloigna, puis appuya son front contre celui de la jeune femme et lui sourit.

— Bonjour.

Elle mourait d'envie de s'enrouler autour de lui et de s'y accrocher. Cela lui faisait peur, mais qu'est-ce que cela pouvait bien faire ? Elle prendrait le peu qu'ils pouvaient avoir. Elle profiterait de sa chaleur, du sexe, et elle serait triste quand il partirait. Elle savait qu'il ne resterait pas, et elle n'avait pas l'intention de se laisser aller à trop s'attacher. Cela ne valait pas la peine de souffrir.

Mais un cœur légèrement cabossé ?

Peut-être cela lui ferait-il du bien, lui prouverait-il qu'elle était toujours un être humain plutôt que la femme fragile et isolée qu'elle s'était laissée aller à devenir ces dernières années. Elle ne voulait pas ressembler davantage à Brendan. Certes, elle avait ses moments de hargne et de cynisme, et ce serait mentir que de prétendre le contraire. Mais elle n'était pas une cynique aigrie. Du moins, pas encore.

Un bruit dans l'autre pièce poussa Aaron à s'éloigner.

— Est-ce du café que je sens ? demanda la voix de Frazer.

— Par ici ! l'appela Hope, sortant une tasse supplémentaire. Heureusement que j'en fais toujours beaucoup.

En temps normal, elle buvait une tasse chez elle, puis remplissait un énorme mug de voyage pour partir au travail. Il était possible qu'elle boive beaucoup trop de caféine.

Frazer entra, et Lucifer lui passa immédiatement entre les jambes, avant de se précipiter vers Aaron, comme pour s'assurer d'avoir atteint son quota d'homme pour la journée.

Elle avait eu son quota d'homme pour la journée, songea-t-elle, ricanant intérieurement. Elle servit les cafés et les laissa sur le comptoir, afin qu'ils ajoutent eux-mêmes le lait et le sucre.

La première gorgée inonda sa langue et réveilla ses cellules cérébrales privées de sommeil.

— Brendan m'a informée que Jeff Beasley était mort sur la table d'opération. Est-ce vrai ?

Frazer acquiesça.

— Vers cinq heures, ce matin. Mais aux soins intensifs, pas au bloc. Je t'aurais bien appelée plus tôt, mais j'étais en route pour le bureau UPS, et je me suis dit que certains d'entre nous méritaient de dormir un peu.

Espérant ne pas rougir, Hope détourna résolument le regard d'Aaron.

— Tu es resté debout toute la nuit ?

Frazer acquiesça.

— Veux-tu dormir ici une heure ?

Elle pensa à sa chambre, à l'état des draps et à l'odeur de sexe, qui reviendrait sans doute à afficher un énorme panneau au néon au-dessus de son lit.

Je viens juste de m'envoyer en l'air.

C'était fantastique.

Elle pourrait rapidement changer les draps et ouvrir la fenêtre, ou peut-être pourrait-il dormir dans l'un des autres lits.

Aaron lui décocha un regard, comme s'il lisait dans ses pensées.

— Non, merci. Je vais me débrouiller.

L'idée qu'il puisse se « débrouiller » était risible.

— Le bureau local a visionné les enregistrements des caméras de sécurité de plusieurs commerces du quartier hier soir, et il a réussi à trouver des images de Jeff entrant dans la ruelle.

— Qui était avec lui ? Beasley ne s'est pas poignardé tout seul.

Le profiler fit une grimace et leur montra à tous les deux une photo granuleuse sur son portable.

— Environ cinq minutes après l'arrivée de Beasley, quelqu'un l'a suivi dans la ruelle. On dirait un homme, de taille et de corpulence moyennes. La capuche est tirée si bas sur son visage, et la qualité de l'image est si mauvaise que nous ne pouvons pas l'identifier avec certitude. Je te l'enverrai quand les techniciens auront terminé de l'améliorer, mais c'est peine perdue, à mon avis.

Aaron jura. Hope but une autre gorgée de café.

— Croyez-vous que ce soit lui que j'ai vu hier soir ?

Elle formula sa question de manière décontractée, les yeux rivés sur sa tasse. La réponse d'Aaron fut immédiate.

— Oui.

Une puissante vague de soulagement l'envahit. Peut-être était-ce pour cela qu'elle lui avait sauté dessus.

— Probablement, dit Frazer avec un haussement d'épaules, sans se justifier quant à son besoin de preuves. Contrairement aux marshals, qui n'ont rien repéré du tout. Apparemment, ils ont réussi à perdre Somack et Roberts une fois de plus.

— Où est Tommy Lee Jones[1] quand on a besoin de lui ?

Aaron but une grande gorgée de café. Le voir appuyé contre son comptoir, vêtu d'un pantalon noir et d'un t-shirt moulant, un pistolet à l'allure mortelle attaché à la ceinture, la bouleversa profondément. Cet homme était absolument magnifique. Musclé. Beau. Intelligent. Et, pour une courte période, il était à elle. Elle détourna le regard, car peu de choses échappaient à Frazer. Elle ne voulait pas compromettre la carrière d'Aaron ni ses chances de revivre leur expérience de la veille, comme elle l'espérait, en dévoilant leur secret.

— Je pense que les marshals ont mis toutes les chances de leur côté en poursuivant ces deux-là dans l'espoir d'une victoire facile, car, deux sur trois, ce n'est pas si mal. Mais ils ont échoué lamentablement. En ce qui concerne Leech, on peut supposer qu'ils comptent sur les témoignages du public pour trouver une

---

1. Acteur américain, ayant notamment joué dans le film *U.S. Marshals*, dans lequel il incarne un marshal qui se lance dans une chasse à l'homme, pour retrouver un prisonnier évadé.

piste, mais ils ne trouvent que les corps qu'il sème dans son sillage. Ils ont alerté tous les aéroports, y compris les aéroports privés, ainsi que tous les ports et les frontières, au nord comme au sud, expliqua Frazer, qui se frotta l'arête du nez. Je pense qu'ils hésitent à rappeler aux gens la traque des auteurs des attentats du marathon de Boston.

Hope frémit. Ces quelques jours avaient été vraiment atroces pour les habitants de cette ville.

— A-t-on des preuves réelles qui pourraient indiquer où il se trouve ?

— Rien du tout, sauf si c'est bien lui que tu as vu. Delaware et sa femme ont réservé une chambre d'hôtel hier soir.

— Est-il sous surveillance ? s'enquit Hope.

— Non. Le bureau local de Boston a une équipe sur la maison, mais pas sur l'homme. Apparemment, ils n'ont pas les moyens de surveiller tout le monde.

Frazer but une gorgée de sa boisson et s'efforça d'avoir l'air compréhensif. Les plis autour de ses yeux indiquaient qu'il était vraiment épuisé.

— Le moment semble mal choisi pour partir en vacances, surtout quand on possède l'un des plus beaux logements de la ville, remarqua-t-elle d'un air pensif.

— Si l'on omet l'aspect tueur en série. Sa femme semblait plutôt effrayée quand nous lui avons parlé, hier, répondit Aaron.

Hope ricana.

— Elle doit être plus maligne que je l'imaginais.

Elle termina son café et mit sa tasse dans le lave-vaisselle.

— Notre consultant traque le portable de Delaware. Ce n'est pas aussi bien que de surveiller le type, mais c'est mieux que rien. Il est toujours au centre-ville, ou plutôt, son téléphone s'y trouve toujours.

Aaron prit la tasse vide de Frazer et la mit au lave-vaisselle en même temps que la sienne. Elle aimait sa façon de nettoyer après son passage et d'essayer de prendre soin d'elle, même si c'était uniquement à cause de son travail.

— Quel est le programme pour aujourd'hui ? s'enquit Hope, qui tenta d'insuffler une note positive dans cette atmosphère générale de morosité.

— Analyser de plus près les dernières heures et les derniers jours de Jeff Beasley. Attendre des preuves. Attendre un mandat pour fouiller la maison d'Eloisa Fairchild. Nous savons qu'elle nous a menti en prétendant être seule dans la maison. Je suis à quatre-vingt-dix-neuf virgule quatre-vingt-dix-neuf pour cent sûr qu'elle nous a menti au sujet des lettres de Leech, que je voudrais lire, parce qu'elles doivent contenir des indices. S'il est avec Eloisa, nous l'attraperons, mais j'en doute sincèrement, à moins qu'elle ne dispose d'une *panic room* high-tech dont nous ignorons l'existence... ce qui est possible étant donné qu'elle est riche et paranoïaque. S'il n'est pas là, mais qu'il loge chez un autre ami, il faut espérer que la descente du FBI les rendra nerveux et que Leech sera obligé de déménager.

— Nous avons donc plus de chances de le repérer, ce qui n'est pas encore arrivé. Ma lettre hebdomadaire du quartier de haute sécurité est-elle arrivée ? s'enquit Hope.

— Je ne l'ai pas vue.

— Je vais en parler à Colin. Nous avons été plutôt occupés avec le procès, et il révise pour le barreau, en plus, expliqua-t-elle, avant de consulter sa montre. Je ferais mieux d'y aller. Je voudrais passer au bureau avant d'aller au tribunal.

Aaron fronça les sourcils.

— Tu penses que le procès va se poursuivre comme prévu ?

Hope acquiesça.

— La juge veut que le jury prête serment, pour que les gens puissent reprendre le cours de leur vie. Aussi triste que cela puisse être, expliqua Hope, et ça l'était assurément pour sa famille, Jeff Beasley n'était que le porte-parole de cette équipe juridique, et, maintenant qu'il est mort, je pense que le cabinet accordera moins d'importance à l'affaire de Jason Swann. Jeff a accepté l'affaire soit par dépit, soit dans le but d'obtenir autant de temps d'antenne que moi, au moment où son client le plus célèbre était porté disparu.

— Crois-tu que Beasley aurait pu rencontrer Leech en toute connaissance de cause ?

— Oh, oui ! confirma-t-elle d'un hochement de tête. Il n'avait pas peur de Julius. Il le méprisait.

Il méprisait tout le monde, en réalité. Et, maintenant, il était mort.

— Il aurait pu facilement sous-estimer le danger, intervint Aaron, croisant les bras.

Remarquant qu'elle imitait inconsciemment sa posture, Hope s'obligea à arrêter.

— Tu l'as vu. C'était un vantard et une brute, affirma Hope, qui n'aimait pourtant pas dire du mal de quelqu'un qui était mort depuis moins de trois heures. Je dois envoyer une carte à sa famille et voir si je peux faire quelque chose.

— C'est plus que ce que Beasley a jamais fait pour toi.

Elle étira son cou sur le côté.

— Oh ! Je suis sûre que son assistante a envoyé une carte.

— Les as-tu lues ? Les cartes ? s'enquit Frazer, haussant un sourcil.

Hope cligna des yeux, puis détourna le regard.

— Honnêtement, je ne m'en souviens pas.

L'expression de Frazer semblait indiquer que c'était exactement là où il voulait en venir, mais ce n'était pas la question.

— Je vais envoyer un membre de l'équipe chercher une carte, proposa Aaron, avant de bâiller.

Elle le soupçonnait d'avoir passé la nuit debout, lui aussi, sans doute pour compenser la culpabilité qu'il ressentait d'avoir enfreint les règles du FBI. Il s'adressa ensuite à Frazer.

— Tu viens au bureau du procureur avec nous ?

— Oui, mais je conduirai moi-même, répondit-il, et son regard oscilla entre Hope et Aaron. Vous vous entendez beaucoup mieux qu'il y a quelques jours. Je n'ai pas entendu une seule dispute ce matin.

Hope plissa les yeux.

— Il est encore tôt.

— Mmmh, fit-il, l'air pensif.

Hope l'ignora, tout comme la chaleur qui avait commencé à envahir ses joues. Elle était une femme adulte et elle n'avait pas besoin que quelqu'un la juge… Mais depuis quand cela arrêtait-il les gens ? Elle sortit à grands pas de la cuisine, attrapa son manteau, son bonnet et ses gants. Elle se sentait comme un gladiateur se préparant au combat.

CHAPITRE TRENTE-HUIT

L eech faisait les cent pas dans les confins de sa nouvelle prison. Quelle ironie que la liberté soit devenue un peu un fardeau. L'hiver en Nouvelle-Angleterre était froid et humide, et il avait envie de s'en éloigner, de sentir le soleil sur sa peau, le sable entre ses orteils. Il avait encore un compte à régler, et il ne se reposerait pas tant qu'il ne se serait pas occupé de la femme qui avait menti à son sujet, qui l'avait dénigré et insulté, tant à la barre qu'en dehors.

Qui avait dit qu'il n'était pas capable d'aller au bout des choses ?

Il avait pris un risque, la veille au soir, mais cela en avait valu la peine, surtout quand il avait vu son visage à l'arrière de son SUV. Il avait aussi su qu'il était temps de s'enfuir quand ses yeux s'étaient écarquillés en se posant sur lui. Il s'était régalé à courir dans cette ruelle, le cœur battant à l'idée que ses gardes du corps le poursuivaient. Ensuite, il était parti tranquillement en voiture, sans que personne le repère.

Il s'était senti *vivant*, ce qui n'avait jamais été le cas en prison.

Il n'aimait pas être trahi par les personnes en qui il pensait pouvoir avoir confiance, pas plus qu'il n'aimait être insulté ou catalogué par des personnes qui ne l'acceptaient que pour son argent. Il n'était plus ce petit garçon effrayé qui se cachait dans le placard. Il était le monstre sous le lit.

Il prit le couteau de chasseur qu'il avait trouvé dans le tiroir, passa son pouce sur la pointe, et sentit la morsure de la lame. Une gouttelette de sang perla, d'un rouge rubis.

Il suça son pouce. Il imagina les cheveux blonds et soyeux de Hope étalés sur un oreiller. Il imagina une unique goutte de sang tachant le satin blanc. Ses yeux, de la couleur d'une lune gelée, qui le fixeraient sans le voir.

Il voulait vraiment voir Hope souffrir. Regretter. Se repentir, implorer son pardon. Ensuite, il ferait glisser cette lame directement dans son cœur.

En plein dans sa *putain* d'âme !

CHAPITRE TRENTE-NEUF

Une fois encore, Aaron était assis dans le couloir du palais de justice, où il avait passé la majeure partie de la semaine précédente, et il lisait les dossiers relatifs à l'enquête sur la mort de Monroe. Ce qui lui semblait bizarre, dans toute cette histoire, c'était le fait que l'e-mail ne contenait aucune faute de frappe, alors que l'homme était ivre mort. L'explication était sans doute que Monroe avait rédigé, voire programmé l'envoi de la lettre avant d'avoir bu tout le whisky. Et la boisson avait constitué un moyen d'abaisser ses défenses et d'atténuer la douleur de ce qu'il avait prévu de faire.

Monroe aurait sans doute perdu son emploi s'il avait avoué s'être parjuré, mais il n'était pas si loin de la retraite. Peut-être aurait-il été condamné à une petite peine de prison, mais un type comme lui, avec trente-cinq ans de service, et pas une seule tache sur son dossier ? Sur une accusation comme celle-ci ? Son avocat lui aurait obtenu une peine réduite pour cause de responsabilité atténuée, assortie de travaux d'intérêt général.

Pourquoi se suicider ? Surtout que le type en question était un fervent catholique. Quelque chose clochait.

Aaron repéra l'inspecteur Lewis Janelli. Le partenaire de Monroe au moment de sa mort traînait dans le couloir. Aaron rangea le dossier dans son sac, et glissa ce dernier sur son épaule, avant de rejoindre l'inspecteur.

— Que puis-je faire pour vous, agent... ? demanda l'autre homme, toisant Aaron des pieds à la tête, un léger rictus aux lèvres.

— Nash, se présenta Aaron. Inspecteur Janelli, c'est ça ?

Les yeux de l'inspecteur se posaient partout, sauf sur ceux d'Aaron.

— C'est exact. Vous faites partie de l'équipe de sécurité de Hope Harper, n'est-ce pas ?

— *C'est exact.*

— Ont-ils trouvé trace de cet enfoiré de Leech ?

— Croyez-vous que je serais assis ici si c'était le cas ?

L'inspecteur rit.

— Sans doute que non.

— Pourquoi êtes-vous là ? Pour témoigner ?

Janelli évita de répondre, se contentant d'un geste du menton.

— J'étais en train de lire les dossiers concernant la mort de Pauly Monroe.

— Ah, oui ? s'exclama l'inspecteur, écarquillant les yeux à ces mots.

Aaron remarqua que les traits de l'inspecteur se tendaient.

— Il n'avait pas l'air d'être du genre à se suicider.

Janelli contracta la mâchoire, puis détourna le regard.

— Je n'ai jamais pensé qu'il s'était fait ça tout seul.

— C'est vous qui l'avez trouvé ?

— Ce qu'il restait de lui.

— Ça a dû être brutal.

— Oui, confirma Janelli, qui riva les yeux sur le carrelage, frottant sa chaussure sur la surface usée. Il était en retard pour son service. Je suis allé chez lui parce qu'il buvait pas mal, ces derniers temps. Je ne me serais jamais attendu à devoir le racler sur les murs.

Janelli coula un regard vers la salle d'audience de Hope. L'amertume déformait ses traits.

— C'était la faute de cette sale garce.

— Harper ? demanda Aaron, qui fronça les sourcils. Elle ne faisait que son boulot, non ?

— Mmmh, répondit Janelli, avant de basculer la tête en arrière et de ricaner. Bien sûr, si vous croyez à ses conneries.

Aaron avait lu les transcriptions du procès. Ainsi que les rapports des médias. Elle avait fait son travail.

— Elle s'en est prise à Pauly comme si c'était lui, ce foutu tueur en série. Elle l'a désarçonné. Elle l'a poussé à douter de lui-même.

Aaron fronça les sourcils.

— À la barre, il n'a jamais modifié son histoire.

— Parce que ce n'était pas une histoire, *merde* ! C'était la vérité !

Un adjoint du shérif les observa d'un air renfrogné, et Aaron lui adressa un signe de tête en guise d'excuse.

— Vous dites que Monroe n'a pas menti à la barre ? Qu'il n'a pas placé cette preuve sur la scène de crime ?

Les joues de Janelli s'enflammèrent. Mais, soudain, il ne sembla plus sûr de lui.

— Je n'en sais rien. Je ne sais plus, maintenant. Je croyais savoir... ! Ce que je sais, sans le moindre doute, c'est qu'il est impossible que Pauly Monroe se soit fait sauter la cervelle et qu'il n'aurait jamais mis cette garce en copie du mail où il se confessait. Il la détestait, affirma-t-il, fixant à nouveau ses yeux bruns sur la porte de la salle d'audience. Je la déteste.

— Doucement, inspecteur.

— Oh, ne vous inquiétez pas ! Je ne lui ferais jamais de mal. Brendan ne me le pardonnerait jamais. Il a un faible pour son ancienne belle-sœur, même s'il ne l'admettra jamais.

Aaron le pensait aussi. Hope semblait ne pas s'en rendre compte.

— Brendan Harper et vous êtes partenaires maintenant ?

— Oui. C'est un bon gars, en dépit de sa famille. Un bon inspecteur. Il sait comment obtenir des résultats.

Janelli se remit à frotter sa chaussure sur le sol lisse. Un tic nerveux ?

— Il était avec moi le matin où nous avons trouvé Pauly. Il avait passé toute la nuit en planque, et je suis tombé sur lui alors que je me plaignais que Pauly était encore en retard. C'est lui qui a suggéré de passer chez lui, de dégriser suffisamment Pauly pour qu'il puisse passer la journée derrière un bureau, ou alors qu'il appelle pour se faire porter pâle. Histoire que le capitaine ne soit pas sur son dos. Le procès lui avait porté un méchant coup au moral.

— Pensez-vous que Monroe était sincèrement convaincu que Julius Leech avait tué ces six personnes ?

— Oh ! Il *savait* que Leech était le coupable, confirma Janelli, qui pinça les lèvres.

— Vous pensez que Monroe a pu décider que la fin justifiait les moyens pour obtenir une condamnation ?

— Peut-être. Il s'est sans doute dit qu'il pourrait ensuite se confesser au père Jamieson, réciter quelques Ave Maria, et que tout serait pardonné. N'importe quoi pour que ce type ne coure plus les rues, parce que nous savions tous qu'il était coupable, répondit Janelli, le regard noir, comme s'il sentait qu'Aaron n'était pas aussi compatissant qu'il le paraissait. Je veux dire... que s'est-il passé à la minute où Leech a été relâché ? Que s'est-il passé à la minute où Leech s'est échappé de prison ?

Des gens étaient morts. Aaron acquiesça d'un hochement de tête.

— Je ne crois pas que quelqu'un regrette la libération de Leech plus que Hope Harper.

— À qui la faute ? ricana Janelli une fois encore, avant de tapoter la crosse de son arme. Peut-être qu'elle aura droit à un petit extra cette fois-ci aussi.

Le temps que l'agent de sécurité accoure, Aaron avait plaqué Janelli contre le mur et lui avait retiré son arme de service.

— L'inspecteur a menacé l'ADA Harper, et je veux qu'il sorte d'ici. À moins qu'il ne doive se présenter à la barre, je veux qu'il soit banni du palais de justice.

Janelli criait, à présent, il vibrait de rage. Aaron laissa le shérif lui passer les menottes, tandis qu'il retirait le chargeur et la balle dans la chambre du pistolet de l'homme, puis le rendait à Janelli. Il n'avait pas autorité pour confisquer l'arme de l'inspecteur, ou pour l'arrêter. Pas sans preuve qu'il avait l'intention de mettre ses menaces à exécution. Mais il était parfaitement en droit d'attirer l'attention sur son attitude, et il n'était pas disposé à faire comme si ce n'était rien.

Il confia les balles au garde. Et il aurait aimé pouvoir frapper cet enfoiré, mais il devait garder un peu de supériorité morale. De plus, il ne pouvait pas se permettre d'être mis à la porte en même temps que Janelli.

Il le regarda se faire escorter dans le couloir. L'inspecteur hurlait à présent, et sa haine envers Hope était palpable. Aaron était convaincu qu'il n'aurait pas hésité à recouvrir de sang la pierre tombale de la famille de Hope, et il nota dans un coin de son esprit de vérifier où se trouvaient les preuves.

Il envoya un message à Cowboy, qui se trouvait dans la salle d'audience. Aaron l'avait fait exprès, afin que Ryan ait moins de temps pour dire ce qu'il avait vu au reste de l'équipe. Il l'informa qu'il devait se méfier de ce con de Janelli. Ensuite, il reçut un appel de Frazer l'informant qu'ils avaient obtenu le mandat pour perquisitionner le manoir Fairchild, et lui demandant s'il voulait se joindre à eux.

Il réfléchit pendant environ deux secondes avant de lui demander de passer le chercher. Il avait besoin de bouger, et il voulait voir exactement ce que cachait Eloisa Fairchild.

CHAPITRE QUARANTE

Hope passa une journée ennuyeuse entre le bureau du procureur et le tribunal. Comme elle s'y attendait, la juge fit une déclaration expliquant à quel point la nouvelle du décès de Jeff Beasley était bouleversante, mais elle fit également comprendre à l'avocat solitaire, assis à la table de la défense, qu'il était temps de constituer le jury.

Le jeune avocat était un associé junior, qui n'avait que peu d'expérience en matière de procès.

Aisha tint sa promesse d'aider Hope à obtenir le meilleur jury possible. Lorsque ce fut enfin terminé, Aisha murmura :

— Je te taperais bien dans la main, si je ne craignais pas que la juge désapprouve.

Hope sourit. Ella avait insisté pour venir ce jour-là, et c'était bien qu'elle ait la chance de les voir passer une bonne journée au tribunal. Hope savait qu'elle s'inquiétait au sujet du meurtre de Jeff et de ses répercussions possibles. Mais, à présent, ils pouvaient laisser de côté les conneries et se concentrer sur le fond de l'affaire.

— Voulez-vous que nous vous ramenions chez vous, Ella ? proposa Hope.

Ella jeta un regard vers Jason Swann, qui fixait d'un air maussade son avocat, lequel faisait semblant de ne pas le remarquer. Elle se mordit la lèvre.

— Je voulais passer à la librairie pour acheter quelque chose pour l'anniversaire de ma mère la semaine prochaine, comme ça, je pourrai le lui envoyer.

Hope ouvrit la bouche pour lui dire qu'ils pouvaient le faire, quand elle entendit Ryan Sullivan s'éclaircir la gorge derrière elles. Elle lui décocha un regard et lut dans ses yeux qu'il désapprouvait cette idée. Mais c'était elle qui décidait, ici...

— Je peux vous emmener, proposa Colin d'un ton joyeux. Et vous raccompagner chez vous ensuite.

Hope expira.

— Excellente idée ! N'oubliez pas que vous n'êtes pas obligée d'être présente tous les jours, mais cela aiderait sans doute si vous veniez aussi souvent que possible.

Elle ne s'attendait pas à ce que cela prenne plus de quelques jours, car Jason Swann n'était pas quelqu'un de gentil.

Hope ouvrit discrètement son portefeuille dans son sac à main et en sortit un billet de cent dollars. Elle le posa dans la main de Colin sans qu'Ella la voie.

— Prenez un taxi.

Au moins, de cette manière, le procureur ne découvrirait pas qu'elle dorlotait sa cliente.

Elle coula un regard vers Ryan, qui lui adressa un petit signe de tête. Il n'avait pas plaisanté, ce jour-là. En fait, il était resté étrangement silencieux. Savait-il pour Aaron et elle ? Était-ce pour cela qu'il ne lui adressait pas la parole ? Était-ce la désapprobation qui provoquait cet air renfrogné ?

Les autres commencèrent à enfiler leurs vestes et leurs manteaux, prêts à partir, mais elle se pencha vers lui.

— Est-ce que vous allez bien ? Ou bien y a-t-il un problème ?

Surpris, il cligna des yeux. Le sourire qu'il lui adressa sembla sincère, bien qu'un peu faible sur les bords.

— Je m'inquiète pour l'une de mes collègues. Elle enterre son père aujourd'hui. Je lui ai envoyé un message ce matin, mais je n'ai pas eu de ses nouvelles.

— Je suis désolée.

Ryan hocha la tête, puis détourna le regard.

— Elle me dirait sans doute de ne pas me mêler de ses affaires, mais, perdre un parent, c'est dur.

Hope acquiesça.

— Les miens sont décédés peu de temps l'un après l'autre. Après cela, je me suis longtemps sentie perdue. C'est toujours le cas.

Ryan hocha la tête.

— Oui. Mon père était haut en couleur, et ma mère était une force de la nature, expliqua-t-il, avant de pincer les lèvres. On ne s'attend pas à les perdre, et puis, un jour, ils disparaissent.

Hope savait que Ryan avait perdu sa femme d'un cancer : elle n'avait pas grand-chose à apprendre à cet homme en matière de deuil.

— Lui avez-vous envoyé un autre message ?

Ryan fit la grimace.

— Non.

— Pourquoi pas ? l'interrogea-t-elle, écarquillant les yeux.

— Je ne veux pas m'imposer. Surtout aujourd'hui.

— Vous *l'aimez beaucoup.*

Toute trace d'humour disparut des traits de Ryan, et sa mâchoire se contracta.

— Je travaille avec elle. Elle est hors limites.

Continue à te le répéter, mon chéri. Il était agacé qu'elle ait compris.

— Je ne le dirai à personne.

Il haussa légèrement un sourcil.

— Même pas à Nash ?

Donc, il savait ce qu'Aaron et elle avaient fait la nuit précédente. Les autres s'étaient levés et s'étaient éloignés. Ils attendaient de pouvoir lui dire au revoir, en bavardant.

Hope se rapprocha de Ryan.

— S'il vous plaît, ne dites rien à personne. Cela ne m'affectera pas, mais...

— Vous *l'aimez beaucoup*, l'imita-t-il, mais il semblait surpris.

— Non, répondit-elle en détournant la tête ; elle n'était pas la seule menteuse dans cette salle. Je ne veux pas bousiller sa carrière, alors que c'est moi qui l'ai attiré dans ma chambre hier soir.

Ryan la dévisagea avec attention, les yeux remplis de pensées inavouées. Finalement, il se leva et se pencha nonchalamment vers l'avant.

— Ne lui brise pas le cœur, murmura-t-il, et le fait qu'il la tutoie soudain frappa Hope.

— Ce n'était que du sexe, protesta-t-elle d'un ton tranchant. Crois-moi, je ne suis pas du genre que l'on aime.

Elle marqua une pause, puis secoua la tête.

— La simple idée de tomber amoureuse est...

— Plus effrayante que n'importe quel tueur en série, conclut-il pour elle, et son expression changea, il regarda dans le vide. Les autres ne comprennent pas. L'idée me donne envie de vomir.

Ryan semblait plus solitaire que libéré. Hope ne voulait pas penser à l'avenir. Pas maintenant, alors que Leech était en cavale, et que son monde était à nouveau bouleversé. Elle avait déjà assez de soucis comme ça, et elle ne savait même pas si Aaron et elle auraient l'occasion de passer une autre nuit ensemble, sans parler d'autre chose.

Elle ne voulait rien d'autre. *Tu te souviens ?*

— Tu devrais envoyer un autre message à ton amie du travail. T'assurer qu'elle va bien.

Les yeux de Ryan se voilèrent, et il secoua la tête.

— Non. Elle est avec sa famille. Je suis sûr qu'elle ira bien.

CHAPITRE QUARANTE-ET-UN

Lincoln Frazer sentit un frisson le parcourir alors qu'il conduisait les agents du bureau local jusqu'à la porte d'entrée du manoir d'Eloisa Fairchild, Aaron Nash à ses côtés. Il sonna et il aurait presque pu décrire en détail ce qui allait suivre.

Eloisa ouvrit la porte et regarda la foule d'agents fédéraux devant sa porte.

— Qu'est-ce que cela signifie ?

Son indignation guindée rompit le silence glacial du matin, mais sa surprise semblait feinte. Elle savait que cela allait arriver. Elle les attendait.

L'un des agents locaux passa devant Frazer pour lui présenter le mandat.

— Tu crois qu'elle s'est débarrassée de tout ce qui pouvait être incriminant ? demanda Aaron, tordant la bouche sur le côté.

Frazer grogna.

C'était le problème quand on attendait une décision de justice, mais il ne pouvait pas se permettre de commettre une effraction, ses deux meilleurs collaborateurs étant occupés à d'autres tâches. Il aurait probablement pu demander l'intervention des opérations tactiques, mais cela aurait rendu l'opération officielle et il aurait quand même eu besoin d'un mandat.

— Voyons ce qu'elle a oublié.

Frazer s'approcha d'Eloisa, qui était en train de lire les documents.

— Vous devriez appeler votre avocat, madame Fairchild.

Elle pinça les lèvres, les yeux brillants.

— Je le ferais s'il n'avait pas été assassiné la nuit dernière.

Intéressant.

— Vous comprenez que Julius Leech est un suspect du meurtre de Jeff Beasley.

Une lueur jaillit dans les yeux de la jeune femme.

— Julius n'a pas tué Jeff.

— Comment le savez-vous ? Et où étiez-vous entre dix-huit et vingt heures hier soir ?

Elle afficha un sourire méchant.

— Pourquoi ne poseriez-vous pas la question aux agents du FBI qui surveillaient la maison ? À moins qu'ils se soient endormis pendant le service ?

Frazer donna aux agents de terrain le feu vert pour commencer. Ils savaient ce qu'ils cherchaient : toute correspondance avec Leech, y compris les téléphones portables, les ordinateurs ou les plateformes de jeux. Mais ils devaient d'abord procéder à une fouille minutieuse des lieux, y compris de toutes les éventuelles cavités dans les murs ou les sols, suffisamment grandes pour cacher un homme.

Eloisa baissa les yeux sur le papier qu'elle avait entre les mains.

— Vous ne pouvez pas sérieusement prendre mon téléphone portable ? Comment suis-je censée contacter quelqu'un ?

— Vous n'avez pas de ligne fixe ?

— Qui utilise encore les téléphones fixes ?

— Les spammeurs et les escrocs ? suggéra Aaron.

Une lueur brilla dans les yeux d'Eloisa à ces mots. D'une certaine manière, l'opérateur semblait différent, ce matin-là. Moins tendu. Frazer se demanda si Hope avait quelque chose à voir avec cela. Il avait bien remarqué l'énergie qui circulait entre eux, et il avait encouragé cette connexion. Tant que cela ne compromettait pas la sécurité de Hope, il s'en moquait, et il ne voyait pas en quoi la présence d'un homme armé dans son lit pouvait la rendre plus vulnérable face à Leech ou à d'autres.

À moins qu'il existe un déséquilibre de pouvoir ou une situation abusive, Frazer se moquait bien de savoir qui couchait avec qui. Il ne respectait pas vraiment les règles du FBI à la lettre, ce que les gens n'appréciaient pas forcément.

Il s'inquiétait davantage d'aider une amie à surmonter le pire jour de sa vie. Peut-être Aaron était-il l'homme de la situation ? Ou peut-être se briseraient-ils mutuellement le cœur... qu'en savait-il ? Il ne pouvait qu'espérer qu'ils auraient le bon sens de gérer la situation sans se détruire mutuellement.

Il se servait de son expérience et de ses connaissances pour prédire ou déchiffrer le comportement humain, mais, si l'on ajoutait le sexe ou même l'*amour* à l'équation, cela bouleversait toute logique et défiait la raison. Il n'y avait rien de raisonnable dans ses sentiments envers Izzy. Rien de rationnel dans la façon dont il réagirait s'il lui arrivait quelque chose de grave.

Il sursauta quand il se rendit compte qu'Eloisa le fixait du regard, attendant manifestement une réponse alors qu'il était perdu dans ses réflexions, tel un étudiant de première année en théologie.

— Si vous coopérez, je veillerai à ce que votre téléphone portable soit cloné sur place, et vous pourrez le garder et l'utiliser.

Elle inclina la tête sur le côté, les cheveux pleins d'électricité statique.

— On dirait que vous me faites une faveur, et pourtant, comme je n'ai rien fait de mal...

— Vous connaissez le *deep state*, madame Fairchild, répliqua Aaron d'un ton pince-sans-rire. Ils veulent toujours vous contrôler. Quand ce ne sont pas les nanomachines dans vos veines, ce sont les descentes du FBI sur vos téléphones portables.

— Puisque vous les surveillez de toute façon, cela rend inutile votre présence devant ma porte.

— Et pourtant, nous voilà, intervint Frazer, qui perdait rapidement patience. Nous avons le mandat, Eloisa, ne nous obligez pas à vous arrêter pour vous y être opposée.

— Oh ! Je suis sûre que cela vous ferait plaisir ! Cependant, je ne m'oppose à rien du tout.

Elle tourna alors les talons pour apaiser une autre femme, qui avait accouru près d'elle. L'intendante.

— Tout va bien, Cerise. Le FBI cherche des preuves que nous hébergeons ce pauvre et innocent Julius.

Elle se retourna et lui décocha un regard qui était sans doute censé être séducteur, mais qui semblait plutôt effrayant.

Bon sang ! Izzy lui manquait, et il voulait rentrer à la maison. L'intendante acquiesça, et disparut dans son domaine.

— Il y a quelqu'un d'autre dans la maison ?

Eloisa secoua la tête.

— En êtes-vous sûre ? insista Frazer, plissant les yeux.

— Oui.

— Et qu'en est-il de votre chien ?

Elle fronça les sourcils en signe de confusion, puis elle esquissa une moue de côté.

— Je le surveillais pour un ami.

— Nous pourrions avoir besoin du nom de cet ami.

Frazer l'avait avertie que mentir au FBI était un crime.

— Bien sûr, répliqua-t-elle, arborant une expression neutre.

— Où se trouvent vos coffres-forts ? l'interrogea-t-il.

Elle scruta ses ongles, méchamment rongés.

— N'essayez pas de prétendre qu'il n'y en a pas au moins deux dans cette maison. Nous savons qui les a installés. Je les retrouverai. Je n'aimerais pas avoir à tout arracher pour ce faire.

Elle croisa rapidement son regard, puis leva l'index.

— Pour commencer, je veux appeler le cabinet de mon avocat. Je déteste l'idée de les déranger alors qu'ils pleurent leur collègue, je veux qu'un avocat soit présent, affirma-t-elle avec un sourire qui n'atteignait pas ses yeux. Pour protéger mes intérêts.

— Vos intérêts ? Ou ceux de votre fils ? s'enquit Aaron, dont la question sortait de nulle part.

Frazer cilla.

— Comment avez-vous…, commença-t-elle, avant que sa bouche se fige. Je n'ai pas de fils. Cerise a un fils. Vous parlez sans doute de lui ?

— Pourquoi le fils de Cerise dormait-il à l'étage hier soir ? Pourquoi pas dans son appartement ?

Elle le regarda, bouche bée.

— Il… je… nous avons beaucoup de chambres.

Aaron croisa les bras.

— Alors pourquoi Cerise ne dort-elle pas aussi à l'étage ?

La jeune femme semblait avoir perdu toute énergie, mais elle s'acharnait dans ses mensonges.

— Comment savez-vous que ce n'est pas le cas ?

Aaron lui adressa un sourire dépourvu d'humour.

— Appelez ça une intuition.

Eloisa serra les mains et aspira ses lèvres.

— Discutons-en à l'intérieur.

Ils la suivirent une fois encore dans le salon, mais Frazer voyait désormais la situation sous un nouveau jour. Il savait Aaron intelligent, mais il n'avait pas mesuré à quel point il était perspicace. Elle ferma la porte d'un geste ferme, comme si cela pouvait l'aider à garder ses secrets.

La présence d'un enfant rendait toutes ces bizarreries un peu plus cohérentes.

— Pourquoi teniez-vous à garder secrète l'existence de votre fils ? l'interrogea Frazer d'une voix douce.

Elle se tourna vers lui.

— Samuel est le fils de Cerise. Nous sommes très proches, et je le laisse souvent dormir à l'étage, mentit-elle, et son rire forcé était censé refléter sa joie.

Mais il empestait le désespoir.

— Que ressent-il quand vous prétendez qu'il n'est pas votre fils ? insista Aaron, le regard impitoyable.

Elle serra les poings.

— Leech est-il au courant ? lui demanda Frazer, nonchalamment appuyé contre le manteau de la cheminée.

Elle blêmit brusquement. Sa lèvre inférieure se mit à trembler visiblement, avant qu'elle ne se laisse doucement descendre sur l'affreux fauteuil en velours vert. Plutôt que de le nier, cette fois-ci, elle choisit l'autre option à laquelle les riches avaient recours lorsqu'ils étaient dos au mur. Le contentieux.

— Si cela venait à se savoir, je poursuivrais le FBI et lui réclamerais jusqu'au dernier centime, et je me donnerais pour mission personnelle de faire en sorte que vous soyez tous les deux rétrogradés...

Frazer l'interrompit.

— Ce n'est pas vraiment ainsi que cela fonctionne. Des blâmes peuvent être ajoutés à nos dossiers personnels, et, bien évidemment, nous pouvons être renvoyés, expliqua-t-il, soutenant son regard hautain. Mais pas pour avoir fait notre travail. Pas quand un suspect nous ment.

Il fit courir ses doigts sur le marbre froid de la cheminée.

— Et je crois que vous vous rendrez compte que mes amis sont bien plus puissants que vos amis.

Eloisa semblait furieuse, et, soudain, il comprit pourquoi. Il s'assit en face d'elle, posa les coudes sur les genoux et se pencha en avant.

— Nous n'avons aucune raison de divulguer des informations au sujet de votre fils, Eloisa, je vous le promets. Tant qu'il est en sécurité. Tant que vous ne l'avez pas confié à Julius Leech...

— Non ! Non, je ne ferais jamais ça !

— Vous avez toujours proclamé l'innocence de Julius, mais vous ne lui confieriez pas son propre fils ? s'enquit Aaron.

— Je ne crois pas qu'il soit un tueur, affirma-t-elle, et sa poitrine se soulevait et s'abaissait si vite qu'on aurait dit qu'elle était en train de courir. Mais je ne veux pas que Samuel ait à porter le poids de la condamnation injustifiée de Julius. Ce n'est pas juste pour un petit garçon.

— Est-ce pour cette raison que vous n'avez pas dit à Julius qu'il avait un enfant ? Parce que vous ne vouliez pas qu'il le dise au monde ? Ce garçon pourrait hériter d'une fortune.

Elle tordit les mains l'une contre l'autre.

— L'argent n'est pas toujours une chose positive. Julius et moi avons eu une aventure d'un soir, maladroite et alcoolisée, peu avant son arrestation. Cela ne voulait rien dire. C'est juste arrivé. J'étais déjà à quatre mois quand je me suis rendu compte que j'étais enceinte. J'étais si bouleversée par l'arrestation de Julius que je ne faisais pas vraiment attention à grand-chose d'autre. Et j'ai eu des relations sexuelles avec un autre homme que je voyais à la même époque... mais je prenais mes précautions, avec lui, raconta-t-elle, serrant les mains entre ses genoux. Je savais que c'était le bébé de Julius.

Elle cligna des yeux pour chasser ce qui ressemblait à des larmes.

— J'ai envisagé de me faire avorter. Mais, à ma grande surprise, j'ai découvert que, en fait, je voulais le bébé. Je voulais avoir la chance de devenir mère. J'ai décidé d'attendre la fin du procès pour le lui dire, certaine qu'il serait innocenté. Et j'étais ravie quand il a été libéré.

Elle porta une main à son crâne, comme si elle souffrait. Cacher un secret aussi important aurait donné des maux de tête à n'importe qui.

— Je lui ai parlé au téléphone après sa libération, et nous devions nous retrouver pour le déjeuner le lendemain. Il était tellement soulagé !

— Dans l'intervalle, il s'est rendu chez Hope Harper pour assassiner sa famille.

Eloisa secoua la tête.

— Je n'y crois pas.

Frazer comprenait mieux à présent pourquoi elle rejetait avec tant de véhémence l'idée que Leech était un meurtrier sadique. Cela n'avait rien à voir avec la réalité, mais tout à voir avec le fait qu'elle ne voulait pas que son fils ait un père tueur en série.

— Où est votre fils, maintenant ?

— Je l'ai envoyé chez des amis qui se rendent dans les Hamptons pour de courtes vacances. Ils ont un fils qui a à peu près le même âge. Cerise l'a déposé chez eux ce matin.

— Leur faites-vous confiance ?

Eloisa hocha la tête, raide, puis se mordit la lèvre.

— Vous ne vouliez pas prendre le risque que Julius se présente sur le pas de votre porte, voie l'enfant, et comprenne que vous lui avez menti durant toutes ces années.

Ses yeux s'écarquillèrent de peur.

C'était ça.

— Lui avez-vous parlé depuis qu'il s'est évadé ?

Elle détourna le regard, avant de finalement hocher la tête. Puis elle se couvrit le visage et laissa échapper un sanglot.

— J'ai proposé de lui déposer de l'argent, et, et..., dit-elle avant de hoqueter. Je l'ai laissé dans une voiture au milieu des bois près de Harrisville. Cerise m'a récupérée avec une voiture de location ; elle n'a pas compris pourquoi je laissais la voiture là.

Cette intendante devait être une idiote si elle ne soupçonnait rien... ou alors, elle tenait à garder son emploi.

— Je ne voulais pas qu'il vienne ici et voie Sammy.

Eloisa se mit à sangloter de manière incontrôlée, mais Frazer ne se sentait pas particulièrement l'âme compatissante.

— Je vous en prie, ne m'arrêtez pas. Si vous le faites, la presse découvrira la vérité à propos de Sammy, et Julius saura que je lui ai menti.

— Vous avez peur de lui.

Soudain, son regard se fit sérieux.

— Oui. C'est la chose qu'il disait détester plus que tout au monde. Les gens qui mentent.

Frazer haussa tranquillement un sourcil. Si Eloisa n'avait pas aidé Julius Leech, Sylvie et son mari, sans parler de Jeff Beasley, seraient peut-être encore en vie.

— Je veux savoir exactement où vous avez laissé cette voiture. Je veux en connaître le modèle et la plaque, et je veux avoir accès à toutes les lettres qu'il vous a jamais envoyées. Et ensuite, si vous coopérez pleinement, je parlerai au bureau du procureur pour essayer de maintenir votre fils à l'écart des projecteurs, quand sa mère aura avoué avoir aidé et soutenu un fugitif recherché, sans parler du fait qu'elle a menti au FBI à ce sujet.

Choquée, Eloisa inspira brusquement. Elle se couvrit la bouche, comme si elle venait tout juste de se rendre compte de ce qu'elle avait fait.

Aaron, debout près de la fenêtre, redressa l'échine.

— Je suis sûr que le bureau du procureur comprendra. Après tout, si quelqu'un comprend vos craintes concernant la sécurité de votre enfant, c'est bien l'ADA Hope Harper.

CHAPITRE QUARANTE-DEUX

Il leur fallut quatre-vingt-dix minutes pour se rendre à l'endroit exact où Eloisa Fairchild avait fait une croix sur la carte, à Harrisville. Cela prit dix minutes supplémentaires à conduire sur des chemins peu fréquentés à proximité pour repérer une petite berline gris foncé, garée sur le bord de la route, près d'un sentier de randonnée.

— Même marque et même modèle que la voiture que conduisait Graham Burns, mais plaque différente, indiqua Aaron à Frazer, qui conduisait.

Ils se garèrent un peu plus loin. Frazer passa un appel pour faire vérifier la plaque : elle appartenait à une Toyota Camry, pas à une Chevy. Tous deux descendirent de la BMW et s'avancèrent vers l'autre voiture. Frazer tendit une paire de gants chirurgicaux à Aaron.

Ils firent lentement le tour du véhicule, prenant soin d'éviter toute trace dans la neige et la terre gelée. Le profiler prit des photos sous différents angles avec son portable.

— La portière n'est pas verrouillée, remarqua Aaron.

— Sans doute dans l'espoir qu'elle soit volée.

Nash acquiesça, puis ouvrit la portière, évitant les vagues

empreintes de pas qui s'en éloignaient. Il avait neigé depuis que la personne, sans doute Leech, avait abandonné la voiture. Frazer plaça une pièce de vingt-cinq cents sur le sol, et prit d'autres photos sous divers angles. Visiblement, il était convaincu que c'était la voiture qu'ils recherchaient. Aaron aussi.

Ce dernier tendit la main à l'intérieur pour ouvrir le coffre. Les deux hommes se dirigèrent vers l'arrière du véhicule. Aussitôt, ils virent la combinaison orange, ainsi que le marron de l'uniforme du gardien de prison.

Le profiler prit d'autres clichés. Le doute n'était plus possible : c'était la bonne voiture. Il tendit la main, écarta délicatement la lourde veste, et dévoila le visage pâle d'un jeune homme qui s'était trouvé au mauvais endroit au mauvais moment.

Au moins, le temps froid avait freiné la décomposition.

— Graham Burns, constata Aaron, la poitrine saisie d'un élan de compassion, qui céda rapidement à la colère. Penses-tu qu'Eloisa Fairchild croira à cette preuve ?

Frazer pinça les lèvres.

— Je pense qu'elle serait capable de trouver un moyen de se convaincre que Leech est innocent, même s'il la poignardait avec un coupe-papier.

— Sommes-nous sur le point de ruiner la vie de son enfant ?

Parce que, si cela ne le dérangeait pas qu'Eloisa paie pour avoir enfreint la loi, il avait du mal à condamner un enfant.

— Je parlerai au procureur. Si nous parvenons à obtenir sa pleine coopération, peut-être pourrions-nous nous servir d'elle pour attraper cette ordure. Tendre un piège.

— Au moins, nous savons quel genre de véhicule il conduit.

Frazer lui décocha un coup d'œil.

— Nous savons ce qu'il conduisait hier.

Aaron jura, puis consulta sa montre.

— Passe l'appel et fais venir une équipe de la police scientifique. Je vais voir si je peux faire venir un flic du coin pour qu'il
surveille la scène en attendant. Je dois y retourner avant que
Hope quitte le travail.

Les yeux de Frazer brillèrent quand il l'entendit mentionner
le nom de Hope, mais Aaron l'ignora. Il jeta un dernier long
coup d'œil au jeune homme qui avait été assassiné et balancé
dans un coffre comme autant d'ordures. *Voilà* qui était réellement Leech. Ce n'étaient ni le manoir ni les jets privés. Pas la
garde-robe remplie de costumes chics ni les protestations d'innocence. Il incarnait la mort, la destruction et la jouissance égocen-
trique. Et peut-être qu'Eloisa Fairchild avait eu raison de le
duper, car, qui voudrait d'un tel homme, un tueur en série,
comme père de son enfant ?

Aaron contempla la cime des arbres, dont les branches nues
se balançaient, et tenta de refouler ses propres craintes.
Julius Leech était déterminé à tuer Hope, une femme à qui
Aaron commençait à s'attacher profondément.

Il se dirigea à grands pas vers la BMW, soudain impatient de
retourner à ses côtés. Frazer verrouilla l'autre voiture, tandis
qu'Aaron appelait les policiers du coin. Il n'avait pas de temps à
perdre, mais Graham Burns méritait le respect d'être gardé, que
l'on veille sur lui et qu'on le protège dans la mort.

Aaron songea aux proches de Burns, qui n'auraient jamais
l'occasion de lui dire adieu, et au chagrin immense de Hope face
à la perte de sa famille. Il comprit soudain qu'il ne pouvait plus
s'accrocher à sa rancœur persistante à propos de ce qui s'était
passé avec son frère et son ex.

La vie n'était pas parfaite, et elle était assurément trop
courte pour garder rancune, surtout si cela signifiait passer à
côté d'occasions qui avaient toujours été importantes pour lui.

Il suffisait de regarder Leech, avec son besoin tordu de
vengeance, incapable de pardonner les torts qu'il croyait avoir

subis. Ou Minnie Ramon, qui reprochait à Hope d'avoir simplement fait son travail.

C'était épuisant.

Son frère et sa belle-sœur étaient au comble du bonheur, et, quelle qu'ait été l'opinion d'Aaron à l'époque, il avait désormais tourné la page. Fini. Terminé. Et la dernière chose qu'il souhaitait, c'était de mourir avec ce ressentiment tenace qui hantait son âme. Les choses ne seraient plus jamais exactement comme avant, mais il voulait retrouver son frère. Il voulait avoir la chance de connaître sa nièce ou son neveu, car il adorait les enfants et souhaitait en avoir un jour. Il voulait que les cousins deviennent amis. Il brûlait d'envie de se libérer de son ressentiment et de sa *douleur*, et d'accepter ce qui s'était passé, non seulement comme un fardeau à porter, mais aussi comme une bénédiction, un coup de chance. Ce n'était pas comme s'il aimait encore son ex. Il ne l'aimait plus. Plus du tout.

Et, même si la situation n'était pas tout à fait identique, Hope avait trouvé le moyen de cohabiter avec Brendan malgré leurs problèmes. Elle fixait clairement des limites, et la relation était loin d'être parfaite, mais elle avait trouvé un moyen de la faire fonctionner.

Il en avait assez de vivre dans le passé. Il était temps de mettre cela derrière lui et de pardonner vraiment. Il devait passer à autre chose pendant qu'il en avait encore la possibilité.

CHAPITRE QUARANTE-TROIS

— Elle est bien rentrée chez elle ? s'enquit Hope, levant les yeux quand Colin entra dans son bureau.

– Oui. J'ai même posté le cadeau d'anniversaire de sa mère pour elle, annonça-t-il, puis il sortit de l'argent de sa poche et essaya de le lui donner.

— Gardez-le, répondit la jeune femme avec un petit geste de la main. Je suis contente que vous ayez pu y aller avec elle.

Il s'éclaircit la gorge.

— En parlant de courrier...

Colin sortit une enveloppe de la poche de sa veste, puis la posa sur le bureau devant Hope. Elle reconnut l'écriture soignée de Leech, son papier à lettres coûteux avec ses initiales et un élégant cachet doré, apposé dans le coin. Il devait sûrement payer le directeur de la prison pour avoir le privilège de l'utiliser.

Elle n'avait aucune envie de la lire, mais Frazer n'était pas là et Aaron non plus. Elle devait vérifier si Leech avait écrit quelque chose qui pourrait évoquer un projet d'évasion ou un endroit où il était susceptible de se cacher. Elle aurait pu demander à Colin, ou à Hunt Kincaid qui se tenait devant la porte, de lire la lettre, mais elle ne voulait pas donner l'impression que le tueur en série l'effrayait. Elle refusait de le laisser l'affecter.

Elle consulta son portable pour voir si elle avait reçu un message d'Aaron, mais il n'y avait rien. Avaient-ils découvert quelque chose dans la maison de Fairchild ? Ils étaient partis depuis des heures.

Comme ses communications étaient surveillées, elle ne pouvait guère l'appeler pour lui demander s'il allait bien, ou pour lui dire que Ryan Sullivan savait où il avait passé une partie de la nuit dernière.

Ou bien lui demander s'il voulait recommencer ce soir-là.

Hope soupira.

Elle n'aimait pas sa façon de chercher l'opérateur de la HRT chaque fois qu'elle entendait une porte claquer ou des pas s'approcher. Elle n'aimait pas qu'il se glisse dans ses pensées quand elle était censée se concentrer sur quelque chose d'important.

Elle sortit son coupe-papier en bois, taillé en forme de poisson. Elle l'avait acheté sur un marché au Malawi, lors d'un voyage qu'elle avait fait avec Danny un été, alors qu'ils étaient encore étudiants. Ses doigts tremblaient tandis qu'elle coupait le haut de la lettre, mais ce n'était pas à cause de Leech.

C'était parce qu'elle pensait à l'homme qu'elle avait aimé, et à qui le tueur en série avait arraché la vie sans la moindre hésitation. Un homme qu'elle aimerait jusqu'à son dernier jour. Mais, récemment, quelque chose avait changé dans son chagrin. En silence, elle le reconnaissait, sans toutefois chercher à comprendre pourquoi.

Elle sentit que Colin l'observait avec intérêt, et elle leva les yeux. Elle ne voulait pas avoir de témoin.

— Le laboratoire vous a-t-il rappelé au sujet des fibres dans l'affaire Dutton ?

— Je croyais vous avoir envoyé les résultats ? répondit Colin, fronçant les sourcils.

Hope secoua la tête.

— Je n'ai rien reçu.

— Il y avait une correspondance entre les fibres trouvées dans l'appartement et celles trouvées sur le corps, mais le tapis est bon marché et commun.

— Mais...

Colin lui adressa un grand sourire et leva une main.

— *Toutefois*, les poils de l'animal de compagnie correspondaient aussi parfaitement.

La jeune femme sourit à son tour.

— Oui ! Nous allons clouer cet enfoiré au mur ! Pouvez-vous me renvoyer le rapport ?

— Bien sûr, dit en consultant sa montre.

Il était presque dix-huit heures.

— Avez-vous des projets ? Cela peut attendre demain, vu que c'est le week-end.

Colin parut surpris, et elle ne pouvait pas lui en vouloir. En général, elle voulait que les choses soient faites immédiatement, mais, depuis le début de la semaine, elle se rappelait que les autres avaient aussi leur vie.

Elle songea au moment où elle avait plongé son regard dans celui d'Aaron, alors qu'il était enfoui en elle. Peut-être avait-elle une vie, elle aussi. Cette pensée était effrayante.

— Rien d'autre que réviser pour le barreau. Je vous envoie le rapport avant de partir.

Il lui adressa un signe de tête et recula, visiblement déçu qu'elle n'ait pas ouvert la lettre et qu'elle ne l'ait pas lue devant lui.

Cependant, certaines choses étaient privées, et elle protégeait ce qu'elle pouvait. Pas le contenu du courrier, mais la manière dont il l'affecterait. Elle n'était pas un spécimen de laboratoire, elle n'était pas là pour qu'on l'analyse.

Elle entendit des bruits de pas dans le couloir ; Kincaid se détourna de ce que Colin était en train de lui dire et fit un signe de tête.

C'était Aaron. Elle le savait, au rythme de ses pas et à la façon dont Hunt s'était redressé. La petite danse que son cœur exécuta dans sa poitrine lui donna des frissons. C'était du désir. Et la fraîcheur de quelque chose de nouveau, de brillant et de lumineux. Rien d'autre.

Elle laisserait de côté sa culpabilité et en profiterait pendant les quelques jours que cela durerait. Il n'y aurait pas de conséquences. Du plaisir, tout simplement.

Aaron ouvrit la porte et lui sourit. Hope eut le souffle coupé devant sa beauté masculine parfaite. Cet homme était renversant, et sa bouche s'assécha à l'idée d'une autre nuit ensemble.

Ses yeux brillèrent d'un éclat sombre.

— Quoi ?

Elle secoua la tête. Aaron baissa les yeux sur ce qu'elle tenait dans les mains. Il avança, puis fit un signe du menton.

— Qu'est-ce que c'est ?

Hope fit une grimace.

— La lettre que Leech m'a envoyée depuis la prison.

— Donne-la-moi.

Il contourna le bureau, sa cuisse frôlant le bras de la jeune femme quand il se pencha plus près, et lui prit la lettre d'entre les doigts. Il commença à la sortir de l'enveloppe, puis son expression changea.

— Hé, Kincaid !

L'autre opérateur se précipita à l'intérieur, suivi de près par Colin.

— Tu as un sac à preuves sur toi ?

Kincaid secoua la tête.

— Dans le SUV. Pourquoi ? Que se passe-t-il ?

— J'en ai un, déclara Hope, qui s'approcha du tiroir de l'autre table de travail.

Elle ne se souvenait plus pourquoi elle en avait dans son bureau, mais ils étaient là depuis des années, à prendre de la place. Elle en prit un qu'elle ouvrit en grand. Kincaid lui prit le sac et le tint ouvert pour qu'Aaron glisse la lettre dedans.

— Quoi ? demanda-t-elle à ce dernier. Que se passe-t-il ?

— On dirait une impression d'une capture d'écran de toi, à l'extérieur de ce bureau, mardi soir.

Un froid glacial envahit Hope, et ses os tremblèrent, mais pas à cause du froid.

— Mais... mais il n'était pas en prison à ce moment-là.

— C'est exact, confirma Aaron, dont les yeux étaient presque noirs. Et il semble y avoir des empreintes de doigts ensanglantés au dos.

Les jambes de la jeune femme flageolèrent, et elle dut s'asseoir.

— Est-ce qu'il aurait pu l'imprimer chez Sylvie ? Mais, cette enveloppe... c'est son papier à lettres personnel, le même qu'il utilisait en prison. Comment est-ce possible ?

— D'une façon ou d'une autre, il a mis la main sur son papier à lettres après son évasion. Crois-tu que cela suffise pour obtenir un mandat de perquisition pour son manoir de Beacon Street ? l'interrogea Aaron.

Hope acquiesça. Elle avait la chair de poule à l'idée que Leech fasse une fixation sur elle, au point de lui écrire une lettre alors qu'il était couvert du sang de deux innocents.

— Ça devrait. Laisse-moi appeler le procureur.

Aaron pinça les lèvres.

— Je vais appeler Frazer. Nous pouvons déposer ça au labo de la police scientifique en rentrant à ton appartement.

Hope frissonna, puis frotta ses mains de bas en haut sur ses cuisses, l'estomac noué.

— J'en ai ma claque que ce type joue à me torturer l'esprit ! Qu'avez-vous trouvé chez Eloisa Fairchild ?

Une émotion intense se lisait dans les yeux d'Aaron. Il fit signe à Colin de sortir, puis il referma la porte derrière le stagiaire curieux.

— Quoi ? lui demanda-t-elle, le cœur serré. Qu'avez-vous découvert ?

Aaron fit quelques pas vers elle, puis s'arrêta.

— Elle a admis lui avoir fourni une voiture et un peu d'argent. Nous nous sommes rendus à l'endroit où elle l'avait laissée, et nous avons cherché dans les parages le véhicule que Leech avait utilisé jusqu'à ce moment-là, raconta-t-il, puis il se passa une main dans les cheveux. Nous avons trouvé le corps d'un jeune homme ; nous pensons que Leech l'a croisé peu après s'être échappé.

Il a encore tué.

Les mains de Hope tremblaient tandis qu'elle essayait de comprendre comment quelqu'un pouvait commettre des actes aussi terribles.

— Pourquoi l'aiderait-elle ?

Au moins, elle pouvait faire quelque chose à ce sujet. Complicité. Les riches n'étaient pas à l'abri de la justice. Aaron s'assit sur le bord du bureau de Hope.

— Il s'avère qu'elle a eu l'enfant de Leech, mais qu'elle a gardé cela secret pendant toutes ces années. Elle a fait passer le gamin pour le fils de l'intendante.

Hope s'adossa à son siège, choquée par cette révélation. *Julius Leech avait un enfant ? Un enfant ?* Ses yeux se mirent à la brûler, tant tout cela lui semblait injuste. Leech avait un enfant, mais il lui avait volé le sien. Cette nouvelle lui faisait l'effet d'un coup de poing en plein cœur.

Dans les yeux d'Aaron se lisait une compréhension muette. Elle refoula le sentiment de dévastation qui la consumait.

— Leech est-il au courant ?

Aaron secoua la tête. D'une certaine manière, cela rendait la situation un peu plus facile à supporter.

— Tout ce que Leech a toujours voulu, c'est une famille. Il l'a dit à la barre.

Nash acquiesça. Les conséquences lui sautèrent à nouveau aux yeux.

— Il ne doit pas savoir pour ce garçon ni qu'Eloisa lui a menti. Pas avant qu'il ne soit de nouveau derrière les barreaux, affirma Hope, se disant qu'il vaudrait même mieux qu'il ne l'apprenne jamais. Je parlerai au procureur.

— Frazer lui a déjà parlé.

Une douleur aiguë transperça la jeune femme. Pourquoi personne n'avait pensé à le lui dire ? L'entendre en personne de la bouche d'Aaron rendait la chose un peu plus facile à accepter, et c'était peut-être pour cela. Frazer voyait toujours au-delà de ce que les gens voulaient lui montrer. Aaron pinça les lèvres.

— Nous allons attraper cette ordure, Hope.

Elle n'était pas du même avis. Plus maintenant.

— Ne fais pas de promesses que tu ne peux pas tenir.

— Je ne le fais jamais. Jamais.

CHAPITRE QUARANTE-QUATRE

É puisé et frustré, Aaron arriva chez Hope vers vingt et une heures ce soir-là, accompagné de Frazer. Après avoir récupéré le mandat, ils avaient fouillé tous les placards et tous les tiroirs du manoir de Leech, cherché des cachettes secrètes, mais n'avaient rien trouvé d'autre qu'un coffre-fort vide. Ils avaient embarqué l'ordinateur de Delaware et l'avaient envoyé par coursier à Quantico. Ils n'avaient rien trouvé d'exploitable et n'en savaient guère plus que la veille, si ce n'était qu'il avait encore tué et qu'il disposait de plus de vingt mille dollars en espèces grâce à Eloisa Fairchild. Un avis de recherche avait été émis pour la nouvelle voiture qu'il utilisait, mais ils n'avaient pas encore reçu d'alertes.

Leech était un fantôme. Un fantôme déterminé à faire du mal à Hope.

Même si Aaron n'était pas prêt à laisser quoi que ce soit lui arriver, cela le tourmentait.

— Aucune indication qu'il soit retourné chez lui ? l'interrogea Hope au moment où ils entrèrent.

Aaron secoua la tête.

— L'endroit était vide.

— Et froid comme un tombeau, remarqua Frazer en retirant son manteau. Les Delaware semblent avoir quitté la ville.

Hope répondit dans un murmure.

— Qui pourrait le leur reprocher ? Êtes-vous certains qu'ils ne sont pas morts ? Il a un faible pour les couples mariés.

— Je ne suis sûr de rien pour l'instant, à part que les téléphones portables des Delaware sont dans un hôtel du centre-ville, mais que son épouse et lui sont introuvables. Ça te dérange si je... ?

Frazer pointa du doigt son buffet à alcool.

— Sers-toi.

— Ils pourraient être en train de dîner dehors ou même au cinéma. Ou alors, ils rendent visite à de la famille, suggéra Aaron.

— Peut-être, mais, où qu'ils soient, nous ne pouvons pas les localiser.

Frazer leva une bouteille de Kentucky Owl Batch #12 vers Hope, mais elle secoua la tête. Le profiler en versa deux doses généreuses dans des verres et en tendit un à Aaron. Celui-ci aurait dû refuser, mais tant pis. Il avait besoin de dormir, et peut-être cela l'aiderait-il. Il le but d'un trait, savourant le glissement du bourbon dans sa gorge sèche.

— Vous avez eu quelque chose au sujet de la lettre ? s'enquit Hope.

— Le cachet de la poste a été apposé hier. Et le courrier posté en ville. Imprimé sur l'imprimante de Sylvie.

Hope jura.

— Que dit la lettre ? En dehors de la photo, qu'a-t-il dit ?

— Les conneries habituelles. Tout est ta faute, bla-bla-bla. Tu récoltes ce que tu as semé. Tu m'as fait de la peine en me traitant de tueur, même si je suis un tueur, *sale garce*, raconta Frazer d'un ton moqueur, tâchant de détendre l'atmosphère.

Cela ne fonctionna pas. La mâchoire de Hope était si tendue qu'elle paraissait sur le point de craquer.

— De l'ADN ? Des empreintes digitales ?

— Ils sont en train de faire les analyses. Nous avons besoin d'échantillons éliminatoires provenant de toutes les personnes qui ont manipulé la lettre. Il faudra du temps pour tout vérifier.

— Les miennes sont dans le système. Je peux te donner le numéro de portable de Colin et trouver son adresse pour que vous puissiez organiser le relevé des siennes.

Frazer acquiesça.

— Lundi, ça suffira. L'objectif principal, c'est d'y trouver l'ADN de Leech et de le relier sans équivoque au meurtre de Sylvie et de son mari. Et ça, nous l'avons dans la base de données.

— Comment s'est-il procuré le papier à lettres ?

Le visage de Hope était pâle, ses cheveux étaient tirés en une courte queue de cheval, qui soulignait les creux sous ses pommettes. Frazer fit les cent pas.

— Peut-être Delaware a-t-il aménagé une petite cachette avec tout le confort nécessaire à Leech au cas où il s'échapperait. Ou bien, il l'a fait dès l'instant où il a appris que son patron était libre.

— Oui... « N'oublie pas mon joli papier à lettres quand tu m'apporteras mes affaires d'évadé de prison. On ne sait jamais quand j'aurai besoin de répondre à une correspondance urgente », se moqua Aaron, levant les yeux au ciel.

— À mon avis, ils en ont discuté au fil des ans. Leech a peut-être créé sa liste imaginaire, et Delaware en a réuni les éléments, car, après tout, pourquoi pas, quand on est payé autant pour ne presque rien faire ? remarqua Frazer en buvant son verre à petites gorgées, savourant visiblement le whisky.

— Avez-vous trouvé des propriétés dans la région où Leech pourrait se terrer ?

— Les analystes sont encore en train de chercher. Malheureusement, Parker est occupé, remarqua le profiler avec une grimace. Entre son entreprise, sa famille, le mariage de son meilleur ami et toutes mes autres demandes, il n'a pas eu le temps.

Il s'interrompit, puis afficha un sourire carnassier.

— J'aurais dû emmener Mallory Rooney avec moi. Cela l'aurait aidé à se concentrer.

Hope eut l'air navrée pour Alex Parker.

— Delaware a sans doute disparu pour que nous ne puissions pas l'interroger à nouveau et le prendre en flagrant délit de mensonge.

— Il ne sera pas difficile de prouver la complicité une fois que nous aurons retrouvé Leech, et compris exactement où il se cache. Quiconque l'a aidé n'a sans doute pas pensé à porter des gants chirurgicaux pendant le processus, souligna Frazer, terminant son verre d'une traite.

Aaron intervint à son tour.

— Nous avons trouvé du papier à lettres identique dans le manoir, mais on peut supposer que Delaware le commande et l'envoie à Leech en prison selon les besoins.

— Ou peut-être Leech s'est-il faufilé dans son ancienne maison sans que personne ne le voie, et a-t-il pris quelques objets pour pouvoir narguer Hope ? imagina Frazer.

C'était possible. Tout était possible. Surtout si Delaware distrayait l'équipe chargée de la surveillance du manoir. Ou si Leech portait un déguisement. Ou même s'il passait par l'arrière de la maison. Une équipe du FBI chargée de surveiller la porte d'entrée ne verrait pas grand-chose, vu les circonstances, pas dans ce genre de quartier.

— Nous avons réussi à localiser l'imprimante ayant servi à imprimer la photo de Hope placée sur la pierre tombale mardi soir, annonça Frazer, qui récita l'adresse d'une boutique d'impressions du centre-ville. J'enverrai un agent vérifier demain, pour voir si quelqu'un reconnaît la photo ou Leech, ou bien s'ils disposent d'images de vidéosurveillance.

La boutique se trouvait entre le palais de justice et le bureau du procureur, près du poste de police. Personne dans cette pièce ne pensait vraiment que Leech avait profané la tombe, mais tous voulaient que l'enfoiré qui l'avait fait soit identifié et puni.

— Je peux le faire, proposa Aaron, qui ne voulait pas que cette histoire tombe aux oubliettes.

Frazer acquiesça d'un hochement de tête.

— J'ai entendu dire que tu avais fait expulser Janelli du tribunal, aujourd'hui ? demanda Hope, regardant Aaron droit dans les yeux.

Merde ! Cela n'allait sans doute pas améliorer sa popularité auprès des flics.

— Il t'a menacée.

Hope agita les bras.

— Il est toujours en train de dire du mal de moi et de raconter des conneries. Il n'a jamais eu le cran de passer à l'acte.

— Pourquoi ton beau-frère ne met-il pas un terme à ces histoires ?

Aaron avait le sentiment que l'hostilité dirigée contre Hope ne dérangeait pas Brendan Harper. Cela la maintenait à l'écart, hors du cercle restreint sur lequel le système judiciaire s'appuyait tant. Et cela la rendait dépendante de lui pour obtenir des informations sur ce qui se passait au sein du département de la police.

Hope plissa le front.

— Je n'ai pas envie de parler de Brendan pour le moment. C'est déjà assez pénible que sa mère et lui viennent dimanche pour le déjeuner.

Elle frémit. Puis, tout à coup, elle arbora une expression pleine d'espoir.

— L'un d'entre vous voudrait-il se joindre à nous ?

Aaron secoua la tête.

— Je vais en profiter pour faire quelques exercices d'entraînement avec les gars, voir si nous avons des failles dans notre
protection.

Frazer bâilla.

— Autant j'adorerais passer du temps avec toi et regarder le
spectacle, mais je vais passer mon tour. J'espère que nous aurons
attrapé Leech d'ici là.

Hope laissa échapper un grognement très peu féminin.

— Je voudrais aller au stand de tir demain.

Frazer l'observa d'un œil malicieux.

— À cause de Leech ? Ou à cause de la belle-famille ?

La jeune femme éclata d'un rire réticent, et Aaron sentit son
cœur s'apaiser un peu. Elle était soumise à un stress extrême,
mais c'était bon signe si elle était encore capable de rire des
tentatives d'humour de Frazer.

— Sans commentaire.

— Nous pouvons organiser une séance au stand de tir
du FBI.

Ce serait une bonne occasion pour eux tous de parfaire leur
adresse au tir. Frazer récupéra son manteau.

— Je t'appellerai dans la matinée pour te donner des
nouvelles des marshals, si j'en ai, ou bien des différents labos.

Hope hocha la tête, mais elle resta assise, tandis que Frazer
se dirigeait vers les escaliers. Dès qu'il eut franchi la porte, elle
demanda :

— As-tu déjà mangé ?

— Je n'ai pas faim.

Aaron observa sa bouche, tandis qu'elle se mordait la lèvre.
Il n'avait pas faim de nourriture, en tout cas. Elle avait dû lire
son expression : elle écarquilla les yeux.

La nuit passée avait-elle été un événement isolé ou y avait-il une chance que ce soit plus qu'une aventure d'un soir ?

Une minute auparavant, il n'avait qu'une envie : poser sa tête sur un oreiller et dormir. À présent, il y avait une chose qu'il préférait faire avant. *Il voulait être avec elle.*

Hope se dirigea vers les escaliers, puis lui décocha un regard par-dessus son épaule.

— Je vais me coucher tôt, opérateur Nash. Je vous suggère de faire de même.

Le pouls d'Aaron s'emballa, et il la suivit dans les escaliers. Elle entra dans sa chambre, mais laissa la porte grande ouverte. Puis elle retira son chemisier et son pantalon. Elle ne portait plus que de jolis sous-vêtements en dentelle, qui procurèrent une érection instantanée à Aaron.

C'était une invitation, il n'y avait pas le moindre doute.

Même s'il savait que c'était mal. Même s'il savait que c'était un signe de faiblesse... il entra. Ferma la porte. Il fouilla dans sa poche pour en sortir la bande de préservatifs qu'il avait récupérée dans l'un de ses sacs. Ensuite, il attira Hope dans ses bras et posa ses lèvres sur les siennes.

CHAPITRE QUARANTE-CINQ

Hope se réveilla avec la délicieuse sensation du torse d'Aaron collé à son dos, son bras enroulé autour d'elle la serrant fort contre lui, même si elle était presque sûre qu'il était profondément endormi. Sa courte barbe lui chatouillait l'épaule. Son souffle était chaud contre sa chair.

Elle se sentait incroyablement bien. Délicieusement épuisée, courbaturée, mais toujours avide de plus. Elle ne pensait pas avoir jamais connu autant d'orgasmes en si peu de temps. Elle se disait que son corps rattrapait toutes ces années perdues.

Elle se déplaça légèrement pour voir l'heure. Il était un peu plus de deux heures. Elle sentit ses doigts se crisper soudainement lorsqu'il se réveilla.

— Désolée, chuchota-t-elle.

Aaron resserra les bras un instant, avant de la lâcher.

— Je n'étais pas censé m'endormir.

Il s'éloigna d'elle, et de l'air froid remplit l'espace. Hope se retourna et lui prit la main.

— J'ai oublié de te dire que Ryan est au courant.

Aaron était debout à côté du lit, l'air dangereux, maussade, mais pas surpris.

— Il m'a vu sortir de ta chambre hier soir. Et qu'a-t-il dit ?

Elle déglutit.

— De ne pas te briser le cœur.

— Pas de relations sentimentales. Cela ressemble bien à Ryan, remarqua Aaron avec un rire doux et amer.

Hope songea à la collègue pour laquelle ce dernier éprouvait manifestement des sentiments. Elle haussa un sourcil.

— Je n'en suis pas si sûre.

Aaron croisa son regard. Mais elle n'allait pas révéler les secrets de Ryan, alors qu'elle voulait qu'il garde les siens. Aaron avait enfilé son pantalon, mais ne l'avait pas zippé. Les yeux de la jeune femme suivirent la délicieuse piste sombre des poils qui disparaissaient, et, juste comme ça, elle eut de nouveau envie de lui.

Elle se tourna vers la commode où se trouvait le seul préservatif survivant de leurs ébats de la nuit précédente. Elle l'attrapa et le brandit. Aaron croisa à nouveau son regard dans la pénombre.

— Ce serait dommage de le gaspiller…

Elle s'agenouilla sur le lit, laissant les couvertures retomber. Elle vit ses yeux sombres se plisser quand elle s'avança, nue, vers lui. Levant le bras pour poser une main sur la nuque d'Aaron, Hope tira sa tête vers le bas pour l'embrasser. Laissant tomber le préservatif sur la couette, elle glissa son autre main dans la fermeture éclair ouverte de son pantalon. Il était déjà dur et prêt pour elle, et les muscles intimes de Hope se contractèrent par anticipation.

— Dix minutes de plus ne feront sûrement de mal à personne, n'est-ce pas ? murmura-t-elle d'une voix tendre.

Il jura contre ses lèvres, puis à nouveau lorsqu'elle baissa son pantalon, le prit dans sa main et le caressa jusqu'à en trembler de désir. Il retira ses mains, puis la surprit en l'attrapant derrière les genoux pour la renverser sur le lit.

Elle poussa un petit cri étouffé qu'elle ravala lorsqu'il lui écarta davantage les genoux et la tira vers le bord du matelas. Elle le regarda dérouler le préservatif sur son sexe, puis le positionner contre son intimité avant de s'enfoncer en elle. Elle se retint à grand-peine de crier de plaisir lorsqu'il la combla d'un coup de reins ferme.

— C'est ce que tu voulais ?

Il s'enfouit profondément, poussa les genoux de Hope plus haut, et s'enfonça plus loin encore.

C'était exactement ce qu'elle voulait, mais, soudain, elle en voulait plus. Plus que son corps magnifique qui ravageait le sien. Plus que sa chaleur et sa beauté. Elle voulait son esprit, son côté protecteur, sa détermination tranquille qui frôlait l'entêtement. Elle l'aimait beaucoup. Elle l'aimait *vraiment* beaucoup. Sa façon d'écouter, d'envisager tous les angles, de trouver des solutions intelligentes et réfléchies, de la respecter même lorsqu'elle faisait tout pour l'énerver.

Elle observa la lumière qui jouait sur ses traits tandis que ses mains agrippaient les siennes et la maintenaient clouée au lit. Il la pénétrait sans relâche, son regard rivé sur le sien pour qu'elle ne puisse détourner les yeux, qu'elle ne puisse se cacher. Puis la bouche d'Aaron trouva son sein, et il glissa ses mains sous la courbe de son dos pour la soulever. Elle enroula ses jambes fermement autour de ses hanches. Elle l'avait cru profondément enfoui avant, mais là, elle se sentait liée à lui, comme fusionnée avec lui. Soudée. Fondue. Saturée d'Aaron Nash.

Chacun de ses nerfs était tendu, crispé, contracté. La poitrine d'Aaron effleurait les mamelons de Hope, son corps frôlant son clitoris à chaque mouvement vers l'avant. Chaque centimètre de sa peau semblait brûler du désir qui les consumait tous les deux, jusqu'à ce que, finalement, l'étincelle jaillisse et qu'elle s'embrase.

Aaron captura son cri avec sa bouche. Il étouffa le son de

son plaisir alors que son propre corps se tendait. Il frémit contre elle avec tant de force que c'en fut presque douloureux.

Mais c'était une douleur délicieuse, merveilleuse.

Aaron s'éloigna.

Ils se regardèrent longuement, le temps suspendu entre eux, étirant leur lien jusqu'à ce qu'il n'ait d'autre choix que de se rompre.

Cela sembla durer une éternité. Cela ne sembla pas assez long.

Ils se détachèrent lentement l'un de l'autre, et il s'occupa du préservatif. Elle espérait presque qu'il reviendrait s'allonger à côté d'elle et se rendit compte avec une soudaine et terrible lucidité qu'elle était en train de tomber amoureuse de cet homme. De tomber amoureuse de cet être humain incroyable.

La panique s'empara de ses nerfs, explosa dans son cerveau, anéantissant les souvenirs de l'orgasme et du bonheur. La bouche de Hope fut soudain si sèche qu'elle eut du mal à déglutir. De la sueur perla sur son front, glissa sur sa peau.

Non. Non, non ! C'était impossible.

Elle ne pouvait pas faire ça. Elle ne ferait pas ça. Plus jamais. Surtout qu'elle sentait qu'il tombait amoureux d'elle. Aaron Nash n'était pas homme à faire semblant, et la vérité se lisait dans chacun des traits de son visage sérieux. Dans sa manière de la regarder, de vénérer son corps, de prononcer son nom.

Mais Hope refusait de prendre le risque de revivre cette douleur.

Leech était toujours en cavale.

Et s'il comprenait ? S'il comprenait qu'elle était bêtement retombée amoureuse ? Et s'il attaquait cet homme, qu'il le *tuait*, juste à cause d'elle ? Cette simple idée lui donnait l'impression qu'on lui creusait les entrailles avec des lames de rasoir. Elle ne supportait pas l'idée qu'Aaron soit blessé. Leech lui avait déjà pris tant de choses ! Elle ne voulait pas qu'il lui prenne Aaron aussi.

Il repoussa les cheveux de Hope de son visage.

— Qu'as-tu dit à Ryan quand il t'a demandé de ne pas me briser le cœur ?

Oh, mon Dieu ! Oh, mon Dieu ! Oh, mon Dieu ! Son cœur vibrait dans sa poitrine, comme un gros bourdon. Puis elle refoula tous les sentiments qui paralysaient sa langue, car c'était l'échappatoire parfaite. Le moyen idéal pour claquer la porte et repousser Aaron avec fermeté, avant que l'un ou l'autre ne plonge trop profondément.

— Je lui ai dit de ne pas être idiot. Ce n'était que du sexe.

Aaron s'éloigna brusquement, comme s'il avait été piqué.

— Je veux dire, du sexe prodigieux, incroyable, mais quand même...

Elle l'observa sans fléchir, sachant qu'elle lui faisait du mal. Qu'elle provoquait délibérément ce regard surpris et choqué dans ses yeux. Qu'elle se détestait pour cela, mais qu'elle était incapable de s'arrêter. C'était mieux ainsi. Elle voyait déjà avec une clarté saisissante quel désastre ce serait si elle laissait cette situation perdurer. Pour eux deux. Et ce, sans même que Leech entre en ligne de compte.

— Mais je ne veux pas mettre ton emploi en péril, alors nous devrions probablement arrêter avant que tu aies des ennuis.

Comment aurait-elle pu lui dire qu'elle ne voulait pas arrêter, mais qu'elle se sentait fondamentalement incapable d'être la personne qu'il méritait ?

Par réflexe, elle tendit un bras pour l'apaiser, avant de se raviser. Il s'écarta, comme s'il ne supportait pas l'idée qu'elle le touche. Quelque chose en elle se recroquevilla et mourut, mais elle continua, sachant qu'elle devait se montrer convaincante, sinon ils reviendraient ici le lendemain soir, et ce serait pire la prochaine fois, car elle comprenait désormais le risque.

— Je me fais un peu vieille pour les marathons sexuels.

Aaron afficha un sourire sinistre.

— Tu semblais aller bien jusqu'au cinquième round.

Il passa son t-shirt par-dessus sa tête avec des mouvements rapides et saccadés.

— Eh bien ! s'obligea-t-elle à dire. Je vais continuer à y travailler, même si je doute de trouver quelqu'un d'autre de ton calibre.

Elle brûlait de lui dire qu'il n'y aurait plus jamais personne comme lui. Mais elle étouffa ses mots. Il s'en remettrait. Elle était une mission, et il s'en remettrait. Mais s'il mourait parce qu'il était lié à elle, Hope ne s'en remettrait jamais.

Aaron zippa son jean, enfila ses bottes, puis récupéra son arme et son téléphone sur la commode. Il s'arrêta près du lit.

— Tu sais, tu devrais parler à Ryan. Si c'est du sexe que tu cherches et que tu en as assez de l'opérateur de la HRT ici présent, sache qu'il est célibataire. Il doit être doué au lit, vu le nombre de femmes qui se pressent autour de lui. Bon sang ! Black, Griffin, Crow, Demarco feraient tous la queue pour te sauter s'ils savaient que c'était possible, et Cadell aussi, même s'il ne t'apprécie pas beaucoup.

À l'intérieur, chaque mot amer la faisait tressaillir.

— Non pas que cela soit un problème, bien sûr, tant que tout le monde sait qu'il ne s'agit *que de sexe*, n'est-ce pas ?

Sa voix était si glaciale qu'elle aurait pu inverser la fonte des glaces. Aaron secoua la tête.

— Crois-moi, Hope, nous pourrions de tenir occupée pendant des mois ! À tour de rôle, nous pourrions venir ici chaque nuit et te prendre si fort que tu ne pourrais plus marcher droit le lendemain.

Elle se cramponna aux draps pour qu'il ne voie pas que ses mains tremblaient.

— Je garderai ça en tête, répondit-elle d'une voix aussi glaciale que la sienne.

Elle savait qu'elle l'avait blessé, et il se vengeait.

— Je vérifierai l'approvisionnement en préservatifs avant demain soir. Tu ne voudrais pas être à court maintenant, n'est-ce pas ?

Apparemment, il n'allait pas abandonner.

— Je suis désolée, Aaron. Je ne voulais pas t'offenser...

— M'offenser ? répliqua-t-il, et, si les mots n'étaient qu'un murmure, ils étaient empreints d'une sourde colère. M'*offenser* ? En réalité, je te suis reconnaissant de ce rappel, *ADA Harper*. En fait, je suis plus que reconnaissant. J'étais en train de m'attacher, je l'admets. Je veux dire... Tu es sexy et incroyablement intelligente, et ce sont deux de mes faiblesses. Mais tu m'as rappelé qu'il te manque l'autre ingrédient essentiel, celui que je valorise par-dessus tout.

Hope s'obligea à poser la question.

— Et qu'est-ce que c'est ?

— La loyauté.

Elle tressaillit.

— Et l'amitié.

Cette attaque lui fit l'effet d'un couteau planté en plein cœur.

— Je pensais sincèrement que nous pourrions devenir amis. Mais j'aurais dû le savoir. *Ce n'était « que du sexe »*.

Il avait murmuré ces mots, mais il claqua violemment la porte en sortant. Elle ferma les yeux et comprit trop tard que, à cause du traumatisme infligé par son ancienne fiancée, il nourrissait l'idée insensée qu'il n'était pas assez bien. Ce commentaire qu'elle avait fait, destiné à le protéger, lui avait sans doute donné l'impression qu'il ne méritait pas une place plus importante dans sa vie, qu'il ne méritait pas d'être plus qu'un simple coup d'un soir. Qu'il n'était pas assez bien pour elle.

Mon Dieu, Aaron !

Cela n'aurait pas pu être plus éloigné de la vérité.

Elle ouvrit les yeux et resta allongée dans l'obscurité, à fixer le plafond, haïssant tout ce qu'elle était devenue.

Au moins, ainsi, Aaron serait protégé.

Le savoir ne lui apportait guère de réconfort.

CHAPITRE QUARANTE-SIX

Aaron se faufila au rez-de-chaussée dans sa tenue de jogging. Même s'il était épuisé après ce qui n'avait été « que du sexe », il n'arrivait pas à dormir. De toute façon, il se retrouverait à se tourner et se retourner dans son lit, repassant dans sa tête les mots qui l'avaient marqué au fer rouge.

Il ne voulait pas penser à Hope ou à la façon dont il avait laissé tomber son équipe.

Il n'avait pas voulu s'emporter, et, maintenant, il allait devoir ravaler sa fierté, serrer les dents et s'excuser auprès d'elle d'avoir été un tel con. C'était *lui*, l'idiot. Il le savait, pourtant, mais il avait recommencé. Il était tombé amoureux d'une femme qui ne voulait pas vraiment de lui.

Bon sang ! Il aurait dû y être habitué ! Il était tellement en colère !

Pas après Hope, car il savait dès le début qu'elle était hors de sa portée. Non seulement cela, mais *il* était celui qui avait un travail à faire. Elle était la *principale*, bon sang !

Tout ce qu'il ressentait. Tout ce qui se passait dans sa tête perturbée, c'était de sa faute. Si c'était un test, alors il avait échoué. Il était recalé. Laminé. Il n'avait pas l'habitude de commettre des erreurs de jugement ou de tout gâcher, mais c'était sans aucun doute ce qu'il avait fait depuis qu'il avait mis les pieds dans cette maison.

Il chassa ces pensées obsédantes de son esprit. Il devait épuiser son corps jusqu'à l'effondrement, puis, avec un peu de chance, il pourrait s'écrouler dans son lit et se reposer.

Il ne neigeait pas et les températures étaient au-dessus de zéro. Il portait plusieurs couches de vêtements, un bonnet, et il attacha son petit SIG Sauer P365 dans un holster spécial qui tenait dans le creux de son dos.

Livingstone était en poste à la porte d'entrée. Il l'observait comme un parent regarde son enfant qui est toujours debout bien après l'heure du coucher.

— Que se passe-t-il ?

— Je vais courir.

— Tu sais qu'essayer de tenir le coup vingt-quatre heures sur vingt-quatre, ce n'est pas la meilleure façon de gérer une opé.

— Aurais-tu un problème avec ma façon de mener cette opé ? répliqua Aaron en se redressant de toute sa hauteur, toisant son coéquipier.

Shane secoua la tête, puis leva les mains en signe de reddition.

— Non. Pas du tout. Je..., commença-t-il, puis il déglutit et détourna le regard. Je crois que je suis un peu trop protecteur envers mes amis, ces derniers temps.

Aaron expira longuement, tandis que le feu qui bouillonnait en lui s'atténuait. Il serra le bras de Shane, parce qu'il savait à quoi pensait son ami, et cela n'avait rien à voir avec cette opé.

— Désolé. Je suis sur les nerfs avec cette ordure qui est toujours en cavale. Comment va Grace ? Je voulais l'appeler tout à l'heure.

— Yael et Pip l'ont aidée avec les enfants et le chien, raconta Shane, se frottant le cou et esquissant une grimace. Elle a un rendez-vous à l'hôpital mercredi, après la commémoration en l'honneur de Montana. Je lui ai proposé de garder les enfants, mais elle me voulait à l'hôpital à la place. Elle veut que je sois son partenaire d'accouchement, mais je ne sais pas si je peux le faire.

Aaron ravala le chagrin qui menaçait de l'étouffer. Perdre leur collègue et ami était déjà assez difficile. Savoir qu'il avait laissé derrière lui une femme enceinte et une jeune famille amplifiait mille fois la tragédie.

— Scotty voudrait que tu le fasses.

— Je sais. Yael a dit qu'elle sera là en soutien au cas où je ne serais pas là quand le travail commencera pour Grace.

Shane se passa une main sur le visage. Voir cet opérateur, d'ordinaire imperturbable, se montrer nerveux, fit retomber une partie de la tension qui pesait sur Aaron. Il souffrait, et alors ? Bien d'autres personnes avaient connu pire, y compris Grace. Y compris Hope.

Savoir qu'il avait mal réagi lui pesait sur l'estomac. Il trouverait un moyen de mettre les choses au clair dans la matinée, puis il l'éviterait autant que possible après cela. Finis les dîners agréables. Finis les débriefings intimes.

Fais le boulot.

Évite l'humiliation.

— Je peux garder les enfants pour Grace mercredi après-midi. À supposer que l'équipe ne reçoive pas l'ordre de revenir directement ici.

Il serait plus facile de laisser les marshals prendre en charge la protection de Hope, et il savait que l'équipe Gold pouvait être appelée à tout moment pour une mission plus critique. Même si rien ne comptait davantage à ses yeux que la sécurité de Hope. L'idée de ne plus jamais la revoir était comme une brûlure intense, en dépit de tout, même si elle lui avait transpercé le cœur avec ses yeux gris froids et ses mots blessants. Il avait été pris par surprise. Il n'était pas sûr de savoir comment gérer la situation, surtout que les marshals ne brillaient pas vraiment par leur efficacité après cette évasion.

— Des nouvelles de Grady ? s'enquit Aaron, changeant de sujet.

— Seulement le message avec le pouce levé que j'ai reçu lundi soir, quand je lui ai écrit pour savoir si tout allait bien avec Brynn. Manifestement, il a réussi à la convaincre, malgré la grosse connerie de Ryan.

Aaron se figea un instant quand il se rappela que ce dernier avait passé la journée au tribunal avec Hope. Mais il n'y avait rien que Ryan aurait pu dire pour saboter leur relation inexistante, car Hope ne cherchait qu'une aventure sans lendemain. Aaron n'était pas aussi transparent que Grady Steel lorsqu'il était question d'afficher ses sentiments.

C'était Hope qui avait mis un terme à ce qu'il y avait entre eux, avant même que cela commence vraiment. C'était son choix. Sa décision. Cowboy, avec son côté protecteur à la con, n'y était pour rien. Aaron aurait dû être reconnaissant à Hope de faire cela maintenant, avant qu'il ne s'investisse trop sérieusement.

— J'ai parlé à Romano. Krychek a remplacé Donnelly, qui est partie hier soir pour assister aux funérailles de son père, annonça Livingstone, la mine renfrognée. Romano pense que Krychek ne nous dit pas tout ce qu'il sait au sujet de ce qui s'est passé en Afrique.

— Si c'est classé secret défense, il ne peut pas dire grand-chose, remarqua Aaron, qui fit rouler son épaule.

Ce qui ne lui plaisait pas, c'était que leur coéquipier était au courant pour le semtex, mais qu'il n'avait rien dit. Peut-être qu'une fois de retour à Quantico, il réunirait certains des gars et leur parlerait de ce que Frazer lui avait confié.

L'idée de quitter Hope, de ne plus jamais la revoir, lui semblait foncièrement anormale. Il serra les dents. Il fallait qu'il s'en remette.

— Il faut que je sorte d'ici. J'en ai pour une heure tout au plus, mais si l'idée que je sorte courir la nuit te rend nerveux, demande à Griffin de me suivre avec la berline.

— Les rues sont verglacées.

— J'ai des crampons pour mes chaussures de course, maman, répliqua-t-il, brandissant lesdits crampons. Et je n'ai pas l'intention de me casser quoi que ce soit.

Il posa un regard appuyé sur le bras que Shane s'était cassé au mois de décembre.

Ce dernier fléchit le biceps.

— Il est comme neuf.

— Bien sûr, mon pote, continue de te le répéter.

Aaron s'étira en se servant des escaliers pendant que Shane transmettait le message à Will Griffin, qui se trouvait dans le véhicule ce soir-là. Ensuite, il fixa les crampons sur les semelles de ses chaussures de course, avant de sortir dans une bouffée d'air froid. Il commença aussitôt à courir sur le trottoir.

Le quartier était calme, à cette heure-là. Il se dirigea vers la rivière ; il avait repéré une passerelle depuis la voiture, un peu plus tôt. Cela représenterait une difficulté pour Griffin, mais, comme Aaron avait sa *smart watch* et son téléphone sur lui, cela ferait également office d'exercice de filature.

Aaron adopta un rythme rapide. Cela n'aurait servi à rien de *trottiner*. Ni de se laisser le temps de réfléchir ou de ruminer. *Remets-toi !* Il s'était déjà fait larguer, et, au moins, celle-ci ne couchait pas avec son frère.

De l'autre côté de la passerelle, il traversa la route et partit vers le sud-ouest sur Causeway. Il esquissa un sourire quand le

SUV se cala derrière lui. *Bien.* Il tourna vers le sud, sentant le dénivelé dans les muscles de ses cuisses, tandis qu'il passait devant de grands immeubles gouvernementaux. Il se dirigeait vers l'endroit chic où Frazer séjournait, sur Mount Vernon Street, mais cela ne représentait qu'un peu plus de deux kilomètres depuis chez Hope. Pas assez loin pour évacuer les pensées qui encombraient son cerveau. Il poursuivit et se retrouva sur Beacon Street, qui s'étendait sur plusieurs kilomètres. Il accéléra le rythme jusqu'à ce que sa sueur imprègne son t-shirt, puis ralentit légèrement.

Il ne ressentait pas encore le froid, mais s'il s'arrêtait, la transpiration se transformerait en glace sur sa peau.

Il poussa encore, dépassa Boston Common et les jardins publics. La rue présentait un mélange de commerces et de résidences, où la plupart des grandes maisons en grès brun avaient été divisées en copropriétés. Mais pas celle de Leech. La sienne demeurait un mausolée prestigieux dédié à un meurtrier impénitent.

Aaron repéra le véhicule qui surveillait la maison : un agent du FBI se trouvait à l'intérieur. Les missions de surveillance étaient pénibles, mais Aaron n'appréciait pas vraiment que le type laisse tourner son moteur pour lutter contre le froid glacial.

Il continua à descendre la longue ligne droite. Au bout de huit kilomètres, il fit demi-tour et revint sur ses pas. De retour devant chez Leech, il passa délibérément devant l'agent en poste dans le véhicule. *Bon sang !* Le type avait les yeux fermés, à présent. Aaron s'arrêta net et se mit à trottiner sur place.

Il jeta un coup d'œil à la maison, puis regarda plus attentivement. Était-ce une lueur dans l'une des pièces à l'étage ? Il la vit à nouveau. Il y avait une lumière dans la chambre de Julius Leech. Il se tourna vers Griffin, qui s'était garé non loin. Aaron sortit son insigne doré et tapota la vitre avec ; l'agent à l'intérieur sursauta en se réveillant, l'air coupable.

Il baissa la vitre.

— Je ne voulais pas m'endormir. *Merde* !

Il se frotta les yeux. Aaron recula d'un pas.

— Quelqu'un est censé se trouver dans cette maison ?

L'agent sembla embarrassé.

— Non. Elle était vide quand nous l'avons fouillée plus tôt.

— Eh bien ! À moins qu'il n'y ait un fantôme, je dirais qu'elle n'est plus vide.

L'agent sortit de la voiture et referma doucement la portière.

— J'ai la clé de la porte d'entrée. J'espère que c'est ce salaud de Leech.

— Agent ?

Le type était bâti comme un char d'assaut.

— Diego Fuentes. J'ai passé la nuit dernière à faire du porte-à-porte pour l'enquête sur le meurtre de Beasley, expliqua-t-il en se frottant les yeux. Normalement, je ne dors pas pendant le service. Nash, c'est ça ?

Aaron acquiesça d'un hochement de tête. Si Fuentes cherchait à se faire pardonner, il ne frappait pas à la bonne porte.

— Allons vérifier.

Peut-être Leech avait-il décidé de prendre le risque de revenir, sachant que les fédéraux avaient récemment fouillé les lieux et qu'ils ne reviendraient sans doute pas.

Aaron prit les clés des mains de Fuentes, puis fit un geste du menton vers le manoir. Griffin sortit de la voiture. Nash envoya ensuite un message à Frazer pour l'avertir, mais pas au reste de l'équipe. Leur mission consistait à protéger Hope. Il ne voulait pas qu'ils soient distraits.

Quand Aaron traversa la rue, Griffin lui tendit un gilet pare-balles, et ils gravirent ensemble les marches du perron. Il le fit glisser sur sa tête, puis il retira les crampons de ses chaussures et les jeta sur le côté. Il parla à voix basse.

— J'ai vu une lumière au second étage, dans la chambre de Leech.

Un sentiment d'excitation s'empara de lui. Ce pourrait être enfin le moment. La chance de Julius Leech était peut-être en train de tourner.

— Fuentes, passez à l'arrière.

L'homme hocha la tête et se mit à trottiner vers une ruelle étroite entre les bâtiments. Aaron ne voulait pas perdre Leech, s'il était là, en le laissant s'échapper par la porte arrière pendant qu'ils fouillaient le grenier.

Il dégaina son arme et déverrouilla discrètement la porte.

Les deux hommes se glissèrent à l'intérieur, progressant dans des directions opposées, arme au poing. Aaron pointa l'escalier principal, et ils montèrent sans faire de bruit. Griffin dégagea les paliers tandis qu'Aaron surveillait les escaliers. La chambre de Leech se trouvait au deuxième étage, deuxième porte à gauche, et elle donnait sur la rue. Ils progressèrent furtivement ; Aaron huma l'odeur de bougies allumées.

Il échangea un regard avec Griffin pendant qu'ils se postaient de part et d'autre de la grande porte à double battant.

Ignorant l'excitation qui le submergeait, il trouva la zone grise où l'adrénaline ne faisait pas monter sa tension et où son cœur ne battait pas plus vite. Voilà pourquoi ils s'entraînaient en permanence : pour que leur corps ne les trahisse pas lors d'une fusillade. Le risque permanent de mourir devenait une partie intégrante du travail plutôt qu'une source d'inquiétude.

Mais il aurait menti en affirmant qu'il n'était pas heureux à l'idée de trouver Julius Leech derrière ces portes et de mettre définitivement ce salaud hors d'état de nuire. *Bon sang !* Aaron pourrait avoir quitté Boston avant même que Hope se réveille le lendemain matin, saine et sauve.

Il tourna la poignée et se précipita à l'intérieur, Griffin le talonnant, avant de prendre position dans le coin opposé de la pièce, comme ils l'avaient répété maintes fois à la maison de tir.

Il lui fallut moins d'une seconde pour embrasser la scène du regard. Une grande affiche représentant une blonde dans une position pornographique avait été collée au mur. Le visage de la femme était celui de Hope, mais Aaron doutait qu'elle ait passé beaucoup de temps nue et en talons hauts, dans le désert. Une douzaine de bougies étaient allumées en dessous, formant une sorte de sanctuaire.

Aaron était tout à fait favorable à l'adoration des femmes nues, mais cette scène lui donnait la nausée.

Une autre odeur frappa ses narines, à l'instant même où il repérait le sang qui imbibait la literie blanche. Il n'eut besoin que d'un rapide coup d'œil pour comprendre qu'il ne s'agissait pas seulement de sang. Un animal avait été éventré et exhibé sur les couvertures, comme une sorte de sacrifice satanique.

Un bruit le poussa à se retourner.

— FBI ! Mets tes mains en évidence !

La silhouette à la tête couverte d'une capuche hésita dans l'obscurité, puis s'enfuit à toute vitesse. Aaron se lança à sa poursuite, mais le fuyard claqua la porte et la verrouilla sous son nez. La salle de bains. Il donna un coup d'épaule, une fois, deux fois, mais le bois massif ne bougea pas d'un pouce.

Puis il se souvint qu'il y avait une autre issue à cette pièce.

— L'autre porte !

Griffin et lui sprintèrent à travers la chambre et trouvèrent la sortie grande ouverte.

— Il est descendu par l'escalier de service. Passe par l'avant !

Aaron se lança à la poursuite de l'intrus qui s'éloignait rapidement, espérant que cet enfoiré sortirait par-derrière et tomberait directement dans les bras de Fuentes, ou bien qu'il tournerait vers la porte d'entrée et se retrouverait face à Griffin.

Il n'eut pas cette chance. Aaron entendit l'homme mystérieux traverser à grand bruit l'appartement des Delaware au rez-de-chaussée, puis sortir par la porte latérale, qui constituait l'entrée principale du logement. La brise froide frappa Aaron de plein fouet alors qu'il se précipitait dehors, rebondissant contre le mur opposé.

Pour tout avertissement, il n'entendit que deux coups de feu. Une balle percuta son gilet balistique comme un coup de massue. La seconde rasa le mur, effleurant le côté de sa tête comme un tisonnier brûlant.

Aaron leva son arme pour viser, mais la silhouette tourna brusquement au coin de la rue principale. Il aurait voulu continuer à le poursuivre, mais le coup de feu lui avait coupé le souffle et il pouvait à peine respirer, encore moins courir.

Il entendit des pas derrière lui et leva la main pour dire à la personne de ne pas tirer.

— Nash ? haleta Fuentes à côté de lui. Vous allez bien ?

Il parvint enfin à aspirer un peu d'air.

— Oui. Il s'est enfui.

Il entendit ensuite quelqu'un courir : il comprit que Griffin approchait dans la ruelle étroite. Aaron l'interrogea.

— Tu l'as vu ?

— Non. Est-ce qu'il t'a touché ?

Aaron arracha son gilet, puis leva son t-shirt pour vérifier qu'il n'avait pas été touché.

— Il a tapé le gilet.

Au beau milieu de son torse.

Il soutint le regard de Griffin pendant un moment. Si ce dernier n'avait pas récupéré le gilet dans le SUV, Aaron n'aurait pas perdu de temps à aller le chercher. À l'heure qu'il était, il serait soit mort, soit en train de se vider de son sang. Et, une fois de plus, ses amis seraient en deuil.

Il adressa un signe de tête à l'autre opérateur.

— Merci, mec.

Griffin fit une grimace.

— Je n'arrive pas à croire que nous ayons perdu cet enfoiré.

Aaron s'écarta du mur.

— Il se cache peut-être dans l'ombre. Allons voir si nous pouvons le débusquer.

Mais, soudain, une odeur âcre de fumée envahit l'air. *Merde.*

— Appelle les pompiers. Je crois que la maison est en feu.

CHAPITRE QUARANTE-SEPT

Le portable de Hope sonna à huit heures et la réveilla. Elle n'arrivait pas à croire qu'elle avait dormi aussi tard, même si elle était restée éveillée jusqu'à plus de quatre heures du matin à ruminer. Elle avait fait le bon choix. À cause de la menace que représentait Leech pour Aaron et de la douleur potentielle qui pourrait en découler, il valait mieux qu'elle ne s'implique pas émotionnellement.

C'était plus sûr d'être seule, et elle y était habituée.

Elle consulta l'écran, puis répondit d'une voix groggy.

— Substitute Harper.

C'était le greffier du palais de justice.

— La juge Penton veut vous voir dans son bureau ce matin.

— Un *samedi* ? s'exclama-t-elle.

Elle se redressa, puis se rendit compte qu'elle était complètement nue, à l'exception d'une marque due au frottement de la barbe d'Aaron sur son sein.

Une boule se forma dans sa gorge, mais elle s'efforça de la ravaler. Elle avait repoussé Aaron, et il était parti. Cela n'avait rien de surprenant. Elle excellait dans l'art de repousser les gens. Et le fait que sa réaction violente l'ait autant blessée était un autre signe qu'elle avait pris la bonne décision. Ils avaient déjà réussi à se faire du mal. Pourquoi prendre plus de risques ?

— À dix heures trente.

Il était très inhabituel de recevoir une convocation le week-end.

— Puis-je vous demander de quoi il s'agit ?

— Dans son bureau. Dix heures trente. Ne soyez pas en retard.

Il raccrocha, et Hope s'affaissa sur les oreillers.

— *Merde !*

Peut-être était-ce lié à la mort de Jeff Beasley et au procès. Peut-être Jason Swann avait-il décidé de plaider coupable ? Elle envoya un message à Colin, lui demandant de la retrouver là-bas. Avec un peu de chance, il n'avait pas la gueule de bois, et il n'avait pas de compagnie. Ensuite, elle envoya un SMS à Aaron, ne tenant pas compte du fait qu'il serait encore en colère contre elle. C'était professionnel, et c'était lui qui avait insisté pour l'accompagner partout. Et, jusqu'à ce que Leech soit capturé et qu'Aaron rentre chez lui, ils étaient coincés ensemble. Ils devaient trouver un moyen de travailler l'un avec l'autre, car il était hors de question qu'elle soit placée sous détention protégée. Pas maintenant ni jamais. Et il était hors de question aussi qu'elle mette en péril la carrière d'Aaron.

Elle enfila un pyjama à carreaux et sa robe de chambre la plus confortable. Puis, sans se soucier de son apparence probablement peu flatteuse, elle descendit préparer le café.

L'homme qui se trouvait sur son canapé n'était pas Aaron Nash : c'était Lincoln Frazer. Et son chat était blotti contre le légendaire profiler, ronronnant comme une Ferrari.

Lincoln ouvrit une paupière.

— C'est déjà le matin ?

— Apparemment.

Hope haussa un sourcil, se demandant pourquoi elle n'était pas plus surprise.

— À quelle heure es-tu arrivé ?

Il laissa échapper un petit grognement ; apparemment, il n'était pas du matin. Elle se dirigea vers la cuisine et prépara le café. C'était apparemment son nouveau rôle dans la vie, servir des cafés, mais, tant qu'elle avait la première tasse, elle ne se plaignait pas.

Frazer avait fait basculer ses jambes pour s'asseoir quand elle s'appuya contre le montant de la porte pour l'observer.

— Que fais-tu ici, Linc ?

— Il m'a semblé plus facile de dormir ici que de retourner chez les Hayes après ma visite à l'hôpital hier soir.

Fronçant les sourcils, Hope alla se placer juste en face de lui.

— À l'hôpital ?

— Tu n'es pas au courant ? s'enquit-il, écarquillant les yeux.

Le ventre de la jeune femme se noua.

— Je pensais que quelqu'un t'aurait envoyé un message pour te prévenir.

Elle serra les mains.

— Me prévenir de quoi ?

— Aaron s'est fait tirer dessus hier soir.

Les jambes de Hope se dérobèrent sous elle, et sa vision se rétrécit brutalement. La douleur dans son corps provenait certainement de ses côtes qui s'affaissaient.

Lincoln la rassura aussitôt.

— Il va bien !

Elle ferma les yeux et se laissa tomber sur le fauteuil.

— Tu aurais dû commencer par ça.

— Il va bien. La balle l'a touché à la poitrine, mais il portait un gilet balistique...

Hope inspira brusquement, tremblante. S'il n'avait pas porté de gilet pare-balles, il serait mort. C'était ce que Lincoln venait de lui dire. Quelques heures après avoir quitté son lit, Aaron avait failli mourir, et elle ne s'en était pas rendu compte. Et personne n'avait pris la peine de le lui dire.

Un goût de cendres envahit sa bouche.

— Qui lui a tiré dessus ?

— Nous ne savons pas, répondit Frazer en secouant la tête.

— Je ne comprends pas. Comment est-ce arrivé ? Je croyais qu'il dormait dans la pièce voisine.

Elle ne l'avait pas entendu partir. Frazer la dévisagea longuement, et elle se demanda ce qu'Aaron lui avait dit ou ce que cet homme perspicace avait deviné.

— Pour une raison que j'ignore, Nash a décidé d'aller courir au milieu de la nuit, et il s'est retrouvé devant le manoir de Leech. Il a repéré une lumière à l'intérieur, et, accompagné de l'agent du FBI censé surveiller les lieux et de Will Griffin, il est entré et a trouvé un homme dans la chambre de Leech en train d'accomplir un rituel étrange.

— Était-ce Leech ? Ou Delaware ?

Frazer haussa les épaules.

— Nous n'en savons rien, et les chances de le découvrir sont plutôt minces.

Hope fronça les sourcils.

— Je ne comprends pas. Pourquoi pas ?

— Parce que le manoir à trente millions de dollars de Leech est parti en fumée hier soir. L'incendie a été causé par des bougies allumées qui entouraient une affiche retouchée, sur laquelle on te voyait faire des choses impossibles à l'arrière d'une Harley, complètement nue. C'est ce qu'on m'a dit, en tout cas. Le temps que j'arrive, les deux étages supérieurs étaient en flammes, et les agents du FBI s'en sont tout juste sortis vivants.

Aaron.

Griffin.

Hope resta assise, stupéfaite. Le sentiment d'horreur qui la submergeait lui rappelait étrangement la perte de Danny. Même si Aaron allait bien, s'il avait en fait échappé deux fois à la mort la nuit précédente, d'après ce qu'elle venait d'entendre, le sentiment de chagrin faillit la dévorer.

Le fait qu'il ne lui ait pas envoyé de SMS ou qu'il ne soit pas venu frapper à sa porte pour lui dire qu'il allait bien la blessait aussi. Elle avait si habilement réussi à le repousser que cela ne lui avait probablement même pas traversé l'esprit. Elle était de nouveau bel et bien seule.

Et elle n'aimait pas ça. Elle n'aimait vraiment pas ça.

Elle allait devoir s'y réhabituer. L'angoisse l'envahit à cette idée.

— Heureusement qu'il portait un gilet, remarqua-t-elle.

— Il ne serait plus là si cela n'avait pas été le cas. Il a des côtes meurtries, mais rien de cassé. C'est un homme très chanceux. Il dort à l'étage.

Elle aurait voulu courir, vérifier par elle-même qu'il allait bien, avant d'exiger qu'il ne se mette plus jamais en danger... Mais c'était son boulot. Le péril. Le danger. Le risque. Il vivait pour toutes ces choses. Il avait probablement foncé dans ce bâtiment en flammes sans réfléchir.

Pire encore, il y avait sans doute pris du plaisir.

Frazer la laissa pour revenir quelques instants plus tard avec une tasse de café fumante qu'il lui mit dans les mains.

— Je vais lui monter une tasse. À moins que tu ne veuilles le faire ?

— Fais-le, lui dit-elle d'une voix brisée.

Elle aurait pu jurer lire de la déception sur son visage avant qu'il tourne les talons.

Hope savait que, si elle voyait Aaron, elle craquerait et le supplierait de ne plus jamais faire une chose pareille. Et c'était n'importe quoi. Il était formé pour cela. C'était ce qu'il aimait.

Elle avait à peine survécu à la perte de Danny. Elle ne pensait pas être capable de gérer la peur, la crainte constante chaque fois qu'Aaron franchirait la porte.

Cet homme méritait une partenaire capable de vivre avec ce risque permanent. Quelqu'un qui lui offrirait son cœur et promettrait de chérir le sien en retour. Elle avait déjà prononcé un vœu de ce genre, mais la mort l'avait rompu. Elle ne recommencerait pas. Elle ne pouvait pas prendre ce risque. C'était trop douloureux de se retrouver abandonnée.

CHAPITRE QUARANTE-HUIT

Ils étaient dans le véhicule, qui se dirigeait vers le centre-ville. Hope le traitait avec froideur, mais ses yeux rougis en disaient long.

Frazer lui avait sans doute raconté les aventures de la nuit précédente, et Aaron se demandait si elle se reprochait son agitation nocturne ou, plus justement, si elle lui reprochait d'avoir failli recevoir une balle dans la tête.

Il n'avait aucun mal à rester blasé face aux munitions réelles, puisqu'il y était confronté quotidiennement, mais qu'en était-il des civils ? Se faire tirer dessus représentait généralement le pire jour de leur vie.

Heureusement, l'égratignure sur le côté de son cuir chevelu était difficile à voir, surtout qu'il avait enfilé un bonnet en laine noir. Il portait un jean bleu, un t-shirt noir et une doudoune noire qu'il avait empruntée à JJ Hersh, qu'il avait laissée ouverte au cas où il aurait besoin d'accéder à son arme. Hope ne devrait pas rester longtemps au tribunal. Il avait quelque chose à faire pendant ce temps, et il voulait passer inaperçu.

Après être rentré la nuit passée, il avait réussi à dormir quelques heures d'un sommeil si profond qu'il avait eu l'impression de sortir d'un coma lorsque Frazer l'avait réveillé. S'il avait cherché à s'épuiser en sortant courir, il avait assurément atteint son but.

La bonne nouvelle, c'était qu'il n'avait mal que lorsqu'il respirait.

Ses côtes n'étaient pas cassées, mais les ecchymoses donnaient l'impression qu'il avait combattu plusieurs rounds contre les sabots d'une mule. En dépit des sols en marbre froids de la maison de Leech, la vieille demeure s'était enflammée comme une poudrière. La fumée qu'il avait inhalée en tentant d'éteindre l'incendie dans cette élégante demeure, davantage pour préserver les preuves que l'architecture, l'avait fait tousser sans discontinuer pendant la première heure qui avait suivi son évacuation. Chaque quinte de toux lui donnait l'impression d'être poignardé à la poitrine avec un pieu en bois.

Un bon moment.

Griffin avait également été soigné pour inhalation de fumée, tout comme Fuentes, mais les deux hommes étaient par ailleurs indemnes.

Aaron était furieux que l'assaillant lui ait échappé. Il n'avait même pas vu le visage du gars. Mais un technicien de la police scientifique avait extrait une balle intacte du côté du *pool house*. Il leur fallait juste une arme pour vérifier la correspondance.

L'autre balle s'était écrasée contre son plastron, la réduisant en une masse méconnaissable. Il envisageait de faire encadrer les deux.

Ses coéquipiers n'étaient pas contents de lui. Il n'avait cessé de recevoir des messages de réprimande de la part de tous, comme s'ils étaient une bande de mamans inquiètes.

Une voiture klaxonna, le tirant de ses pensées.

Hope lui jeta un coup d'œil, et il dut lutter contre l'envie de toucher ses doigts, car : a) elle ne voulait pas de lui, et b) les autres gars étaient aussi dans le véhicule. Tout le monde, à l'exception de Cowboy et Demarco qu'il avait laissés surveiller la maison.

— Dépose-moi ici.

— Tu ne viens pas avec nous ? s'enquit Hope, croisant enfin son regard.

Se faisait-il des illusions en pensant qu'elle semblait vouloir qu'il reste avec elle ? Sans doute. Elle s'était clairement fait comprendre la veille, même si c'était dans la chambre à coucher et non au travail.

Il ne s'était toujours pas excusé pour ce qu'il avait dit. *Bon sang !* Quel crétin ! Il le ferait. Il avait simplement besoin d'une minute pour ravaler sa fierté, entre deux quintes de toux. Il toussa à nouveau, agacé envers lui, mais incapable de contrôler le spasme. Enfin, il put parler.

— J'ai quelque chose à faire. Kincaid, envoie-moi un message quand vous aurez terminé. Je ne sais pas combien de temps cela prendra.

Hope ouvrit la bouche pour dire quelque chose, mais il ne voulait pas l'entendre. Pas maintenant. Une fois qu'il aurait repris le contrôle de ses sentiments, il trouverait un endroit isolé où ils pourraient parler sans que personne ne sache quoi que ce soit.

Et le vrai problème, c'était qu'ils n'auraient pas dû avoir d'affaires à discuter en privé.

Il sortit de la voiture et baissa la tête pour s'abriter du vent. Il s'engagea dans une rue latérale pour se rendre à la boutique où la photo de Hope avait été imprimée, avant d'être placée dans une enveloppe sur la pierre tombale de sa fille.

Aaron hésita en regardant par la vitrine. Compte tenu de tout ce que Hope avait vécu cette semaine-là, il s'était comporté comme un abruti, d'autant plus qu'il n'y avait jamais eu de promesses ou d'engagement entre eux.

Il chercha son téléphone, puis s'arrêta. Il ne pouvait pas

vraiment lui envoyer de message ou l'appeler pour admettre qu'il avait été un idiot, ou pour s'excuser, alors que toutes ses communications étaient surveillées... pas sans se trahir.

Il le lui dirait plus tard. Quand, avec un peu de chance, il aurait la preuve de l'identité du vandale qui avait profané la tombe de son mari et de sa fille. Peut-être cela suffirait-il comme gage de paix.

Il avait comme une petite voix dans la tête, qui lui disait que le vandale et le type qu'il avait vu la veille chez Leech étaient une seule et même personne. Il ne lui avait pas échappé que la taille et la carrure de Lewis Janelli correspondaient à l'homme qui lui avait tiré dessus. Et il possédait un neuf millimètres. Et Aaron l'avait énervé la veille. Méchamment.

Il poussa la porte du local, fut frappé d'une vague de chaleur et s'approcha du comptoir. Il montra son insigne à une jeune femme qui n'était *pas* en train de servir un client.

— Il faut que je retrouve une imprimante.

Il égrena le numéro de série, qui était lié au code d'identification de la machine imprimé sur l'image. Le code ressemblait à un tas de points jaunes, invisibles à moins de savoir ce que l'on cherchait.

La fille parut confuse.

— Je ne sais pas...

— C'est pour une enquête en cours. Serait-il possible d'examiner les machines que vous avez en magasin ?

Elle sembla hésiter.

— Je...

— Cela ne devrait pas prendre longtemps. Si je ne trouve pas la bonne machine, je ne serai plus dans vos pattes d'ici cinq minutes.

Ce qui semblait parfait, sauf qu'il savait que l'imprimante était là.

— D'accord. Je suppose que ça ne pose pas de problème.

Venez derrière. Mon manager est parti chercher des cafés, je suis sûre qu'il reviendra bientôt.

Elle ouvrit le panneau du comptoir pour le laisser passer. Mais il pointa du doigt les machines en libre-service. Il avait le sentiment que c'était ainsi que ce type procéderait. Moins il avait d'interaction avec les gens, mieux c'était.

— Je vais commencer par là.

Elle acquiesça à nouveau. De toute évidence, elle était partagée entre le respect des forces de l'ordre et la crainte de mal agir et d'avoir des problèmes avec son patron. Il examina la grande imprimante contre le mur le plus proche et trouva son bonheur. La jeune femme le rejoignit et croisa les bras.

— Hé, c'est celle-ci ! annonça-t-il en sortant la copie du mandat que Frazer lui avait donnée plus tôt, et qu'il avait mise dans sa poche. Je vais devoir placer cette machine sous scellés jusqu'à ce que les techniciens de scène de crime aient fini de la traiter.

Quelques clients dans la file d'attente regardèrent dans leur direction.

— Des techniciens de scène de crime ? La traiter ? répéta-t-elle, alors que ses yeux faisaient le tour de la pièce. Que voulez-vous dire par *traiter* ?

— Si nous avons de la chance, ils pourront le faire sur place. Télécharger la mémoire de la machine.

L'ADN et les empreintes ne serviraient à rien, car des centaines de personnes l'utilisaient sans doute chaque jour.

— Oh ! Écoutez, je ne sais pas. Mon patron ne va pas aimer ça.

— Jeanine ? l'appela Aaron, car c'était indiqué sur son badge d'employée.

— Oui ?

— Vous n'avez pas d'ennuis. Pas du tout, la rassura-t-il en lui montrant à nouveau le mandat. Cela signifie que j'allais forcément être autorisé à fouiller les lieux et que j'allais forcément trouver cette imprimante. Mais le fait que vous coopériez avec moi m'aide beaucoup, donc je ne vous ferai pas fermer la boutique, même si je le peux. Avez-vous un panneau « hors service » à placer sur la machine, le temps que nos gars arrivent ?

— Oui.

Elle se mordilla un instant la lèvre. Puis elle se précipita derrière le comptoir et revint avec un grand panneau rouge. Elle le plaça sur la machine.

— Ils n'auront pas « FBI » ou « Police scientifique » marqué au dos de leurs vêtements, si ? s'enquit-elle avec une grimace. Ça va faire peur aux gens.

Aaron y réfléchit une seconde.

— Je vais leur demander de rester en civil.

Ce qui leur convenait, de toute façon. Ainsi, la presse ne serait pas alertée d'un nouveau rebondissement dans l'enquête, et celui qui avait imprimé cette photo et sans doute l'affiche de Hope qui avait été collée au mur la nuit précédente, et qui avait donc tenté d'assassiner un agent du FBI dans l'exercice de ses fonctions, ne serait pas averti que son temps était compté. Les images devaient être stockées dans la vaste mémoire de cette machine.

Il jeta un coup d'œil à la caméra de surveillance.

— Est-ce que ce truc fonctionne ?

— Oui. Nous conservons les enregistrements pendant quelques semaines, puis nous les supprimons.

— J'aurais besoin de visionner vos images de surveillance.

— Laissez-moi envoyer un message à Lyle...

— Vous pouvez le faire, mais, dans l'intervalle, je vais commencer à regarder les vidéos.

Elle ouvrit la bouche pour argumenter.

— Des vies sont en jeu, Jeanine !

Elle cilla.

— Oh ! Bien sûr. Venez, suivez-moi. Mais, si Lyle me crie dessus, je pourrais avoir besoin que vous me défendiez, lui dit-elle, puis elle se mordit la lèvre, et une fossette creusa sa joue.

Était-elle en train de flirter avec lui ? Il était surpris. Elle semblait avoir une vingtaine d'années.

— Si votre patron vous crie dessus, c'est que vous avez sans doute besoin de changer de boulot.

Ce principe ne s'appliquait pas à l'organisation pour laquelle il travaillait, bien sûr, mais, dans son domaine, une erreur pouvait coûter la vie à quelqu'un. La jeune femme retrouva son sérieux.

— Vous avez raison, lui dit-elle, avant de hausser la voix. Vous avez totalement raison.

Elle les conduisit ensuite dans une salle à l'arrière de la boutique. Elle alluma le plafonnier.

— Lyle n'est pas encore arrivé aujourd'hui. Il me fait faire l'ouverture, et il vient après s'être gavé dans un restaurant au bout de la rue, expliqua Jeanine, qui coupa l'écran de veille, puis ouvrit l'appli et le dossier des vidéos de surveillance. Chaque période de vingt-quatre heures est stockée automatiquement dans un fichier distinct. Les caméras sont activées par le mouvement. Nous sommes ouverts de sept heures à dix-neuf heures, il y a donc douze heures de vidéo par jour.

Elle s'interrompit, puis se gratta le nez avant de reprendre.

— Devinez qui fait la fermeture ?

— C'est vous. Pourrais-je obtenir l'autorisation du responsable du site pour envoyer ces fichiers aux analystes du FBI dès que possible ?

C'était sans doute couvert par le mandat, mais c'était tout aussi bien d'avoir la permission.

Jeanine lui fit un sourire.

— En tant que membre du personnel ayant le plus d'ancienneté, vous avez ma permission, lui dit-elle, puis elle consulta sa montre. Je vous accorde une avance de dix minutes pour commencer, avant que j'envoie un message à Lyle pour l'informer de la présence du FBI. Hé ! Si vous trouvez du porno sur ce truc, ce n'est pas à moi !

Il sourit tandis qu'il copiait rapidement les fichiers sur un réseau sécurisé. Puis il commença à les passer en accéléré, en commençant par le jour où Leech s'était échappé, s'arrêtant pour vérifier chaque visage des personnes qui avaient utilisé cette photocopieuse en particulier.

Il envoya un message à Frazer pour lui faire savoir qu'il était là, qu'il avait trouvé la machine et qu'il fallait envoyer les gars de la police scientifique en civil afin de ne pas alerter le monde entier. Il lui demanda également de faire en sorte que quelqu'un, autrement dit Alex Parker, vérifie les paiements et voie s'il était possible de trouver une carte de crédit et un nom. Certes, il était possible que le type ait payé en espèces.

Aaron continua de visionner les vidéos. Il aurait pu laisser les techniciens s'en charger, mais c'était une affaire personnelle à présent, et il voulait des réponses. Il s'installa plus confortablement pour regarder. Il mit la vidéo en pause lorsqu'il entendit un cri provenant de l'avant de la boutique. Apparemment, Lyle était arrivé.

Aaron fit rouler ses épaules et étira son cou, grimaçant quand la douleur lui transperça la poitrine. Ce n'étaient pas seulement les ecchymoses, mais il chassa de son esprit toute pensée à propos de son cœur brisé. Il avait su, avant même que cela commence, qu'il ne jouait pas dans la même catégorie qu'elle. Au fil des ans, il s'était plus ou moins résigné à rester célibataire, et ce n'était pas grave.

Hope avait été une parenthèse.

Son désir était devenu incontrôlable, et leurs ébats fantastiques lui avaient fait croire qu'il pourrait être amoureux. *Ridicule.* Totalement ridicule. Il avait toujours ses coéquipiers, s'il se sentait trop seul, ce qui n'arrivait pas souvent. S'il était à ce point en manque de sexe, il allait devoir se remettre à sortir.

Mais cette simple pensée lui laissait un goût amer dans la bouche.

Il entendit Jeanine crier à son tour sur Lyle et éprouva une pointe de fierté. Il était sur le point d'aller aider le message à passer quant à la façon dont on devait traiter le personnel.

Plus vite Aaron découvrirait où se trouvait Leech, et qui était cette autre personne qui ciblait la femme dont il était bêtement tombé amoureux, plus vite il pourrait rentrer chez lui et oublier toute cette maudite histoire.

CHAPITRE QUARANTE-NEUF

Hope parcourut les couloirs familiers avec un regard glacial et indifférent, mais cela ne suffit pas à apaiser son trouble intérieur.

Aaron avait semblé fatigué ce matin-là, le visage crispé par l'agacement... ou la douleur. Elle avait eu envie d'aller le voir, de lui demander s'il allait bien, mais, dès qu'il l'avait vue, il s'était détourné et il s'était rendu au rez-de-chaussée.

À quoi s'était-elle attendue ? Des sourires ? Des rires ? De la compassion ? La conversation décontractée et respectueuse qu'ils appréciaient habituellement tout au long de la journée ? Non. Cette connexion s'était éteinte. Elle l'avait tuée.

Et Aaron avait failli *mourir* la nuit précédente. Elle ne parvenait pas à s'en remettre.

Il avait failli mourir. Et elle n'avait même pas su qu'il avait quitté la maison. Une pierre s'était coincée dans sa gorge, et, malgré tous ses efforts pour la ravaler, elle ne bougeait pas d'un pouce.

Où était-il allé quand il avait quitté la voiture ?

Habitue-toi à ne pas savoir.

Et c'était ce qu'elle avait voulu. Ce dont elle avait besoin.

L'ignorance. Alors pourquoi avait-elle l'impression qu'elle se noyait déjà dans l'inquiétude et la frustration ?

Elle s'arrêta net dans le couloir, tandis que le nœud au creux de son ventre commençait à se défaire. Elle était déjà amoureuse, et, maintenant, la douleur était presque accablante. Elle ne voulait pas revivre cela. Elle n'y survivrait pas. Sa vie était bien plus simple, plus facile quand elle se tenait à l'écart de tous, et qu'elle vivait selon ses propres conditions. Plus d'amitié. Plus d'optimisme insensé. Elle appréciait sa propre compagnie. Elle aimait son travail et envoyer les tueurs et les criminels là où était leur place. Elle aimait sa carrière d'écrivain, qui lui permettait de mettre en scène toutes les vengeances tordues dont elle rêvait. Il fallait que cela lui suffise.

Le cœur de Hope se serra, et, soudain, elle n'arriva plus à respirer. Ce qu'elle voulait semblait sans importance, puisque, subitement, cela ne suffisait plus. Ce *n'était pas* ce qu'elle voulait.

— Hope ? Est-ce que tout va bien ? lui demanda Seth Hopper, qui se trouvait derrière elle, d'un ton patient.

Sebastian Black et lui l'avaient accompagnée à l'intérieur aujourd'hui.

— Oui ! répondit-elle sèchement.

Elle le regretta aussitôt, quand sa bouche se crispa et qu'il afficha un regard vide.

— *Bon sang !* Je suis désolée !

Elle se passa une main dans les cheveux. Et dire qu'elle voulait incarner la parfaite substitute *badass...* Ce n'était pas la faute de Seth si elle était tombée am...

Hope secoua la tête. Non. Ce n'était pas ça. Cela ne pouvait pas être ça. Ils ne se connaissaient que depuis quelques jours.

Depuis combien de temps connaissais-tu Danny quand tu as compris que c'était le bon ?

Elle repoussa cette voix intérieure agaçante. Elle refusait de mettre Aaron en danger comme elle avait mis Danny en danger, et peu importait ce qu'elle ressentait pour cet homme.

— Tout va bien, Hope ? lui demanda Colin, arborant une expression inquiète.

Elle obligea son cerveau à se rappeler l'endroit où ils se trouvaient et la raison de leur présence ici.

— Cela m'inquiète d'être convoquée ainsi pendant le week-end, lui avoua-t-elle, avant d'inspirer profondément. Vous avez parlé à Ella, n'est-ce pas ?

— Pas depuis hier soir, répondit-il, clignant des yeux. Dois-je l'appeler ?

Il chercha son téléphone, mais il était dix heures vingt-neuf, et Hope ne voulait pas être en retard. Elle secoua la tête.

— Nous y sommes presque, de toute façon. Voyons ce que veut la juge. Appelez-la ensuite pour prendre des nouvelles.

Ils arrivèrent dans les locaux réservés à la juge Penton, où le greffier les conduisit jusqu'au bureau extérieur. Alors qu'ils s'apprêtaient à entrer dans le bureau intérieur, le greffier leva une main pour empêcher son escorte du FBI de la suivre.

— La juge insiste pour que le service de sécurité reste dehors.

Seth Hopper tourna la tête et retira calmement la main du greffier de son torse.

— Je ne suis pas un agent de sécurité. Je suis un agent fédéral des forces de l'ordre, chargé d'appliquer des ordres très spécifiques émanant de la procureure générale des États-Unis, énonça-t-il, de l'acier dans la voix. J'ai l'intention d'inspecter le bureau de la juge avant d'autoriser Hope à entrer. Si la juge a un problème avec ça, elle peut en discuter avec la procureure générale.

Ce n'était pas une demande de la part de Seth. Il força le passage et entra dans le bureau.

— Vous pouvez être certain qu'elle le fera, lança la juge

Penton, les yeux plissés, la bouche pincée, tandis qu'elle scrutait les deux opérateurs du FBI. Faites ce que vous avez à faire rapidement, puis sortez.

Hope fut choquée par le ton de la magistrate, même si beaucoup de juges souffraient d'un complexe de Dieu.

Il ne fallut que quelques secondes à Seth pour terminer son inspection des différentes pièces et de la salle de bains privée de la juge. La porte donnant sur la salle d'audience était verrouillée.

Seth s'adressa à la juge.

— Merci, m'dame.

— Votre Honneur, le corrigea la juge d'un ton irrité.

Hope lui sourit pour le rassurer. Elle ne savait pas quel était le problème de la juge, mais Seth Hopper ne méritait pas de devoir esquiver des attaques verbales toute la matinée.

— Votre Honneur.

L'expression de Seth était indéchiffrable lorsqu'il adressa un signe de tête à Hope et rejoignit Black devant la porte. Hope se tenait debout devant le bureau de la magistrate, même si celle-ci n'était pas assise. En fait, elle s'approcha de la lourde porte en bois, dont elle tourna le verrou.

Hope soupira.

S'agissait-il d'une démonstration de pouvoir ? Apparemment, oui. Les opérateurs de la HRT devraient faire appel à tout leur sang-froid pour ne pas défoncer la porte dans les cinq minutes. Elle envoya rapidement un message aux gars pour leur dire que tout allait bien.

La juge s'assit.

— Il a été porté à mon attention que cette personne a menacé de tuer Jeff Beasley l'après-midi précédant le meurtre de ce dernier.

— Seth Hopper ? s'exclama Hope, avant de se figer. Il plaisantait !

— Eh bien ! Ce n'était pas très drôle, et Jeff Beasley a fini par mourir dans une ruelle, exactement comme il l'en avait menacé, rétorqua la juge, qui se pencha en avant, comme pour partager un secret. Les opérateurs de la HRT sont formés à tuer.

Hope ouvrit la bouche pour protester. C'était ridicule.

— Et comment pouvez-vous savoir cela ? demanda Hope, qui tourna ensuite les yeux vers Colin, qui rougissait.

— Je l'ai seulement dit à l'huissier, avoua-t-il. Je ne m'attendais pas à...

— Je suis déçue que vous ne m'ayez pas communiqué cette information vous-même, ADA Harper, et je ne peux que conclure que la pression liée à l'évasion de Julius Leech a joué un rôle dans votre manque de discernement, déclara la juge, qui releva le menton, et la toisa du haut de son nez de faucon. Je vais devoir signaler cette menace au bureau local du FBI, et ils devront mener une enquête. En attendant, l'opérateur Hopper doit être suspendu...

— Attendez ! *Non !* Il est impossible que l'opérateur Hopper ait tué Jeff Beasley. Il était chez moi au moment du meurtre ! justifia Hope, qui n'arrivait pas à croire qu'on les avait traînés ici un week-end pour ces idioties. En fait, il s'entraînait sur un tapis de course dans l'appartement de mon voisin du dessous, avec plusieurs témoins, au moment où j'ai reçu l'appel du portable de Jeff juste après son attaque. Il ne pouvait pas se trouver à deux endroits à la fois.

Les mots avaient un goût amer sur sa langue. Comment cette femme osait-elle remettre en question l'intégrité de ces hommes ?

— Je pense malgré tout qu'il est nécessaire de mener une enquête formelle...

— Ce sont des conneries ! Il a un alibi solide, dont je fais partie. Seriez-vous en train d'insinuer que je mens ? s'exclama Hope, qui se redressa et releva le menton.

La juge plissa les yeux.

— Je vous ferai condamner pour outrage si vous ne faites pas attention, maître.

— Vous mettez en doute mon intégrité, Votre Honneur, et c'est quelque chose que je n'apprécie pas. Pas plus que je n'apprécie que vous accusiez un homme honorable, qui dispose d'un alibi solide, d'un acte aussi odieux.

À ce moment-là, Colin tendit son portable à Hope, qui s'en saisit, confuse. Il contourna ensuite le bureau, la main dans la poche : la juge l'observa avec des yeux effarés. Il plaqua une main sur la bouche de la femme, puis sortit une seringue de sa poche et la lui planta dans la cuisse, avant d'appuyer sur le piston.

— Colin ? Mais qu'est-ce que vous faites ? s'exclama Hope, dont le cœur s'emballa.

Avait-il perdu la tête ? La juge se débattit quelques instants, pendant lesquels il la maintint immobile, puis il regarda par-dessus son épaule.

— Regardez la photo sur l'écran, Hope.

Elle baissa les yeux vers la photo sur le portable et resta bouche bée, horrifiée. Elle y voyait Ella, bâillonnée et attachée à une chaise. Hope tituba en arrière et se tourna vers la porte. Colin s'avança devant elle, posant un doigt sur ses lèvres.

— Lisez la légende. Il vous veut. Il dit que si nous ne venons pas seuls, il la tuera. Mais, si nous y allons, il la libérera.

Hope lut les messages. Leech. *Merde !* C'était forcément Leech.

— Il ment. Il l'a sans doute déjà tuée ! protesta-t-elle, alors que l'angoisse lui tordait le ventre.

— Ne dites pas ça.

— Comment a-t-il obtenu votre numéro ?

Les traits de Colin se déformèrent.

— Je n'en sais rien. Peut-être avec le téléphone d'Ella ? Il devait savoir que vos appareils seraient surveillés.

Colin fouilla dans sa poche et en sortit un petit pistolet automatique. Elle ouvrit la bouche pour appeler à l'aide, mais il le lui tendit, crosse en avant.

Confuse, elle prit l'arme, lourde dans sa main. Les implications n'étaient pas réjouissantes. Ce n'était pas bon que Colin introduise une arme illégalement dans le palais de justice. Ce n'était vraiment pas bon non plus que Colin ait un tranquillisant dans sa poche et qu'il en fasse usage.

Était-il en proie à une sorte de crise psychologique ? S'était-il attaché personnellement à Ella ?

— Nous serons tous les deux armés, Leech ne s'y attendra pas. Nous pouvons prétendre que je vous ai forcée à venir avec moi, mais ensuite, nous nous retournerons contre lui et nous sauverons Ella. Il dit que si quelqu'un d'autre se montre, il prendra la fuite, et Ella mourra.

Cette idée lui était insupportable, mais Colin ne lui semblait pas sincère.

— Pourquoi vous en préoccuper autant ?

Les yeux de Colin s'écarquillèrent sous le coup de l'indignation.

— Eh bien ! Pour commencer, il y a un tueur en série en cavale, et Ella est en danger. Cela ne vous suffit-il pas ?

Hope se tourna vers la juge, affalée sur son bureau, inconsciente. Non, rien de tout cela n'avait de sens.

— Vous savez que votre carrière dans le droit est terminée.

La sienne le serait aussi si elle suivait son plan démentiel, ce qu'elle n'avait pas l'intention de faire. Aaron lui dirait qu'elle devait lui faire confiance pour bien faire son travail. Pour sauver Ella et attraper Leech. Et elle lui avait fait confiance. Elle lui faisait toujours confiance.

Hope croisa le regard de Colin, et elle vit le moment où il

comprit qu'elle ne le suivrait pas dans sa folie. Elle ouvrit la bouche pour appeler à l'aide, mais il lui plaqua une main sur la bouche, maintenant sa mâchoire fermée. Ils se battirent, et elle se souvint qu'elle tenait une arme, mais elle ne voulait pas vraiment tirer sur Colin ni sur elle. Elle essaya de le frapper avec, mais il l'entoura de son autre bras et la plaqua au sol.

Il était beaucoup plus fort qu'il n'y paraissait. Le pistolet était coincé sous elle ; elle comprit soudain qu'il ne lui donnerait jamais une arme chargée de vraies balles.

La mise en garde d'Aaron lorsqu'ils s'entraînaient à l'autodéfense lui revint à l'esprit. *C'est toi ou lui*, et elle avait déjà perdu la première bataille.

— Tout ce que tu avais à faire, c'était d'être une gentille fille et de suivre quelques instructions simples, mais il faut toujours que ce soit toi qui donnes les ordres ! Quelle foutue garce ! gronda Colin, dont le murmure la choqua par son intensité.

Elle avait fait confiance à ce type, et il l'avait trahie.

Utilise ta voix.

Elle se débattit frénétiquement pour libérer sa bouche, mais il lui tenait fermement la mâchoire, et elle eut l'impression qu'il allait lui arracher la tête. Colin se servit de son poids pour la clouer au sol, juste avant qu'elle ne sente une vive piqûre sur le côté de la cuisse.

— Ne t'inquiète pas, murmura-t-il contre son front. Je n'ai pas l'intention de te faire du mal.

Hope ne le croyait pas.

— Tu dis toujours que tu veux confronter Leech. Je suis sur le point de réaliser ton souhait, substitute Harper. Je vais te donner la chance d'expier toutes les morts dont tu es responsable.

Des larmes montèrent aux yeux de la jeune femme, mais c'étaient des larmes de colère. Il s'agita un moment, mais sans jamais relâcher sa prise sur sa mâchoire. Elle gémit aussi fort qu'elle le pouvait pour attirer l'attention de ses gardes du corps à travers l'épaisse porte en bois, mais il lui écrasa le visage contre le sol. La douleur, brutale, irradia de sa pommette. Colin lui colla un morceau de ruban adhésif sur la bouche, alors que la nausée lui saisissait l'estomac. Elle se calma volontairement tandis que son cœur battait à tout rompre. Hope commençait déjà à se sentir étourdie par la drogue qu'il lui avait administrée. Le poids de Colin disparut pendant quelques secondes, puis elle entendit le cliquetis de clés. Quand elle tourna la tête, elle le vit contourner le bureau de la juge.

Elle essaya de se relever, mais il l'attrapa, puis lui menotta les mains dans le dos, ramassant au passage l'arme qu'elle avait perdue au cours de leur lutte. Il avait dû apporter toutes ces choses ce matin-là, et, comme ils étaient autorisés à contourner la sécurité, personne n'avait rien vu. Hope n'était qu'une imbécile. Pourquoi n'avait-elle jamais remarqué que ce type cachait quelque chose ?

Parce qu'elle n'avait jamais regardé. Elle avait été tellement axée sur sa mission de mettre les meurtriers et les violeurs hors d'état de nuire qu'elle n'avait pas remarqué le danger qui la guettait chaque jour à ses côtés.

— Viens !

Il la releva sans ménagement, et elle tituba légèrement. Si elle ne s'enfuyait pas rapidement, elle aurait de sérieux ennuis.

— Debout !

Il la poussa vers la porte menant à la salle d'audience, l'obligea à la franchir, puis la verrouilla derrière lui.

Elle essaya alors de courir, mais ses pieds se prirent dans quelque chose alors qu'elle pénétrait dans cet espace familier. Elle tomba lourdement au sol, se cognant le menton contre le parquet. Elle sentit le goût du sang.

Il rejoignit ensuite la sortie utilisée par les prisonniers, qui n'était pas surveillée le week-end. Il la déverrouilla aussi, tandis que la jeune femme tentait de se lever.

— Allez, Hope. Nous voulons tous les deux la même chose. Leech.

Sérieusement ? Colin referma la main autour du bras de Hope.

— J'ai failli oublier !

Il fouilla dans la poche du manteau de Hope et en sortit son téléphone portable pour consulter ses messages. Il répondit au SMS de Seth par un pouce levé, et « nous en avons pour dix minutes ».

— Cela devrait les retenir un moment.

Il fit glisser son portable sur le sol de la salle d'audience, ferma la porte, puis la verrouilla. Il poussa ensuite la jeune femme dans l'espace faiblement éclairé.

Le corps de Hope lui semblait de plus en plus déconnecté de son esprit. Elle ne savait pas ce qui se passait, mais elle n'allait pas lui faciliter la tâche. Elle s'assit au milieu du couloir.

Colin se mit à rire, laissant échapper un son torturé, amer. Puis il dégaina un autre pistolet à l'allure mortelle.

— Je ne veux pas te faire de mal, mais je n'ai pas passé ces sept dernières années à me tuer à la tâche pour échouer maintenant.

Réaliser qu'il avait planifié quelque chose pendant tout ce temps dissipa le brouillard qui envahissait son esprit. De toute évidence, cela avait un rapport avec Leech. Colin n'avait jamais été le collègue de confiance qu'il avait prétendu être. Il avait patienté toutes ces années pour lui tendre un piège, comme une araignée tissant sa toile. Elle détestait vraiment les araignées.

La question était de savoir pourquoi ? Travaillait-il pour Leech ?

— Ce sera beaucoup plus facile si tu sors de ton plein gré,

mais je peux aussi très bien t'assommer et te porter. Mais cela ne fera que me contrarier, et tu le regretteras plus tard.

Son regard lui disait qu'elle devait le croire, mais, visiblement, elle ne réagissait pas assez vite. Il l'empoigna par les cheveux et la tira pour la relever. Une douleur fulgurante et aveuglante lui transperça le crâne.

— J'ai promis à Leech de t'amener à lui. Les dix millions qu'il me verse compenseront toute cette formation que j'ai gâchée et m'aideront à m'en sortir, lança-t-il.

C'était douloureux de savoir que Colin faisait cela pour l'argent.

— Et je vais pouvoir tuer l'homme qui a assassiné mon père, affirma-t-il d'un ton moqueur, tout en la poussant.

Son père ? Elle croyait connaître tous les membres de la famille des victimes de Leech, mais, visiblement, elle se trompait. Ainsi, ce n'était pas une question d'argent. Il s'agissait de vengeance, ce qu'elle comprenait beaucoup mieux.

— Que Julius Leech se soit échappé de prison a été comme un cadeau du ciel.

Pas pour Hope, pas du tout.

— Qu'en est-il d'Ella ? l'interrogea-t-elle, même si le ruban adhésif étouffait ses mots.

Entre la claque qu'il lui avait assenée plus tôt, et le fait qu'il lui avait violemment tiré les cheveux, la douleur lui tenaillait le crâne. La drogue qu'il lui avait injectée ne faisait pas encore totalement effet, mais Hope savait que cela ne tarderait pas. Manifestement, il lui avait administré une dose bien plus faible que celle de la juge, qui avait perdu connaissance en quelques secondes.

— Ce n'est pas Leech qui détient Ella. C'est moi. Et *si* tu te comportes bien, *Si* tu montes dans la voiture qui m'attend dehors sans faire de scène, je veillerai à ce qu'elle soit secourue.

Sinon, elle mourra lentement de faim... à supposer qu'elle ne meure pas d'abord de froid.

Ce salaud de lâche. Blesser une jeune femme qui avait déjà été maltraitée.

Malheureusement, Hope peinait à garder les yeux ouverts, elle ne pouvait pas se battre contre lui. Le regret l'envahit. Car les mots qu'elle avait adressés à Aaron la nuit précédente n'étaient rien d'autre que le mensonge désespéré d'une lâche.

Elle *l'aimait* déjà. Elle l'aimait, et, quand elle mourrait, Aaron penserait que ce qu'ils avaient vécu ensemble n'était rien de plus qu'une relation purement sexuelle. En réalité, il était sa deuxième chance. Son cadeau de l'univers. Et elle avait tout gâché. Maintenant, elle allait mourir, et il allait être tellement en colère ! Non seulement elle avait ruiné son dossier parfait, mais elle avait l'horrible sentiment de lui avoir brisé le cœur.

CHAPITRE CINQUANTE

Aaron consulta sa montre, sur le point d'abandonner, frustré. Il aurait dû rejoindre l'équipe plutôt que de mener cette enquête de son côté, comme il le faisait. C'est alors qu'à l'écran, un homme portant un sweat à capuche et une veste sombres franchit la porte de la boutique.

Aaron fronça les sourcils, s'assit plus droit, se pencha en avant.

L'homme portait des lunettes de soleil couvrantes alors qu'il faisait nuit dehors. Aaron était presque sûr de reconnaître la silhouette de la veille.

L'enfoiré.

Il regarda le type imprimer d'abord une petite photo, puis une grande affiche qu'Aaron put identifier, même à cette distance. La silhouette ne cessait de jeter des coups d'œil sur le côté, afin de s'assurer que personne ne regardait l'image pornographique qui sortait de l'imprimante.

Aaron fronça les sourcils. *Bon sang !* Mais qui était-ce ? L'homme lui semblait familier. Janelli ?

— Enlève tes lunettes, *tête de nœud* !

Il serra les dents, puis se figea lorsque l'homme baissa ses lunettes de soleil pour lire le panneau de commande. Aaron se leva si vite que la chaise vola à travers la pièce.

Il sortit son portable tout en se dirigeant vers l'avant de la boutique.

— N'entrez pas dans cette pièce ! ordonna-t-il. Elle est officiellement considérée comme faisant l'objet d'une enquête criminelle, jusqu'à nouvel ordre. Je vous traînerai moi-même en prison si vous n'obtempérez pas.

Lyle, dépité, acquiesça d'un air maussade, mais Jeanine adressa un signe d'approbation enthousiaste à Aaron, tout en parlant à l'un des techniciens de la police scientifique qui téléchargeait des données depuis l'imprimante.

Aaron sortit par la porte d'entrée, composant le numéro alors même qu'il se mettait à courir en direction du palais de justice.

— Quoi de neuf ? répondit Seth.

— Colin Leighton, l'assistant de Hope. C'est l'ordure qui m'a tiré dessus hier soir. Tu as les yeux sur lui ?

— Négatif. Hope et lui sont dans le bureau de la juge, qui nous a mis à la porte.

Merde !

Aaron entendit Seth argumenter avec le greffier pour qu'il ouvre la porte.

Il courut aussi vite qu'il le pouvait tout en écoutant la conversation. À tâtons, il chercha son oreillette, qu'il glissa dans son oreille, esquivant piétons et touristes au passage.

Seth jura.

— Ils ne sont pas dans le bureau de la juge. La magistrate est inconsciente à son bureau. Elle respire encore. Ils ont dû partir par la salle d'audience. Appelez une ambulance ! cria-t-il à quelqu'un qui se trouvait avec lui.

Aaron eut l'impression que son cœur était sur le point d'exploser. Ils pouvaient sortir par n'importe quelle issue. Ou bien,

Colin pouvait tuer Hope sur place... mais cet enfoiré avait eu énormément d'occasions de le faire. Il devait la vouloir vivante pour une raison ou une autre.

— Kincaid, prends l'entrée principale ! Seth et Black, occupez-vous des sorties à l'arrière ! Je vais aller vérifier l'entrée des prisonniers.

Aaron n'avait jamais couru aussi vite de sa vie, et ses poumons étaient en feu. Il arriva sur le côté du bâtiment et se hissa pour regarder par-dessus le mur de sécurité et les grilles.

Rien.

Il balaya les environs du regard. De l'autre côté du large trottoir bondé, il aperçut Colin qui poussait Hope à l'arrière d'un taxi jaune. Aaron dégaina son arme et se remit à courir, ignorant les civils qui s'écartaient sur son passage.

— FBI ! Stop !

Il n'avait pas d'angle de tir dégagé.

Colin se précipita vers le siège conducteur, se jeta derrière le volant, démarra, et s'inséra dans la circulation. Un minivan freina brutalement, juste à temps pour éviter une collision.

Aaron courut après le taxi, tout en parlant dans son oreillette.

— Il est dans un taxi jaune qui se dirige vers le nord !

Il continua à courir, espérant le rattraper au prochain feu rouge, mais cet enfoiré fonça, manquant de percuter une petite voiture. Aaron visa le pneu arrière, mais la circulation et la présence de civils dans la zone l'empêchèrent de trouver un bon angle de tir.

Il esquiva les voitures qui freinèrent brusquement, klaxonnant comme s'il était fou. Il poussa davantage sur ses jambes, mais le taxi accéléra et tourna au coin de la rue. Puis il disparut.

Quelques secondes plus tard, leur SUV noir équipé de gyrophares pila à côté de lui. Il sauta à l'intérieur et essaya de reprendre son souffle. Hopper et Black étaient déjà à l'intérieur, Kincaid était au volant.

— Prends la prochaine rue à gauche ! Il conduit un taxi jaune.

Il récita la plaque d'immatriculation et le numéro d'identification du taxi. Puis il composa le numéro de Frazer.

— Colin Leighton a enlevé Hope au palais de justice. Je l'ai trouvé sur les images de vidéosurveillance de la boutique, et je suis presque certain que c'est lui qui m'a tiré dessus hier soir, annonça-t-il, et il ignora la réaction du profiler. J'ai besoin d'un avis de recherche pour le taxi. Demande aux flics locaux de relayer le signalement, mais qu'ils n'essaient pas de l'arrêter.

— Vous êtes à leur poursuite ?

— Nous l'avons perdu, j'étais à pied... mais nous sommes toujours à sa recherche. Sur Staniford Street.

Il y avait de nombreux tunnels, ponts et même ferries que Leighton pouvait emprunter pour s'enfuir, à supposer qu'il quitte le centre-ville.

— Je vais demander à Alex Parker de se pencher sur les communications de Leighton. Je suppose que c'est en lien avec Leech ?

— C'est ce que je pense, mais c'est toi le profiler, répliqua Aaron, qui peinait à garder son sang-froid.

Frazer répondit sèchement à son tour.

— Elle est mon amie aussi, Aaron. Si vous ne le voyez pas dans les deux prochaines minutes, rendez-vous à son appartement, et cherchez des indices. N'importe quoi qui pourrait nous expliquer ce qui se passe, et pourquoi il a emmené Hope. Portez des gants... mais la vitesse est essentielle. Je vous communiquerai l'adresse dès que j'aurai parlé avec Alex au sujet du suivi de ses communications.

Frazer raccrocha.

Aaron tremblait. Au diable son entraînement au combat et

la zone grise. La vie de Hope était en jeu, et il était une épave. Ce qu'il était censé empêcher à tout prix était arrivé à la seule femme qui avait réussi à passer ses défenses depuis des années. Ce qui était l'exacte raison pour laquelle il ne fallait jamais s'impliquer personnellement avec son principal !

Merde !

— Nous la trouverons, lui assura Kincaid, qui le regarda dans le rétroviseur.

— J'ai merdé !

À bien des égards.

— Tu as compris que Colin était une menace, pendant que nous étions debout devant cette foutue porte comme deux abrutis ! gronda Seth Hopper. Tu ne l'aurais jamais quittée des yeux. C'est ma faute.

Quelle importance ? Hope était à la merci de cette ordure, jusqu'à ce qu'ils la retrouvent. Colin Leighton était-il de mèche avec Julius Leech ? Rien d'autre ne semblait logique.

— Le portable de Hope ? demanda soudain Aaron.

Hopper le lui tendit.

— Je l'ai trouvé sur le sol de la salle d'audience.

Merde ! Il aurait dû lui implanter un traceur sous-cutané ou quelque chose comme ça, mais elle n'aurait jamais accepté. Il toucha l'écran du téléphone, puis le déverrouilla, car il avait mémorisé son mot de passe sans sa permission. Dans leur domaine, la connaissance était synonyme de pouvoir, et la collecte de données relevait purement de la mémoire musculaire.

Il lut les messages de Colin, mais il n'y avait rien qui sorte du cadre professionnel.

— Nous la trouverons, répéta Kincaid derrière le volant, enchaînant un virage après l'autre.

Mais il n'y avait aucun signe du taxi. Toute la détermination du monde n'empêcherait pas une attaque au couteau s'ils étaient trop loin pour aider.

— Crois-tu qu'Ella Gibson soit impliquée ? s'enquit Hopper. Leighton et elle semblaient proches.

— Bonne remarque. Voyons si nous pouvons la localiser.

Aaron se passa une main dans les cheveux, puis se concentra sur ce qu'il faisait de mieux. Il regardait les choses sous tous les angles.

— Frazer veut que nous inspections l'appartement de Colin à la recherche d'indices.

L'adresse apparut sur son téléphone, et il consulta le plan.

— Ce n'est pas loin de chez Hope, déclara-t-il, mais quelque chose le tracassait. Même si nous découvrons pourquoi il fait cela, nous ne serons pas plus près de retrouver Hope. Nous savons qu'il l'a enlevée, et il a dû en tenir compte. Hopper, appelle Frazer.

— À quoi penses-tu ? l'interrogea son coéquipier, qui était déjà en train de composer le numéro.

— Coupe les gyrophares, et faisons un autre tour dans le quartier. Ne cherchons pas seulement les taxis. Vérifiez le conducteur de chaque voiture. Nous pourrions avoir de la chance, leur intima-t-il, puis il appela Cowboy et lui fit un bref résumé de la situation. Demarco et toi, emmenez deux hommes de l'équipe Alpha à l'appartement de Leighton, et cherchez des indices sur l'endroit où il pourrait se trouver. Mais soyez prudents.

Rien ne laissait présager la présence de pièges, mais Colin Leighton était un facteur inconnu.

— Dis au reste de l'équipe Alpha de prendre la voiture de Hope, et d'attendre les instructions. Préparez tout le matériel dont nous pourrions avoir besoin pour une libération d'otage.

Aaron raccrocha.

— Que ferais-tu si tu essayais de quitter la ville sans être vu ? s'enquit-il auprès de Seth.

— Tout dépendrait de ma destination. Mais j'aurais une deuxième voiture que j'aurais déjà récupérée, puis je prendrais les routes secondaires pour sortir de la ville en évitant les radars et les péages. Je porterais un bonnet et des lunettes pour ne pas être reconnu au cas où j'aurais loupé quelque chose. Comme Colin l'avait fait à la boutique, sauf qu'il n'était pas assez discipliné pour ne pas se planter.

Aaron se souvint que Hope s'était écroulée à l'arrière du taxi.

— J'ai l'impression que Hope a été droguée, ce qui réduit les chances qu'il la transfère dans un autre véhicule sans que personne ne le remarque... à moins qu'il ait un parking souterrain ?

Black vérifia.

— Non. À l'adresse de son domicile, le stationnement se fait dans la rue.

— Donc, le fait qu'il l'ait enlevée en pleine journée suggère qu'il ne prendrait peut-être pas le risque de changer de voiture, mais il pourrait aisément intervertir les plaques d'immatriculation et dissimuler le numéro du taxi avec du ruban adhésif ou une bande magnétique, ce qui serait ma prochaine étape. Ensuite, en supposant qu'il amène Hope à Leech... *Merde ! Putain !* Ils pourraient être n'importe où.

Aaron appuya son pouce et son index sur l'arête de son nez, et il pinça. *Réfléchis.*

— Si c'était moi, j'opterais pour une propriété isolée avec un bâtiment, et connaissant le goût de Leech pour la belle vie, ce serait sans doute une maison luxueuse ou un chalet très agréable. Il y aurait un garage, probablement attenant ou suffisamment proche pour qu'il ne soit pas vu par les voisins lorsqu'il passerait de celui-ci à la maison, et il pourrait ainsi cacher son véhicule. Près d'un aérodrome privé probablement. Leech ne veut pas se faire prendre. Combien y en a-t-il ?

— Environ sept dans un rayon de deux heures. Le plus proche est le Crow Island Airpark, mais il n'y a qu'une petite piste avec des Cessna, des ULM et ce genre de trucs.

— Frazer me demande de te dire qu'il est sérieux au sujet de son offre de rejoindre la BAU quand tu quitteras la HRT, lança Seth, toujours en ligne avec le profiler, mais il prit un air renfrogné. Tu ne *peux pas* quitter la HRT.

Si Aaron ne sauvait pas Hope avant que Leech lui fasse du mal, il ne resterait pas au FBI. Il s'était engagé pour prouver quelque chose. Et même s'il aimait son travail, s'il perdait Hope, alors il ne méritait pas de faire partie de cette organisation d'élite. Il ne dit rien, mais à la façon dont Kincaid le regardait dans le rétroviseur, il savait ce qu'il pensait.

Aaron consulta le plan, et ses yeux se posèrent sur la ville de Lincoln.

— Demande à Frazer quelles seraient les chances que Leech et Leighton se retrouvent à la ferme de Sylvie Pomerol ?

— Il dit que c'est possible, mais peu probable.

— Envoyez quand même quelqu'un là-bas. *Merde* ! hurla Aaron.

Il était censé être celui qui était cool et logique, mais il avait besoin de quelque chose pour avancer.

— Frazer a quelque chose.

Hopper passa son téléphone à Aaron, qui mit le profiler sur haut-parleur.

— Parker a réussi à localiser le signal cellulaire du téléphone de Colin Leighton.

Aaron fronça les sourcils. Ce type n'était pas stupide à ce point, n'est-ce pas ? Pas après avoir mené à bien une opération aussi compliquée et ingénieuse.

— Son téléphone personnel a été éteint, sa carte SIM retirée ou détruite. Mais un prépayé qui a borné sur une tour près de l'appartement d'Ella Gibson à quatre heures trente a également borné près de la salle d'audience à peu près au moment où Leighton se trouvait au tribunal aujourd'hui.

— C'est ça ! s'exclama Aaron, envahi d'un frisson d'excitation. Où est-il maintenant ?

— Près de Fenway Park.

Kincaid partit dans cette direction, à toute vitesse.

— Pas de sirènes, les avertit Frazer.

Kincaid éteignit les sirènes, mais lança un signal sonore discret à chaque intersection, qu'il franchit rapidement avant de reprendre sa course à toute vitesse.

La peau d'Aaron le démangeait tant il éprouvait le besoin de bouger. De rejoindre Hope et de tabasser cette ordure jusqu'à ce que ses articulations saignent, comme Brendan avait tabassé Leech le jour où il avait assassiné son frère.

Il aurait peut-être dû appeler le beau-frère de Hope pour l'informer de ce qui s'était passé, mais les policiers locaux les aideraient-ils à la retrouver ou entraveraient-ils leurs actions ? Il n'en était pas sûr.

— Si vous repérez Leighton, vous devez le suivre discrètement, lança la voix de Frazer, qui résonna comme un écho métallique dans le portable de Seth.

Mais qu'est-ce que... ?

— Tu penses qu'il va nous mener à Leech, comprit Aaron.

— Pas toi ? rétorqua Lincoln.

Aaron regarda par la vitre, tandis qu'un lourd poids s'installait au creux de son estomac.

— Sans doute, mais ma mission n'est pas de capturer Julius Leech. C'est de protéger Hope Harper.

Chose qu'il n'avait pas réussi à faire.

— Que crois-tu que Hope préférerait ? Que nous la sauvions maintenant, au risque de perdre notre meilleure chance de localiser le tueur en série qui a massacré sa famille ? Ou que nous la sauvions *et* que nous récupérions Leech, et que nous arrêtions Colin ?

Aaron s'obstina.

— Cela ne change rien à ma mission, affirma-t-il, avant de jurer. Tu as raison. C'est logique, mais je ne veux pas que les marshals ou les agents locaux foutent tout en l'air, alors, fais-toi une raison, je ne leur laisse pas la main. Sinon, nous coincerons cet enfoiré sur l'autoroute, et Leech devra être arrêté à l'ancienne. Et il est hors de question que ce taxi nous sème, ce qui sera le cas s'il se rend compte que ce téléphone prépayé est un problème et qu'il s'en débarrasse.

Il souffla, puis se passa une main dans les cheveux.

— Mon équipe est à sa poursuite, mais je vais demander à Romano de prendre une partie de l'équipe Charlie et d'envoyer les drones qu'il a avec lui suivre ce taxi.

— Bonne idée. Parker a capté un flux satellite dont nous pouvons nous servir pour le moment, mais il ne fonctionnera que pendant une heure environ.

Aaron leva les yeux vers le ciel couvert. Cela signifiait que Parker avait sans doute piraté un satellite radar pour voir à travers les nuages.

— Parker peut-il m'envoyer les données de suivi et le flux du satellite ?

— Je vais lui demander, mais il y a un décalage dans la transmission, à cause du temps de traitement des images, ce qui veut dire que nous aurons toujours quelques minutes de retard, mais combiné avec les données cellulaires...

— En partant du principe que Colin n'éteigne pas le téléphone ou qu'il ne le balance pas par la fenêtre.

— Aaron, dit doucement Frazer. Tout ira bien pour elle.

— Tu n'en sais rien.

— Non, mais je connais Hope, et c'est une survivante.

— Prions pour que tu aies raison.

Il ignorait ce qu'il ferait si Frazer se trompait. Il avait déjà l'impression d'être mort à l'intérieur. Pas étonnant que Hope soit à ce point réticente à toute relation !

Lincoln Frazer raccrocha.

Aaron appela Romano, sans se permettre de penser à Hope autrement que comme à une principale disparue. Il ne pouvait pas fonctionner s'il pensait au danger qu'elle courait. Il n'aurait jamais dû la quitter des yeux. Peut-être s'était-il bercé d'illusions tout ce temps, et son ex l'avait bien vu. Peut-être n'était-il vraiment pas assez compétent pour prétendre être un opérateur de la HRT.

CHAPITRE CINQUANTE-ET-UN

Une sensation de vertige envahit Hope alors qu'elle se réveillait lentement d'un sommeil profond. Instinctivement, elle savait que quelque chose n'allait vraiment pas, probablement alertée par le ruban adhésif épais qui lui couvrait la bouche. Elle resta silencieuse et immobile. Sa peau adhérait inconfortablement au vinyle chaud du siège de la voiture. Le bourdonnement du bitume sous les roues lui indiquait qu'ils étaient en mouvement.

Où était-elle ?

Elle cligna des yeux pour se réveiller et tenta de se rappeler ce qui s'était passé. La dernière chose dont elle se souvenait, c'était le bureau au tribunal, et Colin attaquant la juge Penton.

Bon sang ! Il avait dû la droguer, elle aussi. Conduisait-il ? Ou bien, était-ce Leech ?

La peur la tenaillait, les griffes acérées de l'angoisse mettant à mal son courage habituel. Elle avait mal à la tête, et la nausée qui lui tordait l'estomac lui faisait très peur, car elle ne voulait pas mourir étouffée. Elle ne voulait pas mourir, point. Des fragments de mémoire lui revinrent lentement. Mais son esprit était embrumé à cause de la drogue.

Elle resta allongée là, sans oser bouger, même si ses bras lui faisaient terriblement mal à cause de la tension exercée par les liens qui les maintenaient derrière son dos. Elle se servit de sa langue pour pousser contre le ruban adhésif afin de le desserrer. Elle se tourna vers le dossier du siège, afin que la personne qui conduisait ne puisse pas la voir essayer de libérer sa bouche, mais elle ne la voyait pas non plus.

Du coin de l'œil, elle vit des nuages gris acier filer à toute allure, tandis que les branches squelettiques des arbres tendaient leurs doigts osseux au-dessus de la route.

Elle ne voyait pas de bâtiments, et son cœur se serra un peu quand elle se rendit compte qu'ils n'étaient plus en ville.

Ella...

L'image de la jeune femme ligotée surgit dans son esprit. Où était-elle ? Est-ce qu'elle allait bien ?

Pour avoir travaillé sur des affaires de crimes sexuels, elle savait que les souvenirs de ce qui s'était passé après que la drogue avait fait effet pourraient ne jamais revenir, mais certains détails commençaient à refaire surface. Elle se souvint que Colin avait affirmé que Leech avait enlevé Ella, et qu'il lui amenait Hope en échange de sa sécurité. Et Colin lui avait donné une arme... qu'elle avait perdue pendant leur affrontement. Le reste était flou.

C'était frustrant, mais elle savait une chose : Colin était un menteur et elle ne pouvait pas lui faire confiance.

Le clignotant de la voiture se mit à cliqueter, et ils quittèrent la route principale. Hope se servit de l'élan pour rouler sur le dos, mais elle ferma les yeux, gardant les traits relâchés. La zone autour de ses lèvres était désagréablement irritée et humide.

— Nous y sommes presque, Hope. C'est dommage que tu aies dormi pendant la plus grande partie du voyage. J'aurais adoré tout te raconter.

Colin conduisait.

Intérieurement, elle leva les yeux au ciel. *Bon sang !* C'était fou comme certains hommes aimaient s'entendre parler ! La jeune femme ne prit pas la peine d'ouvrir les yeux. Qu'il se demande si elle était vraiment réveillée.

Qu'allaient penser ses gardes du corps ? *Aaron ?* Son cœur se serra. Il allait s'en vouloir, sans le moindre doute, mais qui aurait pu prévoir une telle chose ? Avaient-ils trouvé la juge ? Hope espérait qu'elle allait bien. Les manœuvres de Colin pour les faire passer par la salle d'audience avaient été habilement menées. La juge avait de bonnes raisons d'interdire l'accès à la pièce aux agents chargés de la protection de Hope, mais elle n'était pas certaine qu'Aaron serait resté dehors. Non pas que les gens aient vraiment le choix lorsqu'un juge ordonnait quelque chose, à moins qu'ils ne veuillent finir derrière les barreaux.

Dix minutes plus tard, elle entrouvrit les yeux. Les arbres au-dessus de leurs têtes se rapprochèrent jusqu'à ce que leurs branches s'entremêlent.

Une vague d'effroi saisit Hope. Quoi que Colin ait prévu, cela ne pouvait pas être bon.

La HRT ne devait pas être loin derrière. Aaron lui en voulait peut-être de l'avoir rejeté, mais il devait être mort d'inquiétude. Ils avaient largement les moyens de localiser les gens, non ? Ils la trouveraient. D'une manière ou d'une autre. Elle devait y croire. Si elle pouvait s'échapper et se cacher, le FBI la retrouverait. Elle s'obligea à s'asseoir et à regarder autour d'elle.

— Ah ! Génial ! Tu es réveillée, constata Colin, qui semblait ravi.

Hope frotta son visage contre le dossier du siège et parvint à décoller le ruban adhésif de sa bouche.

— Que se passe-t-il ? Pourquoi fais-tu ça ?

Colin pinça la bouche et l'observa d'un œil critique derrière ses lunettes.

— Je pourrais te le dire, mais alors je devrais te tuer.

Elle croisa son regard noir.

— N'est-ce pas ce que tu prévois, de toute façon ?

— Pas moi. Plus maintenant, affirma-t-il d'une voix joviale, mais son sourire n'atteignait pas ses yeux. Mais c'était mon idée de départ.

Hope sursauta devant la profondeur de sa trahison, avant de froncer les sourcils.

— As-tu aidé Leech à s'échapper de la prison ?

— Pas du tout. Mais je suis très reconnaissant au hasard pour toute l'aide qu'il m'a apportée.

— Parce qu'il te paie ? l'interrogea-t-elle, et son dégoût transparaissait dans sa voix.

— Ce n'est pas une question d'argent, insista Colin.

— De quoi s'agit-il alors ?

Il garda le silence.

— Par vengeance ? Par admiration ? Par haine ? Ou suis-je vraiment une si mauvaise patronne ? lui demanda-t-elle, et elle faillit en rire, sauf que cela n'avait absolument rien de drôle. Oh, attends ! Je me rappelle, maintenant. Tu as dit que Leech avait tué ton père.

Hope s'interrompit, puis laissa échapper un petit rire amer.

— Je m'excuserais bien d'avoir oublié quelque chose d'aussi important, mais je suppose que c'est ce qui arrive quand on injecte à quelqu'un, contre son gré, la drogue du viol.

— *La ferme !*

— Je croyais que tu voulais *parler* ? Oh ! Attends ! Suis-je bête ! poursuivit-elle d'un ton mielleux. J'ai oublié. Tu n'as pas dit que tu voulais une conversation. Tu as dit que tu voulais *tout me raconter*. Le monologue cliché du méchant avant que je sois envoyée à la mort, mais pas de réponse ni d'interruption, c'est bien ça ? Oui, monsieur, désolée, monsieur.

Hope se pencha en avant. Elle aurait fait un salut si elle avait eu les mains libres.

— Était-ce trop difficile de travailler pour une femme ? poursuivit la jeune femme, tâchant de le provoquer de toutes les manières possibles. Trop humiliant ? Pauvre Colin...

Il leva le bras du volant et envoya un coup de poing vers son visage. Elle évita le coup, et s'accrocha à son poignet comme un chien terrier. Ses dents s'enfoncèrent profondément dans le tissu de sa veste de costume et trouvèrent la peau, la chair et les os. Ce n'était pas un jeu. Elle ne se retint pas. Il hurla, tandis qu'elle se déchaînait sur lui. Il se servit de son autre main pour lui empoigner les cheveux et lui secouer violemment la tête. Elle ne le lâchait toujours pas, pas même lorsqu'elle vit le coup qu'il s'apprêtait à lui assener.

L'arbre vers lequel ils fonçaient arriva le premier, et, sous le choc, elle fut projetée contre le dossier du siège tandis que les airbags se déployaient.

Ensuite, il n'y eut plus rien.

CHAPITRE CINQUANTE-DEUX

Ils étaient dans le véhicule depuis près d'une heure maintenant, mais les drones étaient en vol depuis moins de vingt minutes.

Aaron réprima sa frustration. C'étaient de gros appareils, mais leur rayon d'action était limité. Certains membres de l'équipe Charlie avaient donc foncé vers une trajectoire d'interception au nord de Concord, d'où ils avaient décollé dans l'espoir de maximiser leur rayon d'action et d'être ainsi le plus efficaces possible.

La juge Abbotsford et son mari étaient confinés avec le reste de l'équipe Charlie : ils ne prenaient aucun risque, au cas où il s'agirait d'une diversion.

Romano appela.

— Les drones ont localisé le taxi.

— Où ?

Aaron, Seth et Black surveillaient les images différées provenant du satellite, ainsi que les données du téléphone portable. Ils savaient qu'ils se trouvaient à quelques kilomètres du véhicule, mais pour Aaron, c'était encore trop loin.

— Sur une route rurale du nom de Mill Lane.

— Envoie-moi le flux du drone.

Aaron était si frustré qu'il était à deux doigts de s'arracher les cheveux, mais c'étaient de bonnes nouvelles.

— Bien reçu.

— Tenez.

Black leur tendit les gilets balistiques qu'il avait sortis du coffre. Il leur passa ensuite des carabines et des munitions. Aaron s'équipa en attendant que Romano le branche sur le flux en direct.

— Où êtes-vous ? lui demanda-t-il.

— Deux kilomètres à l'est de votre position, mais nous devons traverser une rivière, donc plutôt cinq kilomètres jusqu'au pont le plus proche. Novak est à environ dix kilomètres à l'ouest.

Le flux arriva, et Aaron eut l'impression qu'on lui arrachait le cœur à l'aide de baguettes.

— Il a heurté un arbre ?

— On dirait bien.

— Des signes de vie ?

La caméra fit un panoramique, et Aaron aperçut une maison au bout d'une allée. De la fumée sortait de la cheminée.

— Nous n'avons rien vu pour l'instant.

Il appela Lincoln Frazer avec le portable de Hope.

— Nous avons le taxi sur le flux du drone.

— Je le vois. Parker m'a branché.

Aaron n'aurait pas dû en être surpris.

— Vous avez des infos sur les propriétés aux alentours, qui pourraient suggérer que Leighton ou Leech les utilisent ?

— Nous y travaillons.

Aaron le repéra sur le flux en même temps que Frazer : un hélicoptère était posé sur un héliport dans une clairière au nord de la maison la plus proche du lieu de l'accident.

— Pouvons-nous voir cet oiseau de plus près ? demanda-t-il à Romano.

— J'envoie le second drone pour y regarder de plus près. Voyons si nous pouvons trouver le numéro d'immatriculation de la bête.

— Pouvons-nous obtenir un soutien aérien ici ?

— Je vais voir ce que nous avons dans le coin.

— La propriété est enregistrée au nom de Camden Corp. Alex tente de retrouver la trace d'une personne physique, mais il pourrait s'agir d'une société-écran. Leech pourrait donc être derrière, annonça Frazer, qui se mit à parler ensuite à quelqu'un sur une autre ligne. Bon. En piratant les informations stockées dans le cloud de Colin Leighton, Parker a découvert que ce dernier pense être le fils de l'une des victimes de Leech, le deuxième homme à mourir, Richard Prince. Prince a abandonné sa petite amie enceinte, avec qui il était depuis de nombreuses années, et a épousé sa jeune secrétaire, Lynette Lombardy, que Leech a ensuite violée et étouffée à mort. Apparemment, la mère de Colin lui aurait expliqué cela après le premier procès contre Leech. Colin avait dix-huit ans. Il s'est aussitôt lancé dans des études de droit.

— Donc, ce n'est pas une simple question d'argent. Il en a aussi après Leech ? remarqua Kincaid.

— Il s'est délibérément porté volontaire pour le poste de stagiaire auprès de Hope. Il prépare donc quelque chose depuis longtemps, et nous devons partir du principe qu'ils sont tous les deux des cibles, expliqua Aaron, furieux qu'ils soient passés à côté. Quelle qu'ait été son intention initiale, il a capturé Hope, et il va sans doute rejoindre Leech. Nous devons nous préparer à une mission de sauvetage immédiate, car Leech n'attendra pas, et il ne gardera pas Hope en otage s'il apprend que nous sommes dans les parages. Il la tuera s'il pense qu'il va retourner en prison.

— Et, à en juger par notre conversation avec Eloisa Fairchild, et après avoir lu ses lettres, je soupçonne que Leech fera
tout pour éviter de se faire à nouveau enfermer, acquiesça
Frazer.

Romano parla au-dessus d'eux.

— Attendez ! Je vois du mouvement dans le véhicule.

CHAPITRE CINQUANTE-TROIS

Hope lutta pour sortir de l'espace réservé aux jambes. Elle se retourna sur le ventre et traîna son buste sur le tapis rugueux pour se mettre à genoux. De là, elle se hissa sur le siège, puis répéta la manœuvre. Un coup d'œil vers Colin lui indiqua qu'il avait perdu connaissance sous le choc.

Était-il vivant ? Elle n'en savait rien, et elle n'allait pas s'attarder pour le découvrir.

Son corps tremblait à cause du contrecoup. Le moteur siffla, et elle entendit de la vapeur s'échapper du radiateur.

Le paysage autour d'eux était joli. Il y avait des collines enneigées et un petit ruisseau noir qui coulait au fond de cette vallée. De la fumée s'échappait de la cheminée d'une maison voisine. Hope recula vers la portière et tâtonna pour trouver la poignée, qui bougea facilement. Surprise, elle dégringola en arrière sur la route.

Aïe.

Endolorie, elle était à moitié dans le véhicule, à moitié dehors, et elle dut se tortiller comme une chenille sur l'asphalte rugueux.

Colin gémit et commença à se débattre contre les airbags.

Merde !

Précipitamment, elle roula sur elle-même et parvint à se mettre debout, s'aidant du métal froid de la voiture pour se relever tant bien que mal. Devait-elle prendre le risque de se diriger vers la maison ? Colin avait une arme, et elle devait se décider rapidement. Si elle partait dans la forêt, il pourrait simplement suivre ses traces dans la neige et lui tirer dessus.

Elle devait tenter la maison. Elle se mit à courir sur la route, priant pour qu'une voiture passe. Arrivée au bout de la longue allée, elle s'arrêta et regarda désespérément autour d'elle, cherchant de l'aide.

Le bruit de la portière qui claquait la fit repartir dans l'allée. Elle passa le virage et découvrit une immense maison rustique avec un grand garage double et un atelier sur un côté.

Elle trottinait le long du bord de la route, marchant dans les traces de pneus qui avaient compressé la neige, espérant ainsi laisser moins de traces de son passage.

Il lui fallait une sorte de scie pour retirer les menottes. Longeant la dépendance, elle courut jusqu'à la porte : elle était fermée à clé.

Merde !

Son cœur se mit à battre à tout rompre lorsqu'elle entendit des pas crisser sur l'allée. Affolée, elle regarda autour d'elle, puis se précipita dans les bois derrière le garage. Elle se cacha derrière un grand pin, se tenant aussi droite que possible tout en retenant son souffle. Le sang affluait dans ses oreilles, l'assourdissant alors qu'elle avait besoin d'entendre tout ce qui se passait.

S'il vous plaît, s'il vous plaît, s'il vous plaît.

— Bien essayé, Hope.

Son cœur manqua un battement, et la terreur lui glaça l'échine. Elle claquait des dents lorsqu'elle se retourna et vit Colin qui se tenait là, un pistolet pointé sur elle. Du sang s'écoulait de son nez, et il tenait contre lui le poignet qu'elle avait amputé d'un morceau.

— Ah ! Parfait ! s'exclama une voix horriblement familière, non loin du garage. Des invités ! Bienvenue, bienvenue.

Hope frissonna de dégoût et de froid.

Julius Leech se tenait là, vêtu d'un pull en cachemire noir, d'un jean bleu et de bonnes chaussures de randonnée. La haine qu'elle éprouvait pour cet homme était mille fois plus forte que sa peur.

Il s'était teint les cheveux en brun foncé, mais ses yeux étaient toujours du même bleu délavé effrayant qu'elle voyait dans ses cauchemars.

— Entrez. Je vais envoyer quelqu'un s'occuper du véhicule, avant qu'un bon samaritain se présente et meure pour avoir voulu aider.

Le sourire de Leech était plus froid que le souffle de Hope, qui givrait dans l'air. Il porta un téléphone à son oreille et s'éloigna tranquillement en direction de la maison.

Hope songea à s'enfuir, mais Colin intervint.

— Fais-le et je te tue, ici et maintenant.

— Tu vas me tuer de toute façon.

— Pas nécessairement.

La jeune femme fit un petit pas, mais il tira sur sa gauche.

— C'est ton dernier avertissement.

Elle inspira profondément, pour essayer de se calmer. Elle voulait vivre. Elle voulait vraiment vivre. Sans crainte ni regret. Elle voulait Aaron pour plus que quelques nuits volées, mais elle doutait d'avoir l'occasion de lui dire à quel point il comptait pour elle.

— Maintenant, Hope !

À contrecœur, la jeune femme suivit l'homme qui avait tué sa famille ; sa bouche s'asséchait davantage à chaque pas. Elle marchait vers sa mort.

Elle entra dans un vestibule, puis passa dans une magnifique cuisine moderne.

Colin l'attrapa par-derrière, se servant d'elle comme d'un bouclier. Et la poussa dans le salon, qui présentait un magnifique plafond voûté.

— Je veux mon argent, Leech, lança-t-il, et sa voix résonna dans la pièce. Verse-le sur mon compte, et tu pourras disposer de Hope pour jouer avec elle à ta guise.

Hope ricana par-dessus son épaule.

— Tu es vraiment un imposteur. Je savais que c'était pour l'argent.

Mais Leech n'était pas là. Elle entendit un juron derrière elle alors qu'un coup de feu partait. Elle cria et tomba en avant.

CHAPITRE CINQUANTE-QUATRE

L'équipe Echo courait à travers les bois près du chalet lorsqu'un coup de feu retentit. L'équipe Charlie et Novak étaient encore à cinq minutes. Aaron refusait de penser à ce coup de feu, ou au fait que Hope était peut-être déjà morte. Il l'avait regardée essayer de s'enfuir sur l'écran. Puis essayer de se cacher. Ensuite, il avait vu un Colin Leighton blessé la traquer dans les bois, avant qu'une autre silhouette, sans doute Leech, vienne à leur rencontre, avant de repartir nonchalamment dans la maison.

Ils s'étaient garés de l'autre côté de la colline, aussi près que possible sans être visibles depuis le chalet. Le trajet pour arriver ici avait semblé interminable, et il n'y avait pas de temps à perdre.

Hope était prise au piège avec deux individus très dangereux.

— Équipe Alpha, prenez l'avant. Omega, passez à l'arrière. Je suis avec Omega. Ne nous montrons pas avant d'être prêts à entrer dans la maison, dit-il, parlant à voix basse dans l'oreillette.

Ils se mirent en position. Il y avait de fortes chances que Leech ait prévu de prendre la fuite à bord de l'hélicoptère, dont

le pilote avait commencé à faire tourner le moteur. Cela signifiait qu'il devait sortir par l'arrière.

Seth Hopper lui serra le bras. Il s'était retrouvé dans une
situation similaire quelques semaines plus tôt, lorsque Zoe avait
été enlevée.

— Nous allons régler ça.

Aaron acquiesça d'un signe de tête, même s'il avait l'impression d'avoir un goût de terre dans la bouche.

— Kincaid, j'ai besoin que tu ailles sécuriser cet appareil.
Emmène le pilote dans le hangar pour l'interroger, puis ramène
tes fesses ici.

Kincaid s'éloigna sans discuter, et le reste des hommes se
mit en formation près de la porte arrière. Seth Hopper, Cas
Demarco, Ryan Sullivan, Sebastian Black, et lui-même. Des
hommes à qui il confiait sa propre vie. Des hommes à qui il
devait confier quelque chose de bien plus précieux : Hope.

CHAPITRE CINQUANTE-CINQ

Hope se retourna et vit Colin tomber au sol, tandis que son arme glissait à travers la pièce. Elle s'immobilisa.

Il commença à ramper sur le parquet pour rattraper son pistolet.

Leech s'avança. Il y avait une deuxième ouverture à l'autre bout du salon, qui donnait sur la cuisine, derrière l'imposante cheminée centrale. Il avait contourné Colin pour lui tirer dans le dos. Leech pointa son arme sur son ancien stagiaire, resserrant le doigt sur la détente, s'apprêtant à tirer une deuxième fois.

— Non !

Leech reporta son regard vers Hope.

— Pourquoi pas ? Il est venu ici dans l'intention de me tuer après avoir touché ses dix millions de dollars pour t'avoir ramenée. Je suis sûr que tu aurais été la suivante, Hope, étant donné que c'est le bâtard de Dick Prince.

— Tu as tué mon père, espèce de salaud ! rugit Colin, qui s'approchait lentement de l'arme.

Leech bascula la tête en arrière et éclata de rire.

— Si tu termines cette phrase par « prépare-toi à mourir », je serai officiellement l'homme le plus heureux de la planète.

— Foutu loser, gronda Colin.

Du sang s'écoulait de sa blessure, et Hope sentit la panique monter en elle. Non seulement pour Colin, mais pour Ella aussi. Le sourire de Leech disparut.

— Je suis le milliardaire dont tous les rêves se sont réalisés, et tu es celui qui laisse une traînée de sang sur mon magnifique plancher. Ce n'est pas moi le loser ici, crétin.

Il leva à nouveau son arme.

— Attendez !

Hope fit un pas en avant. Mais, ce qu'elle avait vraiment envie de faire c'était de s'enfuir.

— Non. S'il vous plaît, ne lui tirez pas dessus. Je sais que c'est un hypocrite et un menteur, mais ce n'est guère plus qu'un gamin.

Leech haussa les sourcils et cligna des yeux de manière théâtrale.

— Mais, dis-moi, Hope... serait-ce le pardon que j'entends dans ta voix ? Je ne croyais pas que tu avais ça en toi.

— Peut-être, admit-elle à contrecœur. Il a enlevé l'un de mes témoins, et je ne sais pas où elle est.

Colin cracha du sang.

— Ella mourra si tu ne la trouves pas.

Leech afficha une expression amusée.

— Oh ! La petite souris qui a été battue par son bon à rien de petit ami...

Hope le corrigea, parce qu'elle n'avait rien à perdre.

— Non. Elle a été battue par un ex-petit ami qui, en tant qu'ex, n'aurait pas dû exercer davantage d'influence sur sa vie qu'un étranger.

Le terme de « violences domestiques » appliqué aux couples qui s'étaient séparés était sa bête noire.

— Les personnes que vous avez assassinées étaient-elles des étrangères, pour vous ?

Elle se doutait qu'il allait encore nier, mais elle devait gagner du temps. Le FBI ne devait pas être loin, et il était hors de question qu'elle se serve de l'enfant de Leech comme d'un moyen de pression. Heureusement, Aaron avait fait sortir Colin la veille avant qu'il ne lui parle du fils d'Eloisa.

Le visage de Leech se déforma, révélant le tueur qu'il était réellement.

— Eh bien... ils n'étaient pas des amis, mais, crois-moi. Tous l'avaient mérité.

Horrifiée, Hope inspira brusquement. Danny ne l'avait pas mérité. Pas plus que Paige. Elle entendit le vrombissement des rotors d'un hélicoptère et un sentiment d'optimisme naquit en elle.

— Ce n'est pas une mission de sauvetage, j'en ai peur, ma chère, affirma Leech en la regardant. C'est mon plan d'évasion.

Les yeux bleu pâle de Leech croisèrent ceux de Hope.

— Je n'aurai bientôt plus aucune raison de rester.

Parce qu'elle serait morte.

— Vous voulez dire, après avoir tué Sylvie, Beasley, puis moi ? Pourquoi pas les autres ? La juge ? Les hommes de la police scientifique ?

— Oh ! Mais tu es assoiffée de sang, Hope ! Qui l'aurait cru ? s'exclama-t-il, soutenant son regard en lui adressant un sourire qui n'atteignait pas ses yeux. Eh bien ! Moi, je l'ai cru. De toute évidence.

Que cela signifiait-il ?

Elle repensa à toutes les fois où elle aurait voulu avoir l'occasion d'être seule avec cet homme pour lui faire payer son dû. Dans aucun de ces scénarios, elle ne s'était imaginée avec les mains menottées dans le dos et lui avec une arme à feu.

Il semblait presque s'ennuyer.

— Puisque tu veux le savoir. Vous étiez les trois à avoir répandu des mensonges à mon sujet. Le bon docteur et toi avez menti dans la salle d'audience, et Jeff a menti à qui voulait bien l'entendre après avoir perdu le procès.

— C'est *vous* qui avez menti.

— Non, affirma-t-il, inclinant la tête sur le côté, les yeux brillants. J'ai omis certaines vérités. Ce n'est pas la même chose.

Ce n'était qu'une affaire de sémantique.

Elle n'avait pas menti à la barre, mais il s'était convaincu qu'elle l'avait fait. Après toutes ces années, elle n'imaginait pas pouvoir le faire changer d'avis.

Colin se rapprochait de son arme. Elle n'avait pas plus envie que Leech de voir son ancien stagiaire l'atteindre.

Hope se déplaça

— Ne vous inquiétez pas. Je suis menottée. Je vais simplement le mettre hors de portée.

Elle le poussa avec le pied, veillant à ce que la détente ne s'accroche à rien. Elle revint ensuite se poster devant la cheminée. Était-ce une ombre qu'elle voyait bouger devant la fenêtre ?

— Un dernier mot ?

— Colin ou moi ?

Leech sourit.

— Je t'ai toujours appréciée, Hope. Pourquoi ne commencerais-tu pas ? Leighton ici présent m'ennuie.

Hope releva le menton et déglutit.

— Un dernier mot ? Bien sûr. Et si je vous disais que j'ai rêvé de me retrouver seule dans une pièce avec vous pendant des années ? J'avais prévu de vous tabasser pour ce que vous avez fait à ma famille.

— Oh ! Épargne-moi tes simagrées d'autoapitoiement. Il n'y a que toi et moi, Hope. Tu peux laisser tomber les fauxsemblants, affirma Leech, laissant échapper un soupir dramatique. Je n'ai pas tué ta pathétique petite famille. Je suis allé chez toi ce jour-là parce que je croyais bêtement que nous étions amis.

La fureur bouillonnait dans les veines de Hope.

— Tu les as assassinés de sang-froid !

Elle se précipita sur lui. Son arme était toujours pointée sur Colin, et elle le prit par surprise.

Elle fonça et lui envoya un coup de genou dans l'aine, comme Aaron, Seth Hopper et Sebastian Black le lui avaient appris. Elle ne retint pas son coup, mais elle déploya toute sa force pour faire remonter ses testicules dans sa gorge décharnée.

Le visage de Leech se tordit de douleur tandis qu'il se recroquevillait, et elle se souvint de ce que ses gardes du corps, ses amis, lui avaient enseigné : s'enfuir. Elle courut vers la porte arrière et s'arrêta net, surprise, lorsqu'elle entendit un craquement assourdissant, juste avant que des hommes envahissent la maison. Elle se figea. Ils affluèrent autour d'elle, et elle tressaillit en entendant un autre coup de feu.

Je vous en prie, faites qu'aucun d'eux ne soit blessé !

Elle voulut se retourner, mais quelqu'un lui saisit la tête et la pressa contre son torse. *Aaron.* Elle s'affaissa contre lui alors qu'il enroulait fermement ses bras autour d'elle.

— Ne regarde pas, lui ordonna-t-il. Leech ne voulait définitivement pas retourner en prison.

Le ventre de Hope se noua, et elle ferma les yeux, tandis que son cœur battait à tout rompre contre ses côtes.

— Merci. Merci de m'avoir trouvée. Merci de m'avoir sauvée. Je savais que tu le ferais.

Aaron posa sa main fraîche sur sa nuque.

— Je crois que tu étais déjà en train de te sauver.

Il rit contre ses cheveux, mais il s'interrompit brusquement, comme s'il ne pouvait pas aller plus loin. Quelqu'un lui retira ses menottes, et les plaça dans un sac de preuves. Une fois ses poignets libérés, elle enroula ses bras autour de cet homme et le serra si fort qu'elle craignit de lui faire mal. Elle se fichait des gilets balistiques et des armes. Elle se fichait qu'ils aient un public. Lentement, le pouls de Hope s'apaisa, et sa respiration revint à la normale quand elle comprit que c'était terminé. Leech était mort. Elle les entendait s'efforcer de stabiliser Colin.

Elle se raidit et essaya de s'éloigner.

— Oh, mon Dieu ! Ella est...

— Nous l'avons, la rassura Aaron.

Ses bras se resserrèrent, tandis que ses mains remontaient et descendaient le long de son dos dans un mouvement apaisant.

— Alex Parker a remonté la piste du téléphone prépayé utilisé par Colin, ce qui nous a permis de te retrouver. Quand Frazer a constaté qu'il était devant l'appartement d'Ella tôt ce matin, nous avons compris qu'elle était soit complice, soit en danger. Ils ont pu suivre le signal jusqu'à un entrepôt abandonné près des docks, et le BPD a envoyé une équipe de recherche qui l'a trouvée ligotée et bâillonnée dans un vieux bureau. Elle allait bien, mais elle souffrait d'hypothermie. Ils l'ont emmenée à l'hôpital, où elle est en observation.

Hope s'agrippa au gilet d'Aaron.

— Dieu merci ! Cette pauvre femme.

L'odeur d'Aaron envahit ses sens et l'aida à apaiser la terreur des dernières heures. Ses doigts s'enfoncèrent davantage dans son gilet pare-balles, et elle le serra contre elle. Elle ne voulait plus jamais le lâcher.

— Même seul avec moi, Leech a refusé d'admettre qu'il a tué Danny et Paige. Ce salaud est mort en le niant !

— Peut-être que la réalité du meurtre d'un enfant était trop dure à assumer, même pour lui.

— Je suis heureuse qu'il n'ait pas su qu'il avait un fils.

Peut-être était-ce cruel, mais Leech était mort en se croyant le dernier de sa lignée. Il y avait une certaine satisfaction à cela.

Et, aussi tentée qu'elle soit de rester là et de profiter du réconfort que lui procurait Aaron, elle savait qu'il avait un travail à faire. Elle était prête à lui déclarer son amour éternel, mais peut-être souhaitait-il une relation sans engagement. Certes, il avait été blessé par son commentaire disant qu'il ne s'agissait que de sexe, mais cela ne signifiait pas pour autant qu'il voulait se lancer dans une relation sérieuse avec elle. Il avait déjà été blessé par le passé.

Soudain incertaine, elle le lâcha et recula.

— J'espère que nous aurons l'occasion de discuter en privé à la maison quand tu auras terminé ici.

Il sembla confus pendant un instant, puis son expression redevint neutre lorsqu'il prit conscience de la présence des autres hommes qui se déplaçaient autour d'eux. Il hocha la tête, puis s'éloigna.

— Nous allons t'accompagner à l'hôpital. Je demanderai à mon patron à quelle heure nous devons repartir.

Ses yeux s'écarquillèrent, et une vague d'angoisse la submergea. Elle ne voulait pas qu'il parte. Elle chercha son armure habituelle, mais elle semblait avoir disparu.

Aaron était toujours un homme qui risquait sa vie au quotidien. Serait-elle capable de supporter cela ? Voudrait-il d'elle pour plus que le peu de temps qu'il leur restait, alors que, subitement, elle voulait beaucoup plus ? Beaucoup, *beaucoup* plus.

— Je n'irai pas à l'hôpital.

Aaron ouvrit la bouche pour protester.

— Toute personne qualifiée pourra prélever mon sang et prendre des photos à titre de preuve, mais je me sens bien et je refuse de passer des heures à me faire examiner par des médecins qui me diront la même chose. Il y a du sang, des empreintes, de l'ADN et du ruban adhésif à l'arrière de ce taxi accidenté. J'ai quelques contusions et les poignets un peu douloureux, mais, en dehors de ça, je n'ai rien.

Aaron l'examina minutieusement, la regardant droit dans les yeux, à la recherche de signes de commotion cérébrale. Elle sourit, pour qu'il comprenne qu'elle disait la vérité.

— Si je ne me sens pas bien à mon retour à Boston, j'irai aux urgences.

Comprenant qu'elle était sérieuse, Aaron cria :

— Hopper, viens ici et prends des photos des blessures de Hope.

Seth s'approcha d'elle à grands pas.

— Quelqu'un refuse un traitement médical ?

La mâchoire d'Aaron se contracta.

— Je n'ai pas besoin de médecin. Faites simplement l'inventaire de ces blessures et prélevez un échantillon de sang afin qu'ils puissent déterminer quelle drogue il m'a administrée.

Hope tendit ses poignets pour une série de clichés, puis les retourna pour qu'ils puissent en prendre d'autres, écartant largement les doigts. Seth inclina la tête de la jeune femme vers la fenêtre, pour prendre en photo l'entaille sur sa tempe, et les ecchymoses sur son visage.

Aaron se renfrogna.

Quelqu'un déposa un lourd kit de soins médicaux sur le sol à côté d'eux, et Seth préleva sans tarder deux flacons de sang rouge foncé. Il fixa un coton sur le point de prélèvement, puis étiqueta les tubes de sang en indiquant l'heure, la date et le nom de la patiente. Il les signa et les scella dans un sac de preuves qu'il rangea dans une petite glacière.

— C'est fini.

Seth lui fit un signe de tête, puis il s'éloigna, emportant les preuves et le kit médical avec lui. Aaron ouvrit la bouche pour parler, mais ils furent interrompus par des cris venant de l'extérieur.

Hope baissa la tête quand elle reconnut la voix de Brendan.

— Oh oh ! Je ferais mieux d'y aller avant qu'il se fasse arrêter.

— D'accord, lui dit Aaron en se frottant l'arrière de la tête, son regard brun-noir rempli de regrets. Je suis désolé de ne pas t'avoir protégée...

— Quoi ? Non ! Tu as fait tout ce qu'il fallait. Personne n'aurait pu prévoir que Colin m'enlèverait au palais de justice.

— J'aurais dû.

— Comment ? Il y a une différence entre être intelligent et être médium. J'aime beaucoup le premier, mais je ne suis pas sûre que j'apprécierais le second.

Elle esquissa un sourire, mais elle voyait bien qu'il s'en voulait terriblement. Hope lui toucha le bras.

— Je t'en prie, ne pars pas sans dire au revoir. Je dois m'excuser...

— Non. Pas du tout.

— Je veux t'expliquer.

Elle ne pouvait pas lui expliquer ce qu'elle avait besoin de dire devant un public. Cela pourrait coûter son emploi à Aaron.

— Promets-le-moi, Aaron. *S'il te plaît.*

Il pinça les lèvres et détourna le regard. Puis il hocha la tête, mais sans prononcer les mots. À la place, il lui dit :

— Tu vas devoir faire une déposition, ce qui va prendre du temps, j'en ai peur. Et j'ai beaucoup de choses à terminer ici avant que les agents locaux n'arrivent pour prendre la relève.

— Ne t'inquiète pas pour moi. Le danger est passé. Brendan peut me reconduire chez moi.

Aaron la raccompagna jusqu'à la porte. Ils ne se touchaient pas, et les quelques centimètres qui les séparaient ressemblaient à un gouffre de plusieurs centaines de mètres. Elle leva le nez avant de sortir et constata que tous les autres membres du groupe faisaient comme s'ils ne les regardaient pas.

— Je suis désolée si je vous ai attiré des ennuis, opérateur Nash, murmura-t-elle.

— Vous valez tous les ennuis du monde, ADA Harper.

Soudain, il sourit, dévoilant des dents blanches qui contrastaient avec sa barbe bien taillée, et le cœur de la jeune femme se mit à battre deux fois plus vite.

Elle cligna lentement des yeux. Peut-être avaient-ils une chance. Peut-être lui pardonnerait-il le mal qu'elle lui avait fait, et qu'elle trouverait le moyen de composer avec les risques constants liés à son métier. Après tout, se dit-elle, frappée par une soudaine prise de conscience, elle avait survécu au pire que la vie pouvait lui infliger, et elle était toujours là. Pourquoi ne pas s'ouvrir à ce que la vie avait de mieux à lui offrir ?

Hope prit la main d'Aaron et se pencha pour déposer un baiser rapide sur sa joue.

— Toi aussi, Aaron, tu vaux tous les ennuis du monde.

Les yeux de l'opérateur s'écarquillèrent sous l'effet de la surprise.

Elle sortit et trouva Brendan et Lewis Janelli face à face avec Hunt Kincaid.

Hope soupira. Certaines choses ne changeaient pas.

CHAPITRE CINQUANTE-SIX

Aaron regarda Hope sortir dans le jardin et se retrouver dans les bras d'un autre homme. Une petite lueur d'espoir avait commencé à germer en lui. Peut-être pouvaient-ils trouver une solution, s'il était prêt à prendre un nouveau risque avec son cœur. Hope avait dit qu'elle aimait son intelligence, et il savait qu'elle aimait son corps. Peut-être qu'au lieu de rabaisser un aspect de lui-même, il devrait commencer à s'accepter entièrement.

Mais, et si elle cherchait juste à s'amuser un peu ? Qui aurait pu lui en vouloir après tout ce qu'elle avait vécu ?

Il voulait plus.

Brendan passa son bras autour des épaules de son ex-belle-sœur et l'éloigna rapidement. Aaron réprima la vilaine jalousie qui s'était libérée de ses chaînes.

Lewis Janelli se tenait là, les fusillant du regard.

— Tu la laisses partir avec ce type ? s'exclama Seth Hopper, qui regardait Aaron comme s'il avait perdu la tête.

— Je ne peux pas abandonner la scène...

— Bien sûr que tu peux ! Tu rempliras les FD 302 sur le vol de retour. En attendant, va revendiquer ta femme.

Aaron croisa les bras.

— Je ne suis pas sûr que Hope apprécierait d'être «
revendiquée ».

Mais l'idée qu'elle soit sa femme réveilla en lui quelque
chose de primitif. Seth sourit.

— Tu ne le sauras pas tant que tu n'auras pas essayé, n'est-ce
pas ? Qu'as-tu à perdre ?

— Mon amour-propre. Ma fierté. La possibilité de lui plaire
un peu plus avec le temps ?

— Elle est amoureuse de toi, espèce d'idiot !

Aaron jeta un regard curieux à son ami. Il pensait avoir
plutôt bien caché ses sentiments au cours de la semaine écoulée.

— Qu'est-ce qui te fait dire ça ?

— L'as-tu vue étreindre ou embrasser le reste d'entre nous ?

Aaron grimaça.

— Elle a vécu une expérience traumatisante...

Seth lui donna une tape sur l'arrière du crâne.

— Pour un type aussi intelligent, tu es vraiment obtus.

Aaron se frotta la tête.

— Hé !

— Va la chercher. De toute façon, nous partons d'ici. Nous
devons évacuer la scène de crime. Le légiste est en route, et les
agents du bureau de Boston sont à cinq minutes.

Aaron regarda Seth droit dans les yeux.

— Elle est trop bien pour moi.

Seth écarquilla les yeux, empoigna les cheveux d'Aaron et
rapprocha leurs têtes.

— Tu es l'un des meilleurs hommes que je connaisse. Je ne
veux plus jamais entendre ces conneries franchir tes lèvres.

Aaron secoua la tête, puis il éclata de rire.

— Elle a traversé beaucoup d'épreuves. Elle mérite quelqu'un comme toi, Professeur, affirma Seth, qui lui frotta la tête
avec ses jointures avant de le relâcher.

Aaron consulta sa montre.

— D'accord. Je vais ramener sa BMW chez elle. Avec un peu de chance, la hiérarchie ne voudra pas que nous reprenions l'avion ce soir. Quand Colin Leighton aura été évacué, laisse deux hommes sur place jusqu'à l'arrivée des locaux. Tous les autres peuvent retourner chez Hope pour faire leurs bagages.

— Compris. L'hélicoptère sanitaire est presque arrivé. Demarco accompagnera Leighton.

— Bien. Tiens-moi au courant de son état et de l'endroit où il sera emmené.

Aaron s'éloigna à grands pas, tâchant de s'empêcher de sourire.

— Hé ! l'interpella Janelli en s'approchant de lui. Je peux monter avec vous ?

Aaron marqua une pause.

— Votre partenaire vous a abandonné ?

Janelli renifla.

— Il a dit qu'il voulait avoir une conversation privée avec Hope et qu'il savait qu'elle ne serait pas à l'aise si j'étais là.

— Bien sûr. Je peux vous déposer.

Aaron se dirigea vers la BMW de Hope, qui était garée dans l'allée, la clé dans le vide-poches.

— Leech a vraiment dit à Hope Harper qu'il n'avait rien fait à Danny ou à leur enfant ? s'enquit Janelli. J'ai entendu des agents parler.

Aaron confirma d'un hochement de tête. Il plaça son gilet pare-balles et sa carabine, avec la sécurité enclenchée, dans l'espace pour les pieds derrière le siège conducteur. Puis il monta dans la voiture. Janelli s'installa côté passager et admira le cuir souple des sièges.

— Joli carrosse.

Aaron enclencha la marche arrière et partit en direction du sud, vers Beantown. Janelli s'éclaircit la voix.

— Je suppose que je vous dois des excuses.

— Pas à moi. À Hope.

Le policier grimaça.

— Je me suis comporté comme un con, affirma-t-il, et de profonds sillons se creusèrent sur son front.

— Avez-vous quelque chose en tête ?

Janelli passa sa langue sur ses dents.

— Non.

Pour un inspecteur, il n'était pas très bon menteur.

— Mais, après notre conversation, je me suis mis à réfléchir.

Aaron esquissa un petit sourire.

— Quand je vous ai fait expulser du palais de justice.

Janelli leva les yeux au ciel.

— J'essaie d'oublier ce coup bas. Vous pensiez vraiment que j'allais m'en prendre à une femme ? Surtout une qui pourrait me faire renvoyer de la police ?

Aaron étira ses lèvres sur un côté.

— Vous l'avez menacée. Je ne faisais que mon travail.

Janelli pencha la tête sur le côté et se frotta le cou.

— Sans doute. J'ai l'habitude de dire ce que je pense sans que personne ne me le reproche, vous voyez ?

Nash lui lança un regard noir.

— Vous savez que Hope ne faisait que son travail, à l'époque. Comme la juge. Pourquoi lui faire porter toute la responsabilité de ce qui s'est passé ?

Plutôt que d'avoir l'air agacé, Janelli mordilla sa lèvre d'un air pensif.

— Je la déteste depuis si longtemps… Pauly était un type tellement bien, c'était un mentor pour moi, alors que je n'en avais jamais vraiment eu avant…, expliqua-t-il, avant de secouer la tête. Cela a été difficile de le perdre de cette manière.

Aaron songea à la perte de Montana. Il savait exactement à quel point c'était dur.

— Il est temps de passer à autre chose. Du moins il est temps d'arrêter de rendre Hope responsable des erreurs commises par Pauly Monroe.

Janelli pinça les lèvres.

— Sans doute que oui. L'évasion de Leech m'a fait repenser à beaucoup de choses qui se sont passées à l'époque.

Aaron fronça les sourcils.

— Comme quoi ?

— Des choses qui ne collaient pas tout à fait. Je le vois maintenant, avec le recul et après plusieurs années d'expérience, expliqua Janelli, qui s'enfonça dans son siège, l'air mal à l'aise. J'ai vérifié les registres de la nuit où Pauly Monroe est mort. Brendan a menti en disant qu'il était en planque.

Aaron haussa les sourcils.

— Pourquoi mentirait-il ?

— Je ne sais pas, dit Janelli, tirant sur un fil lâche de sa veste. Peut-être travaillait-il sur une enquête non officielle ou quelque chose que le capitaine n'aurait pas approuvé.

— Brendan Harper ne me semble pas être le genre de flic à faire des heures supplémentaires non payées, remarqua Aaron.

Soudain, les choses se mirent en place dans son esprit, et la peur inonda chacun de ses neurones.

— Brendan aurait-il pu tuer Monroe ?

Incrédule, Janelli laissa échapper un halètement.

— Impossible.

Le cœur d'Aaron battait trop fort.

— Ça paraît pourtant logique. Il est dans les parages le lendemain. Il se fait un devoir de vous retrouver, et vous vous rendez ensemble chez Monroe, de sorte qu'il puisse être présent lorsque vous le trouverez et vérifier qu'il n'a rien oublié. Il peut aussi expliquer pourquoi son ADN a été trouvé sur les lieux.

— Pourquoi ? insista Janelli en se tortillant sur son siège. Ils ont été partenaires pendant des années. Ils étaient potes.

Les implications frappèrent Aaron de plein fouet.

— *Merde !* Brendan aurait-il pu tuer son propre frère et sa nièce ?

Il mit le pied au plancher. Brendan avait Hope. Janelli tendit les mains vers le tableau de bord, lisant clairement les intentions d'Aaron.

— Waouh ! Ralentissez ! Brendan ne lui fera pas de mal. Il est obsédé par elle. Mais il n'était pas très content quand il l'a vue vous embrasser sur la joue tout à l'heure.

Génial !

La tête d'Aaron allait exploser. Il avait cru qu'ils avaient sauvé Hope, mais il l'avait laissée se jeter dans les bras d'un autre prédateur.

Il se décala sur son siège et sortit son téléphone portable d'une poche latérale.

— Appelez Frazer. Mettez-le sur haut-parleur.

Le profiler répondit, mais, plutôt que de le laisser le féliciter pour son excellent travail, Aaron l'interrompit.

— Écoute. Lewis Janelli est avec moi dans la voiture, et nous retournons en ville. Nous suivons Hope, qui est partie avec Brendan. Le truc, c'est que je me suis demandé : et si Leech n'avait vraiment pas tué Danny et Paige Harper ? Et si Brendan l'avait fait ? expliqua-t-il, alors que les rouages de son cerveau tournaient à toute vitesse. Et si c'était Brendan qui avait pris et placé ces éléments sur la troisième scène de crime ?

— Il était le premier inspecteur sur place lors du troisième double meurtre, confirma Frazer. Il venait tout juste de changer de partenaire, et, comme il avait travaillé sur les meurtres précédents, Monroe et lui ont tous deux reçu l'appel, même si l'affaire était officiellement confiée à Monroe.

— Peut-être que Monroe était impliqué, ou peut-être pas, mais tout à coup, il est submergé par la culpabilité et menace de tout raconter à quelqu'un, son capitaine...

— Son prêtre, l'interrompit Janelli. S'il commençait à se sentir coupable, il aurait voulu se confesser à son prêtre. Brendan répète souvent qu'il ne fait pas confiance aux prêtres pour garder le secret des confessions, et c'est un homme qui emmène sa mère à la messe tous les dimanches.

— Donc, Brendan tue Monroe, et peut-être que son frère le découvre. La seule façon pour Brendan de s'assurer que Danny ne le dise à personne, en particulier à sa femme, qui défend l'homme que Brendan a tenté de piéger, c'est de tuer son frère ?

— Je dirais que c'est possible, confirma Frazer. Et si Brendan comprend que nous sommes sur sa piste avant qu'ils sortent de la voiture, Hope est morte, car il a développé une obsession malsaine à son égard. Il les précipitera d'un pont s'il pense avoir été démasqué.

Aaron refusait d'y penser.

— Quels chefs d'accusation pourrions-nous retenir contre lui ?

Leech avait déjà été condamné pour ces meurtres.

— La condamnation de Leech serait annulée, ce qui serait particulièrement ironique, et Brendan serait poursuivi en justice.

Frazer semblait taper quelque chose sur un ordinateur. Janelli intervint, la voix empreinte de colère.

— Nous le coinçons pour Monroe. Nous l'arrêtons pour avoir tué l'un des siens et s'en être tiré pendant tant d'années, dit-il, puis il prit son téléphone. Je vais parler à mon capitaine...

Aaron secoua la tête.

— Non ! Et s'il appelle Brendan ou que quelqu'un l'entend au poste ? Ils l'avertiront.

Janelli ouvrit la bouche pour protester, mais Aaron éleva la voix si fort qu'elle résonna dans l'habitacle.

— Si vous touchez à votre téléphone, je vous menotte et je

vous balance sur la banquette arrière. Je ne mettrai *pas* la vie de Hope en danger. Vous ne croyez pas qu'elle a assez souffert ?

Frazer reprit la parole.

— Ordonne à ton équipe de retourner chez Hope et assure-toi qu'ils y arrivent avant Brendan. Nous le neutraliserons avant qu'il entre dans le bâtiment. Ne l'effraie pas. Je te retrouve là-bas.

Aaron ignora la peur qui menaçait de réduire à néant toute sa formation et passa l'appel. Soudain, toutes ses craintes d'avoir à nouveau le cœur brisé lui semblèrent insignifiantes et sans importance. Il avait rejoint la HRT pour faire ses preuves, mais tout ce qui comptait vraiment, c'était la même chose qui comptait lorsqu'il était un biologiste un peu *geek*. L'amour. Depuis toujours, son problème n'était pas qu'il n'était pas assez bien, mais simplement qu'il n'avait pas trouvé la bonne personne. Et maintenant que c'était le cas, l'idée de la perdre avant même qu'ils aient vraiment eu une chance d'être ensemble le brisait en un million de morceaux.

— Nous la récupérerons, affirma Janelli, essayant maladroitement de le réconforter.

— Il vaudrait mieux, répliqua Aaron d'un air sinistre.

CHAPITRE CINQUANTE-SEPT

— Alors, Leech est vraiment mort ? s'enquit Brendan.

— Oui.

Hope se mordit la lèvre : il roulait trop vite. Il conduisait toujours trop vite.

— Pourrais-tu ralentir ? Cette drogue me donne la nausée, et je ne voudrais pas vomir sur ta *muscle car*[1] virile.

Il leva le pied de l'accélérateur.

— Ton stagiaire t'a droguée ?

— Oui, pour me faire sortir du tribunal.

— Ce sale petit enfoiré ! gronda Brendan, qui se déplaça pour la regarder. Je ne lui ai jamais fait confiance.

— Oh, allez ! Tu le connaissais à peine.

Il éclata de rire.

— Je ne faisais pas confiance à ce fumier.

Hope ricana.

— Tu es bien le seul. La plupart des ADA voulaient me le

---

1. NdT : Voiture américaine propulsée par un moteur surdimensionné, souvent un V8.

voler. J'aurais dû me douter que quelque chose clochait lorsqu'il s'est porté volontaire pour travailler avec moi.

— Tu n'es pas si mauvaise que ça.

Elle rit encore, puis regarda par la vitre.

— Je le suis.

Mais elle se sentait différente, à présent. Malgré la terrible trahison de quelqu'un qu'elle considérait comme un collègue de confiance au sein du système judiciaire, d'une certaine manière, elle se sentait plus légère.

— Alors, toi et cet abruti de garde du corps, hein ? remarqua-t-il, et ses jointures ressortirent alors que ses poings se crispaient autour du volant.

Elle se détourna pour contempler l'horizon enneigé, tandis que la lumière diminuait. Elle ne voulait pas parler d'Aaron avec Brendan. Ce qu'ils avaient était spécial, et elle voulait le protéger, tout comme Eloisa Fairchild avait protégé la nouvelle concernant son fils.

— Cela ne durera probablement pas, affirma-t-il.

Hope serra les poings. Elle espérait que cela durerait. Brendan laissa échapper un grognement.

— J'ai passé toutes ces années à essayer d'expier ce qui est arrivé à Danny et Paige, dit-elle, même si elle n'y était jamais parvenue. J'ai toujours cru que, si j'avais l'occasion de me confronter à Leech en tête-à-tête, il me dirait la vérité. Il a avoué les autres meurtres.

Elle secoua la tête, et sa paupière s'agita. Elle poursuivit.

— Ceux pour lesquels j'ai assuré sa défense.

— Peu importe, nous savons tous qu'il était coupable, rétorqua Brendan, lui lançant un regard qui, aussi clairement que des mots, la rendait responsable des morts de Danny et de Paige.

Hope déglutit.

— Il ne cherche probablement que du sexe, tu sais, poursuivit Brendan, examinant sa silhouette. Le *fed.*

— Ah ! Merci, Brendan. Je suis au fait des faiblesses masculines. Cependant, comme nous avons déjà couché ensemble à plusieurs reprises, je ne pense pas que ce soit aussi simple que cela.

Même si elle avait essayé de rendre les choses aussi simples. La voiture fit une légère embardée.

— Ralentis.

Elle posa une main sur son estomac. Elle n'avait pas ressenti ce genre de nausée depuis qu'elle avait été enceinte de Paige. Elle se cramponna le ventre. *Bon sang !* L'idée d'avoir un autre enfant la frappa comme un coup de massue.

Ce désir était si viscéral qu'elle en avait presque le goût dans la bouche.

Aaron voudrait-il avoir des enfants ? Elle n'en savait absolument rien. Elle n'aurait jamais imaginé en arriver au point où elle envisagerait même d'avoir un autre enfant.

— Leech a dit autre chose ?

Hope secoua la tête.

— Pas vraiment. Il a fait quelques blagues, qu'il a sans doute trouvées très spirituelles. Colin était le fils illégitime de Richard Prince.

— *Bon sang !* s'exclama Brendan, qui lui jeta un regard. La scène de crime était violente. Tu penses que le gamin a consulté le dossier ?

Elle déglutit en pensant à tous les dossiers qu'elle avait conservés dans son bureau, auxquels il avait eu accès. Toutes les photos de scènes de crime, les rapports d'autopsie. Richard Prince avait connu une mort lente et douloureuse.

— Je pense que oui, répondit-elle, et elle frémit. Je dois appeler le procureur pour le mettre au courant à propos de

Colin, et il faut aussi que je prenne des nouvelles de la juge Penton. Mais, là, je n'ai pas l'énergie nécessaire.

Ils roulaient à toute vitesse vers les limites de la ville. Elle demanda à Brendan :

— Hé ! Pourrions-nous passer prendre un café ou un chocolat chaud ? Je n'ai rien bu depuis ce matin et j'ai sauté le petit déjeuner.

— Bien sûr. Tu veux manger aussi ?

— Peut-être des frites.

Cela pourrait aider à apaiser son estomac.

Ils s'arrêtèrent dans un fast-food où Brendan passa commande. Hope sortit son portefeuille pour payer, mais il insista pour le faire. Elle se demanda où était son téléphone ; elle se sentait étrangement déconnectée du monde sans lui.

Quand ils repartirent, elle grignota timidement les frites et but quelques gorgées de la boisson brûlante.

Elle la plaça dans le porte-gobelet.

— Tu n'es pas sérieuse à propos de ce type, si ? Je veux dire... je croyais que tu étais toujours accrochée à Danny ?

Elle cligna des yeux à plusieurs reprises, pour chasser l'émotion qui lui brouillait la vue. *Bon sang !* Il était si direct. Elle aurait dû y être habituée, maintenant, mais il savait toujours comment la blesser au maximum.

— J'aimais ton frère de tout mon cœur, lui répondit-elle.

Mais elle avait enfin trouvé la force, le courage de ressentir, de vivre, d'aimer à nouveau. Même si elle ne pouvait pas lui dire ça.

— Je crois que je suis peut-être prête à tenter ma chance.

— Ça ne durera pas, Hope.

Bon sang ! Si elle était moitié moins malheureuse que Brendan, pas étonnant que personne ne lui ait jamais proposé de rendez-vous galant pendant toutes ces années.

C'est alors qu'elle se rendit compte à quel point ils avaient été mauvais l'un pour l'autre. Chacun encourageait l'autre à se complaire dans l'échec et le chagrin.

— Tu veux aller sur la tombe avant que je te dépose chez toi ? s'enquit-il, et il semblait plein d'espoir à ce sujet.

Hope secoua la tête.

— La journée a été longue.

Ce jour-là, il n'était pas question du passé. Pas maintenant que Leech était mort. Ce jour-là, il était question de la possibilité d'un avenir. Et il était même possible qu'Aaron ne puisse pas rester pour la nuit si l'équipe était appelée pour une nouvelle opération. Au moins, il lui avait promis qu'ils pourraient discuter. Avec un peu de chance, il lui pardonnerait de l'avoir repoussé, et ils pourraient trouver une solution.

Ils se garèrent devant chez elle. Elle avait l'impression d'être partie depuis des jours et non des heures.

— C'est toujours bon pour le déjeuner du dimanche, demain ?

Choquée, Hope regarda Brendan. Après tout ce qu'elle avait vécu cette semaine-là, le fait qu'il pense que les projets de repas avec sa mère seraient une priorité dans sa vie était déconcertant.

— Tout dépendra de comment je me sens demain matin.

Soit après avoir fait l'amour toute la nuit, soit à cause de la tristesse qu'elle éprouverait si Aaron était parti.

— Maman attend...

— Je *sais*, Brendan, répliqua-t-elle, et elle se prit le front entre les mains, accablée par le poids de ses obligations. Je sais. Laisse-moi respirer un peu, d'accord ? La journée a été horrible.

Elle sortit de la voiture, emportant son gobelet et ses frites. Puis elle se pencha.

— Je t'appellerai demain matin.

Elle claqua la portière avant qu'il puisse répondre et se dirigea vers les marches menant à sa porte d'entrée. Elle fouilla dans sa poche à la recherche de sa clé, mais la porte s'ouvrit et Aaron la tira à l'intérieur.

— Comment as-tu fait pour arriver à la maison avant moi ?

Plutôt que de dire quoi que ce soit, il lui prit sa tasse et sa nourriture des mains, puis la conduisit dans la chambre de ses voisins, qui donnait sur la rue. Il écarta les rideaux, et elle vit Lewis Janelli extraire Brendan du véhicule, le pousser sur le capot de la Charger avant de lui passer les menottes.

Hope se retourna.

— Je ne comprends pas.

Aaron la ramena à l'extérieur à temps pour qu'elle entende Janelli lire ses droits à Brendan. Elle s'approcha de lui à grands pas.

— Que se passe-t-il ?

— Ce n'est pas ce que tu crois ! lui lança Brendan, dont le regard angoissé lui serra le cœur.

— Qu'as-tu fait, Brendan ?

— Auras-tu le cran de le lui dire, ordure ? éructa Aaron derrière elle. Ou bien vas-tu continuer à lui mentir jusqu'à la fin de ta misérable existence ?

— Que veux-tu dire ? insista Hope, submergée par la peur.

Elle avait cru que tout était fini. Brendan arborait une expression suppliante.

— C'était un accident !

— Qu'est-ce qui était un accident ? l'interrogea-t-elle, et elle se surprit à reculer d'un pas.

— Danny, sanglota-t-il alors. Paige.

Tous les muscles de la jeune femme se figèrent.

— De quoi parles-tu ?

Brendan se voûta.

— Il a compris. Danny a compris. Monroe...

Hope fronça les sourcils.

— Pauly Monroe ? Qu'a fait Monroe ?

— Il allait confesser à son prêtre ce que nous avions fait, avoua-t-il, le visage ruisselant de larmes.

Hope se couvrit la bouche, avant de baisser la voix.

— Qu'as-tu *fait*, Brendan ?

Il pinça les lèvres, mais il était trop tard.

— Tu as tué Monroe, et tu m'as envoyé cet e-mail, parce que tu pensais que tout le monde allait découvrir que c'était toi qui avais placé cette preuve ? Tu as piégé Monroe pour qu'il porte le chapeau, n'est-ce pas ?

Brendan ressemblait à un animal blessé.

Hope fit un pas en avant alors qu'une autre vérité impensable s'abattait sur elle.

— Danny a compris.

Il faut qu'on parle.

Ces quelques mots qui la hantaient depuis des années. L'idée que Danny ait été en colère contre elle au moment de sa mort l'avait presque brisée. Et Brendan le savait. Il le savait depuis le début.

— C'était un accident. Je le jure ! Je suis allé lui parler, parce qu'il m'a dit que vous aviez eu une grosse dispute et que les médias avaient annoncé que le procès était terminé. Leech était libre. Nous avons commencé à discuter de Pauly, des preuves et... il savait, expliqua Brendan, qui se mit à sangloter. Il a toujours su quand je mentais. Nous avons commencé à nous battre, j'ai aperçu le coupe-papier sur son bureau et... c'est arrivé, c'est tout. *C'est juste arrivé.*

Hope commença à s'effondrer. Aaron passa son bras autour de sa taille pour la soutenir, et Brendan plissa les yeux.

— Paige ? demanda-t-elle d'une voix brisée. Qu'as-tu fait à Paige ?

Il tressaillit.

— Elle est arrivée en courant, et elle a tout vu. Je croyais qu'elle passait l'après-midi chez une amie. *Elle était censée être à un rendez-vous de jeux !*

Son angoisse ricocha sur Hope comme de la grêle.

— Elle s'est mise à crier, je l'ai prise dans mes bras et j'ai essayé de la calmer pendant que je réfléchissais à ce que je devais faire pour Danny, qui saignait, raconta-t-il, et il croisa le regard de la jeune femme, l'implorant de comprendre. Et c'est là, *à ce moment-là*, que j'ai compris que je pouvais tout mettre sur le dos de Leech, d'un imitateur ou de quelqu'un qui te détestait pour avoir libéré un tueur en série. Et c'est ce que tu as fait, Hope...

Elle tremblait, en proie à une fureur glaciale.

— Non. Tu ne peux pas me faire porter le chapeau pour ça. Plus maintenant ! Ne le vois-tu donc pas ? C'est *toi* qui as fait ça. Tu as tout fait. C'est à cause de toi que l'affaire a été classée sans suite et que Leech a été libéré. C'est à cause de toi que Danny et Paige sont morts ! sanglota Hope. Pendant toutes ces années, je m'en suis voulu, et tu m'as laissée faire. Tu m'as regardée. J'ai essayé d'expier le fait que Leech les avait pris pour cible parce que je l'avais défendu, mais ça a toujours été toi. Je ne veux plus jamais te revoir, Brendan. J'espère que tu comprends enfin que tu as assassiné un inspecteur qui était ton ami depuis des années. Que tu as tué ton frère que tu prétendais aimer, et que tu as tué une enfant qui t'idolâtrait. J'espère que tu pourriras en enfer.

Elle chancela ; Aaron la souleva dans ses bras et l'éloigna de lui.

CHAPITRE CINQUANTE-HUIT

Livingstone ouvrit la porte, et Aaron porta Hope à l'étage, dans son appartement. Il s'assit sur son canapé et l'étreignit pendant qu'elle sanglotait de manière incontrôlable. Il la berça jusqu'à ce qu'elle se calme enfin et se laisse aller contre son épaule.

— Je suis désolé, Hope.

Il la sentit déglutir.

— Ce n'est pas ta faute, lui dit-elle, et son visage se décomposa. Et, maintenant, je sais avec certitude que ce n'était pas la mienne non plus.

Elle essuya ses larmes.

— J'ai toutes ces émotions qui bataillent en moi. J'éprouve cet incroyable sentiment de trahison, combiné à une soudaine sensation de liberté. Les gens disent souvent qu'ils ont l'impression qu'un poids leur a été enlevé des épaules, mais je n'ai jamais ressenti cela auparavant.

— Tu as vécu une journée infernale.

— C'est vrai, mais je sais enfin ce qui s'est vraiment passé, et ça m'aide, affirma-t-elle, avant d'inspirer brusquement. Je pense que Leech était sincèrement convaincu que je l'avais fait. Je parie que c'est pour ça qu'il n'arrêtait pas de m'écrire pour me traiter de menteuse. Quelle ironie qu'il ait été emprisonné pour un crime qu'il n'avait pas commis, après avoir été exonéré de ceux qu'il avait commis.

Elle avait les yeux rougis par les larmes, mais ils commençaient à s'éclaircir.

— Ella est sortie de l'hôpital, tout comme la juge Penton. Je suppose que le procès sera reporté.

Aaron n'était pas certain de cela.

— J'étais tellement en colère après Penton ce matin ! Elle avait cette idée folle que Seth Hopper pourrait être impliqué dans le meurtre de Beasley.

Aaron eut un mouvement de recul.

— Quoi ?

— Colin l'a balancé, à cause d'une blague qu'il a faite au tribunal. Ce n'était rien. J'ai expliqué à Penton que Hopper avait un alibi solide. Leech a admis avoir tué les six premières victimes, ainsi que Sylvie, son mari et Jeff Beasley, apparemment pour avoir menti à son sujet, raconta Hope, qui leva les yeux au ciel. Je suis presque sûre que le procureur va me retirer l'affaire Gibson, que cela me plaise ou non. Mais j'envisage de toute façon de prendre des congés.

— Je pense que c'est une décision judicieuse.

— Je vais parler à Ella. Espérons qu'ils aient envoyé un défenseur des victimes pour lui parler.

— Les fonctions de Colin Leighton au sein du bureau du procureur vont soulever beaucoup de questions et d'inquiétudes.

Hope laissa échapper un petit rire las.

— Oh que oui !

— J'ai dans l'idée que nous allons retrouver toutes les lettres que Leech t'a envoyées depuis que Colin est devenu ton stagiaire, cachées quelque part dans ses affaires.

— Est-ce qu'il est toujours en vie ?

Aaron confirma d'un hochement de tête.

— Il a perdu beaucoup de sang, mais il est en train de se faire opérer. Apparemment, il a de bonnes chances de s'en sortir.

Le type avait probablement préparé un sac avec tout ce dont il avait besoin pour fuir le pays après avoir tué Leech et Hope. Ils le trouveraient. Ce n'était qu'une question de temps.

Hope agrippa le t-shirt d'Aaron.

— Ce que je t'ai dit hier soir, quand j'ai prétendu que ce n'était que du sexe...

Il essaya de l'interrompre.

— Non, s'il te plaît. Laisse-moi t'expliquer. Je t'ai délibérément fait croire que tout ce que nous avions, c'était une alchimie physique, parce que j'avais peur que tu te rapproches trop de moi. Si Leech t'avait pris pour cible parce qu'il avait découvert que j'étais tombée amoureuse de toi, je n'aurais pas pu me le pardonner.

Aaron se tint parfaitement immobile : il n'était pas sûr de l'avoir bien entendue.

— Pardon ?

— Tu m'as entendue, lui dit-elle en lui cognant l'épaule.

— Serais-tu en train de me dire que tu m'aimes ?

Elle sourit : jamais il n'avait vu une expression aussi insouciante sur son beau visage.

— Oui, c'est ce que je dis, confirma-t-elle.

Elle vit le choc sur le visage d'Aaron et l'interpréta de travers.

— C'est bon. Tu n'es pas obligé de le dire à ton tour. Tu m'as offert un cadeau. Même si tu t'enfuis en hurlant dans la rue à l'instant même, tu m'as libérée d'une prison que je m'étais moi-même construite. Tu m'as fait comprendre que j'étais plus forte que je ne le pensais, que je n'étais pas simplement une victime, mais une survivante. Je ne te remercierai jamais assez pour cela.

Aaron n'arrivait pas à en croire ses oreilles.

— Je suis tombé amoureux de toi à l'instant où je t'ai vue en bas, à refuser de reculer face à toute une escouade d'opérateurs de la HRT.

— Vous étiez plutôt intimidants.

— Nous ne t'avons pas intimidée une seule seconde.

C'est alors qu'il l'embrassa, car il ne pouvait pas faire autrement. Elle lui rendit son baiser : c'était tendre et doux.

Ses doigts s'agrippèrent fermement à lui, comme si elle craignait qu'il passe la porte. Savoir qu'il allait devoir le faire à un moment donné, dans un avenir proche, le rendait nerveux.

Puis Hope se recula.

— Je dois te dire deux ou trois choses avant que nous poursuivions.

Oh oh !

Elle s'éclaircit la gorge.

— D'abord, je vais avoir du mal à assumer le fait que ton métier soit aussi dangereux, *mais* je n'essaierai pas de changer qui tu es, affirma-t-elle, passant un doigt sur les lèvres d'Aaron. Il se trouve que je te trouve parfait tel que tu es, alors tout changement serait inutile. Je vais plutôt travailler sur ma propre santé mentale et mes mécanismes d'adaptation.

Parfait ?

— Mon travail est dangereux. Tout comme traverser la rue.

Elle lui donna un petit coup de coude dans les côtes. Aaron rit doucement.

— T'entendre parler comme si nous avions une chance d'avoir plus qu'une simple relation physique, et me dire que tu crois m'aimer, c'est tout ce que je veux.

— Aaron, je ne crois pas que je t'aime. Je *sais* que je t'aime.

Je n'ai ressenti cela qu'une seule fois auparavant, lui avoua-t-elle, avant d'aspirer sa lèvre inférieure dans sa bouche. Danny t'aurait bien aimé et il aurait détesté Brendan pour ce qu'il a fait, et pour s'en être tiré si longtemps.

Elle eut soudain le regard lointain, perdu dans le vague. Puis elle se concentra à nouveau sur lui.

— L'autre chose que j'ai réalisée aujourd'hui, au milieu de toute cette excitation, c'est que j'aimerais avoir un autre enfant.

Une lueur chaude s'alluma au creux de la poitrine d'Aaron.

— Et, si cela ne t'intéresse pas, je serai déçue, mais je comprendrai aussi. Tout le monde n'est pas fait pour être parent. Mais je vais explorer certaines options, car une femme approchant la quarantaine ne peut pas tergiverser. Je veux juste que tu le saches avant de te lancer.

Se lancer.

Aaron repoussa les cheveux de Hope en arrière de son visage, et il plongea dans ces yeux gris inhabituels.

— Le fait que tu puisses envisager cela, avec moi...

Elle plissa le front.

— Tu veux dire un être humain remarquable, terriblement séduisant et incroyablement intelligent comme toi ? lui demanda Hope, qui s'agenouilla devant lui, puis passa la main sur sa mâchoire, avant de poser ses doigts frais contre son cou. Un homme qui me soutient, qui est attentionné et qui n'a pas peur de dire ce qu'il pense lorsque la situation l'exige ? Un homme réfléchi et gentil, qui écoute même lorsqu'il n'est pas d'accord ? Un homme respecté par ses pairs, qui prend soin de moi, que ce soit en faisant la vaisselle ou en me protégeant des dangers qui me guettent ? Aaron, comment peux-tu ne pas savoir à quel point tu es merveilleux ?

L'étau qui enserrait la gorge d'Aaron se relâcha.

En réalité, peut-être n'avait-il jamais été le problème. Sa crainte de ne pas être à la hauteur était une réaction de son ancien moi face au chagrin et à la trahison des personnes qu'il avait le plus aimées. C'étaient elles qui avaient manqué de tout ce qui comptait. Mais, maintenant, il voulait les remercier tous les deux de l'avoir sauvé d'un mariage désastreux et d'un divorce encore plus compliqué.

Il aimait son cerveau, qui faisait de lui un meilleur opérateur. Et, sans son intellect, il n'aurait jamais rassemblé toutes les pièces de ce puzzle qui s'étalait sur sept ans. Hope ignorerait encore la trahison de son beau-frère.

Elle était en train de l'observer, attendant patiemment une réponse. Que Hope parle d'un avenir ensemble le rendait fou de joie. Il la serrait trop fort dans ses bras. Finalement, il parvint à trouver les mots, même si ce n'étaient sans doute pas les bons.

— Je veux des enfants. J'ai toujours voulu avoir des enfants. Et l'idée d'être avec toi, de fonder une famille avec toi... ça m'excite tellement que j'ai envie de te porter à l'étage et de...

Les yeux de Hope pétillèrent, et son soulagement se lut sur ses traits.

— Qu'est-ce qui t'en empêche ?

— Mes coéquipiers qui attendent en bas comme des adolescentes, et aussi le fait que Frazer sera là d'une seconde à l'autre. Ensuite, il y a les rapports que je dois remplir. Les agents de terrain du bureau local vont devoir nous interroger sur ce qui s'est passé, et mon patron va vouloir un débrief...

À contrecœur, elle éclata de rire. Aaron sentit le chat lui sauter sur l'épaule, avant de commencer à le pétrir avec ses griffes. Il se tourna, et le chat sauta, puis miaula pour avoir à manger. Hope se pencha en avant et l'embrassa.

— Malheureusement pour toi, Lucifer et moi sommes un tout. Que dirais-tu d'organiser une réunion après le travail dans ma chambre ? Dès que tout le monde aura fini de nous embêter.

— J'aimerais bien, répondit Aaron, qui lui prit la main, plia ses doigts et les embrassa. Ça me plairait beaucoup. Et tu dois leur dire de te laisser tranquille si cela devient trop pesant pour toi. Aujourd'hui, tu as été droguée, enlevée et tu as dû faire face à des vérités assez difficiles.

Hope lui adressa un grand sourire.

— J'ai vu beaucoup de mes clients affronter pire.

Il lui saisit les bras.

— Ils ne m'avaient pas pour interférer.

Les yeux de la jeune femme brillèrent un instant, mais elle cligna des paupières pour retenir ses larmes. Il soupira.

— Il y a une petite possibilité que nous soyons rappelés immédiatement à Quantico, et une autre que nous soyons envoyés dans un endroit d'où je ne pourrai pas communiquer avec toi. Mais sache que je ferai tout mon possible pour me sortir de cette mission, quelle qu'elle soit.

Hope lui sourit.

— Je peux t'attendre, Aaron.

— Je ne sais pas si je peux t'attendre, répondit-il honnêtement.

Un coup fut frappé à la porte, suivi de bruits de pas dans les escaliers.

— Je vais faire du café et nourrir le chat.

Elle rit, puis lui vola un autre bref baiser alors que Frazer arrivait. Le regard froid du profiler s'éclaira.

— Pourrais-je avoir le mien avec un bourbon ? Je te promets de t'envoyer une nouvelle bouteille.

Il se dirigea d'abord vers Hope quand elle se leva. Il l'étreignit, puis l'embrassa sur le front.

— Je suis désolé pour Brendan.

Hope frémit en inspirant une grande bouffée d'air.

— Moi aussi, mais je ne gaspillerai pas une seconde de plus pour lui. Je suis navrée pour Mary, mais elle va devoir trouver un moyen de gérer ça sans m'impliquer.

— Bien.

Frazer se dirigea vers le buffet à alcool, prit la bouteille et leur jeta un coup d'œil.

— Quelqu'un d'autre ?

Hope secoua la tête.

— Je vais attendre d'avoir fait ma déposition, puis j'en prendrai un double, répondit Aaron, qui se faufila dans la cuisine et sortit une boîte de conserve pour Luci.

— Oh ! J'ai oublié ! l'appela Frazer. Une jolie brunette du nom de Jeanine m'a demandé de te donner son numéro. Elle travaille à la boutique d'impression en ville.

Aaron sentit ses joues rougir quand il revint dans la pièce.

— *Merde !* Je leur ai dit que je reviendrais pour m'occuper de l'ordinateur.

Lincoln fit un signe de la main.

— Ne t'inquiète pas. La police scientifique s'en est occupée. Et devine qui les marshals ont finalement rattrapé ?

— Roberts et Somack ?

Frazer acquiesça.

— Il était temps !

Hope se frotta les poignets, visiblement endoloris par les menottes trop serrées que Colin lui avait mises. Aaron n'éprouvait aucune compassion pour ce salaud qui avait livré Hope à Leech sans hésiter.

— Je vais commander du chinois pour tout le monde. Et, dès que nous aurons rédigé nos dépositions, je veux remercier chacun personnellement.

Ses vêtements étaient sales, et son visage un peu écorché, mais elle était miraculeusement sortie indemne de cette épreuve.

Et elle était à lui. Elle s'en était sortie, et elle était à lui. Cela ressemblait à un miracle.

— Nous ne faisions que notre boulot, Hope.

— Vous m'avez sauvé la vie, et vous m'avez redonné espoir. Je veux remercier toute l'équipe.

— Tant que tu ne te fais pas d'idées à propos de ce que j'ai dit hier soir, marmonna Aaron, blagueur.

Son cou se mit à rougir. Il n'aurait pas dû lui rappeler à quel point il s'était comporté comme un con.

— Maintenant que tu en parles..., le taquina-t-elle, souriante.

Elle alla ensuite s'occuper de Luci, qui se plaignait toujours d'avoir faim.

— Ce sont ces idées qui ont motivé ton jogging au milieu de la nuit ? s'enquit Frazer, qui admirait la lumière à travers son grand verre de bourbon.

— Elles ne l'ont pas motivé, mais elles provenaient de la même source, avoua Aaron.

Frazer sourit.

— Hé, Hope ! Tu voudrais bien signer l'un de tes livres pour Izzy ? C'est une grande fan.

La jeune femme sortit de la cuisine, bouche bée.

— Tu croyais vraiment que je ne comprendrais pas, avec tous ces livres sous les yeux pendant le dîner ?

— Euh... oui ? Je ne croyais pas que quiconque le remarquerait.

Lincoln Frazer poursuivit.

— Écris-tu un livre en ce moment ?

— J'en suis à l'étape de l'intrigue, expliqua-t-elle, et ses yeux se posèrent sur Aaron. Je pensais introduire un aspect romantique dans la série.

— Frankie va connaître son conte de fées ? la taquina Aaron.

Elle esquissa un large sourire.

— Viens donc passer quelques jours à la maison, proposa Lincoln.

Aaron s'apprêtait à protester, mais Frazer le prit de court.

— Tu veux venir aussi. Tant que tu aimes les chiens.

Aaron regarda Hope, se demandant comment ils allaient gérer les aspects logistiques d'une relation à distance, surtout s'ils décidaient d'essayer d'avoir des enfants.

Hope le dévisagea, puis se mordit la lèvre.

— J'ai déjà dit à Aaron que j'envisageais de prendre un congé de mon poste de substitut du procureur, afin de pouvoir réfléchir à la suite. J'ai passé toutes ces années à poursuivre les méchants parce que je croyais que c'était ma faute si Danny et Paige avaient été assassinés. Je dois décider si c'est toujours ce que je veux faire, ou si je serais plus heureuse en tant qu'auteure à plein temps.

Elle ne précisa pas qu'ils voulaient des enfants. C'était leur secret, pour l'instant.

Le sourire de la jeune femme était contagieux.

— Alors, j'adorerais rencontrer ta Izzy et explorer le grand État de Virginie. Je n'y suis jamais allé.

Frazer sourit.

— Tu les aimeras, elle et la Virginie.

Son regard passa de l'un à l'autre, et il sembla comprendre qu'il était peut-être la cinquième roue du carrosse dans une conversation privée.

— D'accord, alors. Je vais descendre et commander cette nourriture, parce que ce doit être à mon tour de payer. Je monterai avec les autres quand la commande arrivera, annonça-t-il, consultant sa montre. Je pense que cela vous laisse environ trente minutes pour rédiger un rapport ou pour...

Il haussa les sourcils. Dès que la porte se referma, Aaron souleva Hope dans ses bras et la porta dans les escaliers.

Elle éclata de rire et lui caressa la joue.

— Je ne suis pas sûre que trente minutes suffiront.

— Ça ne suffira pas, confirma-t-il, submergé par l'émotion alors qu'il entrait dans la chambre de Hope, refermant la porte avec son pied. Il n'y aura jamais assez de temps, Hope, mais nous profiterons au maximum de chaque seconde.

— Tu promets ? lui demanda-t-elle, plongeant ses yeux dans les siens.

— Je te le promets.

Puis il l'embrassa.

ÉPILOGUE

Hope observa son appartement habituellement austère avec une certaine surprise.

Les hommes qui l'avaient protégée jour et nuit pendant toute la semaine passée pouvaient enfin se détendre et prendre un verre. Certains étaient affalés sur les canapés, d'autres discutaient avec leurs coéquipiers. Même quand ils n'étaient pas en service, ils portaient tous au moins une arme à la ceinture.

Ils avaient sans doute tous une arme de poing ou un couteau caché quelque part sur eux, et elle avait bien l'intention de fouiller Aaron plus tard pour découvrir ce qu'il dissimulait et où.

Plus tôt, des montagnes de plats chinois avaient été livrées et dégustées. Luci avait tour à tour réclamé de la nourriture et de l'attention, mais heureusement, personne n'avait donné de restes à ce coquin. Will Griffin et Hunt Kincaid avaient supervisé le nettoyage, et elle avait l'impression que c'était parce qu'ils étaient les derniers arrivés dans l'équipe. Un peu comme les stagiaires effectuaient les tâches ingrates au bureau du procureur, mais sans les coups de poignard dans le dos, les enlèvements et les trahisons.

Aaron n'était pas là.

Une douleur étrange lui transperça le cœur, et elle sut qu'elle était méchamment amoureuse.

Il était allé prendre une douche après avoir enfin terminé son interrogatoire par les agents du bureau local du FBI. Elle aurait voulu le rejoindre, mais elle n'osait pas, sachant que tous ses collègues de travail se trouvaient dans son salon. Angoissée, elle serra les poings à l'idée qu'il était sans doute en train de ranger son matériel. Mais elle se rappela ensuite qu'ils avaient tout le temps devant eux pour décider de la suite. Et toute la volonté du monde d'y arriver.

À deux, rien ne pouvait les arrêter, sauf eux-mêmes, et elle refusait d'être le maillon faible. Elle refusait de gâcher sa deuxième chance en amour.

Ses yeux se posèrent sur l'agent spécial en charge Marshal Hayes et sa femme Josie. Ils discutaient avec Frazer pendant que leurs trois enfants, Jake, Lizzy et Max, jouaient sous la table, sous la surveillance de Ryan Sullivan, tout aussi enthousiaste.

L'un des gars avait mis de la musique rock douce en fond sonore.

Hope sourit. C'était probablement de mauvais goût d'organiser une fête après avoir été enlevée, menacée par un tueur en série, et avoir découvert que deux hommes en qui elle avait confiance l'avaient trahie de la pire des façons, mais qu'importait. Les méchants avaient enfin été arrêtés et démasqués. Elle pouvait clore ce chapitre et laisser le passé derrière elle. Elle était libre de réfléchir à la suite de sa vie.

Mary Harper l'avait appelée. Elle l'avait suppliée de venir pour discuter, mais Hope n'avait plus rien à donner à cette femme. Et certainement pas l'assurance que tout cela n'était qu'un terrible malentendu. Une erreur. Une vendetta.

Naturellement, Brendan s'était rétracté avant même d'être arrivé au poste de police.

Il y avait des témoins.

Il avait été enregistré.

Elle savait.

Frazer s'approcha d'elle avec les Hayes.

— C'est bon de te voir, Hope. Même dans des circonstances aussi difficiles.

Le beau visage de Marshal Hayes était empreint d'une sobriété appropriée.

— Comme vous avez tous vécu des expériences similaires, répondit Hope, je suis sûre que vous comprenez que l'horreur de ce qui s'est passé aujourd'hui est compensée par le soulagement de savoir que ces salauds ne feront plus jamais de mal à personne.

— Amen à cela ! s'exclama Marsh, qui balaya la pièce du regard et leva son verre en direction du grand tableau sur le mur de sa salle à manger. Je vois que tu as l'une des peintures de Josie. Elle en a une autre qui serait magnifique, juste là...

Sa femme lui donna un coup de coude à l'estomac. *Fort.*

— Mais celui-ci est parfait, se rattrapa Marsh, qui toussa pour remettre son diaphragme en place.

— Merci d'avoir acheté l'une de mes œuvres. Elle s'intègre parfaitement dans ton magnifique espace, lui dit Josie, avant de changer de sujet. Linc m'a dit que tu te mettais en congé du bureau du procureur ?

— C'est exact.

— Si tu as besoin d'aide, tu n'auras qu'à me demander, lui proposa Josie, qui lui serra le bras.

Hope dut lutter contre le flot d'émotions qui menaçait de la submerger. Elle était restée seule pendant si longtemps. Elle l'avait choisi, mais quand même...

— Merci. Ça me touche.

Aaron entra dans la pièce, et Hope en eut le souffle coupé. Il incarnait l'archétype du grand brun ténébreux, avec ses cheveux noirs encore humides après la douche. Surprise, elle se rendit compte qu'il s'était rasé. Elle avait aimé sa barbe, mais elle aimait encore plus voir les lignes nettes de sa mâchoire. Il regarda ses coéquipiers, et elle remarqua la communication silencieuse qui s'établissait entre eux. Tout allait bien. Puis il la regarda, pour avoir la même confirmation.

Quelque chose s'installa en elle lorsqu'elle la lui offrit.

Josie sourit en remarquant leur échange.

Frazer passa un bras autour des épaules de Hope, tandis qu'Aaron prenait une bière et se dirigeait vers eux d'un pas tranquille.

— Elle a promis de venir nous rendre visite, à Izzy et moi. Je pense qu'Aaron et elle pourraient finir par se mettre à la recherche d'une maison.

Aaron haussa les sourcils, mais il ne s'enfuit pas en hurlant devant l'ingérence de Frazer.

— J'ai hâte.

Il se présenta à Marsh et Josie.

Lincoln Frazer sourit. Il semblait prendre plaisir à faire des vagues chez les autres.

Hope décida de lui rendre la pareille.

— Alors, quand est-ce que *tu* vas fonder une famille, Linc ?

Il faillit s'étrangler avec son bourbon. Il s'essuya la bouche.

— Je suis heureux avec un chien, merci.

Elle lui tapota le bras.

— Détends-toi. Je te taquine.

— Nous ne sommes pas tous faits pour être parents.

Il tourna la tête vers l'endroit où les enfants Hayes chatouillaient Ryan Sullivan pour le faire capituler, tandis que celui-ci se roulait par terre. Tout le monde poussait de grands cris. Ryan avait déposé son arme en haut de la bibliothèque.

Lincoln semblait s'être remis de son choc à l'idée d'être parent.

— Et, tu oublies une chose. J'ai déjà une enfant à l'université.

— Je ne suis pas sûre que cela compte quand ils sont livrés tout cuits, répliqua Hope, s'appuyant contre Aaron qui se tenait près d'elle.

— C'est parce que tu n'as jamais rencontré la sœur d'Izzy !

En dépit de ses paroles, la fierté se lisait dans le regard de Frazer. Hope savait qu'il aimait vraiment l'adolescente.

Marsh termina son verre et prit le verre vide de sa femme.

— Je ferais mieux de rassembler les enfants et de les ramener à la maison. Ils ont déjà dépassé leur heure habituelle de coucher.

— Tu veux que nous te ramenions ou est-ce que tu restes ici pour faire la fête ? s'enquit Josie, dont l'accent new-yorkais était désormais teinté de celui de Boston.

Lincoln consulta sa montre.

— Je veux bien que vous me rameniez. Je repars demain matin par le premier vol.

— Tu ne restes pas pour le procès Maroulis, alors ? intervint Hope.

— Il s'avère que l'accusation a tout ce dont elle a besoin.

— C'est drôle. Vous vous disputez encore avec les US Marshals ?

— La rumeur dit qu'il va y avoir un changement de direction chez eux, annonça-t-il, esquissant un sourire sinistre. Mais ne dites pas que je vous l'ai dit.

Ils se dirent au revoir ; les Hayes prévoyaient de retrouver Ryan le lendemain matin pour prendre le petit déjeuner ensemble. Après leur départ, Hope se retrouva à contempler le portrait de Danny et Paige.

Aaron capta la direction de son regard.

Il était très différent de Danny à bien des égards, et pourtant, il lui ressemblait par d'autres aspects.

Soudain, il eut l'air hésitant.

— C'est un tout nouveau territoire pour moi.

— Pour moi aussi.

La mâchoire d'Aaron se crispa.

— Je sais que tu ne m'aurais jamais regardé si...

Hope posa un doigt sur ses lèvres.

— Ce n'est pas ainsi que cela fonctionne.

Aaron regarda autour de lui.

Il y avait trop d'oreilles autour d'eux pour avoir une conversation profonde. Hope était terrifiée à l'idée de dire ce qu'il ne fallait pas et de blesser à nouveau cet homme.

Il lui prit la main, apparemment indifférent à la présence de ses coéquipiers.

— Viens avec moi. Je veux te montrer quelque chose.

— Je déteste te dire ça, mais j'ai déjà entendu cette réplique !

Il ricana en l'entraînant à travers la pièce. Ils montèrent, mais ne s'arrêtèrent pas dans la chambre de la jeune femme. Aaron récupéra un manteau dans le bureau qui lui servait de chambre, ainsi qu'une veste d'intervention du FBI. Elle la passa sur ses épaules quand ils prirent la direction du toit.

Le vent glacial lui coupa le souffle, mais Aaron la guida jusqu'à la balustrade qui faisait face au sud de la ville.

Puis il l'entoura de ses bras et posa son menton sur son épaule.

Elle frissonna et se blottit contre lui, tandis qu'ils admiraient les lumières de l'océan à l'ouest. Le silence était paisible, mais il laissait également présager quelque chose. Alors, Hope patienta.

— J'ai peur que tu finisses par me comparer à lui chaque fois que nous nous disputerons et que tu me trouveras décevant, admit-il finalement.

Elle se retourna dans son étreinte, puis leva une main pour la poser sur sa joue.

— Danny n'était pas parfait, pas plus que je ne le suis. C'était un garçon originaire de Southie, qui devait trouver un équilibre entre sa vie avec moi et celle avec sa mère envahissante et son frère, expliqua-t-elle en ravalant la boule qu'elle avait dans la gorge.

— Tu n'as pas encore rencontré ma famille.

Cette idée terrifiait la jeune femme.

— Je sais déjà que je vais aimer ta mère. Je n'ai pas la même certitude au sujet de ton frère et de sa femme peu fiable.

Aaron sourit.

— Elle n'est pas peu fiable. Et, malheureusement, elle est sacrément intelligente.

— Pas aussi intelligente que toi, le corrigea Hope.

Ses yeux se plissèrent quand il la regarda.

— Peut-être pas. Mais assez maligne pour se rendre compte que ce que nous avions ensemble n'était pas suffisant.

— Suis-je obligée d'être gentille avec elle ? demanda Hope, un peu irritée.

— Pire ! Je pense que vous finirez par être amies. En tout cas, je l'espère. Si nous avons des enfants, ils auront des cousins. J'aimerais qu'ils jouent ensemble.

Le cœur de Hope s'emballa à cette idée.

— Cela ne me paraît pas réel. La simple possibilité...

Aaron la serra contre lui et lui embrassa le front.

— Je sais.

Hope enfouit son visage dans son t-shirt.

— Nous pourrions commencer à travailler sur ce sujet maintenant.

Elle sentit qu'il riait.

— Je compte bien m'y mettre dès que j'aurai fait le point avec les gars pour le départ demain matin.

Les doigts de la jeune femme se resserrèrent sur son t-shirt.

— Je suis en congé demain, mais je dois être de retour à Quantico avant huit heures lundi matin, pour le briefing d'équipe.

Elle ne voulait pas le perdre tout de suite.

— Viens avec moi.

Surprise, elle le regarda. Un mélange d'excitation et d'impatience tourbillonnait en elle.

— Je ne sais pas si je peux tout organiser en...

— Comme quoi ? l'interrogea-t-il, soutenant son regard. Ta charge de travail ? Te connaissant, la paperasse est déjà prête pour qu'un autre substitut prenne le relais. En outre, le bureau local du FBI enquête toujours sur tout ce sur quoi Colin Leighton a travaillé. De toute façon, je doute qu'ils te laissent revenir cette semaine.

Elle regarda autour d'elle.

— Et l'appartement ?

— Il est là depuis plus de cent ans. Je suis presque sûr que ça ira pour une semaine ou deux. Je remettrai les deux appartements en état avant notre départ. Je suis sûr que nous pouvons trouver quelqu'un pour relever le courrier et arroser les plantes. Larry et Enrique seront bientôt de retour.

La bouche de Hope s'assécha légèrement.

— Je suppose que, tout ce qu'il me faut, c'est mon portefeuille, mon ordinateur portable et mon chat.

— Et moi.

Elle lui sourit.

— Et toi.

— Épouse-moi.

Elle se recula, mais sans le lâcher. Il était sérieux.

— Tu n'es pas obligé de...

Aaron repoussa ses cheveux de son visage, et elle lut sa sincérité dans ses yeux bruns.

— J'en ai envie. C'est peut-être vieux jeu, mais j'en ai envie.

Il recula d'un pas, posa un genou à terre et tint la main gauche de Hope.

— Hope Harper, me ferais-tu le très grand honneur de devenir un jour ma femme ?

Elle rit, mais, soudain, sa vision se brouilla.

— Oui ! s'exclama-t-elle, s'essuyant les yeux. Oui, j'adorerais t'épouser et commencer la prochaine aventure.

Elle tomba à genoux sur le sol en ciment froid et l'entoura de ses bras. Ses larmes débordèrent.

— D'habitude, je ne pleure pas autant, tu sais.

— Cette semaine a été particulière, remarqua Aaron, qui lui releva le menton pour éviter qu'elle se cache de lui.

Elle renifla.

— Je suis tellement heureuse de t'avoir trouvé, Aaron.

Il esquissa un sourire avant de se pencher pour l'embrasser.

Ryan s'affala sur le canapé, une bière à la main. C'était bon de revoir Marsh et Josie. C'était grâce à Marsh qu'il avait été accepté à l'académie du FBI, même s'il avait réussi à être diplômé et à intégrer la HRT tout seul. Voir Josie et Marsh si heureux avec leurs enfants lui rappelait sa maison et sa propre famille, qu'il devait appeler.

Tabatha avait huit ans, maintenant. Elle était en CE2, et elle adorait l'école, tout comme sa mère. La seule chose que Ryan avait aimée à l'école, c'était la vie sociale et le sport. Il avait eu de bonnes notes, surtout parce qu'il était un compétiteur et qu'il avait une sœur jumelle dans la même classe. Il était hors de question qu'il laisse Sarah le battre s'il pouvait l'empêcher. Et aussi, parce que ses parents l'avaient exigé.

Ils avaient exigé le meilleur de chacun d'entre eux, et il

savait qu'il n'avait pas été à la hauteur après la mort de Becky. Il serra la bouteille plus fort en pensant à sa tendre épouse. C'était tellement injuste que le monde ait perdu un ange. Qu'il ait perdu l'amour de sa vie. Il songea à Hope, qui avait trouvé la force de retenter sa chance avec Aaron. C'était admirable. Certes, Aaron était l'un des meilleurs hommes que Ryan connaisse, et il traiterait Hope comme une reine, comme elle méritait d'être traitée. Aaron ne la laisserait jamais tomber, du moins pas intentionnellement, mais la mort ne donnait pas toujours le choix aux gens.

Il se demandait comment allait Meghan après avoir enterré son père hier ; il consulta son téléphone. Elle ne lui avait pas répondu.

Il était inquiet. De la même façon qu'il s'inquiétait pour toutes les personnes avec qui il travaillait.

Hope s'était méprise à ce sujet. Ce n'était rien d'autre que de la compassion face à une situation merdique. Tout comme il s'inquiétait pour Grady et Shane, JJ et Seth. Perdre Scotty et Montana leur avait rappelé à tous qu'ils n'étaient pas des super-héros. Ils étaient fragiles, faillibles, des durs à cuire qui saignaient aussi fort que tous les autres humains de la planète.

Il leva les yeux au moment où Payne Novak et Charlotte Blood montaient les escaliers. Il posa sa bière et se leva avec un sourire, mais il se figea aussitôt en voyant Grady Steel et Brynn Webster les suivre dans l'appartement.

Merde !

À en juger par la façon dont Grady avait passé son bras autour de la taille de Brynn, elle avait réussi à lui pardonner ce que Ryan lui avait dit le jour où Grady avait été blessé par balle, quelques semaines auparavant. Ryan avait essayé de se comporter comme un bon ami, mais il avait tout gâché, et de la pire des façons. La lueur dans les yeux de Grady montrait qu'il ne lui avait pas encore pardonné.

Pourquoi l'aurait-il fait ? Ryan avait merdé.

Le silence retomba dans la pièce. Ryan fit un pas en avant, puis un autre.

Il n'avait jamais été un lâche : qu'il s'agisse de monter sur le dos du taureau le plus grand et le plus féroce du rodéo, ou de désamorcer un engin explosif, il savait se montrer courageux. Il ignorait simplement si cela suffirait, et cela l'effrayait.

Il s'approcha jusqu'à se tenir devant Brynn. Il remarqua qu'elle baissait la tête et détournait le regard, avec non seulement une pointe de nervosité, mais aussi une lueur de peur dans les yeux.

La honte l'envahit.

— Je suis sincèrement désolé pour ce que j'ai dit ce jour-là à l'hôpital. Il secoua la tête tandis qu'elle détournait toujours le regard, ses cils battant comme si elle essayait de retenir ses larmes.

Ryan détestait les larmes. Elles le détruisaient.

— Brynn, insista-t-il et il lui prit la main, sentant le regard dur de Grady posé sur lui, comme s'il pouvait lire dans ses pensées. J'ai été stupide. Je pourrais mettre cela sur le compte de toute cette affaire de gaz neurotoxique ou du fait d'avoir vu une personne qui m'était chère se vider de son sang.

Les yeux de Grady se réduisirent à des fentes étroites tandis que Ryan se remémorait tout ce que Brynn avait enduré ce même jour.

Il lâcha sa main, et elle la retira.

— Ce n'est pas une excuse. Je *sais* que ce n'est pas une excuse, mais j'avais peur que Grady ait le cœur brisé...

— Alors, tu as brisé le mien à la place.

Ses yeux gris-vert se plantèrent dans les siens. Ils ne contenaient pas de colère. Au contraire, ils portaient les traces d'une dévastation qui lui était bien trop familière.

— Je suis désolé. Je suis sincèrement navré. Je sais que je ne peux rien faire pour changer le passé, mais je suis tellement désolé, *putain*… et j'ai eu tort de faire ça. Si je pouvais changer les choses, je le ferais, mais c'est impossible.

Il voulait que tout redevienne comme avant qu'il n'ouvre sa foutue bouche d'abruti. Il releva le menton, plaisantant à moitié.

— Frappe-moi. Tu te sentiras mieux.

Brynn secoua la tête et recula d'un pas. Grady le frappa si fort que Ryan vit un éclair blanc, tandis que la pièce tournait autour de lui pendant la fraction de seconde qu'il lui fallut pour heurter le parquet.

Ses oreilles bourdonnèrent, puis un silence choqué s'installa. Grady lui tendit alors la main, un sourcil levé sur son visage impassible. Ryan la saisit et laissa son ami le relever.

Il prit sa mâchoire entre son pouce et son index, en espérant que rien n'était cassé.

— Suis-je pardonné ?

Les yeux de Grady se mirent à briller, emplis de ce qui ressemblait étrangement à des larmes, avant qu'il l'attire vers lui et le serre fort dans ses bras. Ryan l'étreignit à son tour, puis ferma les yeux, soulagé.

— Tu es pardonné, mais je te jure que si jamais tu refais un coup pareil…

Grady lui donna quelques tapes dans le dos, un peu plus fort que nécessaire, mais ce n'était pas le moment de se plaindre.

Ryan grimaça.

— Je ferai de mon mieux.

Tout le monde se remit à parler : le spectacle était terminé. Grady relâcha Ryan, puis il passa un bras autour de Brynn.

— Que faites-vous ici ? s'enquit Ryan, dont la voix sortit un peu plus haut perchée, tandis qu'il essayait de faire comme si sa mâchoire ne lui faisait pas un mal de chien.

— Nous avons quitté Deception Cove ce matin. Nous devions emballer certaines affaires de Brynn, puis parler à la personne qui sous-louait son appartement ici, en ville. Je n'ai réalisé que vous étiez aussi ici que lorsque le locataire a mentionné que le FBI avait arrêté un tueur en série dans les environs, alors j'ai appelé Novak, expliqua Grady, avant de jeter un coup d'œil à Brynn. Nous avons évité d'écouter les infos pour des raisons évidentes.

Ce qui était évident, c'était que ces deux-là étaient fous amoureux l'un de l'autre. Ryan se sentait totalement idiot d'avoir douté de Brynn et d'avoir interféré. Ce n'était pas à lui de décider de qui se liait avec qui. Tout n'était pas voué à finir en tragédie. Il pensa à Grace et à ses pauvres enfants orphelins, et son cœur se brisa.

— As-tu des nouvelles de Meghan ? s'enquit Ryan.

Grady était le partenaire de Meghan ; les deux opérateurs faisaient partie de l'équipe Charlie.

Son ami acquiesça.

— Elle m'a écrit pour me demander de dire à tout le monde que les funérailles s'étaient bien passées. Elle prévoit d'être de retour à Quantico à temps pour le service commémoratif.

Ryan ignora la douleur aiguë qu'il ressentait à l'idée qu'elle avait contacté Grady, mais pas lui. Il n'avait pas droit à ces sentiments.

Aaron et Hope choisirent ce moment pour rejoindre la fête. Hope avait l'air décoiffée et ébouriffée, et le pantalon d'Aaron était humide au niveau des genoux. Ryan secoua la tête tandis qu'Aaron et Grady se retrouvaient, et que Hope était présentée à Brynn, qui avait enfin retiré son manteau.

Quand Aaron annonça que Hope et lui étaient fiancés, Ryan fut submergé par la joie. La joie et cette terrible crainte persistante que tous deux finissent un jour par se retrouver à nouveau désespérés et seuls. Et peut-être son problème n'était-il pas qu'il comprenait que de mauvaises choses pouvaient arriver. Peut-être que son véritable problème était qu'à un moment donné, il avait oublié comment entretenir la joie, comment la valoriser autant, sinon plus que le chagrin. Il avait laissé les mauvais sentiments étouffer les bons et sa peur dominer son besoin de se protéger émotionnellement. Il avait désormais le sentiment horrible qu'il était trop tard pour changer.

Non pas qu'il en avait envie.

Il prit sa bière et la leva non seulement en l'honneur d'Aaron et Hope, mais aussi de Brynn et Grady. Il soutint le regard chaleureux de Hope avec un sourire ironique tandis qu'il portait un toast à tout le monde.

***

Merci d'avoir lu *Fureur glaciale*. J'espère que vous avez aimé l'histoire d'Aaron et Hope.

🔥 Inscrivez-vous à ma newsletter en français pour recevoir des **scènes bonus** gratuitement, et pour connaître la date de parution de mon prochain livre !
https://www.toniandersonfrancais.com/newsletter/ 🔥

DÉFINITIONS UTILES DE QUELQUES
ACRONYMES UTILISÉS DANS LES
LIVRES DE TONI ANDERSON

ADA (Assistant District Attorney) : substitut du procureur

PG : procureur général

ASAC (Assistant Special Agent in Charge) : agent spécial adjoint responsable

ASC (Assistant Section Chief) : chef de section adjoint

ATF (Alcohol, Tobacco, and Firearms) : Alcool, tabac et armes à feu

DSC : Département des sciences du comportement

BOLO (Be On the Look-Out) : avis de recherche

BORTAC : Unité tactique de la patrouille frontalière américaine

BUCAR (Bureau Car) : voiture du FBI

CBP (US Customs and Border Patrol) : Service des douanes et de la protection des frontières des États-Unis

TCC : thérapie cognitivo-comportementale

CIRG (Critical Incident Response Group) : groupe de réaction aux incidents critiques

CMU (Crisis Management Unit) : cellule de gestion de crise

CN (Crisis Negotiator) : négociateur de crise

CNU (Crisis Negotiation Unit) : cellule de négociation de crise

CO (Commanding Officer) : commandant

CODIS (Combined DNA Index System) : banque de données des profils ADN

PC : poste de commandement

CQB (Close-Quarters Battle) : combat rapproché

DA (District Attorney) : procureur

DEA (Drug Enforcement Administration) : administration pour le contrôle des drogues

DEVGRU (Naval Special Warfare Development Group) : équipe spéciale antiterroriste de l'US Navy

DIA (Defense Intelligence Agency) : agence du renseignement de la Défense

DHS (Department of Homeland Security) : Département de la Sécurité intérieure

DDN : date de naissance

DOD (Department of Defense) : Département de la Défense

DOJ (Department of Justice) : Département de la Justice

DS (Diplomatic Security) : sécurité diplomatique

DSS (US Diplomatic Security Service) : Service de sécurité diplomatique des États-Unis

DVI (Disaster Victim Identification) : identification des victimes de catastrophes

EMDR (Eye Movement Desensitization & Reprocessing) : intégration neuro-émotionnelle par les mouvements oculaires

EMT (Emergency Medical Technician) : urgentiste

ERT (Evidence Response Team) : (police) scientifique

FOA (First-Office Assignment) : première affectation

FBI (Federal Bureau of Investigation) : Bureau fédéral d'enquête

FNG (Fucking New Guy) : bleu (nouvelle recrue)

FO (Field Office) : bureau régional

FWO (Federal Wildlife Officer) : agent fédéral de protection de la nature

IC (Incident Commander) : commandant de l'intervention

IC (Intelligence Community) : Communauté du renseignement

ICE (US Immigration and Customs Enforcement) : agence de police douanière et de contrôle des frontières

HAHO (High Altitude High Opening) : chute opérationnelle (saut en parachute)

HRT (Hostage Rescue Team) : équipe de libération d'otages

HT (Hostage-Taker) : preneur d'otages

JEH : bâtiment J. Edgar Hoover (siège du FBI)

K&R (Kidnap and Ransom) : enlèvement avec demande de rançon

LAPD (Los Angeles Police Department) : Département de police de Los Angeles

LEO (Law Enforcement Officer) : agent des forces de l'ordre

LZ (Landing Zone) : zone d'atterrissage

ML : médecin légiste

MO : mode opératoire

NAT (New Agent Trainee) : nouvel agent stagiaire

NCAVC (National Center for Analysis of Violent Crime) : Centre national pour l'analyse des crimes violents

NCIC (National Crime Information Center) : Centre national d'information sur la criminalité

NFT (Non-Fungible Token) : jeton non fongible

NOTS (New Operator Training School) : école de formation des nouveaux opérateurs

NPS (National Park Service) : Service des parcs nationaux

NYFO (New York Field Office) : bureau régional de New York

CO : crime organisé

OCU (Organized Crime Unit) : Unité de lutte contre le crime organisé

OPR (Office of Professional Responsibility) : Bureau de la responsabilité professionnelle

POTUS (President of the United States) : Président des États-Unis

PT (Physiology Technician) : technicien en physiologie

SSPT : syndrome de stress post-traumatique

RA (Resident Agency) : agence locale

GRC (Royal Canadian Mounted Police) : Gendarmerie royale du Canada

RSO (Senior Regional Security Officer) : agent de sécurité régionale du service diplomatique américain

SA (Special Agent) : agent spécial

SAC (Special Agent-in-Charge) : agent spécial en charge

SANE (Sexual Assault Nurse Examiners) : infirmières qualifiées pour examiner les victimes d'agression sexuelle

SAS (Special Air Squadron) : Forces spéciales aériennes (unité des forces spéciales britanniques)

SD (Secure Digital) : Carte SD

SIOC (Strategic Information & Operations) Informations et opérations stratégiques

SF (Special Forces) : Forces spéciales

SSA (Supervisory Special Agent) : agent spécial superviseur

SWAT (Special Weapons and Tactics) : Armes et tactiques spéciales

TC (Tactical Commander) : tacticien

TDY (Temporary Duty Yonder) : assignation temporaire

TEDAC (Terrorist Explosive Device Analytical Center) : Centre d'analyse des engins explosifs terroristes

TOD (Time of Death) : heure du décès

UAF (University of Alaska, Fairbanks) : Université de l'Alaska de Fairbanks

UBC (Undocumented Border Crosser) : clandestin franchissant la frontière

UNSUB (Unknown Subject) : sujet inconnu, suspect

USSS (United States Secret Service) : Services secrets des États-Unis

ViCAP (Violent Criminal Apprehension Program) : Programme d'arrestation pour actes criminels violents

VIN (Numéro de série du véhicule) : numéro d'identification du véhicule

WFO (Washington Field Office) : bureau régional de Washington

ZA : Zone d'atterrissage

REMERCIEMENTS

Choisir une avocate comme personnage principal a été l'un de mes choix les plus difficiles. Je n'ai aucun problème à inventer des choses, mais je refuse de massacrer tout un système judiciaire simplement parce qu'il ne correspond pas à mes besoins. Heureusement, l'une de mes talentueuses amies écrivaines, l'ancienne avocate Leanne Kale Sparks, a lu une première version du livre et m'a aidée avec les bases. Cela étant dit, toute erreur est de mon fait, même si je me réserve le droit d'utiliser ma liberté artistique lorsque cela s'avère nécessaire pour raconter une bonne histoire.

Un immense merci au Dr Ian Bouyoucos, dont l'expérience en tant que biologiste chercheur en Polynésie française a inspiré l'histoire d'Aaron Nash (à ma connaissance, pendant son séjour à Moorea, Ian n'avait ni fiancée ni frère voleur de fiancée).

Je remercie Kathy Altman, ma partenaire critique de longue date, qui m'accompagne depuis mes débuts. Tu es un vrai roc ! Et ma meilleure amie, Rachel Grant, qui m'a transmis de précieuses remarques pour peaufiner l'histoire.

Je dispose d'une équipe éditoriale formidable. Lindsey Faber, éditrice chargée du développement, Joan, correctrice chez JRT Editing, et Pamela Clare, relectrice au talent incroyable, qui a apporté ses commentaires et suggestions.

Je suis très heureuse d'avoir réuni une équipe aussi talentueuse pour m'aider à produire et à mettre en forme mes livres. Je tiens également à exprimer ma profonde gratitude à mon assistante, Jill Glass, à ma brillante graphiste Regina Wamba, ainsi qu'à mon formidable narrateur de livres audio Eric G. Dove.

Comme toujours, ma famille m'a soutenue tout au long du processus d'écriture de ce livre. Nous avons ajouté un autre labrador noir à la portée, si bien que nous avons désormais deux petits fous qui courent partout, ce qui nous assure une ambiance animée.

Merci à mon équipe de traduction française, Sophie Salaün et Florence Glémot. Et aussi à ma merveilleuse assistante, Jill Glass.

COLD JUSTICE® – MOST WANTED

Cold Silence (Book #1)
Cold Deceit (Book #2)
Cold Snap (Book #3)
Cold Fury (Book #4)
Cold Spite (Book #5)
Cold Truth (Book #6)
Cold Heat (Book #7) - Coming soon

À PROPOS DE L'AUTEUR

Auteur de best-sellers du *New York Times* et de *USA Today*, Toni Anderson® écrit des thrillers romantiques sur le FBI, à la fois incisifs et sexy.

Originaire d'une petite ville du Shropshire en Angleterre, Toni a étudié la biologie marine à l'université de Liverpool et à l'université de Saint-Andrews (oui, vous pouvez l'appeler « Dr Anderson ») avec l'intention de ne jamais s'éloigner de l'océan. Ce plan s'est retourné contre elle, et elle a fini au milieu des prairies canadiennes. Les plus grandes réalisations de Toni sont : la maîtrise du métro de Tokyo, l'escalade du Ben Lomond, la plongée en apnée sur la Grande Barrière de corail et survivre à dix-neuf hivers à Winnipeg (jusqu'à présent). Toni aime voyager pour faire des recherches et a eu la chance de visiter le centre d'opérations et d'informations stratégiques au sein du quartier général du FBI à Washington, D.C. Lors d'une formation à la Writer's Police Academy dans le Wisconsin, elle a eu l'occasion de pousser une autre voiture hors de la route lors d'une course-poursuite.

Ses livres ont remporté le prix Daphné du Maurier pour l'excellence dans le domaine du mystère et du suspense, le Readers' Choice, l'Aspen Gold, le Book Buyers' Best, le Golden Quill, le National Excellence in Story Telling Contest et le National Excellence in Romance Fiction. Elle a été finaliste du Vivian Contest et du RITA Award des Romance Writers of America, et présélectionnée pour le Jackie Collins Award for Romantic Thrillers, dans le cadre des Romantic Novel Awards.

Les livres de Toni ont été traduits en cinq langues et plus de trois millions d'exemplaires ont été téléchargés.

Inscrivez-vous à ma newsletter en français pour recevoir des **scènes bonus** gratuitement, et pour connaître la date de parution de mon prochain livre !
https://www.toniandersonfrancais.com/newsletter/

Découvrez la bibliographie de Toni Anderson® :
https://www.toniandersonfrancais.com/livres/

N'hésitez pas à visiter la boutique de Toni Anderson® pour découvrir ses autres livres et bénéficier d'offres exclusives !
https://toniandersonshop.com

 facebook.com/ToniAndersonFrancais

 instagram.com/toni_anderson_francais

tiktok.com/@toni_anderson_author

 bsky.app/profile/toniandersonauthor.bsky.social